LA MAISON GOLDEN

Références des extraits placés en exergue :

D. H. Lawrence, *L'Amant de Lady Chatterley*, Gallimard, coll. "Du monde entier", trad. F. Roger-Cornaz, 1982.

Citation extraite du scénario de *La Femme d'à côté* (1981, réalisation : François Truffaut, scénario : François Truffaut, Suzanne Schiffman et Jean Aurel), reproduite avec l'aimable autorisation de Laura Truffaut.

Titre original :
The Golden House
Éditeur original :
Random House / Penguin Random House LLC, New York

ISBN 978-2-330-13960-5

SALMAN RUSHDIE

LA MAISON GOLDEN

roman traduit de l'anglais
par Gérard Meudal

BABEL

À Alba et Francesco Clemente dont l'amitié et l'hospitalité m'ont permis de découvrir les Jardins.

Donne-moi une pièce en cuivre et je te raconterai une histoire en or.

Cri des conteurs de rues
dans la Rome antique, cité par Pline.

Nous vivons dans un âge essentiellement tragique ; aussi refusons-nous de le prendre au tragique. Le cataclysme est accompli ; nous commençons à bâtir de nouveaux petits habitats, à fonder de nouveaux petits espoirs. C'est un travail assez dur : il n'y a plus maintenant de route aisée vers l'avenir : nous tournons les obstacles ou nous grimpons péniblement par-dessus. Il faut bien que nous vivions, malgré la chute de tant de cieux.

D. H. Lawrence,
L'Amant de Lady Chatterley.

La vie a plus d'imagination que nous.

François Truffaut

I

1

Le jour de l'investiture du nouveau président, alors que nous craignions qu'il fût assassiné tandis qu'il avançait, main dans la main avec sa femme exceptionnelle au milieu d'une foule en délire, et alors que tant d'entre nous étions au bord de la ruine à la suite de l'explosion de la bulle immobilière, à l'époque où Isis était encore une déesse mère égyptienne, un roi sans couronne, âgé d'environ soixante-dix ans, en provenance d'un pays lointain, arriva à New York accompagné de ses trois enfants sans mère pour prendre possession de son palais d'exilé, se comportant comme si tout allait parfaitement bien dans le pays, dans le monde et dans sa propre histoire. Il se mit à régner sur le quartier à la manière d'un empereur bienveillant même si, en dépit de son sourire charmant et de son talent à jouer de son Guadagnini, un violon de 1745, il dégageait une odeur lourde, grossière, la senteur immédiatement reconnaissable du cruel danger despotique, le genre de parfum qui vous met en garde, faites attention à ce type parce qu'il pourrait bien ordonner votre exécution à tout moment, au prétexte que vous portez une chemise qui lui déplaît par exemple ou qu'il veut coucher avec votre femme. Les huit années qui suivirent, les années du quarante-quatrième président, coïncidèrent avec la montée en puissance de ce règne de plus en plus imprévisible et inquiétant qu'exerça sur nous l'homme qui se faisait appeler Néron Golden, qui n'était pas vraiment roi et dont la fin fut marquée par un incendie gigantesque et, métaphoriquement parlant, apocalyptique.

Le vieil homme était petit, on pourrait même dire courtaud, et portait ses cheveux qu'il avait encore largement noirs en dépit de son âge avancé, plaqués en arrière pour accentuer son allure diabolique. Il avait les yeux noirs et perçants mais ce qu'on remarquait en premier – il relevait souvent ses manches de chemise pour s'assurer qu'on s'en aperçoive –, c'étaient ses avant-bras aussi épais et robustes que ceux d'un lutteur terminés par de grandes mains dangereuses arborant de grosses bagues en or incrustées d'émeraudes. Peu de gens l'entendirent jamais élever la voix et pourtant nous savions tous que se cachait en lui une grande puissance vocale qu'il valait mieux ne pas provoquer. Il portait des vêtements coûteux mais il y avait chez lui quelque chose de criard, d'animal, qui faisait penser à la Bête des contes de fées mal à l'aise dans des atours humains. Nous tous qui étions ses voisins avions peur de lui, et pas qu'un peu, même s'il faisait d'énormes efforts maladroits pour se montrer sociable et entretenir des rapports de bon voisinage, agitant frénétiquement sa canne pour nous saluer et insistant à des moments malcommodes pour que les gens viennent boire un verre chez lui. Quand il se tenait debout ou qu'il marchait, il se penchait en avant comme s'il luttait constamment contre un vent violent qu'il était le seul à sentir, légèrement incliné à partir de la taille mais pas trop. C'était un homme puissant, non, plutôt un homme très amoureux de l'idée de sa propre puissance. La raison d'être de la canne semblait d'ordre décoratif et expressif plus que fonctionnel. Quand il se promenait dans les Jardins, il donnait totalement l'impression qu'il s'efforçait d'être notre ami. Il étendait souvent la main pour flatter nos chiens ou ébouriffer les cheveux de nos enfants. Mais enfants et chiens reculaient à son approche. Parfois en le regardant je pensais au monstre du Dr Frankenstein, un simulacre d'être humain totalement incapable d'exprimer une véritable humanité. Il avait la peau couleur de cuir foncé et son sourire étincelait de dents en or. C'était une présence tapageuse et pas forcément courtoise mais il était immensément riche, de sorte qu'il se fit bien sûr accepter, mais dans notre petite communauté du centre-ville faite d'artistes, de musiciens et d'écrivains il n'était, dans l'ensemble, pas très populaire.

Nous aurions dû nous douter qu'un homme qui avait pris le nom du dernier des empereurs de la dynastie julio-claudienne de Rome pour s'installer ensuite dans une *domus aurea* faisait publiquement l'aveu de sa propre folie, de sa malfaisance, de sa mégalomanie et du sort tragique qui l'attendait et aussi qu'il se riait de tout cela, qu'un tel homme jetait le gant au pied du destin et claquait des doigts sous le nez menaçant de la mort, en hurlant : "Mais oui, comparez-moi, si ça vous chante, à ce monstre qui aspergeait d'huile les chrétiens et les faisait brûler pour assurer l'éclairage de son jardin la nuit ! Qui jouait de la lyre pendant que Rome brûlait (de fait, les violons n'existaient pas à l'époque) ! Oui, je me suis moi-même baptisé Néron, de la maison de César, le dernier de cette lignée sanglante et prenez-le comme vous voulez. Tout ce qui me plaît, moi, c'est le nom." Il nous agitait sa bassesse sous le nez, s'en délectait, nous mettait au défi de l'apercevoir, plein de mépris pour nos facultés de compréhension et convaincu qu'il était capable de vaincre quiconque se dresserait contre lui.

Il arriva en ville tel l'un de ces monarques européens déchus, chefs de lignées interrompues qui continuaient à porter le "de" des grands titres honorifiques, *de-Grèce*, *de-Yougoslavie* ou *d'-Italie*, comme si le lugubre préfixe "ex" n'avait pas existé. Il n'était pas un ex-quelque chose, comme l'affirmait son comportement, il était majestueux en tout, dans ses chemises à col dur, ses boutons de manchette, ses chaussures anglaises sur mesure, sa façon de marcher vers une porte fermée sans ralentir sachant qu'on allait l'ouvrir pour lui, mais aussi dans sa nature soupçonneuse, raison pour laquelle il voyait chacun de ses fils chaque jour en tête à tête pour lui demander ce que ses frères disaient de lui, et puis dans ses voitures, son amour pour les tables de jeu, son service au ping-pong impossible à renvoyer, son goût pour les prostituées, le whisky et les œufs à la diable, et ce dicton qu'il se plaisait à répéter, l'un des préférés des tyrans, de César à Hailé Sélassié, selon lequel la seule vertu digne d'intérêt est la loyauté. Il changeait souvent de téléphone portable, n'en donnait le numéro à presque personne et ne répondait pas quand il sonnait. Il refusait de laisser journalistes ou photographes entrer chez lui mais il y avait deux hommes de son cercle de poker habituel qui étaient souvent là, deux don Juan aux cheveux argentés généralement vêtus de blousons de cuir brun, arborant des cravates à rayures très colorées et que bien des gens soupçonnaient d'avoir assassiné leurs riches épouses respectives même si dans l'un des cas il n'y avait eu aucune poursuite et si dans l'autre elles n'avaient pas abouti.

Quant à l'absence de sa propre femme il gardait le silence sur ce point. Dans sa maison où il y avait tant de photos, dont les murs et les dessus de cheminée étaient peuplés de rock stars, de prix Nobel et d'aristocrates, on ne trouvait nulle trace d'un portrait de Mrs Golden, ou quel que fût le nom qu'elle portait. Il y avait manifestement une forme de disgrâce à l'œuvre et à notre grande honte nous nous répandions en commérages quant à ce dont il pouvait s'agir, imaginant l'ampleur et l'effronterie de ses infidélités, l'assimilant à une sorte de nymphomane de très haute extraction, à la vie sexuelle plus tapageuse que celle de n'importe quelle star de cinéma et aux égarements connus de tout un chacun sauf de son mari dont les yeux aveuglés par l'amour continuaient de la contempler avec adoration, la prenant pour ce qu'il croyait, l'épouse chaste et aimante de ses rêves jusqu'à ce jour terrible où ses amis, venus en nombre pour lui parler, lui avaient dit la vérité, et quelle ne fut pas alors sa fureur ! De quelles insultes ne les accabla-t-il pas !, les traitant de menteurs et de traîtres, il fallut sept hommes pour le maîtriser et l'empêcher de faire du mal à ceux qui l'avaient forcé à voir la réalité en face et quand finalement il s'y résolut, accepta les faits, il la chassa de sa vie et lui interdit de plus jamais s'occuper de ses fils. Quelle mauvaise femme, disions-nous, tout contents de nous : l'histoire nous convenait, aussi en restâmes-nous là, plus préoccupés, en réalité, de nos propres affaires que de celles de N. J. Golden qui ne nous intéressaient que jusqu'à un certain point. Nous tournâmes la page et chacun retourna à sa propre vie.

Comme nous avions tort.

2

Qu'est-ce qu'une bonne vie ? Quel en est le contraire ? Voilà des questions auxquelles il n'est pas deux hommes qui apporteront la même réponse. En ces temps de lâcheté qui sont les nôtres, nous refusons d'accepter la grandeur de l'Universel pour soutenir et glorifier nos sectarismes locaux, aussi est-il peu de choses sur lesquelles nous puissions nous mettre d'accord. En ces temps dégénérés qui sont les nôtres, des individus qui ne poursuivent que la vanité et le profit personnel – des individus creux et grandiloquents pour qui il n'existe rien d'interdit si cela peut faire avancer leur cause mesquine – vont se présenter comme de grands leaders et des bienfaiteurs agissant pour le bien commun et accusant tous ceux qui s'opposeront à eux de mensonge, de jalousie, de mesquinerie, de stupidité, de *rigidité*, et, au prix de l'exact renversement de la vérité, de malhonnêteté et de corruption. Nous sommes à ce point divisés, si hostiles les uns envers les autres, nous nous laissons à ce point guider par le pharisaïsme et le mépris, nous sommes à ce point enfoncés dans le cynisme que nous qualifions d'idéalisme nos manières pompeuses, nous sommes à ce point déçus par nos dirigeants, à ce point prompts à conspuer les institutions de notre État que le mot même de *bonté* a été vidé de son sens et devrait, peut-être, être laissé de côté un certain temps, à l'instar d'autres mots empoisonnés, tels que *spiritualité*, tels que *solution finale* et tels que (du moins quand on l'applique aux gratte-ciel et aux pommes de terre frites) *liberté*.

Mais par cette froide journée de janvier 2009, quand l'énigmatique septuagénaire que nous apprîmes à connaître sous le nom de Néron Julius Golden arriva à Greenwich Village dans une limousine Daimler, accompagné de trois garçons et nulle trace visible d'une épouse quelconque, lui au moins défendait fermement l'idée qu'il fallait attacher de l'importance à la vertu et distinguer les bonnes actions des mauvaises. "Dans ma maison américaine, dit-il à ses fils attentifs dans la limousine qui les menait de l'aéroport à leur nouvelle résidence, la morale sera la règle d'or." Qu'il eût voulu dire par là que la morale était plus précieuse que tout ou que la fortune conditionnait la morale ou qu'il serait lui, personnellement, avec son nouveau nom somptueux, seul juge du bien et du mal, il ne le précisa pas et les jeunes Julii, en raison d'une longue pratique filiale, ne demandèrent aucun éclaircissement. (*Julii*, le pluriel impérial qu'ils préféraient tous aux *Golden* – en toute modestie !) Le benjamin, un jeune homme indolent de vingt-deux ans dont les cheveux retombaient en harmonieuses cascades sur les épaules et qui avait le visage d'un ange en colère, posa pourtant une question. "Que dirons-nous, demanda-t-il à son père, quand ils nous demanderont « D'où venez-vous ? »" Le visage du vieil homme vira violemment à l'écarlate. "J'ai déjà répondu à cette question, s'écria-t-il, vous faites foirer la séance d'identification. Vous leur dites que nous sommes des serpents qui venons de muer. Vous leur dites que nous débarquons à peine de Carnegie Hill. Vous lcur dites que nous sommes nés hier. Vous leur dites que nous nous sommes matérialisés par magie ou que nous arrivons des alentours d'Alpha du Centaure à bord d'un vaisseau spatial caché dans la queue d'une comète. Vous leur dites que nous ne sommes de nulle part ou de n'importe où ou de quelque part, que nous sommes des êtres de fiction, des charlatans, des êtres réinventés, des mutants, autrement dit des Américains. Vous ne leur dites pas le nom de l'endroit que nous avons quitté. Vous ne le prononcez jamais. Ni la rue, ni la ville, ni le pays. Je ne veux plus jamais entendre ces noms."

Ils émergèrent de la voiture dans le vieux cœur du Village, sur Macdougal Street, un peu avant Bleecker, près du café italien d'autrefois qui parvenait à vivoter on ne sait comment, et sans tenir compte des coups de klaxon des voitures derrière eux ni de la main tendue dans un geste de supplication d'au moins un clochard crasseux, ils laissèrent la limousine arrêtée au beau milieu de la rue pendant qu'ils prenaient le temps de sortir leurs bagages du coffre – jusqu'au vieil homme qui insista pour porter lui-même sa valise – et les déposaient dans l'imposant bâtiment des Beaux-Arts du côté est de la rue, l'ancienne résidence Murray qui allait être connue par la suite sous le nom de la maison Golden. (Seul l'aîné, celui qui n'avait pas l'air d'aimer être dehors, portait des lunettes très très noires et semblait inquiet, pressé.) Ainsi arrivèrent-ils tels qu'ils avaient l'intention de demeurer par la suite : en toute autonomie et parfaitement indifférents aux objections d'autrui.

La résidence Murray, le bâtiment le plus majestueux de tous ceux qui donnaient sur les Jardins, était demeurée la plupart du temps inhabitée durant de nombreuses années, sauf par une intendante italo-américaine particulièrement cassante âgée de cinquante et quelques années et son assistante et compagne, non moins hautaine quoique beaucoup plus jeune. Nous nous étions souvent interrogés sur l'identité du propriétaire mais les farouches gardiennes de l'immeuble refusaient de satisfaire notre curiosité. Pourtant, c'était l'époque où nombreux étaient de par le monde les milliardaires qui achetaient des biens sans autre raison que de les posséder et laissaient, éparpillées sur toute la planète, des maisons vides semblables à des chaussures abandonnées, si bien que nous pensâmes qu'il devait y avoir là-dessous quelque oligarque russe ou autre cheikh du pétrole et que, haussant les épaules, nous prîmes l'habitude de traiter la maison vide comme si elle n'existait pas. Il y avait une autre personne attachée à la maison, un factotum du nom de Gonzalo, un Latino amène employé par les deux cerbères pour s'occuper de la maison et parfois, quand il avait un peu de temps libre, nous lui demandions de venir chez nous régler des problèmes d'électricité ou de plomberie ou nous aider à déblayer la neige de nos toits et de nos entrées au cœur de l'hiver. Tous services que, en échange de quelques menus billets qu'on lui glissait discrètement dans la main, il rendait avec le sourire.

Le Macdougal-Sullivan Gardens Historic District – pour donner aux Jardins leur nom complet et exagérément retentissant – était cet espace enchanté et paisible où nous habitions et élevions nos enfants, l'endroit d'une retraite heureuse loin du monde désenchanté et violent qui s'étendait à ses frontières et nous n'avions aucun scrupule à le chérir. Les maisons d'origine dans un style gréco-Renaissance sur Macdougal et Sullivan, construites dans les années 1840, furent remaniées dans un style Renaissance coloniale dans les années 1920 par des architectes travaillant pour le compte d'un certain Mr William Sloane Coffin, marchand de meubles et de tapis, et c'est à cette époque que les jardins derrière les maisons furent réunis pour constituer les Jardins communs, bordés au nord par Bleecker Street, au sud par Houston et réservés à l'usage privatif des habitants des maisons attenantes. La résidence Murray était une bizarrerie, à bien des égards trop majestueuse pour les Jardins, un bâtiment remarquable et élégant construit à l'origine pour le fameux banquier Franklin Murray et sa femme Harriet Lanier Murray entre 1901 et 1903 par le cabinet d'architectes Hoppin & Koen qui, pour faire de la place, avaient démoli deux des maisons d'origine bâties en 1844 par l'entreprise du négociant Nicholas Low. Elle avait été conçue dans le style de la Renaissance française pour être à la fois chic et à la mode, style dans lequel Hoppin & Koen avaient une grande expérience acquise à la fois à l'École des beaux-arts puis à l'époque où ils travaillaient pour McKim, Mead & White. Comme nous l'apprîmes par la suite, Néron Golden en avait fait l'acquisition au début des années 1980. On avait longtemps murmuré, dans les Jardins, que le propriétaire allait et venait, passant parfois deux jours par an dans la maison, mais aucun d'entre nous ne l'avait jamais vu, même si parfois la nuit il y avait plus de fenêtres éclairées que d'habitude et, très rarement, une ombre derrière un store, si bien que les enfants du coin décidèrent que la maison était hantée et s'en tinrent à l'écart.

Telle était la demeure dont la vaste porte d'entrée était ouverte en ce jour de janvier où la Daimler déversait les sieurs Golden, père et fils. Debout sur le seuil se tenait le comité d'accueil, les deux cerbères qui avaient tout préparé pour l'arrivée de leur maître. Néron et ses fils franchirent le seuil et découvrirent le monde de mensonges qu'ils allaient désormais habiter : pas une résidence flambant neuve et ultramoderne pour une riche famille d'étrangers qui allait se l'approprier progressivement à mesure que leur nouvelle existence se déployait, que leurs relations avec la nouvelle ville s'enracinaient, que leurs expériences se multipliaient, non ! Plutôt un endroit où le Temps était resté suspendu pendant vingt ans ou plus. Un Temps qui contemplait avec son indifférence habituelle les chaises Biedermeier éraflées, les tapis fanés et les lampes magma à la mode des années 1960 et jetait un regard vaguement amusé aux portraits exécutés par tous les artistes en vogue d'un Néron Golden plus jeune en compagnie de personnalités new-yorkaises, Rene Ricard, William Burroughs, Deborah Harry, mais aussi des magnats de Wall Street et de vieilles familles du Gotha aux noms fameux tels que Luce, Beekman et Auchincloss. Avant d'acheter cette maison, le vieil homme avait été propriétaire d'un vaste loft bohème haut de plafond, neuf cent quinze mètres carrés au coin de Broadway et de Great Jones Street et, dans sa lointaine jeunesse, avait eu l'occasion de fréquenter les marges de la Factory, restant assis ignoré et reconnaissant dans le coin des gosses de riches en compagnie de Si Newhouse et de Carlo De Benedetti, mais c'était il y avait bien longtemps. La maison contenait des souvenirs de ces jours-là mais aussi de ses visites plus tardives, dans les années 1980. Une grande partie du mobilier avait été entreposée au garde-meubles et la réapparition de ces objets d'une vie antérieure avait l'air d'une exhumation, impliquant une continuité que l'histoire des habitants de la maison ne possédait pas. La maison nous était donc toujours apparue comme une sorte de belle contrefaçon. Nous murmurions entre nous ces mots de Primo Levi : "C'est là le résultat le plus immédiat de l'exil, du déracinement : la prédominance de l'irréel sur le réel[1]."

Rien dans la maison ne donnait la moindre indication sur leur origine et les quatre hommes refusaient obstinément d'évoquer leur passé. Il y eut des fuites, inévitablement, et nous apprîmes leur histoire le moment venu mais avant cela nous avions chacun notre propre hypothèse sur leur histoire secrète. Et nos fictions venaient s'enrouler autour des leurs. Même s'ils avaient tous le teint clair depuis le plus jeune des fils, blanc comme du lait, jusqu'au vieux Néron à la peau tannée, il était évident pour tout le monde qu'ils n'étaient pas "blancs" au sens conventionnel du terme. Ils parlaient un anglais impeccable, avec un accent britannique, il était presque certain qu'ils avaient étudié à Oxford ou Cambridge, aussi au début avons-nous supposé à tort, la plupart d'entre nous, que l'Angleterre multiculturelle était le pays qu'on ne pouvait pas nommer non plus que Londres, la ville multiraciale. Ils auraient pu être libanais ou arméniens ou londoniens d'Asie du Sud, supposions-nous, ou même d'origine méditerranéenne, ce qui aurait expliqué leurs fantasmes romains. Quel horrible tort leur avait-on fait là-bas, quels affronts épouvantables avaient-ils dû endurer pour qu'ils aillent jusqu'à renier leurs origines ? Bon, bon, pour la plupart d'entre nous cela ne regardait qu'eux et nous désirions en rester là, jusqu'au moment où cette attitude devint intenable. Et quand vint ce moment, nous comprîmes que nous ne nous étions pas posé les bonnes questions.

Que la comédie de leurs noms récemment adoptés ait pu fonctionner, et ce pendant deux mandats présidentiels complets, que ces personnages américains de fiction vivant dans leur palais des illusions aient pu être aveuglément acceptés par nous, de leurs nouveaux voisins à leurs connaissances, nous en dit long sur l'Amérique elle-même et sur la force de volonté avec laquelle ils habitaient leur identité caméléonesque, devenant, sous nos yeux à tous, ce qu'ils prétendaient être, quoi que ce fût. Rétrospectivement, on ne peut que s'émerveiller de l'ampleur de ce plan, de la complexité des détails dont il fallut se préoccuper : passeports, cartes d'identité, permis de conduire, numéros de Sécurité sociale, assurance maladie, contrefaçons, arrangements, pots-de-vin, toute la démentielle difficulté de l'entreprise, et la violence, ou peut-être la peur, à la base de tout ce stratagème magnifique, sophistiqué et branlant. Ainsi que nous l'apprîmes plus tard, le vieil homme avait travaillé à sa métamorphose pendant peut-être une décennie et demie avant de mettre son plan à exécution. L'aurions-nous su, nous aurions compris que quelque chose de très vaste était dissimulé. Mais nous l'ignorions. Ils étaient tout simplement le roi autoproclamé et ses *soi-disant** princes qui habitaient le joyau architectural du quartier.

En vérité nous ne les trouvions pas bizarres. Les gens en Amérique portaient toutes sortes de noms : dans l'annuaire téléphonique, au temps où existaient les annuaires, l'exotisme nomenclatural était de règle. Huckleberry ! Dimmesdale ! Ichabod ! Achab ! Fenimore ! Portnoy ! Drudge ! Sans parler des douzaines, des centaines, des milliers de Gold, Goldwater, Goldstein, Finegold, Goldberry. En outre, les Américains décidaient constamment du nom qu'ils voulaient porter et de ce qu'ils voulaient être, échangeant leur Gatz d'origine pour devenir un élégant Gatsby en chemise-cravate et poursuivre des rêves du nom de Daisy ou peut-être tout simplement d'Amérique. Samuel Goldfish (encore un *golden boy*) était devenu Samuel Goldwyn, les Aertzoon devinrent les Vanderbilt, Clemens devint Twain. Comme beaucoup d'entre nous, en tant qu'immigrants, ou alors c'étaient nos parents ou nos grands-parents, nous avions décidé de laisser notre passé derrière nous exactement comme les Golden décidaient à présent de le faire, encourageant nos enfants à parler anglais, et non pas le vieux langage du vieux pays, à parler, s'habiller, agir, *être* américain. Les vieilles affaires, nous les fourrions dans une cave, nous nous en débarrassions ou nous les perdions. Et dans nos films et nos bandes dessinées, dans les bandes dessinées que sont devenus nos films, ne célébrons-nous pas chaque jour, *n'honorons*-nous pas l'idée de l'identité secrète ? Clark Kent, Bruce Wayne, Diana Prince, Bruce Banner, Raven Darkhölme, nous vous aimons. L'identité secrète a peut-être

* Les mots et expressions en italique suivis d'un astérisque sont en français dans le texte original. *(Toutes les notes sont de l'éditeur.)*

été autrefois une idée française – Fantômas le voleur et aussi *le fantôme de l'Opéra** –, mais elle s'est désormais profondément enracinée dans la culture américaine. Si nos nouveaux amis voulaient être des Césars, nous n'avions rien à y redire. Ils avaient un goût excellent, des vêtements excellents, un excellent anglais et ils n'étaient guère plus excentriques que, disons, Bob Dylan, ou n'importe quel autre résident qui avait pu vivre là. Les Golden furent donc acceptés parce qu'ils étaient acceptables. Ils étaient désormais américains.

Mais le plan finit par échouer. Voici quelles furent les causes de leur chute : une querelle entre frères, une métamorphose inattendue, l'arrivée dans la vie du vieil homme d'une jeune femme belle et déterminée, un meurtre. (Plus d'un.) Et finalement, bien loin de là, dans le pays qui n'avait pas de nom, une enquête bien menée.

3

Telle était leur histoire inavouée, leur planète Krypton en explosion, une histoire à faire pleurer dans les chaumières comme le sont souvent les choses qu'on garde secrètes.

Le grand hôtel sur le port était aimé de tous, même de ceux qui étaient trop pauvres pour jamais en passer les portes. Tout le monde en avait vu l'intérieur dans des films ou des magazines de cinéma, et en rêve : le célèbre escalier, la piscine entourée de beautés alanguies en maillot de bain, les galeries marchandes étincelantes où des tailleurs sur mesure pouvaient vous livrer en un après-midi la copie conforme de votre costume favori dès que vous aviez choisi votre tissu préféré, drap ou laine peignée. Tout le monde connaissait le personnel fabuleusement efficace toujours accueillant et très attentionné pour qui l'hôtel était comme leur famille, qui vouait à l'hôtel le respect dû à un patriarche, et donnait à tous ceux qui pénétraient son hall le sentiment d'être des rois et des reines. L'endroit était parfait pour accueillir des étrangers, oui, bien sûr, et par ses fenêtres ceux-ci contemplaient le port, la baie magnifique qui avait donné son nom à la ville innommable, et s'émerveillaient devant le grand déploiement de bateaux qui dansaient devant eux, des bateaux à moteur, des bateaux à voile, des navires de croisière de toutes les tailles, de toutes les formes et de toutes les couleurs. Tout le monde connaissait l'histoire de la naissance de la ville, pourquoi les Britanniques avaient voulu l'avoir justement en raison de son port magnifique, comment ils avaient négocié avec les Portugais pour que la princesse Catherine épousât le roi Charles II et parce que la pauvre Catherine n'était pas une beauté il fallait que la dot fût bien rondelette, d'autant plus que Charles II s'attendait à une jolie fille : la ville fit donc partie de la dot, Charles épousa Catherine puis l'ignora aussi longtemps qu'il vécut, mais les Britanniques installèrent leur marine dans le port et se lancèrent dans un projet de réclamations territoriales pour réunir les Sept Îles et y bâtir un fort puis une ville, enfin l'Empire britannique prit la suite. C'était une ville construite par des étrangers et il était normal que les étrangers y fussent accueillis dans ce grandiose hôtel de luxe donnant sur le port qui était la véritable raison de l'existence de la ville. Mais il n'était pas réservé aux étrangers, c'était un bâtiment bien trop romantique pour cela, un lieu enchanté aux murs de pierre, coiffé d'une coupole rouge, avec des lustres belges qui déversaient sur vous leur lumière et, sur les murs et les planchers, tous les objets d'art, l'ameublement et les tapis provenant de tous les coins de ce pays géant, le pays qui ne pouvait être nommé, et si vous étiez un jeune homme désireux d'impressionner sa petite amie, vous trouviez d'une façon ou d'une autre le moyen de vous procurer l'argent nécessaire pour l'emmener dans le salon face à la mer et, tandis que la brise marine caressait vos visages, vous buviez du thé ou du jus de citron vert en mangeant des sandwichs au concombre ou des gâteaux, et alors elle tombait amoureuse parce que vous l'aviez amenée dans le cœur magique de la ville. Et, lors du deuxième rendez-vous, vous l'y rameniez, peut-être pour dîner au restaurant chinois du sous-sol, et l'affaire était conclue.

Les notables de la ville, du pays et du monde entier s'approprièrent le grand hôtel après le départ des Britanniques :

princes, hommes politiques, vedettes de cinéma, chefs religieux, les visages les plus célèbres et les plus beaux de la ville et du monde se bousculaient dans ses couloirs et il devint un symbole de la ville qu'on ne pouvait pas nommer au même titre que la tour Eiffel, le Colisée ou la statue dans le port de New York qui s'appelle *La Liberté éclairant le monde*.

Il existait un mythe originel au sujet du vieux palace auquel presque tous les habitants de la ville croyaient même s'il n'était pas vrai, un mythe à propos de liberté, le mythe du renversement de l'Empire britannique tout comme l'avaient fait les Américains. L'histoire racontait que, dans les premières années du XXe siècle, un digne et vieux gentleman portant le fez, qui se trouvait être l'homme le plus riche du pays que l'on ne pouvait nommer, avait un jour voulu se rendre dans un autre palace plus ancien du quartier et s'était vu refuser l'entrée à cause de sa race. Le digne vieux gentleman hocha lentement la tête et s'en alla, il acheta un très grand terrain dans la même rue et y construisit l'hôtel le plus grand et le plus luxueux qu'on ait jamais vu dans la ville dont on ne pouvait pas dire le nom dans le pays qu'on ne pouvait pas identifier et, en peu de temps, il poussa à la faillite l'hôtel dont on lui avait refusé l'entrée. L'hôtel devint ainsi, dans l'esprit des gens, un symbole de rébellion, la preuve que les colonisateurs avaient été battus à leur propre jeu et qu'on les avait renvoyés à la mer, et même quand il fut définitivement établi que rien de toute cette histoire ne s'était réellement produit, cela ne changea rien car un symbole de liberté et de victoire est plus puissant que les faits.

Cent cinq années passèrent. Et le 23 novembre 2008, dix terroristes équipés d'armes automatiques et de grenades à main quittèrent par bateau le pays voisin hostile, situé à l'ouest du pays qu'on ne peut nommer. Dans leurs sacs à dos ils transportaient des munitions et de puissants narcotiques : cocaïne, stéroïdes, LSD et seringues. Dans leur expédition vers la ville qu'on ne pouvait nommer, ils détournèrent un bateau de pêche, abandonnèrent leur première embarcation, apportèrent deux canots pneumatiques à bord du bateau de pêche et indiquèrent au capitaine leur destination. Quand ils approchèrent du rivage ils tuèrent le capitaine et embarquèrent dans les canots. Par la suite, bien des gens se demandèrent pourquoi les gardes-côtes ne les avaient pas vus et n'avaient pas tenté de les intercepter. La côte était théoriquement bien gardée mais ce soir-là il dut y avoir un problème quelconque. Quand les canots abordèrent, le 26 novembre, les terroristes se séparèrent en petits groupes et se mirent en route vers les cibles choisies, une gare, un hôpital, un cinéma, un centre juif, un café très fréquenté et deux hôtels cinq étoiles. L'un d'entre eux était l'hôtel décrit plus haut.

L'attaque de la gare commença à 21 h 21 et dura une heure et demie. Les deux terroristes tirèrent à l'aveuglette et cinquante-huit personnes furent tuées. Ils quittèrent la gare et furent finalement acculés près d'une plage de la ville où l'un d'eux fut tué et l'autre capturé. Pendant ce temps, à 21 h 30 une autre équipe de tueurs faisait exploser une station d'essence avant de se mettre à tirer sur les gens du centre juif quand ils se mirent aux fenêtres. Puis ils donnèrent l'assaut au centre lui-même et sept personnes furent tuées. Dix personnes furent tuées au café. Au cours des quarante-huit heures suivantes, ce furent peut-être trente personnes qui moururent dans l'autre hôtel.

L'hôtel que tout le monde aimait fut attaqué vers 21 h 45. Les clients qui se trouvaient à la piscine furent abattus en premier puis les tireurs se dirigèrent vers les restaurants. Une jeune femme qui travaillait au Sea Lounge où les jeunes gens emmenaient leur petite amie pour l'impressionner aida de nombreux clients à s'échapper par une porte de service, puis les tireurs firent irruption dans le restaurant et elle fut tuée. Des grenades furent lancées et il s'ensuivit une folie meurtrière pendant ce qui devint un siège de trois jours. À l'extérieur se massaient des équipes de télévision et une foule de badauds, et quelqu'un cria : "Il y a le feu à l'hôtel !" Des flammes jaillissaient des fenêtres du dernier étage et le fameux escalier flambait lui aussi. Parmi ceux qui furent piégés par le feu et qui moururent dans l'incendie figuraient la femme et les enfants du directeur de l'hôtel. Les terroristes disposaient de plans de l'hôtel et ces plans étaient bien plus précis que ceux que détenaient les forces de sécurité. Ils employèrent les drogues pour rester éveillés et le LSD, qui n'était pas un psychostimulant, combiné avec les autres (qui l'étaient) pour susciter chez les tueurs une folie frénétique hallucinogène, et ils riaient aux éclats tout en perpétrant leur massacre. Devant l'hôtel les équipes de télévision évoquèrent des clients de l'hôtel qui parvenaient à s'échapper et les tueurs regardèrent la télévision pour identifier les issues qu'ils empruntaient. À la fin du siège, plus de trente personnes avaient été tuées et parmi elles beaucoup faisaient partie du personnel.

*

Les Golden, sous leur ci-devant nom d'origine, vivaient dans le quartier le plus huppé de la ville dans un quartier sécurisé sur la colline la plus chic dans une vaste maison moderne qui dominait les demeures Art déco alignées autour de Back Bay où le soleil rouge plongeait tête la première tous les soirs. Nous pouvons nous les imaginer, le vieil homme, pas si vieux à l'époque, et ses fils, plus jeunes, eux aussi, le grand brillant aîné maladroit, agoraphobe et pataud, le cadet avec son goût des footings nocturnes et ses portraits de la bonne société, le benjamin tout pétri de ténèbres et d'égarement, et il semble que le jeu qui consistait à s'attribuer des noms classiques soit une pratique que le vieil homme les avait encouragés à appliquer depuis de nombreuses années, tout comme il leur avait appris depuis leur plus tendre enfance qu'ils n'étaient pas des gens ordinaires, qu'ils étaient des Césars, qu'ils étaient des dieux. Les empereurs romains et, après eux, les monarques de Byzance, étaient connus chez les Arabes et les Perses sous le nom de *Qaisar-e-R'um*, le César de Rome. Et si Rome était Rum, alors eux, les rois de cette Rome orientale étaient des Rumi. Ce qui les amena à étudier le mystique et sage Rūmī, autrement dit Djalāladdin Balkhi dont père et fils se renvoyaient les citations comme des balles de tennis, *l'objet de ta quête est à ta recherche, tu es l'univers dans l'extase de son mouvement, sois célèbre, déploie ton propre mythe, vends ton intelligence et achète la perplexité, fais flamber ta vie, recherche ceux qui attisent tes flammes, si tu souhaites la guérison, tombe volontairement malade*, jusqu'à ce qu'ils se lassent de ses remèdes et qu'ils se mettent à en imaginer de leur cru pour rire, *si tu veux devenir riche, fais-toi pauvre, si quelqu'un est à ta recherche, c'est la personne que tu cherches, si tu veux te tenir bien droit, mets-toi sur la tête.*

Après quoi ils ne furent plus des Rumi et devinrent des Julii du Latium, les fils de César qui étaient ou allaient devenir des Césars de plein droit. Ils étaient une ancienne famille qui prétendait faire remonter ses origines jusqu'à Alexandre le Grand, dont Plutarque soutenait qu'il était le fils de Zeus en personne, ils étaient donc au moins les égaux des Julio-Claudiens qui affirmaient descendre d'Iule, le fils du pieux Énée, prince de Troie, et donc de la mère d'Énée, la déesse Vénus. Quant au mot *Caesar*, il avait au moins quatre origines possibles. Le premier *Caesar* avait-il tué un *caesai*, le terme maure qui désigne l'éléphant ? Avait-il sur la tête une chevelure épaisse, *caesaris* ? Avait-il les yeux gris, *oculis caesiis* ? Ou son nom venait-il du verbe *caedere*, couper, parce qu'il était né par *caesarean section* ? "Je n'ai pas les yeux gris et ma mère m'a donné le jour de la façon habituelle, disait le vieil homme. Quant à mes cheveux, même si j'en ai encore, ils sont clairsemés ; je n'ai pas non plus tué d'éléphant. Au diable le premier César. J'ai choisi d'être Néron, le dernier."

"Alors qui sommes-nous ?" demanda le cadet. "Vous êtes mes fils, répondit le vieil homme en haussant les épaules. Choisissez vous-mêmes vos noms." Plus tard, quand il fut temps de s'en aller, ils découvrirent qu'il avait fait établir des passeports portant leurs nouveaux noms et n'en furent pas surpris. C'était un homme soucieux d'efficacité.

Et voici, comme sur une vieille photo, l'épouse du vieil homme, une petite femme triste aux cheveux grisonnants relevés en chignon négligé avec dans le regard le souvenir du mal qu'elle s'est à elle-même infligé. La femme de César : dans l'obligation d'être au-dessus de tout soupçon, certes, et pourtant assujettie au pire métier du monde.

Le soir du 26 novembre, il se produisit quelque chose dans la grande maison, une dispute quelconque entre César et sa femme, laquelle fit appeler le chauffeur et la Mercedes et quitta la maison, désemparée, pour aller chercher consolation auprès de ses amis, si bien qu'elle se retrouva assise dans le Sea Lounge de l'hôtel que tout le monde aimait, à manger des sandwichs au concombre en buvant du jus de citron vert très sucré lorsque les tireurs hallucinants déboulèrent en gloussant de joie, les yeux exorbités, entourés d'oiseaux psychédéliques imaginaires qui voletaient autour de leur tête et qu'ils se mirent à tirer.

Et oui, le pays c'était l'Inde bien sûr, la ville c'était Bombay, bien sûr, la maison faisait partie de la luxueuse colonie de Walkeshwar sur Malabar Hill, et oui bien sûr il s'agissait des attaques de terroristes musulmans lancées depuis le Pakistan par Lashkar-e-Taiba, l'"Armée des justes", d'abord contre la gare autrefois connue sous le nom de Victoria Station ou VT et à présent, comme tous les autres lieux de Bombay/Mumbai, rebaptisée d'après le nom du prince-héros mahratte, Shivaji, puis contre le Leopold Cafe à Colaba, l'Oberoi Trident Hotel, le Metro Cinema, le Cama and Albless Hospital, la Jewish Chabad House, le Taj Mahal Palace and Tower Hotel. Et oui, après que le siège de trois jours et les combats furent terminés, la mère des deux aînés des Golden boys (nous aurons davantage à dire par la suite de la mère du benjamin) fut dénombrée parmi les victimes.

Quand le vieil homme apprit que sa femme se retrouvait piégée au Taj, ses genoux se dérobèrent sous lui et il aurait dévalé les marches de marbre de sa maison de marbre, du haut du salon en marbre jusqu'à la terrasse de marbre située plus bas, s'il n'y avait eu un serviteur assez proche pour le rattraper, mais il est vrai qu'il y avait toujours un serviteur dans les parages. Il resta à genoux et enfouit son visage entre ses mains, son corps était secoué de sanglots si violents et si convulsifs qu'on aurait dit qu'une créature tapie au fond de lui cherchait à s'échapper. Pendant toute la durée de l'attaque il demeura en position de prière en haut de l'escalier de marbre, refusant de manger ou de dormir, à se frapper la poitrine du poing comme un pleureur professionnel à un enterrement en ne cessant de se faire des reproches. Je ne savais pas qu'elle allait là-bas, s'écriait-il. J'aurais dû le savoir, pourquoi l'ai-je laissée y aller ? En ce temps-là l'air de la ville paraissait aussi sombre que le sang même à midi, sombre comme un miroir, et le vieil homme voyait son image s'y refléter et ce qu'il voyait ne lui plaisait pas et sa vision avait une telle force que ses fils la percevaient eux aussi et quand la mauvaise nouvelle arriva, la nouvelle qui mit un terme à toute la vie qu'ils avaient menée jusqu'alors, les promenades dominicales autour du champ de courses en compagnie de membres éminents des vieilles grandes familles de Bombay mais aussi des nouveaux riches, le squash et le bridge, la natation, le badminton et le golf au Willington Club, les vedettes de cinéma, le hot jazz, tout cela disparut à jamais, englouti dans un océan de mort, ils s'accordèrent au nouveau désir de leur père qui était de quitter à jamais cette maison de marbre et la ville fracturée et querelleuse où elle se dressait ainsi que le pays tout entier, corrompu et vulnérable, toute leur vie que leur père s'était mis brusquement ou peut-être pas si brusquement à détester, ils acceptèrent d'effacer chaque détail de ce qu'elle avait été pour eux et de la place qu'ils y avaient tenue et de ce qu'ils avaient perdu : cette femme contre laquelle son mari avait élevé la voix, la conduisant ainsi à son destin fatal, que ses deux fils avaient aimée et qui, un jour, avait été si gravement humiliée par son beau-fils qu'elle avait tenté de se suicider. Ils allaient complètement effacer l'ardoise, adopter de nouvelles identités, traverser le monde et devenir autres que ce qu'ils avaient été. Ils allaient échapper à l'histoire pour entrer dans la sphère de l'individuel, et dans le Nouveau Monde l'individuel serait l'objet de tous leurs efforts et de toutes leurs attentes, ils s'emploieraient au détachement, à l'individualisme et à la solitude, chacun d'eux tentant de trouver en privé son propre arrangement avec le quotidien, l'histoire extérieure et le monde extérieur. Il ne vint à l'esprit à aucun d'eux que leur décision provenait du colossal sentiment que tout leur était dû, cette idée qu'ils pouvaient quitter hier et entamer demain comme s'ils ne faisaient pas partie de la même semaine, et aller au-delà de la mémoire, des racines et de la langue pour foncer dans le monde du *self-made self*, autrement dit l'Amérique.

Comme nous l'avions mal jugée, cette défunte, lorsque dans nos commérages nous imputions son absence de New

York à son infidélité. C'était son absence, sa tragédie, qui était la clef de la présence de sa famille parmi nous. Elle était l'explication de cette histoire.

Lorsque Poppaea Sabina, la femme de l'empereur Néron, mourut, il brûla à son enterrement dix ans de stock d'encens d'Arabie. Mais dans le cas de Néron Golden tout l'encens du monde ne parvint pas finalement à masquer la mauvaise odeur.

*

Le terme légal *benami* a quelque chose de presque français, *ben-ami* pourrait induire à tort un imprudent à penser que cela signifie *bon ami*, ou *bien-aimé* ou quelque chose de ce genre. Mais le mot est en fait d'origine persane et sa racine n'est pas *ben-ami* mais *bé-nami*. *Bé* étant un préfixe qui signifie "sans" et *nam* voulant dire "nom" ; *benami*, c'est donc "sans nom" ou anonyme. En Inde, les transactions *benami* sont des achats de biens dans lesquels l'acheteur officiel, au nom duquel le bien est acquis, n'est qu'un homme de paille, destiné à dissimuler le véritable propriétaire du bien. En vieil argot américain, *benami* voulait dire l'homme de paille.

En 1988, le gouvernement indien adopta le *Benami Transactions (Prohibition) Act*, qui à la fois interdisait ce genre de transactions et donnait à l'État la possibilité de récupérer les biens détenus sous le "statut *benami*". Il demeura cependant beaucoup de failles. L'un des moyens par lesquels les autorités avaient tenté de combler ces failles est l'instauration du système *Aadhaar*. *Aadhaar* est un numéro de Sécurité sociale à douze chiffres attribué à vie à chaque citoyen et citoyenne d'Inde, et il est obligatoire de s'en servir dans toute transaction immobilière ou financière, ce qui permet de retrouver la trace électronique de tout citoyen lors de ces transactions. Pourtant, l'homme que nous connaissons sous le nom de Néron Golden, citoyen américain depuis plus de vingt ans et père de citoyens américains, avait manifestement un coup d'avance. Quand arriva ce qui arriva et que tout fut découvert, nous apprîmes que la Maison Golden était l'entière propriété d'une dame d'un certain âge, celle-là même qui avait été la plus âgée des deux dames de confiance de Néron et l'on ne put produire aucun autre document officiel. Mais ce qui arriva arriva et alors, même les murs que Néron avait si soigneusement construits s'écroulèrent et toute l'étendue de son crime affreux se montra à nos yeux, toute nue, quand la vérité éclata au grand jour. Cela, c'était pour plus tard. Pour l'instant il n'était que N. J. Golden notre riche, et comme nous le découvrîmes, vulgaire voisin.

4

Dans le secret et verdoyant rectangle des Jardins, j'ai rampé avant de savoir marcher, j'ai marché avant de savoir courir, j'ai couru avant de savoir danser, j'ai dansé avant de savoir chanter, puis j'ai dansé et chanté jusqu'à ce que j'aie appris le calme et le silence et que je sois resté immobile à l'écoute du cœur des Jardins, les soirs d'été étincelants de lucioles, et que je sois devenu, du moins selon moi, un artiste. Pour être précis un aspirant scénariste. Et, dans mes rêves, un cinéaste, et même, pour employer la vieille formule grandiloquente, un Créateur.

Je me suis jusqu'ici caché derrière la première personne du pluriel et il se pourrait bien que je le fasse encore, mais je dois prendre le temps de me présenter. Je suis. Dans un sens, cependant, je ne suis pas si différent de mes personnages, qui sont eux aussi des dissimulateurs, cette famille dont l'arrivée dans mon secteur m'a fourni le grand projet dont j'étais, de plus en plus désespérément, en quête. Si les Golden tenaient tellement à effacer leur passé, moi-même qui me suis donné pour tâche d'être leur chroniqueur, et peut-être leur *imaginieur*, terme inventé pour les concepteurs d'attractions dans les parcs à thème de Disney, j'ai par nature tendance à m'effacer. Que disait Isherwood au début d'*Adieu à Berlin* ? "Je suis un appareil photo à l'objectif ouvert, totalement passif, qui enregistre et ne pense pas." Mais c'était autrefois et nous sommes aujourd'hui à l'époque des appareils intelligents qui réfléchissent par eux-mêmes. Peut-être suis-je l'un de ces appareils intelligents. J'enregistre mais je ne reste pas complètement passif. Je pense, je modifie. Peut-être même que j'invente. Être un imaginieur, après tout c'est très différent d'être quelqu'un qui prend les choses au pied de la lettre. Le tableau de Van Gogh représentant une nuit étoilée ne ressemble pas à la photographie d'une nuit étoilée, c'est pourtant un formidable rendu d'une nuit étoilée. Disons simplement que je préfère la peinture à la photographie. Je suis un appareil photo qui peint.

Appelez-moi René. J'ai toujours aimé que le narrateur de *Moby Dick*, de fait, ne nous dise jamais son nom. Appelez-moi-Ismaël pourrait être dans la "réalité", c'est-à-dire dans le Factuel minable qui s'étend autour du grand Réel du roman, une façon de dire qu'il aurait pu s'appeler n'importe comment. Il aurait pu s'appeler Brad, ou Trig, ou Ornette, ou Schuyler, ou Zeke. Il aurait même pu s'appeler Ismaël. Nous n'en savons rien et donc à l'image de mon grand ancêtre je n'imagine pas de vous déclarer tout simplement "Je m'appelle René". Appelez-moi René : c'est le mieux que je puisse faire pour vous.

Mais poursuivons. Mes parents étaient tous les deux professeurs d'université (remarquez-vous, chez leur fils, l'héritage d'un certain ton professoral ?) qui avaient acheté notre maison près du croisement de Sullivan et de Houston à l'ère jurassique, à l'époque où les choses étaient bon marché. Je vous les présente : Gabe et Darcey Unterlinden, de longue date mariés, un couple non seulement d'universitaires respectés mais de professeurs bien-aimés et, à l'instar du grand Poirot (c'est un personnage de fiction, mais on ne peut pas tout avoir, comme dit Mia Farrow dans *La Rose pourpre du Caire*)… belges. Jadis belges, je m'empresse de préciser, et depuis à jamais américains, Gabe persévérant bizarrement à maintenir un curieux accent paneuropéen aussi marqué que largement inventé, Darcey, elle, une parfaite Yankee. Les professeurs jouaient au ping-pong (ils défièrent Néron Golden quand ils apprirent qu'il aimait ce jeu et il les battit tous les deux à plate couture même s'ils étaient l'un et l'autre de très bons joueurs). Ils aimaient se lancer des citations de poèmes. Ils étaient passionnés de baseball et puis aussi, oui, ils se tordaient de rire en regardant les émissions de téléréalité, adoraient l'opéra et ne cessaient de caresser le projet d'écrire à quatre mains une monographie sur le genre qui ne verrait jamais le jour et aurait dû s'intituler *C'est toujours la nana qui meurt*.

Ils aimaient leur ville parce qu'elle ne ressemblait pas au reste du pays. "Rome ze n'est pas l'Italie, m'a appris mon père, et Londres n'est pas l'Angleterre et Paris n'est pas la France et zezi où nous sommes en ze moment, zezi n'est pas les États-Unis d'Amérique. Zezi est New York.

— Entre la métropole et l'arrière-pays, ajouta ma mère en guise de note de bas de page, il y a toujours du ressentiment, toujours de l'incompréhension.

— Après le 11 Septembre, l'Amérique a essayé de faire semblant de nous aimer, dit mon père. Combien de temps zela a-t-il duré ?

— Pas des masses, bordel", fit ma mère pour compléter sa remarque. (Elle était adepte des mots grossiers. Elle prétendait ne pas s'en apercevoir. Ils lui échappaient.)

"Z'est une bulle, comme on dit maintenant, ajouta mon père. Z'est comme dans le film de Jim Carrey, mais à la taille de la grande ville.

— Le *Truman Show*, précisa utilement ma mère. Et ce n'est pas la ville tout entière qui est dans la bulle, parce que la bulle c'est l'argent qui la fait et que l'argent n'est pas également réparti."

Sur ce point, ils différaient de l'opinion commune selon laquelle la bulle était constituée d'attitudes progressistes, ou plutôt ils estimaient, en bons post-marxistes, que le libéralisme était la résultante de l'économie.

"Le Bronx, le Queens, ne font peut-être pas partie de la bulle, dit mon père.

— Staten Island n'en fait *absolument* pas partie.

— Brooklyn ?

— Brooklyn, ouais. Peut-être dans la bulle. Certains quartiers de Brooklyn.

— Brooklyn, z'est formidable…, dit mon père, et à l'unisson ils achevèrent leur vieille blague favorite si souvent rabâchée :

— … mais c'est à Brooklyn.

— La vérité z'est que nous aimons la bulle, et toi aussi, dit mon père. Nous n'avons pas envie de vivre dans un État républicain et toi, tu serais fichu par exemple au Kansas, où zils ne croient même pas à *l'évolution*.

— Dans un sens, le Kansas ne remet pas en cause la théorie de Darwin, fit remarquer ma mère d'un air songeur. Ce qui prouve que ce ne sont pas toujours les mieux adaptés qui survivent. Quelquefois au contraire ce sont les plus nazes.

— Mais ce ne sont pas non plus juste des cow-boys zinglés, dit mon père et ma mère saisit aussitôt la perche :

— Nous n'avons pas envie de vivre en *Californie*."

(À ce stade leur bulle devint confuse, à la fois d'ordre culturel et économique, la côte Est contre la côte Ouest. Biggie contre Tupac. Ils semblaient ne plus se préoccuper des contradictions de leurs points de vue.)

"Voilà donc qui tu es, voulut me faire savoir mon père. Le garzon dans la bulle.

— Ce sont des jours de miracles et de merveilles, dit ma mère. Et ne pleure pas, mon petit, ne pleure pas, putain tu ne pleures pas !"

J'ai eu une enfance heureuse auprès des professeurs. Au cœur de la bulle étaient les Jardins et les Jardins conféraient un cœur à la bulle. J'ai grandi dans un monde enchanté, protégé du mal, dans un cocon de soie au cœur d'une ville large d'esprit et cela m'a donné un courage innocent, même si je savais qu'en dehors du cercle magique les sinistres moulins à vent du monde attendaient le Don Quichotte naïf. (De plus, "La seule excuse justifiant de bénéficier d'un privilège, m'apprit mon père, z'est d'en faire quelque chose d'utile".) J'ai fait mes études secondaires à Little Red et mes études universitaires à Washington Square. Toute une vie passée dans l'espace de douze blocs. Mes parents avaient été plus aventureux. Mon père était allé à Oxford grâce à une bourse Fullbright et, à la fin de ses études, avait, avec un ami britannique, traversé, à bord d'une Mini Traveller, l'Europe et l'Asie, la Turquie, l'Iran, le Pakistan, l'Inde, il y avait bien longtemps, durant cette ère jurassique déjà évoquée quand les dinosaures sillonnaient la terre et qu'il était possible d'effectuer de tels voyages sans se faire couper la tête. Quand il revint chez lui, il avait eu son content du vaste monde et il devint, avec Burrows et Wallace, un des trois grands historiens de la ville de New York, coauteur, avec ces deux messieurs, de *Metropolis*, classique en plusieurs volumes, l'ouvrage qui fait autorité sur la ville natale de Superman où nous vivions tous, où le *Daily Planet* arrivait tous les matins sur le seuil de la porte et où, bien des années après ce bon vieux Superman, Spider-Man vint s'installer dans le Queens. Quand je l'accompagnais dans le Village, il me montrait du doigt l'endroit où habitait autrefois Aaron Burr et un jour, devant le multiplexe de la Deuxième Avenue et de la 32e Rue, il me raconta l'histoire de la bataille de Kip's Bay et comment Mary Lindley Murray avait couvert la fuite des soldats américains d'Israel Putnam en invitant le général britannique William Hove à cesser de les poursuivre pour venir prendre le thé dans sa grandiose demeure, Inclenberg, qui serait par la suite connue sous le nom de Murray Hill.

Ma mère aussi s'était montrée intrépide à sa façon. Jeune, elle avait travaillé dans des dispensaires publics en Afrique à soigner des drogués et de pauvres paysans. Après ma naissance, elle avait réduit le spectre de ses activités pour devenir experte de l'éducation dans le domaine de la petite enfance et finalement professeur de psychologie. Notre maison sur Sullivan Street, à l'endroit le plus éloigné des Jardins par rapport à la demeure des Golden, était pleine du charmant fatras qu'ils avaient accumulé au cours de leur existence, tapis persans usés, statues africaines en bois sculpté, photographies, cartes et gravures des deux cités d'origine sur l'île de Manhattan, à la fois les "New" Amsterdam et York. Il y avait un coin dédié aux Belges célèbres, une planche originale de *Tintin* accrochée près d'une sérigraphie de Warhol représentant Diane von Fürstenberg et la fameuse photo de tournage hollywoodienne de la belle star de *Diamants sur canapé* avec son long fume-cigarettes, jadis connue sous le nom de Miss Edda Van Heemstra et adorée ensuite sous celui d'Audrey Hepburn, en dessous, sur une petite table l'édition originale des *Mémoires d'Hadrien* de Marguerite Yourcenar auprès de photos de Magritte dans son atelier, celui qui portait le même prénom que moi, du cycliste Eddy Merckx et de Sœur Sourire. (Jean-Claude Van Damme n'avait pas été retenu.)

En dépit de ce petit autel élevé à la Belgique, ils n'hésitaient pas à critiquer leur pays d'origine quand on leur posait la question. "Le roi Léopold II et l'État libre du Congo, disait ma mère, les pires colonialistes qui aient jamais existé, le système raciste le plus rapace de toute l'histoire coloniale." "Et de nos jours, ajoutait mon père, Molenbeek est le zentre européen de l'islam fanatique."

À la place d'honneur sur le manteau de la cheminée du salon trônait un bloc de haschich intact et vieux de plusieurs dizaines d'années, encore enveloppé dans son rudimentaire emballage de cellophane et portant un sceau officiel délivré par le gouvernement afghan pour attester de sa qualité et qui représentait une image de la Lune. En Afghanistan, du temps du roi, le haschich était légal et on pouvait se le procurer sous trois formats contrôlés, de prix et de qualité différents, l'Or afghan, l'Argent et le Bronze. Mais ce que mon père, qui n'avait jamais fumé d'herbe, gardait à la place d'honneur sur le manteau de la cheminée était quelque chose de plus rare, de légendaire, de presque secret. "La Lune afghane, dit mon père. Si tu en prends zela t'ouvre le troisième œil de ta glande pinéale au milieu de ton front et tu deviens clairvoyant et peu de secrets peuvent t'échapper.

— Alors pourquoi n'en as-tu jamais pris ? demandai-je.

— Parce qu'un monde zans mystère est comme un tableau zans zombres, dit-il. En exposant trop il ne montre plus rien.

— Ce qu'il veut dire, ajouta ma mère, c'est que *(a)* nous pensons qu'il faut faire travailler notre cerveau et non pas le détruire et *(b)* qu'il est probablement mélangé, ou *coupé*, comme disaient les hippies, avec quelque épouvantable hallucinogène et que *(c)* il se peut que je sois d'un avis complètement opposé. Je n'en sais rien. Il ne m'a jamais fait passer le test." *Les hippies*, comme si elle ne se souvenait pas des années 1970, comme si elle n'avait jamais porté une veste en peau de mouton ou un bandana ou rêvé d'être Grace Slick.

Il n'y avait pas de Soleil afghan, pour info. Le soleil de l'Afghanistan c'était le roi, Zāhêr Chāh. Et puis les Russes sont arrivés, puis les fanatiques, et le monde a changé.

Mais la Lune afghane… elle m'a aidé aux heures les plus sombres de ma vie et ma mère n'était plus en mesure de s'y opposer.

*

Et puis il y avait les livres, inévitablement, les livres telle une maladie envahissant chaque recoin de notre logis minable et heureux. Je suis devenu écrivain parce que bien sûr j'ai eu de tels parents et si j'ai choisi les films plutôt que les romans ou les biographies, c'est peut-être parce que je savais que je n'étais pas de taille à me mesurer à mes vieux. Mais avant que les Golden ne viennent s'installer dans la grande demeure sur Macdougal, diamétralement opposée à la nôtre dans les Jardins, ma créativité de jeune diplômé avait marqué le pas. Avec l'égotisme sans limites de la jeunesse, je m'étais mis à imaginer un film puissant, ou plutôt une suite de films dans le genre du *Décalogue*, traitant des migrations, des transformations, de la peur, du danger, du rationalisme, du romantisme, des changements de sexe, de la ville, de la lâcheté et du courage, carrément une fresque panoramique de mon époque. Mon style de prédilection serait quelque chose que j'appelais en privé le réalisme opératique, mon thème le conflit entre le Soi et l'Autre. Je m'efforçais de réaliser un portrait fictif de mon entourage, mais cela donnait un récit qui manquait de fil conducteur. Mes parents n'avaient pas l'héroïsme fatal de véritables personnages du réalisme opératique, pas plus que les autres voisins. (Bob Dylan était parti depuis longtemps.) Le célèbre réalisateur superstar afro-américain à la casquette de baseball rouge qui m'enseignait le cinéma avait déclaré avec dédain après avoir lu mes premiers scénarios : "Très bien faits, mon gars, mais où est le sang ? C'est trop calme. Où est le moteur ? Tu devrais peut-être envisager de faire atterrir une soucoupe volante dans tes foutus Jardins. Tu devrais peut-être faire exploser une maison. Faire simplement qu'il se passe quelque chose. Faire du bruit."

Je ne savais pas comment m'y prendre. C'est alors que les Golden sont arrivés et ils furent ma soucoupe volante, mon moteur, ma bombe. J'éprouvai l'excitation d'un jeune artiste dont le sujet vient d'arriver comme un cadeau au courrier de la semaine. Je me sentis reconnaissant.

*

L'époque était à la non-fiction, me dit mon père. "Tu devrais peut-être arrêter d'inventer. Renseigne-toi dans n'importe quelle librairie, dit-il. Ze sont les livres sur les tables de non-fiction qui partent tandis que les hiztoires inventées ne bougent pas." Mais on était là dans le monde des livres. Au cinéma c'était le temps des super-héros. En matière de documentaires nous avions les films polémiques de Michael Moore, *La Grande Extase du sculpteur sur bois Steiner* de Werner Herzog, *Pina* de Wim Wenders et quelques autres. Mais c'étaient les films fantastiques qui ramassaient la grosse galette. Mon père me recommanda l'œuvre et les idées de Dziga Vertov qu'il admirait, le documentariste soviétique qui détestait le drame et la littérature. Son style cinématographique, le Kino-œil ou Ciné-œil ne visait rien moins que l'évolution de l'humanité vers une forme de vie supérieure délivrée de la fiction, "le passage, grâce à la poésie de la machine, d'un individu balourd à l'homme électrique parfait". Whitman l'aurait aimé. Peut-être suis-je moi-même un appareil photo à la Isherwood. Toujours est-il que j'ai résisté. J'ai laissé à mes parents et à Michael Moore les formes les plus nobles. Je voulais inventer le monde.

Une bulle est chose fragile et le soir il arrivait souvent aux professeurs d'envisager avec inquiétude qu'elle pût éclater. Ils s'inquiétaient du politiquement correct, de ce collègue à eux qui s'était retrouvé à la télévision face à une étudiante de vingt ans qui lui hurlait des insultes en plein visage à quelques centimètres de distance à cause d'un désaccord sur le journalisme de campus, de tel autre collègue injurié lors d'une émission d'informations à la télévision pour avoir refusé d'interdire le costume de Pocahontas lors d'Halloween, de leur collègue contraint de prendre un congé sabbatique d'au moins un séminaire pour n'avoir pas suffisamment défendu "l'espace sécurisé" d'un étudiant contre l'intrusion d'idées que celui-ci estimait trop "dangereuses" pour que son jeune esprit les affronte, de leur collègue bravant une pétition d'étudiants demandant qu'on retire du campus de l'université une statue du président Jefferson malgré le fait répréhensible que Jefferson avait eu des esclaves, de leur collègue dénoncé par des étudiants issus de familles de chrétiens évangélistes parce qu'il leur avait demandé de lire un roman graphique dont l'auteur était une lesbienne, de leur collègue contraint d'annuler une représentation des *Monologues du vagin* d'Eve Ensler parce qu'en définissant les femmes comme des personnes dotées d'un vagin la pièce discriminait les personnes qui se considéraient comme étant de sexe féminin sans pour autant avoir un vagin, de leurs collègues s'opposant aux efforts de certains étudiants voulant empêcher les musulmans apostats de s'exprimer parce que leurs idées offensaient les musulmans non apostats. Ils s'inquiétaient de voir les jeunes de plus en plus favorables à la censure, aux interdictions diverses, aux restrictions, "comment cela avait-il pu arriver, me demandaient-ils, ce rétrécissement de l'esprit de la jeunesse américaine, nous commençons à avoir peur des jeunes". "Pas de toi, bien sûr, mon chéri, qui pourrait avoir peur de toi ?" ajouta ma mère pour me rassurer, ce à quoi mon père répliqua : "Peur *pour* toi, plutôt. Avec zette barbe à la Trotski que tu t'entêtes à porter, tu m'as l'air d'une véritable zible pour pic à glace. Évite Mexico et surtout le quartier de Coyoacán. Z'est le conseil que je te donne."

Le soir, ils s'asseyaient dans des flaques de lumière jaune, un livre sur les genoux, perdus dans les mots. On aurait dit les personnages d'une toile de Rembrandt, *Deux philosophes plongés dans la méditation*, et ils étaient bien plus précieux que n'importe quel tableau, les représentants peut-être de la dernière génération de ce genre et nous, qui sommes les successeurs, qui venons après, nous regretterons de ne pas en avoir appris davantage à leurs pieds.

Je ne saurais dire à quel point ils me manquent.

5

Le temps passa. Je me trouvai une petite amie, la perdis, en trouvai une autre et la perdis également. Mon scénario secret, mon amour le plus exigeant, détestait mes tentatives pour nouer des relations mal conçues avec des êtres humains, il boudait et refusait de révéler ses secrets. La Trentaine approchait à toute vapeur et moi, tel un héros de juke-box sur le point de disparaître, je me retrouvai gisant sur une voie de chemin de fer. (Mes lettrés de parents auraient sans doute préféré que je fasse plutôt allusion à la scène paroxystique du train dans *Le Plus Long des voyages* de Forster.) Les Jardins étaient mon microcosme et tous les jours je voyais les créatures de mon imagination qui me regardaient à leur tour depuis les fenêtres des maisons situées sur Macdougal et Sullivan, des regards vides, implorant qu'on leur donne vie. J'avais certains éléments de ces personnages mais la forme générale m'échappait. Dans l'appartement nº XX, Sullivan Street, au rez-de-chaussée avec accès sur le jardin, j'avais placé mon diplomate birman, je devrais dire myanmarais, U Lnu Fnu des Nations unies, dont le cœur professionnel s'était brisé quand ses ambitions s'étaient heurtées à un échec lors de la plus longue bataille qu'on eût jamais vue pour le poste de secrétaire général, vingt-neuf tours de scrutin successifs sans vainqueur et au trentième tour il perdit face au Sud-Coréen. Grâce à lui je projetais d'aborder les questions de géopolitique, de mettre en scène la pression exercée par quelques-uns des régimes les plus autoritaires au monde pour obtenir des Nations unies qu'elles rendent illégal le blasphème religieux, de soulever l'épineuse question de l'emploi du veto américain pour défendre Israël et d'organiser la venue dans les Macdougal-Sullivan Gardens d'Aung San Suu Kyi en personne. Je connaissais aussi l'histoire du drame qui avait brisé le cœur personnel d'U Lnu Fnu, la perte de sa femme morte d'un cancer, et je me disais que cette double défaite le ferait dérailler de sa vie honnête, qu'il pourrait bien abandonner la probité et finir par être détruit par un scandale financier. Quand j'imaginais cela, l'homme au regard vide à la fenêtre de l'appartement n° XX, Sullivan Street, exprimait son désaccord en secouant la tête et se retirait dans la pénombre. Personne n'a envie de jouer le rôle du méchant.

Ma communauté imaginaire était très internationale. Dans l'appartement n° 00, Macdougal Street, vivait un autre individu solitaire, un Américain originaire d'Argentine à qui j'avais donné le nom de travail provisoire de "Mr Arribista", l'arriviste. S'agissant de lui, quel que dût finalement être son nom définitif, Mario Florida, peut-être ou alors Carlos Hurlingham, je lui réservai le traitement suivant :

Arribista, le nouveau citoyen, plonge dans le grand pays, "son" pays, il s'émerveille, comme il se doit pour un homme qui atteint l'océan promis au bout d'un long voyage à travers le désert, même s'il n'a pas appris à nager. Il compte sur l'océan pour soutenir son corps et c'est ce qui se passe. Il ne se noie pas, en tout cas pas tout de suite.

Il y a aussi ce point qui demande à être développé :

Arribista a, toute sa vie, été une cheville carrée s'efforçant à grand-peine d'entrer dans un trou en forme de cercle. Y aura-t-il, à la longue, un trou carré dans lequel il pourra carrément trouver sa place, ou est-ce lui qui, au cours de ses longs voyages, a fini par s'arrondir ? (Si c'est le cas, le voyage n'aura eu aucun sens ou alors quand il s'achève il aurait dû trouver sa place là où il avait commencé. Il préfère l'image du trou carré et le quadrillage des rues de la ville semble confirmer cette réalité.)

Et peut-être en raison de mes propres échecs dans le domaine amoureux, Arribista, tout comme le monsieur de l'ONU, avait perdu la femme qu'il aimait.

Sa femme elle aussi est un personnage de fiction. À moins que, bien des années auparavant, elle n'ait franchi la frontière entre la réalité et l'imaginaire, quand elle l'a quitté pour un autre, plus jeune, plus beau, à tous égards une amélioration manifeste par rapport au pauvre Arribista, qui n'est, et il le sait parfaitement, de toutes les qualités qu'apprécient les femmes, l'allure, la conversation, l'attention, la chaleur, l'honnêteté, qu'assez moyennement pourvu. *L'homme moyen sensible** qui emploie de manière inadéquate des expressions éculées de ce genre pour se décrire lui-même. Un homme revêtu de vieux mots familiers comme s'il portait du tweed. Un homme sans qualités. Non, ce n'est pas vrai, se reprend Arribista. Il possède des qualités, se rappelle-t-il. D'abord il a tendance, dès qu'il est perdu dans le monologue intérieur, à se dénigrer et à cet égard il est injuste envers lui-même. En réalité il ressemble beaucoup à une excellente personne, excellente au sens de son nouveau pays qui valorise l'excellence et rejette l'égalitarisme forcené. Arribista est excellent parce qu'il a excellé. Il s'est bien débrouillé, très bien même. Il est riche. Son histoire est une *success story*, l'histoire de sa très considérable réussite. C'est une histoire américaine.

Et ainsi de suite. Les aristocrates siciliens imaginaires dans la maison qui est juste à l'opposé dans les Jardins de celle des Golden, provisoirement, Vito et Blanca Tagliabue, baron et baronne de Sélinonte, gardaient encore leur mystère pour moi mais j'étais amoureux de leurs ancêtres.

Quand je les décrivais, sortant de chez eux pour une soirée, toujours vêtus à la dernière mode, un bal au Metropolitan Museum, la première d'un film au Ziegfield ou la dernière exposition du nouveau jeune artiste dans la toute nouvelle galerie du West Side, je pensais au père de Vito, Biaggio qui

> par une chaude journée, près de la côte sud de la Sicile, légèrement bronzé et dans toute la force de sa jeunesse, arpente à grands pas la vaste étendue de son domaine familial qui porte le nom de Castelbiaggio, il tient son meilleur fusil par le canon, laissant reposer la crosse sur son épaule droite. Il porte un chapeau de soleil à large bord, un vieux bourgeron bordeaux, une culotte de cheval usée et des bottes de marche tellement bien cirées qu'elles luisent comme le soleil de midi. Il a d'excellentes raisons de penser que la vie est belle. La guerre en Europe est terminée, Mussolini et sa poule, Clara Petacci, pendent à leur crochet de boucher et l'ordre naturel des choses reprend ses droits. Le baron inspecte l'alignement de ses vignes chargées de lourdes grappes tel un officier supérieur passant ses troupes en revue, puis il fonce à travers bois et ruisseau, gravit une colline, descend un vallon puis remonte une pente, se dirigeant vers son endroit favori, un petit promontoire qui surplombe ses terres, où il peut s'asseoir les jambes croisées à la manière d'un lama tibétain et méditer sur la beauté de la vie tout en regardant l'horizon au loin, par-delà la mer étincelante. C'est le dernier jour de sa vie d'homme libre car un instant plus tard il aperçoit un braconnier qui traverse son territoire un sac rempli sur l'épaule et, sans hésitation, il braque son fusil et abat le type.

Après quoi on apprend que le jeune homme qui a été tué est un parent du parrain de la mafia locale et que celui-ci va déclarer que Biaggio à son tour doit mourir pour prix de son crime, et il va y avoir de l'agitation et des protestations, des délégations des autorités politiques et de l'Église arguant que, pour le parrain de la mafia, tuer le milord local sera, disons, extrêmement visible, extrêmement difficile à ignorer, que cela occasionnera pour le parrain de la mafia plus d'ennuis qu'il ne saurait en supporter, aussi pour son propre bien-être, peut-être pourrait-il renoncer à ce meurtre. Et à la fin le parrain cède.

> Je sais tout de ce baron Biaggio, hmm, de sa suite au Grand Hôtel et Des Palmes à Palerme, laquelle déjà ? Suite 202 ou 204 ou peut-être les deux à la fois ? Il s'y rend à des soirées et va fréquenter des prostituées, hmm ? c'est bien, c'est notre endroit, nous y allons pour les mêmes raisons et donc s'il y va aujourd'hui et qu'il y reste pour le restant de sa foutue vie, nous ne tuerons pas ce petit merdeux, mais s'il tente de mettre un pied hors de l'hôtel il doit se rappeler que les couloirs grouillent de types à nous et que les prostituées aussi travaillent pour nous, et qu'avant que son pied ne touche le sol de la place devant l'hôtel il sera mort et sa tête ensanglantée par une balle en plein front heurtera le sol avant sa foutue chaussure. Hmm ? Hmm ? Faites-lui passer le message.

Dans les scénarios et les projets que je transportais dans ma tête à la façon dont Peter Kien dans *Auto-da-fé* de Canetti transporte des bibliothèques entières, le "baron dans sa suite" demeurait prisonnier dans le Grand Hôtel et Des Palmes, à Palerme en Sicile jusqu'au jour de sa mort, quarante-quatre ans plus tard, il continuait à s'y rendre à des soirées, à fréquenter les prostituées, la nourriture et la boisson lui étaient apportées tous les jours de la cuisine familiale et de son cellier, son fils Vito fut conçu au cours d'une des rares visites de sa femme toujours souffrante (mais il naquit à l'endroit que sa femme toujours souffrante avait choisi, dans sa chambre à Castelbiaggio), et quand il mourut son cercueil fut placé devant la porte d'entrée, les pieds devant, entouré d'une garde d'honneur composée de la plupart des membres du personnel et de plusieurs des prostituées. Quant à Vito, déçu par Palerme, par la mafia et aussi par son père, il finit par s'établir à New York, et devint fermement décidé à mener une vie opposée à celle de son père, rigoureusement fidèle à sa femme Blanca, mais refusant de passer la moindre soirée coincé seul à la maison avec elle et les enfants.

*

Je crains d'avoir inutilement donné au lecteur une piètre impression de mon caractère. Je ne voudrais pas que l'on me prenne pour un type indolent, un irresponsable et un fardeau pour mes parents, encore à la recherche d'un véritable travail après trois décennies sur terre. La vérité c'est que, autrefois comme aujourd'hui, je sortais et je sors rarement le soir faire un tour en ville, je me levais, et me lève, de bonne heure le matin même si j'ai toujours été insomniaque. J'étais aussi (et suis toujours) membre actif d'un groupe de jeunes réalisateurs (nous avons fait nos études ensemble dans des écoles supérieures) qui, sous la conduite d'une jeune et dynamique productrice-scénariste-réalisatrice américaine d'origine indienne nommée Suchitra Roy, a déjà réalisé quantité de vidéos musicales, fourni des contenus internet pour Condé Nast et pour *Wired*, des documentaires qui ont été diffusés sur PBS et HBO et trois longs métrages autofinancés et qui sont passés en salle avec un certain succès (ils ont été tous les trois sélectionnés au Festival de Sundance et au SXSW et deux d'entre eux ont reçu des prix du public), dans lesquels nous avons persuadé des acteurs de premier plan de jouer : Jessica Chastain, Keanu Reeves, James Franco, Olivia Wilde. Je propose ici ce bref CV pour que le lecteur se sente entre de bonnes mains, les mains d'un scénariste crédible et doté d'une certaine expérience au moment où ma narration commence à acquérir ce qui va devenir des personnages de plus en plus vivants. Je présente aussi mes collègues de travail parce que leurs critiques sur le vif de tout ceci, de mon projet personnel, avaient et continuent à avoir une grande valeur à mes yeux.

Tout au long de ce long été très chaud nous avions l'habitude de nous retrouver pour déjeuner dans notre restaurant italien favori sur la Sixième Avenue, juste au-dessous de Bleecker Street, assis dehors à une table en terrasse, portant de grands chapeaux de soleil et enduits d'écran total et je parlais à Suchitra de mon travail et elle me posait la question épineuse. “Je comprends que vous veuillez faire de votre « Néron Golden » un homme mystérieux, c'est bien. C'est ce qu'il faut faire, me dit-elle, mais quelle est la question que nous pose le personnage, sur quoi l'histoire va-t-elle porter finalement ?” J'eus instantanément la réponse, même si je ne me l'étais jamais avouée à moi-même jusque-là.

“La question, lui dis-je, est la question du mal.

— En ce cas, dit-elle, tôt ou tard, et le plus tôt sera le mieux, le masque doit commencer à tomber.”

*

Les Golden étaient mon histoire et d'autres pouvaient me la voler. Des fouineurs pouvaient me chaparder ce qui m'appartenait du droit divin de j'étais-là-le-premier, les droits du squatteur qui revendique son territoire. J'étais celui qui avait le plus longtemps creusé la terre et je me voyais presque comme un nouveau A. J. Weberman, Weberman le *soi-disant* "ordurologue" du Village qui, dans les années 1970, fouillait les poubelles de Bob Dylan pour découvrir le sens caché de ses chansons et les détails de sa vie privée, et même si je ne suis jamais allé jusque-là, je dois dire que j'y ai pensé, oui, j'ai envisagé de m'attaquer aux poubelles des Golden comme un chat en quête d'une arête de poisson.

Tels sont les temps où nous vivons, des temps où les gens cachent leur vérité, voire se la cachent à eux-mêmes, pour vivre dans le mensonge jusqu'à ce que le mensonge révèle cette vérité de façon imprévisible. Et à présent que tant de choses sont dissimulées, que nous ne vivons plus que d'apparences, de notre autoreprésentation et autofalsification, le chercheur de vérité doit prendre sa pelle, briser la surface et chercher le sang en dessous. L'espionnage n'est pas chose facile, toutefois. Dès qu'ils furent installés dans leur somptueuse demeure, le vieil homme fut pris d'une hantise aussi grandissante qu'obsessionnelle d'être espionné par des chercheurs de vérité, il fit appel à du personnel de sécurité pour s'assurer que la maison ne cachait pas de micros, et quand il abordait les questions familiales avec ses enfants c'était dans leurs "langues secrètes", les langues de l'ancien monde. Il était convaincu que nous cherchions tous à fourrer notre nez dans ses affaires et c'est bien ce que nous faisions, mais sur le mode des commérages innocents de village, selon la pente naturelle de gens ordinaires rassemblés autour de la pompe à eau de la paroisse ou de la fontaine, en essayant de faire entrer de nouvelles pièces dans le puzzle de nos vies. J'étais le plus acharné de nous tous mais, dans l'aveuglement de son obsession maladive, Néron Golden ne s'en apercevait pas et ne voyait en moi, bien à tort, qu'un bon à rien sans importance n'ayant pas trouvé moyen de réussir et pouvant être considéré comme une quantité négligeable qu'il pouvait effacer de son champ de vision et ignorer. Ce qui servait parfaitement mes projets.

Il existait une possibilité, je dois l'avouer, qui ne m'était pas venue à l'esprit, ni à celui d'aucun d'entre nous, même à notre époque de paranoïa exacerbée. En raison de leur consommation d'alcool ostensible et abondante, de leur décontraction en présence de femmes non voilées et de leur incapacité évidente à pratiquer l'une quelconque des grandes religions, jamais nous n'avions soupçonné qu'ils pussent être… aïe… musulmans. Ou du moins d'origine musulmane. Ce furent mes parents qui le découvrirent. "À l'ère de l'information, mon cher, me dit ma mère avec une fierté légitime quand ils eurent effectué leurs recherches sur Internet, tout un chacun a ses poubelles étalées à la vue de tous, le tout est de savoir chercher."

On peut voir là une inversion générationnelle mais chez nous c'était moi l'analphabète en matière d'Internet et mes parents les geeks. Je n'utilisais pas les réseaux sociaux et achetais tous les matins la "version papier" du *Times* et du *Post* au kiosque du coin. Alors que mes parents vivaient au cœur de leur ordinateur, avaient disposé d'avatars de Second Life dès que cet autre monde avait été disponible en ligne et pouvaient dénicher "l'aiguille proverbiale dans la e-botte de foin", comme ma mère aimait à le dire.

Ce furent eux qui commencèrent à me révéler le passé des Golden. La tragédie de Bombay qui les avait poussés à traverser le monde. "Ze n'était pas tellement difficile, expliqua mon père comme s'il s'adressait à un débile mental. Ze ne sont pas des gens discrets. Quand quelqu'un est connu, une simple recherche d'images et, en général, le tour est joué.

— Tout ce que nous avons eu à faire, dit ma mère en souriant, c'est frapper directement à la porte d'entrée." Elle me tendit un dossier. "Voilà les infos, *mon chéri*, fit-elle avec son meilleur accent de privé de série noire. Du déchirant. Plus nauséabond qu'un mouchoir de plombier. Pas étonnant qu'ils aient voulu laisser tout ça derrière eux. C'est comme si leur monde s'était effondré tel celui de Humpty Dumpty. Impossible de le remettre en état, alors ils sont partis et ils sont arrivés ici, où les gens fracassés sont légion. Je vois le truc. Triste histoire. Nous ne tarderons pas à soumettre notre facture à votre bienveillante attention."

*

Il y eut, cette année-là, des gens pour prétendre que le nouveau président était musulman, il y eut tout ce ramassis de conneries et de mensonges à propos de son certificat de naissance et nous n'allions pas tomber dans l'éléphantesque piège du sectarisme. Nous savions tout du destin de Muhammad Ali et de Kareem Abdul-Jabbar et dans les jours qui suivirent le moment où les avions s'écrasèrent contre les tours, nous étions d'avis, nous les habitants des Jardins tous tant que nous étions, de ne pas reprocher aux innocents les crimes des coupables. Nous nous souvenions de la frayeur qui avait poussé des chauffeurs de taxi à placer des petits drapeaux sur leur tableau de bord et à mettre des autocollants *God Bless America* sur la vitre de séparation, et les agressions contre les sikhs portant des turbans nous mettaient mal à l'aise parce qu'elles démontraient l'ignorance de nos concitoyens. Nous voyions ces jeunes gens revêtus de tee-shirts "Je Ne Suis Pas Responsable Je Suis Hindou" et nous ne les tenions pas pour responsables, mais nous étions gênés de les voir éprouver le besoin d'afficher des messages sectaires pour assurer leur sécurité. Quand le calme revint sur la ville et que celle-ci retrouva son climat normal, nous fûmes fiers du bon sens que manifestaient nos concitoyens new-yorkais alors bien sûr que nous n'allions pas, à présent, sombrer dans l'hystérie à cause de ce mot. Nous avions lu les livres concernant le Prophète et les talibans et bien d'autres et, même si nous ne prétendions pas avoir tout compris, je mis un point d'honneur à me renseigner sur la ville d'où étaient venus les Golden et qu'ils refusaient de nommer. Pendant longtemps, ses habitants s'étaient enorgueillis de l'harmonie qui y régnait entre les communautés et on y trouvait beaucoup d'hindous qui n'étaient pas végétariens et beaucoup de musulmans qui mangeaient du porc, c'était un endroit très complexe, sa classe dominante n'était pas religieuse mais laïque et, à présent que cet âge d'or disparaissait, il faut bien dire que c'étaient en fait les extrémistes hindous qui opprimaient la minorité musulmane, c'est donc la minorité qu'il fallait soutenir au lieu de la craindre. Quand je regardais les Golden, je voyais des gens cosmopolites, pas des sectaires, c'était aussi l'avis de mes parents, nous en restâmes là et nous nous en trouvâmes bien. Nous gardâmes pour nous ce que nous avions découvert. Les Golden fuyaient une attaque terroriste et une terrible perte. Il fallait bien les accueillir et non les craindre.

Mais je ne pouvais renier les mots qui m'avaient échappé en réponse au défi de Suchitra. *La question est la question du mal.*

Je ne savais pas d'où sortaient ces mots ni ce qu'ils signifiaient. Mais je savais bien que j'allais me mettre en quête de la réponse à ma façon post-belge, façon Tintin ou Poirot, et que, lorsque je l'aurais trouvée, je détiendrais l'histoire dont j'avais décidé qu'elle m'appartenait et qu'il m'appartenait à moi seul de raconter.

6

Il était une fois un méchant roi qui avait forcé ses trois fils à quitter leur foyer et qui les gardait prisonniers dans une maison en or, obturant les fenêtres à l'aide de volets en or et bloquant les portes avec des monceaux de lingots américains, des tonneaux de doublons espagnols, des tombereaux de louis d'or français et des seaux de ducats vénitiens. Mais les enfants finirent par se transformer en oiseaux semblables à des serpents à plumes et s'échappèrent par la cheminée. Mais dès qu'ils se retrouvèrent à l'air libre, ils s'aperçurent qu'ils ne savaient plus voler, ils chutèrent douloureusement dans la rue pour se retrouver blessés et ahuris dans le caniveau. Une foule se rassembla, qui ne savait pas si elle devait adorer ou craindre les oiseaux-serpents déchus, jusqu'à ce que quelqu'un leur jette la première pierre. Après quoi la grêle de pierres eut tôt fait de tuer les trois enfants métamorphosés et le roi, seul dans sa maison dorée, vit tout l'or qu'il avait dans les poches, tous ses monceaux et tous ses tonneaux et tous ses seaux se mettre à briller de plus en plus intensément, jusqu'à s'enflammer et se consumer. La trahison de mes enfants m'a tué, disait-il, tandis que les flammes montaient haut tout autour de lui. Mais ce n'est pas là la seule version de l'histoire. Dans une autre, les fils ne prennent pas la fuite mais meurent en même temps que le roi dans le brasier. Dans une troisième version, ils s'entretuent. Dans une quatrième, ils assassinent leur père, devenant du même coup parricides et régicides. Il se peut même que le roi n'ait pas été foncièrement mauvais ou qu'il ait eu quelques nobles qualités par-delà ses côtés effrayants. À notre époque où les réalités sont âprement contestées, il n'est pas aisé de se mettre d'accord sur le cours des événements, sur ce qui s'est passé, sur *ce qui est en cause*, sans parler de la morale ou de la signification de cette histoire ou de n'importe quelle autre.

*

L'homme qui se faisait appeler Néron Golden se cachait, en premier lieu, derrière les langues mortes. Il parlait couramment le grec et le latin et avait obligé ses fils à les apprendre également. Il leur arrivait de converser dans la langue de Rome ou d'Athènes comme s'il s'agissait de langues de tous les jours, deux langues simplement parmi les milliers d'autres vocabulaires de New York. Auparavant, à Bombay, il leur avait dit : "Choisissez-vous des noms classiques", et, à considérer leurs choix, on voit bien que les prétentions des fils étaient d'ordre plus littéraire, plus mythologique que les aspirations impériales de leur père. Ils n'avaient pas envie d'être des rois, même si le plus jeune, notons-le, se drapait dans la divinité. Ils devinrent Petronius, Lucius Apuleius et Dionysos. Quand ils eurent fait leur choix, leur père les désigna définitivement par les noms qu'ils s'étaient choisis. L'être sombre et brisé qu'était Petronius devint, dans la bouche de Néron, Petro ou Petron, ce qui lui donnait des airs de marque d'essence ou de tequila puis, pour finir, et de manière durable, Petya, ce qui le détachait de la Rome antique pour le rapprocher des univers de Dostoïevski et de Tchekhov. Le deuxième fils, plein d'allant, volubile, aussi artiste que mondain, insista pour choisir lui-même son surnom : "Appelez-moi Apu", demanda-t-il, défiant l'objection de son père ("Nous ne sommes pas bengalis !") et ne répondant à aucun autre nom jusqu'à ce que ce diminutif lui restât. Quant au plus jeune, qui allait avoir le destin le plus étrange de tous, il devint simplement "D.".

C'est vers les trois fils de Néron Golden que nous devons à présent tourner notre attention en prenant simplement le temps de déclarer ce sur quoi les quatre Golden insistaient tous énormément, à un moment ou à un autre, à savoir que leur installation à New York ne relevait pas de l'exil, pas plus que de la fuite, mais d'un choix. Ce qui après tout pouvait être vrai en ce qui concernait les fils, mais comme nous le verrons, il est possible que, dans le cas du père, la tragédie personnelle et les besoins privés n'aient pas été ses seules motivations. Il y avait peut-être des gens à l'écart desquels il fallait qu'il se tînt. Mais patience : je ne vais pas révéler tous mes secrets d'un coup.

Petya, le dandy, d'une élégance traditionnelle mais toujours chic, avait fait graver quelques mots de son homonyme Caius Petronius, que Pline l'Ancien, Tacite et Plutarque décrivaient comme *arbiter elegantiarum* ou *arbiter elegantiae*, l'arbitre des élégances à la cour de Néron, sur une plaque de bronze au-dessus de la porte de sa chambre : "Abandonne tes États et vogue vers des bords étrangers, jeune héros. Visite tour à tour et les rives de l'Ister aux limites du monde et les contrées glacées de Borée et le paisible royaume de Canope et les climats qui voient renaître Phébus et ceux où il termine sa carrière." Le choix de cette citation était étrange pour quelqu'un que le monde extérieur effrayait. Mais un homme peut bien rêver et avoir des rêves différents de lui.

Je les voyais dans les Jardins plusieurs fois par semaine. Je devins plus proche de certains d'entre eux. Mais connaître les véritables individus n'était pas la même chose que de leur donner vie. J'avais pour le moment commencé à me dire : "Tu n'as qu'à tout écrire quelle que soit la manière dont ça se présente. Ferme les yeux et laisse le film défiler dans ta tête, ouvre les yeux et écris ce que tu as vu." Mais d'abord il fallait qu'ils cessent d'être mes voisins qui vivaient dans la Vraie Vie pour devenir mes personnages vivant dans le Réel. Je décidai de commencer par là où ils avaient eux-mêmes commencé, par leurs noms classiques. Pour découvrir quelques indices concernant Petronius Golden, je lus le *Satiricon* et étudiai la *Satire Ménippée*. "Critiquer des attitudes mentales plutôt que de tourner en ridicule des individus", lit-on sur une de mes notes de travail. Je lus les quelques pièces satiriques qui nous étaient parvenues, *Le Cyclope* d'Euripide, les fragments qui subsistaient des *Dragueurs de filets* d'Eschyle et *Les Limiers* de Sophocle, ainsi que sa version moderne par Tony Harrison, *Les Limiers d'Oxyrhynchus*. Ces textes du monde antique ont-ils servi à quelque chose ? Oui en ce sens qu'ils m'ont guidé vers le burlesque et le paillard en m'éloignant de l'esprit de sérieux de la tragédie. J'aimais bien les satyres dansant sur leurs sabots dans la pièce de Harrison et je notai : "Petya, mauvais danseur, si mal coordonné que les gens le trouvent drôle." Il y avait là aussi la possibilité d'une intrigue parce que dans les deux pièces, les *Dragueurs* et *Les Limiers*, les satyres viennent à trébucher sur des enfants magiques, Persée dans la première, Hermès dans l'autre. "Se garder la possibilité d'introduire des enfants dotés de pouvoirs surnaturels, écrivis-je dans mon carnet et, à côté, dans la marge : ??? ou – *NON*." Ainsi je n'avais encore clairement choisi ni l'histoire ni le mystère qui en constituait le cœur, ni même la forme. Est-ce que le surréel, le fantastique, allait jouer un rôle ? Pour l'instant je n'en savais rien. Et les sources classiques m'embrouillaient autant qu'elles m'aidaient. Les pièces satyriques, pour reprendre une évidence, étaient dionysiaques, étant probablement, à l'origine, des hommages rustiques au dieu. De l'ivresse, du sexe, de la musique, de la danse. Sur qui donc, dans mon histoire, devaient-elles projeter le plus de lumière ? Petya était Pétrone, mais Dionysos était son frère… dans laquelle de mes histoires la question du sexe, ou du genre pour éviter le mot que son amante, la remarquable Riya, détestait tant, jouerait un rôle central… Note à ce propos : "Les personnages des frères se recouperont dans une certaine mesure."

En ce qui concerne Apu, je me reportai à *L'Âne d'or*, mais dans mon histoire la métamorphose serait le sort d'un autre frère (le recoupement des frères, derechef). Je notai toutefois cette précieuse remarque : "Du temps de Lucius Apuleius, une « histoire dorée » était une figure de style pour désigner une histoire de grande ampleur, un projet débridé, quelque chose de manifestement faux. Un conte de fées. Un mensonge."

Quant à l'enfant magique qui interviendrait à la place de mes "??? ou – *NON*" du début, je dois dire sans recourir à l'aide d'Eschyle ni de Sophocle que la réponse fut *OUI*. Il y aurait bien un jeune enfant dans l'histoire. Magique ou maudit ? C'est toi qui décides, lecteur.

*

La triste, la flamboyante étrangeté de l'homme que nous appelons Petya Golden apparut clairement à tous dès le premier jour, lorsque, à la lumière déclinante d'un après-midi d'hiver, il vint s'installer tout seul sur un banc des Jardins, un homme corpulent, une sorte de version agrandie de son père, costaud et lourd, avec les mêmes yeux sombres et perçants que son père et qui semblaient interroger l'horizon. Il portait un costume couleur crème sous un lourd manteau de tweed gris à chevrons, des gants et un cache-col orange, il y avait à côté de lui, sur le banc, un énorme shaker à cocktail et un pot d'olives, dans sa main droite un verre à martini et, assis là, dans son attitude de monologue solitaire, tandis que son souffle formait des fantômes suspendus dans l'air de janvier, il se mit à parler à voix haute, expliquant à la cantonade la théorie, qu'il attribuait au réalisateur surréaliste Luis Buñuel, selon laquelle le dry martini parfait est semblable à l'Immaculée Conception du Christ. Il devait avoir à l'époque quarante-deux ans, j'en avais dix-sept de moins que lui et je traversai la pelouse pour m'approcher de lui avec précaution, prêt à l'écouter, tombé instantanément amoureux, à la manière dont la limaille de fer est attirée par l'aimant et dont le papillon s'éprend de la flamme fatale. Tandis que je m'approchais, je vis que trois des enfants des Jardins avaient interrompu leurs jeux, délaissant leurs balançoires et leurs cages à écureuils pour contempler cet étrange gros bonhomme qui parlait tout seul. Ils ne savaient absolument pas de quoi parlait ce cinglé de nouveau venu mais n'en appréciaient pas moins le numéro. “Pour faire un dry martini parfait, disait-il, vous devez prendre un verre à martini, y déposer une olive et le remplir de gin jusqu'au bord ou, d'après la nouvelle mode, de vodka.” L'indignité de ce discours d'alcoolique faisait glousser les enfants. “Puis, fit-il en pointant en l'air son index gauche, vous devez placer une bouteille de vermouth auprès du verre de façon qu'un seul rayon de soleil passe à travers la bouteille pour atteindre le verre à martini. En voici un que je viens de préparer”, dit-il en guise de démonstration à l'intention des enfants qui s'enfuirent alors en riant, pleins d'un délicieux sentiment de culpabilité.

Les Jardins étaient un espace sûr pour tous les enfants habitant les maisons qui y avaient accès, ils pouvaient donc y cavaler sans surveillance. À un moment donné, après la conférence sur le martini, certaines mères du voisinage s'inquiétèrent de la présence de Petya mais elles n'avaient aucun besoin de s'alarmer à son sujet : les enfants n'étaient pas son vice de prédilection. Cet honneur était réservé à la picole. Et, bien qu'il pût être dérangeant pour ceux qui prenaient facilement la mouche, son état mental ne représentait aucun danger pour personne si ce n'est pour lui-même. La première fois qu'il rencontra ma mère, il déclara : "Vous avez dû être belle quand vous étiez jeune mais aujourd'hui vous êtes vieille et ridée." Nous, les Unterlinden, nous nous promenions le matin dans les Jardins lorsque Petya, avec son pardessus, son cache-col et ses gants, vint se présenter à mes parents, et voilà ce qu'il trouva à dire ? La première phrase qu'il prononça après "Bonjour" ? Je me cabrai et ouvrais la bouche pour l'injurier quand ma mère posa la main sur mon bras et secoua aimablement la tête. "Oui, répondit-elle. Je vois que vous êtes un homme amateur de vérité."

"Sur l'échelle" : c'était la première fois que j'entendais cette expression. Je pense qu'à bien des égards j'ai été une sorte d'innocent et que l'autisme, pour moi, se résumait à Dustin Hoffman dans *Rain Man* et à quelques autres personnages cruellement désignés sous le terme de "savants fous", capables de réciter des listes de nombres premiers et de dessiner de mémoire des cartes de Manhattan incroyablement détaillées. Petya, dit ma mère, devait certainement être haut placé sur l'échelle de l'autisme. Elle ne savait pas très bien s'il était atteint du AHF, l'autisme à haut niveau de fonctionnement, ou du syndrome d'Asperger. De nos jours le syndrome d'Asperger n'est plus considéré comme un symptôme différent de l'autisme, et il a été intégré à "l'échelle de gravité" de la maladie. À l'époque, la plupart des gens étaient aussi ignorants que moi et ceux qui étaient atteints du syndrome d'Asperger étaient souvent relégués dans une boîte marquée "fou". Petya Golden était peut-être torturé mais il n'était absolument pas fou, loin de là. C'était un être humain extraordinaire, vulnérable, doué et incompétent.

Il était maladroit dans ses gestes et parfois quand il était agité, il l'était aussi en paroles, bégayant et bredouillant, mis en rage par sa propre inaptitude. Il avait la meilleure mémoire de tous les gens que j'aie jamais rencontrés. Vous pouviez citer le nom d'un poète, "Byron" par exemple, et il vous récitait vingt minutes de *Don Juan*, les yeux fermés. "J'ai besoin d'un héros, besoin singulier / Quand chaque année, chaque mois nous en apporte un nouveau / Qui, après avoir fatigué le bavardage des gazettes, / Cesse bientôt d'être l'objet de l'admiration du siècle désabusé[2]." En quête d'héroïsme, il avait tenté d'être communiste révolutionnaire à l'université (Cambridge, dont il était sorti sans son diplôme d'architecture en raison de son état de santé) mais il reconnaissait qu'il ne s'était pas donné assez de mal pour en être un bon, de plus sa fortune était un handicap. En outre, ses troubles ne le disposaient guère à savoir s'organiser et à se montrer responsable, il ne pouvait donc faire un bon cadre et d'ailleurs son plus grand plaisir n'était pas de se révolter mais de polémiquer. Il n'aimait rien tant que de contredire la personne qui lui exposait une opinion et de l'assommer jusqu'à la reddition complète en usant de son stock apparemment inépuisable de connaissances hermétiques et détaillées. Il aurait pu discuter avec un roi au sujet de sa couronne, ou avec un moineau à propos d'une miette de pain. De plus, il buvait beaucoup trop. Lorsque je m'assis pour boire en sa compagnie un matin dans les Jardins – il commençait à boire dès le petit-déjeuner –, je fus obligé de verser l'alcool sur une plante à un moment où il ne faisait pas attention. On ne pouvait pas suivre son rythme. Mais les quantités industrielles de vodka qu'il engloutissait ne semblaient avoir aucun effet sur son esprit mal connecté et cependant prodigieux. Dans sa chambre tout en haut de la maison Golden, il baignait dans une lumière bleue, entouré d'ordinateurs, et c'était comme si ces cerveaux électroniques étaient véritablement ses égaux, ses plus fidèles amis et que le monde de jeux vidéo dans lequel il pénétrait grâce à ces écrans était son monde réel alors que le nôtre constituait la réalité virtuelle.

Les humains étaient des créatures qu'il devait supporter, auprès desquelles il ne se sentirait jamais chez lui.

Le plus dur pour lui, au cours de ces premiers mois, avant que nous n'ayons découvert les réponses nous-mêmes, ce dont je finis par l'informer pour le mettre à l'aise sans obtenir le résultat escompté, était de ne pas révéler les secrets de famille, leurs véritables noms, leur origine, l'histoire de la mort de leur mère. Si on lui posait une question directe, il répondait honnêtement parce que son esprit le rendait incapable de mentir. Pourtant, afin de rester loyal envers les souhaits de son père, il s'entraîna à employer des formules évasives : "Je ne répondrai pas à cette question." Ou bien : "Vous devriez demander à quelqu'un d'autre", formules que sa nature pouvait considérer comme vraies et qu'il se sentait donc autorisé à employer. Parfois, il est vrai, il frôlait dangereusement la trahison. "En ce qui concerne ma famille, déclara-t-il un jour sans raison particulière, selon son habitude (sa conversation était une série de bombes qui tombaient au hasard, issues du ciel bleu de sa pensée), considérez la folie incessante qui régnait au palais à l'époque des douze Césars, l'inceste, le matricide, les empoisonnements, l'épilepsie, les cadavres de bébés, la puanteur du mal sans parler du cheval de Caligula. Quelle pagaille, mon garçon, mais lorsque l'homme de la rue, à Rome, levait les yeux vers le palais que voyait-il ?" Il marquait alors une pause espiègle pour ménager ses effets puis : "Il voyait le palais, mon garçon. Il voyait le fichu palais, immuable, inchangé, présent. Derrière ses murs, les puissants forniquaient avec leurs tantes et se coupaient mutuellement le zizi. À l'extérieur, il était évident que la structure du pouvoir demeurait inchangée. C'est ainsi que nous sommes, papa Néron et mes frères. Derrière les portes fermées de la famille, je le reconnais volontiers, c'est l'enfer. Rappelez-vous Edmund Leach et ses conférences Reith. « La famille avec son intimité étroite et ses secrets sordides est la source de toutes nos frustrations. » C'est sacrément vrai dans notre cas, mon vieux. Mais dès que le Romain de la rue entre en ligne de compte, nous serrons les rangs. Nous formons la satanée *tortue* et nous marchons de l'avant."

Quoi qu'on puisse dire d'autre de Néron Golden – et quand j'en aurais fini, beaucoup de choses auront été dites et pour la plupart horribles –, sa dévotion à l'égard de son premier fils ne faisait aucun doute. Petya, d'une certaine façon, resterait manifestement en partie un enfant, prêt à se lancer de façon imprévisible dans des aventures catastrophiques. Et comme si le syndrome d'Asperger ne suffisait pas, à l'époque où il vint s'installer parmi nous, il souffrait d'une très grave agoraphobie. Les Jardins communs, curieusement, ne lui faisaient pas peur. Séparés de la ville sur quatre côtés, ils apparaissaient d'une certaine manière à cet étrange esprit au miroir brisé comme faisant partie de "l'intérieur". Mais il s'aventurait rarement dans la rue. Et puis, un jour, il prit sur lui d'aller s'attaquer à ses moulins à vent mentaux. Surmontant sa haine pour un monde ouvert à tous les dangers, se mettant au défi de dominer ses démons, il s'engouffra sans intention particulière dans le métro. La maisonnée fut prise de panique après sa disparition et quelques heures plus tard il y eut un appel du commissariat de police de Coney Island qui le détenait en cellule parce que, pris de peur dans un tunnel, il s'était mis à créer un désordre considérable, et quand un officier de sécurité était monté dans la rame à la station suivante, Petya s'était mis à l'insulter en le traitant d'apparatchik bolchevique, de commissaire politique, d'agent secret, et on lui avait passé les menottes. Il fallut, pour sauver la situation, l'arrivée de Néron à bord d'une limousine imposante et qui excusait tout. Il expliqua l'état de son fils et, contrairement à l'habitude, on l'écouta, Petya fut relâché et confié à la garde de son père. Voilà ce qui arriva et, par la suite, bien pire encore. Mais Néron Golden ne flancha jamais, il s'employa toujours à trouver des traitements médicaux de pointe et fit de son mieux pour le premier-né de ses fils. Quand viendra l'heure de faire les comptes ultimes, cela devrait peser lourdement dans la balance de la justice, en sa faveur.

*

Qu'est-ce que l'héroïsme de nos jours ? Qu'est-ce que la bassesse ? Que de choses avons-nous dû oublier pour ne plus être capables de répondre à cette question. Un nuage d'ignorance nous a aveuglés et, dans ce brouillard, l'étrange esprit dérangé de Petya Golden brillait par intermittence comme un guide lumineux dément. Quelle présence il aurait pu avoir ! Car il était né pour être une star, n'eût été une faille dans le programme. C'était un brillant causeur, certes, mais il était comme un décodeur bourré de programmes de débats télévisés qui n'arrêtait pas de changer de chaîne sans prévenir. Il était souvent follement joyeux mais il souffrait beaucoup de son état car il avait honte de ses dysfonctionnements, d'être incapable de guérir, d'obliger son père et une bande de médecins à le maintenir en état et à le remettre d'aplomb quand il craquait.

Tant de souffrance, supportée de manière si noble. Je pensai à Raskolnikov. "La souffrance et la douleur sont toujours indispensables pour une conscience large et pour un cœur profond. Les hommes qui sont vraiment grands, me semble-t-il, ils doivent ressentir dans le monde une grande tristesse[3]."

Un soir d'été – le premier été que les Golden passaient parmi nous –, ils donnèrent une somptueuse réception et sortirent de leur demeure pour envahir les pelouses que nous avions tous en commun. Ils avaient fait appel aux meilleurs publicitaires de la ville et aux meilleurs organisateurs de soirées, aussi une bonne sélection de "tout un chacun" y participa, une proportion considérable de la faune people aussi bien que nous autres, les voisins, et ce soir-là Petya était tout feu tout flamme, il avait le regard brillant et babillait comme un ruisseau. Je l'observais tandis qu'il multipliait virevoltes et pirouettes dans son élégant costume venu de Savile Row, passant de la star de cinéma au chanteur, du dramaturge à la prostituée ou aux gars de la finance discutant de la crise monétaire asiatique, impressionnés de l'entendre maîtriser des termes tels que "Tom Yum Goong", la locution thaïe pour désigner la crise, et de sa capacité à évoquer le sort des monnaies exotiques, l'effondrement du bath, la dévaluation du renminbi et d'avoir une opinion sur la question de savoir si le financier George Soros avait ou non provoqué la crise de l'économie malaisienne en dépréciant le ringgit. J'étais le seul, avec son père peut-être, à remarquer le désespoir caché derrière son numéro, le désespoir d'un esprit incapable de se contrôler et qui sombre dans la caricature. Un esprit prisonnier de lui-même purgeant une peine à perpétuité.

Ce soir-là, il parla et but sans discontinuer, et nous tous qui étions présents devions garder en mémoire des fragments de sa conversation pour le restant de nos jours. Quel discours fou et extraordinaire ! Il n'y avait aucune limite aux sujets qu'il abordait et dont il se servait comme de punching-balls : la famille royale, en particulier la vie sexuelle de la princesse Margaret qui avait fait d'une île des Caraïbes son boudoir personnel, le prince Charles qui voulait servir de tampon à sa maîtresse, la philosophie de Spinoza (qu'il appréciait) ; les chansons de Bob Dylan (il récitait en entier *Sad-Eyed Lady of the Lowlands* avec autant d'admiration que s'il s'agissait d'un équivalent de *La Belle Dame sans merci*), la partie d'échecs entre Spassky et Fischer (Fischer venait de mourir un an auparavant), le radicalisme islamiste (il était contre) et le libéralisme fadasse (qui apaisait l'islam, selon lui, de sorte qu'il était également contre) ; le pape qu'il appelait "Ex-Benedict" ; les romans de G. K. Chesterton (il était fan de *Le Nommé Jeudi*), l'aspect déplaisant des poitrines mâles velues, le "traitement injuste" de Pluton, ravalé au statut de "planète naine" après qu'un corps céleste plus important, Eris, avait été découvert dans la ceinture de Kuiper, les failles de la théorie de Hawking sur les trous noirs, la faiblesse anachronique du collège électoral américain, la stupidité des étudiants qui n'appartiennent pas au collège électoral, le sex-appeal de Margaret Thatcher, et les "vingt-cinq pour cent d'Américains" à l'extrême droite de l'échiquier politique "qu'on peut qualifier de fous, certificat à l'appui".

Oh mais il y avait aussi son adoration pour le *Monty Python's Flying Circus*. Et tout à coup, voici qu'il se troublait et se mettait à bafouiller pour trouver ses mots parce qu'un des invités de la soirée, membre d'une famille de Broadway très en vue, propriétaire de théâtres, avait amené avec lui, en guise d'accompagnateur, le Monty Python Eric Idle qui connaissait à l'époque un regain de célébrité grâce au succès de la comédie musicale *Spamalot* à Broadway, et qui arriva au moment précis où Petya était en train d'expliquer à Ubah Tuur, la sculptrice à l'élégance sereine (dont nous aurons à reparler plus en détail dans un moment), son horreur des comédies musicales en général à l'exception d'*Oklahoma!* et de *West Side Story* dont il nous avait chanté des extraits emblématiques de *I Cain't Say No* et de *Gee, Officer Krupke*, tout en expliquant que "toutes les autres comédies musicales étaient de la merde". Quand il vit le Python debout à côté en train de l'écouter, il piqua un fard et se rattrapa en incluant la comédie musicale de Mr Idle parmi ses préférées et entraîna la compagnie dans un chœur vibrant de *Always Look on the Bright Side of Life*.

Pourtant, la gaffe qu'il avait failli commettre gâcha son humeur. Son front se couvrit de transpiration, il se rua dans la maison et disparut. Il ne revint pas prendre part à la fête et bien au-delà de minuit, alors que la plupart des invités étaient partis et que seuls quelques résidents profitaient de la douceur du soir, la fenêtre de la chambre de Petya au dernier étage de la maison Golden s'ouvrit à toute volée et le gros homme monta sur le rebord, chancelant sous l'effet de l'ivresse, vêtu d'un grand pardessus noir qui lui donnait l'air d'un étudiant révolutionnaire de l'époque soviétique. Dans un grand état d'agitation, il s'assit lourdement sur l'appui de la fenêtre, les jambes pendant à l'extérieur, et se mit à crier vers le ciel : *"Je suis ici de mon plein gré ! Je suis ici parce que je l'ai décidé ! Je suis ici sans que personne m'y ait forcé ! Je suis ici uniquement parce que je l'ai décidé !"*

Le temps s'arrêta. Nous autres, dans les Jardins, demeurions figés, le regard fixé vers le haut. Ses frères qui étaient avec nous dans les Jardins semblaient tout aussi incapables de bouger. Et ce fut son père, Néron Golden, qui monta sans bruit derrière lui et, l'attrapant par-derrière en le serrant dans ses bras, tomba à la renverse dans la chambre avec son fils. Ce fut Néron qui vint à la fenêtre et qui, avant de la refermer, nous fit signe d'un air furieux de prendre congé.

"Rien à voir ici, mesdames et messieurs, rien à voir. Bonne nuit."

*

Pendant un certain temps après ce qui ressemblait à une tentative de suicide, Petya Golden eut du mal à émerger de sa chambre calfeutrée par des rideaux, illuminée par la lumière d'une douzaine d'écrans et quantité de lampes aux ampoules bleu pâle, y restant jour et nuit, dormant à peine, totalement absorbé par ses mystères informatiques qui comprenaient des parties d'échecs contre des joueurs anonymes en ligne depuis la Corée ou le Japon et, comme nous le découvrîmes plus tard, une immersion dans un cours intensif sur l'histoire et le développement des jeux vidéo, depuis les jeux de combats conçus dans les années 1940 aux programmes numériques les plus récents, d'abord Colossus et ENIAC puis, survolant avec dédain *Tennis for Two, Spacewar!*, et les premiers jeux d'arcade, de l'époque de *Chasse au Wumpus* et *Donjons et Dragons*, sans s'attarder sur des banalités *alias Pac-Man*, *Donkey Kong*, *Street Fighter*, *Mortal Kombat* et ainsi de suite *via SimCity*, *World of Warcraft* et les jeux plus élaborés faisant appel à la subjectivité tels *Assassin's Creed* et *Red Dead Redemption* pour atteindre des niveaux de sophistication dont aucun d'entre nous n'avait idée, et il regardait les fictions grossières de la téléréalité en se nourrissant de doubles croque-monsieur au fromage de Gloucester qu'il préparait lui-même sur un petit réchaud électrique, se sentant en permanence profondément écœuré de lui-même et du fardeau qu'il lui fallait porter. Et puis sa météo interne se transforma et il passa de la haine de soi à la haine du monde, et en particulier de la plus proche incarnation de l'autorité, son père. Une nuit, cette année-là, l'insomnie, ma fidèle amie, m'obligea à me lever vers 3 heures du matin, à enfiler quelques vêtements et à faire un tour dans les jardins communs pour profiter de la douceur de la nuit. Toutes les maisons étaient endormies, toutes sauf une. Dans la résidence des Golden, la lumière était allumée à une seule fenêtre du deuxième étage, dans la pièce qui servait de bureau à Néron Golden. Je ne voyais pas le vieil homme mais seulement la silhouette de Petya, qui, avec ses larges épaules et sa coupe en brosse était aisément reconnaissable. Le plus étonnant, c'était l'extrême agitation du personnage qu'on apercevait en ombre chinoise, avec ses bras gesticulants, le poids du corps passant d'un pied sur l'autre. Il se tourna légèrement et, en le voyant presque de profil, je m'aperçus qu'il était en train de hurler de rage.

Je n'entendais rien. Les fenêtres du bureau étaient parfaitement étanches. Certains d'entre nous les soupçonnaient même d'être faites de verre de deux centimètres et demi à l'épreuve des balles, hypothèse que l'image silencieuse de Petya en train de hurler rendait parfaitement crédible. Pourquoi Néron Golden éprouvait-il le besoin de blinder ses vitres ? Impossible de répondre à cette question : à New York, les riches éprouvent le besoin de se protéger par des moyens imprévisibles. Dans ma famille d'universitaires, nous adoptions un air d'intérêt amusé face aux excentricités de nos voisins : l'artiste peintre en permanence attifé d'un pyjama de soie, la rédactrice en chef d'un magazine qui n'enlevait jamais ses lunettes de soleil à toute heure du jour et de la nuit, etc. Alors des vitres blindées, pourquoi pas ? D'une certaine façon, le numéro muet rendait plus impressionnante la performance hystérique de Petya Golden. Je suis un admirateur du cinéma expressionniste allemand en général et de l'œuvre de Fritz Lang en particulier et tout à coup les mots "Dr Mabuse" me jaillirent spontanément à l'esprit. Sur le moment, j'écartai cette pensée parce qu'une autre considération me préoccupait davantage : peut-être Petya était-il en train de devenir vraiment fou, pas seulement de façon métaphorique mais dans la réalité. Peut-être, derrière son autisme et son agoraphobie, y avait-il un véritable dérangement mental, une démence. Je décidai de l'observer désormais plus attentivement.

Sur quoi portait la dispute ? Il n'y avait pas moyen de le savoir mais selon moi cela ressemblait à une manifestation de la colère violente de Petya contre la vie elle-même qui lui avait donné si peu d'atouts. Le lendemain, on put voir le vieil homme, pensif, assis sur un banc des Jardins, posé là comme une pierre, silencieux, immobile, inaccessible, le visage sombre. Bien des années plus tard, alors que nous étions au courant de tout, je me souviens que j'avais pensé au grand film de Lang, *Dr Mabuse, le joueur*, par cette nuit d'été dans les Jardins sous la fenêtre illuminée et silencieuse de Néron Golden. C'est un film, bien sûr, qui évoque la carrière d'un génie du crime.

*

Pas la moindre allusion aux événements dramatiques survenus lors de la réception des Golden ne parut dans les journaux (ni les sites internet de potins, ni aucun des autres mégaphones numériques nés des technologies nouvelles). En dépit de tous les gens très célèbres qui composaient la liste des invités, en dépit de toute l'équipe de serveurs qui auraient pu être tentés de gagner de l'argent facile en échange d'un coup de fil salace, le code du silence qui régissait la vie des Golden semblait envelopper tous ceux qui se trouvaient en leur présence, de sorte que pas le moindre soupçon de scandale n'échappa jamais au champ de forces de leur *omertà* quasi sicilienne. Néron avait engagé les membres les plus puissants de la tribu des publicitaires de la ville, dont la tâche ne consistait pas à obtenir mais à éviter toute publicité, ainsi ce qui arrivait chez les Golden dépassait rarement la sphère privée de la maison Golden.

Je suis persuadé aujourd'hui que Néron Golden savait au fond de son cœur que son numéro de New-Yorkais sans passé ne pourrait pas durer longtemps. Je pense qu'il savait qu'à la fin il ne pourrait pas renier le passé, que celui-ci le rattraperait et ferait son chemin. Je pense qu'il se servait de son immense talent pour la rodomontade afin de repousser l'inévitable. "Je suis un homme de raison, déclara-t-il à ses invités le soir de la défaillance de Petya (il avait un faible pour les déclarations d'autosatisfaction). Un homme d'affaires et, si je puis dire, un grand homme d'affaires. Croyez-moi. Personne ne connaît les affaires mieux que moi, je peux vous le dire. Aujourd'hui, l'Amérique se préoccupe trop de Dieu à mon goût, elle est trop encombrée de superstitions, mais je ne suis pas ce genre d'homme. Ce genre de choses entrave le commerce. Deux plus deux font quatre, voilà ce que je pense. Le reste n'est que foutaises et baratin. Quatre plus quatre font huit. Si l'Amérique veut être ce qu'elle est capable d'être, ce qu'elle rêve d'être, elle doit se détourner de Dieu et se tourner vers le billet vert. Le business de l'Amérique, c'est le business. Voilà ce que je crois." C'était sa conception tranchée (et fréquemment répétée) d'un capitalisme pragmatique, ce qui, au passage, me confirmait que nous, les Unterlinden, avions eu raison quant à son athéisme, et pourtant il était, ils étaient tous, prisonniers d'un énorme fantasme : l'idée que les hommes ne seraient pas jugés sur ce qu'ils avaient pu être ou faire autrefois à condition d'avoir, tout simplement, décidé de changer. Ils voulaient échapper aux responsabilités de l'histoire et vivre libres. Mais l'histoire est ce tribunal devant lequel tous les hommes, même les empereurs et les princes, doivent finir par comparaître. Je pense à la paraphrase que fait Longfellow du Romain Sextus Empiricus : “Les moulins de Dieu mettent du temps à moudre mais ils broient très fin.”

7

Lucius Apuleius Golden, *alias* Apu, le deuxième Golden boy à porter un pseudonyme – curieusement, même s'il avait déjà quarante et un ans, le terme *boy* lui convenait mieux que celui de *man* –, n'avait qu'un an de moins que son frère Petya, leurs anniversaires respectifs avaient moins de douze mois d'écart et ils étaient du même signe astrologique (Gémeaux). Il était bel homme, avec quelque chose d'enfantin et une méchante lueur lubrique dans le sourire, et un gloussement irrésistiblement mâtiné d'un simulacre de mélancolie permanente assorti d'un monologue de lamentations en perpétuelle évolution dans lequel il dressait la liste de ses échecs auprès de jeunes femmes devant des toilettes de boîtes de nuit (sa façon à lui de cacher une longue suite de succès dans ce domaine). Il avait les cheveux rasés très court, concession à un début de calvitie galopante, se drapait dans un ample châle en pashmina et ne s'entendait plus avec son frère aîné. Ils affirmèrent, dans des conversations séparées qu'ils eurent avec moi, qu'enfants ils avaient été proches mais que leur relation s'était dégradée avec l'âge en raison de leurs caractères inconciliables. Apu, explorateur de la ville, à la recherche de tout ce qu'elle avait à offrir, n'éprouvait aucune sympathie pour les "problèmes" de Petya. "Mon imbécile de frère, me dit-il un jour où, comme cela arrivait parfois, nous étions allés boire un verre ensemble. Une vraie poule mouillée." Et d'ajouter : "Il ferait bien de faire attention. Notre père méprise la faiblesse et n'en veut pas autour de lui. S'il décide que vous êtes une mauviette, vous êtes mort pour lui. Mort de chez mort." Puis, comme s'il venait seulement d'entendre ce qu'il venait de dire, comme s'il avait perçu le craquement de l'armure, il fit marche arrière et corrigea : "Ne faites pas attention. J'ai trop bu et, de toute manière, c'est notre façon de parler. Nous disons n'importe quoi. Ça ne veut rien dire."

Je décelai dans ces propos une forme de jalousie. Néron Golden, ainsi que nous pouvions tous le voir, aimait profondément ce fils aîné psychologiquement handicapé et se faisait beaucoup de souci pour lui. Apu n'obtenait peut-être pas du patriarche toute l'attention qu'il désirait si ouvertement. (Je me demandais souvent pourquoi les quatre Golden continuaient à vivre sous le même toit, surtout quand il devint évident qu'ils ne s'entendaient pas mais quand je trouvai le courage de poser la question à Apu, je n'obtins que des réponses mystérieuses et allégoriques qui avaient plus à voir avec *Les Mille et Une Nuits* ou *Un diamant gros comme le Ritz* qu'avec une forme quelconque de ce qu'on pourrait appeler la vérité. "Notre père, répondait-il, est celui qui connaît l'emplacement secret de la grotte au trésor, celui qui connaît la formule *Sésame ouvre-toi*. Nous restons ensemble parce que nous voulons découvrir la carte." Ou bien : "La maison, vous savez, est littéralement bâtie sur un bloc d'or pur souterrain. Chaque fois que nous avons besoin d'argent, nous n'avons qu'à descendre à la cave et rogner quelques petits morceaux." C'était comme si la maison avait exercé un certain pouvoir sur chacun d'entre eux, la maison au sens généalogique ou la maison réelle, il était parfois difficile de les distinguer. Pour quelque raison obscure, ils se sentaient tous liés, même si les sentiments véritables qu'ils éprouvaient les uns pour les autres s'étaient détériorés au fil du temps pour se transformer en franche hostilité. Les Césars en leur palais, menant leur vie comme une partie de poker, dans une sorte de danse macabre.)

Apu éprouvait pour l'Amérique une convoitise omnivore. Je repensai au fait que, bien sûr, beaucoup plus jeunes, Petya et lui avaient déjà vécu sur place auparavant, quand ils habitaient avec leurs parents le loft de Broadway pendant les vacances scolaires et probablement dans l'ignorance totale de la maison *benami*, à quelques pas de là, que leur père préparait en vue d'un avenir lointain. Comme Apu avait dû, sur le plan sexuel, profiter de cette ville plus jeune et plus audacieuse ! Rien d'étonnant à ce qu'il fût heureux d'y être revenu.

Peu de temps après son arrivée, il me demanda de lui parler de cette soirée de novembre où Barack Obama avait été élu. Ce soir-là, je m'étais rendu dans un bar de sportifs de Midtown, où une célèbre doyenne de la bonne société de l'Upper East Side, une républicaine, avait, conjointement avec un réalisateur du centre-ville clairement démocrate, donné une réception en forme de soirée électorale. À 23 heures, quand les résultats de la Californie furent connus et permirent à Obama de franchir la ligne d'arrivée, la pièce explosa d'émotion et je m'aperçus que, comme tous les autres, je m'étais montré incapable de croire que ce qui était en train de se produire allait vraiment arriver, même si les premiers résultats avaient clairement indiqué la victoire d'Obama quelques heures plus tôt. La possibilité d'une nouvelle élection volée continuait à nous hanter et le soulagement se mêla à l'euphorie quand la majorité fut définitive, ils ne peuvent plus nous la voler désormais, me dis-je rasséréné, et je sentis des larmes sur mon visage. Quand je regardai Apu après lui avoir tenu ces propos, je vis qu'il pleurait lui aussi.

Après ce grand moment dans le bar de sportifs, lui dis-je, j'arpentai les rues la moitié de la nuit en direction du

Rockefeller Center et d'Union Square, observant les foules de jeunes de mon genre qui rayonnaient, conscients d'avoir, pour la toute première fois, modifié le sort du pays par leur intervention directe. Je buvais au milieu de cet optimisme qui coulait à flots tout autour de nous et, en bon littéraire, cynique comme il se doit, formulai cette pensée : "Et maintenant, naturellement, il va nous décevoir." Je n'en étais pas fier, ajoutai-je, mais ce furent les mots qui me vinrent à l'esprit.

"Vous êtes donc déjà tellement désabusé alors que moi je suis un rêveur, répondit Apu, toujours en larmes. Mais il nous est arrivé des choses affreuses à moi et ma famille. Rien d'horrible ne vous est jamais arrivé à vous ou à vos proches."

Si j'avais déjà, à ce moment-là, grâce à mes parents, quelques lumières sur les "choses affreuses" qu'évoquait Apu, je m'interrogeais néanmoins quant à ses larmes. Cet homme arrivé depuis relativement peu de temps en Amérique pouvait-il s'être déjà tellement investi dans son nouveau pays qu'un résultat électoral était susceptible de le faire pleurer ? Avait-il déjà, dans sa jeunesse, noué des liens avec ce pays et sentait-il à présent renaître cet amour perdu de longue date ? S'agissait-il des larmes d'un sentimental ou de celles d'un crocodile ? J'écartai la question en me disant, quand tu le connaîtras mieux tu auras la réponse. Faisant ainsi un pas de plus dans ma carrière d'espion occasionnel. Il était désormais absolument évident que ces gens valaient la peine d'être espionnés. Quant à ce qu'il disait de moi, ce n'était pas tout à fait exact, parce que, dans la façon dont je me laissai entraîner au début par la ferveur de la présidence Obama, il y avait quelque chose de prémonitoire dans la mesure où, au fil des années, je m'éloignai progressivement du système et où, huit ans après, lorsque de plus jeunes que moi (jeunes pour la plupart, blancs et ayant suivi des études universitaires) exprimèrent le désir de démolir le système et de s'en débarrasser, je fus en désaccord parce que ce genre de geste spectaculaire me semblait être l'expression de ce même caprice d'enfant gâté que ses partisans, selon eux, prétendaient haïr, et qu'accomplir de tels gestes menait invariablement à quelque chose de pire que ce qu'on avait rejeté. Cependant je comprenais, je reconnaissais le sentiment d'aliénation et de colère parce que je l'éprouvais moi aussi en grande partie, même si j'en étais arrivé à une position différente, plus prudente, plus mesurée et, considérée par la génération suivante, comme méprisable sur l'échiquier politique.

Apu avait des tendances mystiques, tout ce qui relevait du spirituel l'attirait mais, comme je l'ai dit, il nous cachait l'essentiel de cette passion, même s'il n'y avait aucune raison de la cacher, parce que les New-Yorkais étaient tout aussi épris que lui de systèmes de croyances bizarres. Il trouva une sorcière, une *mãe-de-santo* à Greenpoint, et, dans son *terreiro* exigu, se livra avec elle au culte de sa déesse préférée, Orisha (une divinité mineure), et bien sûr aussi à celui d'Oludumaré, le Créateur suprême. Mais il lui était infidèle même si elle lui apprenait la sorcellerie et il suivit avec autant d'enthousiasme un kabbaliste de Canal Street nommé Idel, adepte des voies de la Kabbale, pratique interdite qui cherchait, par l'usage de la magie blanche, à agir, jusqu'à la transformer, sur la sphère même du divin, mais également à agir sur le monde. Il fréquenta aussi avec beaucoup d'empressement, introduit par des amis qui trouvaient sympathique ledit empressement, le monde du judaïsme bouddhiste et se livra à la méditation avec les cohortes, de plus en plus nombreuses en ville, de "bujus" – compositeurs de musique classique, vedettes de cinéma, yogis. Il pratiqua le yoga de Mysore et devint un maître du tarot, étudia la numérologie ainsi que des livres qu'il achetait chez les bouquinistes, qui exploraient la magie noire et donnaient des conseils sur la construction des pentagrammes et des cercles magiques à l'intérieur desquels le sorcier amateur était en sécurité pendant qu'il jetait ses sorts.

Il devint rapidement évident qu'Apu était un peintre exceptionnellement doué, doté de facilités techniques égales à celles d'un Dalí (mais mises au service d'un meilleur usage), un figuratif en des temps d'abstraction, aux personnages masculins et féminins, souvent nus, contenus ou contenant, entourés ou entourant, les icônes symboliques de ses études secrètes : fleurs, yeux, épées, coupes, soleils, étoiles, pentagrammes et organes sexuels de l'homme et de la femme. Il eut bientôt un vaste atelier près d'Union Square et réalisa des portraits saisissants du Tout-New York, des dames de la bonne société (oui, essentiellement des dames, mais aussi quelques jeunes hommes impressionnants), folles de joie de se déshabiller pour lui et de se voir représentées au sein d'un monde luxuriant à haute teneur de spiritualité, enveloppées dans des tulipes ou nageant dans les fleuves du Paradis ou de l'Enfer avant de regagner les temples de Mammon où elles habitaient. Grâce à sa remarquable habileté technique, il développa un style aisé et rapide, ce qui veut dire qu'il pouvait généralement réaliser un portrait en une seule journée, ce qui contribua également à le rendre précieux aux habitués du cent à l'heure. Sa première exposition personnelle eut lieu en 2010, organisée par la Bruce High Quality Foundation dans un espace éphémère, et fut intitulée, d'après Nietzsche, *Le Privilège d'être son propre maître.* Il commença à devenir un artiste célèbre ou, comme il le formula avec une drôle de modestie cynique, "célèbre dans vingt pâtés de maisons".

L'Amérique les avait changés tous les deux, Petya et Apu, l'Amérique, cette entité divisée qui les opposa comme l'Amérique était elle-même pleine d'oppositions, et les guerres de l'Amérique, à l'étranger comme sur son propre territoire, devinrent leurs guerres mais si, au début, Petya arriva à New York sous les traits d'un génie alcoolique qui avait peur du monde et trouvait que c'était une épreuve constante que de devoir y vivre, Apu, lui, y aborda en sobre artiste romantique et citadin libéré, flirtant avec tout ce qui était visionnaire bien que doué d'une vision claire permettant de voir les gens avec lucidité, comme le montraient ses portraits : la panique dans le regard de la douairière vieillissante, l'ignorance vulnérable dans la posture du champion de boxe sans ses gants, le courage de la ballerine qui a du sang dans ses chaussons comme la Méchante Sœur qui s'était coupé les orteils pour pouvoir faire entrer son pied dans le soulier de verre de Cendrillon. Ses portraits étaient tout sauf flatteurs, ils pouvaient même être cruels. Pourtant les gens se pressaient à sa porte, de gros chèques à la main. Être campé par Apu Golden, être fixé sur sa toile devint désirable, précieux. Ce devint quelque chose. Entre-temps, quand il n'était pas dans son atelier, il arpentait la ville avec voracité, la saisissant tout entière à la manière d'un jeune Whitman, les avant-gardes, les clubs, les centrales électriques, les prisons, les sous-cultures, les catastrophes, les étoiles filantes, les joueurs, les usines à l'agonie, les *dancing queens*. Il était, à l'opposé de son frère, un agoraphile glouton et finit par être considéré comme une créature magique, évadée d'un conte de fées même si personne ne pouvait dire avec certitude si ce monde était enchanté ou maudit.

Il s'habillait de manière bien plus flamboyante que son aîné et changeait fréquemment de tenue. Il portait des lentilles de contact de diverses couleurs, parfois de couleur différente pour chaque œil et jusqu'à la toute fin je ne sus pas de quelle couleur étaient ses yeux. Ses tenues incluaient toutes les modes de la planète. Sur un coup de tête, il pouvait abandonner le châle en pashmina pour enfiler la gandoura arabe, le *dashiki* africain, le *veshti* d'Inde du Sud, les chemises colorées d'Amérique latine ou parfois, quand il avait l'humeur en berne comme Petya, le sérieux boutonné d'un costume anglais trois pièces en tweed fait sur mesure. On pouvait le voir sur la Sixième Avenue portant une maxi-jupe ou un kilt. Cette versatilité amenait beaucoup d'entre nous à s'interroger sur son orientation sexuelle, mais, autant que je sache, c'était un hétérosexuel conventionnel, même s'il est vrai qu'il était une sorte de génie du compartimentage, maintenant ses différents groupes d'amis dans des cases séparées sans qu'aucun d'entre eux pût soupçonner l'existence des autres cases. Il est donc possible qu'il ait eu une double vie au-delà des frontières de l'hétérosexualité, peut-être même une vie dissolue. Mais, selon moi, la chose est peu vraisemblable. Comme nous le verrons, il n'était pas le frère Golden pour qui la question du genre faisait problème. Au fil de ses explorations mystiques, il devait, cependant, avoir noué un certain nombre de contacts occultes dont il ne tenait pas à parler. Mais à présent que toute la vérité est connue, je peux commencer à reconstruire cette vie qu'il dissimulait.

Nous avions le cinéma en commun et aimions passer les après-midis du week-end à l'IFC Center ou au Film Forum à regarder *Voyage à Tokyo* ou *Orfeu negro* ou *Le Charme discret de la bourgeoisie*. C'est à cause du cinéma qu'il avait abrégé son nom en hommage à l'immortel personnage d'Apu, chez Satyajit Ray. Son père, me confia-t-il, s'y était opposé. "Il dit que nous sommes des Romains, pas des Bengalis. Mais c'est son problème, pas le mien." Néron Golden s'amusait de nos rendez-vous de cinéphiles. Quand je venais retrouver Apu, il attendait parfois dans la petite cour qui donnait sur les jardins communs, il se tournait alors vers la maison et rugissait : "Apuleius, ta petite amie est arrivée !"

Une dernière remarque à propos de son nom : il évoquait avec admiration l'écrivain du IIe siècle auteur de *L'Âne d'or*.

“Le type a hérité de son père un million de sesterces en Algérie et ça ne l’a pas empêché d’écrire un chef-d’œuvre.” Et en ce qui concerne le nom de son frère aîné et le sien : “Si Petya est le satyre, ou même le satyre-icon, alors moi je suis le putain d’âne” (propos suivis d’un haussement d’épaules désabusé). Mais plus tard ce soir-là, lorsque nous eûmes bu quelques verres, il inversa la proposition. Ce qui semblait plus approprié parce que, pour dire la vérité, des deux c’était bien lui le satyre priapique, alors que le pauvre Petya se retrouvait le plus souvent dans le rôle de l’âne aux longues oreilles.

Le soir de la fête des Golden dans les Jardins, Petya et Apu firent la connaissance de la Somalienne et les liens qui unissaient le clan commencèrent à se rompre.

*

Elle avait été amenée à la réception par son galeriste, qui était également devenu celui d’Apu même s’il n’en avait pas l’exclusivité, une sémillante fripouille aux cheveux argentés du nom de Frankie Sottovoce qui s’était rendu célèbre dans sa jeunesse en traçant à l’aide d’une bombe de peinture les trois lettres NLF, de vingt-cinq centimètres de haut, sur l’une des toiles monumentales de Claude Monet représentant des nymphéas au musée d’Art moderne, afin de protester contre la guerre au Viêtnam en écho à l’acte d’un vandale inconnu qui, cette même année 1974, avait gratté en lettres de soixante-dix centimètres le mot IRA dans le coin inférieur droit de *L’Adoration des mages* de Pierre Paul Rubens dans la chapelle de King’s College à Cambridge, un acte dont Sottovoce, quand il avait envie de fanfaronner sur sa jeunesse d’activiste radical de gauche, revendiquait la responsabilité contre toute vraisemblance. Les toiles furent facilement restaurées, l’IRA perdit sa guerre, le Viêtcông gagna la sienne et le galeriste poursuivit son chemin et fit une brillante carrière au cours de laquelle il découvrit et lança avec succès, parmi de nombreux autres artistes, la sculptrice Ubah Tuur qui travaillait le métal.

Ubah signifie "fleur" ou "bourgeon" en somali et s'écrit parfois *Ubax*, le *x*, en somali, étant un son guttural que les gosiers anglophones ont beaucoup de mal à produire, une fricative pharyngée quasi muette. D'où la version simplifiée "Ubah", concession à l'incompétence des pharynx non somaliens. Elle était belle à la manière dont les femmes de la Corne sont belles, un cou allongé, des bras gracieux et par cette longue soirée d'été elle apparut à Petya tel un arbre en fleur sous les branches duquel il pourrait se reposer, apaisé par son ombre bienfaisante, pour le restant de ses jours. À un moment de la soirée, elle se mit à chanter, non pas sous la forme de ce hululement caractéristique de la chanson somalienne qu'il s'était attendu à entendre jaillir de ces lèvres charnues, mais la fameuse ode à l'amour de Patti Smith, pétrie de ténèbres et de désir, avec ses répétitions réconfortantes et trompeuses, *ils ne peuvent plus te faire de mal, ne peuvent plus te faire de mal*... et avant qu'elle eût terminé il était perdu. Il fonça dans sa direction et s'arrêta net devant elle, désemparé. Submergé par l'accès brutal d'un ineffable amour, il se mit à bredouiller à propos de tout et de rien à l'intention de la femme de ses rêves qu'il venait tout juste de découvrir, de poésie et de physique subatomique, de la vie privée des stars de cinéma, et elle l'écoutait avec sérieux, acceptant tous ses coq-à-l'âne comme s'ils étaient tout à fait naturels, et il se sentit, pour la toute première fois de sa vie, compris. Puis elle se mit à parler et il l'écouta, hypnotisé, telle une mangouste face à un cobra. Après quoi il était capable de répéter mot à mot chaque parole issue de sa bouche parfaite.

Ses premiers travaux s'inspiraient d'artistes primitifs qu'elle avait rencontrés lors d'un voyage à Haïti, lesquels coupaient en deux des barils d'essence, en aplatissaient les moitiés obtenues, puis, à l'aide d'outils rudimentaires, des marteaux et des tournevis, les martelaient et les découpaient de façon à former des treillages élaborés en forme de branches, de feuillages et d'oiseaux. Elle parla longuement à Petya de l'art d'utiliser un chalumeau pour former à partir de fer et d'acier des entrelacs semblables à de la dentelle et lui montra des images de son travail sur son téléphone : des épaves de voitures accidentées (plastiquées ?) et de tanks transformées en filigranes d'une incroyable délicatesse, le métal pénétré par des motifs aériens bien découpés et acquérant dès lors une légèreté aérienne. Elle employait le langage du monde des arts, *guerre des symboles*, *oppositions désirables*, le jargon particulièrement abstrait des initiés, décrivant sa quête d'*images empathiques créatrices d'équilibre aussi bien que de ruptures fondées sur le contraste idée/matière* et elle envisageait également *l'absurdité consistant à produire des séquences radicalement antithétiques comme un catcheur en tutu.* C'était une brillante causeuse, charismatique et presque incompréhensible tant elle parlait vite tout en se passant une main dans les cheveux et en s'agrippant la tête ; jusqu'à ce que lui finisse par craquer (son autisme le contraignant à dire la vérité) : "Je suis désolé mais je ne comprends rien à ce que vous racontez."

Il s'en voulut sur-le-champ. Quel imbécile, avec les mots "je vous aime" coincés au fond de la gorge, pouvait bien témoigner à sa charmante adorée du dédain en lieu et place d'admiration ? À présent, elle allait le haïr et elle aurait bien raison, quant à lui sa vie n'aurait plus aucun sens et serait maudite.

Elle le dévisagea longuement avant d'éclater d'un rire réconfortant. "C'est un mécanisme de défense, dit-elle. On a peur de ne pas être pris au sérieux si on ne maîtrise pas suffisamment la théorie, surtout quand on est une femme.

En réalité, mon travail est suffisamment éloquent par lui-même. J'insère de la beauté dans l'horreur et je veux que cela dérange et fasse réfléchir. Venez donc à Rhinebeck jeter un coup d'œil."

Je suis aujourd'hui convaincu, tandis que j'assemble les pièces du puzzle de la maison Golden en m'efforçant de reconstituer le souvenir de la suite exacte des événements de cette nuit importante, les plaçant comme ils me reviennent, que ce fut le moment de la soirée où les choses commencèrent à aller de travers pour Petya puisque son envie d'accepter l'invitation d'Ubah entrait en conflit avec les démons qui l'obligeaient à redouter le monde extérieur. Il eut un geste étrange des deux bras en signe tant d'impuissance que de colère et se lança immédiatement dans un soliloque empli de coq-à-l'âne sur tous les sujets qui traversaient son esprit angoissé. Son humeur s'assombrit à mesure qu'il se répandait en objections sur des thèmes divers pour en venir enfin à la question des comédies musicales de Broadway et au fait qu'il les détestait pour la plupart. Puis vint l'épisode étrange des Monty Python et sa fuite à l'intérieur de la maison et son angoisse sur le rebord de la fenêtre. L'amour, chez Petya, n'était jamais très éloigné du désespoir.

*

Il fut triste tout cet été-là, enfermé dans sa chambre baignée de lumière bleue à jouer à des jeux vidéo et (comme nous l'apprîmes plus tard) à en inventer de nouveaux, d'une beauté et d'une complexité immenses, à rêver à ce visage fascinant derrière son masque de protection et à cette flamme dévoreuse d'acier qui bougeait dans sa main tandis qu'elle créait délicatesse et fantaisie à partir du métal brut. Il voyait en elle une sorte de super-héros, sa déesse au chalumeau, et désirait plus que tout se trouver auprès d'elle mais il redoutait le voyage, prince trop accablé de problèmes pour pouvoir se mettre en quête de sa Cendrillon disparue. Il ne pouvait pas non plus l'appeler et lui expliquer ce qu'il ressentait. Il était une sorte de continent de loquacité imprévisible renfermant une zone interdite de paralysie verbale. Et ce fut finalement Apu qui eut pitié de lui et lui proposa de l'aider : "Je vais louer une voiture aux vitres teintées, dit-il. Nous allons t'obtenir l'*accréditation*."

Apu jura plus tard que ç'avait été là sa seule motivation : permettre à Petya de franchir la frontière de sa peur et de lui donner une chance de revoir la fille. Mais peut-être ne disait-il pas la vérité.

Petya prit donc son courage à deux mains et donna le coup de téléphone et Ubah Tuur invita les frères à venir passer le week-end et fut assez compréhensive pour ajouter à son intention : "Toute la propriété est entourée d'une clôture très solide et vous pourrez donc peut-être avoir l'impression d'être dans un espace intérieur comme dans vos jardins communs. Si vous parvenez à l'admettre, je pourrai vous montrer les œuvres exposées dans le jardin tout comme celles qui sont dans l'atelier."

À la lumière déclinante du jour, dans sa salopette de travail tachée, ses cheveux vaguement relevés sous une casquette de baseball des Yankees posée à l'envers, son masque de protection, qu'elle venait de retirer, pendu au creux de son coude, sans même faire d'efforts, c'était une véritable bombe. "Attendez, je veux que vous voyiez cela", dit-elle et, prenant Petya par la main, elle l'emmena dans le jardin crépusculaire parsemé de ses constructions géantes imbriquées, semblables aux armures dentelées de dieux immenses, aux décombres d'un champ de bataille remodelés par des elfes aux doigts de fée, et lui demeurait stoïque, persuadé de l'existence de cette clôture qu'il ne voyait pas à la faible lumière du soir et même sous l'éclat de la pleine lune dans le ciel, elle fit le tour de la longère basse où elle vivait, l'emmena entre la ferme et la grange où elle travaillait et lui dit : "Regardez." Et là, au bout de la propriété où le sol tombait à pic, était le fleuve tumultueux, l'Hudson large et argenté, qui lui coupa le souffle. Pendant un long moment, il ne repensa même pas à la clôture, ne demanda pas s'il était bien protégé ou dangereusement exposé à toutes les terreurs du monde, et quand il entreprit de poser la question "Y a-t-il…" et que sa main commença à trembler, elle s'en saisit fermement et affirma : "Le fleuve, c'est le mur. Nous sommes tous en sécurité ici." Et il accepta ses paroles, ne prit pas peur et resta là, à regarder le cours du fleuve jusqu'à ce qu'elle conduise les frères à la maison pour le dîner.

Dans la chaude lumière jaune de sa cuisine, il redevint le bavard qu'il était tout en dégustant son curry de poulet à la mangue dont la douceur rivalisait dans son palais avec les épices berbères qu'elle y avait ajoutées. Mais comme il ne cessait de parler d'abondance de son enthousiasme pour l'univers des jeux vidéo, alternant des considérations sur les tout derniers jeux avec des récitals de poésie fluviale sous l'influence du fleuve étincelant, son esprit se mit à vagabonder. La soirée traînait en longueur, le scénario de la visite se voyait rejeté et Ubah Tuur sentit en elle un sursaut imprévu ; une trahison. Comment se fait-il que vous ne soyez pas marié, demanda-t-elle à Petya, un homme comme vous, vous êtes un bon parti. Mais tout en disant ces mots, son regard dérivait vers Apu, qui restait *assis, parfaitement immobile*, me dit-il, *absolument sans rien faire* mais Petya plus tard l'accusa d'avoir *marmonné, tu murmurais quelque chose, espèce de salaud, tu t'es servi de magie noire sur elle*, alors que lui, Petya, s'efforçait de répondre à Ubah, ses mots se bousculant, il y a longtemps, oui, il y a eu quelqu'un, mais depuis lors j'attends, j'attends l'appel d'un impératif émotionnel et elle, s'adressant à lui mais regardant son frère : Et à présent avez-vous rencontré cet impératif émotionnel ? demanda-t-elle, aguicheuse mais ses yeux fixés sur Apu qui lui, marmonnait, d'après Petya, même si l'intéressé m'assura toujours qu'il n'avait pas marmonné.

Je sais bien ce que tu as fait, espèce de rat, hurlerait plus tard Petya, tu as peut-être glissé quelque chose dans sa nourriture, que les épices auront masqué, quelque poudre de viscères de poulet que tu as obtenue de ta sorcière de Greenpoint, et ce que tu as marmonné, tu lui as jeté un sort, un sort.

Et Apu, le visage impassible, aggravant encore la situation : Qu'est devenu le chouchou de mon père ? Qu'en est-il de deux plus deux font quatre ? Quatre plus quatre font huit ? Je n'ai rien fait. Absolument rien.

Tu as couché avec elle, se lamenta Petya.

En fait. Oui. C'est ce que j'ai fait. Je suis désolé.

Les choses ne s'étaient peut-être pas passées exactement ainsi. Je n'y étais pas. Il se peut très bien que Petya, habituellement si bavard, se soit trouvé toute la soirée incapable de parler, réduit au silence par l'amour et qu'Apu ait monopolisé la conversation, et la femme. Il se peut qu'elle, Ubah, que tout le monde s'accordait à considérer comme une femme gracieuse et courtoise, rarement irresponsable, se soit surprise elle-même en la circonstance, cédant à un désir soudain pour le mauvais frère, son collègue artiste, l'étoile montante, le chéri de ces dames, le charmeur. Les motivations du désir sont impénétrables même pour ceux qui l'éprouvent, ceux qui le manifestent et ceux qui en sont l'objet, *car c'est parce que tu m'entraînes que j'entraîne la plus noble partie de moi-même aux trahisons de mon corps grossier*[A]. C'est ainsi que, sans avoir pleinement connaissance de la raison et du but, nous infligeons des blessures morales à ceux que nous aimons.

Une maison plongée dans l'obscurité. Des parquets qui craquent. Des déplacements. Inutile de rejouer le mélodrame banal de l'histoire. Au matin, la culpabilité sur le visage de deux coupables, aussi facile à déchiffrer qu'un gros titre de une. Le grand et corpulent Petya, le souple Apu au crâne rasé, la femme entre eux comme un ouragan. Il n'y a rien à expliquer, dit-elle. C'est arrivé, c'est tout. Vous feriez mieux tous les deux de partir.

Et Petya, emprisonné dans sa terreur du monde sur la banquette arrière de la voiture de location de son frère avec ses vitres teintées, tremblant d'humiliation et de fureur incontrôlable, trois heures d'horreur silencieuse tandis qu'ils regagnaient la ville. À de tels moments, les pensées d'un homme peuvent bien envisager le meurtre.

8

Dix-huit ans après la naissance d'Apu, le vieil homme eut une aventure extraconjugale, ne prit pas ses précautions et il en résulta une grossesse qu'il décida de ne pas interrompre parce que, selon lui, c'était toujours à lui qu'incombaient les décisions. La mère était une pauvre femme dont l'identité ne fut jamais connue (une secrétaire ? une prostituée ?) et, en échange d'une certaine compensation financière, elle fit don de l'enfant pour qu'il fût élevé comme le fils de son père, quitta la ville et disparut de l'histoire de son bébé. Ainsi, à l'instar du dieu Dionysos, l'enfant était-il né deux fois, une fois de sa mère puis de nouveau dans le monde de son père. Le dieu Dionysos était toujours un outsider, un dieu de résurrection et d'arrivée, "le dieu qui vient". C'était aussi un dieu androgyne, "un efféminé". Que ce fût là le pseudonyme que le plus jeune enfant de Néron Golden s'était choisi dans le jeu classique consistant à changer de nom révèle qu'il savait quelque chose de lui-même avant de le savoir, si l'on peut s'exprimer ainsi. Même si, à l'époque, les raisons qu'il donna de ce choix c'étaient, en premier lieu que Dionysos avait voyagé un peu partout en Inde et que, de fait, le fameux mont Nysa où il était né se trouvait sur le sous-continent, et, en second lieu, qu'il était la divinité du délice sensuel, non seulement lui Dionysos, mais aussi son incarnation romaine, Bacchus, dieu du vin, du désordre et de l'extase, toutes choses, disait Dionysos Golden, qui avaient l'air plutôt fun. Mais il fit bientôt savoir qu'il préférait ne pas porter le nom divin en entier et arborer pour nom quasi anonyme la simple lettre "D.".

Son intégration dans la famille n'avait pas été chose facile. Avec ses demi-frères, il eut, dès le début, des relations difficiles. Pendant toute son enfance il s'était senti exclu. Ils l'appelaient Mowgli et hurlaient à la lune pour se moquer. Sa mère louve était une traînée de la jungle alors que la leur était la louve romaine. (À ce stade, il semble qu'ils aient décidé d'être Romulus et Remus même si plus tard Apu prétendit que c'était faux ou plutôt suggéra que c'était une idée que D. s'était mis en tête et qui ne venait pas de lui.) Ils maîtrisaient déjà le latin et le grec quand D. en était encore à apprendre à parler et se servaient de ces langues secrètes pour l'exclure de leurs conversations. Plus tard, tous les deux nièrent également ce fait mais reconnurent que la façon dont il était arrivé dans la famille et aussi le fossé de l'âge avaient provoqué de sérieuses difficultés, des problèmes de loyauté et d'affection naturelle. À présent qu'il était un jeune homme, D. Golden, quand il était en présence de ses frères, passait de la volonté de plaire à la colère. Il était évident qu'il avait besoin d'aimer et d'être aimé, qu'il avait en lui une vague d'émotions qui avait besoin de se répandre sur les autres et qu'il espérait en retour qu'une même vague vînt le submerger. Quand ce genre de réciprocité passionnée ne se produisait pas, il se renfermait en lui-même, ronchonnait et se retirait. Il avait vingt-deux ans lorsque la famille prit possession de la maison Golden. À certains moments, il paraissait très sage pour son âge, à d'autres il se conduisait comme un enfant de quatre ans.

La fois quand il était petit où il avait pris son courage à deux mains pour interroger son père et sa belle-mère sur la femme qui lui avait donné le jour, son père s'était contenté de lever les mains au ciel et de quitter la pièce. Sa belle-mère s'était fâchée : "Laisse tomber, s'écria-t-elle en ce jour fatidique. C'était une femme sans importance. Elle est partie, elle est tombée malade et elle est morte."

Quel effet cela faisait-il d'être Mowgli, né d'une femme sans importance qui avait été si cruellement rejetée par son père pour aller succomber dans les ténèbres extérieures, un décès parmi ces milliers de morts qui guettent les miséreux abandonnés. Plus tard, quand la loi du silence eut été brisée, j'entendis, de la bouche d'Apu, une histoire choquante. Il y avait eu une époque où la relation entre le vieil homme et leur mère connaissait une passe difficile. Il s'emportait contre elle et elle lui répondait en hurlant. Je m'assis bien droit et ouvris grandes mes oreilles car c'était la première fois, au cours de mes conversations avec les Golden, que la femme sans nom et sans visage, l'épouse de Néron, position infortunée depuis l'Antiquité, s'avançait sur la scène et prenait la parole et ce, d'après le récit, parce que Néron avait hurlé et tempêté et qu'elle lui avait répliqué sur le même ton. Ce n'était pas le Néron que je connaissais, chez qui la force de la colère était toujours maintenue sous contrôle et n'émergeait que sous la forme de grandiloquence vantarde.

Quoi qu'il en soit, après l'explosion, la famille se divisa en deux camps. Les aînés prirent le parti de leur mère mais Dionysos Golden soutint fermement son père et persuada le patriarche que sa femme, la mère de Petya et d'Apu, n'était pas digne de régenter le foyer. Néron convoqua sa femme et lui ordonna de lui rendre les clefs, ensuite pendant un certain temps ce fut D. qui donna les instructions, passa les commandes d'épicerie et décida de la nourriture qui serait préparée aux cuisines. C'était une humiliation publique, un déshonneur. Le sens qu'elle avait de son propre honneur était lié à cet anneau de fer, un O majestueux de sept centimètres et demi de diamètre auquel étaient accrochées peut-être vingt clefs, des grandes et des petites, les clefs du cellier, des coffres-forts, des caves pleines de lingots d'or et d'autres trésors secrets des gens riches et de diverses autres caches dispersées à travers toute la demeure où elle conservait Dieu sait quoi : de vieilles lettres d'amour, des parures de mariage, des châles anciens. C'était le symbole de son autorité domestique. Sa fierté et son estime de soi étaient accrochées à cet anneau avec les clefs. Elle était la maîtresse des serrures et sans ce rôle elle n'était plus rien. Deux semaines après avoir été contrainte par son époux de rendre le trousseau, la maîtresse de maison déchue fit une tentative de suicide. Des comprimés furent avalés et elle fut découverte par Apu et Petya, affalée au pied de l'escalier de marbre, on appela une ambulance. Elle se cramponnait au poignet d'Apu et les ambulanciers dirent, s'il vous plaît, venez avec nous, elle s'accroche si fort à vous, elle s'accroche à la vie.

Dans l'ambulance, les deux infirmiers jouèrent à gentil flic – méchant flic. Espèce de garce qui terrorise ta famille, tu crois que tu n'as rien de mieux à faire. Nous avons des cas graves à traiter, des blessures véritables, des situations d'urgence que personne n'a choisi de s'infliger, on devrait te laisser mourir. Mais non, la pauvre chose, il ne faut pas se montrer si rude avec elle, elle devait être tellement triste, tout va bien, ma chérie, nous allons prendre soin de vous, les choses vont s'arranger, après la pluie le beau temps. Au diable le beau temps, elle n'a même jamais connu la pluie, regarde sa baraque, sa fortune, ces gens-là pensent que nous leur appartenons. Ne faites pas attention à lui, ma chérie, il est comme ça, nous sommes là pour prendre soin de vous, vous êtes désormais entre de bonnes mains. Elle essayait de marmonner quelque chose mais Apu ne comprenait pas ce qu'elle voulait dire. Il savait bien ce qu'ils faisaient, ils s'efforçaient de l'empêcher de perdre connaissance et plus tard, après le lavage d'estomac auquel il dut assister à cause de cette main crispée qui lui enserrait le poignet, quand elle reprit conscience dans un lit d'hôpital, elle lui expliqua. La seule chose que j'essayais de te dire dans l'ambulance c'était, mon fils, veux-tu bien, s'il te plaît, casser la gueule à ce grossier connard.

Son retour à la maison fut une sorte de triomphe car évidemment elle retrouva sa position de maîtresse de maison et le traître, cet enfant qui n'était pas le sien, implora son pardon, et elle lui dit qu'elle lui pardonnait mais en réalité elle ne le fit jamais et, de tout le reste de sa vie, lui adressa à peine la parole. Mais lui-même ne tenait pas tant que cela à son pardon. Elle avait traité sa mère de femme sans importance et méritait bien tout ce qu'il lui avait fait subir. Après cela ses frères lui claquèrent symboliquement les portes à la figure et lui dirent qu'il avait bien de la chance qu'ils ne soient pas violents. Il ravala sa fierté et implora leur pardon à eux aussi. Cela prit beaucoup de temps. Mais au fil des années, une certaine cordialité s'installa lentement entre eux, une sorte d'entente laconique que les étrangers prenaient à tort pour un amour fraternel tacite mais qui n'était qu'une tolérance mutuelle.

Certaines questions sans réponses continuaient à flotter dans l'air, des mystères non résolus : pourquoi ce jeune homme qui finit par devenir D. Golden voulait-il tellement diriger la maison au point d'humilier sa belle-mère pour satisfaire son désir ? Voulait-il prouver qu'il faisait partie de la famille ? Ou n'était-ce pas, plutôt, comme cela paraissait vraisemblable, pour venger la défunte qui lui avait donné le jour ?

"Je n'en sais rien, répondit Apu de manière évasive lorsque je lui posai la question. Il peut être un sacré petit emmerdeur quand il s'y met."

*

À partir de son sens aigu de la différence basé sur sa naissance illégitime, D. Golden élabora une forme d'élitisme nietzschéen pour justifier son isolement. (Quand on se penche sur les hommes de la famille Golden on retrouve toujours l'ombre de l'*Übermensch.*) "Comment pourrait-il y avoir « un bien commun », demandait-il, citant le philosophe dans les Jardins. Les deux mots se contredisent. Ce qui peut être commun n'a jamais que peu de valeur. Finalement il en sera comme il en a toujours été : les grandes choses reviendront aux grands hommes, les abîmes aux êtres profonds, les raffinements et les frissons aux âmes délicates, et, en un mot, tout ce qui est rare aux hommes rares[5]." Ces propos me parurent simplement relever d'une sorte de cabotinage juvénile ; n'étant que de quelques mois plus âgé que lui, je reconnaissais chez lui mon propre faible pour les discours pompeux, D., en fait, ne cessait de prendre des poses, c'était une sorte de Dorian Gray, élancé, agile ; presque efféminé. L'image qu'il se faisait de lui-même, à savoir qu'il était le seul de toute sa tribu à être capable de grandeur, le seul à avoir une profondeur de caractère assez riche pour plonger profondément dans le chagrin, le seul à être rare, semblait tout simplement trouver son origine dans une réaction de défense. Mais j'avais beaucoup de compassion pour lui : il avait été rudement traité et nous construisons tous nos remparts, n'est-ce pas, et peut-être ne savons-nous même pas contre quoi nous les érigeons ni quelle force viendra finalement les abattre et détruire nos petits rêves.

Je l'accompagnais parfois à des concerts. Il y avait une chanteuse rousse qu'il aimait bien, Ivy Manuel, qui se produisait tard le soir une fois par semaine dans un club d'Orchard Street, elle portait parfois une tiare sur la tête pour bien montrer qu'elle était une reine. Elle chantait des reprises de *Wild Is the Wind*, de *Famous Blue Raincoat* et d'*Under the Bridge*, avant de passer à quelques morceaux de sa composition et D., assis devant elle à une petite table de fer ronde et noire, fermait les yeux, se balançait au rythme de Bowie et de Cohen et mettait ses propres paroles murmurées à mi-voix sur l'air des Chili Peppers. Quelquefois, j'ai l'impression de ne pas être encore né. Parfois, j'ai l'impression de ne pas vouloir naître. Ivy Manuel était son amie parce que, disait-il sans plaisanter, toutes les filles hétéros qu'il croisait voulaient le draguer mais comme Ivy était lesbienne, ils pouvaient être vraiment amis. Il était le plus beau de tous les Golden, comme n'importe quel miroir magique l'aurait confirmé sans problème, et il pouvait aussi être le plus charmant d'entre eux. Nous tous, les habitants des maisons des Jardins, étions sous le charme de sa franchise meurtrie, et dans un voisinage plus vaste il devint aussi rapidement un personnage. Il se disait dérangé par l'attention dont il était l'objet. Où que j'aille les gens me regardent, disait-il, il y a toujours quelqu'un qui me regarde comme si j'étais quelqu'un, comme s'il attendait quelque chose de moi. Redescends sur terre, lui disait Ivy, personne n'en a rien à foutre de toi. Il souriait et penchait la tête, mimant l'excuse. Le charme était son déguisement, comme chez Apu ; sous la surface, il était sombre et souvent triste. Depuis le début, c'était celui qui avait en lui-même la noirceur la plus sombre alors qu'il était venu au monde tel un soleil resplendissant, tout auréolé d'une chevelure blond-blanc. Ses cheveux virèrent au châtain, le ciel de son tempérament se couvrit lui aussi de nuages noirs, et il sombra fréquemment dans la tristesse.

Ivy ne faisait pas grand cas de sa sexualité, en tant que musicienne elle ne voulait pas s'affubler d'étiquettes. "Je n'ai aucun problème à afficher ma sexualité mais je pense que ça n'a rien à voir avec ma musique, disait-elle. J'aime qui je veux. Je ne veux pas que les gens refusent d'écouter ma musique à cause de ça et je ne veux pas non plus qu'ils l'écoutent à cause de ça." Pourtant son public était essentiellement composé de femmes, beaucoup de femmes, plus le charmant jeune homme qui ne voulait pas que les gens le regardent, et moi.

Les Golden racontaient tous des histoires à propos d'eux-mêmes, des histoires dans lesquelles l'information essentielle concernant leurs origines était soit omise soit falsifiée. Je les écoutais non comme si elles étaient vraies mais comme autant d'indices révélateurs de leur caractère. Les fictions qu'un homme raconte à son propos le révèlent mieux qu'un récit véridique ne pourrait le faire. Je voyais dans ces anecdotes le "langage corporel" des joueurs de cartes, les gestes involontaires qui dévoilent une main, le fait de se gratter le nez quand la main est bonne, de se triturer le lobe de l'oreille quand elle est mauvaise. Le joueur chevronné observe tous les joueurs de la table pour découvrir leurs gestes inconscients. C'est de cette manière que je m'efforçais d'observer et d'écouter les Golden. Pourtant, un soir où j'étais allé avec D. au club d'Orchard Street écouter Ivy Manuel chanter les ch-ch-ch-ch de Bowie et le *don't-it-always-seem-to-go* de Mitchell et aussi une vieille chanson de science-fiction drôle et bizarre qu'elle avait composée intitulée *Le Terminator* sur l'inutilité des voyages dans le temps pour les sauveurs potentiels de l'espèce humaine et alors que, après le spectacle, j'étais assis à boire des bières avec eux deux dans la salle vide, je ratai le plus évident de tous les indices. Ce fut Ivy, je crois bien, qui aborda le sujet de plus en plus complexe du genre et D. répliqua en évoquant un récit de la mythologie grecque. Hermaphrodite était le fils d'Hermès et d'Aphrodite et une nymphe nommée Salmacis tomba si éperdument amoureuse de lui qu'elle pria Zeus de les unir à jamais et ainsi devinrent-ils un seul être, les deux dans un seul corps, en conservant les attributs de leur sexe. Sur le moment, je crus que c'était une façon de dire à quel point il se sentait proche d'Ivy Manuel, de dire qu'ils étaient à jamais liés par l'amitié. Mais il me disait des choses plus étranges et je ne sus pas les entendre, des choses le concernant.

Ce qu'il y a d'intéressant dans la métamorphose, c'est qu'elle n'est jamais arbitraire. Philomèle agressée par son beau-frère Térée, violée et la langue coupée, lui échappa sous la forme d'un rossignol, libre et doté du chant le plus mélodieux. Comme dans l'histoire de Salmacis et d'Hermaphrodite, les dieux acceptent que des corps se transforment en d'autres corps sous la pression de besoins impérieux, l'amour, la peur, la soif de liberté ou l'existence, à l'intérieur de l'un des corps, d'une vérité secrète qui ne peut être révélée que par sa transformation.

Il avait toujours dans sa poche trois dollars d'argent afin de pouvoir réaliser les antiques hexagrammes chinois de divination. Il en réalisa un ce soir-là dans le club d'Orchard Street. Cinq lignes immuables discontinues surmontées d'une ligne continue unique. "Vingt-trois, dit-il, c'est bien cela", et il rangea les pièces. J'ignorais tout du *Yi-king*, mais plus tard ce soir-là je cherchais les hexagrammes sur Google. À l'âge de la recherche électronique, le savoir est toujours à portée de main. L'hexagramme 23 s'appelle "l'arrachement" et est décrit comme l'hexagramme de l'éclatement. Son trigramme interne signifie "secousse" et "tonnerre".

"Rentrons", dit-il, et il nous quitta sans un regard en arrière.

Je le laissai partir. Je ne cours pas après les gens qui me font comprendre qu'ils en ont assez de ma compagnie. Et il se peut que ma susceptibilité ait brouillé mon jugement parce qu'il me fallut bien du temps avant que je me dise que d'autres raisons que la vanité, le narcissisme ou la timidité expliquaient peut-être sa peur d'être observé.

*

Il y a toujours, au début, quelque douleur à soulager, quelque blessure à soigner, quelque vide à remplir. Et toujours, à la fin, l'échec, la douleur incurable, la blessure qui ne guérit pas et le vide mélancolique persistant.

*

À la question de la nature de la bonté que j'ai posée au tout début de ce récit, je peux donner au moins une réponse partielle : la vie de la jeune femme qui était tombée amoureuse de Dionysos Golden un après-midi sur un trottoir du Bowery et qui resta à ses côtés et l'enveloppa de cet amour inébranlable pendant tous les événements qui suivirent, voilà ce qui est pour moi l'une des meilleures définitions d'une bonne vie que j'aie pu découvrir au cours de mon existence relativement brève et relativement casanière. *Le bonheur écrit à l'encre blanche sur des pages blanches**, nous dit Montherlant, et j'ajouterai que la bonté est aussi difficile à transcrire en mots que la joie. Il faut pourtant que je m'y efforce car ce que ces deux-là découvrirent et à quoi ils s'accrochèrent n'était rien d'autre que le bonheur créé par la bonté mais aussi nourri par elle, contre toute probabilité. Jusqu'à ce que le malheur le détruise.

Du jour où il la rencontra pour la première fois – elle portait une chemise blanche, une jupe droite noire et fumait une cigarette française sans filtre sur le trottoir devant le musée de l'Identité –, il comprit qu'il ne servait à rien d'essayer de lui cacher quelque chose parce qu'elle lisait dans ses pensées aussi clairement que si elles avaient été une série de gros titres qui défilaient en lettres illuminées sur son front.

“Ivy pense que nous devions nous rencontrer, dit-il. Je crois que c’est une idée stupide.

— Pourquoi êtes-vous venu ? fit-elle, détournant un regard ennuyé.

— Je voulais vous voir pour savoir si j’avais envie de vous voir”, lui dit-il. Cela parut l’intéresser mais assez vaguement, eût-on dit.

“Ivy m’a dit que votre famille est exilée pour des raisons dont vous ne voulez pas parler, dit-elle, le regard profond comme l’océan. Mais maintenant que vous êtes là, je vois que vous êtes probablement en exil de vous-même, peut-être même depuis le jour de votre naissance.” Il se renfrogna, visiblement agacé. “Et comment le savez-vous ? demanda-t-il sèchement. Êtes-vous conservatrice de musée ou chamane ?

— Il y a une forme particulière de tristesse, répondit-elle, en tirant sur sa gauloise, ce qui la faisait ressembler à Anna Karina dans *Pierrot le Fou*, qui montre qu’un homme est séparé de sa propre identité.

— Cette obsession moderne de l’identité me révolte, dit-il, avec peut-être un peu trop d’emphase. C’est une façon de nous rétrécir au point que nous devenons des sortes d’étrangers les uns pour les autres. Avez-vous lu Arthur Schlesinger ? Il s’élève contre la marginalisation perpétuelle qui résulte de l’affirmation des différences.” Il portait un trench-coat et un Borsalino à bord souple parce que l’été approchait mais n’était pas encore là, telle une femme qui fait des promesses d’amour mensongères.

“Mais c’est bien ce que nous sommes, des étrangers, chacun d’entre nous.” Elle haussa légèrement les épaules en esquissant une moue. “Le problème, c’est que nous devons être plus précis sur le type d’étrangers que nous choisissons d'être. Et bien sûr j'ai lu ce vieil homme blanc hétérosexuel et mort. Vous devriez lire les essais de Spivak sur l'essentialisme stratégique.

— Voulez-vous qu'on aille prendre un whisky quelque part ?" demanda-t-il d'un ton encore légèrement irrité, et elle continua à le regarder comme un simplet qui avait besoin qu'on lui éclaire sa lanterne. Elle portait des bas noirs dont la couture remontait depuis la cheville. "Pas maintenant, dit-elle. Pour l'instant nous devrions entrer et découvrir le nouveau monde.

— Et après ?

— Après non plus."

Ils passèrent cette nuit ensemble chez elle dans son appartement de la Deuxième Avenue. Ils avaient tant de choses à se dire qu'ils ne firent pas l'amour, lequel était surfait, dit-il. Elle ne discuta pas ce point, se contentant d'enregistrer l'information. Le matin, il descendit chercher des croissants, du café, du whisky, des cigarettes et les journaux du dimanche. Les clefs étaient posées sur une petite table en acajou dans le couloir, une sorte de boîte montée sur pieds, pas une antiquité mais une bonne copie. Il souleva le couvercle et vit l'arme posée sur un petit coussin de velours rouge, un colt à la crosse incrustée de perles, lui aussi une bonne copie probablement. Il s'en saisit, fit tourner le barillet et appuya le canon contre sa tempe. Par la suite il prétendit qu'il n'avait pas appuyé sur la détente mais elle le regardait par la porte ouverte de la chambre et entendit le déclic lorsque le chien heurta la chambre vide. "J'ai trouvé les clefs, dit-il. Je m'occupe du petit-déjeuner.

— Ne renverse rien, lui lança-t-elle. Je ne veux pas qu'on salisse la moquette du couloir."

Riya, c'était son nom. Une sacrée nana. De trois ou quatre ans plus âgée que lui mais occupant déjà un poste important au musée, chantant parfois des chansons d'amour certains soirs sur Orchard Street et s'habillant selon sa propre mode personnelle à base de soie noire et de vieilles dentelles souvent agrémentées de broderies à motifs floraux, sur des thèmes orientaux, dans un style indien ou chinois. Elle était moitié indienne moitié suédo-américaine, son long nom de famille scandinave, Zachariassen, était trop compliqué pour les gosiers américains, si bien que comme lui-même était D. Golden, elle se faisait appeler Riya Z.

L'alphabet est le lieu où tous nos secrets prennent leur source.

"Entre et viens découvrir le monde nouveau." Il existait un musée des Amérindiens sur Bowling Green et un Italian American Museum sur Mulberry Street et le Polish American Museum à Port Washington, et il y avait deux musées pour les juifs, au nord et au centre de la ville et c'étaient là manifestement des musées de l'identité mais le MoI, le Museum of Identity, avait de plus vastes ambitions, son conservateur charismatique, Orlando Wolf, s'intéressait à l'identité en soi, la grande force nouvelle apparue dans le monde, déjà aussi puissante que n'importe quelle théologie ou idéologie, identité culturelle et religieuse, nation, tribu, secte et famille, c'était un champ multidisciplinaire qui se développait rapidement et au cœur de l'Identity Museum il y avait la question de l'identité de la personne, à commencer par l'identité biologique mais s'étendant bien au-delà. L'identité du genre, éclatée comme elle ne l'avait jamais été dans l'histoire de l'humanité et donnant naissance à tout un nouveau vocabulaire qui s'efforçait de saisir ces mutations nouvelles.

"Dieu est mort et l'identité remplit le vide, lui dit-elle au seuil de la section consacrée au genre, le regard plein de ce zèle brillant des vrais croyants, mais il apparaît que les dieux étaient androgynes dès le départ."

Ses cheveux noirs étaient coupés court, à fleur de crâne. "Jolie coupe", dit-il.

Ils se trouvaient au milieu de poteries, de sceaux et de statues de pierre d'Akkad, d'Assyrie et de Babylone. "La Grande Mère, selon Plutarque, était une divinité intersexuelle, les deux sexes étaient présents chez elle, pas encore séparés."

Peut-être, s'il louait un vieux coupé rouge et blanc avec des ailerons, pourraient-ils aller faire un tour, peut-être même traverser toute l'Amérique. "As-tu déjà vu l'océan Pacifique ? lui demanda-t-il. C'est probablement décevant comme tout le reste."

Ils continuèrent leur visite. Le musée était sombre, ponctué par des objets illuminés comme des exclamations dans un monastère. "Ces objets de l'âge de pierre pourraient être des prêtresses transgenres, dit-elle. Tu devrais vraiment t'y intéresser. C'est aussi important pour les cisgenres que pour la communauté MTF."

Le mot le ramena à son enfance : il se revit brusquement en train d'apprendre le latin avec une détermination farouche pour supprimer le pouvoir qu'avaient ses frères de l'exclure en employant le langage secret de Rome. "Prépositions qui gouvernent l'accusatif, dit-il. *Ante, apud, ad, adversus/circum, circa, citra, cis/contra, erga, extra, infra.* C'est pas grave. La Gaule cisalpine et la Gaule transalpine. Ce sont les Alpes maintenant qui séparent les sexes.

— Je n'aime pas ce mot-là, dit-elle.

— Quel mot ?

— Sexe."

Oh.

"De toute façon Dieu n'est pas mort, dit-il. Pas en Amérique en tout cas." MTF signifiait *Male to Female*, et FTM l'inverse. Maintenant elle déversait sur lui des mots, *gender fluid*, *bigenre*, *sans genre*, *transgenre* avec un astérisque trans*, la différence entre *femme* et *féminin*, *genre non conforme*, *genderqueer*, *non-binaire* et, venu de la culture amérindienne, le terme de *bispiritualité*. La déesse phrygienne Cybèle avait des serviteurs MTF appelés les galles. Dans la salle africaine, le MTF okulé et le FTM agulé de la tribu lugbara, les Amazones transsexuelles d'Abomey, la reine Hatchepsout habillée en homme avec une fausse barbe. Dans la salle de l'Asie, il s'arrêta devant une statue en pierre d'Ardhanarishvara, le dieu à moitié femme, "en provenance de l'île d'Elephanta", dit-il avant de plaquer sa main sur sa bouche. "Tu ne m'as pas entendu le dire, lui dit-il avec une véritable férocité.

— J'allais te montrer les costumes *fanchuan* pour les rôles travestis des opéras chinois, dit-elle, mais tu en as peut-être assez pour aujourd'hui.

— Il faut que je parte, dit-il.

— Je prendrais bien le whisky maintenant", répondit-elle.

Et le lendemain matin au petit-déjeuner, assise dans des draps blancs, mangeant un croissant, fumant une cigarette, un autre verre de whisky à la main, elle murmura doucement : "Je connais le nom du pays que tu ne veux pas nommer et je connais aussi le nom de la ville dont tu ne veux pas parler." Elle lui murmura les mots à l'oreille.

"Je crois que je t'aime, dit-il. Mais j'aimerais savoir pourquoi tu gardes un revolver dans la petite table du couloir.

— Pour tuer les hommes qui croient être amoureux de moi, répondit-elle, et peut-être moi-même, mais je n'ai pas encore pris ma décision.

— Ne dis pas à mon père ce que tu as appris ou tu n'auras probablement pas besoin de prendre cette décision."

*

Je ferme les yeux et fais défiler le film dans ma tête. J'ouvre les yeux et je le transcris. Puis, de nouveau, je ferme les yeux.

9

Et voici Vasilisa. La Russe. Elle attire l'œil. On pourrait même dire qu'elle est étonnante. Elle a de longs cheveux noirs. Son corps aussi est long, et exceptionnel ; elle court le marathon, est une gymnaste accomplie, spécialisée dans les jeux de ruban de la gymnastique rythmique. Elle affirme que dans sa jeunesse elle a failli intégrer l'équipe olympique russe. Elle a vingt-huit ans. Sa jeunesse, c'était quand elle en avait quinze. Son nom complet est Vasilisa Arsenieva. Sa région d'origine est la Sibérie et elle prétend descendre du grand explorateur Vladimir Arseniev en personne, qui a écrit de nombreux livres sur la région, y compris celui qui a inspiré le film de Kurosawa *Dersou Ouzala*, mais cette généalogie n'est pas confirmée parce que Vasilisa, comme nous le verrons, est une brillante menteuse, passée maître dans l'art de la tromperie. Elle dit qu'elle a été élevée au cœur de la forêt, l'immense taïga qui recouvre la plus grande partie de la Sibérie et que sa famille était de la tribu des Nanaïs, dont les hommes étaient chasseurs, trappeurs et guides. Elle est née l'année des Jeux olympiques d'été de Moscou et son héroïne dans sa jeunesse était la grande gymnaste Nelli Kim, moitié coréenne, moitié tatare. Soixante-cinq pays dont les États-Unis boycottèrent ces jeux de Moscou, mais dans les profondeurs de la forêt elle était bien loin de la politique, même si elle entendit parler de la chute du mur de Berlin quand elle avait neuf ans. Elle était heureuse parce qu'elle avait commencé à feuilleter quelques magazines et qu'elle voulait aller en Amérique, y être adorée et pouvoir envoyer des dollars à sa famille restée au pays.

Et c'est ce qu'elle a fait. Elle a pris la poudre d'escampette. Ici elle est en Amérique, dans la ville de New York et, de temps à autre, en Floride. Elle a de nombreux admirateurs et gagne sa vie en exerçant le métier des belles personnes. Beaucoup d'hommes la désirent mais elle ne cherche pas simplement un homme. Elle veut un protecteur. Un tsar.

Voici Vasilisa. Elle possède une poupée magique. Lorsque, dans son enfance, une autre Vasilisa fut envoyée par sa méchante marâtre chez Baba Yaga, la sorcière qui mange les enfants et vit au cœur du cœur de la forêt, ce fut sa poupée magique qui lui permit de s'échapper et de commencer à se mettre en quête de son tsar. Telle est l'histoire. Mais il y en a qui la racontent différemment, ils disent que Baba Yaga dévora bien Vasilisa, qu'elle l'avala entièrement comme elle avalait tout le monde et que dès qu'elle l'eut fait, l'horrible vieille sorcière se trouva dotée de toute la beauté de la jeune fille, qu'elle devint, en apparence, le portrait craché de Vasilisa la Belle, tout en demeurant à l'intérieur Baba Yaga aux dents crochues.

Voici Vasilisa à Miami. Elle est blonde à présent. Elle est sur le point de rencontrer son tsar.

*

Au cours de l'hiver 2010, quelques jours avant Noël, les quatre Golden, alertés par des bulletins météorologiques menaçants et accompagnés de Fuss et Blather, les deux fidèles assistantes de Néron et de moi-même, prirent l'avion en direction du sud à l'aéroport de Teterboro, à bord de ce que je ne connaissais pas avant qu'Apu m'explique qu'il s'agissait de ce que les utilisateurs réguliers de ce genre d'appareil nomment un PJ, et ce fut ainsi que nous échappâmes au grand blizzard. Dans la ville que nous laissions derrière nous, tout le monde allait bientôt se plaindre de la lenteur des opérations de déneigement et l'on prétendit que les interventions avaient été sciemment ralenties pour protester contre les coupes budgétaires du maire Bloomberg. Cinquante centimètres de neige tombèrent sur Central Park, quatre-vingt-dix centimètres dans certains endroits du New Jersey, et même à Miami ce fut le mois de décembre le plus froid jamais enregistré, ce qui voulait simplement dire qu'il faisait 16 °C, autrement dit une température pas vraiment glaciale. Le vieil homme avait loué un groupe d'appartements dans une vaste demeure sur une île privée située loin de l'extrémité de Miami Beach et nous eûmes assez chaud la plupart du temps. Petya aimait bien l'île qui n'avait pour lien avec le continent qu'un unique port de voyageurs, et aucun étranger ne pouvait mettre le pied sur ce sol enchanté sans y être invité par des résidents. Des paons, volatiles et humains confondus, se pavanaient en ces lieux sans crainte d'être observés par des regards importuns. Les riches montraient leurs genoux et leurs secrets et personne n'en parlait jamais. Petya pouvait donc se persuader que l'île était un espace clos et sa peur de l'extérieur se retira en grognant dans les ténèbres.

"Oh tu ne sais pas non plus ce que c'est qu'un PJ ? *Private Jet*, mon cher. De rien."

C'était Apu, le sociable Apu, et non pas D., le garçon de mon âge à l'humeur ténébreuse, qui m'avait invité à les accompagner. Et "Vas-y, me dit ma mère même si j'allais être absent de la maison pendant les vacances, pourquoi tu n'en profiterais pas ?" J'ignorais, alors, que plus jamais je ne pourrais accueillir le petit Jésus fictif ni la nouvelle année en compagnie de mes parents. Je ne pouvais pas deviner ce qui allait arriver mais je le regrette amèrement.

Apu était dans son élément, se faisant des relations dans le riche assortiment de milliardaires russes de l'île, séduisant leurs femmes pour qu'elles lui demandent de faire leur portrait, de préférence en tenue légère. Je le suivais à la trace comme son chien fidèle. Les femmes des milliardaires ne s'apercevaient pas de ma présence. C'était bien ainsi, l'invisibilité était un sort auquel j'étais habitué et que je préférais la plupart du temps.

Et D. Golden : il avait amené Riya avec lui et ils étaient enveloppés l'un dans l'autre et restaient généralement entre eux à l'écart. Et les serviteurs servaient, l'entourage entourait, Ms Fuss faisait du foin et sa jeune comparse Ms Blather déblatérait et le séjour des Golden se passait plutôt bien. Quant à moi, leur Tintin apprivoisé, j'étais assez content moi aussi. Et pour le Nouvel An l'île organisa une soirée cossue pour ses résidents cossus, les feux d'artifice habituels, très coûteux, les homards de premier choix et une soirée dansante très chic et Néron Golden annonça qu'il avait l'intention de danser.

Je découvris que le vieil homme était un danseur remarquable. "Tu aurais dû le voir il y a quelques années lors de son soixante-dixième anniversaire, me dit Apu. Toutes les jolies filles faisaient la queue pour danser à leur tour avec lui, et il les entraînait toutes dans des valses, des tangos, des *jives*, des renversés et des virevoltes. De la danse rapprochée, pas les sautillements du disco, les gesticulations ou le pogo de notre époque décadente." Maintenant que je connaissais les secrets de la famille, je pouvais me le représenter sur la grande terrasse dominant la mer de la maison familiale de Walkeshwar Colony, imaginer les plus grandes beautés de l'élite de Bombay heureuses entre ses bras. Tandis que sa femme faisant tapisserie, "Poppaea Sabina", comme je continue à l'appeler, me conformant aux préférences de cette famille julio-claudienne, regardait de loin d'un air désapprobateur mais sans rien dire. Il avait vieilli, il avait plus de soixante-quatorze ans mais n'avait rien perdu de son équilibre ni de son agilité. Une fois de plus, il y avait des jeunes femmes qui attendaient qu'on les renverse et qu'on les fasse virevolter. L'une d'elles était Vasilisa Arsenieva dont la devise venait de Jésus, de l'Évangile selon saint Matthieu, chapitre IV, verset 19 : "Suivez-moi et je vous ferai pêcheurs d'hommes." Son timing était parfait. Quand l'heure de la nouvelle année sonna, à minuit, l'heure des sorcières, elle lança son hameçon fatidique. Et quand elle se mit à danser avec lui, personne d'autre ne pouvait plus le faire. Elle était la dernière de la file.

Voici Vasilisa. Elle danse avec son tsar. Elle l'enlace et son visage dit ceci : Je ne te lâcherai plus. Plus grande que lui, elle se penche légèrement pour approcher la bouche de son oreille. Il appuie son oreille contre sa bouche pour entendre ce qu'on lui dit. Voici Vasilisa. Elle plonge la langue dans son oreille. Et cette langue parle un langage que tous les hommes comprennent.

*

La demeure Vanderbilt se trouve au cœur de l'île. Flashback : William Kissam Vanderbilt II à bord de son yacht de soixante-seize mètres fait un troc avec le promoteur Carl Fisher. Le yacht contre l'île. Marché conclu. Bebe Rebozo, accusé à l'époque du Watergate d'être le "coursier de Nixon", rejoint un groupe qui a acheté l'île au gars qui a acheté l'île au gars qui a acheté l'île à Vanderbilt. L'île a une histoire. Elle possède un observatoire. Et, comme nous l'avons déjà dit, des paons. C'est un endroit discret. Elle a un golf. Elle a la classe.

Et à l'occasion de ces vacances d'hiver à la résidence Vanderbilt, après la soirée dansante du Nouvel An sur le beau parquet extérieur posé parmi les arbres décorés de guirlandes électriques, parmi les braseros flamboyants, au son de la musique de l'orchestre, parmi les femmes couvertes de bijoux, les agents de sécurité qui veillent sur ces bijoux, les hommes qui ont acheté ces bijoux et qui admirent leurs biens, l'île a aussi une histoire d'amour dont on parlera beaucoup tout l'hiver et au cours du printemps, et d'avril à novembre. Ma fortune contre ta beauté. Marché conclu.

*

Le Nouvel An, c'est fait pour danser et lorsque la musique s'arrête, elle ordonne à Néron de rentrer chez lui se coucher. Je veux que tu sois reposé pour moi lorsque nous commencerons vraiment. Et il obéit et rentre se coucher comme un bon garçon et ses fils contemplent la scène avec stupéfaction. Ce n'est pas possible, disent leurs regards. Il n'est quand même pas en train de tomber amoureux. Mais il a une telle autorité qu'aucun d'entre eux ne fait de commentaire. Le soir suivant, il vide l'appartement qu'il a loué pour lui et ses deux assistantes et envoie ses employés et leurs familles dans les trois autres appartements loués où il y a beaucoup de chambres libres. Il est seul au septième étage et contemple la cime des palmiers, la petite demi-lune que forme la plage et plus loin la mer brillante. Le dîner : cocktails de crevettes, viandes froides, salades d'avocats et de kale, une corbeille de fruits, du tiramisu en dessert a été livré en vedette par un traiteur raffiné de la rive sud de la Miami River et a été disposé sur la table. Il y a de la glace, du caviar, de la vodka et du vin. À l'heure dite, très précisément, pas une minute avant ni une minute après, elle se présente à sa porte, cadeau enveloppé d'or, avec un nœud à l'arrière de sa robe pour qu'il puisse la déballer facilement.

D'un commun accord, ils décident de ne pas manger.

Voici Vasilisa la Belle qui se donne à son tsar.

La première nuit et la suivante, les deux premières nuits de la nouvelle année, elle fait la démonstration de ses atouts, lui donne à voir la qualité de l'offre pas seulement sur le plan physique mais émotionnel. Elle… mais là je recule et je m'interromps, honteux, tétanisé, tel un Alfred Prufrock, par une *pudeur* soudaine, car après tout, comment pourrais-je supposer ? Devrais-je dire, je les ai tous bien connus, je l'ai vue tel un brouillard jaune frotter son échine, frotter son museau, dirais-je, couleuvrer sa langue dans les recoins du soir ? Oserai-je et oserai-je ? Et qui suis-je après tout ? Je ne suis pas le prince. Un seigneur de la suite, déférent, heureux de servir. Presque, par moments, le Fou… Mais laissons la poésie de côté. Je suis trop engagé dans cette affaire pour m'arrêter maintenant. Je l'imagine déjà. Peut-être agenouillée près de lui dans le lit. Oui, à genoux, je pense. Lui demandant, est-ce là ce que tu veux dire ? Ou cela ? Est-ce bien ce que tu veux dire ?

C'est lui le roi. Il sait ce qu'il veut. Et aussi : tout ce que tu veux, dit-elle, dès que tu le désires, t'appartient. Et la troisième nuit elle parle affaires. Il n'en est pas choqué. Cela simplifie les choses. Les affaires sont un secteur où il se sent à l'aise. Elle sort un carton imprimé de la taille d'une carte postale avec des cases à cocher. Voyons maintenant les détails, dit-elle.

Manifestement, je ne peux pas habiter la maison de Macdougal. C'est ta maison familiale, la tienne et celle de tes fils. Et je ne suis pas ta femme : je ne fais donc pas partie de la famille. Tu peux donc choisir *(a)* une résidence dans le West Village pour la commodité, la facilité d'accès, ou *(b)* dans l'Upper East Side, un peu plus éloignée, un peu plus discrète. Très bien *(b)* c'est aussi ce que je préfère. Bon, la taille de l'appartement, deux chambres minimum, non ? Et peut-être une de plus pour servir d'atelier d'artiste ? Bon ! Et en serai-je propriétaire ou locataire, et, si oui, pour combien d'années ? Très bien, penses-y. Passons à la voiture et je te laisse entièrement maître de la question : *(a)* une Mercedes décapotable, *(b)* une BMW série 6, *(c)* un SUV Lexus. Oh, *(a)* c'est super. Je t'aime. La question se pose de savoir dans quels magasins j'aurai des comptes, *(a)* Bergdorf, *(b)* Barneys, *(c)* les deux déjà cités. Fendigucciprada, cela va sans dire. Equinox, Soho House Every House, reporte-toi à la liste. Question d'une rente mensuelle. Je dois me comporter de manière à te faire honneur. Les diverses catégories sont dix, cinquante, vingt. Je recommande la générosité. Oui, en milliers de dollars, chéri. Parfait. Tu ne le regretteras pas. Je serai parfaite pour toi. Je parle anglais, français, allemand, italien, japonais, mandarin et russe. Je fais du ski, du ski nautique, du surf, je pratique la course et la natation. La souplesse de ma jeunesse de gymnaste, je l'ai gardée. Dans les jours qui viennent, je connaîtrai mieux les moyens de te satisfaire que tu ne les connais toi-même et si on a besoin d'équipement pour y parvenir, s'il faut construire une pièce, une pièce pour nous, appelons cela une salle de jeux, je m'assurerai que c'est fait de manière impeccable et dans la plus grande discrétion. Je ne lèverai jamais les yeux sur un autre homme. Aucun autre homme ne me touchera et je ne tolérerai pas la moindre avance ou le moindre propos déplacé. Tu mérites et tu dois avoir l'exclusivité et elle t'appartient, je te le jure. C'est tout pour l'instant mais il reste une question à envisager plus tard.

C'est la question du mariage, dit-elle, en baissant la voix jusqu'au murmure rauque le plus aguicheur. Si je suis ton épouse j'aurai l'honneur et le rang. C'est seulement en étant ton épouse que j'en bénéficierai vraiment et totalement. En attendant, eh bien, je suis heureuse. Je suis la plus loyale des femmes mais j'attache une grande importance à mon honneur. Tu comprends cela. Bien sûr. Tu es l'homme le plus compréhensif que j'aie jamais rencontré.

10

Je répète : trop engagé dans l'affaire pour m'arrêter maintenant. Je dois continuer à imaginer, je dois prolonger le peep-show, remettre une pièce dans le juke-box. Oui : dans mon imagination c'est devenu un film. Grand écran, noir et blanc.

Les trois fils de Néron Golden, PETYA, APU et D. (deux d'entre eux sont beaucoup plus âgés que le nouvel amour de leur père et le troisième n'a que quatre ans de moins), sont unanimement désorientés. En dépit de toutes leurs différences, il s'agit là d'une question familiale vitale et ils se mettent d'accord pour en discuter mais trouvent bien délicat de formuler une stratégie. Ils se retrouvent à l'écart des appartements loués, debout en un groupe compact sur la petite plage de l'île, vide en raison d'un temps inhabituellement froid pour la saison, température basse, vent violent, nuages affolés et la menace bientôt perçue d'une glaciale pluie battante. Ils portent des manteaux, des chapeaux et des écharpes et ressemblent à des intellectuels tchèques en pleine conspiration sur quelque rivage de la mer en Bohême, surveillés de près, comme des trains. En dépit des réticences des deux aînés, RIYA Z a accompagné D., elle se cramponne à lui comme si elle craignait sans cela d'être emportée par le vent. RIYA a le même âge que Vasilisa. C'est ce qu'a découvert D. mais il n'en fait pas état.

La caméra les suit en gros plans très rapprochés jusqu'à ce qu'ils se mettent à parler mais passe à des plans larges dès qu'on entend leur voix.

PETYA

(il exprime ses préoccupations de manière théorique à sa façon habituelle, aussi bizarre qu'inexorable)

Le moment crucial dans la vie d'un grand personnage est le choix qu'il doit faire entre ce qui est juste et ce qu'il souhaite faire. Abraham Lincoln, qui était un excellent lutteur et savait apprécier un bon combat, aurait certainement préféré passer son temps sur le tapis au lieu de se lancer dans une guerre lors de laquelle mourut environ deux pour cent de la population, en gros six cent vingt mille personnes, mais c'était ce qu'il fallait faire. Marie Curie aurait sans aucun doute mieux aimé passer du temps avec sa fille que périr, tuée par les rayons X, mais devinez quelle activité elle a choisie. Ou prenez le cas du Mahatma Gandhi qui, dans sa jeunesse, faisait assaut d'élégance dans un costume anglais sur mesure qui était nettement plus chic qu'une espèce de pagne. D'un autre côté, le pagne, politiquement parlant…

APU

(interrompant ce qui risquait de tourner à un long catalogue)

Donc, manifestement, notre père devrait avoir mieux à faire que de courir après une Russe, je préfère ne pas employer le mot, disons une gymnaste russe.

La caméra fait des cercles, plans serrés, elle tourne et tourne autour d'eux sur le sable soulevé par le vent, un peu plus haut que leurs têtes et regarde de haut comme un drone de surveillance.

D.

Il va l'épouser. C'est ce qu'elle cherche. Elle ne renoncera pas et il n'est pas capable de lui résister.

PETYA

Dans l'éventualité d'un mariage, certaines questions légales se posent. Il faudra définir le statut de parent proche et la charge de l'exécution d'un testament biologique et aborder la question plus large de l'héritage. Il y a aussi quelques questions concernant le lieu d'un éventuel mariage à discuter, les différences entre les lois de Floride et celles de l'État de New York.

APU

Notre père n'est pas un imbécile. Il est peut-être pour le moment aveuglé par elle mais sur toutes les questions importantes ce n'est pas un imbécile. Il a mené des négociations toute sa vie. Il verra l'intérêt d'un contrat prénuptial en béton.

PETYA

(sa voix monte vers une sorte de gémissement qui fait écho au bruit du vent qui se lève)

Qui va lui en parler ?

(pause)

Moi je ne peux pas.

(pause)

Il ne va pas apprécier.

APU

On devrait lui parler tous ensemble.

D.

(hausse les épaules et s'apprête à partir)

Je me fiche bien de l'argent. Laissons le vieux faire ce qu'il veut.

RIYA et lui font mine de partir.

RIYA

(en TRÈS GROS PLAN, à APU et PETYA)

Avez-vous pensé que peut-être elle le rend heureux et qu'elle a véritablement de l'amour pour lui au fond de son cœur ? Mais même si elle fait semblant, ça peut tout de même être une bonne chose. Les choses sont bonnes quand elles font diminuer le montant total de misère et la quantité d'injustice ou les deux à la fois. Donc si elle le rend moins malheureux même pendant peu de temps, même en trichant, on peut considérer que c'est bien.

Je vois bien la vie qu'il vous a faite à vous tous. Il est comme un grand toit sous lequel vous vous abritez. Écartez-vous de lui de quelques pas et vous êtes pris dans la tempête, tous autant que vous êtes, mais pour l'instant il est là. Il est là jusqu'à ce qu'il n'y soit plus. Mais il n'est pas seulement la maison dans laquelle vous vivez. C'est un homme et il a les besoins d'un homme. Pourquoi voulez-vous lui refuser cela ? Vous pensez peut-être que pour une simple raison de calendrier, cela s'arrête ? Laissez-moi vous dire, quel que soit votre âge, cela ne s'arrête jamais.

PETYA

(en boucle, l'air penaud, sautillant tristement sous la pluie)

Cela ne s'arrête jamais. Cela ne s'arrête jamais. Cela ne s'arrête jamais. Cela ne s'arrête jamais. Cela ne s'arrête jamais. Cela ne s'arrête jamais. Cela ne s'arrête jamais. Cela ne s'arrête jamais. Cela ne s'arrête jamais. Cela ne s'arrête jamais. Cela ne s'arrête jamais. Cela ne s'arrête jamais. Cela ne s'arrête jamais. Cela ne s'arrête jamais. Cela ne s'arrête jamais. Cela ne s'arrête jamais...

Il pleut désormais à verse. De l'eau sur la lentille de l'objectif. Fondu au blanc.

11

Et voici la meilleure amie de Vasilisa et sa conseillère fitness personnelle, elle s'appelle, disons, Masha. Masha est menue, plus petite que Vasilisa, mais très forte, lesbienne et, inévitablement, blonde. Masha veut devenir actrice. Quand Néron Golden l'a appris, il a dit : "Chérie, pour réaliser ce rêve tu fais la bonne taille, mais tu n'es pas sur la bonne côte."

Le vieil homme a prolongé son séjour sur l'île, famille et entourage sont également restés mais on a réorganisé les modalités d'hébergement. Vasilisa s'installe dans l'appartement de Néron avec son amie et coach personnelle et tous les autres sont relogés ailleurs. Personne n'est très content, à l'exception de Néron, Vasilisa et Masha. Le soir où ces dames emménagent, Néron les emmène dîner. Il y a de bons restaurants sur l'île mais Néron veut ce qu'il y a de mieux et ce mieux suppose de prendre son coupé sport Bentley, avec Vasilisa à ses côtés et Masha pelotonnée sur la banquette arrière et d'embarquer sur le ferry pour se rendre dans ce fameux restaurant italien où il avait commandé le repas auquel ils n'ont pas touché le soir de leur premier rendez-vous galant. Dans ce fameux restaurant italien, ces dames, tout excitées, boivent trop de vodka. Néron, qui doit conduire, se modère. Quand ils rentrent tous les trois sur l'île, ces dames rient aux éclats et se montrent d'humeur badine, ce à quoi Néron ne voit nul inconvénient. Une fois rentré à l'appartement, il avale lui aussi quelques vodkas. Mais les choses prennent alors une étrange tournure. La coach personnelle se penche sur Vasilisa la Belle et l'embrasse sur la bouche. À quoi Vasilisa réagit avec ardeur. Puis le silence tombe sur la pièce tandis que les deux femmes s'étreignent et que Néron demeure assis dans son fauteuil, pas excité le moins du monde, choqué, se sentant comme un imbécile et plus encore quand les deux dames se lèvent sans lui accorder la moindre attention, éteignent les lumières du salon comme s'il n'était pas là et s'en vont dans sa chambre – sa propre chambre ! – et referment la porte derrière elles.

Après leur départ, c'est d'abord la désinvolture avec laquelle elles ont éteint la lumière qui le met en colère. Chez lui ! En sa présence ! Comme s'il n'était rien ni personne ! Sa colère lui fait comprendre son épouvantable erreur. Il se voit comme un vieil homme abusé et son orgueil se cabre et exige qu'il retrouve sa personnalité véritable, l'homme de pouvoir, le titan de la finance, l'ancien magnat du bâtiment et de l'acier, le chef de famille, le colosse dressé dans la grande cour de la maison dorée, le roi actuel et à venir. Laissant les deux femmes faire ce qui leur plaît dans la chambre, il se lève et se dirige d'un pas décidé vers la porte de l'appartement.

Il y a, près de la porte, une petite penderie dans laquelle, sur une étagère au-dessus des manteaux, est rangé un petit sac de voyage en cuir. Le vieil homme a toujours été convaincu de l'instabilité des situations, il a toujours su que, si solide que le sol puisse sembler sous vos pieds, il peut à tout moment se transformer en sables mouvants et vous engloutir. Toujours être prêt. Il était prêt pour le grand départ de Bombay à New York et il est prêt à présent pour ce départ plus modeste. Il prend le petit sac de voyage, s'assure que les clefs des autres appartements sont bien où elles doivent être dans la poche de son pantalon et il s'en va tranquillement. Il ne claque pas la porte. Il sait que dans l'appartement voisin où dort Petya avec la petite bande de ses assistants, il y a une petite chambre de bonne inoccupée. Néron n'a pas besoin de luxe pour l'instant. Il a besoin d'une porte qu'il puisse fermer et derrière elle d'un lit, c'est bien assez. Demain matin il fera ce qu'il y a à faire et il aura récupéré toute son énergie. Sa tête aura repris le contrôle de son cœur. Il entre dans la chambre de bonne, retire sa veste, sa cravate et ses chaussures, ne s'occupe pas du reste et s'endort rapidement.

*

Il l'a sous-estimée. Il s'est trompé tant sur sa propre vulnérabilité que sur sa détermination à elle. Sous sa grande force apparente, il y a la solitude et elle la flaire comme un chien de chasse flaire sa proie blessée. La solitude, c'est une faiblesse et on a affaire à Baba Yaga sous les traits de Vasilisa la Belle. Si elle le veut elle peut le dévorer. Elle peut le dévorer à l'instant même.

Tu es réveillé ? Oh mon chéri, je suis tellement désolée. J'ai tellement honte de moi. J'étais ivre, je suis désolée, je ne tiens pas l'alcool. Je suis tellement désolée. Je me suis toujours doutée qu'elle avait un faible pour moi mais je ne me serais jamais attendue à cela. D'ailleurs je l'ai renvoyée, nous ne la reverrons plus. Je te le jure, elle ne fait plus partie de ma vie, elle n'existe plus. Je t'en prie, pardonne-moi. Je t'aime. Pardonne-moi pour cette fois et tu n'auras plus jamais rien à me pardonner. Je te le revaudrai cent fois. J'étais ivre. C'est ce qui a éveillé ma curiosité. En fait je n'aime pas les femmes, ce n'est pas mon genre. Je n'ai même pas aimé cela, en fait je me suis trouvée mal et je me suis endormie et quand je me suis éveillée, j'étais horrifiée, mon Dieu, qu'est-ce que j'avais fait, cet homme qui a été pour moi la bonté même, je m'excuse du fond du cœur, je te baise les pieds. Je te lave les pieds de mes larmes et je les essuie de mes cheveux. J'ai même cru l'espace de cinq secondes que cela allait peut-être t'exciter, c'était stupide, une stupidité provoquée par l'alcool. Je suis tellement désolée, quand j'ai bu je deviens un peu irresponsable, un peu folle. C'est pourquoi je ne boirai plus jamais sauf si tu me le demandes, sauf si tu veux que je sois un peu folle et irresponsable entre tes bras, je serai alors totalement heureuse de te satisfaire de cette façon, pardonne-moi, accepte ma honte et mes humbles excuses, où es-tu, laisse-moi entrer. Laisse-moi entrer un moment pour que je m'excuse devant toi et si tu décides de me chasser, alors je partirai, je l'aurai mérité, je le sais bien mais ne me laisse pas partir sans me donner une chance de te dire les yeux dans les yeux que je m'excuse, j'ai commis une faute, une très grande faute, mais j'étais ivre et je te demande de me laisser me présenter devant toi toute honteuse et peut-être trouveras-tu au fond de ton cœur le moyen de me pardonner, de voir en moi tout l'amour, toute la gratitude, tout cet amour qui se tient devant toi et pour cette raison peut-être me laisseras-tu entrer, peut-être ne me fermeras-tu pas ta porte et tu verras alors la vérité dans mon regard et tu me pardonneras et si tu ne le fais pas je n'ai rien à redire, je courberai la tête et je m'en irai et tu ne me reverras jamais, tu ne reverras jamais ma honte à nu, tu ne reverras jamais mon corps secoué de sanglots et de tremblements de honte, tu ne me reverras plus, je ne pourrai plus jamais te toucher, tant de choses, jamais plus, tant de choses qui ne se reproduiront plus si tu me chasses je partirai mais peut-être, car tu es un grand homme, me permettras-tu de rester, le pardon est l'apanage des grands hommes et tout cela n'était rien, une erreur, une bêtise, et tu le comprendras et tu m'autoriseras à rester mais laisse-moi venir auprès de toi, je vais venir à l'instant, telle que je suis, où que tu sois et si tu veux que je m'agenouille nue à ta porte, je le ferai, je ferai tout, je ferai n'importe quoi, laisse-moi seulement entrer, où es-tu, laisse-moi juste entrer.

Le moment est donc venu. Il peut faire la sourde oreille, arrêter les frais, être libre. Il a bien vu qui elle est, le masque est tombé et elle a dévoilé sa vraie nature et toutes ses paroles ne peuvent pas effacer ce qu'il a vu ni faire disparaître ce qu'il a éprouvé lorsqu'elles ont éteint la lumière et qu'elles sont parties dans sa chambre – sa chambre ! – et ont refermé la porte. Il peut s'en aller.

Elle a tout misé sur le seul atout dont elle dispose : l'idée qu'il va vouloir effacer ce qu'il a vu, faire disparaître ce qu'il a éprouvé. Qu'il va vouloir allumer la lumière, ouvrir la porte de la chambre et qu'il va la trouver là, toute seule à l'attendre. Qu'il va se raconter cette histoire, l'histoire d'un amour sincère et qu'il va s'embarquer dans cette histoire.

Il ne fait pas la sourde oreille, il écoute. Il regagne l'appartement où elle est en train de l'attendre. Et naturellement elle s'excuse de toutes les façons possibles et certaines de ces façons lui font plaisir mais ce n'est là que la surface. Sous cette apparence, il y a la vérité, à savoir qu'elle connaît désormais son pouvoir, qu'elle sait que dans leur couple elle est, et sera toujours, la plus forte et qu'il n'y peut pas grand-chose.

La Belle Dame sans merci te tient en son pouvoir.

MONOLOGUE DE V. ARSENIEVA
À PROPOS DE L'AMOUR ET DU BESOIN

De grâce. Je ne réclame aucune sympathie pour la modestie de mes origines. Seuls ceux qui n'ont jamais été pauvres peuvent trouver quelque chose de sympathique à la pauvreté et à cette vision des choses la seule réaction valable est le mépris. Je ne m'attarderai pas à décrire les épreuves qu'a connues ma famille même si elles furent nombreuses. Il y avait le problème de la nourriture plus le problème des vêtements plus le problème du chauffage, et pourtant, curieusement, il n'y eut jamais de problème pour fournir à mon père de quoi boire suffisamment, je dirais même au-delà de suffisamment. Quand j'étais petite, nous sommes allés vivre dans la ville de Norilsk près de l'ancien goulag Norillag qui, bien sûr, avait fermé ses portes quelque soixante ans plus tôt mais avait laissé derrière lui la ville qu'à l'origine les prisonniers avaient bâtie. À l'âge de douze ans, je découvris que la ville était interdite aux citoyens non russes et aussi qu'elle n'était pas facile à quitter. Je sais donc ce que c'est que l'oppression communiste et aussi l'oppression non communiste qui lui a succédé mais je n'ai aucune envie d'en parler. Je comprends aussi l'alcoolisme de mon père. La pauvreté est un état dégoûtant et ne pas arriver à en sortir est également dégoûtant. Par chance j'excellais dans tous les domaines aussi bien physiques que mentaux, de sorte que j'ai pu venir en Amérique, ce dont je suis reconnaissante, mais je sais aussi que ma présence ici est le fruit de mes propres efforts, si bien que, de fait, je n'ai à remercier personne. Je laisse le passé derrière moi, j'occupe à présent cet endroit et je porte ces vêtements. Le passé est une valise en carton défoncée remplie de photos représentant des choses que je n'ai plus envie de voir. Des viols non plus je ne parlerai pas, même s'il s'en est produit. Il y eut un oncle et, après le divorce de mes parents, un compagnon de ma mère. Je referme la valise. Si j'envoie de l'argent à ma mère, c'est pour lui dire, de grâce, garde la valise fermée. Et pour mon père aussi il y a maintenant les frais d'hôpital à cause de son cancer. J'envoie de l'argent mais je n'entretiens aucune relation. Affaire réglée. Je remercie Dieu de m'avoir faite belle parce que je peux ainsi éloigner de ma vie la laideur. Je me concentre sur l'avenir, à cent pour cent. Je me concentre sur l'amour.

Ce que les gens appellent l'amour, disent les cyniques, c'est en fait le besoin. Ce que les gens qualifient d'éternel, toujours selon les cyniques sans amour, relève du contrat de location provisoire. Je m'élève au-dessus de ces considérations, elles sont basses. Je crois en mon bon cœur et en sa capacité d'éprouver un grand amour. Le besoin existe, c'est clair, mais il doit être satisfait, c'est une condition préalable sans laquelle l'amour ne peut naître. Il faut bien arroser la terre pour que la plante pousse. En présence d'un grand homme, on doit s'adapter à sa grandeur et lui, en retour, se montrera d'une grande bonté et acceptera un arrangement, c'est normal, c'est ce qu'on pourrait appeler la phase d'arrosage. Je suis quelqu'un de pragmatique et je sais donc qu'il faut construire la maison avant de pouvoir y vivre. Commençons par construire une maison solide, puis vivons-y heureux pour toujours. Telle est ma façon de voir les choses. Je sais que ses fils ont peur de moi. Peut-être s'inquiètent-ils pour leur père, peut-être pour eux-mêmes mais ils ne pensent qu'à la maison et pas à la vie à l'intérieur. Ils ne pensent pas à l'amour. La maison que je bâtis est la maison de l'amour. Ils devraient le comprendre mais si ce n'est pas le cas je continuerai néanmoins à la bâtir. Bien sûr ils l'appellent la maison dorée mais qu'en est-il si elle ne renferme pas l'amour dans chacune de ses pièces, dans chaque recoin de chacune de ses pièces ? C'est l'amour qui est d'or, pas la richesse. Ils n'ont jamais manqué de rien ces fils, de quoi ont-ils jamais manqué ? Ils vivent dans un monde enchanté. Dans un aveuglement total. Ils affirment qu'ils aiment leur père mais confondent le besoin et l'amour. Ils ont besoin de lui. L'aiment-ils ? Il me faudra d'autres preuves avant de pouvoir répondre. Il mériterait de connaître l'amour pendant qu'il en est capable.

Celui-là, avec sa sorcière, il devrait comprendre que son père est le magicien de sa vie. Et l'autre, avec son étrange compagne, il devrait comprendre que c'est son père qui est son identité. Et l'autre à l'esprit fêlé devrait comprendre que son père est son ange gardien.

Ils s'inquiètent de l'héritage. Il y a trois choses qu'ils devraient comprendre. Tout d'abord, est-il normal qu'après avoir donné mon amour à cet homme je me retrouve à la rue ? Non, bien sûr, donc des dispositions doivent être prises, c'est évident. Deuxièmement, j'ai signé l'accord régissant notre relation qu'il m'a demandé de signer, à sa convenance, sans discussions, telle est ma confiance, ma certitude amoureuse. Tous sont donc à l'abri et n'ont aucune raison de me craindre. Troisièmement, ce qu'ils redoutent le plus, c'est la naissance d'un frère ou d'une sœur. Ils redoutent ma fertilité. Ils ont peur de mon désir d'engendrer. Ils ne savent même pas si leur père est encore capable d'avoir un enfant mais ils ont peur. Je n'accorde aucune importance à cela. Ils devraient comprendre que je suis capable d'une grande discipline personnelle. Je suis mon propre général et mon corps est le fantassin qui obéit aux ordres que donne le général. En l'occurrence, j'admets ce qu'il a dit, cet homme que j'aime. Il a été très clair. À son âge, il ne se sent pas prêt à rejouer le rôle de père dès le début, à avoir un bébé, à supporter ses cris, sa merde, à avoir un enfant qu'il ne pourra pas connaître adulte.

C'est ce qu'il a dit. Cette clause fait partie de l'accord que j'ai signé. J'ai accepté de ne pas avoir d'enfant. J'en ai transmis l'ordre à mon corps, à mes entrailles. Je n'aurai pas d'enfant avec l'homme que j'aime. C'est notre amour qui tient lieu de bébé, et ce bébé, il est déjà né et nous l'élevons. Tel est son désir et tel est le mien aussi, son désir est le mien. C'est cela l'amour. C'est ainsi que l'amour triomphe du besoin. Ces fils, avec tous leurs besoins, qu'ils apprennent de leur père ce qu'est l'amour, et de moi également.

MONOLOGUE DE BABA YAGA DANS LA PEAU D'ARSENIEVA

J'attends mon heure. Je reste assise, je cuisine, je tisse, les yeux baissés je me tais et je le laisse parler. C'est bien. J'attends mon heure.

Tout est stratégie. Telle est la sagesse de l'araignée. En silence, tisser en silence. La mouche peut bien bourdonner. En attendant de la dévorer et de me glisser dans sa peau, je suis restée couchée près de mon poêle dans ma cabane, celle qui se dresse sur des pattes de poulet, et j'ai attendu, et ils sont venus à moi et m'ont tenu lieu de repas et finalement elle est venue elle aussi, celle que j'attendais, mais au lieu de l'avaler je me suis glissée en elle et l'ai laissée me manger. C'est un tour de magie digestive très particulier : la proie qui prend le contrôle du prédateur. Adieu donc à la cabane aux pattes de poulet dans la forêt ! Adieu pour toujours à la puanteur russe ! À présent je me parfume et m'habille avec élégance, mes yeux sont derrière les siens et mes dents derrière les siennes.

Chacun de ses actes est trompeur, chacun de ses mots est un mensonge parce que je suis en elle et que c'est moi qui tire les ficelles, je lance la toile de mes mots et de mes actions autour de la petite mouche, ce vieux fou. Il croit m'aimer ! Ha ha ha ha ha ! Laissez-moi rire ! Elle est bien bonne celle-là.

Voyez un peu comment je vais vivre à présent. Les voitures, la grande cuisine, les fourrures. Finis les vols sur des avions de ligne. Je déteste voler sur des avions de ligne presque autant que sur des pattes de poulet ou des manches à balai. Je crache sur les vols réguliers. Regardez-moi traverser l'aéroport privé comme une reine ! Je monte à bord de mon jet privé et tout le monde rampe autour de moi, quête mon approbation et veille à assurer mon confort, ma joie, mon bien-être. Sentez un peu la douceur de mon lit et la qualité de mes tenues de sport. J'ai un nouveau coach personnel. Mais pas de relations sexuelles avec lui ! Prudence ! C'est pas passé loin.

Dans le monde traditionnel on sait que la métamorphose est plus facile pour la femelle d'une espèce donnée que pour le mâle. Une femme quitte la maison de son père, abandonne son nom comme une vieille peau et enfile celui de son mari comme une robe de mariée. Son corps se transforme et devient capable de contenir et de faire naître d'autres corps. Nous sommes habituées au fait d'avoir en nous d'autres personnes qui nous dictent notre avenir. Peut-être la vie d'une femme prend-elle son sens à travers de telles métamorphoses, de tels avalements et de telles expulsions, mais pour un homme c'est tout le contraire. L'abandon du passé rend un homme insignifiant. Que font donc ces Golden si ce n'est plonger dans l'insignifiance, dans l'absurde ? Quelle force est assez puissante pour arracher ces hommes au sens de leur vie ? À présent ils sont ridicules. Un exilé est un être vide qui tente de retrouver la plénitude de son humanité, un fantôme à la recherche de la chair et du sang qu'il a perdus, un navire en quête de son ancre. De tels hommes sont des proies faciles.

– Quoi ? Que dit cet imbécile ? Le benjamin ? "Notre époque est un temps marqué par des métamorphoses nombreuses, des genres multiples et le monde est plus complexe que tu ne le penses. Pattes de Poulet, Femme-Araignée !" Est-ce là ce qu'il essaie de me dire quand il me dévisage tout en se cramponnant au bras de son amante *Nouvelle Vague** ? C'est ce que nous verrons, mon chou. Voyons ce qui va se passer et qui rira le dernier, en fumant une cigarette à la fin des temps. Tu es Dionysos et, je dois dire, pour le moins bizarre, mais je suis Baba Yaga, la plus bizarre de toutes les sœurs. Je suis Baba Yaga la Sorcière. –

J'enfouis cette voix très profondément en moi, si profond qu'elle, moi-même, peut se persuader qu'elle ne l'entend pas, que ce n'est pas sa voix la plus authentique. Au niveau de la peau, de la langue, c'est une autre voix qui parle et qui lui raconte une autre histoire dans laquelle elle est vertueuse et ses actes sont totalement justifiés tant au regard de la morale que de façon empirique par les événements autour d'elle. Par lui, le vieil homme, le roi de la maison dorée, par ce qu'il est, par la manière dont il la traite, les fautes qu'il a commises. Mais elle est là, la voix des profondeurs qui parle, qui lui donne des ordres au niveau le plus profond, au niveau des molécules du commandement, entremêlée à la double hélice d'acides aminés de son être, qui est aussi le mien. C'est elle qui est moi. C'est moi qui suis elle.

12

Ce fut difficile pour le plus jeune des Golden de renoncer à l'habitude de la solitude. Il s'était senti seul depuis ses tout premiers jours, comme une pièce rapportée, fruit d'une liaison illégitime, en partie accepté, en partie rejeté, dans ces grandes demeures qu'il était bien obligé de considérer comme son foyer, d'abord à Bombay puis à New York. Même au sein d'une vaste foule il s'était toujours senti seul, à présent, cependant, en compagnie de la seule Riya, il découvrait des sentiments qu'il eut au début du mal à nommer. Il finit par trouver les mots. L'intimité, l'amitié. Il devenait la moitié d'une entité commune. Le mot *amour* paraissait étranger à ses lèvres et à sa langue comme un parasite venu d'une autre planète mais qu'il fût un envahisseur martien ou pas, le mot avait certainement atterri dans sa bouche et y avait pris racine. *Je suis amoureux*, se disait-il en se regardant dans la glace de la salle de bains. Il lui semblait que le visage dans le miroir qui parlait en même temps que le sien appartenait en réalité à quelqu'un d'autre, à quelqu'un qu'il ne connaissait pas. Il était en train de devenir cette personne, un moi inconnu de lui. L'amour avait commencé à mettre en branle en lui des forces qui n'allaient pas tarder à le transformer complètement et de manière irréversible. Cette information s'était logée dans ses pensées et l'idée d'une *transformation imminente* commençait à affecter l'état de son cerveau, tout comme le mot *amour* avait commencé à affecter son langage. Mais c'était un savoir que, pendant un temps, il occulta.

Il fut le premier à quitter la maison de Macdougal Street. "Laissons le vieux faire ce qu'il veut", avait-il dit à ses frères en Floride, mais cela ne voulait pas dire qu'il devait rester planté à observer le cours des choses. Un jour, Vasilisa Arsenieva arrive, suivie de quantité de bagages coûteux ce qui peut laisser penser que Néron Golden n'est peut-être pas son premier bienfaiteur. Manifestement, elle a déjà enfreint l'accord initial selon lequel ils ne devaient pas cohabiter. Très peu de temps après le plus jeune fils de Néron fait ses bagages et part pour Chinatown où Riya leur a trouvé un petit appartement tout propre, au deuxième étage d'un immeuble sans ascenseur, dont la façade rose saumon s'agrémente d'encadrements de fenêtres jaune vif. Au-dessous d'eux, au premier, il y a Mme George – Tarot, Boule de cristal, Horoscope, Prédictions – et au rez-de-chaussée Run Run Trading Inc. avec ses canards suspendus, ses parasols rayés rose et bleu protégeant les marchandises à l'éventaire et sa féroce propriétaire, Mrs Run, qui possède l'intégralité de l'immeuble et refuse toutes les demandes dès lors qu'il s'agit de changer les ampoules dans l'entrée ou d'allumer le chauffage lorsque le temps se met au froid. Riya entre immédiatement en bisbille avec Mrs Run mais elle ne veut pas renoncer à cet appartement parce que devant la fenêtre du salon s'étend le toit plat de l'immeuble voisin et que, les jours de soleil, ils peuvent faire coulisser la fenêtre à glissière et passer dehors et c'est comme d'avoir un jardin dans le ciel.

Ils s'étaient mis à s'habiller de la même façon, portant l'hiver des cuirs de motard, des lunettes noires d'aviateur et des casquettes à la Brando et parfois, sous ses lunettes, il portait, comme elle, un peu de mascara, de sorte que les gens les prenaient pour des jumeaux, pâles tous les deux, frêles tous les deux, semblant tous les deux échappés du même film d'avant-garde. Au printemps, elle privilégiait, tout comme lui, le cheveu aile-de-corbeau hérissé et, à l'instar d'une Jeanne Moreau gothique, s'installait sur le toit avec une grosse guitare acoustique et chantait la chanson de leur amour : *"Elle avait des yeux, des yeux d'opale / qui me fascinaient, qui me fascinaient** ", une cigarette pendant au coin de sa bouche, *"Chacun pour soi est reparti / Dans l'tourbillon de la vie**[6]… "

Car telle était devenue leur relation, amoureuse mais orageuse, agitée, et c'était sa faute à lui, disait-elle, car elle était totalement investie, elle l'avait été dès le début, elle était du genre tout-ou-rien, alors que lui se tenait dans un entre-deux.

Bien sûr que je t'aime, c'est pour cela que nous vivons ensemble mais je ne t'appartiens pas, ta famille en connaît un rayon en matière de propriété mais je ne suis pas un bien et tu dois respecter ma liberté. De plus il y a des choses importantes que tu ne me racontes pas sur toi et que j'ai besoin de connaître.

Quand elle parlait ainsi, il était pris d'un léger vertige comme si le monde tout entier tombait en morceaux or il redoutait plus que tout un monde fragmenté avec ce que cela signifiait pour lui, la chanson disait vrai, la vie était *un tourbillon**. Mais il lui avait tout dit, se défendait-il, il lui avait livré tous ses secrets de famille tel un enfant lors de sa première confession. "Je ne sais même pas pourquoi j'ai accepté de faire ce que voulait le vieux, dit-il, partir de là-bas, venir ici, changer d'identité, toute cette histoire. Ce n'est pas ma mère qui est morte à l'hôtel. Ce n'était même pas quelqu'un que j'aimais. Je ne sais même pas qui était ma mère, elle a disparu, et c'est donc comme s'il l'avait tuée il y a bien longtemps. Ou comme si le chef d'une Z-Company l'avait fait exécuter.

— Qu'est-ce que c'est une Z-Company ?

— C'est la mafia, dit-il. Z représente le parrain, Zamzama Alankar. Ce n'est pas son vrai nom."

Elle haussa les épaules. "Tu veux savoir pourquoi je garde un revolver dans le tiroir ? Je vais te le dire. On dirait une mauvaise série télévisée. Mon père, Zachariassen, s'est saoulé et a assassiné ma mère alors que j'étais à la maison à l'occasion de Thanksgiving, je me suis enfuie dans la rue en appelant la police à mon secours et il m'a tiré dessus pendant que je courais en me criant « Je te retrouverai ». À l'époque, il était déjà complètement givré. Il avait été pilote de ligne pour Northwest, mais après la faillite de Delta sa carrière semblait compromise et ses sautes d'humeur finirent par provoquer son renvoi, il se mit alors à boire, son caractère empira et il devint quelqu'un d'effrayant. Il vivait avec ma mère à Mendota Heights dans le Minnesota ce qui est une banlieue plutôt huppée des Twin Cities bien au-dessus de ses moyens. Ma mère était orpheline, ses parents étaient morts en lui laissant de l'argent, elle avait donc acheté maison et voiture et c'est là que je grandis et fréquentai une bonne école mais après que mon père eut perdu son travail ils connurent des difficultés. À l'époque, j'avais terminé mes études universitaires. J'ai obtenu une bourse et exercé divers métiers, je travaillais ici en ville, et après le meurtre je me suis empressée de quitter Mendota Heights et de refermer ce chapitre à tout jamais, sauf que j'ai gardé le revolver. Il est en prison pour quelque chose comme des millions d'années sans possibilité de commutation ou de remise de peine, mais je ne me débarrasse pas de l'arme."

Elle joua encore à la guitare quelques mesures de la chanson mais sans chanter.

“Mon histoire à faire pleurer est donc meilleure que la tienne, finit-elle par dire. Et je vais te dire pourquoi tu as accepté de te prêter au plan dément de ton père. Tu as accepté parce que là-bas, là d'où tu viens, tu n'étais pas libre d'être ce que tu as besoin d'être, de devenir ce que tu as besoin de devenir.

— Et ce serait quoi ?

— C'est ce que j'attends que tu me dises.”

*

C'est le sujet auquel elle revient sans cesse depuis qu'il lui a raconté l'histoire, ce qu'il a fait à sa belle-mère, la façon dont elle a été humiliée, dont elle a raté de peu son suicide. Tu es une personne aimante, je le vois bien, dit-elle, mais je ne comprends pas comment tu as pu tomber si bas.

Je pense, dit-il, que la haine peut être un lien familial aussi fort que le sang ou l'amour. Quand j'étais plus jeune j'étais plein de haine et c'était là le lien qui m'unissait à ma famille. C'est pourquoi j'ai agi comme je l'ai fait.

Ce n'est pas suffisant, dit-elle. Il y a autre chose.

La limousine arrive à l'entrepôt de Bushwik où elle doit expertiser certains objets d'art d'Asie du Sud qui ont été proposés au musée de l'Identité. Viens, lui a-t-elle dit avec insistance, deux d'entre eux au moins ont un rapport avec la visite de Dionysos en Inde, cela devrait t'intéresser. Elle ne fait pas confiance au vendeur. Elle a reçu des documents certifiant que les œuvres ont été exportées d'Inde légalement mais lesdits papiers peuvent être obtenus de façon illégale. Autrefois avant l'*Indian Antiquities and Art Treasure Act*, dit-elle, il était en fait plus difficile d'exporter illégalement des objets parce que les gens ne savaient pas à qui ils devaient verser des pots-de-vin. Mais depuis 1976 les exportateurs savent à quels inspecteurs s'adresser. C'est donc plus simple. Les acquisitions sont rendues plus complexes par ces problèmes de provenance. Mais ça vaut tout de même la peine d'y jeter un coup d'œil.

Il y a une peinture représentant Dionysos entouré de panthères et de tigres qui ne présente pour elle aucun intérêt. L'autre pièce est un bol de marbre tout autour duquel une procession triomphale a été gravée et elle est exquise. Une foule turbulente de satyres, de nymphes, d'animaux avec, en son cœur, le dieu. Regarde comme il a l'air féminin, dit-elle. Il est en plein sur la frontière entre les genres, on ne sait pratiquement pas si on doit le considérer comme une déesse ou comme un dieu. Tout en parlant, elle observe D. d'un air pénétré, une question muette dans le regard mais il se détourne, gêné.

Quoi, dit-il. Qu'est-ce que c'est que ça. Qu'est-ce que tu veux.

Il est presque certain qu'il s'agit d'un objet exporté illégalement, dit-elle au vendeur en lui rendant le bol. Les documents ne sont pas convaincants. Nous ne pouvons pas l'acheter.

Ils sont dans la voiture sur le chemin du retour. Il y a des travaux sur la chaussée à l'approche du Manhattan Bridge et la circulation avance au pas. Allons, dit-elle, ce n'est pas par hasard que tu es venu jusqu'à moi, tu ne t'es pas pointé au musée sans avoir le moindre intérêt pour les sujets que nous y abordons. Et ta belle-mère, peut-être qu'il y a en toi quelque chose qui voudrait mourir, une partie de toi-même qui ne veut plus vivre et c'est pour ça que tu l'as poussée à deux doigts de la mort ? C'est de ça dont tu as besoin de me parler. Pourquoi voulais-tu enfiler ses souliers ? Quelle part de toi voulait devenir elle, la mère, la maîtresse de maison, avec le trousseau de clefs et la responsabilité des tâches domestiques ? Pourquoi ce besoin était-il assez fort pour t'amener à commettre un acte aussi extrême ? Ouais, j'ai besoin de savoir tout cela. Mais avant moi, c'est toi-même qui as besoin de le comprendre.

Laisse-moi sortir de la voiture. Arrête cette putain de voiture.

Franchement, répond-elle sans hausser le ton. Tu vas descendre de la voiture.

Arrête cette foutue de bon Dieu de bagnole.

*

Après coup, il eut du mal à se rappeler la dispute, il se rappelait seulement la sensation qu'elle avait provoquée par ses paroles, l'explosion dans son cerveau, sa vision embrumée, le martèlement de son cœur, les tremblements causés par l'absurdité évidente de ses accusations, par cette attaque insultante d'injustice. Il voulait en référer à un juge toutpuissant qui la déclarerait coupable mais aucun regard venu des cieux ne les observait, il n'y avait aucun ange à convoquer à des fins de témoignage. Bon Dieu. Il fallait qu'elle s'excuse. *Platement.*

Il rentra furieux à Macdougal Street sans parler à personne, pris dans une tempête qui avisait chacun de le laisser tranquille. Riya et lui ne se parlèrent pas pendant quatre jours. Le cinquième, elle appela, sur le ton de l'adulte raisonnable qu'elle était. *Reviens, j'ai envie de compagnie au lit. J'ai envie de la Zzzzzz Company.*

Il se mit à rire, il ne put pas s'en empêcher, et après cela il était plus facile de s'excuser. Pardon, pardon.

Nous en reparlerons, dit-elle.

*

Assise sur le plancher elle lisait un livre. Sur une petite étagère dans l'appartement de Chinatown elle conservait sept livres, quelques titres célèbres, de Juan Rulfo, Elsa Morante et Anna Akhmatova et d'autres moins littéraires, *Les Œufs verts au jambon*, *Twilight*, *Le Silence des agneaux*, *À la poursuite d'Octobre rouge*. C'est Akhmatova qu'elle avait choisi de lire.

Tu entendras le tonnerre et tu penseras à moi,
Tu te diras : elle souhaitait l'orage…
Une bande de ciel sera d'un rouge vif
Et le cœur sera comme alors – en feu[7].

"Quand j'en ai fini avec un livre, dit-elle, il en a aussi fini avec moi et il s'en va. Je le laisse sur un banc dans Columbus Park. Les Chinois qui jouent aux cartes ou au go n'auront peut-être pas envie de mon livre, ces Chinois nostalgiques qui s'inclinent avec tristesse devant la statue de Sun Yat-sen mais il y a les couples qui sortent de la mairie avec leur certificat de mariage et des étoiles plein les yeux et qui se retrouvent un moment à errer parmi les cyclistes et les gamins, ravis de leur nouvel amour fraîchement officialisé, et je me dis qu'ils seraient peut-être bien contents de trouver le livre, en guise d'hommage de la ville pour marquer ce jour spécial, ou c'est peut-être le livre qui aimerait les rencontrer. Au début, je me contentais de distribuer les livres. J'acquérais un nouveau livre, j'en donnais un ancien. Je n'en gardais toujours que sept. Mais je m'aperçus que d'autres aussi déposaient des livres là où j'avais laissé les miens et je me dis : ceux-là sont pour moi. Et maintenant je regarnis ma bibliothèque des cadeaux de hasard que me font des étrangers inconnus et je ne sais jamais quel est le prochain livre que je vais lire. J'attends que les livres abandonnés m'appellent, hé toi, lectrice, tu es pour moi. Je ne choisis plus ce que je vais lire. Je flâne parmi les histoires de la ville qu'on a mises au rebut."

Il se tenait sur le seuil, contrit, embarrassé. Elle parlait sans lever les yeux de son livre. Il vint s'asseoir près d'elle, le dos appuyé au mur. Elle se pencha vers lui, juste un peu, jusqu'à ce que leurs épaules se touchent. Elle avait les bras croisés, les mains serrant ses épaules. Elle tendit un doigt et lui toucha le bras.

"Si tu fumais des cigarettes, dit-elle, nous aurions quelque chose en commun."

Coupez.

*

"Le lendemain", dit-il. Le jour suivant, un jour au présent. "Nous voici donc au lendemain, dit-il. Demain, un des deux jours impossibles. Nous sommes là et c'est demain.

— Je suis un esprit libre, dit-elle avec une moue dédaigneuse, *rien de spécial*, semblait dire sa bouche. Mais toi tu es constamment enchaîné, tu as en toi des voix intérieures que tu n'écoutes pas, des émotions qui bouillonnent et que tu réprimes, des rêves dérangeants que tu ignores.

— Je ne rêve jamais, dit-il, sauf parfois dans une autre langue, en Technicolor, mais ce sont toujours des rêves pacifiques. Le mouvement de la mer, la majesté de l'Himalaya, ma mère qui me sourit et des tigres aux yeux verts.

— Je t'entends, dit-elle. Quand tu ne ronfles pas, tu mugis souvent mais cela tient plus du hibou que du loup. Wouuu… whouuu… who… voilà ce que tu es. Voilà la question à laquelle tu ne sais pas répondre."

Ils marchent sur Bowery et autour d'eux les trottoirs sont éventrés par des travaux. Un marteau-piqueur se met en marche et on ne s'entend plus parler. Il se tourne vers elle et bouge les lèvres en silence, en réalité il ne dit rien, il change simplement de physionomie. Le marteau-piqueur s'arrête un instant.

"Voilà ma réponse", dit-il.

Coupez.

*

Ils font l'amour. On est toujours demain, toujours l'après-midi mais ils en ont tous les deux envie et ne voient pas de raisons d'attendre qu'il fasse nuit. De toute façon, ils gardent tous les deux les yeux fermés. Les relations sexuelles comportent de nombreux aspects solitaires même en présence d'un partenaire que l'on aime et qu'on a envie de satisfaire. Et il n'est plus nécessaire de voir l'autre une fois que les amants ont pris l'habitude de leurs postures favorites. Leurs corps se sont accoutumés l'un à l'autre, chacun a appris à bouger en harmonie avec les mouvements naturels de l'autre. Leurs bouches savent se trouver. Leurs mains savent quoi faire. Il n'y a plus d'aspérités ; ils font désormais l'amour sans heurts.

Voilà comment ça se passe la plupart du temps, un problème récurrent se pose : il ne parvient pas à obtenir une érection et à la faire durer. Il la trouve terriblement attirante, il se confond en excuses à chaque échec, à chaque fiasco, elle l'accepte et l'étreint. Parfois il y arrive pendant un certain temps et essaie de la pénétrer mais alors au moment crucial il débande et son sexe flasque vient s'écraser contre le sien. Cela n'a pas d'importance parce qu'ils ont trouvé d'autres moyens de procéder. Elle est tellement attirée par lui que dès qu'il la touche elle est proche de l'orgasme et à force de caresses et de baisers, en se servant des organes secondaires (les mains, les lèvres, la langue), il parvient à la faire jouir au point de la faire rire, éperdue de délices. Le plaisir qu'il lui donne devient le sien et souvent il n'a même pas besoin d'éjaculer. Il est satisfait de la satisfaire. Ils deviennent de plus en plus inventifs entre eux à mesure que leur relation évolue, un peu plus violents, et cela aussi leur plaît beaucoup à tous les deux. Elle pense, sans le dire, que le problème généralement, avec les jeunes hommes, c'est qu'ils bandent instantanément et à plusieurs reprises mais que, faute de patience, de maîtrise ou de courtoisie, ils en ont fini au bout de quelques minutes. Ces longues heures passées à faire l'amour sont infiniment plus agréables. C'est ce qu'elle dit et elle a longuement réfléchi avant de le formuler : c'est comme si nous étions deux femmes. Cela donne une telle impression de sécurité, d'abandon, les deux à la fois. Et la deuxième impression en raison de la première.

Voilà. Elle l'a dit. Les choses sont claires. Il est allongé sur le dos et contemple le plafond. Pendant un long moment il ne répond pas. Puis :

Ouais, dit-il.

Nouveau silence prolongé.

Ouais quoi ? demande-t-elle doucement, la main posée sur sa poitrine et le caressant du bout des doigts.

Ouais, dit-il. J'y pense. J'y pense très souvent.

Flash-back. Mouvement circulaire de la caméra.

C'est l'année où Michael Jackson s'est produit à Bombay. Mumbai. *Bombay*. Aux informations télévisées on voit à l'aéroport des hommes portant des turbans roses et safran, ils dansent avec frénésie au rythme des *dhols*. Une grande banderole en tissu est accrochée dans le hall des arrivées, elle proclame NAMASTÉ MICHAEL, NAMASTÉ DE LA PART DES AUTORITÉS AÉROPORTUAIRES INDIENNES. Et MJ avec son chapeau noir et son blazer rouge à boutons dorés applaudit les danseurs. *J'aime tout particulièrement l'Inde*, dit-il, *que Dieu vous bénisse à jamais*. D., petit garçon de douze ans, est dans sa chambre, il regarde les informations, il s'entraîne à exécuter le *moonwalk*, murmure les paroles des chansons célèbres, il les connaît toutes, à cent pour cent. Quel grand jour ! Et le voilà le lendemain matin assis dans la voiture tandis que le chauffeur le conduit à l'école. Ils descendent de la colline par Marina Drive et il y a un embouteillage près de Chowpatty Beach. Et soudain il est là, MJ en personne, déambulant au milieu des voitures à l'arrêt ! Oh mon Dieu, mon Dieu, mon Dieu, mon Dieu, mon Dieu. Mais non, bien sûr ce n'est pas Michael Jackson, c'est un *hijra*. Un eunuque, tel un Michael géant, qui porte le chapeau noir de Michael et la veste rouge à boutons dorés. Plate imitation. Comment oses-tu. Enlève ces vêtements. Ils ne t'appartiennent pas. Le *hijra*, la main droite posée sur le bord de son chapeau, virevolte au milieu de l'embouteillage, la gauche agrippant son sexe mâle-femelle. Le *hijra* a un vieux radiocassette qui joue *Bad*, et le *hijra* au visage maquillé de blanc et au rouge à lèvres éclatant murmure les paroles. C'est dégoûtant. C'est irrésistible. C'est terrifiant. Comment peut-on autoriser des choses pareilles. Le *hijra* se tient maintenant tout contre la vitre de la voiture, jeune milord en route pour Cathedral School, danse avec moi, jeune maître, danse avec moi. Il hurle contre la vitre bien remontée, il appuie ses lèvres rouges contre le verre. *Hato, hato*, crie le chauffeur, en agitant le bras, *dégage*, et le *hijra* rit, d'un rire haut perché, un rire de fausset méprisant et il s'éloigne dans le soleil.

Plan circulaire.

Lorsque tu m'as montré la statue d'Ardhanarishvara, j'ai laissé échapper, “en provenance de l'île d'Elephanta”, puis je me suis tu. Mais c'est vrai je le-la connais depuis longtemps. C'est l'union de Shiva et de Shakti, l'Être et les Forces agissantes de la divinité hindoue, le feu et la chaleur, dans le corps de cette divinité singulière et double à la fois, *Ardha*, moitié, *nari*, femme, *ishvara*, dieu. Masculin d'un côté, féminin de l'autre. Je pense à lui-elle depuis que je suis petit. Mais après avoir vu le *hijra* j'ai eu peur.

Tout le monde a un peu peur des *hijras*, est un peu choqué et je l'étais aussi. J'étais fasciné aussi, c'est vrai, en même temps qu'effrayé de ma propre fascination. Qu'avaient-ils à voir avec moi ces hommes-femmes ? Tout ce que j'entendais raconter à leur sujet me faisait frissonner. Surtout *l'opération*. C'est comme ça que ça s'appelle, en anglais, *l'opération*. Ils prennent de l'alcool ou de l'opium mais aucun anesthésiant. L'acte est pratiqué par d'autres *hijras*, pas par un médecin, on noue un fil autour des testicules pour obtenir une coupe bien nette et on abat un long couteau recourbé. On laisse saigner la blessure à vif puis on la cautérise à l'aide d'huile bouillante. Les jours suivants, pendant que la plaie cicatrise, on maintient l'urètre ouvert en le sondant régulièrement. À la fin on obtient une cicatrice froncée qui ressemble à un vagin et peut être utilisée comme tel. Qu'est-ce que tout cela a à voir avec moi, rien. Je n'ai pas une tendresse particulière pour mes attributs virils mais ça, ça, pouah !

Qu'est-ce que tu viens de dire, l'interrompit-elle. Pas de tendresse particulière pour tes attributs virils.

Je n'ai pas dit ça. Ce n'est pas ce que j'ai dit.

Coupez.

*

Assise par terre, Riya lit un livre. "Selon les poètes-saints du shivaïsme, Shiva est *Ammai-Appar*. Mère et père à la fois. On dit de Brahmā qu'il a créé l'humanité en se transformant en deux personnes : le premier homme, Manu Svayambhuva, et la première femme, Satarupa. L'Inde a toujours compris l'androgynie, l'homme dans le corps de la femme, la femme dans celui de l'homme."

D. est dans un état de grande agitation, il déambule d'un mur blanc à l'autre tout aussi blanc, le frappe du plat de la main quand il l'atteint, se retourne et repart dans l'autre sens, atteint l'autre mur, le frappe, se retourne, repart, l'atteint, le frappe.

Je ne sais pas ce que tu es train d'essayer de me faire. Ce boulot au musée te détraque l'esprit. Je suis ce que je suis. Je ne suis personne d'autre. Je suis moi-même.

Sans lever les yeux, Riya poursuit sa lecture à voix haute : "Peu de *hijras* continuent à vivre dans leur lieu d'origine. Le rejet de la famille et la désapprobation expliquent probablement ce déracinement. S'étant eux-mêmes recréés comme des êtres que leur famille originelle rejette souvent, les *hijras* adoptent généralement une nouvelle identité et vont vivre ailleurs où de nouvelles familles se forment autour d'eux et les intègrent."

Arrête, s'écrie-t-il. Je ne suis pas prêt à entendre cela. Tu veux me traîner dans le caniveau ? Je suis le plus jeune fils de Néron Golden. Tu m'entends ? Le plus jeune fils. Je ne suis pas prêt.

"« Enfant, je me conduisais comme une fille, on se moquait de moi et on me grondait à cause de mon côté efféminé. » « Je me suis souvent dit qu'il fallait que je me comporte comme un garçon et j'ai fait beaucoup d'efforts mais je n'y arrivais pas. » « Nous aussi nous faisons partie de la création »." Elle lève les yeux de son livre, le referme d'un coup sec, se met debout et vient se placer juste devant lui, leurs visages se touchent presque, lui affiche sa colère, elle, indifférente, un manque total d'expression.

Tu sais quoi ? dit-elle. Beaucoup d'entre eux ne subissent pas *l'opération.* Ils ne le font jamais. Ce n'est pas nécessaire. L'important c'est qu'ils sachent qui ils sont.

Est-ce que c'est un livre que tu as trouvé sur un banc public ? demande-t-il. Vraiment ?

Elle secoue la tête doucement, d'un air triste. *Non, bien sûr que non.*

Je m'en vais, dit-il.

Il s'en va. Dehors dans l'après-midi brûlant la rue est bruyante, criarde, bondée. C'est Chinatown.

13

Un *insecte gigantesque*. Une *monstrueuse vermine*. Une *véritable vermine*. Un matin, au sortir d'un rêve agité, Gregor Samsa s'éveilla, transformé dans son lit en un *ungeheuren Ungeziefer*. Personne ne s'accorde sur la meilleure traduction. La nature exacte de la créature n'est pas spécifiée avec précision dans le récit de Kafka. Peut-être un cafard géant. La femme de ménage dit qu'il s'agit d'un bousier. Lui-même n'a pas l'air de très bien le savoir. Quelque chose d'horrible en tout cas, avec une carapace sur le dos et des petites pattes qui s'agitent. "En un *ungeheuren Ungeziefer*." Quelque chose que personne n'aurait envie d'être. Quelque chose dont tout le monde allait finir par se détourner avec horreur, son employeur, sa famille et même sa sœur adorée qui l'aimait tant autrefois. Quelque chose de mort pour finir, bon à mettre à la boîte à ordures et dont la femme de ménage va se débarrasser. Voilà ce qu'il était en train de devenir, se dit D., un monstre, même à ses propres yeux.

Il marchait vers le nord, perdu dans ses pensées morbides, et même si le soleil brillait il avait l'impression d'être enfermé dans les ténèbres, d'être plus précisément sous la lumière aveuglante d'une lampe qui le mettait à la merci de la curiosité et du jugement d'autrui mais environné d'un brouillard obscur qui le rendait incapable de voir le visage de ses juges. C'est seulement en arrivant à la porte du foyer paternel qu'il comprit que ses pieds l'avaient fait revenir à Macdougal Street. Il chercha sa clef dans sa poche et entra en espérant qu'il n'aurait pas à croiser sa famille. Il n'était pas prêt. Il n'était plus lui-même. En le voyant, ils allaient peut-être découvrir la métamorphose inscrite dans tout son corps et crier d'horreur. *Ungeziefer!* Il n'était pas prêt à cela.

Comme l'intérieur de la maison lui semblait étrange à présent ! Non seulement pour la raison la plus évidente, à savoir que la maîtresse de son père, Vasilisa Arsenieva, s'était lancée dans une opération de "modernisation" radicale de la décoration dès qu'elle était arrivée dans la maison franchissant ainsi un nouveau stade sur l'échelle de l'intimité pour passer au statut "d'amour à demeure". Le quatrième doigt de sa main gauche ne portait pas encore de bague mais de l'avis des fils Golden il n'allait pas falloir longtemps avant qu'un diamant y étincelle, et après le diamant apparaîtrait aussi certainement un collier en or. Elle avait manifestement commencé à se comporter comme en pays conquis. La demeure tout entière avait été repeinte d'un gris couleur huître très chic et tout ce qui était ancien avait été (ou était sur le point d'être) remplacé par quelque chose de nouveau et de "haut de gamme" : meubles, tapis, œuvres d'art, luminaires, lampes, cendriers, cadres. D. avait demandé que sa chambre soit laissée en l'état et elle avait respecté cette requête, il lui restait donc au moins quelque chose de familier. Mais il savait bien que son sentiment de dépaysement ne provenait pas de la décoration mais de lui-même. Si, en pénétrant dans le hall et en montant l'escalier, il éprouva une sorte de pressentiment, l'impression que tout était sur le point de changer et que ce changement allait constituer une sorte de catastrophe, la raison de cette intuition n'était pas à chercher dans la peinture couleur d'huître ni dans les canapés d'angle recouverts de velours argent, elle n'était pas suspendue dans les nouveaux rideaux du salon, ne brillait pas dans les nouveaux lustres de la salle à manger, elle ne tremblait pas dans les nouvelles cheminées au gaz dont les flammes réchaufferaient en hiver un lit de galets qui régalerait les yeux de son scintillement tellement tendance. Il est vrai que ce nouvel environnement n'était plus le monde coutumier, à l'ancienne que Néron Golden avait créé pour qu'ils y habitent à leur arrivée. Il était empreint d'une étrangeté factice et dérangeante que la version précédente, laquelle était aussi une imitation de la vie, était parvenue à éviter. Mais non ! Ce n'était pas la maison. Le changement était en lui. C'était lui, cette obscurité qu'il sentait tout autour, c'était lui, cette force qui rapprochait les murs, abaissait les plafonds comme dans la maison d'un film d'horreur et qui créait cette atmosphère d'oppression et de claustrophobie. La maison, pour dire la vérité, était plus resplendissante qu'avant. C'était lui qui s'était assombri.

Il tentait d'échapper à la chose dont il savait déjà qu'il se dirigeait vers elle. Il savait qu'elle allait arriver mais cela ne veut pas dire qu'il l'aimait. Il la détestait, il n'y avait aucune échappatoire et c'est ce qui provoquait la tempête dont il était à présent environné. Il voulait aller dans sa chambre et refermer la porte. Il voulait disparaître.

Quand je pense à D. à ce moment critique, je me rappelle la phrase de Theodor W. Adorno : "La plus haute forme de moralité est de ne pas se sentir chez soi lorsque l'on est chez soi." Oui, se sentir mal à l'aise dans le confort, malhabile devant la facilité, remettre en question les principes de ce qui est généralement volontiers considéré comme allant de soi, transformer en défi ce qui pour la plupart des gens constitue l'espace où ils se sentent à l'abri des défis ; oui ! C'est la moralité portée à un niveau où l'on pourrait presque la qualifier d'héroïsme. En l'occurrence le "chez-soi" de D. Golden était un espace encore plus intime que la maison familiale : ce n'était autre que son propre corps.

Il était un marginal dans sa propre peau et il éprouvait avec intensité cette variation, qui venait de prendre de l'importance, de la problématique corps/esprit. Son être mental, son esprit, se mettait à réclamer avec de plus en plus d'insistance d'être ce que son corps, sa personnalité physique refusait d'admettre, et les conséquences en étaient de terribles souffrances physiques et mentales.

La maison Golden était silencieuse. Il se tint un moment sur le palier du deuxième étage devant la vaste suite de son père. La porte était fermée mais celle de la chambre suivante qui avait été une chambre d'amis avant de devenir le dressing-room de Vasilisa Arsenieva, était ouverte révélant, dans la lumière de fin d'après-midi, rangée après rangée de jupes chatoyantes et étagère après étagère de chaussures à talons d'une hauteur agressive. Cela va être un problème pour moi, les mots émergent dans sa conscience comme s'ils provenaient de quelque navire amiral inconnu croisant quelque part dans l'atmosphère au-delà de la ligne de Kármán, tes extrémités plantaires sont colossales, tu ne pourras pas les mettre, tu as de trop grands pieds. Je te déteste parce que tu as les pieds trop grands. Ouais, Fats Waller, t'as raison. Et voici qu'à présent ses grands pieds, de leur propre initiative, l'ont conduit au beau milieu de cette pièce où l'odeur du patchouli est plus forte que partout ailleurs dans la maison, ce parfum qu'elle a apporté ici pour dominer tous les parfums qui y étaient autrefois, Vasilisa Arsenieva, silencieuse et hautaine comme les chats, laissant son empreinte partout où elle passe. Et maintenant voici que ses mains s'avancent pour toucher ces jupes, qu'il enfouit son visage dans ces paillettes odorantes, les respire, relâche son souffle, aspire encore. L'obscurité autour de lui recule, la pièce brille d'une lumière qui pourrait bien être du bonheur.

Combien de temps est-il resté là ? Cinq minutes ou cinq heures ? Il n'en a pas la moindre idée, tant d'émotions se bousculent en lui, tout son être n'est qu'un tourbillon confus mais comme cela semblait bon, comme le tissu était doux contre sa joue, et cette sensation étonnante de, de *glamour*, comment pourrait-il le nier, et qu'est-ce qui en découlait, quelle était la juste étape suivante.

Et voici Vasilisa, elle se tient sur le seuil et l'observe. "Est-ce que je peux vous aider ?" dit-elle.

Est-ce que je peux vous aider, vraiment ? Comme si on était dans un grand magasin et qu'elle l'accusait de vol à l'étalage, en mode passif-agressif, debout, là, si calme avec même un léger sourire, pas de condescendance avec moi, madame, *est-ce que je peux vous aider*, non, probablement pas. D'accord, il est dans son dressing-room, il renifle ses sous-vêtements, c'est la vérité et pourtant ce n'est pas cela. Mais peut-être s'agit-il simplement d'un problème de langage, peut-être est-ce une question qu'elle a apprise dans un guide de conversation, elle n'a pas le sens des inflexions ou alors c'est que quand on pose la question de cette façon elle paraît hostile alors que peut-être, est-ce possible, elle pense vraiment ce qu'elle dit, qu'elle est vraiment désireuse de m'aider et me demande comment, sans me juger, sans se mettre en colère, me tendant vraiment la main pour m'aider. Je ne voudrais pas mal interpréter son attitude en ce moment, la situation est déjà assez embarrassante mais en effet elle vient droit vers moi et me prend dans ses bras et voici encore une autre phrase tirée d'un manuel de conversation : "Voyons ce que nous pouvons faire pour vous."

Vasilisa se met à sortir des vêtements et à les appliquer contre elle, celui-ci ? Celui-là ? demande-t-elle et, sur un ton rassurant : "Vous et moi avons la même carrure, dit-elle. Svelte, est-ce bien le mot." Oui, fait-il en hochant la tête, c'est le mot. "Sveltes comme des saules pleureurs, poursuit-elle, rassurée par son approbation. Votre mère devait être grande et mince, comme un mannequin."

Il se raidit. “Ma mère était une putain”, dit-il. Il s'est mis à trembler. “Elle m'a vendu à mon père et a disparu au pays des putains.

— Chut, chut, dit-elle. Silence à présent. On en parlera une autre fois. Pour l'instant, c'est votre moment. Essayez donc celui-ci.

— Je ne peux pas. Je ne voudrais pas abîmer vos vêtements.

— Aucune importance. J'en ai tellement. Là, retirez votre chemise, passez ça par-dessus votre tête. Vous voyez, seulement un peu serré. Qu'en pensez-vous ?

— Est-ce que je peux essayer celui-là ?

— Oui, bien sûr.”

(Je veux les abandonner ici une minute, leur laisser à tous les deux un moment d'intimité, détournant discrètement le regard et éteignant ma caméra enregistreuse, ou peut-être la pointant sur le décor, voici le palier, l'escalier qui descend vers l'entrée où, maintenant que la décoration a été refaite, le *Balloon Dog* de Jeff Koons monte la garde, le piranha en conserve montre les dents, accroché à un mur, et des néons en forme de mots d'amour resplendissent en rose et vert criard au-dessus de l'entrée et voici maintenant la porte de la maison, elle s'ouvre. Entre Néron Golden. Le roi est de retour en son palais. J'observe son visage. Il regarde autour de lui, contrarié. Il veut qu'elle soit là pour l'accueillir, où est-elle, n'a-t-elle pas lu ses instructions ? Il accroche son chapeau et sa canne au portemanteau de l'entrée et appelle.)

Vasilisa !

(Imaginez ma caméra enregistreuse qui remonte l'escalier à toute vitesse et se précipite là-haut dans la pièce où elle se trouve avec le jeune homme revêtu de ses vêtements à elle, cloué sur place par la voix, et elle, Vasilisa, regarde alors D. et comprend qu'il a encore peur de son père.)

“Il me tuera. Il va me tuer. Oh mon Dieu !

— Non il ne va certainement pas vous tuer.”

Elle lui rend ses vêtements de ville.

“Rhabillez-vous, je vais le distraire.

— Comment ?

— Je vais le faire monter à l’étage.

— Non !

— … dans la chambre et je refermerai la porte. Quand vous m’entendrez commencer à faire du bruit, vous saurez que vous pouvez partir en sécurité.

— Quel genre de bruit ?

— Vous êtes certainement capable de deviner. Je n’ai pas besoin de vous faire un dessin.

— Oh.”

Elle s’arrête sur le seuil avant de descendre rejoindre Néron.

“D. ?

— *Quoi !* Je veux dire excusez-moi, oui, pardon ?

— Peut-être ne suis-je pas une parfaite salope à cent pour cent.

— Ouais, ouais, manifestement. Je veux dire non. Manifestement pas.

— Je vous remercie.

— Merci.”

Elle sourit d’un air de conspiratrice. Je pourrais terminer la scène ainsi, un gros plan sur ce sourire énigmatique à la Mona Lisa.

*

Plus tard.

Il a fait la paix avec la patiente, la compréhensive Riya et les voici tous deux en compagnie d’Ivy Manuel dans ce café jamaïcain sur Houston et Sullivan, à boire des cocktails dangereux, tard le soir. Ou plutôt, pour voir la scène autrement : tous trois sont assis autour d'une simple table ronde dans un studio complètement obscur à siroter leurs verres (les cocktails dangereux sont acceptables, même dans les Limbes), le monde n'existe plus en dehors d'eux, tandis qu'ils débattent de questions savantes ayant trait au langage et à la philosophie. (Référence obligée : le film de Jean-Luc Godard, *Le Gai Savoir*, 1969, avec Jean-Pierre Léaud et Juliet Berto. Considéré comme trop didactique par certains, mais parfois il faut bien être didactique.) Au début, D. n'a pas le moral ; il cite Nietzsche (auteur de *Die fröliche Wissenschaft*), posant "la question de Schopenhauer : l'existence a-t-elle un sens ? Une question qu'il faudra plusieurs siècles pour comprendre dans toute sa profondeur". Mais, progressivement, les deux femmes parviennent à le dérider, en l'encourageant, en le soutenant, en le cajolant et au bout d'un moment il manifeste son acceptation d'un petit hochement de tête et il sourit d'un air réservé, s'habituant peu à peu à employer le vocabulaire de son avenir, un avenir dans lequel cet adjectif possessif cessera d'être masculin. Le premier mot et le plus important est *transition.* En musique, c'est le bref passage d'une clef à une autre. En physique, le passage d'un atome, d'un noyau, d'un électron d'un état quantique à un autre, avec émission ou absorption de radiation. En littérature, un passage, dans un texte, qui connecte sans heurt deux sujets ou deux séquences. Dans le cas présent… eh bien… dans le cas présent, le processus par lequel un individu adopte définitivement l'apparence ou les caractères physiques du genre auquel il s'identifie, ou s'oppose à ceux du genre qui lui a été assigné à la naissance. Le processus peut ou peut ne pas recourir à des mesures telles que la thérapie hormonale et des interventions chirurgicales correctives.

*

"Ne pense pas à la chirurgie", disent les femmes. Ne laisse même pas cette idée te traverser l'esprit. Cette question est totalement hors de propos. *(Quand on filmera cette scène, les actrices pourront choisir leurs répliques. Pour l'instant, disons que c'est Riya qui parle, puis Ivy et ainsi de suite.)*

"Tu dois découvrir qui tu es. Pour ça, tu peux compter sur des professionnels.

— En ce moment tu pourrais être TG, TS, TV, CD. Tout ce qui paraît te convenir." Transgenre, transsexuel, travesti, *cross-dresser*. "Pas besoin d'aller plus loin que ce que tu estimes juste.

— Pour ça, tu peux compter sur des professionnels.

— Autrefois, les gens écopaient d'étiquettes devant leur nom. Du style TS Ivy ou CD Riya. Il y avait aussi *Sex Change*. « Tiens, voilà *Sex Change* Sally. » Tout le monde transsexuel a évolué aujourd'hui. Maintenant on parle seulement de Sally, ou de n'importe qui. Fini, les compartiments.

— Tu devrais aussi penser aux pronoms. Les mots sont importants. Si tu renonces au *il*, qui le remplace ? Tu pourrais choisir *ils*. Si tu décides de ne te considérer ni masculin ni féminin. *Ils* représente une identité sexuelle indéfinie. Très pratique.

— Il y a aussi *ze*.

— Il y a aussi *ey*.

— Il y a aussi *hir*, *xe*, *hen*, *ve*, *ne*, *per*, *thon* et *Mx*.

— Tu vois, il y en a plein.

— *Thon* par exemple est un mélange de *that* et de *one*.

— *Mx* remplace le *Ms* de Miss et se prononce *mix*. Personnellement j'aime bien.

— Ce n'est pas seulement une question de pronoms, naturellement. Je t'ai déjà un peu parlé de ça au musée la première fois. Les mots sont importants. Tu dois connaître avec certitude ton identité à moins que la seule chose dont tu sois sûr c'est que tu hésites, auquel cas tu es peut-être *gender fluid*.

— Ou peut-être transféminin, parce que tu es né mâle, que tu t'identifies à bien des égards à la féminité mais que tu n'as pas vraiment le sentiment d'*être* une femme.

— Le mot femme ne dépend plus seulement de la biologie. Pas plus que le mot homme.

— Ou si tu ne te reconnais ni dans le féminin ni dans le masculin, tu es peut-être *non-binaire*.

— Donc prends ton temps. Il y a de quoi réfléchir.

— Et beaucoup à apprendre.

— La *transition* est comme la traduction. On passe d'une langue à l'autre.

— Il y a des gens qui apprennent facilement les langues. Pour d'autres, c'est difficile. Mais pour ça, tu peux compter sur des professionnels.

— Pense aux Navajos. Ils reconnaissent quatre genres. Outre le masculin et le féminin, il y a les *nádleehi*, les doubles esprits, nés mâles mais jouant le rôle de femmes et vice versa, évidemment.

— Tu peux être ce que tu choisis d'être.

— L'identité sexuelle n'est pas une donnée, c'est un choix."

Jusqu'à présent, D. avait gardé le silence. Il finit par dire : "Est-ce que l'argument ne se retourne pas contre lui-même ? Ce n'était pas un choix d'être gay, c'était un impératif biologique ? Et maintenant nous disons qu'après tout c'était un choix ?

— Se choisir une identité, dit Ivy Manuel, ce n'est pas comme choisir des céréales au supermarché.

— Dire « choisir » peut aussi vouloir dire « être choisi ».

— Mais c'est un choix, non ?

— Pour ça tu peux compter sur des professionnels. Avec un peu d'aide, ton choix te deviendra évident.

— Il deviendra nécessaire.

— Alors ce ne sera plus un choix.

— Ce n'est qu'une façon de parler. Pourquoi es-tu tellement à cheval là-dessus ? C'est juste une façon de parler."

Black-out.

14

À 7 heures, le matin de son mariage, par l'un des jours les plus chauds de l'été, alors que la météo annonçait un risque d'ouragan, Néron Golden alla comme d'habitude jouer au tennis à Fourth and Lafayette avec trois membres de son groupe très uni d'amis, slash, partenaires en affaires, slash, clients. Ces hommes mystérieux, ils étaient cinq en tout, je crois, se ressemblaient tous : costauds, le teint hâlé à force de s'exposer à un soleil onéreux sur des plages de luxe, les cheveux clairsemés plaqués sur le crâne, rasés de près, la mâchoire carrée, le torse corpulent, les jambes velues. Dans leur tenue de sport blanche ils avaient l'air de marines à la retraite si ce n'est que des marines n'auraient jamais pu se payer les montres qu'ils portaient, je remarquai deux Rolex, une Vacheron Constantin, une Piaget, une Audemars Piguet. De riches et puissants mâles alpha. Il ne nous les présenta jamais et ne les invita jamais à bavarder avec nous dans les Jardins. C'étaient ses copains. Il les gardait pour lui.

Quand je demandai à ses fils comment le vieil homme avait bâti sa fortune, j'obtins chaque fois une réponse différente. "Bâtiment", "Immobilier", "Coffres-forts", "Paris en ligne", "Commerce de la laine", "Transport maritime", "Capital-risque", "Textile", "Production cinématographique", "Ça vous regarde ?", "Acier". Lorsque mes professeurs de parents m'eurent permis de l'identifier, je me mis, au mieux de mes capacités, à rechercher posément ce qu'il pouvait y avoir de vrai dans ces affirmations pour le moins variées. Je découvris que cet homme que nous connaissions sous le nom de N. J. Golden avait cultivé le goût du secret bien longtemps avant d'arriver parmi nous et que le réseau de fausses façades, de mandataires et de sociétés fantômes qu'il avait mis en place pour protéger ses activités de la curiosité publique était bien trop complexe pour un jeune homme de mon genre qui ne rêvait que de cinéma et pour que je puisse le pénétrer à distance. Il trempait dans de nombreuses affaires et avait la réputation d'un prédateur intrépide. Il se cachait derrière l'anonymat du système *benami*, mais quand il avançait son pion tout le monde connaissait l'identité du joueur. Il avait hérité d'un surnom autrefois dans le pays qu'on ne pouvait pas nommer : Le Cobra. Si j'arrivais un jour à faire un film sur lui je me disais que cela pourrait en être le titre. Ou peut-être *King Cobra*. Mais après y avoir mûrement réfléchi j'écartai ces titres. J'avais déjà trouvé le mien.

La Maison Golden.

Mes recherches me conduisirent à la fameuse escroquerie 2G Spectrum qui avait fait récemment les gros titres de la presse dans le pays qu'on ne pouvait pas nommer. Il apparut que dans ce pays-sans-nom le gouvernement-sans-nom avait frauduleusement vendu des licences de téléphonie mobile à certaines sociétés privilégiées à des prix incroyablement bas et qu'une somme avoisinant les vingt-six milliards était revenue sous forme de profits illicites aux sociétés ainsi favorisées. Selon le magazine *Time*, que peu de gens continuaient à lire à l'époque, cette affaire se classait en deuxième position au hit-parade des abus de pouvoir, juste derrière l'affaire du Watergate. Je lus le nom et l'histoire des sociétés qui s'étaient vu accorder ces licences et je tombai sur le même genre de réseau qu'affectionnait Néron, un système complexe de sociétés possédées par d'autres sociétés dans lesquelles encore d'autres sociétés avaient pris des parts significatives. Le plus probable, selon moi, c'était que Néron était la force cachée derrière la plus grosse de ces sociétés, Eagle Telecom, qui avait fusionné avec une société allemande, Verbunden Extratech, avant de revendre quarante-cinq pour cent de ses parts à Murtasín d'Abou Dhabi qui prit alors le nom de Murtasín-EV Telecom. Des poursuites judiciaires avaient été engagées contre bon nombre de ces nouveaux détenteurs de licences devant une série de tribunaux spéciaux mis en place par le Central Bureau of Investigation, ou CBI. Ce fut pour moi le déclic. Je n'avais jamais cru que Néron avait élaboré des plans aussi complexes pour quitter le pays sans avoir une bonne raison, il ne pouvait pas prévoir la mort de sa femme lors de l'attaque des terroristes contre l'hôtel emblématique et son implication possible dans cet immense scandale offrait une raison bien plus convaincante pour qu'il se prépare au cas où il devrait fuir le poulailler. Naturellement, je n'osai pas le confronter à mes soupçons. Mais mon film imaginaire, ou la série de films dont je rêvais, devenait beaucoup plus passionnant, un thriller politique et financier, ou toute une série, avec mes voisins au cœur même de l'affaire. C'était excitant.

Les mariages m'ont toujours fait penser au cinéma. (Tout me fait penser au cinéma.) Dustin Hoffman dans *Le Lauréat* martelant un mur de verre dans une église de Santa Barbara pour arracher Katharine Ross à l'autel. Des mamies dansant à New Dehli à la saison des pluies dans *Le Mariage des moussons*. La tache de vin de mauvais augure sur la robe de la mariée dans *Voyage au bout de l'enfer*. La mariée tuée d'une balle dans la tête le jour de ses noces dans *Kill Bill : 2*. Peter Cook célébrant le mariage dans *Princess*

Bride. L'inoubliable banquet des noces dans *Terre jaune* de Chen Kaige, où les invités d'un mariage chinois à la campagne dans la province miséreuse du Shanxi se voient servir des morceaux de bois en forme de poissons en guise de nourriture, parce que, si l'on ne peut pas se procurer de poisson, il est important, lors d'un mariage, d'en avoir sur la table. Mais lorsque Néron Golden épousa Vasilisa Arsenieva dans les Jardins historiques Macdougal-Sullivan à 16 heures précises, ce qui me vint immanquablement à l'esprit fut la plus fameuse scène de mariage jamais filmée, sauf que cette fois-ci ce n'était pas Connie Corleone dansant avec son père, cette fois c'était le patriarche qui dansait avec sa propre jeune épouse et j'imaginais la riche mélodie italo-américaine composée pour cette scène par le père du réalisateur, Carmine Coppola, enflant puis noyant la musique réelle que l'on jouait à ce moment dans les Jardins et qui n'était, dans sa déplorable banalité, qu'un enregistrement de *In my Life* des Beatles.

Retour quelques heures en arrière : soit au moment où Néron rentre chez lui après sa partie de tennis, couvert de sueur comme toujours, car il transpirait beaucoup et le reconnaissait volontiers. "Il suffit que je monte l'escalier en courant et ma chemise est trempée." Après avoir retiré sa chemise et enfilé son lourd peignoir de bain noir, il convoque ses trois fils dans son bureau : "Vous avez en tête des questions que je veux aborder, leur dit-il. Premièrement, il n'y a rien de changé, je suis toujours votre père, c'est le premier point, et, en ce qui vous concerne tous les deux, j'aimerai toujours votre défunte mère, comme avant, c'est le deuxième point, quant à toi, le dernier de mes enfants, je suis toujours navré quant aux circonstances mais cela tu le sais, et tu es mon fils au même titre que les deux autres, c'est le troisième point ; et donc *statu quo*, vous le comprenez bien. Et pour aborder les choses sérieuses : vous savez tous qu'il existe un accord prénuptial plutôt rigoureux que Vasilisa a signé sans la moindre objection. Donc, on se détend : votre héritage n'est pas menacé. Le *statu quo* est maintenu. Pour ce qui est de moi, après avoir été votre père à tous pendant tant de décennies, l'idée d'avoir un enfant de plus n'est pas à l'ordre du jour. Bébé, lui ai-je dit, pour moi *bébé* est un gros mot. Sur ce point non plus elle n'a pas fait d'objection. Il n'y aura pas de quatrième frère. Il n'y aura pas de première sœur. *Statu quo*. Cette promesse je vous la fais aujourd'hui, le jour de mon mariage. De vous je n'attends qu'une chose, c'est que vous acceptiez ma femme. On n'est pas en train de chercher de l'or, aucun bébé voleur d'héritage ne verra le jour. Je n'étais pas obligé de vous informer de ces dispositions mais j'ai décidé de le faire. À mon âge, je réclame votre bénédiction. Elle n'est pas nécessaire mais je la demande. Je vous demande, s'il vous plaît, de permettre à votre père de connaître son jour de bonheur."

Dans le jardin, après le passage du juge qui a fait son office et est reparti et après que Néron et Vasilisa sont devenus mari et femme, je les regardais danser comme ils l'avaient déjà fait en Floride : les années semblaient se détacher du vieil homme tandis qu'il se déplaçait, si droit, si agile, la jambe légère, si attentif à sa partenaire, le langage de la danse murmurait ses mots magiques et semblait le rajeunir à vue d'œil. Et elle, entre ses bras, donnant libre cours au pouvoir de sa beauté, s'approchant de lui pour coller les lèvres à son oreille, puis arquant son dos nu pour s'éloigner de lui et recommençant sans cesse le même mouvement, de rapprochement et d'éloignement, en rythme, le tenant à sa merci par le charme le plus puissant qui soit, le jeu de la séduction fait de rapprochements et d'éloignements. Vasilisa se laisse guider par lui, et elle nous dit sans avoir besoin de le dire : je ne crains rien, je le tiens, de tout le pouvoir ensorcelé de mon corps, je lui ai demandé de me serrer si fort dans ses bras que même s'il le voulait il ne pourrait pas me laisser tomber.

Ce n'est pas une danse, me dis-je, c'est un couronnement.

Les fils de Néron Golden observent la scène et en tirent des leçons. Petya les regarde depuis un endroit presque caché, derrière la cage à écureuils et le toboggan, agrippé aux montants de la structure comme aux barreaux d'une prison. À un moment où je me trouve derrière lui, il déclare : "La quantité d'amour dont dispose notre père n'est pas infinie. Elle ne peut s'étendre ni se réduire. Maintenant qu'elle va se disperser, il y en aura moins pour nous." Mais chaque fois que Vasilisa regarde dans sa direction, il affiche un large sourire. "Il vaut mieux ne pas se fâcher avec la nouvelle reine, dit-il d'un ton solennel, comme s'il confiait un secret d'État. Elle pourrait décider à tout moment de nous faire exécuter."

Son frère Apu se tient sous un arbre, entouré de sa bande habituelle d'artistes de *downtown*, de peintres, de noctambules et d'Italiens, et à côté de lui, fumant cigarette sur cigarette, vêtu de son smoking en velours coutumier et de sa chemise à col cassé, Andy Drescher, le fameux ronchon professionnel pour qui, inexplicablement, il a un faible. Andy est une icône new-yorkaise qui n'a rien publié depuis ses deux volumes de poésie parus dans les années 1980 mais qui vit en ville sur un très grand pied, sans aucune source de revenus connue et sans autres moyens d'existence. On l'imagine bien dans un petit appartement sans ascenseur et sans eau chaude, mangeant de la nourriture pour chats à même la boîte avant d'épousseter sa belle tenue de velours et de se rendre aux soirées les plus chics pour sourire avec un désir résigné à de charmants jeunes hommes et de déclamer d'un ton amer ses fameuses complaintes. La liste des choses et des gens dont il a à se plaindre ne cesse de s'allonger et comprend, pour l'heure, le fait d'aller au cinéma, le maire Bloomberg, le concept de mariage, qu'il soit homo ou hétéro, l'idée même de regarder la télévision quand on peut, à la place, faire l'amour, la technologie (en tout genre, mais surtout les téléphones portables), l'East Village, les planches de tendances dans les studios des grands couturiers (qu'il traite de voleurs en bande organisée), les touristes, et les écrivains qui publient des livres. Ce jour-là, il vexe la pauvre Riya (mais de toute façon il vexe tout le monde) en se moquant du musée de l'Identité, où elle travaille, et de l'idée qu'on puisse choisir n'importe quel genre du moment que cela correspond à ce que l'on ressent. "Je vais acheter la semaine prochaine un appartement à dix millions de dollars, dit-il à Riya, demandez-moi comment je peux me l'offrir." Riya tombe dans le piège et lui pose la question. "Oh, je suis à présent un transmilliardaire, lâche-t-il en réponse. Je m'identifie comme quelqu'un de riche et donc je le suis."

Après cela, Riya ne s'éloigna plus de D. et tous deux regardèrent la reine dansante à l'heure de son triomphe. La Beauté tournoyant et virevoltant entre les bras de la Bête amoureuse, et, tout autour d'elle, les Jardins, et nous autres, invités ou pas, réels et imaginaires, tandis que le soir tombait et que les guirlandes de lumière féeriques dans les arbres accroissaient l'atmosphère enchantée façon Disney ; mes professeurs de parents dansaient joyeusement ensemble sans un regard pour quiconque, tandis que le triste U Lnu Fnu des Nations unies, et Mr Arribista d'Argentine, et les véritables aristocrates de la communauté des Jardins, Vito et Blanca Tagliabue, baron et baronne de Sélinonte et moi-même, se joignaient tous avec bonheur les uns aux autres, émoustillés par le champagne qui coulait à flots, se régalant des mets excellents fournis par le meilleur traiteur de la ville, et se sentant, pendant cette courte parenthèse bénie hors du temps que peut parfois créer un mariage, heureux, aussi bien ensemble que chacun pour soi. Même les cinq joueurs de tennis aux montres hors de prix affichaient des sourires sur leurs visages qui n'étaient pas faits pour ça et hochaient la tête dans une approximation d'empathie avec autrui tout en applaudissant la danse du monarque.

Leur groupe, cependant, se tenait à l'écart et, à mesure que la musique résonnait, que le soir tombait et que la gaieté augmentait, on aurait dit qu'ils se serraient de plus en plus les uns contre les autres comme pour signifier, n'approchez pas, gardez vos distances, nous ne sommes pas des vôtres. C'étaient des hommes aux cheveux gominés légèrement trop longs sur la nuque, portant la barbe de trois jours à la mode, au langage corporel malhabile, vêtus de smokings mal ajustés sur des chemises blanches dont les manches dépassaient beaucoup trop de celles du veston, des hommes sans femmes, qui buvaient de l'eau, des sodas ou rien du tout, qui traînaient les pieds, fumaient beaucoup et je me dis soudain que mon intuition à propos du *Parrain* ne venait peut-être pas du fait que j'avais vu la trilogie trop souvent, j'avais peut-être mis le doigt sur quelque chose, que ces gens avaient l'air de quémandeurs, de gens qui étaient venus au grand jour du Parrain pour pouvoir baiser sa bague. Ou bien (et là mon goût pour les films de gangsters me faisait vraiment dérailler) ils avaient l'air de porte-flingues. Je faisais défiler le film dans ma tête : l'apparition soudaine d'armes sorties des poches intérieures de ces costumes mal taillés, le sang qui éclabousse le mariage et le transforme en tragédie.

Rien de tout cela ne se produisit. Ces gens travaillaient dans l'hôtellerie, nous expliqua-t-on, des associés de Mr Golden en affaires. C'est comme si on nous avait dit qu'ils étaient dans le commerce de l'huile d'olive : c'était vrai, peut-être, mais peut-être pas toute la vérité non plus.

L'aîné des fils du marié se tenait près de la table du buffet recouverte d'une nappe dorée sur laquelle des plateaux de canapés attendaient les convives, et s'employait méthodiquement à engloutir quantité de feuilletés à la saucisse. Une idée me vint. "Hé, Petya, lui dis-je du ton le plus naturel possible, que sais-tu de 2G Spectrum ?" Une onde de désarroi passa sur son visage, peut-être parce que le mot *spectrum* revêtait pour lui une connotation immédiate différente ou peut-être parce que sa mémoire extraordinaire et son habitude instinctive de dire la vérité entraient en conflit avec la promesse de discrétion qu'avaient faite les Golden. Il finit par décider que la réponse n'était pas concernée par ce serment et n'était donc pas sous embargo. "Une embrouille dans le domaine des télécommunications. dit-il. Veux-tu la liste des sociétés impliquées ? Adonis, Nahan, Aska, Volga, Azure, Hudson, Unitech, Loop, Datacom, Telelink, Swan, Allianz, Idea, Spice, S Tel, Tata. On pourrait ajouter qu'en 2008 Telenor a pris une participation majoritaire dans le groupe de sociétés de télécommunications Unitech et détient actuellement vingt-deux licences sous le nom d'Uninor. Datacom opère sous le nom de Videocon. La société Sistema, basée en Russie, possède la majorité de Telelink et en a changé le nom en MTS. Swan était au départ une filiale du groupe Reliance. Idea a racheté Spice. Bahrein Telecommunications et Sahara Group détiennent ensemble des parts importantes de S Tel. Une PIG, c'est-à-dire une procédure d'intérêt général, a été lancée et devrait parvenir prochainement à la Cour suprême. On s'attend à ce qu'au moins un ministre et les cadres de plusieurs sociétés soient menacés de sévères peines de prison. Les cinq mégahertz de 2G Spectrum sont évalués par mégahertz à…

— Je remarque, dis-je, que tu n'as cité ni Eagle, ni Verbunden Extratech, ni Murtasín.

— Les sociétés que tu évoques n'ont été accusées d'aucune irrégularité, il n'existe aucune poursuite judiciaire contre elles. Aurais-tu l'intention d'écrire un film sur la prolifération certes fantastique et partiellement entachée de corruption des téléphones portables dans cette lointaine contrée ? Si c'est le cas, il faut absolument que tu joues le premier rôle. Parce que tu es si beau, tu le sais, René, tu devrais vraiment faire du cinéma."

C'était nouveau chez lui, cet été-là. Petya avait depuis peu décidé, et il était le seul de cet avis, contrairement au témoignage de tout un chacun, que j'étais le plus bel homme du monde. Il commença par déclarer que j'étais "plus beau que Tom Cruise", puis je devins "*beaucoup plus* séduisant que Brad Pitt" et, ces temps-ci, j'étais "*cent fois* plus craquant que ce George Clooney". *Sic transit gloria.* Tom, Brad, George, me dis-je. Petya n'extériorisait pas des penchants homosexuels. Il disait les choses comme il les sentait, comme il le faisait toujours et je ne pouvais que le remercier.

"Quelque chose dans ce genre, lui répondis-je. Mais je ne pense pas qu'il y ait un rôle pour moi.

— C'est ridicule, dit-il, mets-toi immédiatement à l'écrire. Un grand rôle. Le héros romantique. Tu es tellement sexy, René. Je suis sérieux. Un vrai canon."

Peut-être les mariages font-ils ressortir le côté romantique en chacun d'entre nous.

*

À un certain moment au milieu de la liesse de cette soirée, je ne manquai pas de remarquer que Néron Golden était absent et qu'il y avait de la lumière à la fenêtre de son bureau, les hommes aux smokings mal coupés étaient absents également. Petya était sur la piste de danse. Il dansait mal, il était si absurdement mal coordonné que les gens le trouvaient drôle, les cinq joueurs de tennis se donnaient à peine le mal de dissimuler leurs ricanements de mâles alpha, mais heureusement Petya, transporté par la musique, ne semblait pas s'en apercevoir. Puis Vasilisa se mit à danser avec ses amies, toutes si chics, toutes travaillant dans le courtage immobilier, et elles exécutèrent leur version new-yorkaise des danses cosaques avec chandelles et châles, battements de mains, coups de pied en l'air et bottes. Aux toques de fourrure et aux uniformes militaires s'étaient substituées des robes vaporeuses et la peau nue des femmes mais personne ne s'en plaignait, nous dansions en cercle autour des danseuses, tapant dans les mains en cadence en criant "Hé ! Hé !" quand on nous disait de le faire, et nous sifflions les shots de vodka qu'on nous donnait à boire, et, oui, la Russie était belle, la culture russe était formidable et quel bon moment russe nous passions tous, puis Néron Golden réapparut en grand costume de cosaque et il y eut donc au moins une toque de fourrure, et un uniforme militaire bleu à galons et à boutons dorés et les danseuses l'entouraient comme s'il était leur capitaine, leur roi, ce qui était le cas, et il brandissait au-dessus de leurs têtes son sabre spécial *shashka*, et nous dansions autour d'eux, et buvions et crions encore un moment "Hé ! Hé !" et c'est ainsi que Néron et sa beauté furent mariés.

Les hommes d'affaires de l'hôtellerie dans leurs smokings mal fichus, pourtant, ne revinrent pas.

*

Une étrange brume d'été flottait cette nuit-là après minuit dans les Jardins, leur donnant l'air d'un décor de film japonais de fantômes, *Les Contes de la lune vague après la pluie* peut-être, ou *Kwaïdan*. Les invités étaient tous rentrés chez eux et les reliefs de la fête avaient été emportés par les employés diligents du traiteur qui avaient reçu de généreux pourboires de la main même de Néron Golden. Une unique lanterne pendait encore aux branches d'un arbre, sa chandelle crachotant ses dernières flammes. J'entendis le hululement isolé de ce qui était peut-être un hibou mais il est possible que je me sois trompé. Une lune pâle luisait faiblement dans la nuit environnée de nuages de pluie. Un ouragan arrivait. C'était le calme avant la tempête.

Comme cela m'était déjà arrivé une autre fois, l'insomnie me tira du lit. J'enfilai un sweatshirt et un jean et sortis dans la brume qui s'épaissit brusquement et je me retrouvai seul dans le tourbillon, comme si l'univers avait disparu et qu'il ne restait plus que moi, Alors, de loin, j'entendis un bruit qui se répétait en augmentant chaque fois d'intensité. C'était le bruit d'un homme saisi d'une terrible détresse et qui sanglotait de manière incontrôlable. Un cri à vous fendre le cœur.

Je m'approchai sur la pointe des pieds, ma curiosité aux prises avec mon instinct plus civilisé consistant à respecter l'intimité du pleureur. Comme je ne faisais pas confiance au brouillard pour me dissimuler, je me cachai dans les buissons en éprouvant une certaine honte (très légère, je dois dire) face au triomphe de mes pulsions voyeuristes. Je finis par le voir et je fus, je le reconnais, stupéfait de reconnaître le roi de la soirée, celui autour de qui tout avait tourné, le marié en personne, à genoux dans l'herbe humide, vêtu d'un pyjama coûteux, qui se frappait la poitrine à coups de poing et hululait comme une pleureuse professionnelle lors d'un enterrement. Qu'est-ce qui pouvait l'avoir attiré dehors là en pleine nuit, désertant son lit conjugal pour hurler à la lune évanescente. Je m'approchai aussi près que possible en rampant sur le sol et j'entendis, ou du moins je le crus, ces mots : "Pardonnez-moi ! Je vous ai tuées toutes les deux."

Laissez-moi vous dire que je ne crois pas à tout ce que prétendent les adeptes du mysticisme ou du surnaturel. Je n'ai pas une minute à consacrer au ciel, à l'enfer, aux limbes ni à aucune autre destination de vacances posthumes. Je ne crois pas que je vais me réincarner, ni en bousier ni en George Clooney ou son successeur en matière de beauté. En dépit de l'enthousiasme de Joyce, de Nietzsche et de Schopenhauer, je tourne résolument le dos à la métempsychose et à la transmigration des âmes. Le film du réalisateur thaï Apichatpong Weerasethakul *Oncle Boonmee, celui qui se souvient de ses vies antérieures* était certainement un de mes préférés cette année-là, mais je ne crois pas qu'Oncle Boonmee ou moi-même ayons déjà été de service sur terre précédemment. Je ne m'intéresse pas à la graine de démon : Damien, Carrie, Rosemary's Baby, vous pouvez rester sur l'étagère de la littérature de série B. Je n'ai pas le temps de m'occuper des anges, des démons ou des créatures des lagons bleus. Autant de raisons pour lesquelles je suis bien en peine d'expliquer ce que j'ai vu cette nuit-là, c'est pourquoi j'essaie de me convaincre que c'était une hallucination provoquée par un abus de somnifères (qui n'avaient pas réussi à me faire dormir) et par mon errance vaseuse dans le brouillard, une sorte de cauchemar éveillé. Mais la figure de Néron le pénitent avait suffisamment de réalité et ce que je vis, ce que je sais avoir vu, ce que je pense que je sais avoir vu même si mon esprit rationnel rejette cette idée, ce fut le brouillard qui se condensait autour de lui, comme une sorte d'ectoplasme, pour se muer en deux formes humaines, la forme de deux femmes se tenant devant l'homme agenouillé et écoutant ses regrets amers. Les formes ne parlèrent pas, d'ailleurs elles ne parvinrent pas à acquérir une forme véritable mais demeurèrent floues et indistinctes mais l'idée me vint à l'esprit, aussi clairement que si quelqu'un l'avait énoncée à voix haute, qu'il s'agissait des deux mères de ses fils, la femme qui était morte au Taj et la pauvre femme abandonnée qui avait cédé son enfant et qui, selon Mrs Golden, était morte, seule et anonyme, dans le genre d'endroit où les indigents vont mourir.

Pardonnez-moi. Je vous ai tuées toutes les deux. Comment comprendre une telle supplication, proférée par cet homme le soir même de son mariage ? Comme l'expression de sa culpabilité d'avoir retrouvé le bonheur alors que les mortes infortunées gisaient à ses pieds ? Ou comme la découverte que pour lui le passé avait bien plus d'emprise qu'un présent, jeune et beau certes, mais dépourvu de profondeur ? Et où donc, en ce moment même, se trouvait la nouvelle Mrs Golden et que pensait-elle de son mari en train de pleurnicher devant des fantômes dans le jardin ? C'était un démarrage fâcheux, il faut bien le dire. Je m'éloignai dans le brouillard et retournai me coucher. Je m'endormis immédiatement et dormis du sommeil du juste.

Le lendemain matin, Vasilisa annonça la nouvelle phase de son programme de purification et de rénovation de la maison de fond en comble. Adieu les vieilleries ! Bonjour la nouveauté ! De nouvelles lampes contre les anciennes ! Et lui, le vieil homme, acceptait. Mais il ne s'agissait pas ici d'une simple affaire de décoration intérieure. “En Russie, dit-elle, nous ne sommes pas assez stupides pour croire que les démons n'existent pas.” Ceci étant dit alors que j'écoutais (je rendais désormais de fréquentes visites et j'étais toujours le bienvenu). “Excuse-moi, René. Je comprends que tu sois sceptique mais on ne choisit pas la réalité. Laquelle n'a rien à faire de ton opinion sur la question. Le monde est tel qu'il a toujours été. Va dans une église orthodoxe en Russie et tu verras des gens amenés par leur famille et qui ont le diable installé dans le regard, des personnes emplies de haine, des individus grossiers, des individus obscènes, des individus au cœur glacé. Puis ça commence. D'abord arrive le prêtre portant l'eau bénite et il en asperge la personne tout en récitant les passages des saints Évangiles où Jésus chasse les démons et, mon Dieu, ils sortent, une voix d'homme sort du corps d'une femme, il y a des convulsions, des sifflements et des cris de vengeance contre le prêtre, et l'eau bénite les brûle, vois-tu, et de nombreuses personnes poussent des cris d'animaux, de vache, d'ours, de cochon. Il y en a qui vomissent et s'évanouissent. C'est terrible mais c'est bien. Dans cette maison c'est différent. Ce ne sont peut-être pas des personnes qui sont possédées mais la maison elle-même. Vous avez apporté le mal avec vous en venant du vieux pays et à présent il est dans les murs, les tapis, les coins sombres et même dans les toilettes. Il y a des fantômes qui habitent ici, peut-être les vôtres, peut-être de plus anciens et il faut les chasser. Si tu veux être là quand viendra le prêtre, je t'y autorise, je sais que tu es un jeune homme créatif à la recherche de matériau mais reste ici près de la Vierge Marie et contente-toi, quand cela commencera, de prononcer les paroles de la prière à Jésus. *Seigneur Jésus-Christ, Fils de Dieu, aie pitié de moi pauvre pécheur.* Cela ne fait rien si tu ne crois pas, contente-toi de dire ces mots et ils te protégeront de tout mal."

Récemment installée, et royalement, dans la spacieuse "grande suite" du rez-de-chaussée de la maison Golden, le visage caressé par le vent de plus en fort qui entrait par les portes-fenêtres donnant sur les Jardins, un vent chargé de promesses de pluie, se trouvait une copie ancienne et parfaite de l'icône Feodorovskaïa de la Mère de Dieu, dont l'original était accroché au palais Alexandre dans une petite chapelle à gauche de la chambre de la dernière tsarine Alexandra qui passait des heures chaque jour à prier la Vierge. C'était surprenant. Les fils de Néron Golden ne faisaient pas mystère de leur absence de croyances religieuses, et même si je ne l'avais pas entendu s'exprimer sur ce sujet, j'avais supposé que leur père était du même avis voire était la source, pour ainsi dire, de leur indifférence à la religion. Et pourtant cette image sacrée était le cadeau de mariage que Néron avait fait à sa jeune femme et à présent, sans discuter, il se tenait à côté d'elle devant la Mère de Dieu, les mains jointes, la tête baissée, avant de donner le signal du début de l'exorcisme, et les trois fils Golden avaient été rassemblés sur son ordre et étaient présents, affichant un air sérieux comme on le leur avait demandé. Et voici, à point nommé, le prêtre russe orthodoxe, une barbe sous une tente, qui se met à psalmodier et à tous les asperger d'eau bénite, c'est alors, à ce moment précis, que l'ouragan Irène se déchaîne, que le ciel s'obscurcit, que des trombes d'eau se déversent et que des éclairs fulgurants emplissent la pièce.

Loué soit Dieu, car tout est accompli.

Sur quoi Néron Golden s'écrie lui aussi très fort : "Fermez les portes", et ses fils se précipitent vers les portes-fenêtres. Et alors que je vois là une réaction au vent et à la pluie battante, Vasilisa et le prêtre comprennent les choses différemment. La barbe s'agite, la tente qui l'entoure se met à trembler et des mots russes enflammés en jaillissent, que la nouvelle Mrs Golden traduit et explicite d'un air triomphal : "Fermez les portes pour vous protéger de la pluie car il n'est plus nécessaire de les refermer contre les démons, car ils ont tous été expulsés de mon mari et ils ne reviendront jamais."

Quoi qu'il ait pu se passer ce matin-là, et je suis très sceptique quant à l'authenticité de l'exorcisme, il est indéniable qu'il n'y eut plus de promenades nocturnes pour Néron, plus de lamentations sur les pelouses estivales. Pour autant que je sache, les fantômes des deux femmes ne se manifestèrent plus. Ou alors s'ils le firent, il parvint à contrôler ses émotions, à leur tourner le dos et à ne plus évoquer leurs apparitions devant sa femme.

Ce soir-là, depuis son refuge, on entendit le son de son violon Guadagnini qui jouait, correctement sans plus, la *Chaconne* si émouvante de Bach.

*

Le lundi soir, lorsque les ennuis commencèrent, Néron Golden convia sa femme Vasilisa dans son restaurant russe préféré dans le quartier de Flatiron, à un dîner en l'honneur de Michael Gorbatchev qui venait en ville lever des fonds pour sa fondation contre le cancer. Ils étaient placés à la table d'honneur, ainsi que le milliardaire immigré dont l'épouse avait des penchants artistiques, qu'un autre milliardaire immigré qui avait conquis une place prédominante dans la presse au moment où la presse ne rapportait plus rien mais qui, par chance, était aussi propriétaire d'une équipe de baseball, et, enfin, qu'un milliardaire immigré qui avait des intérêts importants dans la Silicon Valley et une épouse qui elle aussi avait pas mal investi dans le silicone, tandis qu'aux tables voisines étaient placés des milliardaires moins riches qui possédaient des bateaux plus petits, des équipes de football et des chaînes de télévision câblées et des épouses qui n'étaient pas tout à fait aussi impressionnantes. Pour Vasilisa Arsenieva, la gamine de Sibérie, se retrouver au milieu de cette élite prouvait que sa vie en valait finalement la peine et elle insista pour être prise en photo avec chacune des personnalités russes (et aussi de leurs épouses bien sûr) pour envoyer immédiatement les photos à sa mère.

Avant de partir de chez eux, déjà dans ses plus beaux atours et séduisante au point d'être à la limite du criminel, elle s'agenouilla devant son mari, ouvrit sa braguette et le gratifia d'une gâterie appliquée et experte, "parce que, lui dit-elle, quand un homme comme toi emmène une femme comme moi dans une chambre comme celle-ci, il devrait savoir dans quelle pièce il joue". C'était un mauvais calcul inaccoutumé – car elle s'y connaissait, d'ordinaire, en manœuvres sexuelles –, parce qu'il eut pour conséquence d'éveiller les soupçons de Néron au lieu de les éteindre, de sorte qu'au restaurant il surveilla le moindre de ses mouvements tel un faucon en proie à une fureur croissante et tandis que les plats circulaient, les harengs en manteau rouge, le chou farci au bœuf, les *vareniki*, les *vushka* et les *halusky* ukrainiens, les boulettes de veau, le bœuf stroganoff, la vodka aux groseilles et aux figues, les blinis, le caviar, sa jalousie ne faisait qu'augmenter, c'était comme si elle avait offert à tous les hommes présents, posés sur de petits napperons de papier rouge, de petits morceaux d'elle-même afin qu'ils les dégustent à l'aide de leur petite fourchette à deux dents, tel un délicieux petit canapé. Bien sûr, à cette table d'honneur, tous les hommes étaient accompagnés de leur femme et chacun se conduisait donc avec discrétion. Le milliardaire dont la femme avait des penchants artistiques lui dit qu'il avait bien de la chance d'avoir capturé "notre Vasilisa", le milliardaire dont les journaux ne faisaient pas recette mais dont l'équipe de baseball prospérait dit : "Elle est comme notre fille." Le milliardaire de la Silicon Valley à la femme siliconée dit : "Dieu sait comment vous l'avez séduite", et fit des deux mains un geste obscène suggérant qu'il devait en avoir une grosse entre les jambes mais tout le monde avait bu beaucoup de vodka, nul n'y vit donc rien d'insultant et personne ne prit la mouche, ce n'étaient que des propos virils. Mais au bout d'un moment il s'aperçut qu'elle faisait signe à des gens à l'autre bout de la pièce et que ces gens lui répondaient, que c'étaient tous des hommes, il y en avait un en particulier, plutôt jeune, grand, musclé, la quarantaine environ, dont les cheveux, curieusement, étaient prématurément blancs, il portait des lunettes aviateur bien qu'il fît nuit, peut-être un professeur de tennis ou, ce que Néron Golden détestait le plus pour des raisons évidentes, quelque coach personnel. Peut-être un coiffeur, un homosexuel, ce qui serait une bonne chose. Ou alors, oui, un autre milliardaire, plus jeune que les autres, propriétaire, par exemple, d'un yacht rouge sorti du chantier naval Benetti de Viareggio en Italie et qui aurait eu un faible pour les *hypercars* à un million et demi de dollars portant le nom du dieu des vents quechua, et pour les filles faciles qui vont avec. C'était une possibilité qu'on ne pouvait écarter. "Excusez-moi, dit-elle, je vais saluer mes amis." Et voilà qu'elle était partie, et lui ne la perdait pas des yeux, des embrassades, des baisers simulés, rien de déplacé et pourtant quelque chose sentait mauvais là-dedans, peut-être ferait-il mieux d'aller observer ces amis, ces soi-disant amis. Peut-être ferait-il mieux d'examiner de plus près cette blonde qu'il ne voyait pas bien, la copine du type, cette petite blonde qui lui tournait le dos, il voyait bien ses bras musclés, mais oui, il se souvenait d'elle, cette salope. Peut-être ferait-il mieux d'aller lui arracher sa tête à la con.

Mais Gorbatchev se mit alors à lui parler. "Ainsi donc à présent, Mr Golden, avec votre charmante épouse russe, vous voici l'un des nôtres, ou presque devrais-je dire, et comme je vois que vous êtes un homme sensé, laissez-moi vous demander…" Sauf que ce n'était pas Gorbatchev qui parlait mais son interprète, sans doute un quelconque Pavel, lequel regardait par-dessus l'épaule de Gorbatchev comme s'il était sa seconde tête et parlait si rapidement après l'ancien président que leurs paroles étaient pratiquement synchronisées ce qui voulait dire ou bien qu'il était l'interprète le plus rapide et le meilleur qui soit, ou bien qu'il improvisait en anglais, ou alors que Gorbatchev tenait toujours le même genre de propos. En tous les cas, Néron Golden que tourmentait une irritation aussi profonde que grandissante face au comportement de Vasilisa n'était pas d'humeur à se laisser interroger par l'invité d'honneur et l'interrompit en lui posant une question de son cru.

"J'ai des associés dans la ville de Leipzig qui faisait partie autrefois de la RDA, dit-il. Ils m'ont raconté une histoire intéressante et je serai ravi de savoir ce que vous en pensez."

Le visage de Gorbatchev s'assombrit : "Quelle est cette histoire ? demanda sa seconde tête.

— Pendant les troubles de 1989, dit Néron Golden, quand les manifestants se réfugièrent dans la Thomaskirche, l'église de Bach, le chef du Parti communiste est-allemand, *Herr* Honecker, voulait faire donner la troupe armée de mitraillettes et tuer tout le monde et tant pis pour la révolution, elle s'arrêterait là. Mais du moment qu'il proposait d'employer l'armée contre la population civile, il fallait qu'il obtienne votre accord, que vous lui avez refusé, après quoi ce ne fut plus qu'une question de jours avant la chute du Mur."

Ni Gorbatchev ni sa seconde tête ne dirent mot.

"Ma question est donc la suivante, dit Néron Golden : Quand vous avez reçu cet appel téléphonique et que cette question vous a été posée, avez-vous refusé d'instinct et de manière automatique… ou bien avez-vous dû réfléchir ?

— Quel est le but d'une telle demande ? demanda Gorbatchev-Pavel, leurs visages fermés.

— De soulever la question de la valeur de la vie humaine, répondit Néron Golden.

— Et quelle est votre opinion à ce sujet ? demandèrent les deux Gorbatchev.

— Les Russes nous ont toujours appris, répondit Néron, et cette fois on ne pouvait se méprendre sur son hostilité délibérée, que la vie d'un individu est accessoire face à la raison d'État. Nous l'avons appris de Staline, et aussi du meurtre au parapluie empoisonné de Georgi Markov à Londres, et de l'intoxication au polonium d'Alexander

Litvinenko, transfuge du KGB. Il y eut aussi ce journaliste renversé par une voiture, cet autre journaliste mort accidentellement, même si ce ne sont là que des aspects secondaires. Sur la question de la valeur de la vie humaine, les Russes nous montrent la voie de l'avenir. Cette année, les événements survenus dans le monde arabe le confirment et le confirmeront encore bientôt davantage. Oussama est mort. Ça ne me pose pas de problème. Kadhafi est parti, zou, bon vent. Mais à présent nous allons voir que les révolutionnaires, leur dernière heure va bientôt sonner. La vie continue, cruelle pour beaucoup. Les vivants ne pèsent pas lourd dans les affaires du monde."

La tablée était silencieuse. Puis la seconde tête de Gorbatchev prit la parole alors que Gorbatchev lui-même se taisait. "Georgi Markov, dit la seconde tête, était bulgare."

Gorbatchev répondit très lentement en anglais : "Je ne crois pas que ce soit l'endroit pour cette conversation, dit-il.

— Je vais me retirer", répondit Néron en acquiesçant de la tête. Il leva un bras et sa femme quitta immédiatement la table de ses amis pour le suivre vers la porte. "Une soirée magnifique, dit-il à la cantonade. Tous nos remerciements."

*

PLAN LARGE, UNE RUE DE MANHATTAN. LA NUIT.

UN HOMME PLUTÔT JEUNE, grand, musclé, environ la quarantaine, les cheveux, curieusement, prématurément blancs, qui porte des lunettes aviateur bien qu'il fasse nuit, ce pourrait être un professeur de tennis ou un coach personnel, marche avec sa petite amie, une BLONDE menue qui ressemble à une autre coach personnelle, ils descendent Broadway en direction d'Union Square, dépassent l'AMC Loews au niveau de la 19e Rue, puis ABC Carpet, puis le troisième et avant-dernier emplacement de la Andy

Warhol Factory, 860 Broadway, puis le deuxième emplacement, dans le Decker Building sur la 16e Rue. Étant donné qu'ils sont seuls, qu'ils n'ont pas de garde du corps, il n'est probablement pas milliardaire et ne possède ni un grand yacht rouge ni d'*hypercar* à un million et demi de dollars. C'est juste un type seul avec sa copine dans la ville à la nuit tombée.

On entend de la musique. Curieusement c'est une chanson de Bollywood, *Tuhi Meri Shab Hai*, et les paroles sont sous-titrées. Toi seule es ma nuit. Toi seule es mon jour. La chanson provient d'un film sorti en 2006 avec Kangana Ranaut. Le titre du film est *Gangster*.

NARRATEUR (VOIX OFF)

Selon le *New York Times*, le taux des homicides en Amérique a atteint des sommets inquiétants dans les années 1990 mais est actuellement historiquement bas. On craint que l'épidémie d'héroïne et la résurgence de la violence des gangs ne fassent remonter ce taux dans certaines villes : Chicago, Las Vegas, Los Angeles, Dallas, Memphis. Cependant, de manière plus encourageante, ce taux a baissé de vingt-cinq pour cent à New York par rapport à l'an passé.

L'homme aux lunettes aviateur et la femme aux bras très bronzés traversent le parc, ils se trouvent entre la statue de George Washington et l'entrée de la station de métro. La chanson continue, un peu plus fort, sans nécessiter aucun sous-titre.

CHANSON

Oh oh oh oh oh oh oh oh
Oh oh oh oh oh oh oh
Oh oh oh oh oh oh oh oh
Oh oh oh oh oh oh oh

Au moment où le JEUNE HOMME et la BLONDE franchissent l'entrée du métro, un DEUXIÈME HOMME en sort, à toute allure, il porte un casque de moto, sort un pistolet muni d'un silencieux, tire sur le JEUNE HOMME, un coup dans la nuque, et tandis que celui-ci s'écroule et que la BLONDE ouvre la bouche pour crier, il l'abat elle aussi, très vite, d'un coup entre les yeux. Elle tombe d'un bloc sur ses genoux et demeure ainsi, la tête penchée, agenouillée, morte. Le JEUNE HOMME est étendu devant elle, face contre terre. Le DEUXIÈME HOMME s'éloigne rapidement, mais sans courir, jusqu'au coin de la 14e Rue et d'University, il dépasse la zone des joueurs d'échecs, son arme toujours à la main. Il n'y a pas de joueurs d'échecs, la nuit est trop avancée. Mais il y a un MOTARD qui l'attend. Il jette son arme dans une poubelle à l'angle de la rue, monte à l'arrière de la moto et ils disparaissent. C'est seulement maintenant, la moto partie, que des POLICIERS émergent de leurs voitures de patrouille garées autour de la place et foncent vers la femme agenouillée et l'homme étendu à terre.

Coupez.

INTÉRIEUR. LA CHAMBRE DE NÉRON GOLDEN. LA NUIT.

VASILISA dort profondément dans leur grand lit dont la tête est recouverte d'ornements rococo dorés. NÉRON lui aussi a les yeux fermés. Alors, grâce à un EFFET SPÉCIAL, il "sort de son corps" et va jusqu'à la fenêtre. Son fantôme est transparent. La caméra, derrière lui, voit à travers lui les lourds rideaux qu'il écarte légèrement pour regarder les Jardins. Le "vrai" NÉRON continue à dormir dans son lit.

NÉRON (voix OFF)

Je déclare ceci alors que je suis en pleine possession
de mes facultés mentales. Je sais bien que, à un certain
stade de mon histoire, on remettra en cause ma santé

mentale, et peut-être à juste titre. Mais ce n'est pas le cas pour l'instant, pas encore. J'ai encore du temps avant d'admettre ma sottise et d'accepter la déplorable image qu'elle donne de moi. De m'être si facilement laissé tourner la tête par un joli visage. Je comprends à présent la profondeur de son égoïsme, la froideur de ses calculs et donc de son cœur.

Le NÉRON fantôme revient tranquillement vers le lit et réintègre le "véritable NÉRON". Et il n'y a plus qu'un seul NÉRON, les yeux fermés, auprès de sa femme endormie.

Dont le téléphone se met à sonner en position "vibreur". Elle ne s'éveille pas pour y répondre.

Il vibre une deuxième fois, et cette fois, NÉRON sans bouger, ouvre les yeux.

À la troisième fois, VASILISA s'éveille en grommelant et attrape le téléphone.

Elle s'éveille complètement, s'assied toute droite dans le lit et de sa main libre se cramponne la joue dans un geste d'horreur. Elle prononce quelques mots rapides en russe, elle pose des questions. Puis elle se tait et repose le téléphone.

Pendant un long moment ils restent comme ils sont, elle assise le visage empreint d'horreur, lui tranquillement allongé, les yeux grands ouverts, contemplant le plafond.

Puis, tout doucement, elle se tourne pour le regarder et son expression se transforme. La seule émotion qu'on lise sur son visage est la terreur.

Ils ne parlent pas.

Coupez.

II

15

OÙ IL EST QUESTION DE SOURIS ET DE GÉANTS, DE POURCENTAGES ET D'ART

Apu Golden entendit parler du vaste rassemblement de manifestants organisé contre l'arrogance des banques qui avait entrepris d'occuper un *open space* dans le Financial District et quand il s'y rendit pour jeter un coup d'œil, portant un panama, un short en toile et une chemise hawaïenne pour ne pas trop se faire remarquer, il fut conquis par le côté carnavalesque de la foule, les barbes, les crânes rasés, les bibliothèques de prêt, les embrassades, les odeurs, les militants passionnés, les vieux grincheux un peu cinglés, les cuisiniers, les jeunes, les vieux. "Même les policiers avaient l'air de sourire, me dit-il, enfin, certains, soyons honnêtes, il y avait aussi les Cro-Magnon habituels, ceux qui vous font changer de trottoir pour ne pas avoir à les croiser." Ce spectacle lui plut mais aussi les aspects littéraires de l'événement, les récitals de poésie, les pancartes faites à partir de vieux cartons, les découpages en forme de poings ou de V de la victoire, et il fut surtout impressionné par le soutien qu'apportaient aux manifestants quelques grands disparus. "C'était incroyable, me dit-il, de voir Goethe allongé au milieu des sacs de couchage, G. K. Chesterton faire la queue pour la soupe, Gandhi, mains levées, agitant les doigts dans ce geste d'applaudissement silencieux qu'on appelle *up-twinkles,* à moins qu'il ne s'agisse en fait de Ghandi puisque plus personne ne maîtrise l'orthographe, c'est tellement *bourjoua*, l'orthographe. Il y a même Henry Ford dont les mots se propagent à travers la foule grâce à la technique du microphone humain." Alors je m'y suis rendu avec lui parce que son enthousiasme délirant était contagieux et j'ai observé avec admiration la précision et la rapidité de son coup de crayon quand il saisissait cette assemblée et c'est vrai que, dans ses dessins, on voyait bien les fantômes immortels parmi la foule, Goethe qui pérorait pompeusement : "Personne n'est plus esclave que ceux qui à tort se croient libres", et "Gandhi", déclamant sa vieille rengaine : "D'abord ils vous ignorent, ensuite blablabla, à la fin vous gagnez." "Il n'a jamais dit ça, fit remarquer Apu. Ce n'est qu'un même internet, mais que faire, personne ne sait plus rien, comme j'ai dit, le savoir est *bourjoua* lui aussi." Chesterton et Henry Ford avaient l'air déplacés dans leur queue-de-pie mais ils bénéficiaient eux aussi d'un public attentif dans la mesure où leurs opinions sonnaient juste sur les questions d'argent pour ainsi dire. "Une quantité énorme de l'ingéniosité moderne, affirmait le vieux Chesterton, est dépensée à trouver des justifications à la conduite injustifiable des puissants", et Henry Ford, debout près de sa chaîne de montage, s'écriait : "Si les gens de ce pays comprenaient notre système bancaire et monétaire, je crois qu'il y aurait une révolution demain matin." "C'est impressionnant, disait Apu, de voir la manière dont Internet a fait de nous tous des philosophes." Personnellement, je préférais les proclamations sur pancarte d'un penseur anonyme qui semblait à la base motivé par la faim : "Un jour, les pauvres n'auront plus rien d'autre à manger que les riches", nous disait-il en guise d'avertissement, et sur une autre pancarte en forme de bulle il exprimait la même idée de manière plus radicale : “Mangez un banquier.” Ce penseur portait un masque d’Anonymous, le visage pâle, souriant et moustachu du Guy Fawkes rendu célèbre par les sœurs Wachowski dans *V pour Vendetta* mais quand je l’interrogeai sur l’homme dont il portait le masque, il reconnut qu’il n’avait jamais entendu parler de la Conspiration des poudres et que la date du 5 novembre ne lui disait rien. Voilà quelle était cette putative révolution. Qu’Apu dessina en long et en large.

Il exposa son travail dans un lieu géré par Frankie Sottovoce sur le Bowery, un espace plus radical que les galeries Sottovoce à Chelsea. C’était une exposition collective avec Jennifer Caban, la plus connue des artistes engagés de cette période contestataire, qui à un moment donné, au cours du vernissage, s’exhiba étendue de tout son long dans une baignoire remplie de fausse monnaie et ils furent rapidement à la fois acclamés et raillés pour leur partenariat. Apu résista aux photos dans la baignoire et à l’étiquette d’artiste engagé. “Pour moi c’est le côté esthétique qui prime”, s’efforça-t-il d’affirmer, mais le *Zeitgeist* n’était pas réceptif et il finit par se résoudre à accepter les interprétations qu’on lui imposait et la célébrité politique qui allait avec. “Peut-être suis-je à présent devenu célèbre sur plus de vingt blocs, me dit-il d’un air songeur. Peut-être vingt-cinq ou trente blocs maintenant.”

Dans la maison de Macdougal Street, la nouvelle notoriété agit-prop d’Apu ne suscitait qu’un médiocre respect. Néron Golden pour sa part n’exprima rien, ni louange ni condamnation, mais ses lèvres pincées en disaient plus long que n’importe quel discours. Il laissa à sa femme le soin de vider son sac. Assise par terre dans son salon, entourée de ses magazines de décoration sur papier glacé, Vasilisa interrompit sa tâche pour passer un savon à Apu à la manière russe : "Tous ces mendiants dans la rue, bruyants et crasseux, qu'est-ce qu'ils cherchent ? Pensent-ils que le pouvoir qu'ils attaquent est si faible qu'il va céder à la populace ? Ils sont comme une souris qui marche sur le pied d'un géant. Le géant ne sent rien et ne se donne même pas la peine d'écraser la souris. Qui s'en soucie, franchement ? La souris ne va pas tarder à s'en aller. Ils feront quoi quand l'hiver viendra ? Le froid se chargera de les anéantir. Inutile que quelqu'un d'autre s'en donne la peine. En plus ils n'ont pas de chefs, cette armée de paysans que tu aimes tant. Ils n'ont pas de programme. Et donc ils ne sont rien. Ils sont une souris sans tête. Ils sont une souris morte qui ne sait même pas qu'elle est morte."

À moitié par jeu, elle lui lança un de ses luxueux magazines. "Pour qui te prends-tu, excuse-moi. Tu t'imagines que lorsque leur révolution aura lieu ils te rangeront dans leurs bienheureux quatre-vingt-dix-neuf pour cent de préférés pour avoir fait quelques dessins ? Dans mon pays on sait ce qui se passe quand se produit la révolution. Tu devrais t'agenouiller avec moi devant la madone Feodorovskaïa afin que nous priions ensemble pour notre salut devant la Vierge Marie, histoire que tu ne sois pas assassiné dans une cellule aveugle par l'armée de la souris sans tête."

Vasilisa Golden avait changé. Par moments, quand la lumière éclairait son visage d'une certaine façon, elle me faisait penser à Diane Keaton dans le film *Le Parrain*, les traits, l'esprit et le cœur glacés par son besoin quotidien de ne pas croire ce qu'elle avait sous les yeux. Mais "Kay Adams" avait épousé "Michael Corleone" convaincue que c'était un brave homme. Vasilisa avait, pour ainsi dire, épousé le personnage incarné par Marlon Brando, elle ne se faisait donc aucune illusion quant à sa cruauté, son amoralité et les sombres secrets qui sont les conseillers inévitables des hommes de pouvoir et quand la lumière éclairait autrement son visage, il était évident qu'elle n'était pas Diane Keaton, après tout. Elle était complice. Elle le soupçonnait d'un terrible crime et elle avait pris le parti de mettre ce soupçon de côté au profit de la vie qu'elle s'était choisie, la vie qu'elle jugeait digne de sa beauté. Et peut-être aussi parce qu'elle avait peur désormais. Si elle croyait toujours au pouvoir qu'elle exerçait sur lui, elle croyait à présent à son pouvoir à lui et savait que si elle se risquait à le défier, les conséquences pour elle pourraient être… extrêmes. Elle n'était pas venue dans cette maison pour s'exposer à des conséquences extrêmes, il lui fallait donc changer de stratégie. Elle n'avait jamais été une étrangère ingénue. Mais après la fusillade d'Union Square, elle s'était endurcie. Elle avait les idées plus claires sur l'homme dont elle partageait le lit et elle savait qu'elle devrait taire certaines choses si elle voulait survivre.

À PROPOS DE LA FAMILLE : UN INTERROGATOIRE

– J'insiste, monsieur, pourquoi un homme abandonne-t-il son pays natal, change-t-il de nom et entame-t-il une vie complètement nouvelle à l'autre bout du monde ? Pourquoi ? – Mais à cause du chagrin, monsieur, la mort d'une épouse bien-aimée qui l'a mis littéralement hors de lui. À cause du chagrin et du besoin de s'en débarrasser, or il ne pouvait le laisser derrière lui qu'en changeant d'identité. – Plausible, et pourtant on n'est pas tout à fait convaincu. Il demeure toutefois une question : comment justifier les préparatifs de départ qui ont précédé la tragédie ? Il faut bien fournir une explication, non ? – Vous cherchez donc une raison occulte ? Vous soupçonnez des manigances, des trafics, des embrouilles ? – Présumé innocent tant qu'il n'est pas reconnu coupable. Aucune charge n'a été retenue contre le patriarche dans l'escroquerie de 2G Spectrum, ça, on vous l'accorde. Et il est certain qu'un homme qui cherche à fuir la justice, après avoir changé d'identité, choisirait de faire profil bas ? Un tel homme éviterait certainement de faire parler de lui dans son nouveau pays ? Mais, au contraire, celui dont nous parlons ne s'applique-t-il pas de plus en plus, en permanence et avec toujours plus de brio, à attirer l'attention sur lui ? – C'est exact, monsieur. Ce qui pourrait, comme vous dites, être la preuve de son innocence. Mais on ne peut s'empêcher de penser également à la fable du scorpion et de la grenouille. Le scorpion agit selon sa nature même si son comportement est suicidaire. De plus, pour aller dans le même sens, il est du genre culotté, ce type. On a l'impression qu'il est certain d'être invincible, qu'il se sent parfaitement en sécurité dans la certitude de sa propre invulnérabilité. S'il a vraiment enfreint des lois ou, comment dire, s'il s'est aliéné certaines personnes – car les adversaires les plus dangereux ne sont pas nécessairement eux-mêmes respectueux des lois –, il est certain d'être hors de leur portée. Le rayon d'action des adversaires dangereux n'est pas illimité. Ils peuvent être dangereux sur leur propre terrain mais ils ne peuvent guère agir au-delà et ne s'y risquent donc pas – du moins c'est ce que je pense. Je ne suis pas expert en la matière. Mais il est évident que Néron se sent de plus en plus en sécurité et que, cuirassé par la confiance toujours plus grande qu'il a en lui, il va de l'avant comme le scorpion imposant à grand bruit et à coups de trompe, comme on dit de nos jours, sa marque – un mot qui peut vouloir dire plusieurs choses, monsieur, dont, par exemple, un signe de reconnaissance jadis appliqué au fer rouge à des criminels ou à des esclaves. Une tenue, une marque distinctive ou une caractéristique qui expose l'individu à la honte publique ou à la disgrâce. Une torche. Une épée

– nous verrons laquelle des deux s'applique dans le cas présent.

Poursuivons : Il était devenu évident en 2012, lors de l'année électorale, que Néron Golden n'avait nullement l'intention de mener une vie discrète. Parmi tous les mets délicats telle la tourte aux vingt-quatre merles de la comptine dont il avait tâté dans sa vie précédente, le bâtiment et l'aménagement foncier restaient son domaine de prédilection, celui auquel il était le plus attaché et c'est ainsi que le mot GOLDEN, un mot doré, un mot couleur d'or, se mit à apparaître en néons dorés vivement illuminés et en grosses lettres capitales dorées sur divers chantiers tant en ville qu'en dehors de la ville, et que le propriétaire de ce nom commença à passer pour celui d'un nouveau joueur de poker dans le plus fermé des clubs de l'élite, les quelques familles et sociétés qui contrôlaient le marché du bâtiment dans la ville dorée de New York.

– Des familles, monsieur ? Lorsque vous parlez de familles, entendez-vous par là, pour le dire avec tact, des *famiglie* ? – Non, monsieur, enfin pas tout à fait. En 2012, le monde économique était devenu bien plus propre qu'auparavant. Dans les années 1990, l'industrie du bâtiment appartenait entièrement à la mafia et sa valeur boursière était gonflée d'une manière absurde. À présent, l'influence des Cinq Familles a diminué. Sur certains des chantiers de Néron Golden, les ouvriers n'avaient pas le droit de se syndiquer. Vingt ans plus tôt, ces mêmes ouvriers auraient été tués. – Donc vous évoquez à présent des personnes respectables : Doronin, Sumaida, Khurana, Silverstein, Stern, Feldman, les aristocrates de l'immobilier. – Non, comme je l'ai déjà dit, pas tout à fait, monsieur. La mafia existe toujours. Mais aujourd'hui que tout cela est fini et que tout est étalé au grand jour, on peut repérer les accords secrets de Néron Golden avec des associés comme, à Philadelphie, le descendant de Petruchio "Chicken Little" Leone, à Atlantic City, celui d'Arcimboldo "Little Archie" Antonioni, et, à Miami, celui de Federico "Crazy Fred" Bertolucci. On peut aussi évoquer le fait qu'à New York plusieurs des tours Golden ont été bâties par Ponti & Quasimodo Concrete Co. – "P & Q" –, une opération dans laquelle des intérêts très importants étaient détenus par Francesco "Fat Frankie" Palermo, un patriarche important, dit-on, de la famille génoise du crime. – Cela se sait ? – Maintenant que *l'affaire Golden** est terminée, tout cela est connu. De plus, il est évident que Néron Golden se sentait parfaitement à l'aise dans ses tractations avec ces individus et les familles qu'il y avait derrière eux. – À l'aise. – Monsieur, dans une confiance révélatrice.

Deux dernières questions : Est-ce que Chicken Little, Little Archie, Crazy Fred et Fat Frankie portaient, sur leur menton carré, une barbe de trois jours ? Est-ce qu'ils possédaient et portaient parfois, dans certaines soirées, des smokings mal coupés ? – En effet, monsieur.

Et voici que Néron Golden lève l'embargo sur la presse et fait visiter sa magnifique demeure à un photographe à la solde d'un luxueux magazine gratuit. (Fini, les secrets à présent, au contraire, on étale tout.) Voici que Néron Golden fait découvrir sa superbe épouse à un autre journaliste du même genre. Il parle de sa femme comme de sa muse, son étoile polaire, la source de son "renouveau". Je suis un vieil homme, dit-il, et peut-être que pour des hommes comme moi il est temps de se détendre, d'aller faire du bateau, de sortir les clubs de golf, d'aller l'hiver en Floride, de passer le témoin. Jusqu'à une époque récente, c'est ce que j'étais prêt à faire, même si mes fils, Dieu m'est témoin, montrent peu d'intérêt pour les affaires familiales. Mon plus jeune fils, me croirez-vous, travaille pour un club de jeunesse féminin dans le Lower East Side. Il fait du bon boulot et c'est très bien, mais peut-être que moi aussi j'ai besoin de lui, un peu d'attention, je vous prie. Et l'autre est un artiste, et enfin il y a Petya. C'est ainsi. Mais ces soucis ne me préoccupent plus puisque je renais à une vie nouvelle. Une femme peut faire cela pour vous. Une femme comme Mrs Golden, elle est l'élixir de vie. Elle rend leur couleur noire aux cheveux d'un vieil homme, elle lui raffermit la taille, elle redonne de l'énergie à ses jambes, à son esprit et aussi à son sens des affaires, elle l'affûte comme une lame. Regardez-la ! Comment ne pas me croire ? Avez-vous vu ses photos dans *Playboy* ? Bien sûr que non, je n'ai pas honte. Pourquoi faudrait-il avoir honte ? D'être en pleine possession de son corps, d'en prendre soin et de le pousser à l'excellence, de ne rien trouver de mal à la beauté, c'est une libération. Elle est l'idéal de la femme libérée et l'épouse idéale. Je gagne sur les deux tableaux. Oui : un homme vraiment chanceux. C'est certain. J'ai décroché le gros lot, pas de doute.

16

À PROPOS D'AMOUR : UNE TRAGÉDIE

Je n'étais pas dans la voiture le jour où mes parents moururent. C'était le week-end du Memorial Day et ils partaient à la campagne, mais je changeai d'avis au dernier moment et décidai de rester en ville parce que Suchitra Roy voulait que je l'aide à monter une vidéo pour une maison de mode italienne. Naturellement, j'étais amoureux de Suchitra Roy. Tous ceux qui un jour ou l'autre croisaient le chemin de cette véritable boule d'énergie humaine tombaient, au moins un peu, amoureux d'elle et pendant longtemps j'avais eu bien trop peur de son formidable dynamisme, de l'allure de cette femme avec ses cheveux noirs qui flottaient derrière elle dans le vent sur la Sixième Avenue, sa jupe bleu et or qui brillait au-dessus de ses baskets à la dernière mode, les bras tendus dans douze directions à la fois telle une déesse hindoue, qui parvenait à saisir la ville entière dans son étreinte… j'avais bien trop peur pour admettre que j'étais amoureux d'elle mais à présent le doute n'était plus permis, et la seule question qui se posait était de savoir quand j'allais me décider à lui déclarer ma flamme ou si j'allais vraiment le faire… Une voix dans ma tête me disait *Fais-le tout de suite, abruti*, mais une autre, souvent plus forte, celle de ma lâcheté, prétendait que nous étions amis depuis trop longtemps, qu'à partir d'un certain point il devient impossible de transformer l'amitié en amour romantique, que si on tentait l'expérience et qu'on échouait on pouvait perdre à la fois l'amour et l'amitié, et de nouveau me revenait à l'esprit la voix du Prufrock d'Eliot, qui empruntait ma propre voix intérieure pour se désespérer : *Oserai-je*, et affronter la question terrible et redoutable d'une déclaration d'amour. *Aurait-ce été la peine si certaine, / Arrangeant un coussin ou rejetant un châle, / S'était tournée vers la fenêtre en déclarant : / "Ce n'est pas ça du tout, / Ce n'est pas ça du tout que j'avais voulu dire*[8] *"*.

Je décidai de rester travailler avec elle, et à la fin du montage nous irions prendre une bière et je lui ferais ma déclaration. Oui. Je le ferais. C'est pour cela que je ne suis pas monté dans la voiture de mes parents et pour cela que je suis encore en vie aujourd'hui. La vie et la mort n'ont aucun sens, pas plus l'une que l'autre. Elles apparaissent ou disparaissent pour des raisons impondérables et dont il n'y a aucun enseignement à tirer. La sagesse n'existe pas en ce monde. Nous sommes tous les jouets du destin. Voici la terre, elle est si belle et nous avons tant de chance d'y vivre tous ensemble et nous sommes si stupides et ce qui nous arrive est tellement stupide, nous ne méritons pas cette chance stupide.

Mais je m'égare. Je voudrais vous parler de la route.

La Long Island Expressway était pour nous une route chargée d'anecdotes familiales et l'été, quand nous partions en voiture pour la maison que nous louions sur Old Stone Highway dans la ville de Springs – propriété d'un mandarin de la Columbia University qui, après avoir contracté une maladie de Lyme carabinée et en avoir souffert pendant des années, n'avait plus la moindre envie d'aller séjourner au royaume des tiques –, nous énumérions au passage tous les repères familiaux. Mineola : il y avait là un cimetière où j'avais une grand-tante et un grand-oncle que nous saluions à titre posthume d'un respectueux hochement de tête. Great Neck, Little Neck évoquaient pour nous tous des images de Gatsby et, même si nous ne traversions pas Remsenburg où P. G. Wodehouse avait vécu tant d'années durant son exil d'Angleterre après la guerre, nous imaginions souvent au cours du voyage un univers où les personnages de Fitzgerald et ceux de Wodehouse se rendaient visite les uns aux autres. Bertie Wooster et Jeeves pouvaient ainsi faire irruption dans l'univers raréfié des Eggs, cet imbécile de Bertie chaussant les souliers du sage Nick Carraway, et Reginald Jeeves, le mangeur de poisson, le gentleman des gentlemen, le génie admirateur de Spinoza se débrouillant pour offrir à Jay Gatsby l'heureuse conclusion à laquelle il aspirait tant avec Daisy Buchanan. Dix Hills, que mon père pour s'adonner à l'une de ses blagues belges coutumières prononçait chaque fois avec l'accent français Di Ils. Et je disais, je le disais toujours, que ce nom me faisait penser à un acteur de *soap* diurne. Et puis Wyandanch, et quand nous passions près de cette sortie, l'un ou l'autre de mes parents ne manquait jamais de raconter l'histoire du chef Montaukett, ou du *sachem* qui s'appelait ainsi et qui avait vendu la plus grande partie de l'East End de Long Island à un Anglais du nom de Lion Gardiner et qui plus tard était mort de la peste. Wyandanch revenait souvent dans la conversation quand nous étions arrivés dans l'East End et que mes parents se rappelaient l'histoire de Stephen Talkhouse, le descendant de Wyandanch qui parcourait tous les jours plus de quatre-vingts kilomètres à pied entre Montauk, Sag Harbor et East Hampton. Et entre l'histoire de Wyandanch et celle de Talkhouse, nous dépassions une pancarte qui nous expliquait comment aller à la rencontre d'une dame amérindienne totalement fictive, Shirley

Wading River. En réalité, la pancarte indiquait la direction de deux communes distinctes, l'une nommée Wading River et l'autre Shirley, mais Shirley Wading River avait conquis sa place dans notre imaginaire familial. En tant que mordus de SF, nous avions l'habitude de l'associer aux Chefs post-apocalytiques comme Trois Bombes à Hydrogène ou Faiseur de Radiations issus du classique de William Tenn de 1958, *La Ruée vers l'est*, d'autres fois nous l'imaginions sous l'aspect d'une géante semblable à la mère de Grendel, ou une sorte de *wandjina*, une grande ancêtre à la mode australienne, qui modelait le paysage en marchant.

Ils écoutaient la radio tout en roulant. Les stations rétro, 101.1 pour la musique, WNYC pour les paroles jusqu'à ce que le signal faiblisse, alors ils attendaient de capter East Hampton Music, c'était le signe que le week-end allait commencer, des soirées de soft rock et de *lobster rolls*, c'était encore une des blagues de mon père. Entre les stations de New York et WEHM intervenaient les livres audios et cette année-là leur projet était d'écouter du Homère. Je pense, je n'en suis pas certain mais je pense, que le jour où ils partirent en week-end, ce jour du Memorial Day, ils en étaient arrivés au livre IV de l'*Odyssée*, l'épisode où Télémaque se rend au palais de Ménélas le jour où sa fille, la fille d'Hélène de Troie enlevée puis délivrée, épouse le fils d'Achille.

Il est donc possible qu'ils aient été en train d'écouter le passage dans lequel Ménélas évoque le jour où Hélène s'approcha du grand cheval de bois, se doutant qu'il y avait des guerriers grecs cachés à l'intérieur et, avec beaucoup de ruse et de façon très convaincante, imita la voix de chacune de leurs épouses (je l'imagine dressée sur la pointe des pieds caressant amoureusement le ventre de bois de la bête tout en parlant), avec une telle sensualité que Diomède, Ménélas lui-même et Ulysse eurent envie de bondir immédiatement hors du cheval, mais Ulysse parvint à se retenir, tous ses compagnons aussi sauf Anticlos qui était sur le point de pleurer et l'aurait fait si Ulysse ne lui *avait plaqué deux mains musclées sur la bouche et ne les y avait maintenues*, avant, selon certaines versions de l'histoire, de l'étrangler pour protéger la cachette des Grecs. Oui, c'est peut-être ce moment immortel qui résonnait à leurs oreilles quand le tuyau de métal qui traînait sur la route, il traînait là ce foutu tuyau de métal tombé de quelque foutu camion est-ce que le chauffeur du camion s'était arrêté non il ne s'était pas arrêté s'était-il seulement rendu compte de quelque chose non il n'avait rien remarqué avait-il correctement arrimé son chargement non putain sûrement pas puisque là sur la route

le tuyau de métal

sur la voie réservée aux véhicules à plusieurs passagers parce qu'ils étaient ainsi mes parents, mes parents uniques, mes chers parents, ce n'étaient pas des fous du volant oh que non ils préféraient cheminer tranquillement en toute sécurité sur cette voie bien pratique sans entrées et sans sorties réservée aux véhicules transportant plusieurs passagers signalée par un diamant parce que mais on s'en fiche bien du parce que mais en l'occurrence sacrément pas en toute sécurité à cause du tuyau de métal

qui roulait

Je m'approche de l'horreur et je dois faire une pause pour me ressaisir et peut-être écrire la suite plus tard.

Non.

Il n'existe pas de plus tard.

Maintenant.

Le tuyau mesurait deux mètres de long. Il se mit à rouler au passage d'une autre voiture qui lui donna ce que le rapport décrivit comme une *impulsion oblique*. Le tuyau tournoya, s'éleva dans les airs, rebondit plusieurs fois et fracassa le pare-brise de la voiture de mes parents, frappant mon père à la tête et le tuant sur le coup. Devenue incontrôlable, la voiture dévia de sa trajectoire pour se retrouver sur la voie rapide et dans le carambolage qui s'ensuivit ma mère fut tuée elle aussi. Pour les extraire du véhicule, les services de secours durent faire venir des pinces de désincarcération, mais ils étaient déjà morts tous les deux. Leurs corps furent conduits au North Shore University Hospital de Plainview, dans le comté de Nassau, où ils furent déclarés morts à l'arrivée. À minuit, juste après avoir craintivement déclaré mon amour à Suchitra Roy dans ce pub anglais au coin de Bleecker et de LaGuardia et avoir appris en retour cette chose presque totalement inespérée, à savoir qu'elle aussi éprouvait pour moi des sentiments très forts, je reçus le coup de téléphone.

Pendant une bonne partie de cette année-là, je cessai presque complètement de penser. Je n'entendais plus que le battement fracassant des ailes gigantesques de l'ange de la mort. Deux personnes me sauvèrent. L'une fut ma nouvelle bien-aimée, brillante et aimante, Suchitra.

L'autre fut Mr Néron Golden.

*

Avec leur délicatesse habituelle – QUI NE LEUR A PAS SAUVÉ LA VIE N'EST-CE PAS, L'IMPRUDENCE DES AUTRES ANNULE NOTRE PROPRE PRUDENCE, L'IMPRUDENCE D'UN TUYAU QUI S'ENVOLE ET VIENT FRACASSER LE VISAGE DE MON PÈRE DONT LE MIEN N'EST QU'UN PÂLE REFLET NOUS AUTRES QUI VENONS APRÈS NE SOMMES QUE LES CONTREFAÇONS DES ÊTRES VÉRITABLES QUI NOUS ONT PRÉCÉDÉS ET QUI SONT DISPARUS À JAMAIS, STUPIDEMENT, DE MANIÈRE ABSURDE MASSACRÉS PAR UN TUYAU ÉGARÉ OU UNE BOMBE DANS UN NIGHT-CLUB, OU UN DRONE –, mes parents avaient laissé leurs affaires en ordre. Il y avait tous les documents légaux nécessaires, soigneusement établis assurant que mon statut d'unique héritier était protégé, il fallait seulement régler les droits que l'État requérait de cet héritier et l'héritage me serait versé. De sorte que, dans l'immédiat, je n'avais pas à modifier mes arrangements domestiques même si probablement, à terme, je devrais vendre la maison. Elle était trop grande pour moi, sa valeur était trop élevée, les frais d'entretien, les taxes d'habitation et le reste risquaient d'être au-dessus de mes moyens, et *ET CÆTERA* JE M'EN FICHAIS. Je marchais dans les rues, aveuglé par la rage, et d'un seul coup c'était comme si toute la colère en suspension dans l'air s'était déversée en moi. Je la sentais, la colère des morts injustes, des jeunes gens abattus pour avoir emprunté un escalier alors qu'ils étaient noirs, du jeune garçon tué parce qu'il jouait avec un pistolet en plastique dans un jardin public et qu'il était noir, tous ces Noirs abattus chaque jour en Amérique en criant qu'ils méritaient de vivre, mais je sentais aussi la fureur de l'Amérique blanche contrainte de supporter la présence d'un Noir à la Maison Blanche et la haine écumante des homophobes et la colère blessée de leurs cibles, la colère de tous les employés qui s'étaient fait escroquer par Fannie Mae et Freddie Mac lors de la crise des *subprimes*, tout le mécontentement d'un pays furieusement divisé, et tous pensaient avoir raison, que leur cause était juste, que leur douleur était unique, qu'on devait s'intéresser à eux, qu'on devait finir par s'intéresser à eux et à eux seuls et j'en vins à me demander si nous étions en fin de compte des êtres moraux ou de simples sauvages qui élevions nos propres fanatismes au rang d'éthique nécessaire, de seule conduite possible. J'avais été élevé par ces chers Belges disparus dans l'idée que le "bien" et "le mal" étaient des notions naturelles chez l'animal humain, qu'il s'agissait de concepts innés et non acquis. Nous pensions qu'il existait un "instinct moral" profondément inscrit dans notre ADN, à l'instar, selon Steven Pinker, de "l'instinct du langage". C'était la réponse de notre famille à la religion qui prétendait que les gens sans religion ne pouvaient être des êtres moraux, que seule la structure morale d'un système religieux validée par une sorte d'Arbitre suprême pouvait donner à l'individu une maîtrise convenable du bien et du mal. À quoi mes parents répondaient "Foutaises". La morale précédait la religion et la religion était la réponse que nos ancêtres apportaient à ce besoin congénital. Et s'il en était ainsi, il s'ensuivait qu'il était parfaitement possible de mener une bonne vie, d'avoir un sens très sûr du bien et du mal sans avoir besoin de faire appel à Dieu ou à ses harpies.

"Le problème, disait ma mère assise sur un banc des Jardins, c'est que si nous sommes programmés pour désirer une éthique, le programme ne nous dit pas vraiment en quoi consistent le bien et le mal. Ces catégories sont vides dans notre cerveau et demandent à être remplies par nos soins mais de quoi ? De pensée, de jugement. De choses de ce genre.

— J'ai découvert, ajoutait mon père en faisant les cent pas devant elle, que dans presque toutes les situations, chacun et chacune a la conviction d'avoir raison et que ses adversaires ont tort."

Et ma mère d'abonder dans son sens : "Il faut dire que nous vivons une époque où il n'existe pas de consensus sur les questions existentielles, quelles qu'elles soient. On ne parvient même pas à s'accorder sur ce qui est en cause et quand la nature de la réalité est à ce point controversée, il en va nécessairement de même quant à la question du bien."

Quand ils se lançaient dans ce genre de discussions, on aurait dit des danseurs ou des joueurs de badminton, leurs arguments volaient de concert, leurs raquettes renvoyaient le volant d'avant en arrière, encore et encore. "Ainzi l'idée zelon laquelle nous pozédons un instinct moral n'implique pas que nous connaizions la nature de cette morale. Si c'était le cas, les philosophes seraient au chômage et nous vivrions dans un monde moins conflictuel", et mon père, à ce moment-là, pointait l'index sur moi, *tu vois, tu piges ?* Et moi, tel un écolier, je hochais la tête, oui, papa, oui maman, je pige, nous sommes tous d'accord là-dessus, ce sont des choses que nous savons.

"Oui, mais savais-tu qu'il existe un mot pour cela ?" me demandait mon père.

Un mot pour quoi, papa.

"Définition : La faculté zupposée qu'a l'esprit humain de comprendre les prinzipes fondamentaux de l'éthique et de la morale. Un terme technique de la philosophie désignant l'existence d'un prinzipe inné de la conscience morale au sein de tout individu qui le conduit à rechercher le bien et à se détourner du mal."

Non, papa et quel serait ce mot ?

"*Syndérèse*, dit ma mère. As-tu jamais entendu un mot plus beau ?

— Il n'existe pas de mot plus beau, ajouta mon père, souviens-t'en, mon garçon. Le plus beau mot du monde."

Telles étaient les voix que je n'entendrais plus jamais.

Mais ils avaient tort. L'espèce humaine était cruelle, pas morale. J'avais vécu dans un jardin enchanté mais la cruauté, l'absurdité, la fureur en avaient renversé les murailles et avaient tué ceux qui m'étaient les plus chers.

*

Je n'avais jamais vu de cadavre avant de voir le corps de mes parents à la morgue de Mineola. J'avais fait envoyer des vêtements pour eux. Un des collaborateurs de Suchitra s'en était chargé et il avait commandé des cercueils en ligne, choisissant, comme on le fait généralement, des modèles d'un prix absurdement élevé pour qu'ils y soient brûlés.

Notre maison était pleine de professeurs titulaires, hommes et femmes, qui étaient venus m'aider. De sorte que je reçus toute l'aide du monde de la part des principaux spécialistes de l'art sumérien, de la physique subatomique, de la jurisprudence sur le Premier Amendement et de la littérature du Commonwealth. Mais personne ne pouvait m'aider à faire face aux cadavres. Ce fut Suchitra qui m'y conduisit dans sa vieille Jeep, et comme il était impossible de parler de ce dont nous aurions dû parler, nous sombrâmes dans l'humour noir en évoquant les "cadavres de la semaine" les plus horribles de la vieille série de HBO, *Six Feet Under*. Mon préféré était celui de la femme qui, lors d'une soirée entre filles, roule à bord d'une longue limousine de location, passe la tête par le toit ouvrant pour crier sa joie et fonce tête la première dans la nacelle d'un camion élévateur. Après quoi, les protagonistes de la série auraient bien du fil à retordre pour rendre présentable son visage ratatiné.

Ensuite, il y a cette pièce trop vivement éclairée, avec deux brancards à roulettes et deux êtres à l'horizontale couchés sous un drap, deux êtres horizontaux qui par le passé, couchés sur une surface différente et plus douce, se sont accouplés avec joie – peut-être non sans maladresse, mais peut-être pas –, j'étais incapable de m'imaginer mes parents s'adonnant à d'acrobatiques prouesses sexuelles mais je ne voulais pas, non plus, les voir en incompétents malhabiles, et le résultat c'était cette entité anéantie, incapable de penser, qui, debout près des brancards confirmait le fait qu'ils n'étaient désormais plus en mesure d'accomplir l'acte qui lui avait donné le jour ni rien d'autre.

Ils avaient fait de leur mieux, à la morgue. Je me dirigeai d'abord vers ma mère, ils avaient enlevé de son visage l'expression de terreur et toutes les échardes de verre et de métal qui l'avaient transpercée, et même si elle était plus maquillée qu'elle ne l'avait jamais été de son vivant, c'était bien elle, je la reconnaissais bien, et elle semblait, ou du moins je parvins à m'en persuader, apaisée. Je me tournai vers mon père, tandis que Suchitra s'approchait de moi par-derrière, posait sa joue contre mon dos et me prenait par la taille. OK, dis-je, OK, et je soulevai le drap. Alors, finalement, je me mis à pleurer.

*

Le lendemain de la crémation, Néron Golden traversa les Jardins pour venir chez nous. L'expression "chez moi" n'avait aucun sens, mes parents étaient présents dans le moindre recoin de la maison, il frappa avec sa canne à la porte-fenêtre. C'était tellement inattendu, le roi venant frapper à la porte du roturier orphelin, que je le pris dans un premier temps pour un fantasme de mon imagination. À la suite de ces morts, j'avais perdu prise sur la réalité. Il y avait cette vieille dame, Mrs Stone, qui vivait dans les Jardins (dans un appartement de quatre pièces haut de plafond au *piano nobile* d'un immeuble qui avait été divisé en appartements d'un étage chacun) et qui parlait souvent de fantômes. Voilà quelqu'un que je n'ai pas encore évoqué et qui probablement retournera vaquer à ses occupations après son apparition fugace, une dame que les enfants des Jardins surnommaient Hat en raison de son goût très prononcé pour les chapeaux de soleil à large bord, veuve depuis plusieurs années, son ancien mari qui avait un ranch au Texas avait découvert du pétrole sur ses terres et avait immédiatement abandonné l'élevage du bétail au profit de la grande vie et d'une collection de timbres internationalement admirée. Mrs Stone m'avait alpagué près du terrain de jeux des enfants pour me parler de deuil. Un décès dans la famille aussi bien qu'une naissance autorise les étrangers ou quasi étrangers à débarquer et à se mettre à soliloquer. "Je n'ai jamais revu mon mari après sa mort, me confia-t-elle. Il semblait être heureux d'être parti. Jamais aucun effort pour entrer en contact avec moi. On en apprend tous les jours. Mais un soir, sur Macdougal Alley, je vis un jeune garçon en livrée, un Noir portant une tenue très chic, qui avançait à genoux. Pourquoi marche-t-il à genoux, me dis-je, il n'y a rien de religieux par ici. Puis je finis par comprendre : il ne marchait pas à genoux. Le niveau de la chaussée de l'allée s'était élevé au fil du temps et lui marchait sur le niveau de jadis, je ne le voyais que jusqu'aux genoux. Ce devait être un palefrenier qui prenait ce chemin pour aller travailler dans les vieilles écuries qui étaient là dans les années 1830 et qui desservaient Washington Square North. Ou un jeune valet, peut-être au service de Gertrude Whitney qui habitait ici, vous savez, à l'époque où elle a fondé son musée. En tous les cas c'était un fantôme, un vrai. Et ce n'est pas tout." Je la priai de m'excuser et pris congé. Mais les histoires de fantômes du voisinage semblèrent me poursuivre durant ces journées mélancoliques. Le fantôme d'Aaron Burr hantant le Village en quête de prostituées. Des fantômes musicaux, des fantômes du théâtre, revêtus de leurs costumes de scène pour jouer dans Commerce Street, l'hiver. Mon vieux Moi ne s'y intéressait pas mais mon nouveau Moi orphelin laissait tous ces gens me raconter leurs histoires et la nuit j'essayais d'entendre l'écho du rire de mes parents dans les pièces vides. C'est l'état d'esprit dans lequel j'étais lorsque je vis Néron Golden à la porte-fenêtre et je pensai, *une apparition*. Mais il était là en chair et en os.

"Vous permettez que j'entre", dit-il en entrant avant même que je lui en aie donné la permission. Et à peine entré, après avoir déposé sa canne contre un mur il vint s'asseoir dans le fauteuil préféré de mon père. "Je suis un homme direct, *mister* René, je parle sans détour et je n'ai jamais rencontré le moindre sujet qui mérite qu'on tourne autour du pot. Et je vous dis donc à propos de votre deuil qu'il s'agit de *votre* deuil. Vos parents sont partis, ne vous préoccupez plus d'eux, ils n'existent plus. Préoccupez-vous de vous-même. Et pas seulement parce que vous êtes blessé et qu'il vous faut guérir. Mais aussi parce que maintenant vos aînés ne font plus écran entre la tombe et vous. C'est ça, l'âge adulte. Vous voilà en première ligne et la tombe béante vous attend. Donc acquérez de la sagesse, apprenez à être un homme. Si vous êtes d'accord je vous offre mon aide."

C'était un discours impressionnant. Si son intention était de me secouer pour me faire oublier ma tristesse en me mettant en colère, il avait réussi. Mais avant que je puisse prononcer un mot, il leva la main d'un air péremptoire. "Je lis votre réaction sur votre visage où un nuage s'est formé, annonciateur de tempête. Chassez-le ! Votre colère ne sert à rien. Vous êtes jeune et je suis vieux. Je vous demande d'apprendre à mon contact. Votre pays est jeune. On ne pense pas de la même façon quand on a des millénaires derrière soi. Vous n'avez même pas deux cent cinquante ans. J'ajoute que je ne suis pas encore aveugle et que je sais parfaitement que vous vous intéressez à ma famille. Comme je pense que vous êtes plutôt brave type, je vous pardonne, la seule autre solution aurait été de vous tuer, ha, ha. Je pense que, maintenant que vous êtes un homme, vous avez beaucoup à apprendre de nous tous, les Golden, bons ou mauvais, ce qu'il faut faire et ne pas faire. De Petya, comment se battre contre ce qui n'est pas votre faute, comment jouer aux cartes quand on a une mauvaise donne. D'Apu, peut-être à ne pas lui ressembler, il se peut qu'il n'ait pas réussi à devenir profond. De Dionysos, mon torturé, il y a quelque chose à apprendre au sujet de l'ambiguïté et de la souffrance.

— Et de vous ?

— Quant à moi, *mister* René, vous vous doutez peut-être déjà que je ne suis pas toujours un saint. Je suis dur et vantard et habitué à occuper une certaine position dominante, ce que je veux je le prends et ce que je ne veux pas je l'écarte de mon chemin. Mais quand vous me regardez en face, posez-vous la question suivante : Est-il possible d'être bon et mauvais à la fois ? Un homme peut-il être bon tout en étant méchant ? Si vous suivez Spinoza et que vous admettez que tout est déterminé par la nécessité, les nécessités qui déterminent l'action d'un homme peuvent-elles l'amener à faire le mal autant qu'à faire le bien ? Qu'est-ce qu'un homme bon dans ce monde soumis au déterminisme ? L'adjectif a-t-il seulement un sens ? Quand vous aurez la réponse, faites-le-moi savoir. Mais avant que tout cela n'arrive, ce soir, nous sortons en ville et nous allons boire."

*

Plus tard.

"La mort nous l'affrontons, nous l'acceptons, nous la surmontons, dit Néron Golden. Nous sommes les vivants et donc nous devons vivre. Mais le sentiment de culpabilité, c'est ça le problème. Il perdure et nous fait du mal." Nous étions à la Russian Tea Room, à son invitation, et tenions à la main des verres de vodka glacée. Il leva le sien en guise de salut ; il but, je bus. Nous étions venus pour cela et la nourriture, blinis, caviar, pirojkis, poulet à la Kiev, nous n'en mangions que pour pouvoir boire davantage.

"Si nous rentrons à la maison sans être saouls, me dit Néron Golden, c'est que nous aurons échoué. Nous devons atteindre un état dans lequel nous serons incapables de savoir exactement comment nous sommes rentrés à la maison."

J'inclinai la tête d'un air grave. "Accordé."

Verre suivant. "Ma défunte épouse, prenons son cas, Néron pointa un doigt vers moi : Ne faites pas semblant d'ignorer cette histoire. Je sais bien qu'il y a des bavards dans mon entourage. Cela ne fait rien. Quant à sa mort, ce fut une grande tristesse mais pas vraiment une tragédie, elle ne s'est pas élevée au niveau d'une tragédie." Verre suivant. "Je me corrige. Ce fut une tragédie personnelle bien sûr. Une tragédie pour moi et mes fils. Mais une grande tragédie est universelle, non ?

— Certes.

— Donc. J'y arrive. Ce qui a été le plus destructeur pour moi, ce qui a bouleversé ma vie et l'a détruite, ce n'était pas la mort en tant que telle mais le problème de la responsabilité. La mienne. Ma responsabilité, c'est là toute la question. C'est ce qui me hante quand je sors marcher la nuit dans les Jardins."

À ce stade de la soirée, j'en étais venu à penser que ma tâche était de le consoler même si au départ c'était le contraire qui était prévu. "Vous vous êtes disputés, dis-je. Ce sont des choses qui arrivent. Cela ne vous accable pas du fardeau de la responsabilité de sa mort. Dans un univers éthique seul le meurtrier est responsable du meurtre. Il faut bien qu'il en soit ainsi sinon l'univers serait moralement absurde."

Il se taisait, buvait, les serveurs se tenaient prêts à apporter autant de vodka que nécessaire. "Laissez-moi prendre un autre exemple, dis-je, un peu pompeux à présent, me sentant sur les cimes de la pensée, comme le véritable enfant de mes parents. Supposez que je sois un connard.

— Un vrai connard ?

— Absolu et intégral. Et puant.

— Je vois, d'accord.

— Supposez que tous les jours je vienne devant chez vous et que je vous insulte, vous et votre famille.

— En utilisant un langage grossier ?

— Le pire imaginable. Je vous insulte vous et ceux que vous aimez dans les termes les plus crus.

— Ce serait insupportable, naturellement.

— Et donc vous avez une arme chez vous.

— Comment le savez-vous ?

— C'est une supposition.

— Ah, une hypothèse. Excellent. Je comprends. Une arme hypothétique.

— Et vous prenez cette arme hypothétique et là, vous savez ce que vous faites ?

— Je vous descends.

— Vous me tirez une balle dans la tête, je suis mort et devinez ce que vous devenez.

— Un homme heureux.

— Un assassin.

— Un homme heureux et un assassin.

— Vous êtes coupable d'un meurtre et au tribunal ce n'est pas une défense que de dire, Votre Honneur, c'était un connard.

— Ah bon ?

— Même les connards quand on les assassine ne sont pas responsables de leur mort. Le meurtrier seul endosse la responsabilité du crime.

— C'est de la philosophie ?

— Il faut que je reprenne de la vodka. La philosophie est dans la bouteille.

— Garçon."

Après le verre suivant, il devint sentimental. "Vous êtes jeune, dit-il. Vous ignorez ce qu'est la responsabilité. Vous ne connaissez pas le sentiment de culpabilité ni la honte. Vous ne savez rien. Cela n'a pas d'importance. Vos parents sont morts. C'est de cela qu'il est question.

— Merci", répondis-je et après je ne me souviens plus de rien.

Fin.

*

“Au début, dit Suchitra, assise à mon chevet tandis que je me lamentais à cause de ma migraine, au début il y avait le Communist Party of India officiel (CPI). Mais l’Inde a un problème de population et les partis de gauche ignorent eux aussi le contrôle des naissances. Donc après le CPI il y eut le CPI(M), le Communist Party of India (marxiste) et le Communist Party of India (marxiste-léniniste), autrement dit le CPI(ML). Ça ira comme ça, pour les partis ? Mon chou, la partie ne fait que commencer. Essaie de suivre. À présent, voici le Communist Party of India (marxiste-léniniste) Liberation, plus le Communist Party of India (marxiste-léniniste) Naxalbari et aussi le Communist Party of India (marxiste-léniniste) Janashakti et en plus le Communist Party of India (marxiste-léniniste) Red Star, sans oublier le Communist Party of India (marxiste-léniniste) Central Team, il faut aussi mentionner le Revolutionary Communist Center of India (marxiste-léniniste-maoïste), sans parler du Communist Party of United States of India ou du Communist Party of India (marxiste-léniniste) Red Flag ou du Communist Party of India (marxiste-léniniste) New Democracy, ou du Communist Party of India (marxiste-léniniste) New Initiative, ou le Communist Party of India (marxiste-léniniste) Somnath, ou le Communist Party of India (marxiste-léniniste) Second Central Committee, ou le Communist Party of India (marxiste-léniniste) Bolshevik. Continue, s’il te plaît, de suivre attentivement. Il y a aussi la prolifération d’autres groupuscules. Ainsi du Maoist Communist Center qui s’allia avec le People’s War Group pour constituer le Maoist Communist Center of India. À moins que ce ne soit le Maoist Communist Center of India qui ait fusionné avec le Communist Party of India (marxiste-léniniste) People’s War pour fonder le Communist Party of India (maoïste). Il est parfois difficile de faire la distinction. Je te raconte tout ça pour t'expliquer pourquoi mon père et ma mère bengalis, deux intrépides entrepreneurs partisans du capitalisme, coincés à Calcutta au milieu des multiples Ravanas du Communist Party of India (Uranium-Plutonium), les ogives nucléaires de la gauche, ont décidé de partir pour aller s'installer dans une banlieue d'Atlanta, à Alpharetta, là où je suis née. Cela aurait pu être une bonne idée, et de fait ce fut une bonne idée sur le plan économique puisqu'ils prospérèrent dans une vaste gamme d'entreprises, salons de beauté, magasins de vêtements, une agence immobilière, des services d'aide psychologique, eux aussi, en somme, ils proliférèrent. Malheureusement, autour d'eux, les institutions politiques de la droite hindoue étaient également fructueuses et se multipliaient sur le sol fertile de l'Amérique, des branches expatriées du Rashtriya Swayamsevak Sangh jaillirent, le Vishwa Hindu Parishad était florissant, le Bharatiya Janata Party se portait à merveille, de même que les organisations chargées de récolter des fonds qui inondaient de dollars ces mêmes partis. Mes parents avaient échappé à un tourbillon pour se faire aspirer par un autre et quand ils ont commencé à se rendre aux dîners de gala du RSS et à évoquer avec admiration ce type bâti comme un tonneau qu'ils appelaient NaMo, il était temps, tout en les aimant, que je les quitte et que je prenne la fuite. J'ai donc filé à New York où je me trouve en ce moment même, à me bouger le cul pour essayer de te faire rire et ce serait bien aimable de ta part si tu voulais maintenant me faire au moins un petit sourire.

— C'est ça, ton idée du traitement anti-gueule de bois", dis-je.

Pour ce qui est de se bouger le cul : c'est ce que faisait Suchitra tous les jours, chaque minute de chaque jour. Je n'avais jamais connu personne qui travaillait le tiers du quart tout en restant capable de trouver du temps pour le plaisir, catégorie dont j'avais la chance de faire partie. Elle se levait de bonne heure, allait faire du *spinning*, se précipitait au bureau, consacrait toutes ses énergies à sa journée de travail, allait courir le long de l'Hudson ou sur le Brooklyn Bridge et se présentait fraîche comme une rose, et deux fois plus élégante, au rendez-vous, quel qu'il fût, que proposait la soirée : vernissage, séance de cinéma, anniversaire, soirée karaoké, dîner avec moi, après quoi elle avait encore suffisamment d'énergie pour faire l'amour. Comme amante, elle était tout aussi énergique, à défaut d'être originale, mais je ne me plaignais pas. Je n'étais pas moi-même un dieu du sexe et pour le moment c'était la qualité de l'amour d'une femme qui me sauvait du gouffre. La rude affection de Néron Golden avec ses nuits très arrosées à la vodka et l'amour généreux et survolté de Suchitra Roy me permirent de surmonter cette période. Je repensai à l'histoire des infirmiers de l'ambulance jouant le numéro du gentil flic / méchant flic lors de la tentative de suicide de Mrs Golden et je compris que cette fois c'était moi le suicidaire placé sous surveillance.

LE SILENCE SE FIT DANS LES CIEUX
OU LE CHIEN DANS LE *BARDO*

La ville de New York me tint lieu de mère et de père tout cet été-là jusqu'à ce que j'apprenne à vivre sans mes parents et que j'accepte, comme Néron me l'avait conseillé, de prendre ma place d'adulte en tête de la file qui faisait la queue pour la dernière séance. Comme d'habitude ce fut un film qui vint à mon secours, *Det sjunde inseglet*, d'Ingmar Bergman, *Le Septième Sceau*, que le grand réalisateur lui-même trouvait "inégal" mais que nous autres admirons tous. On y voit le chevalier (Max von Sydow qui allait ensuite jouer le rôle de Frederik, le soporifique artiste de *Hannah et ses sœurs* et l'immortel Ming Sans Pitié dans *Flash Gordon*), de retour des croisades, en train de jouer aux échecs contre la Mort en capuchon noir afin de repousser l'inévitable et de voir sa femme une dernière fois avant de mourir. Le chevalier brisé et l'écuyer cynique, la version sombre de Don Quichotte et de Sancho, selon Bergman, cherchant les oiseaux de l'année dans les nids de l'année précédente. Élevé dans une famille profondément croyante, Bergman avait des visées religieuses mais pour moi il n'était pas nécessaire de voir le film sous cet angle. Le titre venait de l'Apocalypse : "Et quand l'agneau brisa le septième sceau, le silence se fit dans les cieux pendant une demi-heure" (Apocalypse VIII, 1). Pour moi, le silence dans les cieux, le fait que Dieu ne se manifeste pas, accréditait la version laïque de l'univers, et *une demi-heure* représentait la durée d'une vie humaine. La rupture du septième sceau révélait que Dieu n'était nulle part et n'avait rien à dire et que l'Homme disposait de la durée de sa courte vie pour accomplir, à l'instar du chevalier, un acte décisif. La femme que je voulais revoir avant de mourir était mon rêve de devenir cinéaste. L'acte décisif, c'était le film que je rêvais de tourner, mon film sur les Jardins, peuplé de personnages réels et imaginaires comme dans un film d'Altman, et les Golden en leur demeure à l'opposé de la mienne. "L'acte" était le voyage et "la femme" le but. Ce fut à peu près ce que j'expliquai à Suchitra et elle hocha la tête d'un air grave : "Il est temps que tu achèves ton scénario et que tu te mettes à chercher des fonds."

Et pendant ce temps, la grande métropole me serrait contre son cœur en essayant de m'enseigner les leçons de la vie. Le bateau que Stuart Little lançait sur le petit lac me rappelait la beauté de l'innocence, et l'endroit sur Clinton

Street où Judith Malina survivait encore, enfin plus ou moins, et où son Living Theatre s'amusait toujours à jouer nu m'évoquait l'irrévérence je-m'en-foutiste de la vieille école. Et dans Union Square, les joueurs d'échecs jouaient et peut-être la Mort jouait-elle avec eux, des parties éclair qui s'emparaient des vies comme si elles n'avaient aucune importance ou des parties très lentes, sans fin, qui permettaient à l'ange noir de faire semblant de respecter la vie alors même qu'il était en train de recruter les partenaires de sa *danse macabre**. Les absences me parlaient autant que les présences : le magasin de chaussures qui n'existait plus sur la 8e Rue, l'excentricité qui avait disparu de l'Upper West Side où Maya Schaper tenait jadis Cheese and Antiques et qui, quand on lui demandait le pourquoi de cette association, aimait à répondre : "Parce que le fromage et les antiquités sont les deux choses que j'aime le plus." Où que j'aille, la ville me prenait dans ses bras et me susurrait à l'oreille des mots de réconfort.

Le soir du deuxième vernissage d'Apu à l'espace Sottovoce du Bowery, à un bloc du musée de l'Identité (des tableaux réussis et habiles, d'une technique parfaite, plein d'énergie et très pop art mais qui me laissaient de marbre), Laurie Anderson, à l'autre bout de la ville, exposait de grands formats représentant les quarante-neuf jours que Lolabelle, le rat terrier qu'elle aimait tant et qui venait de mourir, avait passé dans le *bardo*, la zone entre la mort et la renaissance pour les bouddhistes tibétains. Nous étions Suchitra et moi devant l'un des plus grands portraits de ce chien avec sa bonne tête et ses yeux grands ouverts qui nous fixaient d'outre-tombe quand, tout à coup, les mots *Tout va bien* se formèrent dans mon esprit et je les prononçai à haute voix : "Tout va bien, dis-je, et un grand sourire s'afficha sur mon visage. Tout va bien, tout va bien, tout va bien." L'ombre qui m'accablait se dissipa, l'avenir me parut possible, le bonheur envisageable et la vie recommença. Ce n'est que bien plus tard, en y repensant, que je m'aperçus qu'il s'était passé quarante-neuf jours depuis la mort de mes parents.

Je ne crois pas au *bardo*. Quoique.

"FLASH ! JE T'AIME ! MAIS NOUS N'AVONS PLUS QUE QUATORZE HEURES POUR SAUVER LA TERRE !"

J'étais ce soir-là sous l'emprise d'une sorte d'euphorie, bouleversé par l'émotion d'avoir pardonné à mes parents d'être morts et à moi-même d'être toujours en vie. Suchitra et moi rentrâmes à la maison dans les Jardins et je compris que le temps était venu de faire la chose interdite. Déjà passablement exaltés, nous ouvrîmes le paquet de Lune afghane longtemps gardé de côté et nous fumâmes. Aussitôt le troisième œil de notre glande pinéale s'ouvrit comme mon père l'avait prédit et nous comprîmes les secrets du monde. Nous sûmes que le monde n'était ni insensé ni absurde, qu'il avait en réalité une forme et une signification profondes, mais que cette forme et cette signification nous avaient été cachées jusqu'à présent, dissimulées dans les hiéroglyphes et les mystères du pouvoir parce que l'intérêt des maîtres du monde était de cacher à tous cette signification sauf aux illuminés. Nous comprîmes également que c'était à nous deux de sauver la planète et que la force qui sauverait la planète c'était l'amour. En plein vertige, nous comprîmes que Max von Sydow sous les traits de Ming Sans Pitié, le tyran mal fagoté dans sa tenue rouge vif de génie du mal sorti d'une BD de science-fiction, venait asservir la race humaine et si par moments le visage de Ming devenait flou et prenait les traits de Néron Golden, ce n'était qu'injustice compte tenu de la sympathie qu'il m'avait récemment témoignée, mais un homme pouvait-il à la fois être bon et méchant, nous demandions-nous, ce à quoi la Lune afghane répondit que les contradictions irréconciliables et l'union des contraires étaient le mystère le plus profond de tous. Cette nuit était dédiée à l'amour, déclara la Lune afghane, cette nuit était faite pour célébrer les corps vivants et dire adieu aux corps perdus de nos chers disparus, mais après le lever du soleil, le lendemain matin, nous n'aurions plus un instant à perdre.

17

Si vous devez un dollar à la banque, vous êtes un minable qui a un découvert. Si vous lui devez un milliard, vous êtes riche et la banque vous appartient. Il était difficile d'évaluer le montant exact de la fortune de Néron Golden. En ce temps-là on voyait son nom partout, sur tous les objets, depuis les hot-dogs jusqu'aux universités à but lucratif, il faisait le tour du Lincoln Center auquel il envisageait de faire don d'une *unité* pour restaurer l'Avery Fisher Hall pourvu que l'ancien nom fût enlevé et que le nom de Golden figure là-haut, en grandes lettres capitales dorées. Une *unité* était le terme abrégé pour désigner "cent millions de dollars", cent millions de dollars étant le prix du ticket d'entrée dans le monde des riches véritables, vous n'étiez personne avant de posséder votre première unité. Son nom proclamait cette *unité* à travers la ville, il avait bien envisagé de la placer dans le Tribeca Film Festival mais cela aurait coûté beaucoup moins cher que toute une *unité* si bien que le Tribeca Film Festival n'était finalement que roupie de sansonnet, ce que son nom voulait vraiment, absolument, c'était trôner au fronton du Yankee Stadium, preuve que son nom aurait véritablement conquis New York. Ne resterait plus ensuite qu'à l'afficher au sommet du City Hall.

Je supposai qu'il avait dû apporter pas mal d'argent avec lui en venant à l'ouest mais certaines rumeurs persistantes affirmaient que ses entreprises étaient lourdement endettées, que tout le méga-business autour de son nom n'était qu'une vaste escroquerie et que la faillite était l'ombre qui accompagnait son nom chaque fois qu'il l'emmenait faire un tour. Je le voyais non pas comme un habitant de New York mais comme de la cité invisible d'Octavia que Marco Polo décrit à Kublai Khan dans le livre de Calvino, une cité-toile d'araignée suspendue au-dessus d'un abîme entre deux montagnes. "La vie des habitants d'Octavia est moins incertaine que dans d'autres villes, écrivait Calvino. Ils savent que le filet ne durera qu'un certain temps." Je pensais également à lui comme à l'un de ces personnages de dessins animés, Wile E. Coyote peut-être, qui ne cessent de franchir en courant le rebord des canyons mais continuent à avancer dans le vide au mépris de la gravité jusqu'au moment où ils regardent vers le bas et alors ils tombent. C'est le fait de savoir que la tentative est vouée à l'échec qui en provoque la fin calamiteuse. Si Néron Golden continuait à aller de l'avant, c'est peut-être parce qu'il ne regardait jamais vers le bas.

Pendant plusieurs mois, je m'occupai activement à fermer notre maison, déposant ce que je voulais conserver au garde-meubles Manhattan Mini Storage dans le West Side, celui qui avait des affiches humoristiques collées sur le mur qui donnait sur l'autoroute : *New York a six équipes sportives professionnelles et aussi les Mets*, et : *Si vous êtes contre le mariage gay, n'épousez pas une personne du même sexe*, et : *"Dans la maison de mon père il y a de nombreuses pièces" – saint Jean XIV, 2 – manifestement Jésus n'était pas new-yorkais*, et : *Rappelez-vous, si vous quittez la ville vous allez devoir vivre en Amérique*. Oui, ha, ha, elle est bien bonne, mais la plupart du temps j'étais d'une humeur sombre que je m'efforçais de ne pas montrer en présence de Suchitra, mais elle savait ce que je traversais. Puis vint le moment de mettre la maison en vente et Vasilisa Golden vint me trouver dans les Jardins, elle me prit par la taille et me posa un baiser sur la joue, laisse-moi m'en occuper, faisons les choses en famille, ce qui était une proposition si généreuse que je me contentai de hocher la tête sans rien dire et la laissai s'occuper de la vente.

Une fois de plus, il me fut bien difficile, cette année-là, de me montrer objectif à l'égard des Golden. D'un côté, il y avait la gentillesse de Néron à mon égard et maintenant celle de sa femme. D'un autre, il ne faisait pratiquement aucun doute qu'il était un partisan enthousiaste de Romney dans la campagne présidentielle et ses remarques sur le président et sa femme frisaient le fanatisme, *évidemment qu'il aime les gays, il a épousé un homme*, celle-là était une des plus modérées. Il racontait très souvent sa "blague républicaine si drôle", l'histoire du vieux Blanc qui va voir l'homme de garde en faction devant la Maison Blanche quelque temps après la fin du deuxième mandat, il y va plusieurs jours de suite et chaque fois il demande à rencontrer le président Obama. La troisième ou quatrième fois, l'officier, exaspéré, lui dit, monsieur, vous ne cessez de revenir et je ne cesse de vous le dire, Mr Obama n'est plus président des États-Unis, et n'habite plus à cette adresse. Vous le savez et cependant vous continuez à revenir et à me poser la même question et vous obtenez la même réponse, pourquoi persistez-vous ? Et le vieil homme blanc de répondre : Oh, c'est que je ne me lasse pas de l'entendre.

Ça, je pouvais faire avec mais je craignais que chez Néron ce côté obscur ne finisse par l'emporter sur son côté lumineux. Je lui donnai à lire ce merveilleux conte de Hans Christian Andersen, *L'Ombre*, l'histoire d'un homme dont l'ombre se détache de lui et se met à voyager à travers le monde, devient plus raffinée que son ex-"propriétaire" et revient séduire et épouser la princesse à qui l'homme était fiancé, puis, en accord avec la princesse (sacrément impitoyable), le condamne à mort. Je voulais lui faire comprendre à quel danger son âme était exposée, si du moins un athée peut se permettre d'employer un tel terme, mais il n'était pas amateur de littérature et me rendit le livre où se trouvait ce conte avec un geste dédaigneux de la main : "Je n'aime pas les contes de fées", dit-il.

Mais c'est alors… que tous les deux, mari et femme, me convoquèrent pour m'annoncer leur décision me concernant. "Ce qu'il faut que tu fasses, dit Vasilisa Golden, c'est venir vivre avec nous dans cette maison. Elle est vaste, il y a beaucoup de pièces et deux de nos trois garçons ne sont plus tellement présents, quant au troisième, Petya, il sort à peine de sa chambre. Tu ne manqueras donc pas de place et tu seras d'excellente compagnie pour nous tous.

— Provisoirement, ajouta Néron Golden.

— Quant à ton amie, qui sait ce qui peut arriver ? fit remarquer Vasilisa. Tu veux qu'elle emménage avec toi, tu décides de rompre, l'avenir le dira. Sens-toi à l'aise. Tu n'as pas besoin de pression en ce moment.

— Pour le moment", dit Néron Golden.

C'était une proposition vraiment généreuse, même si elle n'était que de courte durée, et faite avec une bonne foi absolue, mais je ne voyais pas comment je pouvais l'accepter. J'ouvrais la bouche pour refuser quand Vasilisa leva promptement la main : "Il n'est pas question de refuser, déclara-t-elle. Va faire tes bagages et nous enverrons des gens les chercher."

C'est ainsi que, à l'automne 2012, je vins habiter dans la maison Golden, *provisoirement*, *pour le moment*, profondément reconnaissant, d'un côté, comme un serf à qui l'on offre une chambre au palais et, d'un autre, avec le sentiment d'avoir fait un pacte avec le diable. La seule façon de trancher la question consisterait à mettre à plat tous les mystères qui entouraient Néron, au présent comme au passé, afin de pouvoir le juger vraiment, et peut-être valait-il mieux, à cette fin, être dans les murs plutôt que dehors. Ils m'avaient ouvert les portes et m'avaient attiré dans leur monde. J'étais le cheval de bois dressé à l'intérieur des murailles de Troie. En moi, Ulysse et ses guerriers. Et debout devant moi, l'Hélène de cette Ilion américaine. Et avant que notre histoire ne s'achève, je les aurais trahis, et la femme que j'aimais et moi-même, et les tours vertigineuses auraient brûlé.

*

Les "garçons", les fils de Néron, venaient lui rendre visite tous les jours, et c'étaient des entrevues insolites qui en disaient long sur l'immense autorité qu'il avait sur eux, ce n'étaient pas tant des retrouvailles père-fils que des visites chapeau bas comme celles que des sujets rendent à leur maître. Je me disais que n'importe quelle version filmique, romancée bien sûr, aurait à prendre en compte cette relation étrangement marquée par l'autorité, et dont l'explication ne pouvait que revêtir un caractère en partie financier. Néron distribuait généreusement son argent, au point qu'Apu s'était trouvé une maison à Montauk où il passait des semaines entières à peindre et aussi à faire la fête. Le jeune D., à Chinatown, donnait l'impression de vivre chichement et travaillait en ce moment comme bénévole dans un foyer de jeunes filles du Lower East Side, ce qui l'aurait obligé en principe à se faire entretenir par Riya mais en vérité, comme Vasilisa s'empressa de m'en informer, c'est qu'il acceptait l'argent que lui donnait son père. "Il doit faire face en ce moment à de nombreuses dépenses", dit-elle, mais elle refusa d'être plus explicite, ainsi que c'était toujours le cas dans la maison Golden dont les membres ne parlaient jamais entre eux des sujets importants, comme si c'étaient des secrets alors qu'ils savaient bien qu'ils étaient tous au courant de tout. Mais peut-être, pensai-je, ces séances entre le père et ses fils étaient-elles des sortes de confessions au cours desquelles les "garçons" avouaient leurs "péchés" et se voyaient, d'une certaine façon et jusqu'à un certain point, au prix d'expiations et de pénitences inconnues, "pardonnés". C'était ainsi, me dis-je, qu'il fallait écrire la scène. Mais il y avait une autre hypothèse plus intéressante : les fils étaient peut-être les confesseurs de leurs parents autant que les confessés. Chacun détenait peut-être les secrets des autres et ils se donnaient tous mutuellement paix et absolution.

La grande maison était généralement calme, ce qui me convenait parfaitement. On m'avait donné, au dernier étage, une chambre dont les fenêtres mansardées donnaient sur les Jardins et j'étais parfaitement satisfait, et très occupé. Outre mon projet cinématographique à long terme, je travaillais avec Suchitra sur une série de vidéos courtes pour une chaîne câblée de vidéo à la demande, où des personnalités connues du cinéma indépendant évoquaient leurs scènes de films préférées : la scène des coups de pied au cul dans *Trains étroitement surveillés* de Jiri Menzel (*Closely Observed Trains* dans la version américaine, même si je préférais le titre anglais *Closely Watched Trains*, plus correct sur le plan formel), Toshirō Mifune présentant le personnage miteux et irritant de son samouraï dans *Sanjuro* de Kurosawa, la première scène de Michael J. Pollard dans le *Bonnie and Clyde* d'Arthur Penn ("de la terre dans la pompe à essence – je l'ai éliminée en soufflant dedans"), le paon qui fait la roue en hiver dans *Amarcord* de Fellini, le garçon qui tombe par la fenêtre et atterrit indemne dans *L'Argent de poche* de Truffaut, la scène finale de *L'Arnaqueur* de Robert Rossen ("Fat Man, tu es un grand joueur. – Toi aussi Fast Eddie") et ma scène préférée, la partie de Nim dans *L'Année dernière à Marienbad* d'Alain Resnais avec le draculesque Sacha Pitoëff au visage de granit ("Si vous ne pouvez pas perdre, ce n'est pas un jeu. – Oh je peux perdre, mais je gagne toujours"). Nous avions déjà filmé un certain nombre d'acteurs et de réalisateurs américains talentueux (Greta Gerwig, Wes Anderson, Noah Baumbach, Todd Solondz, Parker Posey, Jake Paltrow, Chloë Sevigny) qui exprimaient leur admiration pour ces classiques et je perfectionnais mes talents de monteur sur mon ordinateur portable en condensant ce matériau en brèves séquences efficaces de trois minutes destinées à être diffusées sur de multiples sites web. Suchitra me confiait cette tâche tandis que, quittant le domaine de la production, elle se consacrait à son premier film en tant que scénariste-réalisatrice, et nous étions tous deux complètement immergés dans notre travail, nous nous retrouvions tard le soir pour échanger les nouvelles de la journée, prendre un repas rapide et trop tardif, puis faire l'amour en vitesse ou tout simplement nous endormir épuisés dans les bras l'un de l'autre soit dans ma mansarde d'artiste soit dans son studio. Après la tragédie, ce fut ma façon de retrouver la joie.

Dans mes moments de loisir, j'observais la dynamique de la maison Golden. Le personnel d'entretien, les aides-cuisiniers, le factotum Gonzalo, tous entraient et sortaient avec une telle discrétion qu'ils en devenaient virtuels, les enfants fantômes de l'âge de la post-réalité. Les deux femmes dragons étaient, elles, incontestablement bien réelles : elles arrivaient tous les matins, bourdonnant d'efficacité, s'enfermaient dans une pièce proche du bureau de Néron et ne se montraient pas avant de repartir le soir toujours bourdonnant, tels des frelons s'échappant par une porte ouverte. Tous les sons semblaient amortis, comme si les lois de la physique n'agissaient entre ces murs que, pour ainsi dire, en gants blancs.

Néron, lui, passait l'essentiel de son temps dans son bureau sur place même si le siège principal des Golden Enterprises se trouvait dans Midtown, dans une tour qui appartenait, au grand déplaisir de Néron, à un certain Gary "Green" Gwynplaine, un grossier personnage dont Néron ne pouvait se résoudre à prononcer le nom et qui aimait se faire appeler le Joker parce qu'il était né avec des cheveux inexplicablement couleur de citron vert. Vêtu de pourpre, la peau blanche, les lèvres rouges, Gwynplaine cultivait sa ressemblance avec le fameux méchant de dessins animés et paraissait s'en délecter. Néron trouvait son propriétaire insupportable et m'annonça un soir, à propos de rien et sans explication (c'était sa façon de faire, le train de ses pensées émergeait parfois du tunnel de sa bouche et celui qui se trouvait à proximité immédiate devenait la gare où il marquait un bref arrêt). "*One world.* Quand on nous laissera entrer, je serai le premier devant la porte." Il me fallut un instant pour comprendre qu'il ne parlait pas de pan-globalisme mais du One World Trade Center qui serait ouvert à la location d'ici quelques années et qu'il m'annonçait son intention de quitter le building du Joker pour s'installer dans la nouvelle tour construite sur le lieu de la tragédie. "Sur les étages supérieurs, je peux faire une affaire formidable, précisa-t-il. Les cinquantièmes, soixantièmes étages, d'accord, on peut les remplir mais au-dessus ? Après ce qui est arrivé, personne ne voudra louer des étages aussi élevés. C'est donc une bonne affaire. La meilleure de la ville. Tout cet étage vide cherchant des locataires sans en trouver. En ce qui me concerne, je suis à l'affût des bonnes affaires. Très haut dans le ciel ? Bon, faites-moi un rabais et je suis preneur. C'est une occasion. La foudre ne frappe jamais deux fois au même endroit."

Ses employés le voyaient rarement. Il se laissa pousser les cheveux. J'en vins à me demander s'il se coupait les ongles des pieds. Après la défaite de Romney, sa mauvaise humeur s'aggrava et il devint pratiquement invisible, même pour sa femme et sa famille. Il prit l'habitude de dormir sur un canapé convertible dans son bureau à la maison et commandait des pizzas tard le soir. La nuit, il donnait des coups de téléphone à ses employés dans divers pays, du moins je présume qu'il s'agissait d'employés, et aussi à Manhattan. Sa règle était qu'il pouvait vous appeler à n'importe quel moment du jour ou de la nuit et s'attendre à ce que vous soyez disponible et prêt à discuter de n'importe quoi à sa convenance, d'affaires, de femmes ou de nouvelles parues dans la presse. Il pouvait parler des heures au téléphone à ses collègues et il fallait qu'ils s'en accommodent. Un soir dans les Jardins, alors qu'il était dans un de ses moments de bonne humeur, j'affichai mon sourire le plus innocent pour lui demander s'il lui arrivait de penser à Howard Hughes. "Ce monstre, me répondit-il. Vous avez de la chance que j'aie un faible pour vous. Ne me comparez plus jamais à un tel monstre." Mais dans le même temps, il se retira de plus en plus loin du regard des autres. Livrée à elle-même, Vasilisa passait des journées entières au spa, à courir les boutiques de Madison, à déjeuner avec des amies chez Bergdorf ou Sant Ambroeus. Délaisser trop longtemps une jolie femme ne peut que créer des problèmes. Mais que veut dire trop longtemps ? Cinq minutes. Dès qu'on dépasse une heure, la catastrophe menace.

La maison était devenue l'expression tant de la beauté de Vasilisa que de l'intensité de ses besoins. Aux murs couleur d'huître, elle avait accroché de grands miroirs faits de plus petits miroirs carrés, certains disposés de travers, d'autres pratiquement teintés en noir pour exprimer, à la manière des cubistes, le besoin d'envisager plusieurs perspectives en même temps. Dans la pièce centrale avait été installée une vaste cheminée qui promettait l'incandescence en cas de grand froid. Et de nouveaux tapis, au toucher soyeux, couleur acier. La maison lui tenait lieu de langage. Le sachant sensible au décor, elle s'adressait à lui à travers ses réaménagements, lui disant sans parler que si un roi a besoin d'un palais, le palais, lui, pour en être vraiment un, a besoin d'une reine.

Et peu à peu la méthode fonctionna. À Noël, il s'était remis de la victoire électorale du président et s'était lancé dans une violente polémique contre le candidat malheureux, le pire candidat qu'on ait jamais connu, disait-il à table en pointant sa fourchette dans notre direction pour souligner son propos, jamais il n'y avait eu de candidat plus débile dans l'histoire des élections, on ne pouvait même pas le considérer comme un véritable candidat, il n'y avait pas eu d'affrontement, c'était comme le type qui déclare forfait avant le premier coup de poing, la prochaine fois ne commettons pas l'erreur de choisir un *clown*, assurons-nous que c'est un type doté d'une certaine *gravitas*, qui a l'air capable de gouverner. La prochaine fois. Certainement.

Le jour de l'investiture du président, le climat s'était nettement amélioré dans la maison Golden. On n'était pas autorisé à suivre la cérémonie à la télévision mais le roi et la reine étaient d'humeur joviale et badine. Je savais que le climat intérieur de Néron Golden était changeant, que sa dépendance sexuelle aux charmes de sa femme n'avait fait que croître avec l'âge et que la chambre à coucher était le lieu où elle parvenait immanquablement à modifier le bulletin météo de son mari. Mais j'ignorais à l'époque ce que je sais maintenant, c'est qu'il n'allait pas bien. Vasilisa, en véritable génie du timing, avait senti cette ouverture et avait avancé son pion. Elle fut la première d'entre nous à voir ce qui par la suite allait devenir pour tous une évidence : il déclinait, le temps était proche où il ne serait plus ce qu'il avait été. Elle flaira le premier signe de cette faiblesse prochaine comme le requin sent une seule goutte de sang dans l'océan et passe à l'attaque pour tuer.

Tout est stratégie. Telle est la sagesse de l'araignée.

Tout est nourriture. Telle est la sagesse du requin.

MONOLOGUE DE L'ARAIGNÉE ADRESSÉ À LA MOUCHE, OU DU REQUIN À SA PROIE

Tu vois parce que cela a été spécialement fabriqué, spécialement à l'aide de ces cristaux spéciaux qui brillent de cette manière spéciale lorsque les flammes s'y reflètent de cette façon comme les diamants dans la caverne d'Ali Baba dont j'ignorais qu'elle s'appelait en fait Sésame, oui c'était le nom même de la caverne, le savais-tu, en tout cas c'est ce que j'ai lu dans un magazine et donc quand il disait "Sésame, ouvre-toi !", il s'adressait à la caverne en l'appelant par son nom alors que j'ai toujours cru qu'il s'agissait tout simplement d'une formule magique, *Sésame* ! Mais peu importe : c'est du feu que je veux te parler, le feu que j'ai allumé pour représenter le feu que tu as dans le cœur, le feu en toi que j'aime. Tu sais cela. Je sais que tu le sais. Donc nous voici là et depuis un certain temps, es-tu heureux, ton bonheur est le chef-d'œuvre de ma vie aussi j'espère que tu répondras oui, maintenant tu dois te demander si moi je suis heureuse et je réponds, oui, mais. Comment, penses-tu, peut-il y avoir un mais alors que je sais où tu m'as trouvée et où je suis à présent et j'admets que tu m'as tout donné que tu m'as donné la vie mais c'est toujours oui mais, oui il y a toujours un mais. Tu n'as pas à poser la question tu dois le savoir. Je suis une femme jeune. Je suis prête à être plus qu'une amante même si être ton amante est ce qui m'importe le plus mais j'aimerais aussi être, tu sais bien ce que je désire, être une mère. Oui je sais bien que cela viole les termes de notre arrangement puisque j'avais dit que pour toi je renonçais à la maternité et que notre amour serait notre enfant mais le corps a ses exigences, le cœur aussi, et on ne peut les ignorer. Voilà donc où j'en suis, mon chéri, et c'est un dilemme et je ne vois qu'une manière d'en sortir même si cela me brise le cœur et c'est donc le cœur brisé que je te dis cela en raison de l'immense respect que j'éprouve pour toi et du respect de mon propre honneur qui m'oblige à tenir les engagements de notre accord mon amour je dois te quitter. Je t'aime tellement mais à cause des exigences de mon jeune corps et le cœur brisé je dois m'en aller et trouver le moyen d'avoir un enfant même si l'idée de ne pas être auprès de toi me tue c'est la seule solution que je puisse trouver et donc, mon chéri, je dois te le dire. Adieu.

*

Aux échecs, le mouvement connu sous le nom de gambit de la reine n'est presque jamais utilisé parce qu'il sacrifie la pièce la plus puissante de l'échiquier au profit d'un avantage douteux en termes de position. Seuls les grands maîtres, capables d'anticiper plusieurs coups, d'envisager toutes les variantes et d'être ainsi certains du succès d'un tel sacrifice, peuvent oser une manœuvre aussi audacieuse : l'abandon de la reine pour tuer le roi. Bobby Fischer, lors de la Partie du Siècle qui a tellement fait parler d'elle, jouait avec les noirs et utilisa de manière dévastatrice le gambit de la reine contre Donald Byrne. Au cours de mon séjour dans la maison Golden, je découvris que Vasilisa Arsenieva Golden étudiait avec passion le "jeu royal" et fut capable de me montrer le fameux "échec et mat" en vingt-deux coups lors duquel le grand maître russe Mikhaïl Tal utilisa le sacrifice de la reine pour contrer son adversaire, un certain Alexander Koblentz. Quand Suchitra était partie travailler à son film, Vasilisa et moi nous jouions aux échecs par ces après-midis désœuvrés et c'était toujours elle qui gagnait, mais ensuite elle me montrait comment elle avait fait, insistant pour que j'améliore le niveau de mon jeu. Et je m'aperçois, rétrospectivement, qu'elle m'enseignait également le jeu de la vie, allant jusqu'à me montrer le coup qu'elle allait faire avant de le jouer. Quand elle demanda le divorce à Néron Golden, je compris à quel point elle était intelligente. C'était le coup gagnant.

Sa demande le choqua et dans un premier temps il se retrancha dans la brutalité, se querellant violemment avec elle sur le palier devant son bureau, obligeant les serviteurs fantômes à courir se mettre à l'abri, faisant remarquer sans ménagement que leurs accords financiers deviendraient caducs du fait de son départ et qu'elle allait se retrouver sans rien à part une garde-robe fantaisie et quelques babioles. "Tu vois où cela va te mener", aboya-t-il avant de se retirer dans son sanctuaire et d'en claquer la porte. Calmement, sans même essayer de rouvrir la porte, elle se rendit dans son dressing et entreprit de faire ses bagages. J'allai la voir. "Où irez-vous ?" demandai-je. À cet instant, quand elle darda sur moi le pouvoir foudroyant de son regard, je vis pour la première fois la reine-sorcière démasquée et de fait je fis un pas en arrière, prêt à m'enfuir. Elle éclata de rire et ce n'était pas son rire habituel de jolie femme mais quelque chose de radicalement plus sauvage. "Je n'irai nulle part, rugit-elle. Il reviendra à moi en rampant et me suppliera de rester et jurera de satisfaire les désirs de mon cœur."

La nuit tomba, la nuit qui accroissait le pouvoir de Vasilisa. La maison était plongée dans le silence. Dans sa chambre, Petya baignait dans la lumière bleue, perdu en lui-même et au-delà, dans les écrans de ses ordinateurs. Dans la chambre conjugale, porte ouverte, Vasilisa se tenait assise sur son côté du lit, entièrement habillée, un sac de voyage posé à ses pieds, les mains croisées sur sa poitrine, toutes lumières éteintes à l'exception d'une petite lampe de lecture qui soulignait sa silhouette svelte. Moi, l'espion, je guettais depuis le seuil de ma chambre. Et à minuit, sa prophétie se réalisa. Le vieil imbécile, totalement vaincu, se traîna jusqu'à elle pour rendre hommage à sa majesté, la supplier de rester et accepter ses conditions. Il resta debout devant elle, tête baissée jusqu'à ce qu'elle se relève, l'attire vers elle avant de se laisser retomber sur l'oreiller, après quoi elle lui donna une fois de plus l'illusion qu'il était le maître chez lui, même s'il savait pertinemment, comme tout le monde, que c'était elle qui régnait.

Un enfant.

Oui.

Mon chéri. Viens plus près.

Elle éteignit la lampe de chevet.

18

J'avais un but, au moment de démarrer dans la vie, prenant l'exemple de celle de mes parents comme pavillon sous lequel naviguer, c'était de faire de mon mieux pour devenir (et ici je dois admettre publiquement avoir déjà fait un usage privé de ce terme) extraordinaire. Que pouvait-on espérer de mieux dans la vie ? Rejetant l'idée d'un René banal, piéton, monosyllabique, plébéien, j'avais fixé mon regard sur une personnalité exceptionnelle et douée dans tous les domaines, et m'étais embarqué sur mon *Argo* imaginaire pour partir à la conquête de cette toison d'or sans savoir vraiment où se trouvait ma Colchide personnelle (mais probablement quelque part dans le voisinage d'un cinéma) ni comment naviguer dans sa direction (si ce n'est qu'une caméra serait ce qui ressemblerait le plus au gouvernail dont j'aurais besoin). Puis je tombai amoureux d'une femme ravissante et me trouvai au seuil de cette vie vouée au cinéma qui était devenue mon plus cher désir. C'est dans cet état de bonheur que je m'appliquai à détruire tout ce que j'avais construit.

Le reporter sur un champ de bataille est tous les jours confronté à un choix : prendre part au combat ou pas ? Ce qui est déjà assez compliqué quand votre propre pays EST en guerre, que votre peuple est partie prenante et donc, par extension, vous aussi. Mais parfois la bataille qui se déroule n'a rien à voir avec vous. Ce n'est même pas une guerre, plutôt un match de boxe et vous vous retrouvez par hasard au bord du ring. Et tout à coup un des combattants tend le bras vers vous comme un couple d'amoureux invitant à jouer au troisième larron. *Viens te joindre à nous.* À ce moment-là, n'importe quelle personne saine d'esprit, ou du moins prudente, passerait la marche arrière et s'en irait le plus vite possible.

Je ne le fis pas. Je reconnais que ce que cela dit de moi ne plaide pas entièrement en ma faveur. Ce qui suit, à savoir le récit de la manière dont j'ai pris part à cette guerre, est moins admirable encore. Car non seulement j'ai trahi à la fois mon hôte sous son propre toit et la femme que j'aimais et qui m'aimait, mais je me suis trahi moi-même. Après quoi j'ai compris que les questions auxquelles Néron Golden m'avait demandé de réfléchir à son propos s'appliquaient aussi bien à moi. Est-il possible pour un homme d'être bon quand il est par ailleurs méchant ? Le mal peut-il coexister avec le bien et si oui est-ce que ces termes veulent encore dire quelque chose quand ils sont acculés à une alliance aussi inconfortable, voire tout simplement impossible ? Il se pourrait, pensai-je, que lorsque bien et mal sont séparés ils deviennent aussi destructeurs l'un que l'autre, que la figure du saint soit aussi effrayante et dangereuse que celle de la canaille la plus éhontée. Et pourtant, lorsque le bien et le mal sont mélangés dans les bonnes proportions, juste à point, comme le whisky et le vermouth, cela donne le Manhattan classique de l'animal humain (mais oui avec un trait de bitter et un zeste d'orange, vous pouvez transformer à votre guise tous ces éléments en allégories et même les glaçons dans le verre). Mais je n'avais jamais très bien su quoi faire de cette notion de yin et de yang. Peut-être cette union des contraires pour constituer la nature humaine n'était-elle que la fable que se racontaient les humains pour se débarrasser de leurs imperfections en les justifiant. Mais c'était peut-être trop simple et la vérité c'était que les mauvaises actions l'emportaient sur les bonnes. Qu'est-ce que cela changeait, par exemple, que Hitler ait été un amoureux des chiens.

Les choses commencèrent ainsi : Vasilisa me demanda de l'accompagner, comme elle le faisait parfois depuis que j'habitais la maison Golden, pour aller faire du shopping dans les boutiques de luxe les plus chics de Madison Avenue, *parce que j'ai confiance dans ton goût, chéri, et que Néron, tout ce qu'il veut, c'est que ce soit sexy, plus on en montre mieux ça vaut, mais ce n'est pas vrai, n'est-ce pas, nous le savons bien, parfois ce qui est caché est plus excitant que ce qui est dévoilé*. À dire vrai, acheter des vêtements n'avait jamais été une de mes activités favorites, j'achetais les miens, quand ça m'arrivait, le plus souvent sur Internet et en vitesse. Dans une boutique à la mode, mes capacités d'attention étaient limitées. Suchitra n'était pas vraiment opposée à la mode (elle avait pas mal d'amis qui travaillaient dans cette branche et elle portait les habits qu'ils lui envoyaient avec panache et bon goût mais elle était totalement opposée à l'idée de traîner dans les magasins, c'était d'ailleurs l'un des nombreux traits qui me la rendaient sympathique). Pour Vasilisa au contraire, les maisons de haute couture étaient une scène de théâtre et il me revenait le rôle d'être son public, applaudissant ses entrées ou quand elle cambrait la taille pour se regarder dans la glace par-dessus son épaule, puis quand elle regardait le miroir humain que je constituais puis se contemplant encore une fois tandis qu'un essaim de vendeuses applaudissait et roucoulait. Et c'était vrai : quoi qu'elle porte, elle avait l'air exceptionnelle, elle était l'une des quelque deux cents Américaines pour qui ces vêtements étaient conçus, elle était comme un serpent capable de se faufiler dans de nombreuses peaux différentes et d'en sortir, glissant de celle-ci à celle-là, tandis que sa petite langue fourchue léchait le coin de ses lèvres, s'adaptant et se faisant adorer, s'habillant, pour tuer, comme les serpents.

Cet après-midi-là, sa beauté resplendissait d'un éclat encore plus vif, elle éblouissait encore davantage comme si elle, qui n'avait guère besoin de se forcer pour avoir de l'allure, se donnait plus de mal qu'il n'en fallait. Les employés de nombreux magasins, les Fendivini, les Guccisti, les Pradarlings réagissaient en surenchérissant dans l'adulation au-delà même de leurs habitudes professionnelles. Ce qu'elle accueillait comme le minimum qui lui était dû. Toute cette adoration achevée, après avoir fait une entrée triomphale dans le restaurant du septième étage de chez Bergdorf Goodman, où elle appelait les serveurs par leur prénom, feignant d'ignorer mais en même temps accueillant l'attention admirative de femmes minces et riches de tous âges, allant s'asseoir à "sa table" près de la fenêtre, penchée en avant, les coudes posés sur la table et les mains calées sous le menton, me regardant droit dans les yeux, elle me posa la question catastrophique.

"René, est-ce que je peux te faire confiance ? Vraiment, à cent pour cent ? Parce que j'ai besoin de quelqu'un à qui faire confiance et je pense qu'il n'y a que toi."

C'était là, comme disaient les vieux manuels de grammaire latine, une question introduite par *nonne*, à laquelle on attend pour réponse un "oui", c'était le seul genre de questions que posait Vasilisa, des questions auxquelles on ne pouvait répondre que par oui, veux-tu venir faire des courses avec moi, est-ce que je suis bien comme ça, veux-tu remonter ma fermeture éclair, penses-tu que la maison est belle, veux-tu faire une partie d'échecs, m'aimes-tu. Il était impossible de répondre non, de sorte que bien sûr j'ai dit oui mais je dois reconnaître que, métaphoriquement, j'ai croisé les doigts derrière mon dos. Quel hypocrite j'étais ! Peu importe, tous les écrivains sont des voleurs et j'étais alors en pleine activité. "Bien sûr, répondis-je, de quoi s'agit-il ?"

Elle ouvrit son sac à main et en sortit une lettre pliée qu'elle me tendit par-dessus la table. "Chut", fit-elle. Deux feuilles de papier venant d'un laboratoire d'analyses de l'Upper West Side, les résultats de divers examens qu'avaient subis Vasilisa et Néron Golden. Elle reprit le feuillet qui la concernait. "Celui-ci n'a aucune importance, dit-elle, en ce qui me concerne tout va bien à cent pour cent." Je regardai le feuillet qui me restait en main. Je ne suis pas très doué pour déchiffrer ce genre de documents, elle dut voir la perplexité sur mon visage et se rapprocha en se penchant sur la table. "C'est un séminogramme, siffla-t-elle, une analyse du sperme." Oh ! Je parcourus les différents taux et commentaires. Je n'y comprenais rien. Mobilité. Oligozoospermie. Vitalité NICE. "Qu'est-ce que ça signifie ?" murmurai-je. Elle poussa un soupir d'exaspération : tous les hommes étaient-ils donc à ce point incompétents, même quand il s'agissait de questions concernant leur virilité ? Elle répondit très lentement, articulant les mots de manière exagérée pour que je comprenne : *"Cela veut dire qu'il est trop vieux pour avoir un enfant. C'est sûr à quatre-vingt-dix-neuf pour cent."*

Je comprenais à présent la tension qu'elle ressentait et qui l'avait amenée à parler un peu trop fort. Elle avait sorti le grand jeu et Néron avait cédé, et maintenant cette nouvelle. "On dirait qu'il l'a fait exprès, dit-elle en parlant très bas de nouveau. Sauf que je sais que ce n'est pas le cas. Il se prend pour un tigre, une machine, il peut faire des enfants rien qu'en regardant une femme de travers. Cela va lui porter un coup terrible.

— Que comptez-vous faire ?

— Finis ta salade César, dit-elle, on en parlera après le déjeuner."

Dans le parc, le sol était couvert de neige, un orateur sans abri dégoisait sur le chemin qui menait au manège. C'était un type de l'ancien temps, en plein délire verbal, un Blanc, avec une barbe grise en bataille, un bonnet de laine enfoncé jusqu'aux sourcils, une salopette en jean, des mitaines, des petites lunettes rondes à la John Lennon, on aurait dit qu'il avait joué de la planche à laver dans un *jug band* du Sud. Mais sa voix n'avait pas le moindre accent du Sud et ce monsieur avait une thèse à exposer dans un style plutôt tarabiscoté. La vie privée des hommes et des femmes en Amérique, voulait-il nous dire, était menacée d'extinction par la vie publique des armes à feu qui étaient devenues conscientes et avaient entrepris de décimer l'espèce humaine pour, en fin de compte, la soumettre. Trois cents millions d'armes vivantes en Amérique, autant que d'habitants, essayaient de créer un petit *Lebensraum* en éliminant des quantités significatives d'êtres humains. Les armes étaient devenues vivantes ! Elles avaient désormais leur propre intelligence ! Elles ambitionnaient de faire ce qu'il était dans leur nature de faire, *i. e.*, c.-à-d., à savoir, tirer. Par conséquent, ces armes à feu vivantes permettaient aux hommes de se flinguer les *parties* pendant qu'ils posaient nus pour faire des selfies, pan ! Et elles encourageaient les pères à descendre accidentellement leurs enfants dans des stands de tir dont *la sécurité était garantie à cent pour cent*, accidentellement ? Ce n'était pas son avis ! Pan ! Elles *incitaient* de jeunes enfants à abattre leur mère d'une balle dans la tête pendant qu'elle conduisait le SUV familial, blam ! Et encore il n'avait pas évoqué les massacres, ra-ta-ta-ta ! Sur les campus, ra-ta-ta-ta ! Dans les centres commerciaux ! Ra-ta-ta-ta dans cette foutue *Floride*, ra-ta-ta-ta ! Il n'avait même pas *commencé* à parler des pistolets des *flics* qui prenaient vie et les poussaient à éliminer des Noirs ni des armes des vétérans fous qui poussaient ceux-ci à tuer de sang-froid des officiers de police. Non ! Il n'avait même pas *effleuré* le sujet. Ce qu'il nous disait, ce jour d'hiver dans le parc, c'est que *nous étions envahis par des machines tueuses.* Les armes inanimées étaient devenues vivantes comme un jouet qui prend vie dans un film d'horreur, comme si votre ours en peluche s'était mis à penser, et à quoi pensait-il ? Il avait envie de vous trancher la gorge. Comment pouvait-on s'intéresser à ses petits soucis personnels quand cette merde nous tombait dessus ?

Je posai deux dollars dans la sébile à ses pieds et nous poursuivîmes notre chemin. Ce n'était pas le moment de discuter du Deuxième Amendement. "Je vais te dire ce que je vais faire, dit Vasilisa. Je vais protéger Néron de cette information et tu vas en faire autant. Assieds-toi là. Nous allons corriger ces résultats." Nous étions assis à l'une des tables proches du manège qui était fermé pour l'hiver. Elle prit son stylo et se mit à modifier méthodiquement les chiffres écrits à la main. "Mobilité I, en chiffres romains, dit-elle, ce n'est pas bon. Cela signifie aucune mobilité, et sans mobilité il n'y a pas de mouvement en avant, tu vois ce que je veux dire. Mais si on ajoute un petit V après le I, cela donne maintenant Mobilité IV, c'est parfait. Et ici, taux de spermatozoïdes, 5 millions par millilitre, c'est très peu mais je mets un petit 1 devant le 5, et voilà 15 millions, ce qui est le taux normal d'après l'Organisation mondiale de la santé. J'ai vérifié. Et puis ici, ici, et là. On améliore, on améliore, on améliore. Tu vois ? Maintenant il va très bien. Maintenant il est parfaitement capable d'avoir des enfants."

Elle applaudit littéralement. Le pouvoir du sourire de bonheur qui s'étala sur son visage était tel qu'il aurait presque pu convaincre la personne à qui il était adressé (moi) que la fiction était réalité, que le fait de falsifier un diagnostic allait véritablement modifier ce diagnostic dans le monde réel. Presque mais pas complètement. “Cela va épargner son ego, dis-je, mais ce n’est pas une cigogne qui va apporter le bébé, n’est-ce pas ?

— Bien sûr que non.

— Et alors vous allez faire semblant de continuer à essayer pendant un certain temps pour finir par le convaincre d’adopter ?

— L’adoption est hors de question.

— Alors je ne comprends pas.

— Je trouverai un donneur.

— Un donneur de sperme.

— Oui.

— Comment pourrez-vous lui faire accepter cela du moment qu’il ignore que son sperme est stérile.

— Il ne l’acceptera jamais.

— Vous allez recourir à un donneur de sperme sans lui en parler ? Comment est-ce possible ? N’y a-t-il pas des documents à signer ? Son accord n’est-il pas nécessaire ?

— Il ne donnera jamais son accord.

— Alors quoi ?”

Elle se pencha par-dessus la table et me prit les mains. “Mon cher René, c’est là que tu interviens.”

*

Plus tard.

“Je ne veux pas de l’enfant d’un étranger, dit-elle. Je ne veux pas être mise enceinte par une spatule. Je veux le faire de la façon traditionnelle, avec quelqu’un en qui j’ai confiance, quelqu’un qui pour moi fait partie de la famille, quelqu’un qui est un ravissant jeune homme fascinant et qui pourrait facilement, ne sois pas gêné par ce que je dis, qui pourrait m’exciter. Prends-le pour un compliment, je te prie. Je veux le faire avec toi.

— Vasilisa, dis-je. C'est une idée terrible. Cela reviendrait non seulement à tromper Néron mais aussi à jouer un sale tour à Suchitra.

— Pas à tromper, dit-elle, et ce ne sera pas un sale tour, à moins que ça ne te déplaise de le faire. C'est juste un service que tu me rendrais en privé."

*

Plus tard.

"Néron, René, dit-elle un peu rêveuse. C'est presque comme si vous aviez le même prénom, les mêmes syllabes, presque les mêmes, juste disposées différemment. Tu vois ? C'est le destin."

Il se mit à neiger légèrement. *Flocons feutrés, feutrés flocons.* Vasilisa remonta le col de son manteau et sans ajouter un mot partit résolument en direction de l'ouest. Enveloppé dans la blancheur, votre narrateur abasourdi vécut alors ce qu'il devait décrire plus tard comme une expérience de sortie du corps. Il lui semblait entendre une musique d'outre-tombe, comme si le manège fermé jouait la chanson de Lara du *Docteur Jivago*. Il avait l'impression de flotter au-dessus de son épaule droite et de se regarder tandis qu'il la suivait désespérément à travers le parc jusqu'à Colombus Circle, son corps semblait avoir perdu tout pouvoir et s'être entièrement rendu à sa volonté à elle, comme si elle avait été une sorte de *bokor* haïtien et qu'il s'était, lors du déjeuner chez Bergdorf Goodman, fait administrer le fameux concombre-zombie qui avait embrouillé le fonctionnement de sa pensée et avait fait de lui son esclave à jamais. (Je sais bien qu'en passant à la troisième personne et en alléguant la défaite de ma volonté je tente d'échapper à tout jugement moral. Je sais aussi que "Il n'a pas pu faire autrement" n'est pas une ligne de défense très solide.

Accordez-moi au moins ceci : que j'en suis parfaitement conscient.)

Son/mon hallucination inspirée par Julie Christie disparut et il en vint / j'en vins à penser au film de Polanski, *Le Couteau dans l'eau*. L'histoire du couple qui invite un auto-stoppeur à bord de son bateau. La femme finit par coucher avec l'intrus. Manifestement, je me voyais, avec un certain déplaisir, dans le rôle de l'auto-stoppeur, la troisième pointe du triangle. Peut-être le couple du film était-il mal marié. La femme en tous les cas était clairement attirée par l'auto-stoppeur et n'avait aucune objection au fait de coucher avec lui. L'auto-stoppeur était une ardoise vierge sur laquelle le couple marié écrivait son histoire. Et c'est ce que j'étais moi-même, suivant les pas de Vasilisa pour qu'elle pût écrire un avenir conforme à ce qu'elle avait décidé. On arrivait à la 60e Rue ouest, où elle franchit majestueusement les portes d'un hôtel cinq étoiles. Je la suivis dans l'ascenseur et nous montâmes au cinquante-troisième étage sans nous arrêter à la réception située au trente-cinquième. Elle avait déjà la clef de la chambre. Tout avait été prévu et, toujours sous l'emprise de cette étrange passivité languissante, je n'eus pas la volonté de contrecarrer ce qui allait se produire.

"Entre vite", dit-elle.

*

Plus tard.

Il y a une phrase que j'ai toujours attribuée à François Truffaut, même si maintenant en cherchant bien, je ne trouve aucune preuve qu'il l'ait jamais prononcée. C'est donc sur un mode apocryphe que Truffaut aurait dit : "L'art du cinéma consiste à pointer une caméra sur une belle femme." En regardant Vasilisa Golden dont la silhouette se découpait contre la fenêtre par laquelle on apercevait les eaux hivernales de l'Hudson, celle-ci m'apparaissait comme l'une de ces déesses du cinéma qui se serait échappée des films que j'aimais, sortant de l'écran pour entrer dans la salle à la manière de Jeff Daniels dans *La Rose pourpre du Caire*. Je pensai à Ornella Muti quand elle ensorcelle Swan dans le film que Schlöndorff a tiré de Proust, à Faye Dunaway dans le rôle de Bonnie Parker quand, d'une petite moue sensuelle, elle captive Warren Beatty dans le rôle de Clyde Barrow, ou à Monica Vitti chez Antonioni, érotiquement recroquevillée dans un coin et murmurant *No lo so*, ou à Emmanuelle Béart revêtue de sa simple beauté dans *La Belle Noiseuse*. Je pensai aux godardettes : Seberg dans *À bout de souffle*, Karina dans *Pierrot le Fou*, Bardot dans *Le Mépris*, puis tentai de me gendarmer en repensant aux violentes critiques féministes contre le cinéma de la Nouvelle Vague, à la théorie du "regard masculin" de Laura Mulvey qui suggérait que le public était obligé de voir ces films du point de vue du mâle hétérosexuel, les femmes étant ramenées au statut d'objets, etc. Jusqu'à Mailer, le prisonnier du sexe en majesté, qui lui aussi me vint à l'esprit, mais que je congédiai presque aussitôt. S'agissant de la conscience que j'ai des choses : oui, c'est vrai que j'ai bien conscience que je vis trop dans ma tête, que je suis trop profondément immergé dans les films, les livres, l'art au point que les mouvements de mon cœur, le caractère infidèle de ma nature profonde, me restent parfois inintelligibles. Dans le cas des événements qu'il me faut à présent rapporter, j'étais bien obligé de regarder en face qui j'étais réellement et donc de m'en remettre à la clémence féminine pour me sauver. Et elle était là, devant moi, ma reine diabolique, ma Némésis, la future mère de mon enfant.

*

Plus tard.

Dans un premier temps, elle fit montre d'une attitude pragmatique, autoritaire, à la limite de la brutalité. "Tu veux un verre ? Ça va t'aider ? Ne fais pas l'enfant, René, nous sommes entre adultes. Sers-toi à boire. Sers-moi aussi. Une vodka. Avec des glaçons. Le seau à glace est plein. Allons, buvons à notre projet, qui est, dans un sens, magnifique. La création de la vie. N'est-ce pas pour cela que nous sommes sur terre ? Les espèces s'efforcent de se reproduire. Allons-y nous aussi."

Et d'ajouter après non pas une vodka mais deux : "Aujourd'hui on se contentera de briser la glace. Aujourd'hui le moment n'est pas encore venu de faire un enfant. Ensuite je te tiendrai au courant de mes périodes d'ovulation et tu te rendras disponible. J'en connais toujours précisément le moment. Je suis réglée comme les trains dans l'Italie de Mussolini. Cette suite restera disponible en permanence. Voici ta clef. C'est ici que je te retrouverai, trois fois en tout au cours de chaque cycle. Le reste du temps notre relation sera comme d'habitude. Tu acceptes, naturellement."

C'était le ton qu'elle employait pour s'adresser au personnel de maison et il s'en fallut de peu qu'il me tire de mon rêve. "Non, mon chou, ne prends pas une attitude négative, fit-elle d'une voix complètement différente, basse, aguicheuse. Nous sommes ici ensemble, ce qui veut dire que nous avons déjà pris toutes les décisions importantes. L'heure est au plaisir et à partir de maintenant tu vas en avoir beaucoup, je peux te le garantir.

— Oui", dis-je, mais une trace de doute devait s'être glissée dans ma voix car elle monta le volume de l'érotisme. "Chéri, bien sûr que oui et moi aussi je vais prendre du plaisir parce que regarde-toi, un beau gosse comme toi. Allons tout de suite dans la chambre. Je n'en peux plus d'attendre."

Quelle joueuse extraordinaire ! Comme elle s'était vite remise d'avoir reçu cette mauvaise donne inattendue ! Car le coup avait dû être terrible pour elle, quand elle avait reçu les résultats du séminogramme qui ruinaient ses projets, oui, en dépit de la soudaineté de la catastrophe, elle avait sur-le-champ, à l'intuition, pris l'initiative de cacher l'information à son mari. Après quoi, sans la moindre hésitation, elle avait joué le tout pour le tout en misant sur moi, étayant sa confiance par l'idée qu'elle se faisait de mon caractère et de son propre pouvoir de séduction (elle avait perçu en moi l'esprit de sérieux, ce qui signifiait qu'on pouvait me faire confiance pour garder un secret, tout autant que la faiblesse qui me rendrait incapable de résister à ses incommensurables charmes). Et tout cela en sachant très bien qu'en cas d'échec de son stratagème, si son mari venait à apprendre la vérité, sa position deviendrait intenable et qu'elle serait même peut-être en danger. Et moi avec : elle m'avait rendu partie prenante de sa machination sans la moindre considération pour ma sécurité ou mon avenir. Mais je ne peux pas lui en vouloir car je la trouvais irrésistible, l'offre de son corps était trop tentante et j'entrai moi-même de plein gré dans le piège. Et maintenant j'y étais, j'étais son complice moralement tout aussi compromis qu'elle et je n'avais plus d'autre solution que d'aller de l'avant, de garder ses secrets qui étaient aussi les miens. J'avais autant à perdre qu'elle.

Elle m'attira sur le lit. "Le plaisir fait de beaux enfants, dit-elle. Mais il est aussi agréable en tant que tel."

Coupez.

19

“Je ne les aime pas, tes Golden, dit Suchitra. Je voulais te le dire. Tu devrais te dépêcher de déménager.” Elle s’expliqua davantage devant notre désormais rituel cocktail du soir dans un pub de style anglais proche de Washington Square : Irish whiskey *on the rocks* pour elle, vodka et soda pour moi. “En fait, je n’ai rien contre les fils, mais le père… très peu pour moi, et sa femme, *idem*. Mais c’est surtout la maison. Elle me flanque les jetons. Je ne saurais pas dire pourquoi mais c’est comme ça. On dirait le manoir de la famille Addams. Ça ne te fait pas cette impression quand tu y es ? C’est comme une maison hantée. Ces gens riches, déracinés, qui rejettent leur histoire, leur culture et leur nom. Et qui s’en sortent à cause d’un accident dans la couleur de leur peau qui leur permet de ne pas attirer le regard. Quel genre de gens sont-ils, à renier leur propre race ? Je me fiche de savoir si on vit sur la terre de ses ancêtres ou non, je ne propose pas une sorte de programme nativiste anti-immigration mais s’ils font comme si elle n’existait pas, s’ils prétendent qu’ils n’y ont jamais vécu et qu’elle n’a aucune importance pour eux, ni eux pour elle, ça me donne l’impression qu’ils acceptent, d’une certaine façon, d’être morts. Comme s’ils vivaient une vie d’outre-tombe de leur vivant. Je les vois bien dormant la nuit dans des cercueils. Non, bien sûr, pas vraiment mais tu vois ce que je veux dire.”

Suchitra était une New-Yorkaise atypique. "J'ai toujours imposé trois règles à mes partenaires, me dit-elle la première fois que nous fîmes l'amour. Tu gagnes ton propre salaire, tu vis dans ton appartement et tu ne me demandes pas de t'épouser." Pour sa part, elle vivait modestement dans un petit deux-pièces qu'elle louait à Battery Park City. "En réalité je n'occupe qu'une seule pièce, faisait-elle remarquer, l'autre est pour les vêtements et les chaussures." C'était une pièce d'angle avec de grandes fenêtres, de sorte que le fleuve était l'œuvre d'art accrochée au mur avec la brume qui se formait à l'aube, les blocs de glace en hiver suivis par les premières voiles du printemps, les cargos, les remorqueurs, les ferries, le voilier de course arborant le pavillon arc-en-ciel du club nautique gay local, et son cœur débordait d'amour pour sa ville chaque fois qu'elle regardait cette vue, jamais deux fois la même, le vent, la lumière et la pluie, la danse du soleil et de l'eau, l'appartement de l'immeuble d'en face avec son grand télescope en cuivre à la fenêtre donnant directement sur son lit, dont la rumeur disait qu'il appartenait à Brad Pitt qui s'en servait comme pied-à-terre quand il voulait échapper à sa femme, et la dame verte à la torche qui surveillait le tout d'un peu plus loin, éclairant le monde. "Cette ville est l'amour de ma vie, me dit-elle dès le début. Elle serait jalouse si un type s'installait chez moi."

Cela me convenait très bien. C'était dans mon tempérament de préférer un peu d'espace et de silence autour de moi et j'aimais les femmes indépendantes : ses conditions furent donc facilement acceptées. Pour ce qui est du mariage, je n'avais pas de préjugés mais je fus content de me rendre à la fermeté de sa position et m'y conformai. Pourtant je me retrouvai finalement pris dans un *zugzwang* face à des menteurs, des traîtres et des tricheurs, ce moment où il faut avancer un pion sur l'échiquier et qu'il n'y a aucun bon coup à jouer. C'était le début du printemps et le marché immobilier avait commencé à bouger ; un acquéreur fiable pour notre vieille maison de famille s'était présenté et l'accord était sur le point d'être signé. Vasilisa était très professionnelle quand elle m'en parlait ; elle ne laissait rien transparaître de notre vie secrète ni dans sa voix ni sur son visage. J'avais touché mon héritage et mon capital allait sérieusement augmenter dès que la vente serait conclue. Mon instinct me commandait pour l'instant de rester où j'étais puis de louer un appartement et de chercher autour de moi jusqu'à ce que je trouve l'endroit qui me convienne et que je l'achète. Quand Suchitra m'incitait à déménager, son conseil était donc parfaitement raisonnable mais en contradiction avec mes propres désirs. Pour trois raisons avouables et une autre secrète, je finis par résister. Je lui exposai naturellement les trois premières : "La maison est calme, dis-je, je peux, *(a)*, y travailler dans de bonnes conditions. Je dispose de la place dont j'ai besoin et on me laisse la plupart du temps vaquer à mes affaires. Et, *(b)*, tu sais que ces gens sont au cœur du projet que j'essaie de réaliser. Oui c'est vrai que le vieux est un peu bizarre mais il commence à apprécier ma compagnie. J'ai le sentiment qu'il pourrait bien se confier à moi d'un moment à l'autre et ça vaut la peine d'attendre. Je pense que Petya est pour lui un lourd fardeau et que l'âge commence à se faire sévèrement sentir, il se met soudain à se comporter comme s'il était très vieux. Et puis il y a la troisième raison, *(c)*, qui est que les Jardins ont été toute ma vie et que si je pars de chez les Golden je ne pourrai plus y avoir accès. Je ne sais pas si j'y suis prêt, à vivre sans cet espace magique."

Elle ne discuta pas. "D'accord, dit-elle de bonne grâce. Je tâtais le terrain. Fais-moi savoir quand tu seras prêt."

Les traîtres ont toujours peur que leur trahison ne soit écrite sur leur visage. Mes parents m'avaient toujours dit que j'étais incapable de garder un secret, que chaque fois que je mentais ils voyaient une lumière rouge s'allumer sur mon front. J'en étais venu à me demander si Suchitra n'avait pas commencé à percevoir cette lumière et si elle insistait pour me faire quitter la maison Golden parce qu'elle soupçonnait que mon séjour sous leur toit n'était pas entièrement innocent. Ce que je craignais le plus c'était qu'elle remarque un quelconque changement dans mon comportement sexuel. Je n'avais jamais pensé que le sexe était avant tout un sport olympique ; l'excitation et l'attirance résultaient de la profondeur des sentiments entre les partenaires, de la force de leur lien. C'était aussi l'avis de Suchitra. C'était une amante impatiente. (Son emploi du temps était tellement chargé qu'elle n'avait le temps de s'attarder sur rien.) Les préliminaires entre nous étaient réduits au minimum. La nuit, elle m'attirait à elle en disant : "Pénètre-moi tout de suite, c'est ce que je désire", après quoi elle se disait comblée, étant du genre à jouir vite et souvent. J'avais décidé de ne pas m'en offusquer et pourtant j'aurais pu me sentir déplacé dans le courant de toute l'opération. Mais c'était une personne trop délicate pour déprécier intentionnellement mes prouesses.

Avec Vasilisa, les choses se passaient tout autrement. Nos rendez-vous avaient toujours lieu l'après-midi, le classique *cinq à sept** à la française. Nous ne dormions pas ensemble. Nous ne dormions pas du tout. En outre, nos rapports sexuels tendaient vers un but, ils étaient voués à la création d'une vie nouvelle, ce qui me terrorisait et m'excitait à la fois, même si elle ne cessait de me rassurer en me disant que le bébé ne serait pas une charge pour moi, qu'il ne changerait absolument rien à mon existence. C'était de la procréation sans responsabilités. Curieusement, cette idée, au lieu de me soulager un peu, me mettait encore plus mal à l'aise. "Je vois bien, dit-elle dans le nid d'aigle de notre hôtel avec vue sur le parc, que je vais devoir faire de mon mieux pour te faire accepter la situation." Elle était fermement convaincue que la procréation exige un degré extrême d'excitation et se considérait comme une professionnelle en la matière. "*Baby*, me disait-elle d'une voix de gorge, la fille un peu vilaine, je sais faire, il faut donc que tu me racontes tes désirs secrets pour que je puisse les exaucer." S'ensuivit une relation sexuelle comme je n'en avais encore jamais connu, plus abandonnée, plus expérimentale, plus extrême et, bizarrement, plus confiante. Entre traîtres, à qui pouvions-nous faire confiance sinon l'un à l'autre ?

Suchitra : durant nos envolées sexuelles, autrement moins lyriques, allait-elle s'apercevoir que mon corps se comportait d'une manière différente, qu'il avait découvert de nouvelles pratiques, qu'il réclamait tacitement d'autres satisfactions ? Comment pourrait-elle ne pas s'en apercevoir ? Car je ne pouvais qu'être différent, tout me semblait différent, ces trois jours par mois avaient tout changé pour moi. Et que dire de mes épuisements mensuels après mes batifolages de l'après-midi ? Comment les justifier et expliquer la régularité de leur retour ? Elle se doutait sûrement de quelque chose. Elle devait s'en douter. Impossible de lui cacher de tels changements à elle, mon amie la plus intime.

Elle semblait n'avoir rien remarqué du tout. Le soir nous parlions boulot avant de nous endormir. Notre relation n'avait jamais impliqué de faire l'amour tous les soirs. Nous nous trouvions bien ensemble, heureux de simplement nous serrer l'un contre l'autre et de nous reposer. Cela se passait la plupart du temps chez elle. (Elle m'y accueillait toujours volontiers du moment que je ne parlais pas d'emménager chez elle.) Elle n'aimait pas beaucoup venir passer la nuit dans la maison Golden. Par conséquent, nous ne dormions pas ensemble toutes les nuits, loin de là. De la manière dont se passaient les choses, il ne m'était guère difficile de cacher mon jeu. Elle continua pourtant à mettre sur le tapis la question de mon départ de Macdougal Street. “Tu pourrais toujours accéder aux Jardins grâce à d'autres voisins, plaidait-elle. Tes parents étaient très appréciés et ils étaient en excellents termes avec bon nombre d'entre eux.

— J'ai besoin de passer encore un peu de temps auprès de Néron, dis-je. L'idée d'un homme qui efface toutes ses références, qui veut ne pouvoir être rattaché à rien de son histoire, je veux creuser cette affaire. Une telle personne peut-elle encore être considérée comme un homme ? Cette entité à la dérive sans ancre ni amarres ? C'est intéressant, non ?

— Ouais, dit-elle, d'accord”, et se retournant, elle s'endormit.

*

Plus tard.

“Et la courtisane ? me demanda Suchitra. Tu la vois souvent ?

— Elle s'achète des vêtements, répondis-je, et vend des appartements de luxe à des Russes.

— J'ai autrefois voulu faire un documentaire sur les courtisanes, dit-elle, Mme de Pompadour, Nell Gwynn, Mata Hari, Umrao Jaan. J'ai fait un tas de recherches. Je reprendrai peut-être le projet un jour.”

Cette fois, c'était sûr : elle avait des soupçons.

“D'accord, dis-je. Je vais déménager.”

Coupez.

*

Quand je regardais le monde autour de moi, j'y voyais reflétée ma propre faiblesse morale. Mes parents avaient grandi dans un monde enchanté, la dernière génération à ignorer le chômage, la dernière époque où l'on pouvait faire l'amour sans avoir peur, la dernière période où la religion ne se mêlait pas à la politique mais, d'une certaine façon, ces années passées dans un conte de fées les avaient enracinés, les avaient rendus plus forts, leur avaient donné la conviction que, par la seule force de leurs propres actions, ils pouvaient changer et améliorer leur monde, elles leur avaient permis de croquer la pomme du jardin d'Éden qui donne la connaissance du bien et du mal sans tomber sous l'emprise des yeux en spirale de Kaa, le Serpent fatal et trompeur du *Livre de la jungle*. Alors que maintenant l'horreur gagnait du terrain à toute allure, on fermait les yeux ou on se faisait une raison. Ces mots n'étaient pas de moi. Dans l'un des curieux moments provinciaux de Manhattan, le même vitupérateur que j'avais croisé dans Central Park descendait Macdougal Street sous ma fenêtre mais, ce jour-là, en parlant de trahison, proclamant avoir été trahi par sa famille, ses employeurs, ses amis, sa ville, son pays, tout l'univers, l'horreur se répandait et nous, nous détournions le regard… comme si ma conscience avait pris la forme d'un sans-abri fêlé qui parle tout seul sans même avoir l'excuse d'un écouteur de téléphone portable pendu à l'oreille. Temps chaud, mots glacés. Existait-il bien en chair et en os ou était-ce mon sentiment de culpabilité qui l'avait suscité ? Je fermai les yeux puis les rouvris. Il s'éloignait en direction de Bleecker Street. Ce n'était peut-être pas le même type.

À certains moments, ma situation d'orphelin semblait sortir de moi et envahir le monde jusqu'à le remplir, du moins la partie qui était dans mon champ de vision. Des moments de délire. J'en vins à penser que c'est sous l'emprise d'un de ces moments de déséquilibre que j'avais donné mon accord au dangereux projet de Vasilisa Golden. J'en vins à penser que mes lamentations sur l'état de la planète qui me préoccupait de plus en plus provenaient de mon propre petit deuil et que le monde ne méritait pas d'être vu sous un jour si triste. Si je parvenais à m'extraire de mon abîme moral, le monde se soignerait, le trou de la couche d'ozone se refermerait, les fanatiques se retireraient dans leurs labyrinthes obscurs sous les racines des arbres ou dans les fosses du fond de l'océan, le soleil se remettrait à briller tandis qu'une musique joyeuse inonderait l'atmosphère.

Oui, il était temps de partir. Mais qu'est-ce qu'un déménagement pouvait régler ? J'étais toujours dépendant de mes trois après-midis par mois au cinquante-troisième étage. Le stratagème mettait plus longtemps que Vasilisa l'avait espéré à porter ses fruits et elle avait commencé à se plaindre. Elle m'accusait d'avoir une mauvaise approche de la chose. Je lui portais la poisse, d'une certaine manière. Il fallait que je m'applique, que je me concentre et, par-dessus tout, que je veuille que ça marche. Sinon ça ne se produirait pas. Le bébé ne se sentant pas vraiment désiré ne se montrerait pas. "Tu ne peux pas me refuser cela, dit-elle. Peut-être as-tu seulement envie de me baiser, c'est ça ? Alors tu fais durer les choses. Bon, d'accord, je peux envisager de continuer à baiser avec toi après. Du moins de temps en temps." Quand elle parlait ainsi, cela me donnait envie de pleurer mais mes larmes n'auraient fait que renforcer sa conviction selon laquelle, pour une raison quelconque, je lui refusais la part la plus fertile de mon sperme, que j'étais, à ses yeux, biologiquement indigne. Je m'étais fourré dans une situation folle et je voulais qu'on en finisse, je ne voulais pas qu'on en finisse, je voulais qu'elle tombe enceinte, non je ne voulais pas, oui je voulais, non, je ne voulais pas.

Et puis cela arriva. Et elle me quitta pour toujours, me laissant dévasté. Amoureux d'une autre, c'est vrai, mais dévasté par la perte de nos extraordinaires délices traîtresses.

Dans le film que j'imaginais, l'œuvre qui constituerait la trahison ultime, le récit, à ce moment, devait se détourner de Vasilisa pour se reporter sur son mari. Donc : elle sortit de la suite du cinquante-troisième étage, la porte se referma et tout fut terminé.

– L'art a besoin de trahison et il la surmonte parce que la trahison est transmuée en art. C'est bien ça, hein ? Hein ?? –

Lent fondu au noir.

*

"Vous savez d'où je viens, dit Néron Golden en plissant les yeux. Je sais que vous le savez. Personne ne peut garder les choses *sub rosa* par les temps qui courent." Tard dans la soirée, il m'avait emmené dans son sanctuaire parce qu'il voulait parler. J'étais tout à la fois excité et effrayé. Effrayé parce que je me demandais s'il allait m'apprendre qu'il était au courant de ce que je trafiquais avec Mrs Golden. Et s'il nous avait fait suivre, et s'il avait sur son bureau le dossier des photos prises par un détective privé ? L'idée était profondément perturbante. Et excité, parce qu'il allait peut-être se livrer comme je l'avais espéré, le moment des aveux où un homme vieillissant, lassé de la personnalité inconnue dans laquelle il s'était drapé, avait envie, une fois encore, d'être reconnu : "Oui, monsieur", dis-je. "Ne me dites pas un truc pareil, s'écria-t-il d'un ton plutôt bienveillant. Continuez donc à faire semblant d'être un petit morveux ignorant et prenez l'air surpris quand je vous dis quelque chose, d'accord ?" "Ça marche", répondis-je.

Durant la grossesse de sa femme, la détérioration de l'état de santé de Néron Golden devint peu à peu évidente pour tout le monde. Il n'était plus si loin du terme de sa huitième décennie et la lente et perfide dégradation du cerveau s'était mise en marche. Il sortait encore tous les matins vêtu de sa tenue de tennis d'un blanc immaculé, coiffé d'une casquette de baseball blanche en faisant des moulinets avec sa raquette et avec son air coutumier d'homme d'affaires pas-là-pour-rigoler, et revenait, suant et exsudant le contentement viril, quatre-vingt-dix minutes plus tard. Il lui était pourtant, quelques jours avant ma convocation tardive, arrivé une mésaventure fâcheuse. Au moment où il traversait une rue, une voiture, une Corvette vintage, avait brûlé un feu au croisement de Bleecker et de Macdougal et l'avait renversé, sans le heurter trop violemment, juste assez pour le faire tomber, pas assez pour lui provoquer une quelconque fracture. Sa réaction fut de se relever d'un bond, d'excuser aussitôt le conducteur, de refuser de déposer la moindre plainte et d'inviter l'automobiliste, un Blanc à l'épaisse chevelure blanche ondulée, à venir "prendre un café à la maison". Un tel comportement lui était si outrageusement étranger que tout le monde commença à s'inquiéter. Mais il fallut un certain temps avant que le problème soit diagnostiqué dans toute son ampleur. "Tout va bien, tout va bien, dit Néron après l'incident de la Corvette. Arrêtez d'en faire toute une histoire. Je me suis simplement occupé du type parce qu'il était manifestement choqué. C'est ce qu'il fallait faire."

Et voilà qu'à présent je me retrouvai seul avec lui dans sa tanière à la nuit tombée. Que me réservait-il ? Il m'offrit un cigare. Je refusai. Un cognac. Que je refusai également. Je n'avais jamais été amateur de digestifs. "Prenez quelque chose", m'ordonna-t-il et j'acceptai un verre de vodka. "*Prosit,* dit-il en levant son verre d'un air impérieux. Cul sec." Je m'exécutai en remarquant que de son côté il se contentait de poser les lèvres sur le bord du verre à cognac, pour la forme. "Un autre", dit-il. Je me demandai s'il essayait une fois de plus de me saouler. "Dans un petit moment, fis-je en protégeant mon verre de la paume de la main gauche, n'allons pas trop vite." Il se pencha en avant, me donna une tape sur le genou et hocha la tête. “Bien, bien, voilà un homme raisonnable.”

“Je vais vous raconter une histoire, dit-il. Il était une fois à Bombay – vous voyez, j’appelle la vieille ville par son ancien nom, la première fois que le mot franchit mes lèvres depuis que j’ai débarqué en Amérique, vous devriez être honoré de ma confiance – un homme nommé Don Corleone. Non, bien sûr ce n’était pas son vrai nom mais son nom ne vous dira rien. D’ailleurs le nom qu’il portait n’était pas non plus son véritable nom. Un nom ce n’est rien, c’est une poignée comme on dit ici, le moyen d’ouvrir une porte. Don Corleone vous donne une idée du genre d’homme qu’il était. C’est ma façon d’ouvrir sa porte. Sauf que ce don-là n’avait jamais tué personne, ne s’était jamais servi d’une arme. Laissez-moi vous parler de ce personnage. À l’origine il venait du Sud mais, comme tout le monde, il se retrouva dans la grande ville. Des origines modestes. Très modestes. Son père tenait un atelier de réparation de vélos près de Crawford Market. Le garçon aidait son père à réparer des bicyclettes en regardant passer les grosses bagnoles, vroum ! Une Studebaker, vroum !, une Cadillac, et il se disait, comme tout le monde, un jour, un jour… Il grandit, il travailla sur le port à décharger des cargos. Un simple docker, de dix-sept, dix-huit ans mais qui guettait sa chance. Il y avait des bateaux de pèlerins qui revenaient des lieux saints de l’Islam, les pèlerins rapportaient des marchandises de contrebande. Des transistors, des montres suisses, des pièces d’or. Des produits taxés, lourdement taxés. Don Corleone les aida à faire passer en fraude les marchandises, en les cachant dans son caleçon, dans son turban, partout. Ils le récompensèrent. Il gagna un peu d’argent.

Et voilà qu’il a la chance de rencontrer un pêcheur de Daman qui fait de la contrebande. Un certain Mister

Bakhia. À l'époque, Daman était une colonie portugaise. Surveillance relâchée. Bakhia et Don Corleone se mettent à faire de la contrebande entre Aden, Dubaï et l'Inde en passant par Daman dont les frontières sont poreuses. Excellentes affaires. Don Corleone gravit l'échelle sociale. Il devient l'ami de certains chefs d'autres familles du crime, V. Mudaliar, K. Lala, etc. Puis il copine avec les politicards, dont un certain Sanjay Gandhi, fils d'Indira. Des faits avérés. Quand arrivent les années 1970, il est devenu un *big boss*, une huile. Il y a un jeune officier de police qui le poursuit et qui ne veut pas se laisser acheter. Un type honnête. L'honnêteté est un handicap dans ce métier. Un certain inspecteur Mastan. Don Corleone s'arrange pour le faire muter dans un trou perdu et quand l'officier prend l'avion, il monte à bord lui faire ses adieux. Prends soin de toi, Mastan. Bon voyage. Carrément provocateur. Il est tellement sûr de lui à l'époque.

Son existence mêle l'aisance et la sobriété. Les meilleurs costumes, les meilleures cravates, les meilleures cigarettes, les State Express 555, et une Mercedes-Benz. Une grande maison sur Warden Road, un véritable palais, mais il vit simplement dans une seule pièce donnant sur la terrasse supérieure. Cinq mètres sur trois. Pas plus. Au rez-de-chaussée, les vedettes de cinéma vont et viennent : c'est qu'il place beaucoup d'argent dans l'industrie cinématographique, tu comprends. Et au moins trois films ont été tournés sur sa vie, joués par les plus grandes vedettes. Il a aussi épousé une actrice. Son nom en anglais se dit Goldie. Mais au milieu des années 1970, c'est la chute. L'amitié de Sanjay Gandhi se révèle fallacieuse et Don Corleone écope d'un an et demi de prison. Vidé de toute énergie, il abandonne complètement la contrebande. Au début, il sombre dans la religion, à l'instar de ces pèlerins contrebandiers qui lui ont donné sa première chance. Puis il se lance dans la politique. Au milieu des années 1990, après l'ascension de la famille dominante, la Z-Company de Zamzama Alankar, surviennent les premières attaques terroristes à Bombay, on l'y croit alors impliqué mais il est trop craintif pour tâter de ce genre de choses. Innocent, innocent, innocent. L'année suivante, crise cardiaque, mort. Une abominable histoire.

— Est-il vraiment mort de mort naturelle ? demandai-je. Il devait avoir des ennemis ?

— À l'époque, dit Néron Golden, il ne valait même plus la peine qu'on le tue."

Long silence.

"C'est donc cela, l'histoire que vous vouliez me raconter ? finis-je par dire. Puis-je savoir pourquoi ?"

Long silence.

"Non", dit-il.

Coupez.

*

On aurait dit qu'il cherchait délibérément à me titiller. C'était bien le monde dans lequel il avait grandi et cela faisait clairement partie du message qu'il m'envoyait ; mais reconnaissait-il avoir appartenu à ce monde ou expliquait-il le fait qu'il l'ait finalement rejeté, en l'abandonnant derrière lui ? Ou les deux à la fois ? Il en avait été partie prenante mais dorénavant il entendait le quitter, ce qui voulait dire partir très loin, assez loin pour échapper à tout poursuivant. Sur la base de ce qu'il m'avait dit il n'y avait pas moyen de trancher. Aussi, soulagé de ne pas avoir été confronté à ce dossier redoutable qui aurait prouvé mes rendez-vous avec sa femme, je fus bien heureux de recevoir telle quelle l'histoire de Don Corleone, et après avoir bu une autre vodka, me retirai. Un vieil homme remâchant son passé, il n'était pas le premier et ne serait pas le dernier. Il commençait à perdre la mémoire immédiate, oubliait où il avait mis ses clefs, oubliait les rendez-vous, les anniversaires. Mais il avait du monde pour lui rappeler tout cela et ses souvenirs du passé semblaient, pour le moins, de plus en plus précis. Je soupçonnais – et espérais – qu'il y aurait d'autres séances nocturnes comme celle qui venait de s'achever. Je voulais l'intégralité de ses récits, j'en avais besoin pour le cerner.

L'annonce de sa paternité prochaine sembla en tout cas réconforter Néron, soulignant comme il en avait apparemment besoin, que sa vitalité virile était toujours à l'œuvre. Et, dans le secteur des affaires, cette puissance passa un moment pour inentamée, ainsi que l'immense chantier mis en œuvre dans le West Side de Manhattan le prouvait aux yeux de tous. L'énorme programme de réhabilitation urbaine d'Hudson Yards avait été entrepris par Related Companies L. P. et Goldman Sachs en partenariat avec Oxford Properties Group Inc. Il reposait sur la base d'un emprunt immobilier de 475 millions de dollars que le tandem Related/Oxford avait obtenu de "sources diverses". Je suis presque certain à cent pour cent que Néron Golden, sous le nom de telle ou telle société, était l'un des investisseurs auprès de poids lourds comme le Starwood Capital Group de Barry Sternlicht et la grande enseigne de luxe, Coach. Son apport initial dans la réhabilitation de ces huit hectares était intervenu plusieurs années auparavant dans le cadre du programme d'investissement EB5 qui permettait à des immigrants, en échange d'un investissement en capital, d'obtenir la *green card* et ensuite la nationalité. Cela expliquait finalement comment Néron et ses fils avaient pu fuir en Amérique en si peu de temps et arriver avec des permis de séjour et de travail en bonne et due forme. Ensuite, l'année de la grossesse de Vasilisa, Golden fit un nouvel investissement sous la forme d'un financement mezzanine, semblable à une deuxième hypothèque, sauf qu'il était garanti par les actions de la société qui possédait le bien lui-même et non par l'agent immobilier. De sorte qu'en théorie si le propriétaire du bien n'arrivait pas à payer les intérêts, Néron aurait pu s'indemniser en saisissant les actions et, détenant les actions, il aurait pris le contrôle du bien. Pour autant que je sache, cela n'arriva pas. Mais, détenteur d'emprunts amortis ou non, superinvestisseur ou débiteur d'un milliard de dollars, il jouait au plus haut niveau parmi les plus grands noms de l'immobilier de la ville.

Le nom de l'organisme qui fournit le prêt mezzanine était GOVV Holdings. Après la mort de Néron, l'empereur romain (68 après J.-C.) mettant fin au règne de la dynastie julio-claudienne, il y eut (en 69 après J.-C.) l'année des Quatre Empereurs, au cours de laquelle Galba, le successeur immédiat de Néron, fut renversé par Othon qui fut à son tour renversé par Vitellius, lequel ne régna pas longtemps et fut remplacé par celui qui devint le premier empereur de la dynastie des Flaviens : Vespasien. Galba, Othon, Vitellius, Vespasien : GOVV.

Lorsque, peu après cette année-là, Vasilisa donna à Néron un fils, celui-ci fut prénommé Vespasien comme si Néron se doutait que cet enfant ne venait pas de son sang et qu'il finirait par fonder lui-même une dynastie nouvelle.

Bien évidemment je ne dis rien.

EN ATTENDANT VESPASIEN

Ce fut pendant la grossesse de sa femme, tandis qu'il attendait la naissance du petit empereur Vespasien, que Néron Golden se prit de passion pour le pénis de Napoléon Bonaparte. Cela aurait dû suffire comme preuve de son dérangement mental pour envoyer des signaux d'alerte mais l'épisode fut considéré avec indulgence par sa famille comme l'amusant dada d'un vieillard. Quand il n'était pas préoccupé par ses affaires, par la vie qui grandissait dans le ventre de Vasilisa ou par ses devoirs de père à l'égard de ses autres fils, Néron se consacrait à la quête du membre impérial français. À ce propos, voici quels sont les faits : après la mort de Bonaparte à Sainte-Hélène, on pratiqua une autopsie au cours de laquelle différents organes, dont un phallus qui n'avait rien d'impressionnant, furent prélevés pour des raisons que l'on ignore aujourd'hui. Le petit Napoléon finit entre les mains (je devrais peut-être formuler cette phrase autrement) d'un prêtre italien puis fut vendu, il devint pour un temps la propriété d'un libraire londonien puis franchit l'Atlantique pour se retrouver d'abord à Philadelphie puis à New York où il fut exposé en 1927 au Museum of French Arts et décrit par un journal comme "une anguille rabougrie" et par une autorité aussi importante que le *Time* comme "un bout de lacet en daim plutôt abîmé". En 1977, il fut vendu aux enchères et acheté par le fameux urologue John Lattimer dans le cadre de sa campagne visant à conférer à sa profession toute sa dignité ; à la mort de ce dernier, il échut à sa fille en même temps que d'autres objets qu'il possédait comme le caleçon de Herman Göring et le col ensanglanté de la chemise que portait le président Lincoln au Ford's Theatre. Tous ces souvenirs se trouvaient à présent à Englewood, dans le New Jersey ; l'organe de Napoléon était enveloppé dans un tissu et conservé dans une petite boîte portant le monogramme *N* sur le couvercle, à l'intérieur d'une valise déposée dans un garde-meubles et tout cela irritait Néron qui aurait voulu qu'on rende à cet objet les honneurs impériaux qu'il méritait.

"Voilà comment les choses devraient se passer, me dit-il. Je vais acheter cet objet et le restituer au peuple de France et vous en ferez un film documentaire, vous et votre amie. Je me rendrai en personne à Paris pour apporter le coffret, j'entrerai dans l'hôtel des Invalides, je m'approcherai du sarcophage de Bonaparte où je serai accueilli par les plus hautes personnalités de la République, peut-être même par le président, et je m'éloignerai pour aller déposer le coffret sur le haut du sarcophage, de sorte que Napoléon aura finalement retrouvé sa virilité perdue, je prononcerai un bref discours pour expliquer que j'accomplis un tel geste en tant qu'Américain pour remercier la France d'avoir offert à l'Amérique la statue de la Liberté."

Il ne plaisantait pas. Il réussit, je ne sais comment, à se procurer le numéro de téléphone de la maison d'Englewood et il appela la fille de Mr Lattimer qui lui raccrocha au nez. Ensuite il demanda aux deux dragons, Ms Blather et Ms Fuss, d'essayer à leur tour jusqu'à être accusées de harcèlement par la personne au bout du fil. À présent il envisageait sérieusement de se rendre en personne dans le New Jersey, chéquier à la main, pour tenter de conclure l'affaire. Il fallut tout le pouvoir de persuasion de Vasilisa pour l'en empêcher. "La propriétaire ne veut pas vendre, mon cher, dit-elle, si vous alliez la voir elle serait en droit d'appeler les flics.

— L'argent arrive à tout, grommela-t-il. On peut acheter le matin la maison où un homme a vécu toute sa vie si on lui en offre le bon prix et le convaincre de déménager avant midi. On peut acheter un gouvernement si on assez de cash. Et je ne pourrai pas acheter une nouille de cinq centimètres ?

— Renonce, lui dit sa femme, ce n'est pas ce qui est le plus important en ce moment."

Cette année-là, nous fûmes tous engagés dans la mission consistant à le détourner de son obsession. Il ne fait aucun doute que Néron éprouvait des sentiments ambigus à l'égard du fils qu'on l'avait contraint d'avoir. Il était évident que moi, le véritable auteur de ce nouvel épisode, j'éprouvais des sentiments extrêmement ambigus sur le fait d'être, si j'ose dire, le *ghostwriter* inavoué de cette vie nouvelle. Quant aux sentiments de Vasilisa, je ne peux rien en dire. Par moments elle était aussi énigmatique que le sphinx. Pour ce qui est des réactions des autres mâles Golden, on peut tout de même en parler. Ce fut l'année, par exemple, où Apu Golden se mit à fracasser des objets dans le cadre de sa production artistique de plus en plus engagée, exposant des objets en morceaux pour représenter une société fracturée et la colère des gens face à cette fracture. "La vie des gens est détruite, dit-il, et ils sont prêts à tout détruire parce qu'ils n'en ont plus rien à foutre."

Où que j'aille cette année-là, semblait-il, je tombais toujours sur l'orateur délirant de Central Park. Alors que Vasilisa en était à son sixième mois de grossesse, il traversa le plan que Suchitra et moi étions en train de filmer dans la 23e Rue devant le cinéma SAV, une interview en extérieur de Werner Herzog pour ma série vidéo des grandes scènes du cinéma. À l'instant précis où je prononçais les mots *"Aguirre, la colère de Dieu"*, le vieux clochard passa derrière Herzog et moi, et il ressemblait exactement, *exactement* au grand cinglé au regard fou, Klaus Kinski, le *Zorn Gottes* en personne, et il grommelait contre *la vitesse* toujours plus grande du mal, contre *les montagnes du mal de plus en plus hautes* au beau *milieu de la ville* et qui s'en souciait ? Y avait-il quelqu'un en Amérique pour *s'en soucier* ? Des enfants émasculaient leur père à coups de fusil dans la chambre à coucher. Est-ce que seulement quelqu'un *s'en apercevait* ? C'était comme *le réchauffement climatique*, les feux de l'Enfer faisaient fondre les grands blocs de glace du mal et le niveau du mal montait dans le monde entier et aucun barrage ne pouvait l'arrêter. Blam ! Blam !, s'écria-t-il, revenant à l'un de ses thèmes plus ancien. Les armes monstrueuses vont vous avoir, les Decepticons, les Terminators, méfiez-vous des jouets de vos enfants, attention à vos parcs, à vos magasins, à vos palais, attention à vos plages, à vos églises et à vos écoles, ils sont en marche, blam ! blam ! Ces choses-là peuvent *tuer*.

"Ce type est fabuleux, dit Herzog avec une admiration sincère. On devrait le mettre dans le film et je vais peut-être l'interviewer."

20

“Voici ce que je suis prêt à t’avouer volontiers, charmant démon, dit Petya Golden d’un ton grave. Je n’ai plus en moi la moindre bribe d’amour fraternel. De plus je pense que l’idée largement répandue selon laquelle une affection profonde entre frères est innée et inévitable et que son absence donne une piètre idée de l’individu à qui elle fait défaut est incorrecte. Ce n’est pas commandé par la génétique, c’est plutôt une forme de chantage social.” C’était inhabituel que des visiteurs soient invités dans la tanière de Petya mais il avait fait une exception pour moi peut-être parce que je demeurais à ses yeux, et il était bien le seul à le penser, le plus bel homme du monde et je me retrouvai donc assis dans la lumière bleue de sa chambre parmi les ordinateurs et les lampes Anglepoise, j’acceptai le toast grillé au double gloucester qu’il me proposa et parlai aussi peu que possible sachant très bien que c’était lui qui avait envie de parler et que ce qu’il disait valait toujours la peine d’être écouté même s’il était hors sujet plus souvent qu’à son tour. “Dans la Rome antique, dit-il, en fait dans tous les grands empires du monde et à toutes les époques, les frères étaient ceux dont il fallait se méfier. Au moment de la succession c’était tuer ou être tué. L’amour ? Ces princes auraient ri en entendant ce mot si vous l’aviez prononcé.”

Je lui demandai ce qu'il aurait à répondre à William Penn, ce qu'il avait à dire de l'idée inscrite dans le nom même de la ville de Philadelphie qui avait prospéré dès ses premières années parce que sa réputation de tolérance y attirait des gens de confessions et de talents divers et avait permis d'établir des relations meilleures que la moyenne avec les tribus américaines indigènes de l'endroit. "L'idée selon laquelle tous les hommes sont frères est au cœur de nombreuses philosophies et de la plupart des religions, hasardai-je.

— Peut-être devrait-on chercher à aimer l'humanité en général, rétorqua-t-il d'un ton qui dénotait son ennui extrême. Mais *en général* est bien trop générique pour moi. Je suis précis quand je parle de mes antipathies ici. Deux personnes déjà nées et une autre encore à naître, voilà quelles sont les cibles de mon hostilité qui pourrait bien être sans limites, je ne sais pas. Je parle de dénouer les liens du sang ici même et pas de rejeter cette fichue espèce tout entière, et ne viens pas me parler s'il te plaît de l'Ève africaine ou de LUCA, cette vieille masse visqueuse de plus de trois milliards et demi d'années qui fut notre Last Universal Common Ancestor. Je connais bien l'arbre généalogique de l'espèce humaine et la vie sur terre avant l'*Homo sap* et si tu insistais sur ces considérations généalogiques cela voudrait dire que tu refuses d'admettre mon point de vue. Tu sais ce que je veux dire. Ce sont seulement mes frères que je déteste. Cela m'est apparu évident en pensant au bébé que je vais bientôt devoir accueillir."

Je ne pouvais rien dire même si je sentais une vague de rage paternelle monter en moi. Apparemment tandis que mon fils, mon fils Golden secret, grandissait dans le ventre de sa mère, son futur frère Petya avait déjà une assez mauvaise opinion de lui. J'avais envie de protester, de défendre l'enfant, d'attaquer son ennemi mais sur ce point j'étais condamné au silence. Et Petya avait déjà changé de sujet de conversation. Il voulait me faire savoir qu'il était en train de prendre une décision capitale, qu'il avait décidé de soigner sa peur de l'extérieur puis de quitter pour toujours la maison de Macdougal Street, devenant ainsi le troisième des trois fils de Néron Golden à voler de ses propres ailes. Il était celui pour qui les difficultés d'une telle entreprise étaient les plus grandes mais il faisait preuve à présent de réserves insoupçonnées de volonté. Une force le motivait et en l'écoutant je compris que c'était la haine qui visait en particulier Apu Golden, une haine née sur les rives de l'Hudson le soir où son frère avait séduit, ou avait été séduit par Ubah la beauté somalienne qui découpait le métal, une haine entretenue au cours de ces longs moments de solitude dans la lumière bleue et qui finissait par le pousser à l'action. Il allait soigner son agoraphobie et quitter la maison. Il montra la plaque au-dessus de la porte de son repaire, *Abandonne tes États et vogue vers des bords étrangers, jeune héros*[9]. "J'avais pris l'habitude de penser qu'il s'agissait du voyage en Amérique, dit-il, mais ici dans cette maison nous sommes encore chez nous comme si nous l'avions transportée avec nous. Aujourd'hui, enfin, je me sens prêt à suivre les instructions du grand homme qui portait mon nom. S'il n'est pas question d'aller vraiment vers des bords étrangers, que je quitte au moins cette maison pour mon propre appartement."

Je me contentai d'enregistrer l'information. Nous savions tous les deux que l'agoraphobie n'était pas le pire des handicaps dont souffrait Petya. De ces handicaps bien plus importants, il préféra, pour le moment, ne pas parler. Mais je lus une résolution farouche sur son visage. Il avait tout simplement décidé de surmonter également les défis que représentaient ces handicaps.

Un nouveau visiteur fit son apparition le lendemain à la maison Golden, puis ensuite ponctuellement à 15 heures, un type solidement bâti avec d'abondants cheveux blonds. Des Converse, un sourire qui soulignait sa sincérité absolue, un accent australien, et comme Néron Golden le remarqua une ressemblance très marquée avec l'ancien champion de Wimbledon Pat Cash. C'était la personne qui avait pour mission de guérir Petya de sa phobie des grands espaces. Son hypnothérapeute. Il s'appelait Murray Lett. “Faire appel à moi ce n'est pas une faute”, se plaisait-il à dire, une blague de joueur de tennis dont le seul but (hum) était d'accroître la ressemblance avec l'ancienne star australienne.

Ce n'était pas facile pour Petya de se laisser hypnotiser parce qu'il voulait toujours remettre en cause les suggestions de l'hypnotiseur d'autant plus qu'il détestait certaines intonations australiennes dans la voix du type, son sens de l'humour et ainsi de suite. Les premières séances furent laborieuses. “Je ne suis pas en transe, disait Petya, interrompant Mr Lett. Je me sens détendu et dans de bonnes dispositions mais je reste parfaitement conscient.” Ou, un autre jour : “J'étais enfin presque sur le point d'y arriver. Mais une mouche s'est posée sur mon nez.”

Petya était trop attentif à tout. C'était un des principaux obstacles à surmonter. Lors d'une de mes visites dans la chambre à la lumière bleue, alors qu'il semblait pour une fois disposé à parler du syndrome d'Asperger, j'évoquai la fameuse nouvelle de Borges *Funes ou la Mémoire*, qui raconte l'histoire d'un homme incapable d'oublier quoi que ce soit et il répondit : “Oui, c'est tout moi sauf que je ne retiens pas seulement ce qui s'est produit ou ce qu'ont dit les autres. Ton écrivain il est trop préoccupé des paroles et des actes. Il faut y ajouter les odeurs, les goûts, les bruits, et les sentiments aussi. Et les regards et la forme et le modèle des voitures qui passent dans la rue, et le mouvement relatif des piétons et le silence entre les notes de musique et l'effet que les sifflets produisent sur les chiens. Tout cela se bouscule dans ma tête en permanence." Une sorte de super-Funes donc, accablé par une sensibilité exacerbée et multiforme. Il était difficile d'imaginer à quoi ressemblait son monde intérieur, comment pouvait-on supporter le tumulte des sensations telles que la foule des usagers du métro aux heures de pointe, la cacophonie assourdissante de sanglots, de klaxons, d'explosions et de murmures, l'embrasement kaléidoscopique des images, le mélange confus des puanteurs. L'Enfer, le carnaval des damnés devait ressembler à cela. Je compris alors que dire que Petya vivait dans une sorte d'enfer était exactement le contraire de la réalité, en fait c'était une sorte d'enfer qui vivait en lui. Cette découverte me permit de reconnaître, et de me sentir embarrassé de ne pas l'avoir découvert plus tôt, la force immense et le courage que déployait Petronius Golden pour affronter quotidiennement le monde, et d'éprouver une plus grande compassion pour ses accès occasionnels de récriminations contre sa propre vie, comme lors de l'épisode du rebord de fenêtre ou du métro de Coney Island. Cela m'amena aussi à me poser des questions. Si cette immense force de caractère devait se consacrer à son hostilité envers son demi-frère pas encore né (en fait comme nous le savons ce n'était pas son frère du tout mais laissons cela de côté pour l'instant), son demi-frère dérangé et son véritable frère de sang, ce traître, de quelles actions vengeresses ne serait-il pas capable. Devais-je m'inquiéter pour la sécurité de mon fils, ou cette intuition était-elle seulement le signe de préjugés instinctifs envers la maladie de Petya ? (Peut-être avais-je tort de parler de maladie. Peut-être l'expression "la réalité de Petya" serait-elle plus juste. Comme le langage était devenu compliqué, un vrai champ de mines. Les bonnes intentions n'étaient plus une justification suffisante.)

Venons-en à la boisson. Là, je suis sur un terrain plus solide. Petya avait un problème d'alcool : on ne pouvait pas le nier. Il buvait seul et en grande quantité et il avait l'ivresse mélancolique, mais c'était le seul moyen qu'il avait trouvé pour contenir son enfer intérieur et dormir un peu ou plus précisément pour s'évanouir et passer quelques heures dans une inconscience béate. Et dans l'heure qui précédait cette inconscience, la seule fois où il me permit d'assister à ce glissement dans l'oubli, c'était au début du sixième mois de grossesse de Vasilisa Golden, et il m'avait dit "j'ai besoin de ton soutien", je pus prendre la mesure avec une gêne grandissante et même un certain dégoût du comportement extrême dans lequel le plongeait son incapacité à contrôler le flot de bavardages qui se déversait en lui ou à censurer sa propre logorrhée, surtout quand l'alcool venait s'ajouter à ce tumulte d'informations, c'était une sorte de soliloque sans queue ni tête qui révélait à quel point il avait intériorisé les fractures conflictuelles de la culture américaine et les avait intégrées à ses propres souffrances. Pour dire les choses simplement, son moi nocturne et ivre révélait un penchant vers les attitudes conservatrices les plus extrêmes, la présence d'un autre moi fox-breitbartien jaillissait en bouillonnant de ses lèvres, encouragé par l'alcool, rendu possible par la solitude et par la colère parfaitement justifiable qu'il éprouvait à l'égard du monde : Obamacare, terrible ! Le massacre du Maryland, il ne faut pas politiser les choses ! La hausse du salaire minimum, scandaleux ! Le mariage entre personnes du même sexe, contre nature ! Les prétextes religieux invoqués pour refuser de servir des personnes LGBT en Arizona et dans le Mississippi, la liberté ! Les gens tués par la police, légitime défense ! Donald Sterling, liberté de parole ! Fusillade sur un campus universitaire à Seattle, fusillade à Las Vegas, fusillade dans un lycée de l'Oregon, ce ne sont pas les armes qui tuent ! Armez les professeurs ! La Constitution ! La liberté ! Les décapitations de l'ISIS, Jihadi John, dégoûtant ! Nous n'avons pas de plan ! Virez-les tous ! Nous n'avons pas de *plan* ! Oh et puis Ebola ! Ebola ! Ebola ! Tout ceci et encore davantage en un flot incohérent mêlé à son hostilité envers Apu ; si Apu penchait vers la gauche, Petya serait de droite pour le contredire, tout ce à quoi Apu était favorable il serait contre, il construirait un univers moral qui prenait le contre-pied du monde de son frère, le noir était blanc, le bien était le mal, le bas était le haut et l'intérieur l'extérieur. À plusieurs reprises cette année-là Apu essuya la violence des monologues de Petya et réagit calmement, refusant de mordre à l'hameçon.

"Laissons-le dire ce qu'il veut, me confia-t-il, tu sais qu'il est fêlé, et il se tapota le front pour faire allusion au cerveau de Petya.

— C'est un des types les plus intelligents que je connaisse", dis-je, et je le pensais vraiment.

Apu fit la grimace. "C'est une intelligence fêlée, dit-il, elle ne compte pas. Moi, dans la vie, je m'occupe d'un *monde* fêlé.

— Il se donne beaucoup de mal, hasardai-je, l'hypnothérapie et tout le reste."

Apu repoussa l'argument : "Fais-moi signe quand il cessera d'avoir l'air d'être au Tea Party avec un bonnet de fou sur la tête. Fais-moi signe quand il arrêtera d'être l'éléphant républicain de service."

Mais il y avait encore plus préoccupant pour moi que l'hostilité bavarde de Petya à l'égard des idées politiques d'Apu, c'était la révélation qu'il avait faite dans l'ivresse de sa phobie des personnes de genre incertain. Cela aussi semblait avoir ses racines dans l'histoire familiale. À la violence de son langage que je me garderai bien de répéter ici, il était évident que le traité de paix qu'il avait passé avec lui-même il y a bien longtemps pour pardonner à D. Golden la façon dont il s'était conduit envers sa mère ne tenait plus et la manière dont sa colère s'exprimait était son hostilité véhémente envers le genre de plus en plus incertain de son demi-frère. Il commença à lui lancer des mots agressifs comme *contre nature*, *pervers* et *malade*. Il avait eu vent je ne sais comment de l'après-midi dans le dressing de Vasilisa et comme celle-ci s'était prêtée au jeu en aidant D. dans ses expériences d'altérité, il l'incluait elle aussi dans sa violence verbale. Le bébé devenait la cible d'une partie de sa colère. Une fois de plus, je me faisais du souci pour la sécurité de l'enfant à naître.

L'hypnose commença finalement à produire ses effets. L'hypnothérapeute aux cheveux bouffants se mit à rebondir plus légèrement sur ses Converse. "Comment ça marche ?" lui demandai-je un jour alors qu'il repartait après une séance, et tout excité il me lança d'un air enthousiaste : "Tris bien, mirci. Je savais tris bien que ça marchirait. Il faut seulement un peu de temps. J'emploie une mithode de mon cru dans ce genre de cas. J'appelle cela le Personally Progremmed Power, en court PPP. Il faut travailler avec la personne pitit à pitit et accroître progressivement sa confiance en elle et ce que j'appelle sa capacité d'actualisation pirsonnelle. Chaque étape du protocole PPP rend la personne de plus en plus capable di croire en elle. Nous avons dija fait bien du chemin. Vraiment beaucoup, oui. Les choses sont bien en place. Il s'agit di donner à votre ami des preuves tangibles, des preuves qu'il pourra reproduire au fil du temps, di sa capacité à prendre le contrôle di ses processus mentaux, à dominer ses réactions physiques et émotionnelles. Une fois qu'il sait qu'il peut le faire il se sentira assez confiant pour contrôler son expérience dans le monde extérieur. Pitit à pitit. C'est là tout le secret. Ce que je lui donne c'est la capacité di choisir la manière dont il veut réagir face aux gens qui l'entourent, à ce qui pourrait se produire maintenant ou à l'avenir à toutes les situations quelles qu'elles soient. Je suis tris optimiste. Bonne journée."

Dans le cadre de son travail pour reprendre le contrôle, Petya étudia les structures de ce qu'il appelait "les espaces enchantés", le pentagramme des occultistes et l'*erouv* juif. S'il pouvait considérer l'île privée de Miami comme un tel espace, de même que la propriété d'Ubah Tuur à la campagne entourée de haies où s'était produit l'épisode malheureux alors il pourrait sûrement délimiter des espaces enchantés à son propre usage. C'est ainsi que lui vint l'idée du cercle de craie autour de l'île de Manhattan. Il ferait à pied le tour de toute l'île et tracerait lui-même le cercle. Il le ferait sans aucune aide et, pour augmenter le pouvoir du cercle, il jetterait de l'ail en même temps. Pour parvenir à surmonter plus facilement sa peur, il porterait des lunettes très noires et une capuche. Il écouterait aussi très fort de la musique à l'aide d'écouteurs qui masqueraient les bruits et il boirait beaucoup d'eau. Personne ne pouvait le faire à sa place. C'est une chose qu'il devait accomplir seul.

Lett l'hypnothérapeute accueillit avec enthousiasme et soutint le projet, se proposant d'aller acheter les craies et les gousses d'ail. Néron Golden, lui, était inquiet et passa quelques coups de fil.

Le jour dit arriva, par une aube chaude et humide sous un ciel sans nuages. Petronius Golden descendit de sa chambre à la lumière bleue, vêtu comme il l'avait promis et affichant sur son visage la ferme détermination d'un marathonien éthiopien. Murray Lett l'attendait devant la porte et avant que Petya n'ait posé le pied sur la chaussée, le thérapeute essaya de lui rappeler toute l'étendue de ses progrès, énumérant les réussites en les comptant sur les doigts. "Rappelle-toi bien. Progrès considérables en matière d'efficacité personnelle ! Capacité d'attention et di concentration grandement améliorée ! Énormes progrès pour ce qui est di l'autonomie et di la confiance en soi ! Bien meilleure gestion du striss ! Bien meilleure gestion di la colère ! Di grands pas en avant dans le contrôle des impulsions ! Tu peux le *faire*." Petya, plongé dans cet état d'attention et de concentration considérablement augmenté que venait d'évoquer Lett, écoutait les Nine Inch Nails dans son casque et ne l'entendait pas. Il portait à l'épaule une sacoche pleine de morceaux de craie, un sac à dos qui contenait des packs de lait de coco, des fruits, des sandwichs, des barres de céréales et des pilons de poulet grillés. Il avait aussi trois paires de chaussettes en réserve. Sur Internet, des marcheurs chevronnés l'avaient mis en garde contre le fait que les pieds transpirant dans des chaussettes trempées de sueur avaient tendance à se couvrir d'ampoules, ce qui rendait la marche impossible. Il portait un sac d'ail écrasé d'une main et de l'autre il brandissait un bâton de marche au bout duquel il avait fixé le premier morceau de craie. Il avait les poches pleines de rouleaux d'adhésif pour pouvoir changer les craies quand il le faudrait. "Pense à ton comportement social, cria Murray Lett, finissant par comprendre qu'il avait parlé dans le vide. Évite l'introversion. Regarde les gens dans les yeux. Il faut que tu gardes cela en tête." Mais Petya était dans son propre monde et regarder les gens dans les yeux ne semblait pas faire partie de ses plans. "Une dernière chose, cria Murray et cette fois Petya lui fit la faveur de retirer son casque pour l'écouter. J'espère que tu as retrouvé un bon rythme di sommeil, dit Murray d'une voix plus basse, et excuse-moi di poser la question mais le problème di l'énurésie, nous l'avons bien éliminé n'est-ce pas ?" Petya Golden alla jusqu'à lever les yeux au ciel, remit son casque, parut satisfait qu'Axl Rose ait succédé à Trent Reznor, baissa la tête et marcha vers la voiture Uber qui attendait de le conduire au point de départ qu'il avait choisi, le South Street Seaport, laissant Mr Lett dans son sillage. "Bravo, lança le thérapeute dans son dos. Je suis fier di toi. Bon travail."

Néron Golden lui aussi était venu jusqu'à la porte, accompagné de Mss Blather et Fuss et de moi-même. "Prends ton temps, dit-il à son fils. Ne fais pas cela trop vite. Prends tes aises. Ce n'est pas une course." Quand la voiture eut emmené Petya, Néron donna un coup de téléphone. Des gens à lui à bord d'un SUV allaient suivre Petya tout au long du chemin. Il serait sous surveillance à chaque pas.

Cinquante et un kilomètres environ, c'est la longueur du "Great Saunter", la grande balade qui fait le tour de l'île de Manhattan. Soixante-dix mille pas. Douze heures si vous n'êtes pas trop rapide. Vingt parcs. Je ne l'ai pas suivi mais j'ai immédiatement compris que cette scène serait un des grands moments du film dont je rêvais, mon film imaginaire sur les Golden. De la musique très fort en guise de bande-son, *Metal Machine* de Lou Reed, Led Zeppelin, Metallica et la bande aux *umlauts*, Motörhead et Mötley Crüe. Le marcheur marchant et (je ne sais comment, parvenant à surpasser le heavy metal – je n'avais pas encore réfléchi à cette question) le son d'un tambourin à chaque pas. Dans les parcs, il croise les personnages de sa vie qui le regardent, sont-ils des fantômes, des ectoplasmes sortis de son imagination malade ? Voici sa mère dans le Nelson A. Rockefeller Park, certainement un fantôme ou un souvenir. Et ici Apu qui le dépasse en faisant son jogging le long de l'East River Promenade. Un peu plus loin, D. Golden et Riya dans Riverside Park, tous les deux immobiles, le regardant marcher, fixement, d'un regard de spectres. Tout autour, des arbres hantés et effrayés. Ubah Tuur qui se tient telle une sentinelle dans Inwood Hill Park, près du Shorakkopoch Rock qui marque l'endroit où, jadis, sous le plus grand tulipier de Manhattan, Peter Minuit acheta l'île pour soixante florins. Et dans Carl Schurz Park, près de Gracie Mansion, voici Lett en personne avec ses cheveux bouffants qui l'encourage. Peut-être Lett était-il le seul réellement présent. Petya, Mr Tambourine Man, continue son chemin, s'éloignant toujours davantage des affres de la triste démence. Et tandis qu'il marche, une transformation. Au kilomètre 15 dans West Harlem Piers Park, il jette la craie, cesse de tracer la ligne qu'il a suivie jusque-là et, après avoir dépassé la résidence du maire, se débarrasse également de l'ail. Quelque chose a changé : il n'a plus besoin de délimiter son territoire. C'est la marche en elle-même qui crée le marquage et quand il l'aura achevée, il disposera de son *erouv* parfait, aussi invisible qu'indélébile.

Quand, titubant un peu sur ses jambes, il revient à son point de départ, le ciel s'est assombri et enfin sous le regard des goélettes *Lettie G. Howard* et *Pioneer* et du cargo *Wavertree*, voici qu'il se met, sur ses pieds bandés et couverts d'ampoules, lentement, sans souci du regard d'autrui, à danser. Sous le ciel de diamants en agitant librement une main. Il a brisé sa malédiction. L'une d'entre elles au moins. Et peut-être a-t-il appris quelque chose sur sa force, sa capacité à faire face et à relever aussi ses autres défis. Regardez son visage à présent. Il a l'air d'un esclave qu'on vient d'affranchir.

— Et la haine ?

— Toujours fidèle au poste.

21

À la suite de la "grande balade" de Petya Golden, nous fûmes obligés d'admettre que Murray Lett, l'hypnothérapeute, était capable d'accomplir des miracles en dépit de sa coiffure, de son accent et de ses chaussures et reçûmes une leçon de compassion : la vérité est souvent cachée juste sous la surface et un homme peut valoir beaucoup mieux que ses traits faciles à caricaturer pourraient le laisser penser. Car Petya désormais avait l'air d'un homme lavé d'un crime qu'il n'avait jamais commis et pour lequel il avait été condamné à perpétuité. Son visage était illuminé d'une joie sereine qui à la fois reconnaissait l'injustice de ses souffrances et acceptait avec une incrédulité qui ne cessait de diminuer le fait de s'en être libéré. Alors qu'il s'embarquait dans sa nouvelle vie, Lett était l'homme sur qui il s'appuyait, à qui il faisait confiance pour le guider dans le monde qui, en s'ouvrant à lui, lui semblait un trésor incroyable ; ce même monde dans lequel nous autres vivions tous indifférents sans y prêter attention, incapables de remarquer son carnaval quotidien de merveilles que Petya désormais serrait contre son cœur comme des cadeaux. Il allait faire ses provisions avec Murray Lett chez D'Agostino, Gristedes et Whole Foods ; il s'asseyait avec Murray Lett à des terrasses de café en plein air dans Union Square et à Battery Park, il se rendit avec Murray Lett à son premier concert en plein air à Jones Beach où jouaient Soundgarden et ses chers Nails ; il se retrouva au Stadium avec Murray à chantonner “Merci Derek” lors d'une des dernières apparitions de Derek Jeter dans le Bronx. Et ce fut avec Murray Lett qu'il prit son nouvel appartement, un meublé immédiatement disponible avec un loyer d'un an (“Ensuite, on verra bien, disait-il confiant, il sera peut-être temps d'acheter”) au troisième d'un immeuble de six étages, tout de verre et de métal, très Mondrian, sur le côté est de Sullivan Street.

Ce fut à ce moment-là seulement que je découvris, et je me sentis un peu idiot de ne pas m'en être aperçu plus tôt, que Petya pendant tout ce temps avait gagné à lui seul d'énormes sommes d'argent en tant que créateur et unique propriétaire d'un grand nombre de jeux vidéo très populaires auquel le monde entier jouait sur ses téléphones ou ses ordinateurs.

L'information était sensationnelle. Nous savions tous qu'il jouait constamment à ces jeux parfois jusqu'à quatorze ou quinze heures par jour. Comment aucun d'entre nous n'avait-il soupçonné qu'il faisait bien plus que de tuer vaguement ses heures d'inquiétude en s'adonnant à une activité à laquelle son intelligence étrange et brillante était naturellement bien adaptée ? Comment n'avions-nous pas deviné qu'il avait appris tout seul le langage programmatique et en avait rapidement percé à fond tous les mystères et que, non content de s'adonner sans cesse à tous ces jeux, il les créait ? Comment avons-nous pu ignorer cette évidence et ne pas voir qu'il s'était révélé à lui-même un génie du XXIe siècle, nous laissant à la traîne loin derrière, à piétiner dans le deuxième millénaire ? Cela montrait bien à quel point nous l'avions cruellement trahi, le laissant livré à lui-même presque en permanence, tous les jours, abandonné dans sa chambre à l'instar d'une nouvelle version de cette figure gothique, la Folle du Grenier, notre propre Bertha

Antoinetta Mason, la première Mrs Rochester dont Jane Eyre disait qu'elle avait l'air d'un "Vampire". Et pendant tout ce temps, tout ce temps ! Petya le frugal, le discret, ne changeant rien à son mode de vie, ne s'achetant rien, avait gravi les Everest de cet univers secret et, pour être franc, nous avait damé le pion à tous. Encore une leçon à retenir : ne jamais sous-estimer son semblable. Le plafond de l'un est le plancher de l'autre.

Ils avaient tous des secrets, ces hommes de la maison Golden. Sauf peut-être Apu qui était un livre ouvert.

C'était l'année de la sordide affaire du Gamergate : le monde des jeux était en guerre, les hommes contre les femmes, "l'identité du joueur" opposée à la diversité et seul un dinosaure des nouvelles technologies comme moi pouvait tout ignorer de ce charivari. D'une certaine façon que j'étais bien incapable de comprendre, Petya avait réussi à rester à l'écart de la mêlée, même si, quand il consentit enfin à m'en parler, il exprima des opinions bien tranchées sur la façon dont la communauté masculine de joueurs avait réagi à une série de critiques de femmes prétendument arrogantes, de critiques des médias et de développeurs de jeux indépendants, en publiant leurs adresses et leurs numéros de téléphone et en recourant aux pires intimidations jusqu'à de nombreuses menaces de mort qui avaient contraint certaines femmes à qui elles étaient adressées à s'enfuir de chez elles. "Le problème n'est pas d'ordre technique, dit-il, et on ne peut donc y apporter aucune solution technique. Le problème est humain, c'est celui de la nature humaine en général et de celle des hommes en particulier. Et de la possibilité que l'anonymat donne aux gens de laisser libre cours aux pires côtés de leur nature. Moi je travaille dans le divertissement pour les gamins. Je suis en terrain neutre. Je suis la Suisse. Personne ne m'embête. On vient me voir et skier sur mes pentes."

Son autisme de haut niveau avait contribué à faire de lui un créateur de génie de jeux vidéo et je commençai à m'interroger sur ce que cela devait lui rapporter. Les principaux "jeux de ballon" avec des applications grâce auxquelles on pouvait se connecter avec des amis et jouer ensemble rapportaient onze ou douze millions de dollars par mois. Le bon vieux *Candy Crush Saga* dont même moi j'avais entendu parler rapportait encore cinq millions et demi. Les jeux de guerre qui tiraient la plus grande partie de leurs profits des achats intégrés, et moins de dix pour cent de la publicité, devaient rapporter deux millions ou deux millions et demi. Par mois. Je lus à Petya la liste des cinquante jeux pour iOS et Android les mieux classés. "Est-ce que certains d'entre eux sont de toi ?" demandai-je. Un grand sourire traversa son visage. "Je suis incapable de mentir, dit-il en montrant du doigt le jeu classé n° 1. Je l'ai fait de mes propres mains."

Donc, plus de cent millions de dollars par an pour ce seul jeu. "Tu sais quoi, lui dis-je, désormais je ne me fais plus de souci pour toi."

Selon certaines études l'autisme pouvait être "surmonté", certains patients chanceux pouvaient intégrer le OO (Optimal Outcome), groupe dont les membres étaient guéris de tous les symptômes de l'autisme, et un QI très élevé favorisait une telle issue. Ces études faisaient inévitablement l'objet de controverses mais de nombreuses familles témoignaient en faveur de cette thèse. Le cas de Petya était différent. Il ne parvint jamais à faire partie de ce groupe et il ne le souhaitait pas. Son autisme de haut niveau et ses performances étaient étroitement liés. Mais, à la suite de sa promenade libératrice autour de Manhattan, il parut de plus en plus à même de gérer ses symptômes, d'être moins déprimé, moins enclin à partir en vrille dans ses crises. Il avait trouvé en Murray Lett un copain, son père venait le voir tous les jours, il continuait à prendre ses médicaments et il était devenu… fonctionnel. Quant à la guérison récente de son agoraphobie, personne ne pouvait dire si elle serait définitive ni jusqu'à quelle distance de sa "base familiale" il serait capable de s'aventurer. Mais dans l'ensemble, il était en bien meilleure forme qu'il ne l'avait été depuis longtemps. On pouvait envisager de ne plus se faire du souci pour lui.

Il buvait encore beaucoup trop. Mais qui sait, peut-être parce qu'il s'agissait là d'un problème plus ordinaire, on s'en souciait moins qu'on aurait dû.

Pendant un certain temps, ce fut surtout pour moi que je me fis du souci par la suite. Le bébé allait naître bientôt et à vrai dire je ne supportais pas la situation dans laquelle je me retrouvais, je m'empressai donc de faire ce que voulait Suchitra et déménageai de la maison Golden. Et, de fait, mes parents avaient entretenu d'excellentes relations avec beaucoup de leurs voisins des Jardins et, pour ma plus grande joie, avec leur ami diplomate du Myanmar, que dans ces pages pour le caractériser plus facilement j'ai rebaptisé U Lnu Fnu – le veuf à lunettes à la triste figure et aux yeux enfoncés, celui qui avait échoué de peu dans sa tentative de succéder à U Thant et de devenir ainsi le deuxième Birman secrétaire général des Nations unies –, de sorte qu'il m'accueillit chez lui. "Ce sera un plaisir pour moi, me dit-il. L'appartement est vaste et y vivre seul me donne l'impression d'être une mouche bourdonnant à l'intérieur d'une cloche. J'entends mon propre écho et c'est un bruit qui ne me plaît pas."

Il se trouve que le moment était bien choisi parce qu'il avait eu pendant un certain temps un locataire dans sa chambre d'amis, et au moment où je lui demandai s'il pourrait éventuellement me louer cette pièce, le locataire était sur le point de la libérer. Le personnage sur le départ était un pilote d'avions, Jack Bonney, qui aimait à dire qu'il volait "pour la plus grosse compagnie aérienne dont on ait jamais entendu parler", Hercules Air, qui à l'origine transportait des marchandises mais acceptait à présent des militaires et divers clients. "Une fois, il n'y a pas très longtemps, dit-il, on a eu le Premier ministre britannique à bord avec son escorte de sécurité et je demandai : Ne devrait-il pas voler à bord de votre *Air Force One* ? Et les gars de la sécurité répondirent : Un avion pareil, nous n'en avons pas. J'ai aussi transporté des mercenaires en Irak, ça, c'était quelque chose. Mais la cargaison la plus étonnante que j'aie transportée ? C'était entre Londres et le Venezuela, l'équivalent de deux cents millions de dollars en monnaie vénézuélienne que les Britanniques avaient imprimés pour le Venezuela, enfin peut-être. Mais voici le plus bizarre. À Heathrow, ils chargent les palettes, et il n'y a aucun agent de sécurité, je regarde autour de moi mais je ne vois que le personnel habituel de l'aéroport, pas d'escorte armée, rien. Puis on arrive à Caracas et là, wouah, une énorme opération militaire. Des bazookas, des tanks, des types terrifiants en gilets pare-balles avec des armes jaillissant d'eux pointées dans toutes les directions. Alors qu'à Londres, rien. Cela m'avait fait flipper."

Quand il fut parti et que je fus confortablement installé, U Lnu Fnu vint me voir dans ma chambre et me dit de sa voix délicate et pleine de sollicitude : "J'étais heureux de sa compagnie mais je suis également heureux que vous soyez d'une nature plus calme. Mr Bonney est un brave homme mais il devrait se montrer prudent et tenir sa langue. Les murs ont des oreilles, mon cher René, les murs ont des oreilles."

Il était soucieux de mon bien-être, il me parla un jour, timidement, après m'en avoir demandé la permission, de l'estime qu'il avait pour mes parents et de sa sympathie pour ma douleur de les avoir perdus. Lui-même, ajouta-t-il timidement, avait aussi éprouvé la douleur du veuvage.

Suchitra était contente de ma nouvelle installation mais, voyant que j'avais toujours le moral en berne, elle choisit une nouvelle approche. "Tu as l'air tellement triste depuis que tu as quitté le manoir de la famille Addams. Tu es sûr que tu ne rêves pas de goûter un petit morceau de gâteau russe ?" Le ton était léger mais elle avait manifestement vraiment envie de savoir la réponse.

Je la rassurai, elle était d'un naturel confiant et ne tarda pas à en rire. "Je suis heureuse que tu aies réussi à rester dans tes chers Jardins, dit-elle. J'imagine la tête que tu aurais faite si cela n'avait pas marché."

Mais mon fils, mon fils. Impossible de vivre loin de lui, impossible également d'être près de lui. Vasilisa Golden avec son gros ventre, sur le point d'accoucher, se promenait tous les jours dans les Jardins accompagnée par sa mère, une babouchka coiffée d'un foulard, un véritable cliché digne d'un mélodrame et je me disais : mon fils est entre les mains de gens qui n'ont même pas l'anglais pour première langue. C'était une pensée indigne mais dans la fureur de ma paternité frustrée je n'étais plus capable d'avoir que des pensées indignes. Devais-je tout déballer ? Devais-je garder le silence ? Qu'est-ce qui serait le mieux pour le garçon ? Bien sûr le mieux pour lui serait de savoir qui était son véritable père. Mais j'étais aussi, je dois le reconnaître, effrayé, et pas qu'un peu, par Néron Golden, la peur du jeune artiste encore à ses débuts face à l'homme du monde accompli et puissant, même si son état actuel se dégradait lentement. Que ferait-il ? Comment allait-il réagir ? L'enfant serait-il en danger ? Et Vasilisa ? Et moi ? Moi certainement, me dis-je. Je l'avais récompensé de sa gentillesse envers moi après la mort de mes parents en mettant sa femme enceinte. C'est elle qui l'avait voulu, il est vrai, mais il n'accepterait pas cette excuse et je craignais ses poings, si ce n'est pire. Mais comment garder le silence pendant toute une vie ? Je n'avais pas de réponse, mais les questions me bombardaient nuit et jour et je n'avais pas d'abri antiaérien où me réfugier.

Je me sentais idiot, pire qu'idiot, j'étais comme un enfant dévoyé qui a fait une grosse bêtise et redoute la punition des adultes, et je n'avais personne à qui parler. Pour la première fois de ma vie je commençai à trouver des avantages dans le système catholique de la confession et dans le pardon divin qui s'ensuit. Si j'avais pu à ce moment-là trouver un prêtre et si une série de *mea maxima culpa* avait pu faire taire l'interrogation incessante qui me dévorait, j'aurais joyeusement suivi ce chemin. Mais il n'y en avait pas. Je n'avais aucune relation avec le monde de l'Église. Mes parents n'étaient plus là et mon nouveau propriétaire, U Lnu Fnu, s'il avait incontestablement une présence calme et apaisante et s'il était un diplomate chevronné, avait déjà souffert des bavardages de son précédent locataire et ne manquerait pas de se détourner du matériau émotionnel hautement radioactif que j'avais besoin d'exposer. Suchitra évidemment était hors de question. Je savais d'ailleurs que si je ne parvenais pas rapidement à me calmer elle sentirait qu'il y avait quelque chose de louche et ce serait bien la pire façon de faire éclater la vérité. Non, la vérité devait rester cachée. La vérité détruirait de trop nombreuses vies. Il fallait que je trouve le moyen de réduire au silence cette voix possessive, la voix de l'amour paternel qui voulait que son secret soit connu et me hurlait dans les oreilles. Un psychanalyste peut-être ? C'était la figure laïque du confesseur de notre époque. J'avais toujours répugné à l'idée d'aller voir un étranger pour qu'il m'aide à comprendre ma propre vie. Le supposé narrateur, c'était moi ; je détestais l'idée que quelqu'un d'autre comprenne mieux que moi ma propre histoire. Une vie sans examen ne vaut pas la peine d'être vécue, dit Socrate avant de boire la ciguë, mais cet examen, je l'ai toujours pensé, doit être un examen de soi par soi-même, autonome, comme devrait l'être un véritable individu, ne comptant sur aucun homme pour trouver explications ou absolution, libre. Telle était l'idée que se faisaient de l'homme les humanistes de la Renaissance, exprimée par exemple dans *De hominis dignitate* de Pic de la Mirandole, "De la dignité de l'homme". Eh bien, toutes ces spéculations élevées s'envolèrent par la fenêtre dès que Vasilisa annonça qu'elle attendait un enfant. Depuis lors, la tempête faisait rage en moi, bien trop violente pour que je puisse la calmer. Il était temps peut-être de ravaler mon orgueil et d'aller consulter un professionnel ? J'allai jusqu'à envisager, à un moment donné, de me tourner vers Murray Lett mais je compris immédiatement que c'était une idée stupide. Il ne manquait pas d'excellents analystes dans le cercle d'amis de mes parents. Peut-être devais-je me tourner vers l'un d'eux. Peut-être avais-je besoin de quelqu'un qui me soulage du fardeau de mon savoir pour le déposer en lieu sûr dans un endroit neutre, d'un psychologue démineur pour désamorcer la bombe de la vérité. Je me battais ainsi avec mes démons mais après bien des tergiversations, je finis, à tort ou à raison, par décider de ne pas me mettre en quête d'un étranger et choisis d'affronter seul mes démons.

Pendant ce temps, les habitants des Jardins se passionnaient pour le drame qui se passait chez les Tagliabue, juste en face de la maison Golden, où l'épouse Blanca Tagliabue, qui s'était montrée très patiente, avait fini par se lasser d'être laissée à la maison pour s'occuper des enfants tandis que son mari Vito multipliait les sorties en ville, et comme elle en avait assez de ses protestations d'absolue fidélité (sincères, je pense), elle avait entamé une liaison avec le riche Argentin du voisinage, Carlos Hurlingham, que j'ai surnommé "Mr Arribista" dans une description précédente. Confiant ses enfants aux soins de domestiques, elle s'était envolée à bord du jet privé du *señor* Hurlingham pour aller jeter un œil aux fameuses chutes d'Iguazú à la frontière entre l'Argentine et le Brésil et probablement se livrer, tant qu'à faire, à diverses activités exotiques et frontalières. Vito était hors de lui, de rage, de chagrin et il allait et venait dans les Jardins, furibond et désespéré pour le plus grand plaisir de tous ses voisins. Si je n'avais pas été si préoccupé par mes propres soucis, je me serais réjoui moi aussi de constater que les personnages disparates de mon histoire des Jardins commençaient à nouer des liens entre eux et à se combiner pour former une structure cohérente. Mais pour l'instant je ne m'occupais que de ma propre tristesse et je ne suivis donc pas les différents épisodes de la *telenovela* Tagliabue-Hurlingham.

Cela n'avait pas grande importance. Ils n'étaient au mieux que des personnages mineurs qui ne survivraient peut-être pas à la table de montage. Ce qui fut bien pire, c'est que dans ma détresse je détournai le regard de Petya Golden. Je ne dis pas que j'aurais pu empêcher ce qui s'est produit si j'avais été plus vigilant. Murray Lett aurait peut-être pu s'en douter. Personne peut-être n'aurait rien pu faire. Pourtant, je ne peux m'empêcher de regretter ma négligence.

*

Les deux galeries Sottovoce, de vastes espaces sur tout le côté ouest de la 21e et de la 24e Rue, étaient entièrement consacrées à l'une des grandes expositions de la saison, les nouvelles œuvres d'Ubah Tuur. Les pièces grand format, qui rappelaient les monstres de métal de Richard Serra, mais entaillées et transformées par des couteaux de feu en dentelles exquises, de sorte qu'elles pouvaient également passer pour des versions géantes en métal travaillé et rouillé des *jalis*, ces résilles de pierre qu'on trouve en Inde, étaient éclairées par des projecteurs qui les apparentaient aux sombres “sentinelles” étrangères dans le *2001* de Kubrick mais sur un mode plus enjoué et plus fantasque. Dans la galerie de la 21e Rue je tombai sur le bouillonnant Frankie Sottovoce, joues roses et cheveux blancs au vent qui agitait les bras et gloussait de plaisir. “C’est un grand succès. Rien que les plus grands collectionneurs et les musées. C’est une star.”

Je regardai autour de moi à la recherche de l’artiste mais elle n’était pas là. “Vous venez de la manquer, dit Sottovoce. Elle était là avec Apu Golden. Vous devriez repasser. Ils sont ici tout le temps. Surtout le matin. Vous l’avez vue à la fête dans les Jardins. Elle est grandiose. Si incroyablement brillante. Et belle, mon Dieu.” Il agita vaguement la main comme s’il venait tout juste de se brûler au contact de sa beauté. “C’est une force”, conclut-il et il s’esquiva pour aller séduire quelqu’un de plus important.

“Oh, fit-il en s’arrêtant pour se retourner dans ma direction, sa passion pour les ragots prenant un instant le pas sur son sens des affaires. L’autre Golden est passé lui aussi, le frère aîné, vous savez, et il se tapota la tempe pour montrer qu’il parlait *du cinglé*. Il l’a vue avec Apu et je n’ai pas l’impression que ça lui ait fait tellement plaisir. Il a détalé comme un lièvre. Il n’y aurait pas une petite rivalité quelque part ? Hum, hum ?” Et de pousser son petit rire idiot et haut perché avant de partir pour de bon.

C’est là que j’aurais dû deviner. C’est là que j’aurais dû voir en imagination la vague rouge monter au visage de Petya tandis qu’il comprenait qu’après tout ce temps la femme qu’il aimait était toujours entre les bras de son frère, la femme que son frère lui avait volée, anéantissant sa meilleure chance de bonheur. Cette lointaine nuit de trahison sous le toit d’Ubah lui revint à l’esprit avec toute sa force, comme si l’épisode venait à peine de se produire. La rage revint elle aussi et, avec elle, la soif de vengeance. Cette image fugace d’Ubah et d’Apu main dans la main avait suffi, et ce qui arriva arriva avec la logique horrible et inévitable du coup de feu une fois la détente pressée. J'aurais dû me douter qu'il y aurait des problèmes. Mais j'avais autre chose en tête.

*

À New York, le Centre des sapeurs-pompiers envoya quarante-quatre véhicules et cent quatre-vingt-dix-huit hommes sur un incendie de niveau 5. La possibilité que deux départs de feu semblables se produisent à trois blocs de distance la même nuit est extrêmement faible. L'hypothèse selon laquelle de tels incendies seraient accidentels est… négligeable.

Les questions de sécurité étaient prises très au sérieux dans les galeries Sottovoce. Pendant les heures d'ouverture il y avait des vigiles, des caméras et un système de verrouillage d'urgence qui pouvait bloquer tous les accès en vingt secondes. C'était la "situation A". La "situation B", depuis le moment de la fermeture jusqu'à l'heure de la réouverture, était gérée par des rayons laser qui, en cas de rupture, déclenchaient des alarmes, *via* des caméras de surveillance qui renvoyaient les informations au poste de commande de la société de sécurité où les écrans étaient observés vingt-quatre heures sur vingt-quatre, *via* des grilles en titane et des rideaux de fer roulants à chaque porte, chacun commandé par un double système de verrouillage, digital et à clef : deux fentes destinées aux cartes d'identité avec au-dessous un clavier numérique et pas un seul employé ne connaissait l'intégralité des codes PIN. Pour ouvrir les portes, il fallait la présence de deux employés de confiance de Sottovoce, chacun tapant son code individuel. Pour pirater le système, aimait à dire Frankie Sottovoce, il aurait fallu un génie de l'informatique. "Cet endroit est une forteresse, se vantait-il. Même moi je ne pourrais pas entrer si je passais dans le coin la nuit et que j'avais envie d'entrer pisser."

Que se passa-t-il exactement ? Aux heures creuses de la nuit, vers 3h20 du matin, une Chevrolet Suburban aux vitres teintées, dépourvue de plaques d'immatriculation, se gara devant la galerie de la 24e Rue. Le conducteur devait avoir déjà visité la galerie et il employa ce que le rapport officiel du NYPD qualifia plus tard de "dispositif de recherche extrêmement sophistiqué", capable de cloner les cartes d'identité et de découvrir les codes PIN. Les rideaux de fer remontèrent et les portes de titane s'ouvrirent, des jerrycans de plastique remplis d'essence furent débouchés, répandus dans la galerie et enflammés, peut-être à l'aide du même genre de chalumeau que celui qui avait servi à créer les sculptures exposées. Le SUV s'éloigna tandis que l'incendie embrasait le bâtiment et la même scène se répéta sur la 21e Rue. Il n'y eut qu'un témoin, un alcoolo peu fiable, qui décrivit le conducteur du SUV comme un homme portant une capuche et des lunettes noires. "On aurait dit la Mouche, affirma le témoin. Ouais, quand j'y repense, il avait des bras velus qui dépassaient de ses manches." Son témoignage relevant carrément de la science-fiction, le témoin fut remercié et renvoyé à ses foyers. Aucun autre témoin ne se manifesta. L'espoir des enquêteurs était d'identifier la voiture mais on ne la retrouva pas immédiatement. Et quand les incendies furent maîtrisés, les sculptures étaient irrémédiablement détruites.

*

INTÉRIEUR NUIT, LA CHAMBRE DE L'APPARTEMENT DE PETYA GOLDEN

Assis dans son lit, portant toujours sa capuche noire et ses lunettes, PETYA, les draps relevés jusqu'au menton. Il sanglote de manière incontrôlable. Il retire ses lunettes et les jette à travers la pièce. Sur la table de nuit, des bouteilles d'alcool débouchées.

INTÉRIEUR NUIT, LE SALON DE L'APPARTEMENT DE PETYA

Sanglotant toujours, hurlant presque de chagrin, PETYA a entrepris de fracasser sa nouvelle maison. Il jette une lampe à travers la pièce, elle heurte un mur et se fracasse. Il attrape une chaise et la lance dans la direction de la lampe. Puis il s'effondre au sol, la tête entre les mains.

INTÉRIEUR JOUR, SALON DE L'APPARTEMENT DE PETYA

Fondu enchaîné jusqu'au lendemain matin. PETYA est toujours dans la même position. La SONNETTE DE L'ENTRÉE retentit. À plusieurs reprises. Il ne bouge pas.

Coupez.

EXTÉRIEUR JOUR, DEVANT LE "MONDRIAN BUILDING"

NÉRON GOLDEN appuie sur la sonnette. Gros plan sur son visage tandis qu'il parle directement face à la caméra. Sous la voix off on entend le carillon de la sonnette qui continue à résonner.

NÉRON

Bien sûr j'ai immédiatement compris que c'était lui.
Ils ont passé les images à la télévision et quand je les
ai vues j'ai su. Ce n'est pas la Mouche, c'est Petronius.
La voiture aussi. Il a retiré les plaques mais c'est ma
voiture. C'est moi qui lui avais donné les clefs quand
il a emménagé dans son appartement. C'est un bon
conducteur, un conducteur prudent. Quel père pourrait
s'attendre à cela de son fils ? On la gare dans le parking
sous le 100 Bleecker Street, à l'emplacement
du gratte-ciel de la NYU, nous sous-louons cet espace

à un professeur de journalisme qui habite au vingtième étage. Je reconnais la voiture, je reconnais mon fils, je reconnais la femme. Évidemment. C'est la femme que son frère lui a prise. C'est une vengeance. C'est terrible. Mais après tout il est un homme.

Coupez.

INTÉRIEUR NUIT, APPARTEMENT DE PETYA

L'appartement est dans le désordre le plus complet mais PETYA a laissé entrer MURRAY LETT. PETYA est toujours couché en boule sur le sol au fond du champ. Lett est agenouillé auprès de lui, les mains sur les épaules de PETYA. Celui-ci parle sans arrêt. On n'entend pas son monologue.

RENÉ (VOIX OFF)

Il a acheté le chalumeau sur Internet. Très facilement. Après avoir retiré les plaques de la Suburban, il s'est rendu dans une supérette du Queens et a acheté les jerrycans d'essence en plastique. Puis il s'est rendu à la station-service d'un autre supermarché dans le comté de Nassau et a fait le plein des jerrycans. Pour ce qui est de forcer les systèmes de sécurité des galeries, il s'est contenté de dire que cela a été un jeu d'enfant. Peut-être n'avait-il pas prévu l'onde de culpabilité qui allait le frapper juste après l'attaque. Il a failli s'y noyer. La crise a été très grave. Il est devenu anxieux, hystérique, déprimé, il s'est saoulé. Son thérapeute voulait le placer sous surveillance à cause du risque de suicide. Son père a loué les services d'une équipe d'infirmiers pour veiller sur lui jour et nuit.

Coupe sur PETYA qui parle avec fureur mais on continue à n'entendre que le récit de RENÉ. Par moments les paroles de PETYA sont parfaitement synchronisées avec celles de RENÉ.

RENÉ

Son accès de rage était essentiellement dirigé contre lui-même, pétri de honte et de sentiment de culpabilité. Pourtant il parlait encore abondamment de la haine qu'il avait contre son frère. Ses sentiments à l'égard d'Apu s'étaient transformés en bloc de haine si épais qu'ils ne pourraient se dissoudre que dans le sang de son frère, disait-il, et cela ne suffirait peut-être pas, il devrait peut-être de temps en temps aller chier sur la sale tombe d'Apu. À la page des faits divers de journaux à quatre sous, il avait lu l'histoire de certains hommes qui avaient gardé des femmes prisonnières pendant des années et il disait : Voilà ce que je pourrais faire, l'enchaîner et le bâillonner et l'enfermer à la cave auprès de la chaudière et le torturer chaque fois que j'en aurais envie. À cette époque, après l'incendie volontaire, PETYA buvait énormément. Il avait aussi complètement perdu l'esprit.

Coupez.

EXTÉRIEUR JOUR. BUREAU DE NÉRON, DANS LA MAISON GOLDEN

NÉRON GOLDEN, l'air terrifiant, tourne le dos à la fenêtre et ses deux FEMMES DRAGONS attendent ses instructions.

NÉRON

Je veux le meilleur avocat d'Amérique. Trouvez-le-moi aujourd'hui même et amenez-le-moi.

La porte s'ouvre et VASILISA GOLDEN se tient sur le seuil, les mains sur le ventre. NÉRON se tourne vers elle, irrité d'être interrompu mais l'air qu'elle a sur le visage le fait taire.

VASILISA

C'est le moment.

Coupez.

22

C'est le printemps, les dernières glaces ont disparu de l'Hudson, des voiles joyeuses apparaissent le week-end sur les eaux. Sécheresse en Californie, plusieurs oscars pour *Birdman*, mais pas de super-héros disponible à Gotham. À la télévision, le Joker annonce sa candidature à l'élection présidentielle, accompagné de tout son Escadron Suicide. Il reste encore plus d'un an et demi de mandat à l'actuel président mais il me manque déjà et je suis nostalgique du présent, de ce bon vieux temps de la légalisation du mariage gay, de la première ligne de ferries pour Cuba et des sept victoires d'affilée pour les Yankees. Incapable de regarder le bouffon aux cheveux verts faire son improbable déclaration, je passe aux pages des faits divers et m'intéresse aux crimes. Un homme armé a abattu un médecin à El Paso avant de se suicider. En Caroline du Nord, un homme a tué ses voisins, une famille musulmane, lors d'une dispute à propos d'une place de stationnement. Un couple de Detroit, dans le Michigan, plaide coupable après avoir torturé son fils dans la cave (pas littéralement un assassinat mais c'est une bonne histoire et donc on prend). À Tyrone, dans le Missouri, un homme armé tue sept personnes et fait de lui la huitième victime. Toujours dans le Missouri, un certain Jeffery L. Williams tue deux policiers devant le quartier général de la police de Ferguson. Un officier de police du nom de Michael Slager tue d'un coup de fusil Walter Scott, un Noir sans armes à North Charleston, en Caroline du Sud. En l'absence de Batman, Mrs Clinton et le sénateur Sanders présentent leur candidature comme alternative à l'Escadron Suicide. Dans un restaurant Twin Peaks à Waco, au Texas, "Plats ! Boissons ! Vue imprenable !", vingt personnes meurent dans une bagarre entre motards et dix-huit autres finissent à l'hôpital. Inondations et tornades au Texas et dans l'Arkansas, soixante-dix morts, quarante disparus. Et on n'est encore qu'au mois de mai.

"Dostoïevski trouvait toutes ses intrigues en lisant la page des faits divers des journaux, dit Suchitra d'un air songeur. UN ÉTUDIANT TUE SA LOGEUSE. Quelle que soit la façon de le dire en russe. Et bingo ! *Crime et Châtiment*."

Nous prenions le petit-déjeuner – café *macchiato* maison et *cronuts* qui nous avaient fait faire la queue sur Spring Street à 5 h 30 du matin – assis à table près de la fenêtre d'angle qui donnait au sud sur le port et à l'ouest sur le fleuve. Je me rendis compte que j'étais heureux, que j'avais rencontré la personne susceptible de m'apporter la joie ou qu'elle m'avait permis de la rencontrer. Ce qui revenait à dire probablement que je ne pourrais jamais lui dire la vérité au sujet du bébé ; ce qui du coup voulait également dire que Vasilisa avait prise sur moi et que je ne pourrais jamais m'en libérer. Il est vrai qu'en révélant son secret Vasilisa ruinerait sa propre stratégie en m'ôtant toute chance de connaître le bonheur. Mais elle était peut-être tellement sûre d'elle que ça ne comptait pas. Elle avait bien surmonté le drame de son badinage avec Masha, sa coach de fitness, non ? Et Néron vieillissait de jour en jour et avait de plus en plus peur de vivre et de mourir seul… J'écartai ces pensées, comprenant que je devenais paranoïaque. Vasilisa ne parlerait jamais. Et pour le moment, en mangeant mes *cronuts* et en parcourant les critiques de films du *Sunday Times*, j'étais content, heureux de laisser Suchitra penser tout haut comme elle aimait le faire dans les rares moments de calme de son emploi du temps si chargé. De ces discussions du dimanche matin, rien qu'en laissant son esprit vagabonder et en se livrant à de libres associations, elle revenait souvent avec des projets qu'elle avait envie de mettre en œuvre.

"Est-ce que c'est vrai ? demandai-je. À propos de Dostoïevski ?"

Il ne lui en fallut pas davantage. Elle hocha gravement la tête, agita son *cronut* dans ma direction tout en mâchant le morceau qu'elle avait dans la bouche, l'avala et démarra aussitôt. "*La vérité* est un concept tellement XXe siècle. La question aujourd'hui est : Est-ce que je peux t'amener à y croire, est-ce que je peux le répéter assez souvent pour le rendre aussi présentable que la vérité. La question est de savoir si je peux surpasser la vérité en mentant. Tu sais ce que disait Abraham Lincoln ? « On trouve toutes sortes de fausses citations sur Internet. » On devrait peut-être aba donner le documentaire. Peut-être mélanger un peu les genres, la jouer un peu *transgenre*. Le moqumentaire est peut-être la forme du moment. La faute à Orson Welles.

— *Mercury Theatre on the Air*, dis-je pour en rajouter. *La Guerre des mondes*. La radio. Ça fait un bail. Les gens croyaient encore à la vérité à l'époque.

— Les nuls, dit-elle. Ils ont cru Orson. Tout a son origine quelque part.

— Et aujourd'hui soixante-deux pour cent des républicains pensent que le président est musulman.

— De nos jours, si un gorille mort du zoo de Cincinnati se présente à l'élection présidentielle il recueille au moins dix pour cent des voix.

— De nos jours, tant de gens en Australie ont déclaré lors du recensement être de religion *jedi* que le fait est devenu officiel.

— De nos jours, le seul dont tu penses qu'il te ment, c'est le spécialiste qui justement connaît la question. C'est celui qu'on ne peut pas croire parce qu'il fait partie de l'élite et que l'élite est contre le peuple et cherche à l'humilier. Connaître la vérité c'est faire partie de l'élite. Si tu affirmes avoir vu le visage de Dieu dans une pastèque, tu convaincras plus de monde que si tu as découvert le chaînon manquant parce que si tu es un savant, tu appartiens à l'élite. La téléréalité est un mensonge mais elle n'a rien à voir avec l'élite, alors on achète. Les informations : ça, c'est l'élite.

— Je ne veux pas faire partie de l'élite. Est-ce que j'en suis ?

— Il faut que tu y réfléchisses. Tu dois devenir post-factuel.

— C'est pareil que fictionnel ?

— La fiction c'est l'élite. Plus personne n'y croit. Le post-factuel est produit par le marché de masse, l'ère de l'information, les trolls. C'est ce que veulent les gens.

— Je déteste la *truthiness*, la vérité présumée. Je hais Stephen Colbert."

Telles étaient nos divagations dominicales. Mais en l'occurrence ce fut moi qui eus une illumination. Mon grand projet, inspiré par les Golden, devait être écrit et tourné sous la forme d'un documentaire mais scénarisé et joué par des acteurs. Dès l'instant où j'eus cette idée, le scénario m'apparut clairement et en quelques semaines j'en réalisai une première ébauche, et à la fin de l'année il serait sélectionné au Sundance Screenwriters Lab, et l'année suivante… mais j'anticipe sous le coup de l'enthousiasme. Revenons à ce dimanche de printemps. Parce que ce jour-là, un peu plus tard, j'avais rendez-vous avec mon fils.

C'est vrai, je jouais avec le feu mais le programme humain est puissant et il a ses exigences. L'idée de n'avoir aucun contact avec le fruit de ma chair et de mon sang m'était insupportable et donc depuis mon départ de la maison Golden je m'étais sans vergogne appliqué à rester dans les bonnes grâces de Néron Golden pour qui le nouveau-né, son premier fils depuis longtemps, était également une obsession. Je lui dis que je tenais absolument à rester en contact avec lui après toute la gentillesse qu'il m'avait témoignée et sa générosité à mon égard comme s'il faisait partie de ma famille, de sorte que maintenant je le considérais comme un parent (je vous avais prévenu que j'étais sans vergogne), et je suggérai de perpétuer notre nouvelle habitude de se retrouver pour un repas – un thé peut-être ? – à la Russian Tea Room. "Oh, et puis ce serait fantastique si vous ameniez le bébé avec vous", ajoutai-je innocemment. Le vieux se fit avoir et je pus ainsi voir mon petit garçon grandir et jouer avec lui et le prendre dans mes bras. Néron vint à la Tea Room accompagné du bébé et de sa nurse qui me tendit le bébé sans faire la moindre difficulté et se retira dans un coin du restaurant. "C'est étonnant comme tu sais y faire avec l'enfant, me dit Néron Golden, j'ai l'impression que tu es un peu toi-même en mal d'enfant. Ton amie est superbe. Tu devrais peut-être la mettre enceinte."

Je serrai mon fils contre moi. "Tout va bien, dis-je, ce petit bonhomme me suffit amplement."

La mère de l'enfant n'était pas ravie de mon stratagème. Elle m'appela un jour pour me dire : "J'aimerais mieux que tu t'éclipses. Ce garçon a d'excellents parents qui peuvent lui fournir tout ce dont il a besoin et même davantage, contrairement à toi. Je ne sais pas quelles sont tes motivations mais je soupçonne qu'elles pourraient être d'ordre financier. J'ai eu tort, j'aurais dû aborder cette question en temps voulu. Donc, très bien, si tu as un chiffre en tête, dis-le-moi et voyons s'il correspond à celui auquel je pense.

— Je ne veux pas de ton argent, dis-je, je veux seulement de temps en temps prendre le thé avec mon fils."

Il se produisit un silence qui traduisait à la fois son incrédulité et son soulagement. "C'est bon, dit-elle, manifestement très agacée. Mais ce n'est pas ton fils."

Suchitra, ce dimanche-là, se montra elle aussi plutôt étonnée de mon intérêt pour le garçon. "Dois-je y voir un appel du pied ? me demanda-t-elle à sa manière directe et explicite. Parce que permets-moi de te dire que j'ai une carrière en cours et que l'idée de l'interrompre pour devenir la mère du bébé de qui que ce soit ne fait pas partie de mes plans pour le moment.

— Que veux-tu que je te dise. J'aime les enfants, c'est tout. Et ce qu'il y a de bien avec les enfants des autres, c'est que quand on a fini de jouer avec eux on les rend à leurs parents."

*

Ils avaient réussi à éviter la prison à Petya. Comme les bâtiments étaient vides et qu'il n'avait par conséquent pas provoqué de dommages aux personnes, cela signifiait que le crime était qualifié d'incendie volontaire du troisième degré, un délit de classe C. Pour un tel délit, la loi de New York prévoyait comme peine minimale un à trois ans de prison et comme peine maximale cinq à quinze ans. Toutefois, si l'on parvenait à faire valoir des circonstances atténuantes, les juges pouvaient rendre d'autres verdicts qui entraînaient des peines de prison beaucoup plus courtes, voire pas de prison du tout. Les "meilleurs avocats d'Amérique" plaidèrent avec succès que le syndrome AHF de Petya devait être pris en considération. La thèse du *crime passionnel* qui aurait pu fonctionner, par exemple en France, ne fut pas abordée. On ordonna à Petya de subir une évaluation psychiatrique suivie d'un traitement, d'être placé sous la surveillance de la communauté, de prendre à sa charge tous les frais engagés et de rembourser en totalité les dégâts qu'il avait causés. Néron engagea Murray Lett à plein temps et le thérapeute lâcha ses autres patients pour s'installer dans l'appartement de Petya afin de le protéger du mal qu'il aurait pu se faire et d'essayer de résoudre ses nombreux autres problèmes. Le rôle de Lett fut accepté par le tribunal, ce qui simplifia les choses. Cela réglait l'aspect pénal et Petya se présenta ponctuellement, comme il l'était exigé, devant ses officiers de probation, se soumit à des tests anti-drogue aléatoires, accepta la surveillance électronique exercée par un bracelet attaché à sa cheville, se plia aux règles strictes de sa liberté conditionnelle et accomplit ses heures de travaux d'intérêt général en silence et sans se plaindre, travaillant à la maintenance et à l'entretien de bâtiments publics. Autorisé à travailler à l'intérieur en raison d'un regain de son agoraphobie, il peignait, plâtrait, martelait sans un mot, sans une plainte, détaché de son corps, c'était du moins ce qu'il semblait, laissant ses membres faire ce qu'on attendait d'eux tandis que ses pensées vagabondaient ailleurs, ou nulle part.

La question des indemnisations financières fut plus compliquée. Une plainte au civil pour destruction avait été déposée par Frankie Sottovoce, et elle visait Néron aussi bien que Petya et l'affaire suivait son cours. Ubah Tuur n'y était pas impliquée. Il s'avéra que Sottovoce lui avait acheté ses pièces dès avant le vernissage, de sorte qu'au moment des incendies c'est à lui qu'elles appartenaient. Elle avait déjà touché son argent. La galerie était assurée mais il y avait un écart considérable, plaidèrent les avocats de Sottovoce, entre les indemnisations que verserait la compagnie d'assurances et ce que les pièces de Tuur auraient rapporté si elles avaient été mises sur le marché. Quant aux bâtiments, il fallait en rénover l'intérieur et cela représentait une grosse perte financière à cause des expositions qui ne pourraient pas s'y tenir pendant la durée des travaux. C'était donc une affaire de plusieurs millions de dollars qui n'était pas réglée, mais au fond la vérité c'est que ce que gagnait Petya avec ses applications de jeux était amplement suffisant pour couvrir toutes les dépenses, d'autant que les avocats de Golden employaient tous les recours pour retarder la procédure dans l'espoir de finir par amener Sottovoce à négocier un accord plus facile à assumer tout en usant de toutes les failles juridiques accessoires ou (pour employer peut-être un meilleur terme) toutes les flexibilités afin d'éviter la prison à Petya pendant qu'on s'occupait des aspects financiers.

Ce fut Apu Golden le premier qui devina que, quelle que fût l'issue du procès, l'incendie de Petya avait causé de gros dégâts dans la maison Golden, autant que dans les deux galeries de Sottovoce. (L'affaire avait aussi mis fin à sa propre relation avec Frankie Sottovoce qui l'avait, sans façon, prié de se trouver un nouveau galeriste.) Je vins le voir dans son studio d'Union Square et il m'offrit du thé vert chinois de Hangzhou et une assiette où s'empilaient des morceaux de fromage italien très dur. "Je veux te parler comme à un frère, dit-il, un frère honoraire, parce que là où nous en sommes c'est ce que tu es. Regarde notre famille. Tu vois ce que je veux dire ? Regarde-la, nous sommes, je suis désolé de le dire aussi brutalement, un vrai désastre. C'est le début de la chute de la maison Usher. Je ne serais pas surpris si la maison de Macdougal Street se fendait en deux et s'écroulait dans la rue. Tu vois ce que je veux dire ? J'ai le pressentiment d'une catastrophe."

Je gardai le silence. Il ne faisait que commencer. "Romulus et Remus, dit-il, c'est ainsi que D. nous voyait, et il était tellement obnubilé par le sentiment d'être exclu de nos jeux qu'il ne vit jamais combien c'était dur pour moi d'être le frère de Petya, quel mal je me suis donné pour qu'il ait une enfance heureuse, aussi heureuse que possible, étant donné son état. J'ai joué avec lui au train électrique et aux circuits de voitures Scalextric même quand j'étais adulte parce qu'il aimait ces jeux. On l'a tous fait. Même mon père. Et il semble bien aujourd'hui que nous ayons tous échoué depuis qu'il s'est effondré et qu'il a provoqué l'incendie. Il s'est effondré, les galeries ont brûlé. Et il est en pièces détachées, là-bas, avec l'Australien, qui sait si celui-ci parviendra à recoller les morceaux. Et D., qu'est-ce qu'il a ? Ou, devrais-je dire maintenant, qu'est-ce qu'*elle* a ? Je n'en sais rien. Le sait-il lui-même ? Ou elle-même ? C'est fou. À propos, sais-tu qu'on n'a plus le droit d'employer le mot « fou ». On n'est plus censé non plus parler de « dément », ni, je suppose, de « cinglé ». Ces mots insultent les malades mentaux. Il existe maintenant une insulte pour qualifier ces insultes, tu le savais ? Moi non plus. Même si tu te contentes de dire, ce truc c'est de la folie, sans même penser aux malades mentaux, Seigneur Dieu, apparemment tu les insultes quand même. Qui a inventé ces histoires ? Ils devraient essayer de se confronter un certain temps au problème et on verrait bien s'ils n'ont pas besoin de temps en temps de relâcher la pression. On verrait bien s'ils n'en viendraient pas de temps en temps à dire, bon, je m'excuse mais sain d'esprit est une chose et donc fou également. Si la santé mentale est une chose, la folie en est une également. Et si elle existe, le mot aussi doit exister. C'est cela, le langage. D'accord ? Ou bien c'est moi le méchant ? C'est moi le cinglé ?"

Il changea brusquement de sujet. Les derniers jours de la manifestation de Zuccotti Park, Apu s'était désolidarisé de beaucoup de membres du mouvement Occupy, en partie parce qu'il était exaspéré par leurs débordements anarchiques totalement incontrôlés, en partie parce que, disait-il, "ils sont plus intéressés par la posture que par les résultats. La question du langage fait partie du problème.

Excuse-moi : si on nettoie trop le langage on le tue. La saleté, c'est la liberté. Il faut conserver un peu de saleté. Le nettoyage ? Je n'aime pas beaucoup ce mot". (Plus tard, au cours de mes recherches, je devais rencontrer quelques-uns des manifestants, la plupart d'entre eux ne se souvenaient pas d'Apu. Le seul qui se souvenait de lui me dit : "Ah oui, ce peintre friqué qui avait l'habitude de venir ici s'encanailler. Je n'ai jamais aimé ce mec.")

Je soupçonnais que la tirade d'Apu devait trouver son origine dans un problème personnel, car dans le fond il ne se laissait pas mener par des idées. *Cherchez la femme**, me dis-je et son nom lui échappa un instant plus tard. "Ubah, dit-il, est à fond dans tout cela. Tu vois. Surveille ton langage. Fais attention à ce que tu dis. Marche sur des œufs. Chaque pas peut t'amener en terrain miné. Boum ! Boum ! Ta langue est en danger chaque fois que tu ouvres la bouche. C'est épuisant, je te jure.

— Et alors vous ne vous voyez plus ?

— Ne sois pas stupide, dit-il, si je peux employer ce mot sans offenser des personnes moins intelligentes ? Bon, je l'emploie. Bien sûr que je la vois toujours. Elle est tellement extraordinaire, je ne peux me passer d'elle. Si elle veut que je surveille mon langage ou autre chose, je le surveille, du moins quand elle est dans les parages et du coup c'est toi, malheureux, qui en subis les retombées parce qu'il faut bien que je me lâche quand elle n'est pas là. Mais cela n'a pas été facile de rester avec elle après que mon fichu frère a détruit toute son exposition. La *totalité* de son exposition. Ce n'est plus que de la ferraille. Tu sais combien de temps ça a pris de réaliser ces pièces ? Des mois. Bien sûr elle était folle de rage et c'est mon frère, grand Dieu. Pendant un certain temps elle n'était plus capable de m'adresser la parole. Mais ça va mieux maintenant. Elle s'est calmée. C'est dans le fond quelqu'un de calme et une bonne personne. Elle sait que ce n'est pas ma faute. C'est ce que je veux dire par « nous n'avons jamais été Romulus et Remus, Petya et moi ». Je faisais des efforts pour ne pas craquer, pour protéger ma vie de famille, mon enfance et maintenant ces jours-là sont bien finis, c'est un désastre total."

Il secoua la tête, se rappelant son sujet initial. "Oh oui. Excuse-moi, j'ai un peu perdu le fil dans ma colère. Revenons à nos moutons. Ce que je voulais dire, au départ, la vraie raison pour laquelle je suis ici avec toi, avec ce thé et ce fromage, c'est que ma famille est un désastre et que toi, mon frère qui n'est pas mon frère, tu es le seul membre de la famille avec qui je peux parler de ces choses. L'un de mes frères est un incendiaire, l'autre ne sait plus s'il est mon demi-frère ou ma demi-sœur. Quant à mon père, non content de vieillir et de commencer peut-être à perdre la tête, il l'a totalement perdue pour cette femme, sa *femme*. Même le mot m'écorche la bouche. Et maintenant le bébé. Je n'arrive même pas à le considérer comme mon frère. Mon demi-frère. Mon demi-frère à moitié russe. C'est comme si je le rendais responsable de tout ce qui arrive. Il déboule et le monde s'écroule. On dirait une malédiction. Ça me rend fou et c'est moi le sain d'esprit. Mais c'est peut-être seulement moi qui suis grincheux ce qui est normal, comme chacun sait. Ce n'est pas pour te dire cela que je t'ai invité. Je sais bien que tu ne crois pas à ces histoires mais pourtant, écoute-moi. Je me suis mis à voir des fantômes."

C'était la fin de la période politique d'Apu. Je faillis éclater de rire. Pour la première fois ce jour-là, je posai le regard sur l'œuvre à laquelle il travaillait et je fus heureux de constater qu'il s'était débarrassé de l'influence trop envahissante des artistes contemporains de l'agit-prop : Dyke Action Machine !, Otabenga Jones, Coco Fusco, et qu'il était revenu à sa palette antérieure, bien plus riche et plus vivante, inspirée du monde des traditions mystiques. Un grand tableau, format paysage, tout d'oranges très vifs et de verts me frappa particulièrement, un triple portrait grandeur nature de sa sorcière préférée, la *mãe-de-santo* de Greenpoint, flanquée de ses deux divinités préférées, Orisha et Oludumaré. Mysticisme et psychotropes n'étaient jamais très éloignés l'un de l'autre dans la pratique d'Apu, ce qui expliquait probablement les visions. "Tu prends de l'*ayahuasca* maintenant, c'est ça ?" demandai-je. Apu regimba, feignant d'être choqué. "Tu plaisantes, je ne tricherais jamais avec ma *mãe* et ses gars." (L'usage de l'*ayahuasca* dans les pratiques chamaniques était lié au culte de Santo Daime au Brésil et certains appelaient la drogue *daime* en l'honneur de ce saint.) "De toute façon, ce ne sont pas des visions de Dieu que j'ai eues."

Il était parfois difficile de savoir s'il parlait au sens propre ou au sens figuré. "Viens voir", dit-il. Tout au fond de l'atelier se dressait une grande toile recouverte d'un drap taché de peinture. Quand il enleva le drap, je découvris une scène extraordinaire, une vaste vue de Manhattan, très détaillée, d'où tous les véhicules et les piétons avaient disparu, une cité vide peuplée seulement de personnages translucides, les hommes vêtus de blanc, les femmes de safran, ils avaient tous la peau verte, certains flottaient près du sol, d'autres plus haut dans les airs. Oui, des fantômes, mais les fantômes de qui ? Les fantômes de quoi ?

Apu ferma les yeux et retint son souffle, puis en expirant il fit un petit sourire et ouvrit les écluses du passé.

"Pendant longtemps, dit Apu, il nous a contrôlés grâce à l'argent, celui qu'il nous donnait pour vivre, celui qu'il nous promettait en héritage et nous faisions ce qu'il demandait. Mais il y avait aussi autre chose encore plus efficace que l'argent. C'était le sens de la famille. Il était la tête, nous étions les membres et le corps fait ce que la tête lui dit de faire. Nous avons été élevés ainsi, selon les principes d'autrefois. Loyauté absolue, obéissance absolue, pas de discussion. Le système a fini par s'user mais il a fonctionné très longtemps, même quand nous étions déjà adultes. Nous ne sommes plus des enfants mais pendant un certain temps nous sautions quand il sautait, nous nous asseyions quand il nous disait assis, nous riions et nous pleurions quand il nous disait pleurez ou riez. Quand nous sommes venus nous installer ici c'était avant tout parce qu'il avait dit, maintenant on déménage. Il est vrai que nous avions tous des raisons personnelles pour abonder dans son sens. Petya, bien sûr, a besoin de nombreux soins. Pour D., même s'il ne le savait pas, l'Amérique était la voie de la métamorphose qu'il désire, ou ne désire pas, je n'en sais rien, peut-être lui non plus, mais ici au moins il peut faire ses expériences. Quant à moi, il y avait des gens dont je voulais m'éloigner. Des imbroglios. Pas financiers même si à une certaine époque j'ai eu des dettes de jeu. J'ai dépassé ce temps-là. Des problèmes sentimentaux. Une femme qui m'avait brisé le cœur, une autre qui était un peu folle, d'une folie sympathique la plupart du temps mais pas toujours et qui pouvait être dangereuse pour moi, pas sur le plan physique mais sur le plan émotionnel, et une troisième qui m'aimait mais se collait tellement à moi que je n'avais plus la place de respirer. J'ai rompu avec les trois ou elles ont rompu avec moi, peu importe, mais elles ne sont pas parties. Personne ne part jamais. Elles tournaient au-dessus de moi comme des hélicoptères, braquant sur moi des projecteurs aveuglants et j'étais pris dans leurs faisceaux entrecroisés comme un fugitif en cavale. C'est alors qu'un de mes amis, un écrivain, un bon écrivain, m'a dit une chose qui m'a fait une peur bleue. Il m'a dit : « Envisage la vie comme un roman, disons un roman de quatre cents pages, et imagine maintenant le nombre de pages que ta vie a déjà remplies. Et souviens-toi qu'à partir d'un certain stade ce n'est pas une bonne idée d'introduire un nouveau personnage majeur. À partir d'un certain point, tu es coincé avec les personnages dont tu disposes. Il faudrait donc peut-être que tu penses à introduire ce nouveau personnage avant qu'il ne soit trop tard parce que tout le monde vieillit, même toi. » Il m'a dit cela juste avant que mon père ne décide qu'il fallait partir. Alors, quand mon père a pris cette décision, je me suis dit, parfait c'est très bien. Encore mieux que d'essayer d'introduire ici un nouveau personnage, là où les sorcières tournent en rond avec leurs projecteurs. Ainsi je pouvais jeter le livre tout entier et me mettre à écrire une nouvelle histoire. De toute façon, ce vieux livre n'était pas tellement bon. C'est donc ce que j'ai fait, et me voici, et désormais je vois des fantômes parce que le problème, quand on essaie d'échapper à soi-même, c'est qu'on s'emporte soi-même dans la fuite."

Sur le tableau, je distinguai à présent les personnages des femmes-hélicoptères en vol stationnaire et la petite silhouette noire d'un homme en fuite au-dessous, le seul personnage à avoir une ombre sur cette toile où il n'y en avait pas. L'homme poursuivi et les fantômes du passé perdu qui le poursuivaient. Quant au présent, je m'en apercevais maintenant, il était instable, les immeubles étaient tordus et déformés comme s'ils se reflétaient dans une vieille plaque de verre à la surface inégale. L'aspect de la ville me fit penser au *Cabinet du Dr Caligari*. Et cela me fit immédiatement revenir à l'esprit ma première image de Néron Golden sous les traits du maître du crime, le Dr Mabuse. Je n'y fis pas allusion mais je l'interrogeai sur l'expressionnisme allemand. Il secoua la tête. "Non, cette distorsion n'est pas une référence, elle est bien réelle." Il souffrait d'un problème de rétine, une dégénérescence maculaire, "heureusement de type humide, parce que pour le type sec il n'existe aucun traitement, vous perdez la vue voilà tout. Et par chance seul l'œil gauche est touché. Si je le ferme tout paraît normal. Mais si je ferme l'œil droit le monde ressemble à ceci". Il pointa le pouce vers la toile. "En réalité, je pense que c'est l'œil gauche qui voit la vérité, ajouta-t-il. Il voit tout tordu et déformé. Ce qui est le cas en vérité. L'œil droit est celui qui perçoit la fiction de la normalité. Je vois donc ainsi la vérité et le mensonge, un œil pour chaque. C'est bien."

En dépit de son attitude sarcastique habituelle, je voyais bien qu'il était agité. "Les fantômes sont réels, dit-il, rassemblant ses forces. Curieusement, je préfère en parler à quelqu'un d'opposé au *spirituel* comme toi." (Je lui avais dit un jour que je trouvai que le mot spirituel qu'on appliquait maintenant à n'importe quoi – depuis la religion jusqu'aux régimes d'amaigrissement ou aux jus de fruits – avait bien besoin de se voir accorder quelques vacances, disons un siècle ou davantage.) "Et ce n'est pas une affaire de défonce, je le jure. Ils m'apparaissent en plein milieu de la nuit mais aussi au milieu de la journée, dans ma chambre ou dans la rue. Ils ne sont jamais solides. Je peux voir à travers eux. Parfois ils sont flous, grésillants, en morceaux comme une mauvaise image vidéo. Parfois ils sont parfaitement clairs et nets. Je ne comprends pas. Je ne fais que te raconter ce que je vois. J'ai l'impression que je perds la tête.

— Dis-moi exactement comment cela se produit, dis-je.

— Quelquefois je ne vois rien, dit-il. Quelquefois j'entends seulement des choses. Des mots qui sont difficiles à saisir ou alors parfaitement clairs. D'autres fois des images apparaissent. Ce qui est étrange c'est qu'il n'est pas nécessaire qu'ils s'adressent à moi. Les sorcières tournoyantes, oui, bien sûr, mais pour les autres on dirait qu'ils se contentent de vivre leur vie et que j'en suis exclu, parce que je me suis exclu moi-même et j'ai le profond sentiment d'avoir fait quelque chose de mal. Ils viennent tous du pays d'autrefois, tu comprends ? Tous." Le sourire avait disparu de son visage. Il avait l'air complètement bouleversé. "J'ai étudié la question des visions, dit-il, Jeanne d'Arc, saint Jean le Théologien. Il y a des ressemblances. Parfois c'est très douloureux, parfois cela semble provenir de l'intérieur de la région du nombril, sortir du corps. D'autres fois cela semble purement extérieur. Ensuite il arrive souvent qu'on s'évanouisse. C'est épuisant. Voilà ce que j'avais à te dire. Dis-moi ce que tu en penses.

— L'important n'est pas ce que j'en pense, dis-je, dis-moi plutôt pourquoi tu penses que cela se produit.

— Je pense n'être pas parti comme il aurait fallu, dit-il. Je n'étais pas en forme. Je suis parti avant d'avoir trouvé la paix. C'est sur ce point que tu vas avoir du mal à me suivre. Les esprits familiers sont fâchés contre moi, les divinités de l'endroit. Il y a une bonne et une mauvaise façon de faire ces choses et moi, nous, tous autant que nous sommes, nous nous sommes arrachés comme si nous avions déchiré le coin de la page où nous étions et c'était une forme de violence. Il faut que le passé retrouve le repos. J'ai le ferme sentiment en ce moment de ne plus être capable d'envisager le chemin devant moi. C'est comme si je n'avais plus aucun chemin devant moi. Ou que, pour le trouver, il faille revenir en arrière, qu'il me faille d'abord revenir sur mes pas. Voilà ce que je crois.

— De quoi parles-tu ? demandai-je. Veux-tu faire des offrandes propitiatoires à la force qui déclenche cela, quelle qu'elle soit ? Là, je nage complètement. Je ne vois même plus le fond.

— Il faut que j'y retourne, dit-il. De toute façon, Ubah a envie d'aller y faire un tour. Prends ça comme la combinaison d'un voyage touristique et d'une cure contre le mal du pays. Prends-le comme mon besoin de découvrir s'il y a lieu d'y chercher un *lieu* qui serait le mien. Ainsi tu n'auras pas besoin de remettre en cause ta vision rationaliste du monde." Ces derniers mots, à la limite de la colère. Puis aussitôt un sourire pour excuser et compenser la dureté du ton.

"Que crois-tu qui pourrait arriver si tu n'y vas pas ?

— Si je n'y vais pas, dit-il, alors je pense qu'une force obscure sortie du passé traversera le monde pour venir probablement tous nous détruire.

— Oh.

— Il est peut-être trop tard. Peut-être la force obscure a-t-elle déjà pris sa décision. Je vais tout de même essayer. Et par la même occasion Ubah pourra se balader le soir dans Marine Drive, voir les jardins suspendus de Malabar Hill, visiter un studio de cinéma et peut-être ferons-nous un saut jusqu'à la tombe de Taj Bibi à Agra, pourquoi pas.

— Vous partez bientôt ?

— Ce soir, dit-il. Avant qu'il ne soit trop tard."

23

Chaque fois que j'entendais parler du passé de la famille, je découvrais des failles dans le récit familial des Golden. Il y avait des choses qui n'étaient pas dites et il n'était pas facile de savoir comment franchir le rideau qui voilait tout à coup une partie de l'histoire. Apu semblait avoir très peur de quelque chose mais, quelle qu'en fût la raison, il ne s'agissait pas d'un fantôme. Des cadavres dans le placard semblaient plus vraisemblables. Je repensai, ni pour la première ni pour la dernière fois, à l'histoire que Néron Golden m'avait racontée (à la Russian Tea Room la première fois que nous y étions allés), l'histoire de "Don Corleone".

Plus tard, ce jour-là, je dis à Suchitra : "J'aurais bien aimé les accompagner dans leur voyage. Cela pourrait constituer une part importante de l'histoire.

— Si c'est un moqumentaire que tu prépares maintenant, dit-elle, tu n'as qu'à le faire."

Je fus légèrement choqué. "Comment ça, je n'ai qu'à le faire ?

— Tu as de l'imagination, dit-elle, alors imagine."

Une histoire en or. Je me rappelai. Pour les Romains, une histoire à dormir debout, une idée folle. Un mensonge.

*

On raconte, mais c'est peut-être faux, que le grand sitariste Ravi Shankar ne joua toute sa vie que sur quatre sitars et c'est sur l'un de ces quatre qu'il initia le Beatle George Harrison à la pratique de cet instrument : ces leçons eurent lieu dans une suite du grand hôtel près du port et maintenant que Ravi Shankar était mort, le sitar en question était conservé dans une vitrine d'où il observait avec bienveillance les allées et venues des clients de la suite. Le grand hôtel avait été magnifiquement restauré après l'atroce attaque terroriste, la force du vieil édifice de pierre lui avait permis de résister et l'intérieur était encore plus élégant qu'avant mais la moitié des chambres restait vide. Devant le grand hôtel, il y avait des barrières et des détecteurs de métaux et tout ce sinistre attirail de sécurité et ces installations rappelaient l'horreur plutôt que d'inviter à entrer. À l'intérieur, les nombreux magasins si fameux des galeries commerciales affichaient une baisse de leurs ventes de cinquante pour cent si ce n'est davantage. La conséquence du terrorisme c'était la peur et même s'ils étaient nombreux à affirmer leur volonté de soutenir le grand hôtel près du port dans sa phase de renaissance, l'intraitable langage des chiffres disait : *ce n'est pas assez*. Les couples d'amoureux et les dames de qualité ne s'offraient plus le luxe de prendre le thé et des sandwichs au Sea Lounge et de nombreux étrangers préféraient aussi aller ailleurs. On pouvait bien réparer la structure du bâtiment, les dégâts causés à sa magie demeuraient.

Que suis-je venu faire ici, dit à Ubah Tuur celui qui se faisait désormais appeler Apuleius Golden tandis que le sitar de Ravi Shankar les écoutait. C'est l'hôtel dans lequel ma mère est morte. C'est la ville que j'ai cessé d'aimer. Suis-je assez fou pour croire aux fantômes et traverser le monde, dans quel but ? Pour une sorte d'exorcisme ? C'est stupide.

C'est comme si j'attendais qu'il se produise quelque chose. Que peut-il arriver ? Rien. Jouons plutôt les touristes et rentrons chez nous. Allons prendre le café au Leopold et voir des expositions au Bhau Daji Lad Museum et au Prince of Wales Museum que je refuse d'appeler Chhatrapati Shivaji Museum parce que ce type ne s'intéressait absolument pas à l'art. Mangeons dans la rue à Chowpatty Beach et attrapons une bonne colique comme de vrais étrangers. Allons acheter des bracelets d'argent au Chor Bazaar, voir les frises du père de Kipling et manger des crabes à l'ail à Kala Ghoda. Soyons triste de la fermeture de la Rhythm House et déplorons aussi celle du Café Samovar. Allons au Blue Frog pour la musique, à l'Aer pour la vue, à l'Aurus pour la mer, au Tryst pour les lumières, au Trilogy pour les filles et au Hype pour la hype. Et zut. Puisqu'on est ici. Profitons-en.

Calme-toi, dit-elle. Tu as l'air hystérique.

Il va se produire quelque chose, dit-il. Si j'ai été amené à traverser le monde, il y a bien une raison.

Dans le hall de l'hôtel, une femme très élégante se jeta sur lui. Groucho ! s'écria-t-elle. Tu es revenu ! Elle vit alors la grande beauté somalienne qui la regardait. Oh excusez-moi, dit-elle. Je le connais depuis qu'il est petit. Nous appelions son frère aîné Harpo, vous savez. Elle se tapota la tempe. Le pauvre garçon. Et celui-ci Groucho parce qu'il était toujours grincheux et que c'était un coureur de jupon.

Racontez-moi cela, dit Ubah Tuur.

Nous allons organiser une fête ! dit la femme élégante. Téléphone-moi, très cher ! Appelle-moi. Je vais rassembler tout le monde. Elle partit en coup de vent en parlant dans son téléphone portable.

Ubah Tuur leva un sourcil interrogateur en direction d'Apu.

Je ne me rappelle même pas son nom, dit-il. C'est comme si je ne l'avais jamais vue.

Groucho, fit Ubah Tuur d'un ton amusé.

Oui, répondit-il. Et D. était appelé Chico. Nous étions les fichus Marx Brothers. Venez acheter ici vos glaces *tutsi-frutsi*. Je ne veux pas faire partie d'un club qui serait prêt à m'accepter comme membre. Ça figure dans tous les contrats, c'est ce qu'on appelle une *sanity clause*. Ha ha ha… vous vous fichez de moi Santa Claus n'existe pas. À combien cela reviendrait-il de foncer tout droit dans une bouche d'égout ? Seulement le droit d'entrée. J'ai passé une excellente soirée mais ce n'était pas celle-ci. Je vous aurais tué pour de l'argent. Ha ha ha, mais non vous êtes mon ami, je vous aurais tué gratis. Cela valait bien la peine de faire la moitié du tour du monde pour échapper à ça.

Le voyage en vaut déjà bien la peine. J'apprends sur toi des choses dont je n'avais jamais entendu parler alors qu'on n'a même pas encore quitté l'hôtel.

C'est une fille comme toi que je cherchais, dit-il, en faisant son Groucho, pas toi, une fille comme toi.

Coupez.

*

Ils avaient à peine eu le temps de faire quelques pas sur Apollo Bunder dans la direction du Gateway quand Ubah s'arrêta pour attirer l'attention d'Apu sur un quatuor d'hommes qui faisaient des efforts presque comiques pour se cacher, transpirant dans leurs costumes noirs avec leurs chapeaux, leurs chemises blanches à cravates étroites et leurs lunettes de soleil, deux qui marchaient derrière eux, et les deux autres sur le trottoir d'en face.

On dirait qu'on a de la compagnie, dit-elle. Des truands de *Reservoir Dogs* ou bien les Blues Brothers, au choix.

Quand ils les abordèrent de front, les quatre hommes répondirent avec respect. *Sirji*, nous sommes les associés de certains associés en affaires de votre célèbre père, dit celui qui ressemblait le plus à Quentin Tarantino dans le rôle de “Mr Brown”. Nous sommes justement chargés de votre sécurité personnelle et nous avons reçu des instructions pour agir avec tact et discrétion.

Chargés par qui ? demanda Apu, agacé, soupçonneux et toujours grincheux.

Sirji, par votre très estimé père, par certains canaux. Votre très estimé père n’était pas au courant de votre décision de revenir et comme il a appris que vous étiez revenu, il se fait du souci pour votre bien-être et souhaite que tout se passe bien.

Alors, je vous prie d’informer mon très estimé père, par ces mêmes canaux, que je n’ai pas besoin de babysitter, et quand ce sera fait, messieurs, ayez l’amabilité de disparaître.

Mr Brown prit l’air plus affligé que jamais. Ce n’est pas à nous de donner des ordres, dit-il. Nous nous contentons d’obéir.

On était dans l’impasse. Finalement, Apu haussa les épaules et s’éloigna. Au moins, restez loin derrière, dit-il. Gardez vos distances. Je ne veux pas vous avoir dans mon champ de vision. Si je tourne la tête, cachez-vous. Ne vous faites pas voir. La même chose vaut pour mon amie. Cachez-vous.

Mr Brown inclina la tête d’un air légèrement chagriné. D’accord, *sirji*, dit-il. Nous allons faire de notre mieux.

Ils regardaient les bateaux dans le port. C’est ridicule, dit Apu. Je comprends qu’il ait fait suivre Petya pendant sa longue promenade parce que c’est Petya mais il faudrait qu’il commence à me traiter en adulte.

Ubah, imperturbable comme toujours, se mit à rire doucement. En venant ici, dit-elle, je me disais… l’Inde, je vais être choquée par la misère, c’est peut-être encore pire que dans mon pays d’origine, ou aussi terrible mais différent, en tout cas il va me falloir du temps pour m'y habituer. Je n'avais pas imaginé qu'on allait se retrouver en plein dans un film de Bollywood dès l'instant où nous arriverions en ville.

Coupez.

*

Quand ils rentrèrent à l'hôtel après le dîner, un homme les attendait dans le hall, cheveux argentés, profil aquilin, portant un costume crème et la cravate d'un club de cricket, et tenant à la main un Borsalino. Il parlait l'anglais d'un gentleman de la bonne société même s'il n'était pas anglais.

Excusez-moi. Je suis vraiment désolé. Cela vous dérangerait-il beaucoup si, n'y voyez surtout pas une intrusion, si j'avais la hardiesse de vous demander quelques petites minutes de votre temps.

De quoi s'agit-il ?

Pourrions-nous, serait-il possible, dans un endroit plus discret, si ce n'est pas trop demander, peut-être ? À l'écart des yeux et des oreilles ?

Ubah Tuur applaudit franchement. Je crois que tu as tout organisé, dit-elle à Apu. Pour m'amuser et me faire croire que ça se passe tout le temps comme ça. Bien sûr, monsieur, dit-elle à l'homme au costume crème. Ce sera un plaisir que de vous recevoir dans notre suite.

Fondu.

*

Dans la suite. L'homme se tenait bizarrement auprès de la vitrine contenant le sitar de Ravi Shankar, il tripotait le bord de son chapeau et refusait de s'asseoir comme on l'invitait à le faire.

Je suis sûr que mon nom ne vous dira rien, dit-il. Mastan. Je suis Mr Mastan.

Non, désolé, je ne connais pas ce nom, dit Apu.

Je ne suis plus un jeune homme, répondit Mr Mastan. Dieu m'a accordé de dépasser les soixante-dix ans. Mais il y a près d'un demi-siècle lorsque j'étais un jeune officier de police du CID, j'étais, si l'on peut dire, en relations avec un associé de votre père.

Encore l'associé d'un associé, dit Apu. Rude journée pour eux.

Excusez-moi de poser la question, dit Mr Mastan, votre estimé père vous a-t-il jamais parlé de son associé, l'homme qu'il appelait en plaisantant Don Corleone ?

Apu maintenant ne disait plus rien, plongé dans un silence si profond qu'il en devenait une sorte de langage. Mr Mastan hocha la tête avec déférence. Je me suis souvent demandé, dit-il, ce que vous, ses fils, saviez des affaires de votre père.

Je suis un artiste, répondit l'artiste. Je ne m'intéresse pas à la finance.

Bien sûr, bien sûr. Ce n'est que trop naturel. L'artiste vit à un niveau plus élevé et ne se laisse pas impressionner par l'argent sale. J'ai toujours moi-même admiré l'esprit bohème, même si, hélas, ce n'est pas ma nature.

Ubah remarqua qu'après avoir assimilé les mots "officier de police" et "Don Corleone", Apu écoutait très attentivement.

Puis-je vous parler de mes rapports avec l'associé de votre père, le don ? demanda Mr Mastan.

Je vous en prie.

En deux mots, monsieur, il a ruiné ma vie. J'enquêtais sur lui, monsieur, à propos de divers crimes et méfaits graves. Si je puis dire je le serrais de près. Et comme j'étais jeune et que je n'avais pas encore acquis la sagesse de la ville, on ne pouvait pas m'acheter, monsieur, j'étais incorruptible. Bien des personnages importants m'auraient sans doute décrit comme une entrave, un obstacle empêchant les rouages de la société d'être bien huilés et de tourner convenablement. Et c'était peut-être vrai, mais j'étais ainsi fait. Incorruptible, vertueux : un obstacle. L'associé de votre père s'adressa à des personnes moins intransigeantes et mieux placées, on me retira l'affaire et je fus banni. Vous connaissez bien le poète Ovide, monsieur ? Il déplut à César Auguste et fut exilé sur les bords de la mer Noire, il ne revint jamais à Rome. Ce fut également mon destin, de languir pendant des années sans le moindre espoir d'avancement dans une petite ville de montagne dans l'Himachal Pradesh, connue pour la production de masse de champignons et d'or rouge, c'est-à-dire de tomates, et pour avoir été aux époques mythologiques le lieu d'exil des Pāndava. J'étais moi aussi un petit Pāndava en exil parmi les champignons et les tomates. Au bout de plusieurs années, ma chance tourna. Le destin voulut qu'un gentleman local dont je tairai le nom vît en moi un honnête homme et je quittai la police et entrepris de surveiller les récoltes de champignons et de tomates pour éviter les pertes liées au trafic. Avec le temps, monsieur, je quittai les montagnes et obtins certains succès dans le domaine de la sécurité et des enquêtes. J'en rends grâce à Dieu. Aujourd'hui je suis à la retraite, mes fils ont pris la relève, mais je garde l'oreille collée au sol, monsieur, je vous l'assure.

Pourquoi êtes-vous venu me raconter cette histoire ? demanda Apu.

Non, non, monsieur, vous vous méprenez mais c'est moi qui ai eu tort de vous tenir un aussi long discours alors que notre rencontre devait être brève. Je suis venu vous dire deux choses. La première c'est que, même si je ne suis plus dans la police et que Don Corleone a détruit ma vie, je suis toujours en quête de justice.

En quoi suis-je concerné ?

En raison de votre illustre père, monsieur. Il occupe une position élevée, bien plus élevée que celle que je pourrais jamais rêver d'atteindre, toutefois, malgré mon grand âge et avec l'aide de Dieu et la force de la loi, j'entends bien provoquer sa chute. Il était l'associé de mon persécuteur, le don, et complice de ses actions, il est le seul encore en vie et donc.

Vous êtes venu me menacer, moi et ma famille. Je crois que vous avez abusé de notre accueil.

Non, monsieur, encore une fois j'ai trop parlé et me suis éloigné de mon propos. Je ne suis pas venu menacer. Je suis venu avertir.

De quoi ?

Il y a une certaine famille qui s'est trop compromise avec les parrains, dit Mr Mastan, et qui, sans un mot d'adieu, a plié bagage et s'est enfuie. Une telle famille doit avoir laissé derrière elle dans cette ville des gens qui se sont sentis trahis. Des gens blessés et qui ont des comptes à régler. Qui ont peut-être le sentiment d'avoir été abandonnés dans une situation délicate en partie à cause des actions de votre estimé père. Ces personnes blessées ne sont pas des gens aussi puissants que votre père. Ils ont peut-être une certaine influence sur leur territoire mais dans le vaste monde ils en ont très peu. Ils peuvent agir efficacement sur leur terrain mais leur puissance reste locale. Il est peut-être hors de leur portée. Mais vous, innocemment ou étourdiment ou par arrogance ou par imprudence, vous êtes revenu.

Je pense que vous devriez vous retirer, dit Ubah Tuur. Et après que Mr Mastan se fut incliné pour prendre congé, elle dit à Apu : Je crois que nous devrions partir nous aussi, et le plus vite possible.

Ce sont des bêtises, dit-il. Ce n'est qu'un homme aigri qui cherche à se venger. C'est une menace inconsistante. Sans fondement.

Je veux m'en aller. Le film est terminé.

Et tout à coup il cessa de discuter. Oui, dit-il, d'accord. Partons.

Coupez.

*

George Harrison jouait du sitar dans *Within You Without You*, *Tomorrow Never Knows*, *Norwegian Wood*, et *Love You To*. Tous les vols décollaient au milieu de la nuit si bien que, lorsqu'ils eurent fini de faire leurs bagages et furent prêts, il faisait noir et qu'ils restèrent assis dans l'obscurité à imaginer George et Ravi Shankar assis à leur place, en train de faire de la musique. Pendant un moment, ils gardèrent le silence avant de finir par se mettre à parler.

Je vais te raconter une chose que mon père m'a dite quand j'étais jeune homme, dit Apu. Mon fils, a-t-il dit, la force la plus puissante dans la vie de ce pays ce n'est ni le gouvernement ni la religion ni l'esprit d'entreprise. C'est le traficetcorruption. Il le prononça en un seul mot comme électromagnétisme. Sans le traficetcorruption, rien ne pourrait se faire. C'est le traficetcorruption qui huile les rouages de la nation et c'est aussi la solution à nos problèmes nationaux. Le terrorisme ? Il suffit de s'asseoir à une table avec le chef des terroristes, de lui signer un chèque en blanc et de le lui donner en disant : ajoutez autant de zéros que vous voulez. Une fois qu'il a empoché le chèque, le problème est réglé parce que dans notre pays nous savons qu'il y a un code de l'honneur du traficetcorruption. Quand un homme a été acheté, il le reste. Mon père était réaliste. Quand on agit à son niveau, il y a toujours un parrain qui vient inévitablement frapper à votre porte pour offrir un pot-de-vin ou en réclamer un. Il est impossible de garder les mains propres. En Amérique, ce n'est pas tellement différent, m'avait dit mon père, une fois l'océan traversé. Ici aussi nous avons notre Chicken Little, notre Little Archie, notre Crazy Fred, notre Fat Frankie. Eux aussi ont un code de l'honneur. Les deux mondes sont peut-être moins différents qu'on ne le prétend.

Il t'a parlé de ça.

Pas souvent, dit Apu. Mais, une fois ou deux, il nous a fait son discours sur le traficetcorruption. Nous l'avons tous entendu à plusieurs reprises et nous le connaissions bien. Pour le reste, je ne me mêlais de rien.

Comment te sens-tu maintenant que nous partons, et si vite. Nous avons rencontré, disons, deux personnes. Tu ne m'as même pas montré l'endroit où tu es allé à l'école. Nous n'avons pas acheté une seule vidéo pirate. C'est comme si nous n'étions pas venus.

Je me sens soulagé.

Pourquoi soulagé ?

Je n'éprouve plus le besoin d'être ici.

Et comment ressens-tu ce soulagement ? Tu es content de partir ? N'est-ce pas un sentiment étrange ?

Pas vraiment.

Pourquoi ?

Parce que j'en suis venu à croire à la mutabilité totale de l'individu. Je crois que sous la pression des événements on peut tout simplement cesser d'être ce qu'on était pour tout simplement être la personne qu'on est devenue.

Je ne suis pas d'accord.

Notre corps tout entier ne cesse de changer. Nos cheveux, notre peau, tout. Au cours d'un cycle de sept ans, chacune des cellules qui nous constituent est remplacée par une autre. Tous les sept ans, nous sommes à cent pour cent différents de ce que nous avons été. Pourquoi ne serait-ce pas également le cas de la personnalité ? Il y a bien plus de sept ans que j'ai quitté ce pays. Je ne suis plus le même.

Je ne suis pas sûre que tout ça soit très scientifique.

Je ne parle pas de science. Je parle de l'âme. L'âme qui n'est pas constituée de cellules. Le fantôme à l'intérieur de la machine. Je dis qu'avec le temps le vieux fantôme s'en va et qu'un autre prend sa place.

Donc, dans sept ans, je ne saurai plus qui tu es.

Et moi je ne saurai plus qui tu es. Peut-être qu'il faut que nous prenions un nouveau départ. Peut-être que nous sommes inconstants. C'est ainsi.

Peut-être.

Coupez.

*

La nuit était humide. Même les corbeaux dormaient. Mr Brown à la triste figure et ses acolytes sortis de *Reservoir Dogs* nous attendaient devant l'entrée portant des lunettes de soleil malgré l'obscurité.

Nous avons renvoyé votre taxi, dit Mr Brown. C'est à nous de vous conduire au Chhatrapati Shivaji International Airport, ex-Sahar.

Vous êtes vraiment pénibles, dit Apu. Nous n'avons pas besoin de vous.

Ce sera un honneur pour nous, dit Mr Brown. Regardez, trois berlines Mercedes-Benz vous attendent. La voiture de tête, la vôtre et celle qui ferme le cortège. Tout ce qu'il y a de meilleur pour vous, *sirji*, des Maybach Classe S, un genre de jet privé sur roues. C'est l'expression employée dans les brochures. Je vous accompagnerai moi-même dans cet incomparable véhicule.

Tandis qu'il la quittait, la ville nocturne lui cachait sa véritable nature, lui tournant le dos comme il l'avait fait lui-même. Les façades des immeubles étaient sombres et fermées. Ils traversèrent Mahim Bay sur le Sea Link mais quittèrent le Western Express Highway trop tôt, bien avant l'embranchement pour l'aéroport.

Pourquoi prenez-vous cette direction ? demanda Apu Golden, alors Mr Brown se retourna, retira ses lunettes de soleil et il ne fut plus nécessaire de répondre.

Histoire de business, dit Mr Brown. Rien de personnel. L'histoire d'un client qui surenchérit sur un autre. Un client dont on n'attend plus rien depuis longtemps *versus* un autre client, régulier celui-là. Monsieur, il s'agit d'envoyer un message à votre estimé père. Il comprendra le message, j'en suis certain.

Je ne comprends pas, cria Ubah, quel message ?

Mr Brown répondit d'un ton grave. Le message dit ceci : Vos actes, monsieur, nous ont rendu la vie difficile alors qu'on vous avait prévenu de ne pas agir. Mais vous l'avez fait quand même après quoi vous avez mis des continents et des océans entre nous et nous n'avions ni les moyens ni l'envie de vous poursuivre. Mais à présent vous avez imprudemment laissé votre fils revenir. Voilà à peu près la teneur du message. Je vous présente mes excuses, madame, vous êtes une spectatrice innocente, n'est-ce pas, une victime collatérale. Je le regrette profondément.

Les voitures franchirent un pont peu important sur la Mithi River à proximité du grand bidonville de Dharavi et dans la Maybach argentée étincelante la musique fut poussée à fond. Des riches qui font la fête. Quoi d'autre. Pourquoi pas. Pas question qu'on entende les coups de feu. De toute façon, ils avaient mis un silencieux.

24

Même si les enterrements ont lieu très vite sous les tropiques, l'enquête criminelle retarda inévitablement les choses. Je me rendais tous les jours à la maison Golden depuis que la nouvelle était tombée, et on eût dit que la catastrophe avait suspendu le temps. Rien ni personne ne semblait bouger, sauf dans la pièce où Ms Blather et Ms Fuss prenaient des dispositions pour faire rapatrier les corps et même leur bureau semblait drapé dans un voile de silence. Petya était venu à la maison pour être auprès de son père, mais restait la plupart du temps enfermé avec le thérapeute australien dans la chambre à la lumière bleue. D. Golden passait lui aussi l'essentiel de son temps à la maison, perdu dans un coin, vêtu de noir, tandis que Riya lui tenait la main. Personne ne parlait. Dehors, l'histoire faisait grand bruit. Frankie Sottovoce se répandait en déplorations sur la mort de son artiste vedette. Les membres de la famille de la défunte, tous de haute taille et pleins de grâce, se comportant avec une noblesse de sentinelles royales, apparaissaient à la télévision derrière Sottovoce, ployant sans larmes sous leur chagrin. Néron Golden ne fit aucune apparition publique mais il était clair pour ceux d'entre nous qui étaient sur place que quelque chose s'était brisé en lui, que le message qu'il avait reçu n'était pas de ceux dont il pourrait se remettre. À l'autre bout du monde aussi, il y eut du bruit et du silence à la fois. Il y eut des policiers, des autopsies, des journalistes et les bruits de sirène qui accompagnent une mort violente mais ceux qui avaient connu la famille avant son départ pour New York demeurèrent invisibles, pas un mot d'un seul d'entre eux, comme si le silence était aussi tombé sur le monde perdu des Golden tel un linceul. L'inconnue qui avait accueilli Apu dans le hall de l'hôtel en criant "Groucho !", on ne la revit pas. Les autres femmes dont il avait parlé, ses trois anciennes maîtresses, les sorcières tournoyantes, ne vinrent pas le pleurer. On eût dit que la ville avait tourné le dos à tous ceux qui étaient partis, tant aux expatriés qu'aux morts. Quant à savoir si Mr Brown et ses acolytes furent arrêtés, nous n'en avons pas entendu parler. La nouvelle cessa de faire les gros titres. Groucho était mort. La vie continuait.

Les deux dragons de la maison Golden se montrèrent, comme on pouvait s'y attendre, plus qu'à la hauteur de la situation pour faire rapatrier rapidement les corps dès que les autorités de Mumbai les eurent laissés partir. Une société honorable, du nom fort encombrant de IFSPFP (International Funeral Shipping Program Funeral Providers), fut engagée et prit rapidement toutes les dispositions requises pour le transport, y compris des cercueils scellés et des conteneurs agréés par la législation américaine. Elles s'occupèrent des papiers, se procurèrent la traduction anglaise certifiée des certificats de décès et l'autorisation écrite de déplacer les corps fournie par les autorités locales, et trouvèrent enfin un vol matinal pour qu'Apu et Ubah puissent regagner New York le plus vite possible. Sur le tarmac de JFK une triste séparation eut lieu. Frankie Sottovoce et la famille somalienne de l'artiste prirent possession du corps d'Ubah et l'emmenèrent pour l'enterrer selon leurs coutumes. Apu rentra à Macdougal Street.

Ce furent des adieux étranges et incomplets. Le cercueil scellé ne fut pas ouvert. Le corps n'avait pas été embaumé si bien que la loi de l'État n'autorisa pas le cercueil ouvert. Quand Néron refusa toute forme de cérémonie religieuse et réclama une crémation plutôt qu'un enterrement, le directeur de l'IFSPFP inclina la tête et demanda la permission de s'absenter pendant une heure. Il rapporterait les cendres plus tard. Ou s'occuperait lui-même de leur sort si c'était la solution retenue. "Non, dit Néron, ramenez-le." Le directeur des pompes funèbres inclina de nouveau la tête. "Si je puis me permettre, dit-il avec douceur, aucune loi de l'État n'oblige à conserver ou à répandre les cendres dans un endroit particulier. Vous pouvez les garder dans une crypte, une niche, une tombe ou bien dans une urne chez vous, comme vous préférez. Si vous décidez de les disperser, faites comme il vous plaira mais évitez de le faire dans des endroits trop en vue. La crémation rend les cendres inoffensives, il n'y a donc aucun risque pour la santé publique. La dispersion sur un terrain privé nécessite l'autorisation du propriétaire et il est prudent de consulter les règlements locaux si vous voulez les disperser sur des terrains publics. Si vous voulez le faire en mer ou bien au large du port de New York, vous devez garder présent à l'esprit le règlement de l'Agence de protection de l'environnement concernant la sépulture en mer.

— Assez, dit Néron Golden. Taisez-vous et partez immédiatement."

Dans l'heure qui suivit, aucun mot ne fut échangé. Vasilisa emmena le petit Vespasien à l'étage et nous restâmes tous debout ou assis auprès du cercueil, chacun perdu dans ses pensées. Durant cette heure horrible, je pris conscience du fait que, par sa mort, Apu, avait fini par me persuader d'une chose à laquelle j'avais toujours résisté au fil de notre amitié, à savoir qu'au sein de l'être humain la part de l'ineffable coexiste immanquablement avec la part connaissable, et que chaque individu recèle des mystères que les explications ne parviennent pas à expliquer. Malgré tous mes efforts je n'arrivais pas à comprendre l'aisance avec laquelle, seul de tous les Golden, il s'était défait de sa peau d'Indien pour partir vers l'ouest, de sa ville natale jusqu'au Village. Le vieil homme avait commis suffisamment de méfaits par le passé, Petya souffrait, au présent, de handicaps suffisamment réels, Dionysos avait tant d'aspirations secrètes quant à l'avenir, pour que les choix qu'ils avaient faits puissent s'expliquer mais Apu, lui, s'était profondément impliqué dans la vie de sa ville d'origine, et s'il y avait aimé et y avait été aimé, les déceptions amoureuses ne suffisaient cependant pas à expliquer son désir de partir. La voix de la raison en moi suggérait que, de tous les fils de Néron, c'était lui qui avait le plus clairement entrevu les zones d'ombre de son père, qu'il avait été effrayé par ce qu'il avait vu, et peut-être était-ce là une part de la vérité. Peut-être que ce qu'il avait dit de son éducation à l'ancienne, qui faisait que les décisions de son père avaient force de loi et devaient absolument être appliquées, avait aussi quelque chose à voir là-dedans. Mais une autre voix, celle qu'il avait instillée en moi et à laquelle j'avais résisté, me faisait imaginer à présent une autre scène dans laquelle il était assis, jambes croisées peut-être, en pleine méditation sur la grande terrasse de marbre de la vieille maison familiale sur la colline, les yeux fermés, le regard tourné vers l'intérieur ou vers quelque autre endroit où il cherchait sa voie et qu'il entendait une autre voix, non pas celle qui murmurait en moi, à moins que ce ne fût la même, ou que ce ne fût sa propre voix, ou une voix contrefaite, à moins, comme il l'aurait dit lui-même, qu'il ne fût entré en communication avec cette chose à laquelle il avait toujours cru, la musique de l'univers, la sagesse de tout ce qui existe, cette voix à laquelle il faisait confiance et qui lui avait dit : *Pars*. Et, à l'instar de Jeanne d'Arc, de Jean le Théologien et de l'"Apu Golden" qu'il s'était inventé et que les fantômes de son vieux moi appelaient à New York, il avait, en mystique qu'il était, suivi ces voix, à moins qu'il ne fût parti, *sur un coup de tête*, comme diraient les sceptiques.

L'expérience mystique existait. Je le comprenais. Dès que mon esprit rationnel retrouverait ses droits, il me dirait : d'accord mais il s'agissait là d'une expérience intérieure, et non pas extérieure, d'une expérience subjective, et non pas objective. Si je m'étais trouvé auprès d'Apu dans son studio d'Union Square je n'aurais pas vu ses fantômes. Si je m'étais trouvé à genoux auprès de lui sur la terrasse de Walkeshwar, sept ans et demi plus tôt, la Force ne m'aurait pas parlé. Devenir un chevalier jedi n'est pas donné à tout le monde. Bien des Australiens affirment qu'ils en sont capables, c'est vrai. Et Apu avait peut-être appris à faire confiance à ce qu'il appelait jadis le niveau spirituel et à s'en servir. Mais non, non, pas moi.

*

Durant quarante jours et quarante nuits après le retour d'Apu, la maison Golden fut en deuil, inaccessible, les rideaux tirés à midi aussi bien qu'à minuit, les volets fermés et s'il arrivait que quelqu'un entre ou sorte il demeurait aussi impalpable qu'un fantôme. Néron disparut complètement. Je soupçonnais Petya d'être revenu s'installer dans la maison et Lett son thérapeute d'être là lui aussi, mais ce n'était qu'une supposition. Petya Golden ne vint pas voir le cercueil de son frère tant qu'il resta placé dans le grand salon de la maison Golden, il ne lui pardonna pas, ne prononça plus jamais son nom et jamais ne demanda ce qu'il était advenu du corps d'Ubah, si elle avait une tombe sur laquelle il pourrait se rendre, jamais il ne posa la question. Il est des blessures qui ne guérissent pas. Les habitants des

Jardins vivaient leurs vies et respectaient le fait que la maison blessée se fût retirée de leur petit monde. Je ne m'y rendis pas même si mon désir de voir le petit Vespasien était plus fort que jamais. Un moment j'envisageai d'implorer Vasilisa de m'accorder un peu de temps en compagnie du petit mais je connaissais la réponse sèche que j'aurais reçue et tins ma langue. De toute façon j'étais très occupé : Suchitra et moi nous avions de quoi faire. Dans cette période très politisée nous nous retrouvâmes entraînés dans le monde des vidéos politiques, tournées, en particulier, pour des groupes de femmes qui défendaient le Planning familial et attaquaient l'indifférence des républicains aux problèmes des femmes. Nous étions en train de devenir célèbres. Cette année-là, nos vidéos avaient remporté les Pollie Awards pour la communication politique, en particulier pour un documentaire dans lequel une enfant victime d'un réseau de prostitution racontait son histoire. Suchitra, qui avait raccourci son nom professionnel en Suchi Roy pour en faciliter la prononciation, devenait une sorte de star des médias, et j'étais heureux d'être son compagnon et son assistant. Je me détournai donc de la mort pour faire face à la vie. Mais la vie était devenue bruyante et même alarmante cette année-là. Au-delà du monde clos des Jardins, il commençait à se passer des choses très étranges.

Si l'on faisait un pas hors de ce cocon enchanté, et désormais tragique, on découvrait que l'Amérique avait quitté la réalité pour entrer dans l'univers de la bande dessinée DC Comics, disait Suchitra, avait entrepris d'envahir Washington DC. Ce fut l'année du Joker à Gotham et ailleurs. Quant à Batman, le vengeur masqué, on ne le voyait nulle part – le temps des héros était révolu –, en revanche on voyait partout son ennemi n° 1, avec sa redingote pourpre et son pantalon rayé, manifestement ravi d'être seul à occuper la scène et monopolisant les feux de la rampe avec un bonheur évident. Il avait fait ses adieux à l'Escadron Suicide, ses piètres rivaux, mais laissait certains de ses sous-fifres penser qu'ils allaient peut-être faire partie d'un gouvernement Joker. Le Pingouin, le Sphinx, Double-Face et l'Empoisonneuse se tenaient en rang derrière le Joker dans des salles bondées se balançant comme des choristes de *doo-wop* pendant que leur chef évoquait la beauté insurpassable de la peau blanche et des lèvres rouges devant des publics en adoration qui portaient des perruques vertes ébouriffées et scandaient à l'unisson, *Ha ! Ha ! Ha !*

Les origines du Joker faisaient l'objet de controverses ; l'intéressé lui-même semblait prendre plaisir à ce que des versions contradictoires luttent pour s'imposer, mais, sur un point au moins, ses partisans les plus passionnés aussi bien que ses plus virulents antagonistes s'accordaient : il était, manifestement, complètement fou. Le plus étonnant, et ce qui rendit cette année électorale singulière, c'est que les gens le soutenaient non pas en dépit de sa folie mais justement parce qu'il était fou. Ce qui aurait disqualifié n'importe quel autre candidat faisait de celui-là un héros pour ses supporters. Les chauffeurs de taxi sikhs, les cow-boys de rodéo, les blondes enragées de la nouvelle droite et les chirurgiens noirs étaient tous d'accord : nous aimons sa folie, pas d'euphémismes mollassons à attendre de sa part, lui tire dans le tas, dit tout ce qui lui passe par la tête, pille toutes les banques qu'il a envie de dévaliser, tue tous ceux qu'il a envie de tuer, c'est notre homme. La chauve-souris noire est partie. Un nouveau jour commence et on va s'éclater ! Gloire aux USA de Joker ! USJ ! USJ ! USJ !

Ce fut l'année des deux bulles. Dans l'une de ces bulles, le Joker hurlait et les rires préenregistrés du public se déchaînaient au moment *ad hoc*. Dans cette bulle, le changement climatique n'existait pas et la fonte des glaces dans l'Arctique n'était qu'une nouvelle opportunité pour l'industrie du bâtiment. Dans cette bulle, ceux qui commettaient des assassinats au moyen d'armes à feu ne faisaient qu'exercer leurs droits constitutionnels mais les parents des enfants assassinés étaient anti-Américains. Dans cette bulle, si ses habitants remportaient la victoire, le président du pays voisin, au sud, qui envoyait aux États-Unis des violeurs et des assassins, devrait payer la construction d'un mur séparant les deux pays afin de contenir lesdits violeurs et assassins au sud de la frontière, là où ils étaient chez eux, si bien qu'il n'y aurait plus de crimes et les ennemis du pays seraient, sur l'instant, radicalement vaincus ; les déportations de masse seraient une bonne chose, et on ne ferait plus confiance aux femmes journalistes parce qu'elles avaient du sang qui leur sortait de leur je-ne-sais-quoi, les parents des héros tombés à la guerre s'avéreraient être des suppôts de l'islam radical, les traités internationaux n'auraient plus à être honorés, la Russie serait une amie et cela n'aurait absolument rien à voir avec le soutien que les oligarques russes apportaient aux entreprises véreuses du Joker, et la signification des choses changerait, la multiplicité des faillites viendrait faire la preuve d'une connaissance experte du monde des affaires, le fait de cumuler contre vous trois mille cinq cents poursuites judiciaires prouverait que vous savez faire preuve d'une grande perspicacité, maltraiter vos entrepreneurs montrerait que vous avez en affaires une attitude de dur, une université bidon serait la marque de l'intérêt que vous portez aux questions d'éducation et tandis que le Deuxième Amendement deviendrait sacré, le Premier ne le serait pas ; donc ceux qui critiqueraient le chef en subiraient les conséquences, et les Afro-Américains accepteraient tout ça parce qu'au fond, bon sang, qu'avaient-ils à perdre ? Dans cette bulle, le savoir était l'ignorance, le haut était le bas et la bonne personne pour détenir en son pouvoir les codes nucléaires était le rigolo aux cheveux verts, à la peau blanche et à la bouche comme une balafre rouge qui demanda à quatre reprises à des conseillers militaires chargés de le briefer ce qu'il y avait de tellement mal à recourir aux armes nucléaires. Dans cette bulle, les cartes à jouer effilées comme des lames de rasoir étaient tordantes, et tordantes, aussi, les fleurs à la boutonnière qui permettaient de lancer de l'acide au visage des gens, tout comme souhaiter avoir des relations sexuelles avec sa propre fille était tordant, et le sarcasme était tordant même quand ce qu'on qualifiait de sarcasme n'avait rien de sarcastique, le mensonge était tordant, la haine tordante, le sectarisme était tordant, tout autant que l'était le harcèlement. Et l'époque était, ou presque, ou n'allait pas tarder à être, si toutes ces bonnes blagues fonctionnaient comme il se doit, 1984.

Dans l'autre bulle, comme mes parents me l'avaient de longue date appris, il y avait la ville de New York. À New York, pour le moment du moins, une forme de réalité persistait, et les New-Yorkais savaient reconnaître un escroc quand ils en voyaient un. À Gotham, nous savions parfaitement qui était le Joker et ne voulions rien avoir à faire avec lui, ni avec sa fille, qu'il convoitait, ou son autre fille, dont il ne parlait jamais, ou avec ses fils qui massacraient des éléphants et des léopards pour le plaisir. “À nous deux, Manhattan !” hurlait le Joker accroché à la pointe d'un gratte-ciel mais c'est de lui que nous nous moquions et non de ses pompeuses fanfaronnades, et il était obligé de partir en tournée en des lieux où les gens n'avaient pas encore vu son numéro, ou, pire, savaient très bien qui il était et l'aimaient justement pour cela : la partie du pays qui était aussi folle que lui. Ses gens. Trop nombreux pour ne pas s'en inquiéter.

Ce fut l'année de la grande bataille entre fantastique débridé et terne réalité, entre, d'un côté, *la chose en soi**, la chose peut-être impossible à connaître mais qui existe probablement, le monde tel qu'il était indépendamment de ce qu'on disait de lui ou de la manière dont on le voyait, la *Ding an sich*, pour reprendre le terme kantien, et, de l'autre, ce personnage de bande dessinée qui avait franchi la frontière entre la page et la scène, une sorte d'immigré illégal, me disais-je, et qui avait le projet de transformer tout le pays, sous des dehors fallacieusement comiques, en roman graphique racoleur, ambiance moderne, plein de crimes bien noirs, de juifs renégats, de suceurs de bites et de chattes, mots qu'il aimait bien employer de temps en temps juste pour flanquer des convulsions à l'élite libérale, une bande dessinée où les élections étaient truquées, les médias corrompus et où tout ce que vous haïssiez devenait une conspiration contre vous. Mais pour finir, Ga-gné ! C'est vous qui l'emportiez : la perruque ébouriffée devenait couronne et le bouffon devenait roi.

Restait à savoir si, quand viendrait novembre, le pays allait se ranger à l'état d'esprit de New York ou s'il préférerait mettre sa perruque verte aux cheveux en bataille et rire. *Ha ! Ha ! Ha !*

25

Au moment où la tragédie de la maison Golden approchait de ses derniers actes, je reportai mon attention – enfin ! Mais je manquais alors à tous mes devoirs ! – sur la vie de plus en plus pénible de Dionysos Golden. Il n'était pas facile d'entretenir une relation régulière avec [lui]. (Je continue à employer les pronoms masculins quand je pense à [lui], même si cela paraît de moins en moins pertinent, et à titre de concession envers [son] ambiguïté je les mets entre parenthèses. En l'absence d'indications claires de sa part à [lui] – "Je ne sais même pas quels pronoms me correspondent", m'avait-[il] dit avec une sorte de gêne –, c'était là ma solution provisoire.) Le monde autour de D., le monde dans lequel D. se sentait vraiment en sécurité, se réduisait à deux endroits et demi : le Two Bridges Girls Club de Market Street à côté des trois terrains de jeux à l'angle du Manhattan Bridge et du FDR, où [il] travaillait comme bénévole quatre jours par semaine, et l'appartement de Chinatown où [il] habitait avec Riya Z. Parfois, ils se rendaient au club d'Orchard Street où Ivy Manuel aux cheveux de feu chantait, autrement dit le demi-endroit à constituer sa zone de confort. Restait la question de la façon de s'habiller, de la personne qui allait s'approcher, de ce qu'il fallait dire et de la timidité de D. de plus en plus envahissante et handicapante. Au 2-Bridge, le problème de la tenue était résolu grâce à l'uniforme unisexe du personnel, une chemise blanche portée sur un large pantalon noir chinois et des chaussons noirs aux pieds, mais, partout ailleurs, D. était bien embarrassé quant à la manière de se présenter. Après son aventure dans le dressing de Vasilisa, [il] avait reconnu en [lui-même] qu'[il] prenait plaisir à porter des vêtements féminins et, ayant trouvé le courage de raconter à Riya ce qui s'était passé et aussi à Ivy, tous trois en discutèrent. "Bien, dit Riya, c'est un premier pas. Vois ça comme le début des trois années à venir environ. Pense à cette transition comme à une magie qui opère lentement. Tes mille et une nuits à toi, au cours desquelles tu cesses d'être la grenouille que tu ne veux plus être pour devenir, peut-être, la princesse." Et Ivy d'ajouter : "Mais tu n'as pas besoin d'aller plus loin que tu ne le souhaites. Peut-être es-tu simplement une grenouille qui préférerait la couleur rose."

[Il] avait recours à un soutien psychologique professionnel mais cela ne marchait pas très bien. [Il] avait toujours envie de contredire la Professionnelle en question. [Il] refusa de me dire de qui il s'agissait. En revanche, [il] se servait de moi pour épancher les frustrations qu'[il] gardait pour [lui] en présence de Riya dont le sujet favori était l'identité, qui s'était consacrée à l'idée de la fluidité transformiste du moi et qui par moments semblait juste un peu trop pressée de voir s'accomplir la transformation de D. d'homme en femme. J'aurais dû lui apporter mon aide. Peut-être aurais-je pu éviter ce qui s'est produit. Ou peut-être D. Golden n'était-[il] tout simplement pas fait pour vivre sur cette terre.

J'imagine la conversation suivante se déroulant dans un endroit dépouillé, une sorte de cellule noire et blanche, la personne qui parle est assise, sans aucune expression, sur une chaise droite en métal, son vis-à-vis, la Professionnelle qui l'interroge, est un androïde très sophistiqué, une sorte de mélange d'Alicia Vikander dans Ex Machina *et du super-ordinateur Alpha 60 dans* Alphaville *de Godard. On n'entend pas ce que disent les deux personnages dans la pièce, il n'y a pas de son synchronisé. On entend uniquement le Monologue mais comme celui-ci cite parfois du discours direct il peut arriver de temps en temps, pas toujours, que le mouvement des lèvres des personnages corresponde à ce qui est dit. La scène pourrait faire penser à la rencontre dans sa cellule entre un prisonnier et son avocat le jour des visites. Il ne serait pas étonnant que la personne qui parle porte une salopette orange (si la scène était tournée en couleur) ou des menottes aux poignets et aux chevilles. Il y a aussi dans cette scène, si elle était correctement filmée, un certain aspect comique.*

MONOLOGUE DE D. GOLDEN À PROPOS DE SA SEXUALITÉ ET DE LA MANIÈRE QU'A LA PROFESSIONNELLE D'ABORDER LE SUJET

Chapitre Un. Elle me pose la question d'emblée, la Professionnelle, elle commence par ça, première question, quand vous étiez enfant quelle était votre couleur préférée, le rose ou le bleu ?

Je suis estomaqué. Peut-on encore poser cette question à ce stade de l'histoire du monde, je veux dire, bleu ou rose ?

Faites-moi plaisir, dit-elle, jouez le jeu, comme si elle était le patient et moi le psy.

Je réponds, parce que je suis d'humeur à polémiquer, que Diana Vreeland, rédactrice en chef de *Vogue*, a dit un jour que le rose était le bleu marine de l'Inde, aussi je pense que rose et bleu en Inde c'est la même chose.

Pourquoi trouvez-vous la question tellement agaçante, dit-elle, il s'agit seulement de choisir entre deux couleurs. Je peux aussi vous demander, préfériez-vous les trains électriques ou les poupées ? Vous aimeriez mieux répondre à cette question, peut-être ?

Je dois dire, entre parenthèses, que je n'ai jamais été marxiste mais que cette ligne d'attaque provoqua en moi de violents sentiments anticapitalistes. Je pensais, répondis-je, que nous avions dépassé les catégories matérielles imposées par le marché, le rose pour les filles, le bleu pour les garçons, les trains et les fusils pour les garçons, les poupées et les robes pour les filles. Pourquoi essayez-vous de me ramener à ces distinctions antiques qui n'ont plus cours ?

Vous réagissez avec beaucoup d'hostilité, dit-elle. Ai-je touché un point sensible qui déclenche cette charge émotionnelle ?

Bon, dis-je, la vérité c'est que ma couleur préférée c'était le jaune et c'est toujours vrai. Pendant un certain temps, je me suis efforcé de jurer en jaune comme l'ami de Stephen Dedalus, *Au diable ton bâton jaune*, mais j'en ai perdu l'habitude.

Bien, dit-elle, nous progressons, le jaune est à mi-chemin dans le spectre entre le bleu et le rose. La remarque me parut complètement idiote. D'une bêtise néandertalienne, d'une bêtise cro-magnonnesque mais je ravalai mon jugement et ne dis mot. Ça ne doit pas être fait pour moi, me disais-je.

Quant à l'autre question, je n'ai jamais eu de train électrique. Mes frères en avaient un et je les regardais jouer même s'ils en avaient passé l'âge. Ils avaient aussi des circuits de voitures Scalextric, c'en était gênant, je veux dire, faudrait grandir maintenant. J'étais le demi-frère beaucoup plus jeune, vous savez. Moi j'avais deux animaux en bois de santal pour jouer dans mon bain parce que l'eau libère leur parfum. Un éléphant et un chameau en bois de santal. J'inventais des aventures pour mes amis en bois et chaque soir, dans la baignoire, c'était un épisode différent. Qu'est-ce que l'éléphant cachait dans sa trompe, pourquoi le chameau détestait-il le désert, et ainsi de suite. J'aurais peut-être dû les écrire. Aujourd'hui j'en ai oublié la plupart. Donc pour répondre à vos questions, je suppose, s'il s'agit de trancher entre des poupées et des trains, alors la réponse c'est : des figurines animales en bois de santal. Mais je ne les ai jamais habillées, je leur ai seulement raconté des histoires et je les ai mouillées.

Et nous poursuivîmes ainsi. Elle me poussant dans mes retranchements et moi la repoussant. À un moment donné, je lui racontai l'histoire de ma belle-mère et des clefs de la maison. Je reconnus que c'était la pire chose que j'avais jamais faite. Je le dis à la Professionnelle. Je lui fis part de mes regrets. Mais elle ne s'intéressait pas aux regrets. Elle adopta le même point de vue que Riya lorsque nous nous étions disputés et que j'étais descendu de la voiture. La haine ne suffisait pas à expliquer mon acte, dit-elle. Et nous en arrivâmes au point crucial. Supposez que je suggère, dit-elle, que vous vouliez devenir la maîtresse de maison. Supposez que je suggère que c'était là votre motivation principale, quelle est votre réaction immédiate ? Ma réaction immédiate fut, stop ! Je m'en vais, ça ne peut pas marcher et au moment où j'ai presque atteint la porte elle me demande tranquillement : Qu'est-ce que vous allez faire d'autre et je m'arrête, ma main tendue ne saisit pas la poignée de la porte, je reviens m'asseoir et je dis : Je suppose que vous pourriez avoir raison. Donc qu'est-ce que cela fait de moi. Qui suis-je.

C'est pour le découvrir que nous sommes ici, dit la Professionnelle.

Chapitre Deux. Je demande quelques précisions sur l'histoire des jouets et des couleurs. Autrefois, dis-je, quand un garçon aimait le rose et les poupées ses parents avaient peur qu'il ne soit homosexuel et essayaient de l'intéresser aux jeux de garçons. Ce que je veux dire c'est qu'ils pouvaient avoir des doutes sur son orientation sexuelle mais qu'ils ne se posaient pas la question du genre. À présent vous tombez dans l'extrême inverse. Au lieu de dire le gars est une tapette vous essayez de le persuader qu'il est une fille.

D'accord, dit-elle, alors êtes-vous gay ? Êtes-vous attiré physiquement par les autres hommes ? Non, répondis-je. C'est peut-être la seule chose que je suis certain de ne pas être. Bon, dit-elle, alors cessons d'essayer de débrouiller les motivations de parents imaginaires et concentrons-nous sur notre sujet, c'est-à-dire vous. Si vous n'êtes pas un homosexuel de sexe masculin, êtes-vous une homosexuelle de sexe féminin ?

Pardon ?

Êtes-vous lesbienne, demanda la Professionnelle.

Je n'ai pas encore entamé ma transition et je vis avec une femme hétérosexuelle, dis-je.

Primo, nous ne parlons pas de la sexualité de votre partenaire qui pourrait bien elle aussi être complexe et que vous simplifiez peut-être pour mieux servir votre propos, mais ce n'est pas le sujet. *Secundo* la question n'est pas de savoir ce que vous faites mais qui vous êtes. C'est la même différence que si on dit je travaille comme pizzaïolo et j'aime la bonne cuisine.

Vous êtes vraiment bizarre, dis-je à la Professionnelle.

Ce n'est pas de moi qu'il est question, dit la Professionnelle.

Comment pourrais-je être lesbienne, protestai-je, c'est physiquement impossible.

Pourquoi ?

Pour des raisons évidentes.

Bon, alors deux questions. La première : vous êtes-vous déjà senti attiré par une femme lesbienne ? Par une femme qui préfère faire l'amour avec d'autres femmes ?

Cela s'est produit, dit-il. Une fois ou deux. Je n'ai pas insisté.

Pourquoi ?

Pour des raisons évidentes. Elles n'auraient pas voulu coucher avec moi.

Pourquoi ?

Oh, allez !

Très bien. Deuxième question : qu'est-ce qu'une femme ?

Voilà une question bien déconcertante et je me sens tout à coup complètement étranger. Je n'imagine pas qu'on puisse la poser dans la plupart des pays du monde. Les Américains ont-ils perdu leurs repères sur cette question ? Allez-vous m'interroger sur les toilettes publiques ? Allez-vous me rappeler l'interdiction des *Monologues du vagin* à Mount Holyoke College ?

C'est *vous* qui avez perdu vos repères sur cette question.

Je sais ce qu'est une femme. Mais je ne sais pas si j'en suis une. Ou si je veux le devenir. Ou si j'en aurai le courage. J'ai très peur. Je manque de courage. En général j'ai toujours très peur.

De quoi avez-vous peur ?

La crudité du changement. Son caractère dramatique, le côté extrême de cette altération. Son côté spectaculaire effrayant. Le regard des autres. Le jugement des autres. Les injections. L'intervention chirurgicale. Surtout de l'opération. C'est naturel, non ?

Je ne connais pas le sens de ce mot, *naturel*. C'est un mot qu'on a trop longtemps employé à tort et à travers et mieux vaut ne plus s'en servir. Il y a un autre mot du même genre, le mot *sexe*.

Je vis avec quelqu'un qui serait d'accord avec vous.

Laissez-moi vous proposer une phrase. "Il n'y a rien de tel que le corps d'une femme."

Par là, vous ne voulez manifestement pas dire que le corps de la femme n'existe pas. Parce que les femmes existent, on ne peut le nier et les corps existent, c'est également une vérité objective, et l'un est contenu dans l'autre. *Ergo*…

Vous avez compris mon point de vue même si vous le discutez. Nous existons, nos corps aussi, et nous habitons nos corps mais nous ne sommes ni définis ni limités par eux.

Et nous en venons donc au problème de la relation corps-esprit. Vous suggérez que nous devrions rejeter l'idée qu'il existe une réalité unificatrice, une substance ou une essence, si bien que la séparation entre le corps et l'esprit serait impossible. C'est du monisme et vous ne l'appréciez guère ? Vous préférez Descartes et son dualisme. Mais dans ce cas, *femme*, ou même *femelle*, est uniquement une catégorie de l'esprit ? N'y a-t-il là rien qui relève du physique ? Et ce genre non corporel, cette entité non physique et désincarnée, immuable, devrait, bien que ne relevant pas de l'ordre du physique, être aussi changeante que la fumée ou la brise ? À moins que nous ne soyons sur le terrain du religieux, ou peut-être celui d'Aristote, où le genre, tout comme l'esprit, serait une qualité de l'âme. J'ai lu un peu sur le sujet mais j'ai du mal à saisir le concept.

Je vais dire les choses simplement. Naître avec des organes génitaux et reproducteurs féminins ne fait pas de vous une femme. Naître avec un sexe masculin ne fait pas de vous un homme. Sauf si vous le décidez. C'est à cette suggestion que je vous demande de réagir, à savoir qu'il n'y a rien d'irrévocablement féminin dans un vagin. De même que l'on peut faire partie des femmes même si l'on possède un membre viril. Une femme transsexuelle dotée d'un pénis est toujours une femme. Pouvez-vous accepter cette idée oui ou non ?

Vous voulez dire que je pourrais me passer de l'opération ?

La castration.

Rien que le mot fait mal.

Non, à moins que ce ne soit votre *choix*.

Nous voilà ramenés à la question du choix.

Je pourrais vous proposer d'appeler cela liberté. Je pourrais dire, c'est votre droit.

J'en connais un rayon, côté choix. Je viens d'une famille qui a choisi de se transformer elle-même. J'ai choisi le nom par lequel vous m'appelez. J'ai choisi de quitter ce monde qui m'avait fait pour venir dans un autre monde où je pourrai peut-être me faire moi-même. Je suis favorable à l'idée de choisir. J'ai déjà été transformé il y a un certain temps par ce choix que j'ai fait. Mais.

Mais.

Si je dis que je suis une femme mais que je conserve mes attributs masculins supposons que je me trouve avec des femmes lesbiennes et que j'ai envie de faire l'amour mais qu'elles refusent d'avoir des relations sexuelles avec quelqu'un pourvu d'un organe masculin, alors comment puis-je être une femme si mon choix d'être une femme n'est pas acceptable pour les autres femmes.

Si quelqu'un réagit de cette manière à votre égard ce ne peut être qu'une TERF.

TERF.

Trans exclusionary radical feminist, féministe radicale trans-phobique.

Et c'est mal de l'être.

Dans la conversation que nous avons c'est mal, oui.

Donc vous prenez des femmes avec un vagin qui ne veulent pas faire l'amour avec des femmes qui ont un pénis, vous leur donnez un nom péjoratif en les traitant de nuisances et je suis bien avancé.

Ça sert à vous confirmer dans votre choix.

Parce que j'ai raison et qu'elles ont tort.

Depuis quarante ans, il existe dans le Michigan un festival privé réservé aux femmes, un endroit où les femmes se retrouvent pour faire de la musique, cuisiner et parler, et simplement pour être ensemble et il y a, parmi elles, certaines femmes qui ont participé au mouvement féministe, des femmes cis, d'un certain âge pour la plupart, des révolutionnaires à leur époque. Néanmoins elles refusent de laisser les femmes transsexuelles ayant des organes masculins participer à l'événement, d'où un différend confinant à l'affrontement physique. Les militants trans campent aux abords du festival et sont armés, ils envisagent des manifestations et des sabotages jusqu'à parfois les mettre en œuvre – graffitis, coupures de canalisations d'eau, pneus crevés, flyers représentant leur pénis. Selon moi, dans cette querelle, les femmes qui ont un vagin ont tort parce qu'elles sont incapables de s'adapter à une époque nouvelle où une femme pourvue d'un vagin n'est qu'une sorte de femme et que d'autres sortes de femmes sont tout aussi femmes qu'elles. Si vous décidez d'être américain et que vous devenez citoyen de ce pays, vous n'êtes pas obligé d'abandonner tout ce que vous étiez auparavant. Vous-même êtes devenu américain mais si on vous pose la question vous dites que vous vous sentez étranger, ce qui veut dire que vous avez gardé votre part étrangère en quelque sorte intacte. Si vous choisissez d'être une femme, la même liberté existe. Et si quelqu'un essaie de vous exclure du genre que vous avez choisi, vous avez le droit de protester.

Et si je ne peux pas voir que ces choix sont des choix ? Si j'ai retenu la leçon de la communauté des hommes gays, à savoir que l'homosexualité est innée, que c'est une façon d'être, qu'elle ne peut ni être choisie ni être refusée, et si je déteste cette idée réactionnaire selon laquelle un gay peut être rééduqué, amené à faire un autre choix et à renoncer à son homosexualité ? Et si je ne comprends pas en quoi les choix que vous me proposez, ces multiples variantes possibles de genre, seraient différents de cette même idéologie réactionnaire, parce que ce qui est choisi peut être répudié et qu'une dame a le droit de changer d'avis ? Et si je vous disais que mon identité est tout simplement quelque chose de difficile, douloureux, problématique, et que je ne sais pas comment choisir ni que choisir ni même s'il me faut faire un choix, et si j'avais seulement besoin de tituber à l'aveuglette jusqu'à découvrir ce que je suis et non pas qui je choisis d'être ? Et si je croyais en l'existence d'un *je suis* et que j'avais besoin de le découvrir ? Si mon problème était la découverte et non le choix, s'il s'agissait de découvrir ce que j'ai toujours été et pas de choisir un genre comme dans un étalage de crèmes glacées aux différents parfums ? Et si je pensais que le *je suis* d'une femme implique qu'elle ne peut avoir de rapports sexuels avec une femme dotée d'attributs virils et que cela doit être respecté ? Et si je craignais la possibilité d'une guerre civile de ce côté de la frontière entre les genres et que je trouvais cette guerre absurde ? Et si nous étions tous des genres de femmes différents au lieu de n'en faire qu'un, et si ces différences, y compris les différences sexuelles, étaient normales au lieu de relever du sectarisme ou d'être mauvaises ? Et si nous formions une fédération des divers états de l'être et qu'il fallait respecter les droits de ces états autant que la fédération elle-même ? Tenter de m'y retrouver me rend fou et je ne comprends même plus le sens des mots. J'emploie ceux que je connais mais je trouve qu'ils sonnent tout le temps faux, comme si j'essayais de vivre dans un pays dont je n'ai pas appris la langue. Dans ce cas ?

Dans ce cas, je dirais qu'il nous faut travailler à percer le plafond de coton que vous avez dans la tête.

C'est-à-dire ?

Les sous-vêtements sont faits en coton. Le contenu des sous-vêtements d'une femme transsexuelle est comme un axe qui l'opprime et la marginalise. Fermez les guillemets.

On a raconté à mon amie une blague sur comment devenir transmilliardaire. Je me considère comme transmilliardaire et donc aussitôt je suis riche, dit-elle. Qu'avez-vous à répondre à cela ?

Que ce n'est pas drôle.

*

[Il] s'avança jusqu'au seuil sans entrer dans la pièce. Piégé entre la peur et le langage, [il] se sentit incapable d'avancer, mais [il] ne pouvait pas non plus rester où [il] était. Les signaux d'alarme étaient suffisamment clairs. Riya avait reçu un appel du club féminin des 2-Bridge lui expliquant, avec ménagement qu'il ne fallait plus qu'[il] vienne parce qu'[il] s'était mis à importuner les filles avec ses questions extrêmement intimes et que sa présence créait un malaise. L'ambiance aux 2-Bridge était à la fois détendue et studieuse, les filles se sentaient à l'aise et travaillaient dur sur des questions de justice sociale et des programmes d'éducation environnementale, elles se formaient aux arts numériques ou audiovisuels, suivaient des cours de sciences, d'ingénierie et de mathématiques ou travaillaient à la construction d'un étonnant planétarium (offert par un riche donateur), étudiaient la danse ou la nutrition. J'étais allé [le] voir les premiers jours où [il] travaillait comme bénévole, avant le début de sa dégringolade en spirale, [il] semblait heureux au sein de leur joie de vivre et leur attitude décomplexée envers les personnes de genre incertain semblait [lui] être d'un grand secours : gay ou hétéro, cis ou trans, avec ou sans astérisque, *genderqueer* ou sans genre, rien ne posait problème. Au début, ce fut très encourageant, excitant même, mais lorsqu'[il] fut, dans le cours de sa transition, confronté à ses propres obstacles, à ses peurs physiques et sociales, à la difficulté qu'[il] éprouvait à maîtriser ce nouveau langage, il ne lui fut pas d'un bien grand secours de penser qu'[il] souffrait peut-être d'un problème générationnel dont la génération suivante n'était pas affectée. Cela me fit penser aux premiers hommes de Néandertal dans *Les Héritiers* de Golding regardant avec colère, jalousie et stupéfaction la nouvelle race humaine plus évoluée et capable de maîtriser le feu, l'*Homo sapiens*, quand il apparut pour la première fois, condamnant ses prédécesseurs à l'extinction. [Il] commença donc à se concevoir comme une entité primitive et à considérer les filles du 2-Bridge comme le peuple nouveau, meilleur que [lui] et promis à [le] remplacer, capables d'aller là où [il] ne pouvait pas aller, de gagner cette Terre promise qui lui était interdite à cause des limites de ses perceptions. [Il] commença donc à les harceler, à les coincer à la cantine, à la porte de leurs salles de cours, sur le terrain voisin de hockey ou de softball, pour leur demander des réponses qu'elles n'avaient pas et des conseils qu'elles ne savaient donner, et comme [il] devenait de plus en agressif, [il] commença à les perturber. Son renvoi était inévitable. [Il] l'accepta sans discuter.

Nous nous sommes désintéressés de [lui]. Aucun doute là-dessus. Nous aurions dû percevoir sa fragilité grandissante et peut-être l'avons-nous vue mais nous avons tous préféré détourner le regard. Après le meurtre d'Apu, Néron Golden se retira de la société pour vivre dans une obscurité dont la cause apparente était évidente mais dont la signification occulte n'apparaîtrait que plus tard. Il conservait sur son bureau l'urne contenant les cendres de son fils et on prétend qu'il ne cessait de lui parler, tous les jours. Les deux dragons pouvaient le déranger et il gardait du temps pour Petya, il gardait toujours du temps pour son fils manifestement le plus dérangé, il lui pardonnait tout et le soutenait tandis que Petya refaisait lentement le chemin de l'incendiaire qu'il avait été à une personnalité plus équilibrée, mais à ce fils qui n'était plus désormais le dernier-né, ce fils à la dérive sur le point de se fracasser, il n'avait rien à donner. Ce qu'il avait, c'étaient le jeune Vespasien et une épouse qui trouvait de multiples façons d'insister sur le besoin légitime qu'avait le bébé de l'affection de son père. Little Vespa, c'est ainsi qu'ils l'appelaient, comme s'il s'était agi d'un scooter qu'ils pouvaient tous les deux enfourcher afin de retrouver la route du bonheur. Quand il était avec Little Vespa, le visage de Néron s'adoucissait parfois d'un sourire. Vasilisa réservait à son mari la même affection maternelle qu'elle prodiguait au petit être qui faisait sa fierté et sa joie, en partie, j'en suis sûr, parce qu'elle voyait bien son chagrin et cherchait à l'atténuer mais aussi, je n'en doute pas, pour des raisons égoïstes. De nous tous, elle était celle qui percevait le mieux le déclin de cet homme féroce et obstiné. Elle voyait qu'il commençait à perdre la mémoire, que sa prise était moins ferme sur les rênes, et elle comprit que bientôt il deviendrait lui aussi son bébé, et tout cela elle était prête à l'accepter tant l'enjeu était élevé au terme de son projet. (Mes sentiments à l'égard de Vasilisa s'étaient nettement dégradés depuis la naissance de mon fils et le mur qu'elle avait ensuite érigé entre lui et moi.) La mère de Vasilisa habitait aussi sur place mais Néron l'avait prise en grippe, et Vasilisa tenait sa babouchka à foulard à l'écart, l'employant essentiellement comme nurse du petit Vespa. Dans leur relation, il était évident que la mère n'avait aucun pouvoir. Elle faisait ce qu'on lui disait. Elle aussi attendait son heure. Elle savait très bien la nature du jeu qui se jouait. Elle restait en coulisse et chantait des chansons russes au garçon, lui racontait des histoires russes, dont peut-être celle de Baba Yaga, la sorcière, pour qu'il grandisse en connaissant la chanson. Si elle avait pu lui lire des livres d'enfants en anglais, elle aurait pu dire que Vespasien était la petite balle d'or.

26

Moi aussi je détournai mon attention de D. Golden. Pendant tout cet été et cet automne-là, nous fûmes très occupés, Suchitra et moi, par Batwoman. En cette année électorale surréaliste, notre brusque accession, grâce au fonctionnement du système des prix dans le monde de la vidéo, au statut de stars de la communication politique avait attiré l'attention de diverses associations progressistes et de comités d'action politique pleins aux as qui soutenaient l'impressionnante adversaire du Joker, dont les éminentes qualifications le disputaient à l'impopularité. Le dessin animé que nous avions réalisé pour l'une de ces associations avec le concours des meilleurs artistes qui aient jamais dessiné le Joker fit le tour de la Toile : l'affreux, tout sourire, au milieu de New York, hurlant des phrases que son incarnation politique avait réellement prononcées, *Les imbéciles ! Je pourrais descendre quelqu'un à Times Square sans perdre une seule voix !* Jusqu'à ce qu'une superhéroïne vêtue en chauve-souris lui tombe dessus pour lui enfiler une camisole de force et le remette aux hommes en blouse blanche pour qu'ils l'emmènent à l'asile. La Batwoman politique était née et la candidate, ou ses partisans, republièrent notre vidéo sur les pages officielles de sa campagne électorale et elle reçut trois millions de visites dans les premières vingt-quatre heures et nous finîmes par ajouter trois autres épisodes qui eurent tout autant de succès. L'élection devint un match entre Batwoman et le Joker – Batwoman qui avait aussi son côté sombre mais l'employait à sa lutte pour le bien, la justice et la cause américaine, qui pouvait éviter au pays de sombrer dans la Bouffonnerie. Nous avions campé la lutte et elle se déroula telle que nous l'avions décrite.

L'idée de la Batwoman venait de Suchitra, même si c'était moi qui avais écrit une grande partie du scénario, ou nous deux ensemble. Nous formions une bonne équipe mais je continuais à me demander ce qu'elle me trouvait ; il y avait une telle disparité entre nous, son esprit créateur inépuisable et brillant était tellement plus éclatant que mes pauvres petites lumières, qu'il m'arrivait d'avoir l'impression d'être son animal de compagnie. Un soir tard, alors que nous avions fini notre travail et que j'avais suffisamment bu pour oser lui poser la question, elle se mit à rire sans pouvoir s'arrêter. "Quel drôle de couple nous faisons, dit-elle, si peu sûrs de nous et chacun ignorant tout des doutes de l'autre." Ne voyais-je donc pas ? J'étais celui qui avait fait des études, l'intellectuel, celui qui était capable de trouver des rapprochements et des références, des échos, des arguments et des formes, elle savait seulement pointer une caméra et faire un tas d'autres trucs techniques. Elle se sous-estimait d'une manière absurde mais c'était son manque de confiance en elle qui s'exprimait. Je lui rappelai une seule chose parmi toutes les merveilles qu'elle m'avait enseignées. Qu'une image a une forme, tout comme le son, le montage et la dramaturgie. Tout l'art cinématographique est de faire en sorte que ces quatre formes n'en fassent plus qu'une. Telle était sa version des théories de Serge Eisenstein, le réalisateur d'*Alexandre Nevski* et du *Cuirassé Potemkine*. "D'accord, finit-elle par concéder avec un sourire, d'accord, d'accord, c'était plutôt pas mal."

Ces confessions, mon sentiment d'infériorité sur le plan créatif, son impression de manquer de bases intellectuelles, nous rapprochèrent. Nous sommes tous ainsi faits que nous nous éprenons des qualités de l'autre, mais notre amour devient plus fort et plus durable quand nous nous éprenons des faiblesses de l'autre. Nous plongeâmes dans l'amour qui se trouvait juste sous la surface de notre amour comme de l'eau sous de la glace et nous comprîmes que si nous nous étions jusqu'alors bien amusés ensemble, nous faisions seulement du patin à glace alors que maintenant nous nous y trouvions à la plus grande profondeur possible. Je n'avais jamais éprouvé quelque chose de semblable, elle non plus, et nous nous contemplions mutuellement avec une sorte d'incrédulité heureuse. Voilà où se trouvait mon attention. Pendant que la famille Golden s'effondrait, je m'envolais. Nous nous envolions, mon cher trésor et moi, et, comme le faucon dans *Oklahoma!*, nous décrivions paresseusement des cercles dans le ciel.

"Oh, à propos, fit-elle, un jour au beau milieu de notre félicité, tu sais, ces trois règles que je crois avoir mentionnées ?

— Gagne ton argent toi-même, habite ton propre appartement et ne me demande pas de t'épouser. Eh bien ?

— Je pense qu'on pourrait les négocier.

— Oh.

— Oh ? Vraiment ? C'est tout ce que tu trouves à dire ?

— Je me demandai simplement comment annoncer la nouvelle à mon propriétaire, U Lnu Fnu."

*

"Pour le poisson-chat, dit U Lnu Fnu, je vais parfois chez Whole Foods à Union Square, mais ils n'en ont pas toujours. Autrement je vais à Chinatown. Il faut aussi du vermicelle, de la sauce de poisson, de la pâte de poissons, du gingembre, de la tige de banane, de la citronnelle, des oignons, de l'ail, de la farine de pois chiches. C'est le petit-déjeuner traditionnel de mon pays : le *mohinga*. Asseyez-vous, je vous en prie.

— Mr U", commençai-je. Il m'arrêta en levant doucement le bras. "À présent il faut que je finisse par vous corriger, dit-il. Vous savez ce U n'est pas un nom mais un titre de respect qu'on donne aux hommes d'un certain âge qui occupent une position élevée. Aux moines également. Ainsi dire « Mr U », c'est comme si vous disiez « Mr Sir ». Lnu était le nom de mon père que je porte aussi. Vous devriez m'appeler Fnu, c'est préférable.

— Mr Fnu…

— Fnu. À présent nous sommes amis. Mangez votre *mohinga*.

— Fnu…

— Je sais ce que vous voulez me dire. Vous voulez vous en aller vivre chez votre amie, et vous me donnez votre congé, mais comme vous aimez les Jardins vous voulez me demander s'il serait possible d'en conserver la clef. Et comme vous êtes poli et que vous savez que je me sens seul, vous allez me dire que vous en êtes venu à bien m'aimer et que vous aimeriez me rendre de fréquentes visites, et patati et patata.

— Vous avez vu *Seinfeld* ?

— Tous les épisodes, et même maintenant les rediffusions.

— Comment le saviez-vous ?

— Votre amie m'a appelé parce qu'elle sait que vous n'êtes pas à l'aise quand vous avez quelque chose à demander. Que je suis bien heureux de vous offrir. Gardez la clef. Je vais naturellement chercher un nouveau locataire. Mais vous êtes toujours le bienvenu quand vous voudrez passer.

— Les Jardins sont tellement magnifiques à cette époque de l'année.

— Je ne retournerai jamais chez moi, dit le vieux diplomate, même pas dans le nouveau Myanmar de Dame Aung San Suu Kyi. À un certain point de son trajet, le voyageur s'assied au bord de la rivière et sait qu'il est au bout du chemin. Vient un moment où il accepte que l'idée du retour n'est qu'une illusion.

— Je suis désolé, dis-je, incapable de trouver mieux.

— Et les Golden sont tellement intéressants, n'est-ce pas ?" dit U Lnu Fnu, retrouvant son entrain, jusqu'à battre des mains, révélant un aspect insoupçonné de son caractère demeuré secret jusque-là, son côté malveillant. "Ils tombent en ruine quand on les observe et à présent j'ai tout le temps d'observer."

*

Quelle sorte d'homme étais-je, à prendre un petit-déjeuner de poisson et de vermicelle en compagnie d'un gentleman birman (myanmarais) âgé et solitaire, à faire semblant que mon amour pour les Jardins reposait seulement sur la botanique et la nostalgie ? Quelle sorte d'homme qui, tout en envisageant de vivre avec la femme qui l'aimait, se réservait la possibilité de pénétrer dans l'espace secret où l'on pouvait voir son fils, tous les jours, dans sa poussette, gardé par une féroce matriarche russe et en même temps cacher le secret de sa paternité même à son grand amour ? Quelle sorte d'homme, élevé précisément à cet endroit par des gens qui avaient des principes, élevé pour être honorable et sincère, pouvait céder aussi facilement à l'appel d'une sirène ? Peut-être tous les hommes étaient-ils des traîtres ? Peut-être les braves gens n'étaient-ils que des traîtres qui n'avaient pas encore atteint l'embranchement fatidique ? Ou peut-être mon envie de généraliser à partir de mon cas personnel n'était-elle qu'une façon de me disculper de ce que j'avais fait bien trop facilement ?

Et Suchitra téléphonant à mon propriétaire : un geste d'amour ou un comportement étrange ? En savait-elle plus que je ne pensais ? Et, dans ce cas, que signifiait ce geste ? Mais non, bien sûr, elle ignorait tout du garçon. Ces secrets honteux nous rendent tous paranoïaques.

En même temps que se développait mon bonheur personnel, augmentait en silence l'opinion négative que j'avais de moi et pourtant, et pourtant, malgré tout, ici, dans les Jardins, se trouvait mon fils. Comment pourrais-je lui tourner le dos et m'en aller vivre une vie emplie d'amour ? Souvent, très souvent, je maudissais le jour où je m'étais laissé entraîner – où j'avais choisi de me laisser entraîner ! – dans l'orbite de la maison Golden, faisant preuve d'un tel manque de clairvoyance que je pensais qu'ils étaient, et seraient, mes sujets et mon passeport pour mon avenir dans le cinéma, que c'était moi qui maîtrisais le récit, sans même comprendre que c'était moi le sujet, pas les Golden, et que les développements de l'histoire m'en apprendraient plus long sur moi-même que sur quiconque. Comme beaucoup de jeunes gens, j'étais à bien des égards un mystère pour moi-même et pour ceux qui m'aimaient et avant la fin de l'histoire tous mes secrets devraient être dévoilés.

Après Hybris vient Némésis : *Adrasteia*, l'inévitable. Un brave homme peut être un méchant et une méchante femme peut être bonne. Être infidèle à soi-même – ô jeunesse ! –, telle est la pire des trahisons. La forteresse la plus imprenable peut être vaincue par un siège. Le ciel que nous regardons peut nous tomber sur la tête et une montagne peut s'écrouler dans la mer. Et, à la fin, ô Prospero, tes prodiges infernaux toujours te dévoreront, à moins que, comme à Ariel, tu ne leur rendes la liberté. À moins que tu ne brises ta baguette magique.

Il s'avéra que l'enfant magique dans *Les Pêcheurs au filet* d'Eschyle était Persée, le super-héros. Que le bébé magique des *Limiers* de Sophocle était le dieu Hermès. Et voici qu'à présent il y avait Vespasien, tenant son nom d'un empereur, le bébé magique des Jardins et de mon cœur. Pour survivre, devais-je le laisser partir ? Devais-je lui offrir la liberté ?

*

La Clinton Oaks Correctional Facility à Jefferson Heights, Minnesota, était la seule prison de haute sécurité de l'État. Après l'évasion de deux détenus, les enquêteurs découvrirent pourtant que les gardiens avaient régulièrement omis d'effectuer leurs rondes de surveillance et qu'ils avaient maquillé les registres de la prison pour faire croire qu'ils les avaient faites alors que ce n'était pas le cas. Pas moins de dix-neuf gardiens furent donc punis pour ces manquements. La négligence des gardiens ne fut pas, néanmoins, la cause principale de l'évasion des prisonniers. C'est l'amour – ou bien le sexe et le désir – qui s'avéra en être la clef. Les détenus, Carl Zachariassen et Peter Coit, tous deux condamnés pour meurtre, partageaient la même cellule et purgeaient une peine de détention à perpétuité sans aucune possibilité de remise de peine. Ils travaillaient à l'atelier de couture de la prison et sympathisèrent avec une employée du personnel pénitentiaire, Mrs Francine Otis, mariée et mère de deux garçons. Leur amitié s'approfondit, pour ne pas dire plus, et Otis, comme elle l'avoua par la suite, eut des relations sexuelles avec les deux hommes dans un débarras au bout du long espace étroit qui servait d'atelier de couture. Par la suite, Otis fournit aux deux hommes les outils dont ils avaient besoin, dont des pinces coupantes, et ils mirent en œuvre leur plan. Ils découpèrent des trous rectangulaires dans la paroi d'acier au fond de leur cellule derrière les lits superposés, placèrent dans leur lit des mannequins faits de quelques vêtements pour tromper les gardiens lors de leurs rondes. (Même s'il fut établi par la suite que cette nuit-là les gardiens n'avaient pas effectué de ronde.) À l'extérieur du trou de la cellule se trouvait une passerelle désaffectée qui n'était plus surveillée depuis des années. Ils descendirent cinq étages jusqu'à une conduite de chauffage qui n'était pas en service parce qu'il faisait chaud à cette époque de l'année, y pratiquèrent une ouverture, s'y engouffrèrent, rampèrent jusqu'à un regard situé à quatre cents mètres au-delà de l'enceinte de la prison, et là, se servant des outils que Francine Otis leur avait procurés, ils fracturèrent le cadenas d'acier et la chaîne qui le fermaient, parvenant ainsi à s'évader.

La chasse à l'homme dura trois semaines, plus de huit cents hommes y participèrent appuyés par des hélicoptères et des chiens. Zachariassen et Coit, d'après les aveux qu'Otis fit plus tard, avaient au départ prévu de se retrouver à un certain endroit de la route 35 où elle avait promis de les rejoindre avec des vêtements, de l'argent et des armes, s'étant, hélas, ingénument imaginé qu'ils allaient l'emmener avec eux pour commencer une vie nouvelle d'amour et de sexe au Canada ; mais au dernier moment, ils avaient décidé de ne pas aller au rendez-vous, ce qui fut une chance pour elle car leur projet initial avait été de récupérer ce qu'elle leur apportait et de la tuer. Au cours des trois semaines qui suivirent, leur présence fut signalée plusieurs fois, leur piste fut repérée par des chiens, leurs traces ADN furent relevées dans une cabane en forêt et à la fin ils furent acculés dans la Kabetogama State Forest, à proximité de la frontière canadienne. Coit fut capturé vivant mais Zachariassen fut abattu de trois coups de feu dans la tête en essayant d'échapper à son arrestation. Les informations nationales se firent largement l'écho de cette chasse à l'homme.

Nous avons détourné notre attention de D. Golden parce que nous pensions que Riya Z était tous les jours auprès de [lui], que son regard détecterait tout ce qu'il fallait voir. Mais, durant chaque minute du jour ou de la nuit des trois semaines qui suivirent l'évasion de son père jusqu'à ce que celui-ci fût abattu dans la forêt de Kabetogama, Riya avait perdu les pédales. Et ce, au moment même où D. était prié de ne plus venir au 2-Bridge Club. On ne pouvait pas imaginer pire : au moment où D. avait le plus besoin d'elle, ses pensées étaient complètement ailleurs.

Ils disent à la télé qu'il essaie de gagner le Canada mais c'est des conneries, fit-elle, contre toute logique. Il essaie de me retrouver.

C'était une Riya que D. n'avait jamais vue, effrayée, fragile, enveloppée d'une charge électrique qui crépitait vaguement autour d'elle. Elle était la seule chose en qui [il] eût jamais cru. [Il] avait trouvé en elle son roc indestructible. Mais elle s'effondrait et [il] ne pouvait pas le supporter.

Pourquoi viendrait-il ici ? C'est tellement loin et le risque est trop grand, en ville il serait certainement repéré et capturé.

La ville est l'endroit où l'on va se cacher, dit-elle. À la campagne, dans les bourgades, dans les champs ou les forêts, tout le monde vous voit et tout le monde sait ce que vous faites. En ville vous êtes invisible parce que tout le monde s'en fiche.

Mais il est à l'autre bout du pays. Il ne viendra pas.

Il m'a promis de revenir. Il viendra.

*

Zachariassen ne vint pas. Il s'enfuyait vers la frontière à travers une forêt du Nord. Mais en dépit des témoignages qui signalaient sa présence loin de New York, elle resta convaincue qu'il allait venir, elle sortit donc le colt à crosse de nacre pour le placer dans son sac à main mais n'en demeura pas moins comme une chatte sur un toit brûlant. Au musée de l'Identité, ses collègues remarquèrent ses yeux écarquillés, son égarement, son agitation, particulièrement choquants chez quelqu'un d'habituellement aussi mesuré et chacun proposait sa solution : elle devrait prendre des vacances, peut-être était-elle malheureuse dans son couple, peut-être devrait-elle prendre du kava-kava qui était à base de plantes, biologique à cent pour cent, et qui l'aiderait certainement à se détendre.

La nuit, elle dormait à peine et restait assise près de la fenêtre de la chambre s'attendant à chaque instant à voir son meurtrier de père escalader le toit plat à côté et plus d'une fois elle faillit tuer un chat. Plus d'une fois, elle fit aussi une chose qu'elle n'avait jamais faite auparavant, elle alla consulter Mme George, la drag-queen, la voyante du premier – Boule de cristal, Horoscope, Prédictions –, et lorsque Mme George lui assura qu'elle avait devant elle un avenir long et radieux, elle dit, c'est faux, rebattez les cartes et même quand la diseuse de bonne aventure ajouta : votre ami, amenez-le-moi, c'est pour lui que je m'inquiète, elle ne fit pas ce qu'on lui demandait parce qu'elle croyait connaître les problèmes de D. et n'avait pas besoin de l'aide d'une drag-queen pour l'aider à le comprendre, parce que, pour une fois, ce n'était pas lui qui était en danger mais elle, avec son salaud de père qui allait venir l'attaquer la nuit. Elle alla voir cette harpie de propriétaire de la maison rose et jaune et se mit à dire à cette Mrs Run haut et fort, beaucoup trop fort, qu'il était temps d'équiper l'immeuble d'un système de sécurité adapté avec un interphone vidéo à l'entrée, une alarme et de meilleures serrures à l'extérieur et à l'intérieur, des serrures bien plus sûres, n'importe qui pouvait entrer, la ville était violente et dangereuse, ne s'arrêtant que lorsque Mrs Run lui répondit : "Si vous venez me demander de remplacer une ampoule dans le couloir, je peux l'envisager. Si vous venez me voir comme un vampire en transes, une créature *jiangshi*, des hurlements plein la bouche, à l'instant même je vous réponds : sortez immédiatement de chez moi ! À vous de choisir." Riya s'arrêta net et resta silencieuse, pantelante dans le couloir tandis que Mrs Run, claquant des doigts, tournait les talons et regagnait le Run Run Trading pour fusiller du regard ses rangées de canards laqués. Et si Riya, en sueur et haletante, ne comprit même pas que c'était la peur qui la mettait hors d'elle, D. Golden qui l'avait observée, effrayé, du haut de la première volée de marches de l'escalier, le comprit parfaitement et en fut, [lui] aussi, totalement déstabilisé.

Les trois semaines de démence de Riya aggravèrent son tumulte intérieur. Toutes ces journées qu'[il] passait seul dans l'appartement, ses nuits envahies par la sensation de claustrophobie que faisaient naître en [lui] les craintes de Riya. Ses peurs à [lui], la peur qu'[il] avait de [lui-même], amplifiée par celle qu'avait Riya de l'ombre de son père. Et à la fin les ombres furent trop fortes, elles s'emparèrent de son cerveau et de son esprit. Et aucun d'entre nous n'était là pour le voir ni pour lui venir en aide.

J'allai pourtant [le] voir une dernière fois, même si j'ignorais que c'était effectivement la dernière. Pendant que Riya était au travail, s'efforçant de conserver son emploi en dépit de la terreur quasi hystérique qu'engendrait chez elle la supposée proximité de Zachariassen en cavale. Je l'emmenai faire un tour dans Chinatown. Sur un banc du Kimlau

Square, au point de rencontre de huit rues, sous le regard fier et bienveillant de la statue du héros, le lieutenant Benjamin Ralph Kimlau du 380th Bombardment Group de la Fifth Air Force, disparu lors d'un combat aérien contre les Japonais en 1944, D. Golden avoua qu'[il] ne parvenait pas à réconcilier les éléments qui se livraient bataille en son for intérieur. Ce jour-là, [il] portait une chemise à carreaux, un pantalon en treillis, des lunettes d'aviateur, un soupçon de rouge à lèvres et une casquette de baseball rose posée sur ses longs cheveux qui lui arrivaient désormais au-dessous des épaules. "Regarde-moi, geignit-[il]. Pitoyable habillé en homme, trop effrayé pour sortir en robe, avec ma bouche maquillée et ma casquette rose, quelle posture minable et pathétique." Je lui répétai ce que tout le monde lui disait, que, pas après pas, la transition était une expédition magique de mille et une nuits, mais [il] secoua la tête. "Il n'y a pas de Sésame ouvre-toi pour moi. Pas de conteur immortel pour raconter ma lamentable histoire." J'attendais la suite qui manifestement n'allait pas tarder. "Je fais des rêves à présent dans lesquels, toutes les nuits, je revois le *hijra* de mon enfance, déguisé en Michael Jackson, tournoyant sur place en plein milieu de la rue, venant frapper à la vitre de la voiture et glapissant : *dance with me*. Quand je m'éveille je suis trempé d'une sueur froide. En vérité, je sais ce que le *hijra* vient me dire, il, elle, insiste sur le fait que ce sera tout ou rien. Si tu veux le faire il faut aller jusqu'au bout. L'opération, tout le reste, comme un véritable *hijra*. Si tu ne le fais pas, c'est malhonnête, c'est comme se déguiser en Michael Jackson quand tu n'es qu'un prostitué de Chowpatty Beach. Mais, mon Dieu, c'est la vérité. Je suis trop faible, trop effrayé, complètement terrorisé, dit-[il]. C'est peut-être Apu le plus heureux."

[Il] regarda autour de lui. "Où sommes-nous ? demanda-t-[il]. Je suis perdu."

Je [le] ramenai chez [lui]. Et c'est aujourd'hui la dernière image que je garde de [lui], perdu sur un banc au milieu de huit voies de circulation, conscient de ne pouvoir être un héros dans sa guerre personnelle, tandis qu'autour de [lui] les voitures vont et viennent, incapable de choisir une direction, ne sachant plus rentrer chez [lui].

*

Zachariassen fut abattu, la nouvelle fut annoncée aux informations le soir même et Riya se calma sur-le-champ comme si on avait tourné un bouton, elle poussa un grand soupir, expulsa toute sa folie et fut de nouveau elle-même, rendue à son ancienne identité, la "vraie" Riya, réchappée de l'avatar de ses frayeurs, s'excusant auprès de tous de sa folie passagère, tout était rentré dans l'ordre, assurait-elle, ne vous inquiétez pas pour moi. Et très vite nous cessâmes de nous faire du souci, vraiment très vite. C'est ainsi que, tous autant que nous étions, à l'exception de D. Golden, nous oubliâmes le revolver.

*

Il arriva à la maison Golden dans toute sa splendeur, débarquant de l'arrière d'une limousine Daimler, délibérément choisie pour rappeler le véhicule à bord duquel tous les Golden étaient arrivés à Macdougal Street pour prendre possession de leur nouvelle maison. Un chauffeur en livrée lui tint la portière et déploya un petit marchepied pour que les pieds de D., chaussés de Walter Steiger à hauts talons, puissent se poser sur la chaussée sans risque de faux pas. [Il], non ! À présent il est devenu adéquat de changer de pronom et de dire simplement elle, elle-même ! Très bien donc, *elle* portait une longue robe du soir écarlate de chez

Alaïa, sur laquelle la cascade de ses cheveux resplendissait de manière séduisante dans le soleil, *elle* tenait à la main un petit sac à main Mouawad incrusté de pierres précieuses. Et c'est ainsi, sur son trente-et-un, qu'ayant tendu sa clef au chauffeur pour qu'il lui ouvre la porte d'entrée, D. Golden pénétra pour la dernière fois dans la maison de son père, pour la première fois peut-être en tant que femme, sa véritable personnalité, celle qu'elle avait eu si peur d'adopter et qu'elle avait eu tant de mal à libérer.

Néron se tenait sur le palier en haut de l'escalier, flanqué de Mss Blather et Fuss, ses yeux lançaient des flammes. "Les enfants des rois naissent pour tuer leur père, dit-il. Et ces vêtements appartiennent à ma femme."

Vasilisa Golden apparut et vint se placer auprès de son mari. "Voici donc le voleur que j'ai tellement cherché", dit-elle.

D. ne leva même pas les yeux dans leur direction et ne répondit rien. Elle traversa la maison avec grâce, alla jusqu'à la porte-fenêtre et sortit dans les Jardins. Quelle envolée de rideaux son apparition ne suscita-t-elle pas. On eût dit que tous les habitants des Jardins voulaient voir la scène. Sans y prêter la moindre attention, D. alla jusqu'au banc où, bien des années auparavant, son frère Petya s'était assis pour faire rire les enfants en leur racontant des histoires. Elle s'assit, son sac à main volé posé sur les genoux, les mains croisées par-dessus, le sac à main de Riya ! Et elle ferma les yeux. Des enfants jouaient un peu partout dans les Jardins, leurs cris et leurs rires formaient la bande-son de son silence. Elle n'était pas pressée. Elle attendait.

Vito Tagliabue, le mari cocu et abandonné, vint lui témoigner sa solidarité, saluant son courage et la félicitant pour son sens de la mode, avant de se trouver à court d'arguments. Elle inclina la tête poliment, acceptant son salut et ses compliments tout en lui faisant comprendre qu'il pouvait se retirer. Le baron de Sélinonte s'éloigna à reculons, comme s'il s'était trouvé en présence d'une altesse royale à qui tourner le dos eût constitué un manquement au protocole, et quand il trébucha sur un tricycle en plastique multicolore abandonné là par un bambin et tomba à la renverse, apportant une touche de burlesque bienvenue dans ce moment par ailleurs non dépourvu de dignité, les lèvres de D. se pincèrent en un sourire léger mais sans ambiguïté, après quoi, calme, et nonchalante, elle se replongea dans sa méditation.

Dans le film, je comptais entrecouper cette scène immobile d'une scène de mouvement rapide, montrant RIYA rentrant chez elle pour trouver sa penderie ouverte et en désordre, constater que le sac à main contenant son arme avait disparu et découvrir la note posée sur sa coiffeuse, une simple feuille de papier pliée en deux, puis on verrait RIYA courir dans la rue, cherchant à héler un taxi mais il n'y en a pas ; ah, en voici un, mais il ne s'arrête pas et finalement elle en trouve un.

Une fois les enfants rentrés chez eux pour manger, dormir ou faire ce que peuvent bien faire les enfants d'aujourd'hui devant je ne sais quelles sortes d'écrans, D. Golden, dans les Jardins, ouvrit les yeux, se leva et se mit à marcher.

Et RIYA, dans le taxi, qui presse le chauffeur d'accélérer et lui qui réplique, restez calme, madame, vous êtes la passagère, je suis le chauffeur, laissez-moi conduire mon taxi. Elle se renfonce dans son siège et ferme les yeux (ici j'intercale une scène dans les Jardins où l'on voit D. rouvrir les yeux) et en bande-son on entend la voix de D. lisant le billet qui annonce son suicide.

D. GOLDEN (VOIX OFF)

Ce ne sont pas les difficultés de ma vie qui me poussent à faire cela. Je le fais parce que le monde a quelque chose de détraqué qui me le rend insupportable. Je ne peux pas m'expliquer plus précisément mais le monde des êtres humains ne fonctionne pas bien. L'indifférence des gens entre eux. Leur cruauté. C'est décourageant. Je suis un être humain sensible mais je n'arrive plus à établir de relations avec personne. Je ne sais pas comment te toucher, toi, Riya, alors que tu es la personne la plus tendre que je connaisse. Le Dieu de l'Ancien Testament détruit la ville de Sodome mais je ne suis pas Dieu, je ne peux pas détruire Sodome. Je peux seulement m'en éloigner. Si Adam et Ève sont venus au monde dans le jardin d'Éden alors il est bon que moi, qui suis à la fois Ève et Adam, je quitte aussi ce monde dans un Jardin.

Je pense à Maurice Ronet dans *Le Feu follet* de Louis Malle (1963), il marche lui aussi dans sa ville, Paris, il a un revolver, il désespère du genre humain et s'apprête à se suicider.

Elle traversa les Jardins sur toute leur longueur, d'un pas lent, solennel, d'un bout à l'autre et arrivée au point le plus éloigné de la maison de Néron, de son ancien foyer et devant cette maison qui était celle de mes parents, elle se retourna et sa majesté était celle d'une reine. Puis elle revint sur ses pas, jusqu'à mi-chemin, s'arrêta, et ouvrit son sac à main.

Et puisqu'il s'agit d'un film, il faut qu'à ce moment-là RIYA débouche en courant de la porte-fenêtre de la maison Golden en criant.

RIYA

Non !

Il y avait maintenant des visages à toutes les fenêtres. Abandonnant toute discrétion, les habitants des Jardins se tenaient debout derrière les vitres, pétrifiés par l'horreur imminente. Après le cri de Riya, personne ne parla et elle se trouva elle-même à court de mots. En cet instant, D. Golden avait quelque chose d'un gladiateur. Elle avait l'air d'un combattant qui attend que l'empereur, d'un signe du pouce, prononce son verdict. Mais elle était son propre empereur désormais et elle avait déjà rendu son verdict. Lentement, délibérément, drapée dans la solitude de sa décision, avec la sérénité de l'évidence ultime, elle sortit le colt à crosse de nacre du sac à main incrusté de pierres, appuya le canon de l'arme sur sa tempe droite et fit feu.

27

La flotte grecque dut faire voile vers Troie pour récupérer Hélène l'infidèle, il fallut donc se concilier les bonnes grâces de la furieuse déesse Artémis afin qu'elle fît souffler des vents favorables et il fallut donc sacrifier Iphigénie, la fille d'Agamemnon, c'est pourquoi Clytemnestre, sa mère éplorée, la sœur d'Hélène, allait attendre que son mari rentre de la guerre pour le tuer, c'est pourquoi leur fils Oreste devait venger la mort de son père en tuant sa mère, et c'est pourquoi les Furies allaient pourchasser Oreste, et ainsi de suite. La tragédie, c'est l'irruption de l'inexorable dans les affaires humaines qui peut provenir de l'extérieur (une malédiction héréditaire) ou de l'intérieur (un défaut de caractère) mais, dans tous les cas, les événements suivent leur cours inéluctable. Il était cependant dans la nature des hommes, au moins en partie, de contester cette idée de l'inexorable, même si d'autres mots désignant la force supérieure de la tragédie tels que destin, *kismet*, karma, sort, étaient si puissants dans toutes les langues. La nature humaine inclinait à insister sur l'entremise et la volonté humaines et à penser que l'irruption du hasard dans les affaires humaines expliquait l'échec de cette entremise et de cette volonté de manière plus convaincante que l'existence dans le récit d'un schéma prédestiné et irrésistible. Les vieux atours de l'absurde, l'idée que la vie n'avait aucun sens, constituaient pour bon nombre d'entre nous une tenue philosophique plus agréable que la sombre toge du tragédien, qui, lorsqu'on la porte, devient la preuve et l'agent du malheur. Mais il y avait également dans la nature humaine un autre aspect, tout aussi caractéristique de l'animal humain contradictoire que l'autre, consistant à accepter avec fatalisme l'existence d'un ordre naturel des choses et de consentir sans se plaindre à jouer avec les cartes qu'on vous avait données.

Deux urnes emplies de cendres humaines sur le bureau de Néron : était-ce là l'inexorabilité tragique à l'œuvre ou plutôt une double infortune épouvantable due au hasard ? Et le Joker fou, là-bas, en train de se balancer, accroché à l'Empire State Building, tout en dévorant de ses yeux avides la Maison Blanche : était-il la conséquence d'un extraordinaire enchaînement de malchances imprévisibles ou bien le résultat de huit années, voire davantage, d'effronterie politique dont il était à la fois l'incarnation et l'apogée ? Tragédie ou hasard ? Existait-il des échappatoires pour la famille et pour le pays ou valait-il mieux se rasseoir et se résigner à son destin ?

Néron passait chaque jour des heures, assis seul à son bureau, à regarder les cendres de ses fils et à tenter de leur soutirer des réponses. Pour atténuer sa tristesse, Vasilisa venait l'informer des progrès du petit Vespasien, ses premiers mots, ses premiers pas, mais le vieil homme demeurait inconsolable. "Je le regarde, je regarde Petya et je me demande lequel sera le prochain", disait-il. À quoi Vasilisa réagissait vertement : "Pour ce qui est de mon fils, il est en sécurité, disait-elle, je le protégerai au péril de ma vie, il grandira et deviendra un homme fort et remarquable." Assis sur son fauteuil, il levait les yeux vers elle avec une sorte de désapprobation brumeuse mais aussi de fragilité et même de faiblesse dans le regard : "Et mon Petya, disait-il, tu ne le protégeras pas, lui ?" Elle s'approchait et posait une main sur son épaule. "Je crois que la crise de Petya est déjà surmontée, disait-elle, le pire est passé et il est toujours parmi nous, il va se remettre et redevenir comme avant.

— Que les fils meurent avant le père, disait-il, c'est comme si la nuit tombait quand le soleil brille encore dans le ciel.

— Ta maison a un nouveau soleil pour l'éclairer, un jeune et beau prince, lui répondait-elle, et les jours à venir seront brillants."

L'été était fini. Les semaines de chaleur avaient cédé la place à un temps humide et nuageux. La ville vibrait de son habituelle magie de septembre, de sa réincarnation automnale coutumière, mais Suchitra et moi étions à Telluride pour le festival de cinéma, notre série d'entretiens sur les grands moments du cinéma s'était étoffée pour devenir un documentaire très réussi, *The Best Bits*, avec la participation de personnalités respectées du monde du cinéma qui évoquaient leur scène de film préférée – pas seulement Werner Herzog mais aussi Emir Kusturica, Michael Haneke, Jane Campion, Kathryn Bigelow, Doris Dörrie, David Cronenberg, et dans sa toute dernière interview, le regretté Abbas Kiarostami –, et nous avions été sélectionnés pour le présenter au prestigieux festival de cinéma qui se tient le week-end du Labor Day dans les montagnes du Colorado, dans la ville même où Butch Cassidy et Sundance Kid braquèrent leur première banque et où les mânes bienveillants (ou pas si bienveillants) de Chuck Jones, de son Bugs Bunny et de son Daffy Duck veillent encore sur nous. Même là, dans cet Éden des cinéphiles, il arrivait parfois qu'on parle de la mort en cette année où le Starman, le Purple One, le Deer Hunter, Frankenstein Junior ("Fraankensteen !"), R2D2, le Bird on the Wire et le Greatest nous avaient tous quittés. Mais il nous restait les films – *La La Land*, *Premier contact*, *Manchester by the Sea* – pour nous occuper l'esprit et les yeux, la mort restait donc assise à l'écart, du moins pendant la durée du festival, puisque la vraie vie, nous le savions tous, était immortelle, c'était cette chose impérissable qui brillait dans les ténèbres là-haut sur l'écran d'argent.

De retour en ville dans un état d'exultation intense en raison de l'accueil qui avait été fait à notre film à Telluride, j'allai présenter mes respects à Néron, envisageant même de l'inviter à aller prendre de la vodka et des blinis à la Russian Tea Room pour le remercier de la sollicitude alcoolisée qu'il m'avait témoignée à la mort de mes parents. J'avoue que j'étais également d'humeur un peu trop joyeuse à la suite de notre triomphe dans les Rocheuses et que je ne m'étais pas donné assez de mal pour adopter l'attitude endeuillée qui convenait à cette maison frappée par de multiples calamités mais quand j'entrai dans la résidence Golden pour découvrir le grand Néron au salon, prenant le thé dans le plus beau service en porcelaine avec ce clochard fulminant et apocalyptique qui m'avait fait penser à Klaus Kinski et semblant trouver de l'intérêt à ses bredouillages, je ne pus m'empêcher, je l'avoue, de laisser échapper un rire parce que ce Fitzcarraldo au rabais, qui avait mis un chapeau haut de forme cabossé pour l'occasion et qui siphonnait bruyamment son thé dans une précieuse tasse en porcelaine de Meissen, me parut tout à coup ressembler de manière frappante au Chapelier Fou tandis que Néron, penché attentivement vers lui, faisait un Lièvre de Mars parfait.

Mon rire fit se redresser Kinski dans l'attitude de quelqu'un que, à la suite de ma longue fréquentation des œuvres de P. G. Wodehouse, je qualifierai de vexé comme un pou. "Vous me trouvez drôle ?" me demanda-t-il du ton sévère d'une des redoutables tantes de Bertie Wooster. J'agitai la main, non, non, pas du tout, et je repris mon sérieux.

"Il n'y a rien de drôle dans ce que je suis venu dire ici, tonna Kinski, reportant son attention sur son hôte. Je suis venu m'asseoir à terre et conter la triste histoire de la mort des rois[10]." Les mots du Richard II de Shakespeare sonnaient étrangement dans la bouche du vagabond assis sur un fauteuil Louis XV buvant du lapsang dans une tasse de Meissen, mais peu importe. "Assieds-toi, René, dit Néron en me faisant signe d'approcher et en tapotant une place auprès de lui sur le sofa. Prends du thé et écoute ce type. Il est sacrément bon." Il y avait une douceur nouvelle dans les manières de Néron et c'était déconcertant. Il souriait mais c'était plus une façon de montrer les dents qu'un signe de contentement. Il avait la voix douce mais c'était un gant de velours pour dissimuler la douleur à vif de ses pensées.

"Ça va mal finir, dit brusquement Kinski, en tenant sa tasse d'une main tremblante. La montagne du mal est plus haute que le plus haut des gratte-ciel et les armes sont vivantes. J'entends l'Amérique crier : où est Dieu ? Mais Dieu est plein de colère parce que vous vous êtes détournés de son chemin. Vous, l'Amérique !" À ce moment, curieusement, il pointa le doigt vers Néron : "Vous avez rejeté Dieu et à présent il vous punit." "J'ai rejeté Dieu et à présent il me punit", répéta Néron et quand je jetai un regard dans sa direction je vis qu'il avait vraiment les larmes aux yeux. Cet homme ouvertement athée, dans une crise profonde, avait invité chez lui ce marchand de foutaises avec son haleine empestant le whisky et il était effectivement bouleversé par son eschatologie déjantée. Je m'éloigne cinq jours, pensai-je, et quand je reviens le monde s'est déplacé sur son axe. "Néron, tentai-je, cet homme..." mais il me fit signe de me taire : "Je veux l'entendre, insista-t-il, je veux tout entendre."

Nous avions donc quitté Rome pour la Grèce et celui qui avait choisi de porter le nom du dernier des douze Césars se trouvait piégé dans une version new-yorkaise d'*Œdipe roi*, cherchant désespérément des réponses face à sa version personnelle de l'aveugle Tirésias, prophétisant des catastrophes. Kinski continuait à beugler mais j'avais déjà entendu son baratin assez souvent pour le trouver assommant et je décrochai. Puis ce fut Vasilisa qui apparut sur le seuil et mit fin à la scène. "Assez !" ordonna-t-elle et le doigt qu'elle pointa sur Kinski réduisit ce dernier au silence et le désintégra. J'imaginai un rayon d'énergie de science-fiction, digne de Dark Vador, émanant de ce doigt. La tasse trembla dangereusement entre les mains du clochard qui parvint néanmoins à la reposer intacte et qui, effrayé, se releva d'un bond. "Que diriez-vous de quelques dollars ? eut-il encore le culot de demander. Et mes honoraires ?" "Va-t'en, dit-elle, ou on appelle les flics et ils s'occuperont de tes honoraires."

Quand il fut parti, elle se tourna vers Néron et lui parla sur le ton autoritaire de l'infirmière Ratched qu'elle avait employé pour s'adresser à Kinski.

"Ne fais plus jamais cela", dit-elle.

Oh, pensai-je. Nous voilà en plein dans le nid de coucous.

*

Mon histoire, jusqu'à présent, n'a pas accompagné Néron Golden lors des visites qu'il rendait régulièrement à l'appartement de York Avenue où il retrouvait sa prostituée préférée, Mlle Loulou. Personnellement, je ne suis jamais entré dans un bordel, n'ai jamais payé pour avoir une relation sexuelle, et c'est un fait qui témoigne peut-être de ma probité morale mais qui pourrait à l'inverse être le signe d'une innocence naïve, d'une sorte de déficience dans l'histoire de ma virilité. Mon manque d'expérience dans ce domaine n'aidait pas mon imagination à suivre Néron lors de ces expéditions dans quelque escalier étroit éclairé d'ampoules rouges ou dans quelque boudoir parfumé et plein de coussins. Je savais qu'elles avaient toujours fait partie de sa vie adulte et qu'avant de connaître sa femme actuelle il lui arrivait parfois de raconter d'un ton salace ses exploits aux membres les plus louches de son cercle de poker, deux vieux beaux prénommés je crois Karlheinz et Giambologna ou peut-être Karl-Otto et Giambattista, je ne sais plus, en tout cas un play-boy allemand et un autre italien, ultra-conservateurs sur le plan politique, les représentants de l'Axe à la table de jeu, avec leurs blousons de cuir fauve et leurs cravates voyantes, des hommes dont les riches épouses étaient mortes dans des circonstances inexpliquées en leur laissant toute leur fortune. Sur les avantages qu'il y a à faire appel à des call-girls ils étaient tous les deux du même avis : on peut les caser entre deux réunions, on n'a pas besoin de retenir la date de leur anniversaire et on peut toutes les appeler d'un même surnom, Miss Gigi, Miss Nastygal, Miss Babycakes ou Mlle Loulou. Les noms que les filles se donnaient étaient faux de toute façon. Et c'est ce qui, en termes de marketing, constituait leur USP, leur Unique Service Proposé : moyennant une somme donnée, elles faisaient tout ce que vous vouliez et gardaient le silence par la suite. Au cours de leurs soirées de poker, Néron et les play-boys, Karl-Friedrich et Giansilvio se vantaient des prouesses sexuelles qu'ils avaient convaincu ces dames de petite vertu d'accomplir, et ne tarissaient pas d'éloges sur la force athlétique, la grâce de gymnaste et la souplesse de contorsionniste de leurs putains préférées. Néron évoquait même l'intelligence de la sienne : "C'est une vraie philosophe, disait-il, je vais la voir pour trouver la sagesse." Ce qui provoquait des hurlements de rire chez Karl-Theodor et Giambenito. “Et aussi pour baiser !” gueulaient-ils en chœur. “Oui, aussi pour baiser, reconnaissait Néron. Mais sa philosophie est un plus.” “Raconte un peu, se déchaînaient-ils, fais-nous profiter de la sagesse de ta pute.” “Par exemple, répondait Néron Golden, elle dit : je te laisse acheter mon corps parce que je vois bien que tu n’as pas vendu ton âme.” “Ce n’est pas de la sagesse, répondit Gianluca, c’est du fayotage.” “Elle parle aussi de la situation mondiale, poursuivait Néron, elle pense qu’une grande catastrophe se prépare et que ce n’est qu’après la destruction totale qu’un ordre nouveau pourra renaître.” “Ce n’est pas de la sagesse, objectait Karl-Ingo, c’est du léninisme.” Tous éclataient alors de rire, avant de hurler : “Allez, on joue maintenant !”

À présent, au moment de son déclin, de ce qu’il faut bien appeler sa lente dégradation mentale, Néron allait moins souvent en ville voir sa favorite. Mais tout de même de temps en temps, peut-être désireux d’entendre ses vérités qu’elle avait durement gagnées tout comme il avait eu envie d’écouter Kinski le clochard. Après son double deuil il était perdu dans un brouillard où le monde n’avait plus aucun sens et cherchait de tous côtés le moyen de lui en rendre un. Il était encore capable de se débrouiller plutôt bien quand il se retrouvait parmi des gens qu’il connaissait. Il avait noué une relation avec un chauffeur de limousine haïtien, qui répondait au prénom androgyne de Claude-Marie et qu’il avait pris à son service parce qu’il appréciait sa compétence et sa discrétion, aussi pouvait-il se rendre de Macdougal Street à York Avenue, faire ce qu’il avait à faire et revenir sans problème. Mais le jour précis dont je dois maintenant parler, Claude-Marie était retenu au tribunal, empêtré dans un divorce qui se passait mal et il envoya sa tata Mercedes-Benz à sa place. Le véritable nom de tatie Benz était un nom inconnu en français créole, le nom de voiture qu'elle portait à présent était un signe honorifique qui lui avait été accordé par des parents pétris d'admiration. Du temps de sa splendeur, elle avait été une habile et talentueuse conductrice, mais avec l'âge elle était devenue un peu bizarre. Elle conduisait de façon chaotique si bien que Néron arriva chez Mlle Loulou quelque peu secoué.

"Salut, petite folle, dit-il, c'était le petit nom d'amour qu'il lui donnait. Ton grand fou est là.

— Tu es triste, dit-elle, avec ce faux accent français qu'il aimait l'entendre adopter. Je vais peut-être te punir un petit peu, puis c'est toi qui me puniras un peu et tu te sentiras mieux, *comme toujours** ?

— Il faut que je m'assoie une minute, dit-il. J'ai eu un chauffeur très bizarre. J'ai eu peur.

— Tu ne cesses de penser à la mort, *chéri**, dit-elle. C'est tout à fait compréhensible. Un cœur deux fois brisé met du temps à guérir."

Il ne savait pas qui elle était en dehors de cette pièce au sofa rouge et au couvre-lit doré mais il ne s'en souciait guère. La personne qu'elle était dans cette pièce répondait à tous ses besoins. Des confesseurs et des philosophes, voilà ce qu'il cherchait. Les relations sexuelles qui, de toute façon, étaient devenues ces temps-ci plus problématiques étaient presque hors sujet. Comme si une lampe s'était éteinte en lui et que le désir ressemblait à une ville nostalgique dans un pays qu'il avait abandonné. "Pourquoi ces choses doivent-elles arriver ? lui demanda-t-il. Et que signifient-elles ?

— La vie ne vaut pas cher, dit-elle. Tu m'as raconté que tu l'as dit toi-même à Mr Gorbatchev.

— J'ai dit que c'est ce que disaient les Russes. Mais je suis vieux à présent et forcément la vie devient de plus en plus précieuse, non ?

— Un garçon est tué pour avoir vendu des cigarettes dans la rue, *bing* ! Une gamine est tuée parce qu'elle s'amusait sur un terrain de jeux avec une arme en plastique, *tac* ! Soixante personnes sont abattues à Chicago un 4 Juillet, *pan-pan-pan* ! Un gosse de riche tue son père parce qu'il lui a supprimé son allocation mensuelle, *bang* ! Une fille qui danse au milieu d'une foule demande à un inconnu d'arrêter de lui peloter les fesses et il lui tire une balle dans la tête, *prends ça, crève, salope* ! Et je n'ai pas encore atteint la côte Ouest. *Tu comprends** ?

— La violence existe. Je le sais bien. La question des valeurs demeure.

— Tu veux dire que lorsqu'il s'agit de toi et de ceux que tu aimes tu fais une exception. Ils doivent se retrouver dans un cercle enchanté où l'horreur du monde ne peut les atteindre et si cela arrive c'est une faute de la réalité.

— À présent tu deviens désagréable. Qu'est-ce que tu en sais ?

— Je suis chaque jour plus proche que toi de la mort, mon vieux, et tu es vraiment vieux, fit-elle en l'embrassant affectueusement. Et je suis ta folle, alors j'ai le droit de dire la vérité.

— Crois-moi, dit-il, j'en sais plus long que toi sur la mort. C'est la vie que je ne saisis pas.

— Permets-moi de saisir ceci", fit-elle, et ils changèrent de conversation.

Quand ils en eurent terminé, la situation s'aggrava parce qu'il n'y avait plus trace de tatie Mercedes-Benz. On finit par découvrir plus tard qu'elle avait garé la voiture au coin du pâté de maisons et qu'elle s'était endormie : l'oreillette de son écouteur relié à son téléphone était tombée et elle ne l'avait pas entendu sonner. Néron, paniqué, était revenu sonner à la porte de Mlle Loulou, totalement perturbé, incapable de gérer la situation. Loulou était descendue, avait hélé un taxi jaune et y était montée avec lui pour le ramener à la maison. Quand ils étaient arrivés Macdougal Street il tremblait encore et, poussant un soupir, elle était sortie de la voiture et l'avait aidé à en descendre puis avait sonné à la porte. Mlle Loulou était une grande et belle femme, originaire d'un pays qu'elle persistait à appeler "l'Indochine", et elle ne se démonta pas lorsque Vasilisa Golden en personne vint ouvrir la porte. "Ma'am, dit-elle, votre mari ne se sent pas très bien."

Après un silence, Vasilisa répondit grossièrement : "Dites-moi, est-ce qu'il bande encore ?

— Si vous ne le savez pas, madame, répondit Mlle Loulou en tournant les talons, ne comptez pas sur moi pour vous l'apprendre."

28

La mort prend la parole dans *Sheppey*, une pièce de Somerset Maugham datant de 1933 : “Il était une fois un marchand de Bagdad qui envoya son serviteur faire des courses au marché et peu après le serviteur rentra, pâle et tremblant, et dit : Maître, à l’instant, au marché, j’ai été bousculé par une femme dans la foule et quand je me suis retourné j’ai vu que c’était la Mort qui m’avait bousculé. Elle m’a regardé d’un air menaçant ; prêtez-moi tout de suite votre cheval et je vais m’enfuir de la ville pour échapper à mon destin. Je vais aller à Samarra et la Mort ne pourra pas m’y retrouver. Le marchand lui prêta son cheval, le serviteur l’enfourcha, lui planta les éperons dans les flancs et s’enfuit au grand galop. Alors le marchand se rendit au marché et me vit debout dans la foule, il vint vers moi et me demanda : Pourquoi as-tu fait un geste menaçant à mon serviteur quand tu l’as vu ce matin ? Ce n’était pas un geste de menace, répondis-je, mais simplement un mouvement de surprise. J’étais étonnée de le rencontrer à Bagdad car j’ai rendez-vous avec lui ce soir à Samarra.”

Je pense que nous nous attendions tous à une nouvelle mort. Au cours de ces dernières semaines je ne vis pas souvent Petya, peut-être personne d’autre ne le vit-il à l’exception de l’Australien mais je suis convaincu que lui aussi était au courant, qu’il avait croisé la mort menaçante sur la place du marché et qu'il essayait désespérément de l'éviter, de chevaucher un cheval d'emprunt et de galoper vers Samarra, croyant échapper à ce vers quoi, en réalité, il fonçait. Le dernier des trois frères Golden venus en Amérique avec leur père, irradiant une telle grandeur princière, une si puissante étrangeté, avait trouvé dans la mort de ses frères la motivation d'un impérieux besoin de survivre et il fit d'immenses efforts pour remettre sa vie sur les bons rails, pour se détourner de la Mort et se tourner vers la vie.

Le chat était une idée de Néron. Il avait appris, on ne sait comment, ayant capté un message dans le blabla ininterrompu et varié des informations, que la compagnie des chats pouvait être bénéfique aux autistes adultes et s'était convaincu qu'un félin domestique pourrait être le salut de Petya. Fuss et Blather s'empressèrent donc de montrer à Néron sur Internet des photos de chatons qu'on pouvait se procurer immédiatement et quand il vit le lynx blanc des Alpes, il battit aussitôt des mains en disant : "C'est celui-là." Blather et Fuss essayèrent de le persuader qu'un lynx des Alpes tenait davantage de la bête sauvage que de l'animal de compagnie, que Petya serait peut-être plus heureux avec un bon gros chat bien calme, un persan bleu ou chocolat à poils bien longs, mais, malgré son nouveau comportement un peu flou, il se montra catégorique et elles cédèrent donc, se rendirent en ville à l'animalerie et ramenèrent le monstre à la maison. Il s'avéra que Néron connaissait bien son fils. Petya tomba immédiatement amoureux, baptisa le chat Leo bien que ce fût une chatte, le prit dans ses bras et disparut avec lui dans sa chambre à la lumière bleue. C'était un chat qui pouvait d'un bond attraper un oiseau au vol, un chat dont le ronronnement tenait du rugissement et qui, on ne sait comment, grâce à son instinct d'animal sauvage sut trouver son chemin dans la jungle des tourments intérieurs de Petya et parvenir en lieu sûr jusqu'à son cœur. La nuit, quand la maison était calme et que seuls les fantômes des disparus se promenaient dans les couloirs, le chat chantait doucement à l'oreille de Petya et lui rendait ce qu'il avait perdu en lui faisant ce merveilleux cadeau, le sommeil.

Autour de la maison hantée, le monde extérieur s'était mis à ressembler à un décor de carton-pâte. Dehors, c'était le monde du Joker, le monde de ce qu'était devenue la réalité américaine, c'est-à-dire une sorte de mensonge radical : hypocrisie, vulgarité, sectarisme, grossièreté, violence, paranoïa, et, contemplant le tout depuis le sommet de sa sombre tour, une créature à la peau blanche et aux cheveux vert vif, aux lèvres très rouges. Dans la maison Golden, l'heure était à la fragilité de la vie, à l'apparition si brusque et si facile de la mort, à la lente et fatale résurrection du passé. Parfois, la nuit, on pouvait voir Néron Golden, debout dans le noir, devant la porte de la chambre de son fils aîné, tête penchée, mains jointes, dans une attitude qui aurait pu passer, si tout le monde n'avait pas su qu'il était incroyant, pour celle d'un homme en prières. On aurait pu croire qu'on avait affaire à un père implorant son fils, *non pas toi aussi, vis, je t'en supplie, vis.*

Nous ne savions pas d'où viendrait la mort. Nous ne savions même pas qu'elle était déjà venue, au moins une fois, dans la maison.

Après s'être éloigné de la porte fermée de son fils, Néron Golden regagnait son bureau, sortait son Guadagnini de son étui et jouait sa *Chaconne* de Bach. De l'autre côté de la porte fermée, Petya était veillé par son lynx. Sa consommation d'alcool avait un peu, un peu seulement, diminué. Et il ne poussait plus de cris d'angoisse dans son sommeil.

*

Le contentieux avec Sottovoce fut réglé brusquement, pour un montant de vingt-cinq pour cent de la requête initiale. Frankie Sottovoce n'allait pas bien. Il y avait un problème au cœur, une insuffisance cardiaque, et au-delà de l'aspect médical, son âme aussi était malade. L'éclat de son regard avait pâli et la flamboyance habituelle de ses gesticulations s'était réduite à une vague agitation languide. La mort d'Ubah l'avait durement touché. Il est clair qu'il avait été secrètement très amoureux d'elle mais quand il l'avait vue à ce point éprise d'Apu, il s'était abstenu de déclarer sa flamme. Étrangement pour quelqu'un qui avait passé sa vie dans le monde surchauffé et hyperconnecté de l'art, affichant une bonhomie extravertie, le galeriste avait mené une vie privée secrète et souvent solitaire. Brièvement marié, sans enfant, divorcé depuis longtemps, il habitait une suite coûteuse au Mercer Hotel et se faisait monter ses repas dans sa chambre chaque fois qu'il n'était pas retenu par ses activités professionnelles. Homme amical pourtant, il avait peu d'amis, un jour dans les Jardins, il avait parlé à Vito Tagliabue du long emprisonnement du père de Vito, Biaggio, au Grand Hotel et Des Palmes, à Palerme. "Votre pauvre père est mort seul et son corps a été découvert non par ceux qui l'aimaient mais par un employé de l'hôtel, dit-il. C'est ce qui m'arrivera également. Ils me monteront un burger et un verre de vin rouge et découvriront qu'ils arrivent trop tard pour me servir mon dernier dîner." L'amour secret qu'il portait à Ubah l'avait submergé dès qu'elle était morte. Maintenant que la vague vengeresse était retombée, il reconnaissait que les œuvres détruites avaient été convenablement remboursées par l'assurance et que s'il avait réclamé plusieurs millions de dollars aux Golden cela avait été sous l'effet du choc. “Cela ne m’intéresse plus, dit-il à ses avocats. Classons l’affaire.” Je le revis une seule fois à cette époque, au vernissage de Matthew Barney à la galerie Gladstone, et je fus choqué de voir à quel point il avait changé, par sa pâleur, sa lassitude. “Content de vous voir, jeune homme, dit-il en agitant vaguement la main. Ça fait du bien de voir qu’il y a encore des gens gonflés à bloc qui foncent à deux cents à l’heure.” Je compris qu’il me parlait de lui, me signifiant qu’il n’avait plus de carburant et qu’il était au bord de la panne sèche. J’essayai d’aborder le sujet qu’il ne soulèverait pas. “C’était une femme extraordinaire”, dis-je. Il eut l’air en colère mais à la manière épuisée qui était la sienne désormais. “Et alors ? dit-il. Mourir n’a rien d’extraordinaire, tout le monde le fait. C’est l’art qui est extraordinaire, presque personne n’y arrive. La mort c’est la mort, un point c’est tout.”

Avec la fin des poursuites judiciaires vint aussi la fin des travaux d’intérêt général. Petya, libéré également de ce fardeau, se mit à revivre avec détermination. Il sortit de sa chambre accompagné de Lett, son thérapeute, berçant son chat au creux de son bras gauche et découvrant son père pétrifié dans son amour pitoyable, posa sa main droite sur l’épaule de Néron, regarda son père droit dans les yeux et dit : “Nous allons nous en sortir.” Il répéta la phrase trente-sept fois comme s’il se retweetait lui-même. Pour que ces mots deviennent vrais à force d’être répétés. Pour chasser l’Ombre en affirmant et en réaffirmant insatiablement le pouvoir de la Lumière. J’étais présent ce jour-là parce qu’après un certain temps de silence, Petya m’avait envoyé un SMS pour me demander de venir. Il avait besoin d’un témoin et je savais que c’était là mon rôle dans l’histoire des Golden. Du moins était-ce là mon rôle jusqu’à ce que, dans le lit de Vasilisa, je franchisse la frontière qui distingue le reporter du protagoniste. Comme un journaliste qui lancerait une grenade depuis les tranchées. J'étais à présent un soldat et, comme tous les soldats, une cible potentielle.

"Salut, beau gosse, me dit-il quand il me vit. Toujours le plus bel homme du monde."

Il y avait quelque chose, ce jour-là, dans le spectacle de Petya qui me fit penser à un grand tableau, une *Ronde de nuit*, par exemple. Nous étions baignés dans la lumière dorée et les ombres lumineuses de Rembrandt et nous nous sentions, mais peut-être était-ce seulement mon imagination, comme les gardiens d'un monde assiégé. Petya avec son lynx des Alpes et son Australien attentionné et son père aux sourcils froncés et son grand sourire en coin. Et des domestiques en arrière-plan dans les coins de la toile. Étais-je le seul, ce jour-là, à entendre le battement des ailes fatales, les soupirs prophétiques du croque-mort embarrassé, la lente retombée du rideau à la fin de la pièce ? J'écris à présent contre le temps, mes mots suivent de peu les personnes qu'ils décrivent, j'écris doublement puisque je suis aussi en train d'achever mon scénario sur les Golden, ma fiction sur des hommes qui se sont transformés en fictions d'eux-mêmes et les deux textes déteignent l'un sur l'autre au point que je ne sais plus très bien ce qui est réel et ce qui est inventé. Dans ce que j'appelle *la réalité*, je ne crois ni aux fantômes ni aux anges de la mort et pourtant ils ne cessent de s'insinuer dans ce que j'invente, telle une foule de spectateurs sans ticket qui forceraient l'entrée lors d'un match capital. Je me tiens sur la ligne de faille entre mon monde intérieur et le monde extérieur, à cheval sur la fracture présente en toutes choses, espérant qu'un peu de lumière finira par filtrer.

Ce mois-là, dans la maison, le temps semblait avoir gelé, n'être plus qu'attente, les personnages étaient prisonniers de la toile, gardant la pose et incapables de bouger.

Et dehors, dans la rue, c'était une invasion de bouffons, de clowns fous à la bouche en balafre qui terrorisaient les enfants mais peut-être ceux-ci étaient-ils effrayés par leurs propres fantômes. Très peu de gens en ville affirmaient avoir vraiment vu l'un de ces clowns effrayants cet automne-là mais, d'après les informations, on en signalait un peu partout, les reportages s'affublaient de perruques à faire peur, les rumeurs arpentaient les rues avec leur gloussement en faisant des deux mains toutes sortes de gestes maléfiques et en vitupérant la fin des temps. La démence eschatologique arrivait aux urnes, le Joker en personne hurlait devant une glace, les violents se plaignaient d'être violentés, les propagandistes accusaient le monde entier de propagande, la brute se plaignait d'être la victime, le corrompu pointait un doigt crochu sur son rival pour l'accuser de corruption, un jeu d'enfant se transformait en horreur nationale, c'est-celui-qui-le-dit-qui-l'est, et les jours passaient et l'Amérique raisonnable était en guerre avec son propre égarement et les gens comme moi, qui ne croient pas aux superstitions, se promenaient mains dans les poches et doigts croisés.

Et finalement, il y en eut un, d'horrible clown.

*

Après une longue période de silence, Vasilisa voulait me parler. Elle m'emmena dans les Jardins en s'assurant que nous soyons hors de portée des oreilles malavisées. Le nouveau ton autoritaire de sa voix m'apprit qu'elle portait toujours la tenue de l'Infirmière-chef, signifiant clairement qu'à partir de maintenant c'était elle qui était aux commandes. "Ce n'est plus le même homme, dit-elle. Je vais devoir m'habituer à cela. Mais il est le père de mon enfant." Cela dit bien en face et en me regardant droit dans les yeux ! C'était d'un culot à couper le souffle et je commençai à voir rouge. “Si tu me contredis, intervint-elle, levant une main avant que j’aie eu le temps de placer un mot, je te ferai descendre. Sois certain que je sais vers qui me tourner.”

Je tournai les talons. “Ça suffit, dit-elle, ce n’est pas le tour que je veux donner à notre conversation. Ce que je voulais te dire, c’est que j’ai besoin que tu m’aides à m’occuper de lui.”

À ces mots, j’éclatai franchement de rire. “Tu es vraiment une créature humaine extraordinaire ! dis-je. À supposer que tu sois vraiment humaine. Que ces deux remarques puissent sortir de ta bouche l’une après l’autre inspire l’effroi. Mais ne donne pas vraiment à penser que tu fais partie de la race humaine.

— Il y a un problème entre nous, je le comprends bien, dit-elle, mais Néron n’y est pour rien et c’est pour lui que je te le demande. Le chagrin qui le ronge et le déclin de ses facultés mentales. Qui est lent, grâce aux médicaments, mais inévitable. Et qui s’aggrave. J’ai peur pour lui. Il se perd. J’ai besoin de quelqu’un pour l’accompagner. Et même s’il va retrouver cette femme je veux que tu y ailles toi aussi. Il est en quête de réponses. Sa vie est devenue un enfer et il cherche à en percer le mystère. Je ne veux pas qu’il le découvre entre ses bras.

— C’est impossible, lui répondis-je. Je travaille à un long métrage. Je suis très occupé.

— Tu ne le réaliseras jamais. C’est un prétexte. Tu es devenu égoïste.

— Tu ne manques pas de ressources, tu as des gens à ton service. Tu n’as qu’à faire appel à eux. Je ne suis pas ton employé”, répondis-je d’un ton sec, n’étant pas d’humeur à recevoir des ordres d’elle.

Elle portait une longue robe blanche, ajustée au niveau du corsage et floue à partir de la taille et un haut col de dentelle. Elle s'appuyait à un tronc d'arbre et je pensai tout d'un coup à Elvira Madigan, l'héroïne éponyme du superbe film de Bo Widerberg, la femme dont l'amour est voué à l'échec et qui marche sur la corde raide dans les bois. Elle ferma les yeux et me dit, d'une voix douce comme un soupir : "Quelle comédie que tout cela, le nom de famille n'est pas le vrai. Mlle Loulou ne s'appelle pas Loulou. Peut-être ne suis-je pas moi-même et la dame qui joue le rôle de ma mère n'est peut-être qu'une actrice que j'ai embauchée pour jouer le rôle. Tu comprends ce que je veux dire ? Rien n'est réel." C'étaient là des pensées décousues et je m'aperçus que, sous son apparente maîtrise d'elle-même, elle vivait ses propres tourments. "Seul mon enfant est réel, dit-elle, et grâce à lui je finirai par déboucher dans un endroit réel." Elle secoua la tête. "D'ici là, tout le monde joue une sorte de rôle. Même toi, peut-être. Tu es devenu une espèce de confesseur de la famille, mais tu n'es pas curé, qui es-tu réellement, qu'est-ce que tu cherches, je devrais peut-être me méfier de toi, peut-être es-tu Judas ?" Puis elle se mit à rire. "Désolée, dit-elle d'un ton brusque en commençant à s'éloigner. On est tous sur les nerfs. Les choses finiront bien par s'améliorer un jour. Et oui, reste donc avec ton amie qui ne sait rien de rien, c'est mieux ainsi."

Évidemment, c'était là une autre de ses menaces, me dis-je en la regardant s'en aller. Elle n'allait pas "me faire descendre" mais n'hésiterait pas, si nécessaire, à détruire mon bonheur en racontant à Suchitra ce que j'avais fait. Je savais que je devais être le premier à en parler à Suchitra, quoi qu'il m'en coûtât. Il fallait que je trouve le courage de dire la vérité en espérant que notre amour était assez fort pour y survivre.

Et Elvira Madigan, me dis-je, encore un pseudonyme. Ce n'était pas la véritable identité de la funambule danoise au destin tragique. Hedvig Jensen, voilà quel était son vrai nom. Un nom des plus ordinaires.

Oui j'avais été entraîné dans le monde factice des Golden et seule la vérité pouvait m'en libérer.

*

Leo le chat fut pour Petya ce que la plume magique avait été pour Dumbo. Avec le chat dans les bras, il redevint l'homme étrange et brillant que nous avions rencontré au départ, arpentant les Jardins, s'adressant d'une voix tonitruante à tous ceux qui daignaient l'écouter et faisant rire les enfants. L'automne était doux, il faisait très beau en ces temps de folie, son manteau resta donc au placard, mais il portait une écharpe rayée arc-en-ciel jetée négligemment autour du cou et toute sa panoplie de tenues excentriques était de sortie, le costume crème à larges revers qu'il portait le jour de sa première apparition parmi nous, le costume trois pièces vert lutin qu'il enfilait quand il voulait se faire passer pour Oscar Wilde, le veston croisé chocolat à carreaux, chocolat noir et chocolat au lait. Il tenait son shaker d'une main et de l'autre le verre de martini, le pot d'olives était posé sur le banc comme avant. Mais, désormais, à côté de ce pot, il y avait un iPad autour duquel les enfants gravitaient comme les planètes autour du soleil et Petya leur montrait les versions bêta des derniers jeux qu'il venait d'inventer et les invitait à les tester. Les jeux étaient devenus ses histoires à présent et les enfants s'empressaient d'y plonger, voyageant dans les mondes qu'il avait dans la tête. Pendant ces quelques jours splendides, les idées de mort furent mises à l'écart et le radieux livre de la vie sembla s'ouvrir sur une page nouvelle.

*

"Tu te rends compte, dit Suchitra, que c'est devenu un film sur toi et que tous ces Golden ne sont que des facettes de ta propre personnalité.

— Ce n'est pas vrai, protestai-je.

— Dans le bon sens, dit-elle, cela fait du film un témoignage plus personnel. Tous les personnages sont l'auteur. C'est comme le *Madame Bovary, c'est moi** de Flaubert.

— Mais je ne suis pas un artiste, dis-je. Je ne suis pas tourmenté par une sexualité problématique, je ne suis pas autiste, je ne suis pas une chercheuse d'or russe, je ne suis pas un potentat sur le déclin." Je n'ajoutai pas "ni un bébé" parce que le bébé, lui, était mien en grande partie. À cinquante pour cent. Une part importante. Une part importante qu'on gardait hors de ma portée. Un secret honteux que je n'avais toujours pas trouvé le courage d'avouer.

Nous étions dans la salle de montage du DAW de la 29e Rue ouest et Batwoman en arrêt sur image nous regardait depuis l'écran Avid. Notre quatrième et dernière Bat-vidéo était pratiquement achevée. Le Joker tentait de fomenter une insurrection visant à détruire la démocratie américaine. Dans un MetLife Stadium bondé, des hordes de clowns fous hurlaient leur haine à la face du ciel. Que pourrait bien faire une Batwoman seule et déterminée ? Eh bien, cela dépend de vous. *Votez pour la première Bat présidente des États-Unis. Parce que cette élection n'est pas une plaisanterie.*

"Tu transportes avec toi leurs questions où que tu ailles. La question de la vie d'Apu, tu te souviens de ce que son père t'a dit ? Faut-il être profond ou peut-on rester en permanence à la surface. Toi aussi tu dois répondre à cette question. D. Golden, comme le disait son père, n'était que souffrance et ambiguïté. Je sens cela également en toi, une certaine forme d'ambiguïté et j'ai l'impression que tu souffres. Quant à Petya, il est prisonnier de lui-même, il ne peut échapper à sa nature malgré tout son désir d'être libre. Et peut-être que ses jeux, ceux qu'il invente, constituent sa liberté. C'est l'endroit où il n'a plus peur. Peut-être as-tu besoin toi aussi de te trouver un tel endroit. Tu es resté trop longtemps sur le seuil, il est temps de franchir la porte. Quant au vieil homme…

— Tu vas me dire que je lui ressemble à lui aussi ? C'est une sorte de monstre même affaibli comme il l'est maintenant.

— Il est pris dans la tragédie, tout comme toi. Il a perdu des fils, tu as perdu tes parents. Ton deuil t'enferme et te coupe des autres. Voilà ce que je pense.

— Sommes-nous en train de nous disputer ?" demandai-je. Ses paroles m'avaient porté un coup très dur.

"Non, dit-elle, d'un air candide et sincère. Pourquoi vas-tu penser cela ? Je me contente de dire ce que je vois.

— Tu n'es pas très tendre avec moi.

— Je vois simplement qui tu peux être et je veux que tu en prennes conscience toi aussi. Sois profond. Domine ta tragédie. Trouve ta liberté. Résous tes ambiguïtés, quelles qu'elles soient. C'est peut-être vis-à-vis de moi."

Il faut que je lui parle du bébé, me dis-je. *C'est cela qui me renferme en moi-même.*

"Non, dis-je. Vis-à-vis de toi j'en suis certain, absolument certain, il n'y a aucune ambiguïté.

— Très bien, dit-elle, mettant fin à la discussion et affichant un bon et grand sourire.

— Bon, achevons cette Batwoman."

Zip ! Pan ! Bing ! – Prends ça imbécile ricanant ! – Ouille ! C'est pas juste ! Pourquoi tout le monde m'en veut ? Ouiiiillle ! C'est truqué ! Tout le monde ment ! Seul le clown dit la vérité ! – Vlan ! *Ouille !*

29

Une nuit peu après le suicide de D. dans les Jardins, événement qui avait creusé pour nous tous un trou noir dans notre Paradis, Riya Zachariassen, connue sous le nom de Riya Z, s'éveilla d'un horrible cauchemar pour découvrir qu'elle n'avait plus aucune prise sur l'image qu'elle se faisait du monde. Elle ne se souvenait pas entièrement de son rêve mais elle était presque sûre qu'elle y transportait dans un grand musée un tableau de très grande valeur, qu'elle le laissait tomber, que le cadre se cassait, que la vitre se brisait en morceaux et qu'elle se retrouvait à déchirer la toile en passant le pied à travers, mais peut-être était-ce là une réminiscence de la scène d'un film, les rêves sont glissants comme des anguilles. Quand elle s'éveilla le rêve perdit toute importance, mais elle comprit que ce tableau était celui qui contenait tout ce qu'elle pensait du cours des choses, c'était sa réalité, à présent elle était brisée, quelqu'un n'allait pas tarder à venir la trouver pour lui reprocher de l'avoir brisée, et elle serait renvoyée.

Ce n'est pas facile pour un incroyant comme moi de comprendre l'instant où la foi meurt dans le cœur humain. Le fidèle agenouillé qui comprend brusquement qu'il n'a aucune raison de prier puisque personne ne l'écoute. Ou simplement la lente érosion des certitudes jusqu'à ce que le doute devienne plus fort que l'espoir : vous continuez à marcher le long de la rivière tandis que la sécheresse la vide peu à peu jusqu'à ce qu'un jour il ne reste plus qu'un lit à sec sans une goutte d'eau pour, le moment venu, étancher votre soif. Un phénomène que je peux décrire sans cependant l'éprouver, si ce n'est, peut-être, en le comparant à la mort de l'amour. Vous vous réveillez un matin, vous regardez la personne qui dort dans le lit auprès de vous tout en émettant ce léger ronflement familier que jusqu'alors vous adoriez et vous vous dites, je ne t'aime plus, ni toi ni ton ronflement. Les écailles qui tombent des yeux de Saul dans les Actes des Apôtres, ou les choses qui ressemblent à des écailles, "elles tombèrent de ses yeux comme si c'étaient des écailles", dit la Bible du roi Jacques, c'étaient les écailles de l'incroyance, après quoi il vit la vérité et fut immédiatement baptisé. Mais l'image peut aussi fonctionner dans l'autre sens. Ces choses ressemblant à des écailles tombèrent des yeux de Riya et elle vit clairement que sa réalité n'avait été qu'une illusion, qu'elle avait été fausse. C'est la meilleure approximation dont je sois capable.

Elle était allongée, tout à fait immobile, auprès de la place vide qu'avait occupée son amant. Elle avait toujours détesté les Birkenstock que D., malgré toutes ses protestations, persistait à enfiler dès qu'ils étaient à la maison. Mais maintenant elle n'arrivait même pas à déplacer les sandales de l'endroit où elles étaient posées de son côté du lit. Ils étaient assez vieux jeu pour posséder encore une ligne de téléphone fixe, un téléphone qui ne sonnait jamais. C'était la voix de D. sur le répondeur : "Vous êtes bien chez Riya et D., et maintenant c'est à vous", et elle ne pouvait se résoudre à l'effacer. Si elle demeurait parfaitement immobile et se retenait de penser, elle pouvait presque s'attendre à le voir sortir de la salle de bains et reprendre sa place dans le lit. Mais elle ne pouvait s'arrêter de penser et savait donc que cela n'arriverait pas. Ce qui arrivait, en revanche, c'est qu'elle ne pensait plus ce qu'elle avait cru penser. Elle ne savait donc plus quoi penser.

Dans la profondeur de son deuil, Riya la solennelle me faisait un peu penser à Winona Ryder, pas l'adolescente gothique et farfelue de *Beetlejuice* dansant dans les airs sur un beau calypso de Belafonte en ondulant des hanches, mais la Winona du *Temps de l'innocence*, parfaitement maîtresse d'elle-même et moins innocente qu'il n'y paraissait. Dans le film de Scorsese – j'avoue ne pas avoir lu le roman d'Edith Wharton –, c'est Michelle Pfeiffer qui est l'anticonformiste, celle qui adopte un nouveau mode de vie plus moderne et en subit les graves conséquences pour être finalement vaincue par les manigances de la calme et conservatrice Winona Ryder. Mais supposons que le personnage de Winona soit celui qui est épris de nouveautés et qu'un beau jour elle perde le sens de ce que sont les choses et de ce qu'elles devraient être. Cette Winona-là pourrait bien trouver sa place dans mon film. Telle était Riya : ma nouvelle version de Winona, plus perdue, plus désespérée que l'original ne l'avait jamais été, en pleine mer sans bouée de sauvetage.

Les idées nouvelles ont du mal à s'imposer dans le monde. Les idées nouvelles sur les hommes et les femmes et sur le nombre d'êtres humains situés quelque part entre ces deux mots et qui ont besoin d'un nouveau vocabulaire pour les décrire, leur donner le sentiment d'être visibles, d'être possibles, d'être autorisés, c'étaient là des idées que bien des braves gens avaient élaborées et défendues pour les meilleures raisons qui soient. Et d'autres braves gens, des gens brillants comme Riya Z, avaient adopté cette nouvelle façon de penser, se l'étaient appropriée et s'étaient donné beaucoup de mal pour la mettre en pratique et l'intégrer à un nouveau mode de fonctionnement du monde.

Mais un soir, Riya avait ouvert les yeux et découvert qu'elle avait changé d'avis.

BROUILLONS DE LETTRES DE DÉMISSION ADRESSÉES PAR RIYA ZACHARIASSEN AU MUSÉE DE L'IDENTITÉ (JAMAIS ENVOYÉES)

Cher, ajoutez ici le nom de l'employeur. Je vous écris pour vous informer qu'en accord avec et attendu que et étant donné et conformément à mes obligations contractuelles et à titre libératoire et concernant une date finale et après déduction des jours de congé attribués et non utilisés. Les questions à régler, une passation efficace et avec gratitude pour et en reconnaissance de et dans l'espoir que, etc. Étant donné une réévaluation radicale et une évolution de ma pensée conduisant à l'incompatibilité de ma position actuelle avec les valeurs de. C'est pourquoi les intérêts du musée seraient mieux servis par mon départ. Sincèrement vôtre. Fin.

Ou bien :

Quand j'étais une petite fille du Minnesota et que je commençai à me soucier de mener une vie morale, je pensai à l'Inde qui est une part si importante de mon héritage personnel et je me demandai qui, en Inde, était le plus injustement traité, et la réponse que je trouvai, à l'âge de huit ans, fut : les chèvres. Les vaches sont sacrées, les chèvres sont massacrées pour leur viande et tout le monde s'en fiche. Je décidai de vouer ma vie à la défense et la protection de ces créatures bêlantes et mal aimées. Et puis j'ai grandi et j'ai évolué, bien sûr, mais j'ai continué à choisir les causes qui méritaient que je me passionne pour elles et que je m'y consacre sans réserve. Après les chèvres, j'eus d'autres obsessions précoces, le contrôle des naissances, les maladies auto-immunes, les troubles du comportement alimentaire, les risques de pénurie d'eau. Mon âge adulte coïncida avec l'arrivée de l'Ère de l'Identité, et à travers les discussions, les questions, les innovations à cet égard, je fus persuadée d'avoir trouvé ma vocation, et quand l'occasion de travailler au musée se présenta ce fut comme un rêve qui se réalisait et ce fut quotidiennement le cas jusqu'à ce jour. Je dois cependant confesser une faiblesse fréquente chez les personnes à tendance addictive obsessionnelle. Il peut arriver qu'un jour on se réveille et qu'on découvre, vous savez quoi, qu'on n'éprouve plus aucun intérêt pour cette passion. Ce n'est plus pour moi. Les chèvres qu'autrefois j'adorais, les préservatifs, la boulimie, l'eau, vous ne m'intéressez plus. C'est ce qui m'arrive aujourd'hui avec la question de l'identité. Ce n'est plus mon problème. Adieu.

Ou bien :

J'ai besoin de réfléchir et la ville est pleine de bruit.

Ou encore :

J'admets que je suis une entité plurielle. Je suis la fille d'un fou qui est mort. Je suis en deuil de mon amour disparu. D'un autre côté je fais partie de la tribu des gens maigres. De plus, ou à l'inverse, je suis universitaire. Et puis, j'ai les cheveux noirs. Je soutiens ce point de vue-ci et pas celui-là. Je peux me définir de différentes manières. Mais ce que je ne suis pas c'est un être univoque. Je contiens des multitudes. C'est contradictoire ? Très bien, alors je suis pleine de contradictions. Être pluriel, multiforme, est une chose singulière, riche, inhabituelle et c'est moi. Se laisser cantonner dans des définitions réductrices est une supercherie. S'entendre dire si vous n'êtes pas ceci vous n'êtes rien est un mensonge.

Le musée de l'Identité est trop impliqué dans ce mensonge. Je ne peux plus y travailler.

Ou bien :

Je soupçonne que l'identité, au sens moderne du terme – nationale, raciale, sexuelle, politisée, controversée –, est devenue une série de systèmes de pensée dont certains ont contribué à pousser D. Golden au suicide. La vérité c'est que nos identités nous restent impénétrables et c'est peut-être mieux ainsi, que l'individu demeure un fouillis et un chaos, contradictoire et irréconciliable. Après tout, D. n'était peut-être qu'un homme qui éprouvait des sentiments féminins et on aurait dû [le] laisser là où [il] était sans que des gens comme moi [le] poussent à se transformer. Sans être poussé vers une féminité qu'[il] ne pouvait ni complètement rejeter, ni, en fin de compte, assumer. Sans être poussé à la mort par des gens comme moi qui ont laissé une nouvelle conception de la réalité prendre le pas sur cette idée, la plus vieille de toutes : notre amour.

D. m'a raconté l'histoire d'un hijra *de Bombay qui s'habillait en homme quand il était chez lui, qui était effectivement un homme pour sa mère et son père et qui se changeait et devenait une femme quand il sortait. Cela ne devrait pas poser de problème. La flexibilité devrait être acceptée. L'amour devrait primer, pas les dogmes de l'identité.*

J'étais disposée à accompagner D. lors de toutes les transformations qu'[il] subirait et de rester avec [lui] quand elles seraient effectuées. J'étais son amante quand [il] était un homme et j'étais prête à le rester pendant sa transformation et quand [il] aurait acquis sa nouvelle identité. Qu'est-ce que cela dit de moi, des êtres humains, de la réalité qui est au-delà des dogmes ? Cela dit que l'amour est plus fort que l'identité sexuelle, plus fort que les définitions, plus fort que l'individu. Voilà ce que j'ai appris. L'identité, en particulier la théorie de l'identité sexuelle, est une façon de limiter l'humanité tandis que l'amour nous montre à quel point nous pouvons être ouverts. Au nom de mon amour défunt, je rejette la politique de l'identité et j'embrasse la politique de l'amour.

C'est ce que le philosophe Bertrand Russell répondit quand on lui demanda quel conseil il aimerait transmettre aux générations futures. "L'amour est sage." Mais je sais bien que nous vivons une époque querelleuse. Si bataille il doit y avoir, allons-y.

LA VÉRITABLE LETTRE

Cher Orlando,

Comme je viens de te l'annoncer dans ton bureau, je dois donner ma démission. Il ne m'est pas facile d'expliquer les raisons d'une décision aussi radicale et je suis prête à en parler plus longuement avec toi si tu le souhaites. Peut-être, comme tu l'as dit, suis-je bouleversée par une réaction extrême au chagrin qui me touche et que mes pensées sont confuses, peut-être y verrai-je plus clair quand j'aurai eu le temps de faire mon deuil et de comprendre ce qui s'est passé et c'était généreux de ta part de me suggérer de chercher de l'aide et de prendre un congé le temps de réfléchir, mais je pense qu'il est préférable que je m'en aille. Merci pour tout. Bien à toi.

Riya.

Sur ses réseaux sociaux, la tempête se déchaîna aussitôt. (Pour quelqu'un comme moi qui suis aussi peu en phase avec ma génération comme avec la suivante, ne pouvait que s'imposer la pensée suivante : pourquoi déballer tout cela sur la place publique ? Pourquoi raconter à une foule d'étrangers que vous traversez une phase pénible et profondément personnelle de réévaluation de votre façon de penser ? Mais je comprends que la question ne se pose même plus.) De toutes parts l'armée invisible de l'univers électronique s'en prit à elle. Des anonymes au cœur pur et peu soucieux de leur propre hypocrisie défendaient leurs certitudes sur l'identité tout en se cachant sous le déguisement de noms d'emprunt : "Que penses-tu aujourd'hui des femmes blanches qui se déguisent en Pocahontas pour Halloween ? Quelle est ta position sur ceux qui se peignent le visage en noir ? Tu les approuves ?" "Es-tu maintenant une SWERF, une *sex worker exclusionary radical feminist*, en plus d'être une TERF ? Tu n'es peut-être même plus une féministe radicale ? Qu'est-ce que tu es ? Es-tu seulement quelqu'un ?" Et des insultes à n'en plus finir. Et, sans arrêt, *Ferme ton compte*. La désapprobation venait des amis comme des inconnus, des milieux radicaux des partisans de la politique des genres au sein desquels elle avait si longtemps évolué naturellement et qui maintenant l'accusaient de trahison tout comme du monde de la mode indépendante où elle avait fait figure d'étoile montante, sans oublier de quelques-uns de ses anciens collègues du musée de l'Identité. *Le problème avec ta nouvelle position n'est pas tant qu'elle est fausse ou tellement réactionnaire, c'est qu'elle est débile. Complètement stupide. Et nous qui te prenions pour un cerveau.*

De l'autre côté de l'Atlantique, sur un autre théâtre des guerres de l'identité, le Premier ministre britannique restreignait la définition de l'identité britannique en excluant la multiplicité, l'internationalisme, le monde entier comme patrie de l'individu. Seule la petite Angleterre serait compétente pour définir ce qui était anglais. Dans ce débat lointain sur l'identité nationale, des voix puissantes s'élevèrent contre l'étroitesse d'esprit grincheuse du Premier ministre.

Mais ici, en Amérique, dans le langage des genres, les seuls mots qu'on n'entendait jamais, pensait Riya, les seuls mots véritablement indicibles étaient : "Je ne suis sûr de rien. J'ai des doutes." Ce genre de discours vous mettait hors circuit.

Ivy la comprit. Ivy Manuel qui avait toujours refusé de se laisser étiqueter. "Qu'ils aillent se faire foutre s'ils ne comprennent pas, dit-elle. Passe me voir et allons faire une putain de virée au bord du fleuve, boire un bon coup et chanter ensemble une bonne vieille chanson débile, *My Boy Lollipop* ou une connerie de ce genre."

*

Une dernière rencontre avec Kinski, le hobo, avant sa grande scène que j'évoquerai en temps voulu, aurait dû me laisser deviner qu'il tramait quelque chose. Mais nous sommes si attachés au caractère ordinaire de la vie courante, à la normalité du quotidien que je ne me rendis compte de rien. Il traînait aux abords du Red Fish, cette salle de spectacles de Bleecker où un chanteur des îles Féroé devait donner un récital de chants religieux inspirés de vidéos de YouTube – en anglais, pas en langue féroïenne, heureusement pour le public. Qu'est-ce qui pouvait bien intéresser Kinski là-dedans, YouTube, les îles Féroé, la musique ? En tout cas il était là à rôder. Hé ! Quelqu'un aurait pas un billet en trop, un billet dont vous auriez pas besoin, à donner pour une bonne cause ? Lui étant évidemment la bonne cause en question. Je me trouvais là parce que le collaborateur américain du chanteur féroïen était un ami et Kinski, repérant un visage familier, s'illumina et se mit à carburer.

"Tu peux bien faire ça pour moi, dit-il. Le reste ne compte pas, ça c'est important. Ce gars, *Poésie & Aéroplanes*, t'as déjà entendu ça ? Magnifique. Tu savais qu'il a enregistré un disque dans la maison où Ingmar Bergman est mort ? T'as jamais entendu sa conférence TED ? Waouh !" C'étaient les phrases les plus cohérentes (à l'exception de sa citation de Shakespeare à la maison Golden pendant qu'il y prenait le thé) et les seuls propos non apocalyptiques que j'aie jamais entendu sortir de sa bouche. "Et tu sais tout ça comment ?" lui demandai-je.

Son visage s'assombrit tandis que, par sympathie, son vocabulaire se dégradait dans la foulée : "Va te faire foutre, dit-il. Ça te regarde ?"

Il avait éveillé ma curiosité et il se trouve que j'avais en effet un billet de trop en poche parce que Suchitra, naturellement, était restée travailler tard. "Si tu veux entrer, lui dis-je, il faut que tu me racontes l'histoire." Il regarda le trottoir en piétinant sur place. "C'est mon pote qui me l'a fait connaître, marmonna-t-il. Base aérienne de Bagram. Au bon vieux temps.

— Tu es un vétéran, dis-je sincèrement surpris.

— Tu veux une preuve ? grogna-t-il. Bande-moi les yeux et file-moi un AR-15 en pièces détachées. Et je vais te la fournir, moi, ta preuve à la con."

C'est à ce moment-là que, si j'avais eu mon radar allumé, j'aurais dû comprendre que quelque chose clochait, que cet homme était au bord du précipice. Mais je me sentais coupable de n'avoir pas compris que c'était un ancien militaire et j'aggravai ma faute en l'interrogeant sur son "pote" et en recevant la réponse à laquelle j'aurais dû m'attendre : "Il y est resté. Une embuscade dans la province de Pakhtunkhwa. Et maintenant je peux l'avoir ce putain de billet."

Je l'observai pendant le concert. Les chansons étaient amusantes, comiques même, mais il avait le visage baigné de larmes.

Peu après cette rencontre musicale fortuite, deux jours plus tard ou peut-être trois, Kinski mit la main sur une arme automatique comme il avait imaginé de le faire de façon toute rhétorique devant le Red Fish. Selon la déposition qu'il fit plus tard à l'hôpital Mount Sinai Beth Israel – son ultime confession, devrais-je dire pour être précis –, il ne l'avait ni achetée ni volée. Il avait été enlevé dans le parc et ses ravisseurs lui avaient donné le fusil et l'avaient relâché. L'histoire était improbable, absurde même, elle avait été racontée avec force bredouillages et exclamations et, selon moi, on ne pouvait la prendre un seul instant au sérieux à l'exception de deux détails : premièrement, c'était sa confession faite sur son lit de mort, ce qui lui donnait un certain poids et une certaine solennité ; deuxièmement, elle sortait de la bouche de Kinski et, par rapport aux folies qui sortaient en permanence de ladite bouche, celle-ci n'était pas plus folle que le reste, et il y avait donc une possibilité infime et un peu folle pour qu'elle fût vraie.

La suite, c'était, plus ou moins, la version de Kinski. Quand il était d'humeur mélancolique, dit-il, il allait *uptown* se promener dans les espaces relativement déserts au nord du parc. Il avait été surpris par une averse et s'était abrité sous un arbre, restant blotti là jusqu'à ce que le ciel se calme. (Note : ce jour-là, précisément, il y avait bien eu un changement de temps, quelques jours de chaleur inhabituelle en cette saison et de ciel bleu avaient débouché sur une pluie glaciale.) À ce stade, comme son état s'aggravait rapidement, le récit devint fragmenté et confus. Il fut approché par deux (trois ? davantage ?) individus déguisés en clowns – ou en Joker – il employait les deux mots – qui le maîtrisèrent, lui enfilèrent un sac sur la tête et le ligotèrent – ou, s'ils ne le firent pas, le forcèrent à avancer. Et ce n'était peut-être pas un sac mais une sorte de bandeau. Il ne pouvait pas voir où on l'emmenait à cause du sac, ou du bandeau. Ils l'avaient fait monter à l'arrière d'un fourgon et lui avaient retiré le bandeau et un autre homme, lui aussi déguisé en clown – ou en Joker –, lui avait parlé. De quoi déjà ? Ah, de *recrutement*. Il était question de l'élection présidentielle. De son illégitimité. De sa confiscation. C'était un coup d'État orchestré par les médias – par de puissants intérêts économiques –, par la Chine – et les Américains devaient reprendre le contrôle de leur pays. Il était difficile de dire si c'étaient là les opinions personnelles de Kinski ou s'il répétait ce que le soi-disant Joker en chef lui avait dit dans le fourgon. Puis, à un moment donné, ces mots : “Nous avons beaucoup à apprendre des terroristes islamistes. De leur sens du sacrifice personnel.” Suivit un ramassis d'incohérences où s'amalgamaient auto-apitoiement, désespoir et vieilles prophéties annonçant la fin du monde. “Rien qui vaille la peine de vivre.” “L'Amérique.” Et puis plus rien. L'équipe médicale intervint et interrompit la déposition. On lui administra des soins d'urgence. Il ne reparla plus et ne survécut que peu de temps. Tout cela c'est ce que j'ai pu faire de mieux pour assembler un récit cohérent à partir de ce qui fut rapporté dans les journaux et de ce que, non sans mal, j'ai réussi à dénicher tout seul.

Son ami était mort – qui sait combien d'amis ? – et il était rentré du service militaire affligé de troubles mentaux. Il avait perdu tout contact avec ceux qui auraient pu s'occuper de lui et son état s'était aggravé à tous points de vue jusqu'à ce qu'il finisse en clochard vociférant sur la question des armes. Au cours des années durant lesquelles son chemin croisa le mien, son délire avait changé. Au début, il semblait opposé aux armes, il redoutait leur prolifération en Amérique, allant jusqu'à penser que les armes étaient vivantes et puis, la ferveur religieuse aidant, il avait haussé le ton de sa rhétorique apocalyptique et pour finir, clowns ou pas, Joker ou pas, enlèvement ou pas, il s'était mis au service des armes elles-mêmes, le flingue bien chaud* qui apportait le bonheur et avait exécuté ses ordres, *bang bang shoot shoot*, et des gens étaient morts, et lui aussi.

Car ce qui demeure un fait incontestable, c'est que Kinski attaqua le défilé d'Halloween et que la rafale de coups qu'il tira aboutit à ce bilan de sept tués et neuf blessés avant qu'un policier ne l'abatte à son tour. Il avait mis un masque de Joker et portait un gilet pare-balles, probablement une relique des jours passés en Afghanistan, c'est pourquoi il survécut quelque temps à ses blessures. Il fut conduit aux urgences du MSBI et vécut assez longtemps pour faire la déposition ci-dessus, ou un truc de ce genre, mais il faut dire que selon l'équipe médicale son équilibre mental était perturbé et rien de ce qu'il avait dit ne pouvait être considéré comme fiable.

Dans la liste des morts deux noms me sautèrent aux yeux : Mr Murray Lett et Mr Petronius Golden, tous deux domiciliés à Manhattan, NY.

*

Pour Halloween, les habitants des Jardins organisaient traditionnellement une fête privée, accrochant des guirlandes lumineuses aux vieux arbres, installant une cabine de DJ devant la maison de la rédactrice du magazine de mode, et laissant les enfants jouer au jeu d'Halloween : un bonbon ou un sort. De nombreux adultes se déguisaient eux aussi. C'était une façon de célébrer la fête sans s'aventurer au milieu des vastes foules qui se rassemblaient tout près

* *Warm gun* : expression rendue célèbre par les Beatles faisant référence à une seringue remplie d'héroïne. *"Happiness is a warm gun (bang bang, shoot shoot)."*

de là sur la Sixième Avenue pour regarder la parade ou y prendre part.

Petya aurait autant aimé rester dans les Jardins mais Leo le chat voulait se rendre à la parade, c'est ce que Petya expliqua à Murray Lett, et ce que Leo voulait, il l'obtenait. Petya se sentait en forme, assurait-il, vraiment en pleine forme ! Il avait l'impression d'avoir véritablement surmonté sa crise, il ne voulait plus y penser mais embrasser la vie et la vie était là-dehors en ce lundi de veille de la Toussaint, défilant sur la Sixième Avenue, déguisée en squelettes, en zombies et en prostituées. "Malgré la fête dans les Jardins, cette maison me paraît tellement funèbre, s'écria-t-il. Trouvons-nous un déguisement qui déchire et allons nous éclater pour nous changer les idées !" Sa phobie des espaces vides avait diminué, selon lui, et d'ailleurs quand le Village était bondé à ce point il n'avait plus l'air d'un espace vide. Murray Lett, l'Australien, n'avait jamais été un fervent partisan des excès de la fête d'Halloween version américaine. Il avait une fois été invité à une soirée dans l'Upper West Side et s'y était rendu déguisé en *Mars Attacks!*, avec une énorme tête de Martien à la Tim Burton qui lui tenait trop chaud et l'empêcha de boire ou de manger. Une autre année il s'était déguisé en Dark Vador, dans une encombrante armure en plastique qui lui rendait la position assise très inconfortable, avec un casque noir équipé d'un dispositif qui modifiait la voix, et il avait connu les mêmes problèmes que dans son costume de *Mars Attacks!* : une chaleur étouffante et l'impossibilité de boire ou de manger. À présent il préférait rester chez lui en espérant qu'aucun gamin ne viendrait sonner à la porte pour jouer à : un bonbon ou un sort. Mais on ne pouvait pas dire non à Petya. Lequel s'écria : "On va se déguiser en Romains ! Moi, bien sûr, puisque je m'appelle Pétrone, je serai Trimalchion, l'hôte de la fête du *Satiricon* et toi tu pourras être un des invités. Nos costumes s'inspireront de

Fellini. Il y aura des toges ! Nous aurons une couronne de lauriers sur la tête et des pichets de vin à la main. Magnifique ! Nous foncerons dans la vie, nous nous abreuverons sans compter à ses sources et le lendemain nous en serons grisés." En entendant exposer ce projet, je pensai à *Gatsby*, bien sûr, *Gatsby* que Fitzgerald avait failli intituler *Trimalchio in West Egg*, et c'était une triste pensée car elle me fit revoir les soirées pleines de rires avec mes parents et, du coup, me rappela inévitablement les circonstances épouvantables de leur mort, de sorte que je succombai un moment à un regain de tristesse mais l'enthousiasme de Petya était contagieux et je me dis, après tout pourquoi pas, un peu de gaieté après ce que nous avons vécu, bonne idée, si Petya a envie, pour une nuit, d'être un amoureux éperdu de la vie, et bien, soit ! Qu'il enfile sa toge et qu'il fasse la fête.

Trouver des déguisements à la dernière minute n'était pas chose facile mais Fuss et Blather étaient là pour ça et après tout une toge n'était jamais qu'un drap qui se prenait au sérieux. On trouva des sandales romaines, du laurier et un bouquet de baguettes de bouleau nouées d'un ruban rouge, les faisceaux romains, que Petya porterait comme le symbole de son autorité consulaire. On dénicha un bonnet de fou avec des clochettes, totalement anachronique et on l'offrit à Murray Lett et j'aurais vraiment aimé qu'il décide de le porter afin de rivaliser avec Danny Kaye dans *Le Bouffon du roi*, en s'adonnant à ses fantaisies verbales. *La pilule empoisonnée est dans le hanap au pilon, le calice du palais contient le breuvage sans ravages*. Mais il se décida finalement pour une toge afin d'être comme Petya et si Petya allait porter les faisceaux, Murray, lui, allait porter le chat.

Ainsi fut fait et, dans leurs atours impériaux, ils sortirent des Jardins, quittèrent cette maison lestée par la mort pour rejoindre la parade qui célébrait la vie et c'est ainsi que, fonçant vers la vie et s'éloignant de la mort, ils trouvèrent celle-ci qui les attendait, comme l'avait annoncé le vieux conte, à Samarra, c'est-à-dire sur la Sixième Avenue, entre la 4e Rue et Washington Place. La mort déguisée en Joker et armée d'un AR-15. Le bruit de la fusillade fut inaudible dans la cacophonie de la foule, les coups de klaxon, les messages hurlés dans des mégaphones, les fanfares. Puis les gens s'écroulèrent et la rude réalité sans aucun déguisement vint gâcher la fête. Il n'y a aucune raison de penser que Petya ou Murray Lett aient été spécialement visés. En Amérique les armes étaient vivantes et la mort était leur cadeau aléatoire.

Et le chat, le lynx des Alpes. Voici, en gros plan, le bras étendu du Romain trépassé qui a lâché ses faisceaux (allusion délibérée, dans la composition, au bras inerte de King Kong étendu mort à la fin du film originel de 1933). Et Leo soufflait sa haine à quiconque osait approcher. Et lorsque tout fut terminé, quand les cris eurent cessé, quand la foule courante et trébuchante se fut calmée et fut dispersée, quand les morts, les blessés par balle et ceux qui avaient été piétinés dans la panique eurent été emmenés là où il fallait, quand l'avenue fut vide à l'exception des détritus emportés par le vent et des véhicules de police, quand tout fut vraiment terminé, le chat avait disparu et personne ne revit jamais Leo le lynx.

Et le roi, seul dans sa maison dorée, vit tout l'or qu'il avait dans ses poches, dans ses piles, dans ses sacs, dans ses seaux se mettre à briller de plus en plus fort pour finalement s'enflammer et se consumer.

III

30

Pour dire la vérité, j'avais espéré une vie plus douce. Même quand je rêvais d'atteindre quelque but merveilleux dans l'avenir, quelque endroit vraiment remarquable, je m'étais attendu à plus de gentillesse le long du chemin. Je n'avais pas compris que Charybde et Scylla, les deux monstres mythiques entre lesquels devait passer le vaisseau d'Ulysse dans le détroit de Messine, l'un "représenté" sous la forme d'un récif géant, l'autre d'un tourbillon féroce, symbolisent d'un côté autrui (les rochers contre lesquels nous allons nous fracasser avant de sombrer), de l'autre, les ténèbres qui tourbillonnent en nous (qui nous aspirent vers le bas pour nous noyer). À présent que mon film *La Maison Golden* est enfin achevé et sur le point de faire ses débuts dans le circuit des festivals – il m'a fallu presque dix ans pour y arriver – et après tous les bouleversements qui ont marqué ma vie privée vers la fin de cette période, l'avoir terminé me paraît relever du miracle, je devrais essayer de consigner ce que j'ai appris en cours de route. Sur le monde du cinéma, j'ai appris au moins une chose, lorsqu'un magnat plein aux as vous dit : "J'aime votre projet, je l'*adore*. Si créatif, si original, il n'y a rien d'équivalent en cours. Je vais vous soutenir à mille pour cent, au mieux de mes capacités, soutien total, à mille *et un* pour cent, c'est vraiment *génial*", c'est l'équivalent, traduit en anglais, de : "Salut." Et j'ai appris à admirer quiconque parvenait à terminer son film et à le faire sortir en salle, quel qu'en soit le genre, qu'il s'agisse de *Citizen Kane*, de *Porky's XXII* ou de *Dumb Fucks XIX*, peu importe, vous avez fait votre film, les gars, chapeau ! En ce qui concerne la vie en dehors du cinéma, j'ai appris ceci : la meilleure politique c'est l'honnêteté. Sauf quand ça ne l'est pas.

Nous sommes des icebergs. Je ne veux pas dire que nous sommes froids, simplement que la plus grande part de nous-mêmes se trouve sous la surface et que c'est cette part cachée qui peut couler le *Titanic*.

*

Les jours qui suivirent la fusillade d'Halloween, je passai l'essentiel de mon temps dans les Jardins, me mettant à la disposition des Golden pour tous les services dont ils pourraient avoir besoin. Avec l'accord de Suchitra, je restai plusieurs nuits par semaine dormir chez Mr U Lnu Fnu. Il n'avait pas reloué mon ancienne chambre et se disait heureux d'avoir ma compagnie en "ces temps affreux, ces temps affreux". Quant à Suchitra, durant ces dernières heures avant que les électeurs ne se rendent aux urnes, elle travaillait jusqu'à vingt-quatre heures d'affilée dans les studios de montage du DAW à rassembler des images que l'équipe électorale démocrate souhaitait utiliser car elle était l'un des principaux membres d'un groupe de Femmes des Médias qui avaient décidé de mettre bénévolement leurs capacités professionnelles au service de l'équipe. Elle avouait se sentir épuisée et submergée voire un peu déprimée et peut-être aurais-je dû comprendre que j'étais en grande partie responsable de son état. Mais pendant ce temps j'étais dans les Jardins pour des raisons non seulement altruistes mais aussi un peu intéressées, en raison du sentiment très fort qui m'habitait que l'histoire que j'avais entrepris de raconter n'allait pas tarder à m'offrir le dénouement qui lui manquait encore et que si je m'étendais là, à attendre, caché dans les buissons des Jardins, tel un lion affamé dans les hautes herbes au pied d'un acacia dans la savane africaine, je verrais bientôt ma proie s'approcher de moi en trottinant. Il ne m'était pas venu à l'esprit, tant mon récit contenait déjà de morts, qu'un nouvel épisode meurtrier pourrait intervenir. Ce fut Vito Tagliabue qui, le premier, m'alerta sur le fait que Néron Golden n'était peut-être pas vraiment, ou pas seulement, victime de la lente progression d'une démence sénile, mais que, en vérité, il se faisait lentement empoisonner par sa femme.

La vie dans les Jardins avait toujours eu quelque chose de *Fenêtre sur cour*. Tout le monde surveillait tous les voisins d'en face et nous tous, brillamment éclairés à nos fenêtres, lesquelles étaient comme de petits écrans miniatures à l'intérieur d'un écran plus grand, nous jouions nos rôles pour le plus grand plaisir de nos voisins comme des acteurs d'un film qui auraient pu regarder d'autres films tandis que ces autres films les observaient en retour. Dans *Fenêtre sur cour*, James Stewart vivait non loin d'ici, à une adresse fictive, le “125 ouest, 9e Rue”, qui correspondrait dans la réalité au 125 Christopher Street, c'est-à-dire au coin de la 9e Rue ouest et de la Sixième Avenue. Mais les Jardins auraient aussi bien fait l'affaire. J'avais l'intention d'introduire, dans ma version filmée quelques résidents qui seraient des *hommages** délibérés aux personnages du grand film d'Hitchcock, Miss Torso, la danseuse extravertie, Miss Lonelyhearts, la vieille dame solitaire, etc. Peut-être même un marchand de bijoux au porte-à-porte qui ressemblerait à l'acteur Raymond Burr. Je n'avais absolument pas envisagé dans le scénario d'inclure une tentative de meurtre, mais les histoires nous jouent de ces tours, elles partent dans des directions inattendues et vous devez vous cramponner à leurs basques. Et c'est ainsi que je traversais les Jardins pour aller de chez Mr U Lnu Fnu jusqu'à la maison Golden, lorsque Vito Tagliabue passa par sa porte de derrière sa belle tête aux cheveux luisants ramenés en arrière, et, à ma grande surprise, lâcha un : "Pssst !"

Je me figeai sur place, et, je dois le reconnaître, fronçai les sourcils. "Excusez-moi, dis-je pour mettre les choses au clair Venez-vous de dire Pssst ?

— *Si*, siffla-t-il en me faisant signe d'approcher. Ça vous pose un problème ?

— Non, répondis-je en m'avançant, c'est juste que je n'ai encore jamais entendu personne dire pssst."

Il m'attira dans sa cuisine et referma la porte qui donnait sur le jardin. "Et alors qu'est-ce qu'ils disent ?" Il avait l'air agité. "Ce n'est pas de l'américain ?

— Oh je crois qu'ils diraient plutôt « Hé ! » ou « Excusez-moi » ou « Vous avez une minute ? »

— Ce n'est pas la même chose, déclara Vito Tagliabue.

— Peu importe, dis-je.

— En effet, admit-il.

— Vous vouliez me dire quelque chose ?

— Oui, oui. C'est important. Mais c'est difficile à dire. Je vous parle en toute confidentialité, bien sûr. Je suis certain de votre intégrité et que vous n'irez pas dire que c'est de moi que vous le tenez.

— De quoi s'agit-il, Vito ?

— C'est une intuition. Ça se dit intuition ? Oui, une intuition."

D'un geste de la main, je le priai de continuer.

"Cette Vasilisa. Cette femme du *signor* Néron. C'est une dure, elle est impitoyable. Comme toutes..." Il marqua un temps d'arrêt. Je pensai qu'il allait terminer sa phrase en s'inspirant de son amertume personnelle, *comme toutes les épouses*, ou *comme toutes les femmes*. "Comme toutes les Russes.

— Qu'est-ce que vous dites, Vito ?

— Je dis qu'elle le tuera. En ce moment précis elle est en train de le tuer. Je le vois à son visage quand il vient par ici. Ce n'est pas l'usure liée à la vieillesse. Il y a autre chose."

Son ex-femme Blanca Tagliabue était allée s'installer juste en face chez son nouvel amant, Carlos Hurlingham, celui que j'appelais "Mr Arribista". Tous les jours, les deux tourtereaux s'affichaient dans les Jardins, humiliant Vito, le narguant de leurs mamours. Si quelqu'un avait des idées de meurtre, me dis-je, c'était probablement Vito lui-même. Mais je décidai d'entrer dans son jeu encore un peu.

"Comment s'y prend-elle ?" demandai-je.

Il haussa les épaules d'un air théâtral. "Je n'en sais rien. Je ne connais pas les détails. Je vois simplement qu'il est malade. D'une maladie pas ordinaire. Cela a peut-être à voir avec ses médicaments. Il en a tellement à prendre. C'est facile. Oui ça doit avoir un rapport avec ses médicaments. J'en suis sûr. Pratiquement sûr.

— Pourquoi ferait-elle cela ?" insistai-je. Nouveau haussement d'épaules et grand geste des bras. "C'est évident, dit-il. Tous les autres héritiers ont disparu. Il ne reste que le bébé. Et si, comme par hasard, Néron à son tour…" Il se passa un doigt sur la gorge. "Qui hérite ? En latin, il y a l'expression *cui bono*, à qui profite le crime ? Vous voyez ? C'est parfaitement clair."

Au cœur de toute cette affaire, il y avait mon enfant. Mon fils âgé de deux ans et demi et qui me connaissait à peine, qui n'arrêtait pas d'oublier mon nom, à qui je ne pouvais pas offrir de cadeaux, avec qui je ne pouvais pas jouer dans les Jardins, ni ailleurs, mon fils héritier de la fortune d'un autre, le passeport de sa mère pour l'avenir. Mon fils, dans le petit visage duquel je reconnaissais parfaitement mes propres traits. J'étais surpris que personne d'autre n'ait remarqué notre grande ressemblance, que tout le monde affirme qu'il ressemblait tellement à son père qui n'était pas son père, une victoire de l'apparence sur la réalité. Les gens voient ce qu'ils sont supposés voir.

Vespasien, en voilà un nom ! Cela m'irritait de plus en plus. "Little Vespa", tu parles ! Une petite vespa c'est ce qu'Audrey Hepburn conduisait si imprudemment à travers la Ville Éternelle dans *Vacances romaines*, avec Gregory Peck paniqué à l'arrière. Mon fils méritait pour guide mieux qu'un guidon de scooter de cinéma. Il méritait à tout le moins le nom d'un des grands maîtres du cinéma. Luis ou Kenji, Akira ou Serge, Ingmar ou Andrzej ou Luchino ou Michelangelo, François ou Jean-Luc ou Jean ou Jacques. Ou Orson ou Stanley ou Billy, ou même, plus prosaïquement, Clint. Je m'étais mis à rêver à moitié sérieusement de le kidnapper et de m'enfuir avec mon Federico ou mon Alfred dans le monde du cinéma en plongeant dans les films, réalisant en sens inverse ce que faisait Jeff Daniels dans le film de Woody Allen, crevant la quatrième paroi pour entrer dans les films au lieu d'en sortir pour gagner le monde. Qu'avait-on à faire du monde quand on pouvait parcourir le désert derrière le chameau de Peter O'Toole ou bien avec Keir Dullea, l'astronaute de Stanley Kubrick, tuer l'ordinateur fou, ce HAL 9000 pendant qu'il chantait : "Daisy, Daisy, ta réponse, enfin, donne-moi." À quoi servait la réalité quand on pouvait se promener avec un lion et un épouvantail sur la route de Briques Jaunes ou descendre un grand escalier auprès de Gloria Swanson, prête pour le gros plan que Mr DeMille va faire d'elle ? Oui, mon fils et moi, main dans la main, nous irions nous émerveiller devant les fesses et les poitrines gigantesques des putains de *Fellini Roma*, assis, désespérés, sur un trottoir romain, nous nous lamenterions du vol d'une bicyclette ou bien nous sauterions dans la DeLorean de Doc Brown pour regagner le futur et être heureux.

Mais c'était impossible. Nous étions tous piégés dans la comédie de Vasilisa, l'enfant plus que les autres, l'enfant qui était son atout. Pendant un moment je me demandai jusqu'où Vasilisa était capable d'aller, avait-elle d'une manière ou d'une autre combiné la mort d'au moins deux des trois fils Golden et n'aurait-elle pas mis un contrat sur la tête du troisième s'il ne s'était pas suicidé ? Mais j'avais vu trop de films et je cédais au même goût du mélodrame que Vito Tagliabue, pleurant, furieux, son amour perdu. Je secouai la tête pour m'éclaircir les idées. Non, elle n'était probablement pas une meurtrière et n'avait même pas commandité de crimes. Elle était juste – "juste" ! – une créature sournoise et manipulatrice sur le point de gagner sa guerre.

*

La nouvelle intimité qui avait grandi entre Néron et Riya après les trois morts jeta une ombre sibérienne sur le beau visage (quoiqu'un peu gelé) de la seconde Mrs Golden mais ne me surprit pas. Le père qui avait perdu ses trois fils n'avait personne avec qui pleurer Apu ou Petya mais le chagrin de Riya après la mort de D. était l'égal du sien. Il n'existait de nom dans aucune langue qu'ils connaissaient pour désigner le parent dont un enfant est mort, pas d'équivalent de *veuf* ou d'*orphelin*, et aucun verbe pour décrire la situation. *La perte*, ce n'était pas très précis mais il fallait s'en contenter. Ils restaient assis dans le bureau de Néron, dans le silence de leur deuil, un silence qui était comme une conversation et dans lequel tout ce qui avait besoin d'être dit l'était, tels James Joyce et Samuel Beckett envahis en silence par leur tristesse tant vis-à-vis du monde que d'eux-mêmes. Il était fragile, se plaignait parfois de vertiges, d'autres fois de nausées. Il s'endormait et se réveillait plusieurs fois au cours de la soirée. Il avait des trous de mémoire. Parfois il oubliait qu'elle était là. Mais à d'autres moments il retrouvait son ancienne vivacité. Son déclin ne suivait pas une ligne continue. Il y avait des hauts et des bas même si l'évolution générale était irrémédiablement à la baisse.

Un soir elle l'emmena *uptown* à la Park Avenue Armory où, au milieu d'un demi-cercle formé de onze grandes tours en béton, des meneurs de deuil professionnels venus du monde entier jouaient les innombrables échos du plus silencieux des silences, la mort. Un accordéoniste aveugle venu d'Équateur jouait des *yaravíes* dans une tour, et trois Cambodgiens qui avaient échappé aux tentatives des Khmers rouges pour les éradiquer accomplissaient la cérémonie appelée *kantomming*, en jouant de la flûte et des gongs grands et petits. Les numéros ne duraient pas longtemps, quinze ou vingt minutes, mais leur écho résonna chez Riya et chez Néron bien longtemps après qu'ils eurent quitté l'endroit. Néron se contenta de dire : "L'oiseau m'a fait du bien." Seul dans une des tours, un oiseau géant d'une espèce indistincte, une sorte de coq, était assis sur une étagère en béton, un meneur de deuil du Burkina Faso complètement dissimulé sous son costume d'oiseau avec une tête d'oiseau par-dessus la sienne et, à ses chevilles, des clochettes qui tintaient faiblement quand il remuait les pieds. L'oiseau du deuil n'émettait aucun bruit à part, de temps en temps, ce faible tintement et il se tenait assis, immobile, sauf quand il était secoué d'un très léger frisson et sa présence grave, chaleureuse et bienveillante fut assez puissante pour apaiser juste un petit peu le chagrin de Riya et de Néron. "Voulez-vous qu'on y retourne, demanda Riya à Néron quand ils furent ressortis sur le trottoir.

— Non, dit-il, ça suffit comme ça."

Une nuit, après tant d'autres nuits passées en silence, Néron se mit à parler. Le bureau était plongé dans l'obscurité. Ils n'avaient pas besoin de lumière.

"Tu ne devrais pas lâcher ton boulot, ma fille", dit-il. Il s'était mis à l'appeler ainsi.

Cette remarque faite sans aucun préambule ni l'ombre d'un doute la prit de court.

"Eh bien, voyez-vous, je vous remercie mais ce sont des questions auxquelles vous ne comprenez rien, dit-elle un peu trop sèchement. C'est mon affaire, ou ça l'a longtemps été.

— Tu as raison, dit-il. La question du genre me dépasse. Homme, femme, d'accord. Homosexuel, très bien, je sais que ça existe. Mais cet autre monde où les hommes se font greffer des organes fabriqués chirurgicalement, où les femmes n'ont plus d'attributs féminins, là je ne te suis plus. Tu as raison. Je suis un dinosaure et mon esprit n'est plus au mieux de sa forme. Mais toi ? Tu connais tout ça par cœur. Tu as raison. C'est ton domaine."

Elle ne répondit pas. Les silences entre eux ne les dérangeaient plus : il n'était pas nécessaire de lui répondre.

"Cela a à voir avec lui, je le sais bien, dit-il. Tu te fais des reproches et c'est pour cela que tu veux abandonner ton territoire.

— Mon territoire, dit-elle, ce devait être un lieu apaisé où tout le monde se comprendrait. Et en fait, c'est un champ de bataille. Je choisis la paix.

— Tu n'es pas en paix. Sur une grande partie de cette question de l'identité tu n'as pas de problème. Les Noirs, les Latinos, les femmes, tout cela c'est très bien. Le problème c'est ce territoire entre les deux sexes que tu qualifies de champ de bataille. Si tu veux y faire régner la paix, c'est peut-être *à toi* de l'apporter. Ne fuis pas le combat."

Il entendit une question dans son silence. “Pourquoi crois-tu que je ne peux pas chercher à m’informer un peu ? dit-il. Tu crois que parce que mon cerveau s’affaiblit, rétrécit comme une chemise bon marché, tout est fichu ? Non je ne suis pas encore mort, jeune femme. Pas encore mort.

— D’accord, dit-elle.

— Prends le temps de la réflexion. Réfléchis bien à tout. Ne quitte pas ton travail.

— D’accord, dit-elle.

— Moi aussi, dit-il, j’ai changé d’identité.”

*

Plus tard, après le départ de Riya, le vieil homme est seul dans la pièce obscure. Le téléphone fixe sonne. Il hésite à répondre, il tend la main, il la retire, la tend à nouveau et répond.

Oui.

Golden *sahib*.

Qui est à l’appareil ?

Je ne pense pas que vous vous souviendrez de mon nom. J’étais du menu fretin dans une très grande poêle.

Quel est votre nom ?

Mastan. Autrefois l’inspecteur Mastan du CID de Bombay puis dans l’Himachal Pradesh. Ensuite dans le privé. Aujourd’hui à la retraite.

Pause.

Mastan. Je me souviens.

C’est un honneur pour moi. Qu’un *seth* aussi important se souvienne de moi. Quelle mémoire, monsieur. Votre propre fils lui ne s’en souvenait pas, il était pourtant beaucoup plus jeune.

Vous avez rencontré un de mes fils.

Monsieur, à Mumbai, monsieur. Il se fait maintenant appeler Apu. Ou plutôt se faisait appeler. Toutes mes excuses pour mon mauvais anglais. Et mes condoléances.

Comment avez-vous obtenu mon numéro ?

Monsieur, j'étais officier de police, puis dans la sécurité privée. Ces choses-là ne sont pas impossibles.

Pause.

Qu'est-ce que vous voulez ?

Seulement parler, monsieur. Je n'ai aucune autorité, aucun pouvoir. Je suis retraité, ici nous sommes aux États-Unis, ce n'est pas ma juridiction, il n'y a rien, l'affaire est classée et vous êtes si puissant alors que je ne suis rien. Je veux juste clarifier certaines choses. Pour satisfaire ma curiosité avant de mourir. Seulement par curiosité personnelle.

Et pourquoi devrais-je vous voir ?

Au cas où vous souhaiteriez connaître l'identité des gens qui ont tué votre fils. Je suppose que ça devrait vous intéresser.

Longue pause.

Demain matin. 9 heures.

Je serai ponctuel, *sahib*. À 9 heures tapantes. Je vous remercie d'avance.

*

Un peu plus tard. Riya dort, elle est réveillée par son téléphone portable. À sa grande surprise elle découvre que c'est Néron Golden qui l'appelle.

Peux-tu venir ?

Maintenant ? On est en pleine nuit.

J'ai besoin de parler. J'ai les mots et demain je ne les aurai peut-être plus.

Laissez-moi un moment.

Ma fille, j'ai besoin de toi immédiatement.

31

Il allait bientôt avoir quatre-vingts ans et s'était mis à oublier les événements les plus récents mais le passé brillait dans sa mémoire d'un éclat de plus en plus vif comme l'or au fond du Rhin. Le fleuve de sa pensée n'était plus limpide, ses eaux étaient un flot opaque et boueux, et en elles sa conscience perdait lentement prise sur la chronologie, sur ce qui relevait du passé ou du présent, sur ce qui était vérité concrète et ce qui provenait du royaume enchanté des rêves. La bibliothèque du temps était en plein désordre, ses classements dérangés, ses index gribouillés ou détruits. Il y avait les bons et les mauvais jours mais, avec le temps, les journées lointaines d'autrefois brillaient plus vivement que la semaine précédente. Puis le passé lui avait téléphoné au cœur de la nuit et tout ce qu'il avait enterré rejaillit d'un coup de la tombe et se mit à grouiller autour de lui et, à son tour, il donna un coup de téléphone. Dans ce qui suivit, j'entends l'écho d'un autre film d'Hitchcock. Nous n'étions plus dans *Fenêtre sur cour*, nous entrions dans le monde de *La Loi du silence*.

(Vous vous souvenez de La Loi du silence *? Un assassin avoue son crime à un prêtre catholique qui est lié par le secret de la confession et ne peut révéler l'identité de l'assassin. Hitchcock détestait la technique de jeu de Montgomery Clift mais Éric Rohmer et Claude Chabrol louèrent ce film pour*

"sa majesté" dans Les Cahiers du cinéma, *soulignant qu'étant donné que le prêtre est obligé de se taire, le film repose sur l'expressivité de l'acteur : "Seuls ces regards nous permettent d'accéder aux mystères de sa pensée. Ce sont les messages les plus précieux et les plus fiables de son âme." Riya Zachariassen qui traverse Manhattan à toute vitesse en plein cœur de la nuit n'est pas un prêtre, elle va pourtant recueillir une confession. Gardera-t-elle le secret ? Si oui, ses airs et ses regards trahiront-ils ce qu'elle sait ? Et le fait de détenir ce secret la met-il en danger ?)*

Le passé, le passé qu'il avait laissé derrière lui sur la colline aux histoires. Cette colline qui avait toujours été un lieu magique depuis que Lakshman, le frère de Rama, avait planté une flèche dans le sol faisant ainsi jaillir à leurs pieds le lointain Gange pour étancher leur soif. Un ruisseau souterrain sortit du sol et ils purent boire. Il y avait toujours de l'eau fraîche dans le Banganga Tank. *Baan*, la flèche en sanskrit, et *Ganga*, bien sûr, le fleuve-mère. Ils habitaient au milieu des histoires vivantes des dieux.

Et après les dieux, il y avait eu les Britanniques et en particulier l'Honorable Mountstuart Elphinstone, gouverneur de la ville de 1819 à 1827, qui construisit le premier bungalow sur la colline et dont tous les notables de la ville suivirent l'exemple. Néron se rappelait la colline de son enfance, un endroit très boisé parsemé de demeures basses et élégantes dont on apercevait les toits de tuile rouge à travers le feuillage. Il se promena dans son souvenir à travers les Jardins suspendus et regarda ses fils jouer dans la Chaussure de la Vieille Dame dans le Kamala Nehru Park. La première tour fut construite sur la colline dans les années 1950 et les gens s'en moquèrent. Ils l'appelèrent la boîte d'allumettes parce qu'elle ressemblait à une boîte d'allumettes géante posée sur son côté étroit. Qui aurait envie d'habiter là-dedans, disaient-ils d'un ton railleur, regardez comme c'est laid. Mais ces immeubles-boîtes d'allumettes se multiplièrent et les bungalows disparurent. C'était le progrès. Mais ce n'était pas cette histoire qu'il voulait raconter. Il voulait terminer l'histoire qu'il avait commencé à me raconter un jour dans son bureau.

(Il ouvrit lui-même la porte à Riya. Ils se rendirent dans le bureau obscur et se tinrent assis dans le noir. Elle ne dit rien ou presque. Il avait une longue histoire à raconter.)

Il rencontra pour la première fois l'homme qu'il se mit à appeler Don Corleone à peu près à l'époque de la sortie en salles du *Parrain*, alors qu'il commençait à se mêler pour la première fois de production cinématographique. À l'époque tout le monde appelait le don Sultan Ameer. Son organisation criminelle s'appelait la S-Company, "S comme Sultan, Super et Style", comme le don aimait à s'en vanter. C'était un criminel de haut vol, un roi de la contrebande mais les gens l'aimaient bien parce qu'il faisait en sorte qu'il n'y ait pas de morts et qu'il était une sorte d'assistante sociale dans l'âme : il aidait les pauvres des taudis et les petits boutiquiers. Il faisait aussi dans la prostitution, c'est vrai ; des bordels à Kamathipura, c'est vrai qu'il les gérait. Et il dévalisait des banques. Personne n'est parfait. Donc, dans l'ensemble, on pourrait dire une sorte de Robin des Bois. Ce n'était pas exactement le cas, il agissait à grande échelle, rien à voir avec la petite bande de bandits armés d'arcs et de flèches de la forêt de Sherwood, mais les gens le considéraient comme un brave homme, un type bien, pas un pourri. Il fut le premier gangster célèbre. Il connaissait tout le monde. La police, les juges, les politiciens, il les avait tous dans sa poche. Il circulait librement en ville et sans crainte. Et sans des gangsters comme lui, les films que les gens aimaient n'auraient jamais été tournés. Des investisseurs importants que ces parrains de la mafia. Tôt ou tard la mafia se manifestait et venait vous voir avec des sacs pleins d'argent.

Il a formé la génération suivante, tous des gars du coin éduqués par ses soins. Que savait Zamzama Alankar de la contrebande qui ne lui ait été enseigné par Sultan Ameer ? Il forma Zamzama (*alias* KG, pour "Kim's Gun" ou juste le Canon), il forma Little Feet, Short Fingers, Big Head, tous les cadors. Et tous les cinq ils aimaient le cinéma et Sultan Ameer avait une petite amie qui était actrice, une certaine Goldie, et il investissait de l'argent dans des navets pour essayer de faire d'elle une icône et c'est ainsi qu'ils en vinrent naturellement à s'intéresser à l'industrie cinématographique. On ne parlait pas de Bollywood à l'époque, le terme est une invention beaucoup plus tardive. L'industrie cinématographique de Bombay. Les films parlants de Bombay. Les *Bombay Talkies*. C'est comme ça qu'on disait.

*(*Bombay Talkie, *si je puis me permettre d'ouvrir une petite parenthèse, était et reste de tous les films Merchant-Ivory mon préféré, en particulier le numéro de chant et de danse intitulé* Typewriter Tip Tip Tip *dans lequel des danseurs pirouettent sur les touches d'une gigantesque "machine du destin" et le réalisateur explique : "Lorsque nous autres humains dansons, nous appuyons sur les touches et l'histoire qui s'écrit est celle de notre destin." Oui, nous dansons nos propres histoires sur la Machine à écrire de la Vie.)*

Donc. Don Corleone dans le monde du cinéma de Bombay aida quelques vedettes sur le déclin à reprendre pied. Parveen Babi par exemple, ou bien Helen. Il était l'ami de Raj Kapoor et de Dilip Kumar. Ses contrebandiers trafiquaient, ses voleurs volaient, ses prostituées tapinaient, ses juges, ses politicards et ses flics faisaient ce qu'il leur disait de faire mais là-bas, sur l'écran d'argent du Maratha Mandir son film *Kuch Nahin Kahin Nahin Kabhi Nahin Koi Nahin*, "Rien nulle part jamais personne", détenait le record du plus grand nombre de semaines à l'affiche jusqu'à ce que ce maudit film *La Mariée mise à nu par ses célibataires même*, ne débarque pour pulvériser tous les records. Mais *KN4* comme les gens appelaient son plus gros succès, Sultan Ameer / Don Corleone en était très fier, la réussite dont il était le plus fier, aimait-il à dire, et il lui avait trouvé un nom à son usage personnel, "Tout partout toujours tous, *Everything Everywhere Everytime Everyone*", soit *E4ALL* parce qu'au fond c'était bien cela, tout pour tous. Et s'il est vrai que sa chère Goldie ne réussit jamais à percer, si son nom ne figura jamais tout en haut de l'affiche comme on dit à Hollywood, elle était tout de même heureuse, il lui avait acheté une grande maison à Juhu juste à côté de chez le grand Dev Anand et elle pouvait ainsi inviter ce dieu vivant à venir prendre le thé et des samosas.

Néron, lui, n'était qu'un homme d'affaires qui consacrait l'essentiel de son énergie au secteur du bâtiment, s'élevant dans le monde à l'instar de ses immeubles et, comme tout un chacun dans cette ville rêveuse, il était obsédé par le cinéma. Il rencontra le don dans une des maisons du bord de mer à Juhu, celle-ci ou celle-là, peu importe. Disons chez l'une des deux ou trois grandes hôtesses qui régnaient sur la brillante vie nocturne de la ville. Ils sympathisèrent immédiatement et à la fin de la soirée Sultan Ameer dit : "Demain je vais voir Smita pour lui raconter mon nouveau film, venez donc avec moi." Par ces paroles, il conquit définitivement Néron et la vie de l'homme d'affaires prit un nouveau tour.

Les superstars – les ultrastars ! – ne lisaient jamais les scénarios. Il fallait aller les voir et leur raconter le film, expliquer l'histoire et bien faire en sorte dans le récit que le rôle de la superstar apparaisse comme l'élément central indispensable au projet. Smita était l'une des actrices les plus aimées de son époque, pas seulement une beauté ou un sex-symbol mais une actrice remarquable et très douée. Elle menait une vie scandaleuse au regard des critères locaux, entretenant ouvertement une liaison avec un acteur célèbre qui par ailleurs était marié. Le puritanisme et les médisances devaient finir par ruiner sa carrière et elle deviendrait une recluse blessée, mais cela arriverait plus tard, pour l'instant elle était au sommet de sa gloire, au faîte du mont Kailash, la déesse des déesses, le *nec plus ultra*. Cette rencontre fut pour Néron un des plus grands événements de sa vie, même si la présentation du film ne se passa pas très bien parce que le rôle supposait que Smita vieillisse, au cours du film, passant de dix-sept ans à environ cinquante-cinq. "Tu vois, dit au don cette immortelle, je te suis tellement reconnaissante d'être venue me proposer ce projet parce que la plupart des rôles ne sont pas *exigeants*, n'est-ce pas, et moi ce que je veux en tant qu'artiste c'est *aller plus loin, me dépasser*, et donc ce film, je *l'adore*. Tout simplement je l'adore. Mais il y a juste une chose ou deux, d'accord, que j'aimerais mettre au clair, évoquer ouvertement, parce qu'il faut qu'on soit d'accord à cent pour cent avant de commencer le film, quand on sera sur le tournage on devra tous aller à cent pour cent dans la même direction, je peux ?" "Bien sûr, répondit Sultan Ameer, c'est pour cela que nous sommes ici." Elle lança un regard contrarié en direction de Néron. "Et lui, qui est-ce ?" voulut-elle savoir. Sultan Ameer fit claquer sa langue et dit avec un geste méprisant : "Ne vous occupez pas de lui, il est juste comme ça." Ce qui la rasséréna un peu. Puis l'entité céleste se retourna vers le don et dit : "Tu vois, d'après ce que tu m'as raconté, le personnage devient la mère d'une fille de dix-neuf ans. Mais je n'ai jamais – jamais de la vie ! – joué le rôle de la mère d'une adolescente. C'est là qu'est mon problème. Tu comprends bien que les choix que je fais, les films dans lesquels je décide de tourner ont une influence considérable sur les bénéfices annuels de notre chère industrie tout entière, je dois donc me montrer prudente, n'est-ce pas ? J'entends une voix qui me parle, venant du public qui m'aime ! De la star que je suis ! Et la voix dit…" Sultan Ameer l'interrompit : "On peut modifier le scénario. Demande à ta voix de se taire." Mais c'était trop tard : "Non, dit la voix, tu le dois au monde."

Néron, assis dans son coin en silence, Néron qui était "juste comme ça", était fasciné. Quand ils quittèrent la divine présence, il dit : "Dommage qu'elle ne l'ait pas aimé." Sultan Ameer claqua des doigts. "Elle va l'aimer. C'est facile de modifier un scénario. Et peut-être qu'une Mercedes, surtout s'il y a une valise sur la banquette arrière pleine d'argent au noir, *fataakh* ! Affaire conclue." Il battit des mains. Néron venait tout juste de se mettre à hocher la tête pour montrer qu'il comprenait quand le don ajouta. "Cela pourrait constituer ta participation à ce projet.

— La Mercedes ?

— Et la valise. La valise est très importante."

C'est ainsi que tout commença. Dans les années qui suivirent, Néron mit sur pied une activité secondaire lucrative en tant que blanchisseur et coursier du don. Comment cela arriva-t-il ? Il s'y laissa glisser, tout simplement poussé par sa fascination pour le cinéma. De la poussière d'étoiles dans les yeux, des films glamours qui lui faisaient tourner la tête et tout le monde gagnait des sommes folles. Ou, pour dire les choses plus précisément, il y avait toujours eu en lui un côté sans foi ni loi, le secteur du bâtiment ne respectait guère la loi après tout, il avait la rectitude d'un tire-bouchon, comme aurait pu le dire W. H. Auden. À cette époque-là, le boom du bâtiment avait commencé, de grands immeubles, "des maisons-boîtes d'allumettes" se dressaient un peu partout en ville et Néron était au cœur de cette transformation. Dans cette nouvelle course au ciel que de lois étaient ignorées ou bafouées et combien de poches furent remplies pour faire disparaître les problèmes ! Les immeubles montaient et grimpaient toujours plus haut, dépassant le nombre d'étages autorisés par les règlements municipaux. Il pouvait arriver qu'ensuite les fournisseurs d'électricité, d'eau ou de gaz menacent de couper l'approvisionnement des étages qui n'auraient pas dû exister mais il y avait des moyens de lisser ces plumes ébouriffées. La valise de la star ne fut certainement pas la première pour Néron. Il arrivait aussi qu'un grand nombre de ces nouvelles constructions soient totalement illégales, édifiées sans plans dûment approuvés, en violation des dispositions en vigueur. Néron se rendit aussi coupable de ce genre de pratiques, mais tout le monde en faisait autant, personne n'était innocent, et, comme tous les autres grands entrepreneurs, il avait des amis haut placés dans un autre sens si bien que, comme tout le monde, il réussit dans toutes ses entreprises. "La loi c'est le constructeur, se plaisait-il à dire. Et la loi dit : continuez à construire." L'éthique ? La transparence ? C'étaient des mots étrangers, des mots pour les gens qui ne comprenaient pas la culture de leur ville ni le mode de vie de ses habitants.

Voilà qui il était. Il le savait, ses fils le savaient, c'est ainsi que marchait le monde. Son amitié avec Don Corleone, *alias* Sultan Ameer, avait ouvert la porte du donjon où étaient tapies ses tendances malhonnêtes les plus profondes en attendant d'être libérées. Il y avait maintenant des starlettes à ses soirées et de la cocaïne dans ses toilettes, et il était passé du statut de grand entrepreneur normal, propre sur lui et ennuyeux comme la pluie avec ses plans et son attaché-case, à celui d'un personnage important et respecté dans sa ville. Et statut aidant, les affaires affluèrent, et avec l'accroissement des affaires, son statut s'éleva et ainsi de suite, sans fin. Au cours de ces années-là, il acquit ces manières autopromotionnelles franchement vulgaires qu'il avait conservées dans sa période new-yorkaise comme un manteau de fourrure tape-à-l'œil. Il installa sa famille dans une luxueuse demeure à Walkeshwar. Il acheta un yacht. Il eut des liaisons. Son nom resplendissait dans le ciel nocturne depuis Andheri jusqu'à Nariman Point. C'était la belle vie.

Il y avait plusieurs façons de blanchir de l'argent. Pour les petites sommes, il y avait le *smurfing* qui consistait à diviser l'argent sale en montants plus petits et à l'employer pour émettre des mandats ou des traites bancaires, déposés ensuite dans différentes banques, toujours en petites sommes puis retirés sous forme d'argent propre. Néron employait cette méthode pour des opérations comme les valises de billets. Mais, pour des projets plus importants, il fallait opérer à plus grande échelle et le secteur du bâtiment fournissait un cadre idéal. Néron devint, pour les initiés, le maître clandestin du *"flipping one"* et du *"flipping two"*. Le *"flipping one"* consistait à acheter un bien immobilier de prestige, très cher, avec de l'argent sale pour le revendre très vite, avec en général une bonne marge de profit puisque les prix ne cessaient de s'envoler. L'argent ainsi obtenu était propre comme un sou neuf. Le *"flipping two"* consistait à acheter un bien, avec l'accord du vendeur, à un prix inférieur à sa valeur marchande et à lui filer la différence en douce sous forme d'argent sale puis de procéder comme dans le *"flipping one"*. Néron possédait la plus grosse maison de courtage immobilier de la ville qui, dans le jargon des initiés, devint le "Flipistan", le pays où l'argent sale allait prendre un peu de vacances, se refaisait une vertu et revenait avec un joli bronzage bien honnête. Moyennant finances bien sûr. Néron se servait du Flipistan pour ses propres transactions au noir, mais quand un membre de la S-Company faisait appel à ses services, il lui accordait un généreux pourcentage sur l'opération.

C'est alors que le ciel tomba sur la tête de Don Corleone. Le fils du Premier ministre, Sanjay Gandhi, qui avait été autrefois son compagnon de beuveries, trahit Sultan Ameer pendant la période de la loi d'Urgence autoritaire prise par le gouvernement de sa mère, et le parrain de la S-Company fut traîné devant un tribunal contrôlé par Sanjay, pas par lui en personne, et condamné à un an et demi de prison. Curieusement, juste après l'abrogation de la loi d'Urgence, Sanjay tomba en disgrâce et le don fut libéré. Mais ce n'était plus le même homme, il avait perdu tout courage en prison et avait rencontré Dieu. Même s'ils partageaient les mêmes croyances religieuses, Néron, lui, n'était musulman que de nom et ce nouveau Corleone dévot ne lui plaisait pas. Le don renonça au gangstérisme et essaya, sans succès, de se lancer dans la politique, les deux hommes prirent des chemins différents. Dans les années 1980, Sultan Ameer était affaibli et pratiquement oublié au moment où il commençait sa longue lutte contre le cancer qui allait finir par l'emporter, tandis que Néron était un poids lourd. Mais un poids encore plus lourd était en train de faire son apparition.

*

Avant de devenir célèbre, Zamzama Alankar était connu pour sa moustache, une excroissance si épaisse et si menaçante qu'on eût dit un organisme parasite ayant pris racine quelque part tout au fond de sa tête, peut-être même dans son cerveau, et qui serait descendu jusqu'à son nez pour jaillir à l'air libre comme un *alien* émergeant au-dessus de sa lèvre supérieure pour signifier l'immense et dangereux pouvoir de son hôte. Cette moustache lui permit de remporter un concours de moustaches chez lui, dans son village côtier de Bankot, mais Zamzama avait d'autres ambitions. Il était le fils d'un policier de cette petite ville lointaine sur les bords de la mer d'Arabie près d'une vieille citadelle mais, peut-être à cause de ses mauvaises relations dès l'enfance avec ce père très autoritaire, il ne s'était jamais beaucoup soucié ni de la loi ni de ceux qui étaient chargés de la faire appliquer, que ce soit sur l'eau ou sur la terre ferme. Il commença à gagner une certaine notoriété grâce au rôle central qu'il joua dans le système du *hawala*, qui permet de transférer de l'argent d'un endroit à un autre par simple accord verbal et sans aucun papier, communiqué, dans un lieu A, à un intermédiaire *hawala* lequel, en échange d'une modeste commission, accusait réception dans un endroit B auprès d'un autre intermédiaire qui, lui, versait la somme équivalente au bénéficiaire désigné à condition qu'il connaisse le mot de passe. Ainsi, l'argent "voyageait sans voyager" dans le jargon du *hawala* et on pouvait ajouter beaucoup plus de maillons à la chaîne en cas de besoin. Le système était très apprécié parce que la commission payée par le client était bien inférieure à celle du système bancaire normal, de plus, cette procédure permettait d'éviter des problèmes tels que la fluctuation des taux de change ; la chaîne *hawala* fixait son propre taux et tout le monde s'y conformait. Le réseau dans son entier reposait sur l'honorabilité des intermédiaires *hawala* dans tout le pays et même dans le monde. (D'ailleurs, si un courtier *hawala* agissait mal, il n'était guère prudent de parier qu'il allait vivre très vieux.) Le système était interdit en Inde parce que, tout comme le *smurfing* ou le *flipping*, c'était un moyen efficace pour blanchir de l'argent mais Zamzama continua à agir à grande échelle, non seulement dans le sous-continent indien mais aussi dans tout le Moyen-Orient, la Corne de l'Afrique et même dans certaines régions des États-Unis. Mais le *hawala* ne lui suffisait pas. Il voulait s'asseoir sur le *kursi*, c'est-à-dire le trône de la pègre, et comme Sultan Ameer était en prison et donc hors course, il brigua le pouvoir assisté de ses lieutenants Big Head, Short Fingers et Little Feet. Il entra en compétition avec les associés d'un boss rival, nommé Javed Greasy, mais il ne mit pas longtemps à balayer la concurrence en recourant à une technique qui choqua profondément tous les membres relativement non violents de l'organisation criminelle de Sultan Ameer. Cette technique avait pour nom l'assassinat. Les corps de Javed Greasy et de sa famille allongés à marée basse sur la plage de Juhu comme des poissons sur un étal non seulement réglèrent la question du leadership mais adressèrent un message à la ville tout entière, aux gens honnêtes comme à la pègre. Un jour nouveau se levait, disaient les cadavres. Il y avait un nouveau joueur en ville et de nouvelles règles. La S-Company devenait désormais la Z-Company.

Son frère Salloo, connu sous le nom de Salloo Boot, avait aidé Zamzama à s'implanter en ville au départ en prenant pour cible le parrain du quartier de Dongri, Daddy Jyoti : accompagné d'une poignée de ses hommes, il était allé encercler Daddy et ses acolytes et les avait durement rossés à coups de bouteilles d'eau gazeuse vides, de Campa-Cola et de Limca. Ils se débarrassèrent ainsi de Daddy qu'on ne revit plus jamais en ville, mais une autre guerre des gangs plus sérieuse survint ensuite, contre le gang pachtoune d'Afghanistan, qui avait débuté dans le crédit en ouvrant des officines dans cette rue bien nommée, la Readymoney Lane, mais était rapidement passé à l'extorsion à petite échelle en obligeant les boutiquiers et les petits entrepreneurs à acquitter un impôt pour être protégés aussi bien dans les bidonvilles que sur les marchés. Les tarifs des tailleurs, des horlogers, des coiffeurs et des vendeurs d'objets en cuir augmentèrent pour couvrir les exigences des racketteurs. Les prostituées de Falkland Road durent elles aussi gonfler leurs prix. Les coûts de l'extorsion ne pouvaient pas être amortis par des affaires qui disposaient d'une marge de bénéfice aussi faible, ils furent donc répercutés sur le consommateur. Et c'est ainsi qu'une grande partie de la ville se retrouva à payer, pour ainsi dire, un impôt supplémentaire à la pègre. Mais que faire ? On n'avait pas le choix, il fallait cracher.

Les Pachtounes décidèrent aussi d'éliminer Boot et le Canon, c'est-à-dire Zamzama, et engagèrent Manny, un fameux *dacoit*, un bandit du Madhya Pradesh, pour exécuter le travail. Il se trouve que Salloo Boot avait pour petite amie une danseuse, Charu, et un soir au début des années 1980, il vint la chercher chez elle à Bombay Central pour l'emmener dans sa Fiat jusqu'à un nid d'amour à Bandra. Mais Manny et les Pachtounes étaient à ses trousses, ils encerclèrent la Fiat dans une station-service où Salloo Boot s'était arrêté en route. Avec une véritable galanterie, Manny et les Pachtounes demandèrent à Charu de descendre de la voiture et de disparaître. Après quoi, ils tuèrent Boot de cinq balles et abandonnèrent son cadavre. Ils filèrent aussi vite que possible à la base de Zamzama dans Pakmodia Street pour le prendre par surprise avant que la nouvelle de la mort de son frère n'ait eu le temps de lui parvenir mais la maison était très bien gardée et une fusillade généralisée s'ensuivit. Zamzama en sortit indemne. Peu après, les chefs pachtounes furent arrêtés et inculpés du meurtre de Boot. Pendant leur procès, un tireur de la Z-Company, un tueur chrétien nommé Derek, fit irruption au tribunal et les abattit à coups de mitraillette.

Au cours des années 1980, au moins cinquante truands de la Z-Company et des Pachtounes furent tués dans l'interminable guerre des gangs. Pour finir, la bande des Afghans fut éliminée et le parrain Zamzama conquit son trône.

Après la mort de son frère aîné, Zamzama prit la décision de se passer de toute vie personnelle. "Une petite amie est un point faible, dit-il un jour en présence de Néron. C'est comme avoir une famille. Pour les autres c'est très bien mais le boss ne peut pas se le permettre. Je suis le chat qui marche seul." Seul, c'est-à-dire si l'on ne tient pas compte des douze gardes du corps qui l'escortaient vingt-quatre heures sur vingt-quatre, soit trente-six personnes travaillant en équipe de douze par roulements de huit heures. Plus une équipe de douze chauffeurs entraînés à la contre-surveillance au volant de ses limousines Mercedes blindées, experts dans l'art du nettoyage à sec, c'est-à-dire capables de s'assurer que le cortège de voitures n'était pas suivi (encore quatre chauffeurs à la fois, trois roulements). Et la porte de sa maison était en acier trempé, les fenêtres étaient à l'épreuve des balles et pouvaient compter sur d'épais volets métalliques, il y avait des hommes lourdement armés en permanence sur le toit. La ville était gouvernée par un homme qui vivait dans une cage qu'il s'était construite. S'étant rendu invulnérable, il avait fait de la vulnérabilité des gens, des familles et des capitaux, le fondement même de sa fortune et de son pouvoir.

(Je ne suis pas spécialiste de cette industrie connue aujourd'hui sous le nom de Bollywood mais elle aime ses films de gangsters autant que ses gangsters eux-mêmes. Le passionné de cinéma qui voudrait découvrir cet univers pourrait commencer par Company *de Ram Gopal Varma,* Shootout at Lokhandwala *d'Apoorva Lakhia,* Shootout at Wadala *de Sanjay Gupta, ou* Once upon a Time in Mumbaai, *et* Once upon a Time in Mumbaai 2 *de Milan Luthria. Le* a *supplémentaire de Mumbaai est un exemple de la nouvelle manie numérologique : les gens ajoutent ou enlèvent des voyelles à leur nom, ou, dans le cas présent, au nom de leurs films pour attirer la chance et le succès :* Shobhaa De, Ajay Devgn, Mumbaai. *Je ne suis pas en mesure de me prononcer sur l'efficacité, réelle ou pas, de telles altérations.)*

*

Ce fut *Aibak*, le film sur Qutb al-Dīn Aibak, le premier des rois-esclaves et la construction du Qutb Minār, qui montra à l'industrie cinématographique que le nouveau parrain avait l'intention de faire des affaires. Le drame historique à gros budget avait été, sa vie durant, le projet préféré d'un magnat de Bollywood, le producteur A. Kareem, et il avait au générique trois des "six garçons et des quatre filles" qui, selon la terminologie en vogue, étaient les ultrastars de l'époque. Deux semaines avant le début du tournage, Kareem, qui était lui-même musulman, reçut une note l'informant que le film en question était une insulte à l'islam parce qu'il parlait du nouveau monarque comme d'un esclave, et demandant que le projet fût annulé ou alors qu'une "taxe en guise d'excuse / de permis de tourner" de dix millions de roupies en billets usagés, et dont les numéros de série ne se suivaient pas, fût versée au représentant de la Z-Company qui se manifesterait en temps voulu. Kareem donna immédiatement une conférence de presse et se moqua publiquement de Zamzama Alankar et de son gang : "Ces philistins pensent pouvoir se phoutre de moi ? s'écria Kareem en prononçant les deux « ph » comme des sons puissamment explosifs. Ils sont tellement ignorants qu'ils ne savent même pas que les noms sous lesquels cette dynastie est connue, les Mamelouks ou les Ghulam, signifient tous les deux esclaves. Nous sommes en train de réaliser une production exemplaire, une fresque représentative de notre histoire. Ce n'est pas un ramassis de crétins qui va nous en empêcher." Quatre jours après, un petit groupe d'hommes lourdement armés mené par les lieutenants de Zamzama, Big Head et Short Fingers, envahirent le périmètre sécurisé à Mehrauli près de l'authentique Qutb Minār où des décors extrêmement élaborés avaient été construits pour le film et y mirent le feu. Le film ne fut jamais tourné. A. Kareem se plaignit de violentes douleurs à la poitrine après la destruction de son lieu de tournage et mourut le cœur littéralement brisé. Les médecins qui examinèrent son cadavre déclarèrent que l'organe avait littéralement explosé à l'intérieur. Plus personne ne se moqua jamais de Zamzama Alankar.

Néron continua à inviter Zamzama à des fêtes chez lui et la crème de l'industrie du cinéma continua à y venir. Zamzama lui-même se mit à organiser les fêtes les plus somptueuses qu'on eût jamais vues, emmenant ses invités par avions entiers jusqu'à Dubaï et tout le monde y alla. Il avait dû en être ainsi du temps de la splendeur d'Al Capone, la fascination obscure, l'attrait du danger, le cocktail enivrant de peur et de désir. Les fêtes de Zamzama étaient commentées dans toute la presse, les vedettes étincelantes dans leurs atours nocturnes. La police restait les bras croisés. Et parfois, le matin, après une fête pyrotechnique, on entendait frapper à la porte d'un producteur endormi qui cuvait ses excès de la veille dans la cabine d'un yacht de la Z-Company, peut-être en compagnie d'une starlette trop stupide pour savoir que ce n'était absolument pas le bon moyen pour parvenir au sommet, et on voyait Big Head ou Little Feet qui apportait un contrat à signer au producteur, par lequel celui-ci renonçait à tous les droits étrangers de son dernier film aux conditions les plus désavantageuses tandis qu'une arme menaçante pointée sur sa tempe aidait à le convaincre, le temps de la galanterie était révolu, personne ne disait à la starlette nue dans le lit de se rhabiller et de filer. Des fêtes par-devant, le business dans l'arrière-boutique, c'était ça, la Z-Company. De nombreuses vedettes de Bollywood demandèrent et obtinrent la protection de la police, mais elles ne savaient jamais vraiment si cela suffirait, si les hommes en uniforme n'allaient pas se révéler être des obligés de Zamzama et si les armes destinées à les protéger n'allaient pas se retourner contre elles au lieu de se pointer à l'extérieur vers la ville dangereuse et insondable. Et la loi ? Elle fermait pratiquement les yeux. Quelque menu fretin était parfois envoyé en prison en guise de concession à l'opinion publique. Les gros poissons nageaient librement dans la mer.

Ma fille, ma fille, dit Néron. J'étais l'un des pires, parce qu'ils n'ont jamais essayé de m'extorquer de l'argent. J'effectuais de mon plein gré leurs trafics financiers et ils me récompensaient généreusement, et j'acceptais tout, c'est ainsi que marchait le monde, je le pensais, et peut-être était-ce le cas, mais le monde est un sale endroit, il te faudrait chercher un monde meilleur que celui que nous avons fait.

Il n'était pas victime de racket mais il n'avait pas besoin de l'être. Les menaces, les tentatives d'assassinat et les meurtres bien réels de ces années-là l'avaient complètement terrorisé. Il avait beaucoup à perdre. Il possédait une demeure très coûteuse, il avait des immeubles qui poussaient dans toute la ville, il avait une femme, il avait des fils. Il présentait toutes les faiblesses dont Zamzama était friand et dont il avait besoin. Il n'était même pas nécessaire aux membres de la Z-Company de les lui rappeler. Elles étaient le lien tacite entre Néron et la mafia. Qui était-il pour eux ? Ils avaient le linge sale, lui faisait la lessive. Il était leur *dhobi*, c'est d'ailleurs ainsi que le surnommaient, Big Head, le nain et Short Fingers aux cheveux orange et Little Feet qui avait les plus grands pieds qu'on ait jamais vus. “Hé, *dhobi* !, disaient-ils au téléphone, on a de la lessive pour toi. Viens la chercher et porte-la au *ghat*.” Quand ils le voyaient, ils claquaient des doigts : “Nettoie ça, ordonnaient-ils, et en vitesse.” Zamzama, lui, était plus respectueux, employant toujours des formules de politesse et le véritable nom de Néron. *Sahib, ji, janab*. Ce respect était une façon d'exprimer le mépris. Il signifiait : "Tu m'appartiens, salopard, ne l'oublie jamais." Néron n'avait pas besoin qu'on le lui rappelle. Il n'était pas un héros. Il n'avait pas envie de perdre sa famille, ni ses orteils. Il ne risquait absolument pas d'oublier.

Les méchants jaillissaient hors des écrans, sautant dans les salles de cinéma, plus grands que nature, format cinéma, et remontaient les allées en courant pour déboucher dans la rue en tirant dans tous les sens, et il avait le sentiment coupable que l'industrie du cinéma en était responsable, qu'elle avait créé ces monstres, les avait faits charmants et sexy et qu'à présent ils s'emparaient de la ville. *Bombay meri jaan*, pensait-il en fredonnant la chanson, Bombay ma vie, mon amour, qu'es-tu devenue ? Les filles de Marine Drive dans la fraîcheur du soir avec des guirlandes de jasmin dans les cheveux, les jam-sessions de jazz du dimanche matin sur Colaba Causeway ou Churchgate, où on écoutait Chic Chocolate, le saxophone de Chris Perry et la voix de Lorna Cordeiro ; la plage de Juhu avant que des gens comme lui ne l'encerclent d'immeubles ; la nourriture chinoise, la belle ville, la meilleure ville du monde. Mais non, c'était faux, cette chanson qui était pour Bombay ce que *New York, New York* était pour une autre métropole avait toujours averti que la ville était dure, qu'il était difficile d'y vivre et c'était la faute de cette chanson : les joueurs, les assassins, les voleurs et les hommes d'affaires corrompus qu'elle évoquait étaient sortis de ses paroles comme les acteurs avaient crevé l'écran et ils étaient là à présent, à effrayer les braves gens, les gens comme la fille naïve de la chanson qui défendait sa grande ville, *Oh, mon cœur c'est facile de vivre dans cette ville*, mais qui mettait tout de même en garde : *attention tu récolteras ce que tu as semé. Tu récolteras seulement ce que tu as semé.*

(Oui, c'était la faute des films, c'était la faute de la chanson. Oui, dénigre donc l'art, Néron, critique le divertissement.

C'est tellement plus facile que de s'en prendre aux hommes, les véritables acteurs de ce drame. Tellement plus agréable que de se remettre soi-même en cause.)

Il continua ses affaires. Les valises, le *smurfing*, le *flipping*. Il accepta même de devenir le courtier en bout de chaîne dans un système de *hawala* où transitaient d'énormes sommes quand le service lui fut "gentiment demandé" par Zamzama Alankar en personne avec force *sahibs*, *janabs* et *jis*, un soir lors d'une fête autour de la piscine du Willingdon Club. *Ils n'ont jamais essayé de m'extorquer de l'argent.* Ils n'avaient pas besoin de le faire. Il était le pion consentant de Zamzama. Il se croyait le roi de la ville mais il n'était qu'un humble fantassin. C'était Zamzama Alankar le roi.

Et il ne disait pas toute la vérité à propos du racket. Il l'admettait. La vérité c'est qu'ils n'avaient jamais essayé de lui extorquer d'argent liquide, ils lui avaient extorqué bien pire.

*

Zamzama, le Canon, n'était pas un sentimental. D'après sa légende – c'était un homme qui se donnait beaucoup de mal pour nourrir son propre mythe –, Little Feet avait jadis enlevé une fille de la mafia, du nom de Moosa Mouse, coupable de s'être disputée avec certaines filles de la compagnie, et il l'avait enfermée dans un conteneur en métal sur le port, il avait ensuite loué un bateau pour emporter le conteneur à l'endroit le plus éloigné du port avant de l'envoyer par le fond. Deux jours plus tard, la mère de Mouse était à la télévision pleurant toutes les larmes de son corps. Zamzama dit : "Trouvez-moi immédiatement son numéro de portable", et, une minute après, *pendant qu'elle était encore en direct en interview sur le plateau*, il l'appela. Stupéfaite, elle répondit et la voix de Zamzama lui susurra à l'oreille : "Salope, ta souris est devenue un poisson et si tu ne cesses pas de faire du raffut tu ne vas pas tarder à être transformée en *keema* à ton tour, *kaboom* !" *Keema*, c'était du hachis et *kaboom* était la formule favorite de Zamzama pour prendre congé et celui ou celle qui l'entendait comprenait instantanément à qui il avait affaire. La femme s'arrêta immédiatement de pleurer, boum, d'un coup, et ne reparla plus jamais au moindre journaliste.

Zamzama n'avait pas non plus de temps à perdre avec la vision romantique du passé à la *Bombay-meri-jaan* que Néron aimait tant. "Cette ville de rêve a disparu depuis longtemps, dit-il à Néron sans façon. Tu as toi-même construit par-dessus et tout autour et tu as écrasé la ville ancienne sous la nouvelle. Dans le Bombay de tes rêves, tout n'était qu'amour et paix, pensée laïque et absence de communautarisme, hindous et musulmans étaient *bhai bhai*, tous les hommes étaient frères, c'est ça ? Toi qui vis dans le monde, tu devrais mieux le connaître. Les hommes sont des hommes et leurs dieux sont leurs dieux, ces choses-là ne changent pas et l'hostilité entre leurs tribus est toujours présente. Tout dépend de ce qui émerge à la surface et de la profondeur à laquelle est enfouie la haine. Dans la ville de Mumbai nous avons gagné la guerre des gangs mais une guerre bien plus importante se prépare. Il ne reste plus aujourd'hui que deux gangs à Mumbai. Le vrai gang, la mafia, c'est-à-dire moi, la Z-Company, nous sommes les seuls sur ce terrain. Mais qui sommes-nous, à quatre-vingt-quinze pour cent ? Des musulmans. Le peuple du Livre. Mais il existe aussi des gangs politiques et ils sont hindous. Ce sont des politiciens hindous qui gèrent les affaires économiques de la ville, et les politicards hindous ont leurs gangs hindous. Raman Fielding, le nom te dit quelque chose ? *Alias* Mainduck la grenouille ? Tu comprends ?

Alors écoute ceci. Avant on se battait seulement pour le territoire. Cette bataille est finie. Maintenant c'est l'heure de la guerre sainte, *kaboom*."

Sultan Ameer avait "embrassé la religion" vers la fin de sa vie, mais c'était une religion mystique à tendance soufie. Zamzama Alankar, au début des années 1990, était devenu partisan d'une version bien plus farouche de leur religion commune.

La personne responsable de ce profond changement dans la vision du monde et les centres d'intérêt de Zamzama était un prédicateur et démagogue nommé Rahman, fondateur et secrétaire d'une organisation militante basée en ville qui se faisait appeler l'académie Azhar et dont le but était de promouvoir la pensée d'un agitateur indien du XIXe siècle, l'imam Azhar de Bareli, la ville qui avait donné son nom à la secte Barelvi dont le prêcheur Rahman était le guide. L'académie s'était fait connaître en ville en organisant des manifestations contre le parti au pouvoir, lequel avait qualifié ces manifestations d'"émeutes" mais elles prouvaient à tout le moins que cette académie était capable en un rien de temps de faire descendre des foules dans la rue pour les y lâcher. À la grande consternation de Néron, Zamzama se mit à répéter bêtement les paroles du démagogue Rahman, souvent presque textuellement. L'immoralité et la décadence de. L'hostilité malveillante et la dépravation de. La nécessité d'affronter directement les. Les enseignements purs et immaculés de. La perspective correcte de. La véritable gloire et la splendeur de. Notre responsabilité de sauver la société de. Les bénéfices de la doctrine géniale de. Notre détermination est plus grande que. Notre mode de vie est une façon scientifique de vivre dans ce monde et dans l'au-delà. Le monde n'est rien d'autre qu'un passage vers la grandeur. Cette vie n'est rien qu'un raclement de gorge avant le chant immortel qui va suivre. Si l'on exige de nous le sacrifice de notre vie nous ne sacrifions rien de plus qu'un raclement de gorge. Si l'on exige de nous que nous nous soulevions, nous nous soulèverons en brandissant la flamme de la justice. Nous lèverons la juste main de Dieu et ils en sentiront le soufflet sur leur visage.

"Bon sang, Zamzama, lui dit Néron quand ils se retrouvèrent à bord du *Kipling*, le voilier de Zamzama ancré dans le port qui était l'endroit préféré du Canon pour les conversations confidentielles. Qu'est-ce qui te prend ? Je t'ai toujours vu comme un fêtard, pas comme une mante religieuse.

— Le temps des bavardages est révolu, répondit le don avec une nouvelle nuance dans la voix que Néron trouva menaçante. Le temps est venu des décisions difficiles. D'ailleurs, *dhobi*, ne blasphème plus jamais en ma présence." C'était la première fois que Néron passait du statut de *sahib* à celui de *dhobi*. Il n'aima pas du tout cela.

Il n'y avait plus de fêtes à Dubaï. Dans la maison derrière la porte blindée, on priait beaucoup désormais. Pour un homme du tempérament de Néron c'était bizarre. Peut-être le temps était-il venu, se dit-il, de prendre ses distances par rapport à la Z-Company ? Il serait impossible de la quitter complètement à cause de l'influence de la mafia sur les syndicats du bâtiment et plus encore sur la force de travail "immigrante" non syndiquée qui affluait en ville venant de tout le pays sans papiers et sans aucun statut légal. Mais peut-être en avait-il assez fait dans le recyclage de l'argent. C'en était peut-être assez du *smurfing*, du *flipping* et du *hawala*. Il était désormais un magnat respecté et avait peut-être intérêt à s'éloigner de ces pratiques douteuses.

Il dit à Zamzama : "Je pense que je me fais vieux et que je suis trop fatigué pour travailler dans la finance. Je pourrais peut-être former un successeur pour prendre ma place."

Zamzama garda le silence pendant une bonne minute. Le *Kipling* à l'ancre, grand-voile affalée et ferlée, se balançait doucement sur l'eau. Le soleil s'était couché et les lumières de la Back Bay brillaient autour d'eux, un arc de beauté que Néron avait toujours beaucoup aimé. Le boss de la mafia dit alors : “Est-ce que tu aimes ce groupe de rock classique américain, les Eagles ? demanda-t-il. Glenn Frey, Don Henley, etc., etc., etc. ?” Et, sans attendre la réponse, il ajouta “Bienvenue à l'Hôtel California” puis, à la grande consternation de Néron, le don se mit à chanter, très fort et complètement faux, d'une façon qui glaça de peur le cœur de Néron.

“Tu peux régler ta note quand tu veux mais tu ne pourras jamais partir.”

*

Ce fut le début d'une période très sombre, dit Néron dans son bureau obscur de la maison Golden. Après cette discussion, je me retrouvai en enfer. Ou alors j'y étais déjà depuis longtemps mais à présent je sentais la flamme sous la plante de mes pieds.

Et tu sais ce qu'il y a de drôle avec cette chanson, celle de l'hôtel ? C'est que ce n'était même pas vrai. Parce que pour ce qui est de partir, quand, pour aller où, par quel moyen, cela devint son problème autant que le mien.

*

Je te choque, dit-il. Je te fais horreur et tu n'as pas encore entendu le pire. Tu es effrayée par ce que je t'ai raconté et tu n'as qu'une seule question en tête. Tu aimais mon fils. Mon pauvre fils perturbé et tu te demandes, sans dire un mot, je lis la question dans tes yeux même dans le noir : jusqu'où mes enfants étaient-ils au courant de tout cela ?

En ce qui concerne ton bien-aimé, il n'a aucune responsabilité dans tout ce que je t'ai raconté jusqu'ici. Il n'était pas né, ou n'était encore qu'un gamin. Quant aux autres ils ont grandi dans un certain milieu social, le milieu des affaires d'une grande ville, et ils savaient ce que cela voulait dire. Sans graisser les pattes, on n'arrivait à rien. Ils connaissaient mon Don Corleone, oui. Mais tout le monde l'aimait bien. Pour eux tout cela était normal, comme pour tous les autres. Ils aimaient aussi le monde du cinéma. Avoir des stars à la maison. Le plaisir d'être en compagnie de femmes de tout premier ordre. Ils avaient l'impression de faire partie d'un film. C'était très agréable et si les parrains étaient là eux aussi, peu importe, tout le monde le savait. Tout le monde s'en fichait. Du temps de Sultan Ameer personne ne jugeait. Mais quand Alankar a pris la direction, je ne leur ai plus rien dit de mes affaires. Moins ils en savaient mieux ça valait pour tout le monde. C'était un autre genre d'individu et j'ai tenu ma famille à l'écart. Mes affaires étaient mes affaires. J'admets qu'on puisse me critiquer, je ne cherche ni à me justifier ni à défendre mes choix ou mes actions, je me contente de constater. Ton garçon avait sept ans en 1993 et vingt-deux en 2008 quand nous sommes arrivés à New York. Je dois dire que des trois c'est lui qui a toujours été le plus renfermé sur lui-même. Sa guerre était en lui, je le vois clairement à présent. Il avait toujours eu ses canons pointés sur lui-même jusqu'à… Jusqu'à… Il était donc très facile de lui cacher certaines choses. Les choses que je ne voulais pas qu'il sache. Je pense qu'il n'était au courant de rien. L'aîné aussi, mon fils dérangé, ils l'appelaient Harpo, la ville pouvait être cruelle, pour lui aussi la grande question de sa vie se trouvait dans sa tête, une question sans réponse. Lui aussi je l'absous. Reste la question d'Apu. Apu qui, à l'époque, était Groucho. Apu, pour être franc, je pense qu'il était au courant. Il savait mais ne voulait pas le savoir d'où l'alcool, la drogue pour s'étourdir, s'aveugler et se rendre inconscient. Je ne lui ai jamais parlé de ce côté obscur. Il ne m'a jamais rien demandé. "Si mon père était dentiste, m'a-t-il dit un jour, est-ce que j'irai lui demander combien de plombages ou de traitements du canal radiculaire il a faits dans la journée et sur qui ? Eh bien c'est comme ça que je te vois. Tu es le dentiste quand tu pars au travail mais à la maison tu es notre père. C'est ce que ta famille attend de toi. Pas des plombages mais de l'amour paternel."

Je lui ai révélé très peu de choses. Uniquement les choses superficielles que tout le monde savait. Les pots-de-vin, la corruption. Des broutilles. Mais je pense qu'il se doutait des affaires plus importantes. Je pense que c'est ce qui explique la débauche, la boisson, les femmes, la drogue.

Avant de venir ici, ce n'était pas vraiment un artiste. Il en avait le style de vie mais pas la discipline. Il était bohème mais en Bohême on produit un très beau cristal. Lui ne faisait pas grand-chose à part faire l'amour et, laisse-moi te le dire au risque de te paraître vulgaire, excuse-moi, la drogue n'améliore guère les performances d'un amant si ce n'est dans l'imagination de l'amant lui-même. Donc, dans ce domaine probablement il n'était pas non plus très efficace. À son arrivée en Amérique, il s'est repris en mains *(claquement de doigts)* juste comme ça. Cela m'a impressionné. C'était un homme nouveau et tout a commencé à bien marcher pour lui. Son talent est apparu et tout le monde a pu le voir. Je l'ai vu moi-même pour la première fois. Je ne m'étais jamais douté qu'il avait autant de talent. Ils avaient tous les trois cette même capacité : celle de refermer le livre du passé pour vivre dans le présent. C'est une grande chance d'avoir ce don. Pour ma part je referme le livre du présent pour vivre de plus en plus dans le passé.

Mais reste la question des bourdonnements d'oreilles d'Apu, les voix, les visions parfois. Il avait une longue pratique des hallucinogènes. On pourrait dire, si c'est votre manière d'envisager les choses, qu'ils l'ont rendu plus sensible à l'invisible, qu'ils l'ont conduit sur la voie d'un monde de visions, qu'ils lui ont ouvert, comment dit-on ? Les portes de la perception. Ou bien on pourrait dire que tout cela ce sont des bêtises. On pourrait dire, à l'inverse, qu'il avait l'esprit dérangé. Que lui aussi souffrait de problèmes mentaux, au cœur de lui-même. Trois fils tous les trois dérangés au plus profond d'eux-mêmes. Ce n'est pas un sort équitable pour un père. Ce n'est pas juste. Pourtant ce fut mon destin. Apu avait des visions et il entendait des voix. Donc il était fou lui aussi.

Je pense donc qu'il était au courant de mes activités mais aussi qu'il s'arrangeait pour ne pas le savoir. C'est pourquoi il est retourné là-bas avec cette femme sans y avoir réfléchi au préalable. Il est rentré chez lui et il est mort. Je pense qu'au moment de mourir, il a dû comprendre qui le tuait et pourquoi. Il a dû comprendre que c'était la conséquence de mes actes. Moi aussi je le comprends. On m'a envoyé ce message et je l'ai bien reçu. Les ténèbres progressent. La fin est proche. C'est pour cela que je parle cette nuit. Pour pouvoir tout dire.

Il y a encore deux choses dont je dois parler qui se sont produites à quinze ans d'intervalle. 1993, 2008. Voilà les dates.

*

En décembre 1992, Néron se trouvait de nouveau à bord du *Kipling* en compagnie de Zamzama Alankar. La mosquée construite par le premier empereur moghol, Bābur, dans la ville du Nord à Ayodhya, venait d'être détruite par des militants hindous au prétexte qu'elle se trouvait sur le site mythologique du lieu de naissance de Lord Rama, le septième avatar ou incarnation de Vishnou. Il y eut des émeutes à Mumbai. Pour commencer, des musulmans manifestèrent puis le parti lié aux extrémistes hindous, Shiv Sena, riposta en les attaquant et la police, selon Zamzama, prit ouvertement parti, fut ouvertement pro-Sena et contre “nous”. Ces émeutes commençaient à se calmer mais la rage de Zamzama était volcanique et ne connaissait pas de limites.

C’est la dernière paille, hurla-t-il à Néron. Elle a brisé le dos du chameau et maintenant il faut l’abattre.

Ce n’est pas très sage de se mêler de cette affaire. Concentre-toi sur tes points forts. Les affaires vont bien.

Ce n’est pas une question de sagesse. C’est une question de nécessité. Et détruire une sainte mosquée parce que soi-disant elle est placée sur le lieu de naissance d’un être imaginaire, c’est *sage*, peut-être ?

Ils ne pensent pas qu’il est imaginaire.

Ils ont tort.

Alankar avait eu des contacts avec des personnes d’un pays voisin qui étaient très préoccupées. Ces voisins estimaient qu’il était tout à fait nécessaire de faire quelque chose.

Un plan avait été élaboré, dit Zamzama. Une livraison importante d’armes, de munitions et d’explosifs RDX allait être envoyée par les voisins, par mer sur la côte de Konkan au cours de la première semaine de janvier. L’endroit précis serait Dighi. Il te faudra prévoir les valises pour les gardes-côtes de façon à ce qu’il y ait un endroit sans surveillance où les vedettes rapides pourront débarquer la marchandise.

Moi, Zamzama ? Ce n’est pas le genre d’affaires dont je m’occupe. La politique ? Non, non non. Tu ne peux pas me demander cela.

Oui, oui, oui. Ta maison est bien fortifiée, non ? Je l’ai vue, les lourdes grilles métalliques motorisées, les systèmes d’alarme, les gardes. Ta famille doit s’y sentir en sécurité. N’est-ce pas ? Ils ont raison. Mais il doit bien leur arriver de sortir parfois ? Bien sûr, ce sont des Mumbaikars, ils profitent à fond de la vie. Une famille heureuse. Félicitations.

Nous sommes associés depuis si longtemps, toi et moi. Tu ne devrais pas me parler comme ça.

Tu as si bien réussi, tu es si riche, bravo. Quel malheur si tes ouvriers se mettaient en grève. Quelle tragédie si par hasard un incendie…

En somme je n'ai pas le choix. Très bien, ce sera fait.

Il y aura également une deuxième livraison quelques semaines plus tard, à Shekhadi. Même procédure.

Le plan des voisins prévoyait une série d'actions bien coordonnées. D'abord des assassinats. À Dongri, l'ancien fief de Daddy Jyoti, celui qui avait été chassé de la ville à coups de bouteilles de soda, vivait une communauté de ce qu'on appelait des ouvriers *mathadi*, c'est-à-dire des ouvriers qui portaient leurs charges sur la tête. Ils dormaient dans la rue et seraient donc faciles à trouver. On allait choisir un certain nombre de ces ouvriers, l'élimination se ferait au moyen de petits couteaux qui leur trancheraient la gorge pour faire croire à un meurtre rituel religieux. Dongri était une zone très sensible quant aux rapports entre elles des différentes communautés religieuses et les voisins comptaient bien que les meurtres rituels provoqueraient un soulèvement violent de la faction ennemie. Cette faction était très bien organisée et disposait du soutien de la police mais devrait faire face à une résistance lourdement armée. Il y aurait même des grenades et des bombes. Et ces bombes soulèveraient des mouvements de protestations encore plus massifs mais ces foules se retrouveraient face à des armes automatiques et à de nouvelles bombes. Ainsi on allumerait un incendie qui se répandrait à travers tout le pays et les voisins seraient bien contents de la leçon qu'auraient reçue ces salopards.

Si Dieu le veut, dit Zamzama, on va leur faire leur fête, à ces salopards !

Ce fut la dernière fois que Néron monta à bord du *Kipling*. Il était presque l'heure de redescendre à terre mais le boss de la Z-Company avait encore quelque chose à ajouter. Toi et moi, dit-il, on ne se reverra peut-être plus. Je ne pourrai pas rester dans ce pays après les événements qui vont se produire. Ta position est plus confortable. J'ai toujours été attentionné à ton égard et il y a, comme tu sais, une longue chaîne d'intermédiaires entre nous, tu pourras donc parfaitement nier avoir été en contact avec moi et je pense que tu peux rester ici avec ta femme et ta famille. Mais au cas où, tu as peut-être quand même intérêt à envisager une stratégie de fuite.

Zamzama avait raison. Les deux hommes ne se revirent jamais. Pour la stratégie de fuite il avait raison là aussi.

*

La presse s'est largement fait l'écho des événements du 12 mars 1993 et il ne sera pas nécessaire d'entrer dans les détails. Voitures piégées, scooters piégés, une bombe dans le sous-sol de la Bourse. Trois bazars, trois hôtels, l'aéroport, un cinéma, le bureau des passeports, une banque, *kaboom*, *kaboom*, *kaboom*. Même la communauté des pêcheurs de Mahin, *kaboom*. Un taxi piégé à la porte de l'Inde, un sacré *kaboom*.

Pourtant les voisins ont dû être déçus. Il y eut un nombre considérable de victimes mais la guerre civile qu'ils avaient espérée ne se déclencha pas. La ville et la nation gardèrent leur sang-froid. Il y eut des arrestations, les choses se calmèrent, la paix revint. Zamzama avait pris la fuite avec son lieutenant Short Fingers et ils furent déclarés ennemis publics n° 1 et n° 2. De l'avis général ils étaient allés chercher refuge chez les voisins et Zamzama continuait à gérer la Z-Company à distance. Les voisins pourtant prétendaient tout ignorer de l'endroit où se trouvaient les fugitifs.

*

Au cours des années suivantes, une scission majeure se produisit au sein de la pègre. Après les attentats la police lança une opération sans précédent contre la Z-Company, tous les arrangements et les accords tacites furent oubliés et l'édifice tout entier faillit se désintégrer. Les téléphones satellitaires et les systèmes de communication cryptés continuaient à fonctionner et Zamzama pouvait donc toujours communiquer ses instructions et faire la loi mais n'était-il pas quelque peu présomptueux de sa part et de la part de Short Fingers d'envoyer les ordres de loin, ce n'était pas eux qui étaient sur le front. L'éloignement entre les deux chefs absents et les deux qui étaient sur le terrain, à savoir Big Head et Little Feet – qui avaient à se défendre d'accusations de terrorisme et d'association de malfaiteurs, et le verdict par insuffisance de preuves qui leur permit d'aller et venir librement ne fut obtenu qu'au bout de cinq ans, soit cinq années d'existence passées sous l'épée de Damoclès de la loi –, engendra peu à peu un certain ressentiment. Au terme des cinq ans en question, la Z-Company était toujours la Z-Company, la loyauté de ses cadres n'avait pas disparu mais tout le monde savait qu'il existait désormais une Fraction-Z, un groupe qui faisait avant tout allégeance au nain et au type aux grands pieds, et même s'il existait une sorte de trêve entre ces deux-là et les deux autres réfugiés chez les voisins, il y avait de moins en moins de sympathie entre eux.

Néron fut invité à rencontrer Head et Feet. La rencontre ne se passa pas à bord d'un yacht de luxe dans le port mais dans un *basti* au fond du bidonville de Dharavi où il fut conduit par des hommes qui ne lui adressèrent pas la parole et ne semblaient pas disposés à faire la conversation. Dans le taudis, Head lui fit un signe de la tête et Feet lui indiqua du pied une brique. Assieds-toi, dit Feet.

Donc voici ce que nous savons de toi, dit Head.

Tu es le *dhobi*, dit Feet.

Ce qui est sale, tu le laves.

Nous avons donc beaucoup de mal à croire que tu n'étais pas au courant. *Nous*, on ne savait rien. C'est une question que nous allons devoir régler avec le boss. Mais toi ? Tu ne savais vraiment rien ? On a vraiment du mal à le croire.

Ça laisse nos *dimaags* perplexes.

Quoi qu'il en soit, nos *cerveaux* savent deux choses, petit *a* et petit *b* : *(a)*, tu n'aimes pas la politique.

Et *(b)*, tu ne t'intéresses pas à la religion.

Il y a donc un doute. D'un côté, de l'autre.

Nous avons donc décidé de t'accorder le bénéfice du doute.

Notre position est la suivante : cette opération a fait du tort à la compagnie. À partir de maintenant, nous avons l'intention de nous désengager de ce genre d'opérations.

Nous l'avons dit au boss et à Fingers.

Ils sont d'accord.

Un nouveau départ. Retour aux fondamentaux. Nous ne nous aventurons plus en dehors de la zone dont nous sommes spécialistes.

Néanmoins, dans les affaires de la compagnie se posent de nombreux problèmes de confiance. Et notre confiance en toi est, comment dire ?

Compromise.

Ébranlée.

Morte.

Une confiance douteuse n'est plus très fiable.

C'est une défiance.

Cependant nous t'accordons le bénéfice du doute.

Voir plus haut.

C'est pourquoi nous avons décidé de nous séparer de toi. Tu mènes ta vie, nous menons la nôtre.

Mais s'il arrivait à un moment ou un autre que la moindre information t'échappe nous concernant.

Nous te couperons le pénis.

Et celui de tes fils.

Et on les fourrera dans la bouche de ta femme.

Et moi je la prendrai par-derrière.

Pendant que je l'égorgerai par-devant.

Tu es libre. Tu peux t'en aller.

Mais dépêche-toi.

Avant qu'on ne change d'avis.

Cette histoire de pénis me paraît une bonne idée.

Non, non, il plaisante. Adieu, *dhobi.*

Adieu.

*

Quinze ans passèrent. Quinze ans c'est long, assez long pour oublier ce qu'on veut laisser derrière soi. Ses fils grandirent, sa fortune aussi, et l'ombre de la pègre, l'ombre qui venait des bas-fonds cessa de planer sur sa maison. La vie continuait avec ses hauts et ses bas. Il avait toujours sa stratégie de fuite prête à fonctionner mais il n'était pas nécessaire d'y avoir recours, pas nécessaire de quitter la maison, de couper son monde en deux et d'en jeter la moitié. Quinze ans. C'est assez long pour se détendre.

Puis arriva 2008. Et au mois d'août 2008 à l'aéroport, alors qu'il attendait son tour au contrôle des passeports au retour d'un voyage d'affaires à New York, Néron vit un fantôme. Le fantôme faisait la queue dans la file voisine de la sienne et sa chevelure orange caractéristique avait disparu. Maintenant il avait les cheveux noirs, comme tout le monde. Mais malgré cette différence de cheveux, c'était manifestement lui. L'ennemi public n° 2. Néron regarda Short Fingers avec stupéfaction. On allait sûrement l'arrêter d'un instant à l'autre, l'abattre s'il tentait de résister ? Son regard croisa celui de Fingers et d'un froncement de sourcils il fit part de sa surprise au mégaboss de la Z-Company. Fingers se contenta de tourner son pouce vers le haut (il faut dire qu'il avait un bien petit pouce) et se détourna. Ils approchaient du guichet des passeports. Des officiers en uniforme épluchaient attentivement les papiers à la façon super bureaucratique dans laquelle n'importe quel petit fonctionnaire indien est passé maître. C'est alors, au moment où Short Fingers n'avait plus qu'une personne devant lui, que se produisit quelque chose d'extraordinaire et d'imprévisible. Tous les ordinateurs de la salle tombèrent en panne, boum ! D'un coup ! Plus que des écrans noirs. Suivirent quelques instants de consternation pendant que les officiers de l'immigration essayaient de faire redémarrer leurs machines tandis que d'autres couraient çà et là. La panne informatique était aussi totale que mystérieuse. Dans les files d'attente, on commença à s'impatienter. Finalement, un gradé de l'office d'immigration donna le signal et les files recommencèrent à avancer, tout le monde passa le guichet après un simple contrôle manuel, y compris Fingers. Deux minutes plus tard, lorsque Néron arriva à son tour au guichet, boum, tous les ordinateurs redémarrèrent. La Z-Company n'avait pas perdu la main.

Pourquoi Short Fingers avait-il pris le risque énorme de revenir ? Dans quel but Zamzama l'avait-il envoyé ? Ces questions préoccupèrent Néron jusque tard dans la nuit, et à 2 heures du matin il eut la réponse parce que pour la première fois en une décennie et demie son téléphone portable sonna selon le code convenu annonciateur de problèmes. Trois coups, silence, un coup, silence, deux coups, silence, réponse à la quatrième sonnerie. Oui, dit-il. La voix de Short Fingers à son oreille comme les griffes du démon l'attirant dans l'abîme. Encore une fois, dit Fingers. Une dernière fois.

La région occidentale de la garde côtière indienne était divisée en cinq zones. La zone n° 2 était la région de Mumbai et possédait trois bases le long de la côte, à Murud Janjira, Ratnagiri et Dahanu. Chaque base disposait d'un certain nombre de bateaux de patrouille pour le large, de bateaux de patrouille pour la côte, de vedettes rapides et extra-rapides et d'embarcations plus petites et encore plus rapides pour les opérations d'interception. Il y avait aussi des hélicoptères et des avions de surveillance. Mais la mer était vaste et, en s'organisant bien, il était possible de laisser une zone donnée sans surveillance. Une telle opération nécessitait évidemment un grand nombre de valises.

De quoi s'agit-il cette fois ?

Ne pose pas de questions. Fais ce qu'on te demande.

Et si je refuse ?

Ne refuse pas. Le parrain n'est pas en bonne santé. Les voisins ne sont pas de très bons hôtes. Sa marge de manœuvre est réduite, ses finances presque épuisées. Il pense qu'il lui reste peu de temps. Il veut frapper un dernier grand coup. Il n'a pas le choix. Les voisins insistent. Ils menacent de l'expulser.

Cela fait quinze ans. Il y a longtemps que je ne suis plus dans le coup.

Bienvenue à l'Hôtel California.

Je ne vais pas le faire.

Ne refuse pas. Je te le demande gentiment. J'y mets les formes. S'il te plaît, ne refuse pas.

Je vois.

*

Le 23 novembre 2008, dix hommes équipés d'armes automatiques et de grenades à main quittèrent en bateau l'hostile pays voisin. Dans leurs sacs à dos, ils avaient des munitions et de puissants narcotiques : de la cocaïne, des stéroïdes, du LSD, des seringues. En cours de route ils attaquèrent un bateau de pêche, abandonnèrent leur propre bateau, apportèrent deux canots pneumatiques à bord du bateau de pêche et indiquèrent au capitaine le cap à suivre. Quand ils arrivèrent près de la côte ils tuèrent le capitaine et embarquèrent sur les canots. Par la suite bien des gens se demandèrent pourquoi les gardes-côtes ne les avaient pas repérés ou n'avaient pas tenté de les intercepter. La côte était théoriquement bien surveillée mais cette nuit-là il y avait eu apparemment une sorte de défaillance. Lorsque les canots accostèrent, le 26 novembre, les hommes armés formèrent des petits groupes et se dirigèrent vers les cibles qui avaient été choisies, une gare, un hôpital, un cinéma, un centre juif, un café très fréquenté et deux hôtels cinq étoiles. L'un d'entre eux était le Taj Mahal Palace and Tower Hotel, où la femme de Néron, après s'être disputée avec son mari, se trouvait au Sea Lounge à manger des sandwichs au concombre en se plaignant à ses amis de sa vie conjugale.

*

J'en reste muette, dit Riya.

Alors ne dis rien.

Vous avez aidé les terroristes à entrer en ville, ceux-là mêmes qui ont tué votre femme.

Il n'y a rien à dire.

Et puis vous vous êtes sauvés. Vous et tous vos fils.

Il y a tout de même un détail à ajouter. Après les événements, le corps du gangster Short Fingers fut retrouvé largué dans une rue de Dongri. Il avait été égorgé à l'aide d'un petit couteau. Ses anciens associés Big Head et Little Feet étaient mécontents de ces attentats qui mettaient une fois de plus la compagnie et ses activités en danger. C'était le message qu'ils adressaient à Zamzama Alankar. Plus tard Apu lui aussi fut victime de leur colère. C'est à moi qu'ils adressaient un message. Le message disait : nous savons que tu as joué un rôle, voici notre réponse. Ce sont les noms que ce Mastan vient me révéler. Ces noms je les connais déjà.

Vous êtes donc responsable de la mort de votre fils autant que de celle de sa mère.

Ce que j'ai fait, je l'ai fait pour leur sauver la vie. Je me suis compromis pour les protéger. Je suis le roi de cette maison mais j'ai agi comme un esclave. Le blanchisseur. Le *dhobi*. Mais tu as raison : j'ai échoué. Tu m'accuses et je suis coupable et le destin m'a puni en m'enlevant mes enfants. L'un est mort entre les mains de mes ennemis, un autre de sa propre main, et le dernier de la main d'un fou, mais tous les trois sont mon châtiment et le fardeau que je dois porter à jamais, oui, et leurs mères aussi. On m'a appris la leçon et je l'ai retenue. Les cadavres de mes enfants et de leurs mères pèsent sur mes épaules et leur poids m'écrase. Tu me vois anéanti, ma fille, comme un cafard sous le talon du destin. Tu me vois écrasé. Et à présent tu sais tout.

Et qu'est-ce que je fais, maintenant que je sais tout ?

Tu n'auras pas besoin d'agir. Demain matin à 9 heures tapantes, l'ange de la mort vient prendre le thé.

32

Admettons que le Joker devienne roi et que Batwoman finisse en prison : qu'est-ce que cela voudrait dire ? En dehors des Jardins, les rires devenaient plus forts, ils ressemblaient davantage à des cris et je ne savais pas si c'étaient des cris de colère ou de joie. J'étais à la fois épuisé et effrayé. Peut-être m'étais-je trompé sur le compte de mon pays. Peut-être le fait d'avoir passé ma vie dans une bulle m'avait-il fait croire en des choses qui n'étaient pas vraies ou qui ne l'étaient pas suffisamment pour triompher ? Quel sens auraient les choses si le pire arrivait, si la lumière disparaissait du ciel, si les mensonges, les calomnies, la laideur, la laideur devenaient le visage de l'Amérique ? Que voudraient dire mon histoire, ma vie, mon travail, l'histoire des Américains, les anciens et les nouveaux, les familles du *Mayflower* comme les nouveaux venus, fièrement devenus citoyens juste à temps pour voir l'Amérique se démasquer, se démembrer ? Pourquoi seulement tenter de comprendre la condition humaine si l'humanité s'avérait si grotesque, si sombre, *si vaine* ? À quoi servaient la poésie, le cinéma, l'art ? Laissons la beauté pourrir sur la vigne. Que le Paradis soit perdu, et l'Amérique que j'aime, emportée par le vent.

Je dormis mal le dernier week-end avant l'élection parce que mon esprit ruminait ce genre d'idées. Riya m'appela à 5 heures du matin et j'avais les yeux grands ouverts, fixés sur le plafond. Il faut que tu viennes, dit-elle. Il va se passer quelque chose et je ne sais pas ce que c'est, mais je ne veux pas rester ici toute seule. Le vieil homme s'est endormi sur son bureau, affalé dans son fauteuil, le front contre le bois du bureau. Elle avait aussi peu dormi que moi mais elle n'était pas un prêtre catholique dans un film d'Hitchcock et elle avait besoin de partager le fardeau de ce qui lui avait été raconté, des secrets qui étaient désormais également les siens. Je vins la rejoindre, et nous nous assîmes dans les Jardins pour parler. Qu'est-ce que je dois faire ? demanda-t-elle. Que peut-on faire ? répondis-je. Mais je connaissais déjà la réponse parce que je bouillonnais de fièvre créatrice, l'histoire m'avait sauvé des profondeurs de mon désespoir nocturne. C'était la pièce manquante dont j'avais besoin, elle me fournissait le noyau noir de mon film, la grande révélation, le sens. L'art est ce qu'il est et les artistes sont des voleurs et des putains mais, quand la sève créatrice coule, quand la muse inconnue nous murmure à l'oreille, à toute allure, note-le, je ne te le dirai pas deux fois, nous savons alors que nous tenons la réponse à toutes les interrogations angoissantes qui empoisonnent nos nuits de terreur. Je pensais à Joseph Fiennes dans le rôle du jeune barde de *Shakespeare in Love*, se levant d'un bond du bureau sur lequel il écrit – quoi ? *Roméo et Juliette* ? –, se laissant aller à une petite pirouette en privé et se disant sans vanité et sans honte : "Dieu, je suis trop fort."

(Ce qui amène à cette intéressante question : Shakespeare savait-il qu'il était Shakespeare ? Mais ce sera pour une autre fois.)

(Il n'existe pas de muse du cinéma, ni de la fiction. Dans ce cas, la muse la plus appropriée serait probablement Calliope – si ce que je fais pouvait passer pour une épopée – ou bien Thalie, s'il s'agit d'une comédie, ou Melpomène si je parviens à atteindre les sommets requis par la tragédie. Cela n'a pas grande importance. Peu importe.)

Voyons ce qui va se passer, dis-je. Voyons ce que le policier à la retraite a à dire.

Il arrive que le théâtre se montre capable de tendre une embuscade à l'auteur dramatique. Il va arriver quelque chose et je ne sais pas ce que c'est, avait dit Riya en m'appelant à l'aide, mais ce que nous ignorions tous les deux, c'est que ce qui allait se produire, c'était moi.

*

Nous retournâmes chez les Golden pour nous retrouver nez à nez dans le grand salon familial qui donnait sur les Jardins avec Vasilisa, qui tenait sur un bras son jeune fils, mon jeune fils, mon fils ! Et de l'autre main une arme. Un petit pistolet à la crosse de nacre et au canon doré. La fille au pistolet d'or. Elle avait l'air d'une actrice italienne dans sa chemise de nuit de soie rosée sur laquelle flottait un peignoir de dentelle qui descendait jusqu'à terre, Monica Vitti ou bien Virna Lisi, je ne savais pas laquelle des deux. Le pistolet, en revanche, représentait sans conteste la touche Godard. Je pensai à son héroïne meurtrière de *Pierrot*, tuant le nain et le laissant là, les ciseaux plantés dans le cou. Je n'avais aucune envie de devenir une nouvelle version de ce nain. J'allai même jusqu'à lever les mains en l'air. Joue la scène, me dis-je. Riya me regardait comme si j'étais devenu fou.

Bonjour, dit Riya d'un ton normal qui n'avait rien de cinématographique. Tu peux poser ça, s'il te plaît ?

Que faites-vous chez moi ? dit Vasilisa, sans baisser son arme. (Elle au moins s'en tenait au scénario.)

Néron m'a appelée, dit Riya. Il voulait me parler.

Il voulait te parler, à toi ?

Il m'a longuement parlé. Il y a un homme qui doit venir le voir.

Qui ça ? Pourquoi n'en ai-je pas été informée ?

Je suis venu parce que Riya est inquiète, dis-je. À propos de cet homme.

Nous allons l'attendre tous ensemble, dit Vasilisa. Le mystère sera éclairci. Elle remit le pistolet dans sa pochette, à sa place.

Coupez. Ici une série de plans successifs rapides montrant le passage du temps pour faire comprendre l'état lamentable de Néron. Il ne tient pas sur ses jambes, il a la voix qui flanche et le geste incertain.

Quand elle réveilla son mari Néron, il n'allait pas bien. La lucidité de son long discours nocturne avait disparu. Il était embrouillé et confus, comme si son effort de mémoire l'avait épuisé. Vasilisa l'aida à regagner sa chambre et lui dit : "Douche." Après sa douche, elle lui dit : "Habits." Quand il fut habillé, elle dit : "Chaussures." L'air pitoyable, il dit : "Je ne peux pas nouer mes lacets." "Ce sont des mocassins", rétorqua-t-elle. Quand il eut ses chaussures aux pieds, elle lui tendit une poignée de cachets. "Avale", dit-elle. Quand il eut avalé, elle ordonna : "Maintenant, raconte-moi." Il secoua la tête. "Un homme du passé", dit-il.

La seule chose que je sache à propos des Borsalino, c'est que mes parents avaient l'habitude de discuter, à leur façon amicale, prenant plus de plaisir à la discussion elle-même qu'à ses conclusions, pour savoir si les fameux fédoras pouvaient faire partie de leur collection de spécialités belges. L'entreprise qui fabrique les Borsalino ne se situe pas en territoire belge. On la trouve en Italie, à Alessandria, une ville du Piémont, située dans la plaine alluviale entre les rivières Tanaro et Bormida, à une centaine de kilomètres de Turin. Je sais trois choses des Borsalino : qu'ils sont très appréciés des juifs orthodoxes, qu'ils sont devenus à la mode quand

Alain Delon et Jean-Paul Belmondo les ont portés dans le film français de gangsters des années 1970 auquel ils ont donné son titre, et qu'ils sont taillés dans du feutre et que le feutre est fait à base de peaux de lapins belges (ha ha !).

Ce Mastan, l'officier de police en retraite, était assis dans le salon des Golden sur cette même chaise droite qu'avait occupée Kinski le meurtrier, et il semblait un peu inquiet d'avoir en face de lui, outre Néron, non seulement une Vasilisa au visage sombre, mais Riya et moi. C'était le week-end et une bonne partie du personnel était de sortie. Pas de Blather ni de Fuss. Gonzalo, le factotum, était absent ainsi que le majordome Michael McNally et Sandro "Cookie" Cucchi, le chef. J'allai moi-même ouvrir la porte et fis entrer l'inspecteur. Très bel homme ! Cheveux argentés, septuagénaire, comme Néron, avec peut-être quelques années de moins, de profil il aurait pu être le modèle du mémorial de Crazy Horse, dans le Dakota du Sud. Sauf que son costume crème semblait sortir tout droit d'un film de Peter O'Toole et que sa cravate à rayures obliques rouge et or aurait fait la fierté de n'importe quel gentleman britannique. (Je découvris plus tard, après quelques recherches, à quel point il devait en être fier. La cravate du Marylebone Cricket Club était un objet hautement convoité dans le milieu des joueurs de cricket.) Il se tenait droit, le dos très raide, manifestement mal à l'aise, et jouait machinalement avec son Borsalino posé sur ses genoux. Il y eut un moment de silence gêné. Puis il prit la parole.

Je suis venu aux États-Unis pour trois raisons, dit-il. Premièrement, pour voir ma sœur à Philadelphie. Son mari a réussi dans le recyclage des bouteilles en plastique. C'est ainsi qu'on fait fortune en Amérique. Avoir une bonne idée et ne pas en démordre. Le professeur Einstein se plaisait à dire qu'il n'avait eu qu'une seule bonne idée. Mais en l'occurrence, il s'agissait de la nature de l'univers.

Néron était en pleine confusion, distrait, les yeux dans le vague, chantonnant un petit air pour lui-même.

La seconde raison, c'était de me rendre sur la tombe de P. G. Wodehouse, dit-il. (Ce qui éveilla mon attention. Wodehouse, que mes parents et moi-même aimions tant. Wodehouse, qui m'était aussi venu à l'esprit lorsque Kinski était assis sur cette chaise.) Mr Wodehouse est très populaire chez nous, dit Mastan. Sa tombe est un livre de marbre sur lequel sont gravés les noms de ses personnages. Mais mon préféré n'y figure pas. Miss Madeleine Bassett, qui pensait que les étoiles étaient la guirlande de Dieu. Mais c'est un personnage mineur. Tout comme moi, d'ailleurs. C'est la même chose. J'ai toujours joué les seconds rôles.

Mon mari est souffrant, fit sèchement Vasilisa. S'il y a un motif à votre visite je vous demanderai d'y arriver rapidement.

Oh, le motif, madame, certes. Un peu de patience. Il y a le motif apparent et le motif véritable. Le motif apparent est ce que je lui ai dit au téléphone. Un avertissement. Mais ce gentleman a été homme d'expérience. Peut-être est-il inutile de l'avertir de ce qu'il sait déjà. Notre communauté nationale, ici en Amérique, s'est beaucoup développée, madame, elle comprend à présent des recycleurs de bouteilles en plastique, madame, mais aussi des génies des nouvelles technologies, des acteurs couronnés de lauriers, des avocats menant campagne, des hommes politiques de tous bords, des stylistes de mode, et aussi, madame, j'ai le regret d'avoir à le dire, des organisations criminelles. En Amérique, le mot mafia a des connotations typiquement italiennes aussi est-il préférable de l'éviter et d'appeler nos gangsters par d'autres noms. Reconnaissons qu'ils sont encore peu nombreux, ils ne sont que le début de ce que les Italiens appellent des familles et que chez nous on appelle *gharaney*, des maisonnées ou de nos jours des *compagnies*, un terme aujourd'hui très populaire dans notre mère patrie. Toutefois, ces compagnies américaines sont très enthousiastes, ces maisonnées ont un fort potentiel de croissance. On observe aussi chez elles la volonté d'aider la mère patrie, un intérêt pour la globalisation, pour les activités partagées. Notre peuple, aux États-Unis, est désireux d'aider nos compatriotes restés dans la mère patrie, de faciliter leurs actions ici, en échange d'arrangements équivalents au pays. Les choses changent, madame. Le temps passe. Des choses autrefois impossibles deviennent possibles. Je voulais aborder ces questions avec ce monsieur mais à présent que je suis en face de lui je pense que c'est devenu inutile. Peut-être en est-il conscient, peut-être pas. Il s'en préoccupe peut-être ou alors pas du tout. Son intelligence a peut-être gardé sa capacité d'analyser la menace et le risque à moins qu'elle ne l'ait perdue. Ce ne sont pas mes affaires. Je le vois bien maintenant.

Venons-en donc au véritable motif, madame, en vous remerciant de votre patience. Le véritable motif de ma visite était de venir voir ce monsieur pour savoir quels sentiments il m'inspirerait. C'est un homme qui a échappé à la justice malgré de nombreux méfaits, malgré la part qu'il a prise dans des actes épouvantables, madame. C'est un homme qui a savamment brouillé sa piste, qui s'est servi de sa profession et de son argent pour effacer tous les liens qui le rattachaient à ces choses qui sont au-delà des mots. J'ai promis de lui révéler les noms des meurtriers de son fils mais bien sûr il les connaît déjà, il a travaillé avec eux pendant des années, ils étaient en bons termes jusqu'à ce qu'ils se retournent contre lui. Les forces de sécurité de ce grand pays auraient peut-être pu être intéressées par ces questions, j'aurais pu leur en parler mais, dépourvu de preuves, j'ai craint de passer pour un vieil imbécile, même si j'ai autrefois été leur collègue dans un pays lointain. Je pensais que peut-être en revoyant cet homme j'aurais envie de m'occuper personnellement de l'affaire même si nous sommes tous les deux des vieillards. Je pensais que j'aurais peut-être envie de lui flanquer mon poing dans la figure, si absurde que puisse être une empoignade entre deux vieux tocards. Il n'est pas totalement exclu que j'aie pu avoir envie de lui tirer une balle dans la tête. Je suis encore bon tireur, madame, et il est facile en Amérique de se procurer une arme. Mais maintenant que je regarde cet homme, un homme que j'ai haï pendant la plus grande partie de ma vie, un homme qui était fort autrefois, je vois que je le découvre en pleine faiblesse, et qu'il ne vaut pas la balle pour le tuer. Qu'il se débrouille avec son Dieu. Qu'il soit jugé le jour où il devra faire face au Jugement dernier. Que l'Enfer l'accueille et qu'il brûle dans ses flammes pour l'éternité. Voilà ce que j'avais à dire, et à présent je vais prendre congé.

La main de Riya se posa sur l'épaule de Vasilisa comme pour lui dire : laisse ton pistolet où il est.

Mr Mastan se leva et inclina la tête. Tandis qu'il se dirigeait vers la porte, Néron se releva des profondeurs du sofa où il était assis et se mit à hurler à tue-tête de manière abominablement choquante.

Tu oses venir chez moi et me parler ainsi devant ma femme ?

Le policier à la retraite s'arrêta net, tournant le dos à Néron, son chapeau encore à la main.

Salaud ! hurla Néron. File ! C'est toi, à présent, qui es un homme mort.

33

À l'entrée en scène du détective, le public du film se détend instinctivement parce qu'il s'attend à ce que le délit soit suivi du châtiment, que la justice triomphe. Mais il n'est pas inévitable que la justice l'emporte sur l'injustice. Dans un film d'Hitchcock, *Psychose*, l'horreur vient du fait que ce n'est pas la bonne personne qui meurt. Janet Leigh est l'actrice principale du film mais à peine est-on arrivé à la moitié de l'histoire que – aaah ! – elle meurt dans sa douche. Puis survient le détective privé, Martin Balsam, aimable, à l'aise, inspirant la confiance, tellement professionnel et tellement rassurant, et alors notre tension retombe. Les choses vont bien se passer désormais. Et tout à coup – aaah ! –, voilà qu'il meurt lui aussi. Note à mon usage personnel : la terreur augmente quand ce ne sont pas les bonnes personnes qui meurent.

Le policier à la retraite, l'inspecteur Mastan ci-devant membre du CID de Bombay. Doit-on s'attendre à ce qu'il lui arrive quelque chose de terrible ?

Un dernier mot à propos de Mr Hitchcock. C'est vrai qu'il aimait bien faire une brève apparition dans ses films. Il disait que cela obligeait les spectateurs à regarder le film plus attentivement pour découvrir quand et comment elle allait se produire mais très souvent il faisait aussi intervenir cette apparition très tôt afin que cette attente ne devienne pas une distraction. Je dis cela parce qu'il me faut maintenant raconter, en tant qu'auteur de cette œuvre en cours (pour dire les choses avec trop de grandiloquence étant donné qu'il ne s'agit, après tout, que d'un coup d'essai), que, tout en observant la scène, en participant sans mot dire à cette scène que je viens de décrire, une impulsion incontrôlable monta en moi. En ce moment de grand déballage des secrets, je révélai aussi le mien.

Oui, d'habitude je cache mes sentiments. Je les tiens enfermés ou alors je les sublime à travers des références au cinéma. Même à ce moment crucial de mon histoire, quand je sortis de l'ombre pour m'avancer sous les projecteurs au centre de la scène, j'essaie (vainement) de résister à l'envie de parler de *Ran*, le dernier chef-d'œuvre de Kurosawa dans lequel, si l'on peut dire, le roi Lear épouse Lady Macbeth. Ce rapprochement fut provoqué par une chose qu'avait dite l'inspecteur Mastan. En se qualifiant lui-même de *vieil imbécile*, peut-être à son insu, il citait pratiquement à la lettre le roi brisé de Shakespeare. Je vous en prie, ne vous moquez pas de moi, demande Lear. Je suis vieux et imbécile… Et pour parler clair, je ne crois plus avoir toute ma tête[11]. Puis il se redressa sur le sofa, son dernier trône, hurlant sa haine sénile. L'Ancien des Jours qui avait brisé la vie de ses trois fils et qui était lui-même détruit, non pas à la façon de Lear par leur hostilité mais par leur destruction. Et là, devant lui, aussi monstrueuse à mes yeux que Lady Kaede, la Lady Macbeth du *Ran* de Kurosawa, se dressait Vasilisa Golden, mère de son quatrième et seul fils survivant (du moins supposé tel), avec un pistolet dans sa pochette et des yeux qui lançaient des flammes. Et moi, l'imbécile, j'entamai le soliloque qui allait révéler la vérité. Comme si je ne comprenais pas que mon rôle n'était qu'un second rôle. Comme si, à l'instar de l'inspecteur Mastan, je pouvais être, au moins dans cette unique scène, la vedette.

J'en étais venu à détester la seconde Mrs Golden pour ses grands airs, pour la façon dont elle m'avait jeté comme un mouchoir usagé après que je lui avais servi à atteindre son objectif, pour le pistolet dans le sac à main, pour le culte dévot qu'elle vouait à une fausse icône, pour sa fausse babouchka de mère, pour ce fait indéniable que chacun de ses actes, de ses gestes, chaque inflexion de sa voix, chaque baiser, chaque étreinte était motivé non par un sentiment véritable mais par un froid calcul. La sagesse de l'araignée, la sagesse du requin. Elle était répugnante. Je la détestais et je voulais lui faire du mal.

Dans la façon de parler de l'inspecteur de police anglo-indien à la retraite, dans sa stricte maîtrise de soi, dans cette voix qui restait toujours calme même quand il vouait Néron à la damnation éternelle, je me reconnus un peu moi-même. Suchitra avait peut-être eu raison de dire que chaque personnage de mon histoire était un reflet de ma propre personnalité. Je me reconnaissais sans aucun doute dans l'absence d'émotion de Mr Mastan mais aussi, à cet instant précis, dans l'impuissant glapissement sénile de Néron. Je n'étais pas impuissant, du moins pas encore, mais je savais ce qu'était l'impuissance. Même en cet instant où j'avais décidé de rejeter les chaînes que Vasilisa m'avait imposées pour m'empêcher de parler, je savais que je serais la principale victime de la vérité avant tous les autres ; pourtant j'allais parler. Lorsque Riya m'avait appelé, me priant de venir à la maison Golden parce qu'il *allait arriver quelque chose*, Riya dans un état de détresse et de confusion où le deuil se mêlait à un savoir terrible, cela avait provoqué en moi un déluge de sentiments que je n'avais pas compris sur le moment mais qui à présent m'était tout à coup devenu parfaitement clair.

L'élection était imminente et Suchitra s'étant, avec son habituelle et inébranlable énergie, portée volontaire pour les relances au téléphone, elle faisait du porte-à-porte le mardi pour convaincre les gens de voter. C'était auprès d'elle et d'elle seule que j'aurais dû m'asseoir, calmement, pour me confesser, m'expliquer, lui dire tout mon amour et lui demander pardon. Je lui devais bien cela à tout le moins, au lieu de quoi j'étais là debout sur mes pattes arrière dans le salon des Golden, bouche ouverte, les mots fatidiques prêts à franchir mes lèvres.

Non, il n'est pas nécessaire de coucher sur le papier les paroles précises.

Vers la fin du sublime film *La Complainte du sentier* de Satyajit Ray, on trouve ce que je tiens pour la plus grande scène de l'histoire du cinéma. Harihar, père du petit Apu et de sa sœur aînée Durga, qui les a laissés dans leur village avec leur mère Sarbajaya pour aller en ville tenter de gagner sa vie, revient au pays après avoir bien réussi. Il rapporte des cadeaux à ses enfants sans savoir que pendant son absence la petite Durga est tombée malade et est morte. Il trouve Sarbajaya assise sur le *pyol*, le seuil de leur maison, accablée par le malheur, incapable de lui souhaiter la bienvenue ou de répondre à ce qu'il lui dit. Ne comprenant pas ce qui se passe, il se met à lui montrer les cadeaux destinés aux enfants. Puis vient une scène extraordinaire où l'on voit son visage changer tandis que Sarbajaya, le dos tourné à la caméra, lui raconte ce qui est arrivé à Durga. À ce moment, conscient de l'insuffisance du dialogue, Ray laisse la musique monter et envahir la bande-son, la musique criarde du *tar-shehnai* qui exprime le chagrin des parents mieux que n'aurait pu le faire n'importe quel dialogue.

Je n'ai aucune musique à proposer, rien que mon silence.

Quand j'eus dit ce que j'avais à dire, Riya traversa la pièce pour venir jusqu'à moi. Puis levant la main droite, elle me gifla de toutes ses forces sur le côté gauche de mon visage. Ça, c'est pour Suchitra, dit-elle. Puis, du dos de la main, elle me frappa encore plus fort sur le côté droit en disant : Et ça, c'est pour toi. Je restai immobile, sans faire le moindre geste.

Qu'est-ce qu'il dit ? Néron, perdu dans sa confusion matinale, voulait savoir. De quoi est-ce qu'il parle ?

J'allai jusqu'à l'endroit où il était assis, m'agenouillai devant lui et, le regardant droit dans les yeux, je répétai : *Je suis le père de votre fils. Little Vespa. Votre seul fils survivant n'est pas de vous. C'est le mien.*

Vasilisa fondit sur moi avec une fureur byronienne, comme le loup sur la bergerie mais avant qu'elle puisse m'atteindre je vis une lueur s'allumer dans le regard du vieil homme qui reprit ses esprits, fut de nouveau présent, alerte, et redevint l'homme de pouvoir, sortant de ses lointaines divagations brumeuses pour retrouver sa personnalité.

Amène l'enfant, ordonna-t-il à sa femme. Elle secoua la tête. Il ne faut pas l'impliquer dans tout ça, dit-elle.

Amène-le immédiatement.

Et quand Little Vespa fut là, Vasilisa le tenait dans ses bras, sa babouchka auprès d'elle et le corps des deux femmes se détournait du maître de maison comme pour protéger l'enfant, Néron observa attentivement le petit garçon comme s'il le voyait pour la première fois, puis il me regarda, reporta son regard sur l'enfant puis sur moi et ainsi de suite à plusieurs reprises ; jusqu'à ce que l'enfant, sans raison précise mais conscient de la tension comme peuvent l'être les enfants, se mît à pleurer bruyamment. Vasilisa fit un geste à la vieille femme, *Suffit*. L'enfant fut emmené loin de son père. Sans avoir jeté le moindre regard dans ma direction.

Oui, fit Néron, je vois. Il ne dit rien de plus mais je crus percevoir, suspendus en l'air au-dessus de sa tête, ces mots terribles prononcés un jour par Emma Bovary à propos de sa fille Berthe. *C'est une chose étrange comme cette enfant est laide.*

Tu ne vois rien du tout, dit Vasilisa, en s'avançant vers Néron.

Celui-ci leva la main pour l'arrêter. Puis il laissa retomber sa main et cracha dessus.

Dis-moi tout, me dit-il.

Je m'exécutai.

*

Je ne suis pas tenue d'écouter cela, dit Riya, et elle quitta la maison. Je refuse d'écouter cela, dit Vasilisa, et elle resta dans la pièce pour écouter la suite.

Quand j'eus terminé, il resta pensif un long moment. Puis il dit, d'une voix ferme et calme : À présent, ma femme et moi nous avons à parler seul à seul.

Je m'apprêtai à me retirer mais avant que j'aie quitté la pièce il dit une chose étrange.

S'il devait nous arriver malheur à tous deux, je te nomme tuteur de l'enfant. Je vais faire le nécessaire auprès de mes avocats aujourd'hui même.

Il ne nous arrivera pas malheur, dit Vasilisa. Et d'ailleurs, c'est le week-end.

Nous allons maintenant avoir une conversation privée, lui répondit Néron. Raccompagne René, s'il te plaît.

Tandis que je descendais Macdougal Street en direction de Houston, je sentis mon adrénaline retomber et je fus saisi d'angoisse en pensant à l'avenir. Je savais ce que j'avais à faire, ce que je ne pouvais pas éviter. J'essayai d'appeler Suchitra. Répondeur. Je lui envoyai un texto, *il faut qu'on parle*. J'errai dans la ville pour rentrer chez moi en suivant la Sixième Avenue et en me dirigeant vers Tribeca, sans rien voir de ce qui m'entourait. Arrivé au coin de North Moore et de Greenwich, je reçus sa réponse. *Je rentre tard, un problème ?* Je ne pouvais pas lui répondre. *Pas de prob ; quand tu peux.* Je pris à droite sur Chambers et passai devant la Stuyvesant High School. Je m'attendais au pire. Que pouvait-il arriver d'autre ? Qu'allait-elle penser de moi, de ce que j'avais à lui dire ? Sinon le pire.

Mais si la nature humaine n'était pas un mystère, nous n'aurions pas besoin de poètes.

34

Plus tard. Disons beaucoup plus tard. Un homme avisé suggéra un jour que Manhattan au-dessous de la 14e Rue à 3 heures du matin le 28 novembre était la Gotham City de Batman ; et que Manhattan entre la 14e et la 110e Rue par une belle journée ensoleillée de juillet était la Metropolis de Superman. Tandis que Spider-Man, le dernier arrivé, se balançait la tête en bas dans le Queens en méditant sur le pouvoir et la responsabilité. Et toutes ces villes, les cités imaginaires invisibles, superposées, entremêlées à la ville réelle ou placées à côté d'elle, étaient toujours intactes, même si depuis l'élection elles étaient toutes gouvernées désormais par le Joker avec ses cheveux verts brillant triomphalement, sa peau blanche comme une cagoule du Ku Klux Klan et les lèvres dégoulinant d'un sang anonyme. Le bouffon était bien devenu roi et vivait dans une maison dorée dans le ciel. Les habitants se raccrochaient à des clichés et se forçaient à constater qu'il y avait toujours des oiseaux dans les arbres, que le ciel ne s'était pas écroulé et qu'il lui arrivait même encore souvent d'être bleu. La ville tenait toujours debout. Et à la radio et sur les applications musicales que la jeunesse insouciante écoutait dans ses casques Bluetooth, la musique battait toujours son plein. Les Yankees avaient toujours leurs problèmes de rotation de lanceurs, les Mets accumulaient toujours les contre-performances et les Knicks étaient toujours voués à la malédiction d'être les Knicks. Internet était toujours plein de mensonges et le business de la vérité était en crise. Les meilleurs avaient perdu courage, les pires étaient remplis d'enthousiasme et la faiblesse des justes était mise en lumière par la fureur des injustes. Mais la République demeurait plus ou moins intacte. Permettez-moi de mettre cela par écrit, parce que c'est une phrase qu'on emploie souvent pour réconforter ceux qui sont difficiles à consoler. C'est une fiction d'une certaine façon, mais je la répète quand même. Je sais qu'après la tempête viendra une autre tempête, puis encore une autre. Je sais que le mauvais temps est la prévision pour l'éternité, que les beaux jours ne sont pas revenus, que l'intolérance est la nouvelle règle et que le système est véritablement truqué mais pas dans le sens auquel le bouffon malfaisant a voulu nous faire croire. Il arrive que ce soient les méchants qui gagnent et que fait-on alors, lorsque le monde auquel on croit devient une lune de carton, quand une planète obscure surgit et déclare, non, le vrai monde c'est moi ? Comment peut-on vivre au milieu de ses compatriotes, hommes et femmes, quand on ne sait pas lesquels font partie des soixante millions ou davantage qui ont porté l'horreur au pouvoir ? Quand on ne sait pas qui fait partie des quelque quatre-vingt-dix millions qui s'en sont lavé les mains et sont restés chez eux ou quand vos concitoyens vous disent que le savoir est élitiste et qu'ils détestent les élites alors que tout ce que vous avez jamais possédé c'est votre esprit et que vous avez été élevé dans la croyance en la beauté du savoir, non pas que le savoir représente un pouvoir, c'est absurde, mais *le savoir c'est la beauté*, et alors tout cela, l'éducation, l'art, la musique, le cinéma devient l'objet de détestation et que la créature née du *Spiritus Mundi* se lève et se traîne jusqu'à Washington DC pour venir à la lumière. Ce que je fis fut de me replier sur ma vie privée, de me raccrocher à la vie que j'avais connue, à son cours quotidien, à sa force en comptant sur la capacité de l'univers moral des Jardins à résister aux assauts les plus farouches. Et à présent, laissons ma petite histoire s'approcher de sa fin, quelles que soient les immondices qui nous entourent pendant que vous me lisez, quel que soit le degré de *désinformation*, d'horreur, de stupidité, de laideur ou de honte. Laissez-moi inviter le roi de dessin animé, le géant victorieux aux cheveux verts avec sa saga de milliardaire, à s'asseoir à l'arrière du bus et à laisser les vraies gens prendre le volant. Nos petites vies sont peut-être le maximum que nous soyons en mesure de comprendre.

Je me rappelle avoir raconté à Apu Golden combien j'avais pleuré le soir de l'élection en novembre 2008. C'étaient de bonnes larmes. J'ai tout autant pleuré mais pour des raisons inverses en 2016 et ces larmes ont fait disparaître la bonté.

Dans le monde de la réalité, j'ai appris de dures leçons. Les mensonges peuvent provoquer des tragédies, à la fois sur le plan personnel et sur le plan national. Les mensonges peuvent triompher de la vérité. Mais la vérité est dangereuse elle aussi. Non seulement celui qui dit la vérité peut être vulgaire et agressif, comme je l'ai été chez les Golden ce jour-là, mais dire la vérité peut aussi vous coûter votre amour.

Il n'y eut guère de discussions après que j'eus dit la vérité à Suchitra au sujet de l'enfant de Vasilisa. Elle m'écouta en silence, s'excusa, partit dans la chambre et referma la porte. Dix minutes plus tard, elle reparut, l'œil sec, parfaitement maîtresse d'elle-même. "Je pense que tu devrais t'en aller, tu ne crois pas, dit-elle. Et tu devrais le faire tout de suite." Je retournai m'installer dans mon ancienne chambre, chez Mr U Lnu Fnu. Quant à nos relations de travail, elle dit qu'elle était d'accord pour continuer à m'aider sur mon long métrage qui, après tant d'années, était sur le point d'obtenir le feu vert, mais que, pour le reste, nous travaillerions séparément à l'avenir, ce qui n'était que justice. Et, à ma grande surprise, et pour mon plus grand déplaisir, elle se lança immédiatement dans une série d'aventures brèves mais apparemment passionnées avec des hommes très en vue, ce qui fut largement partagé sur les réseaux sociaux et me laissa pantois, je l'avoue. M'avait-elle vraiment aimé si elle était capable de plonger aussi rapidement dans de nouvelles eaux ? Notre amour avait-il vraiment existé ? Ces pensées me torturaient, même si je savais, tout au fond de moi, qu'il s'agissait d'une tentative de ma part pour échapper à mes responsabilités alors que je ne pouvais y échapper et qu'elles restaient fermement agrippées à mes épaules. Ce ne fut pas une période facile pour moi : c'est vrai que j'avais achevé mon film, *La Maison Golden*, ce projet qui m'avait obsédé pendant près de dix ans – un drame finalement, une histoire totalement fictive et pas un moqumentaire –, dont j'avais réécrit le scénario de A à Z depuis l'époque où j'étais au Sundance Screenwriters Lab et que, oui, les gens dont l'opinion favorable comptait à mes yeux semblaient l'apprécier, et que, oui, avec l'aide d'un ami producteur italo-américain de Los Angeles, les droits de distribution avaient été acquis par Inertia Pictures. Et voici qu'il était là, dans le circuit, *en salles et à la demande pendant le premier trimestre.* Variety *l'a sélectionné en exclusivité*, il faut donc que ce soit vrai. *Ce film représente les débuts d'Unterlinden en tant que réalisateur et scénariste.* Dans une période difficile pour les films indépendants, c'était un accord très avantageux. Curieusement, lorsque la nouvelle me parvint je n'éprouvai rien. Qu'y avait-il à éprouver ? Ce n'était que du travail. Le principal avantage, c'était que j'avais maintenant les moyens de me louer un appartement.

Mais prendre cet appartement signifiait perdre mon accès aux Jardins, or c'est là que mon fils jouait tous les jours, même s'il m'était impossible de l'approcher. De plus, je m'étais pris d'affection pour Mr U Lnu Fnu qui essayait gentiment, à sa façon, de me consoler d'avoir perdu l'amour de Suchitra. Il me demanda quel jour de la semaine j'étais né, pareil pour Suchitra. Je n'en savais rien mais il existait des sites internet où l'on pouvait, en indiquant sa date de naissance, en connaître le jour : je découvris ainsi qu'il s'agissait du dimanche (pour moi) et du mercredi (pour elle). J'en fis part à U Lnu FNU, qui aussitôt fit claquer sa langue et secoua la tête : "Vous voyez, vous voyez, dit-il. Au Myanmar, tout le monde sait que c'est une combinaison qui ne porte pas chance." Samedi avec jeudi, vendredi avec lundi, dimanche avec mercredi, mercredi soir avec mardi : voilà les combinaisons maudites. "Il vaut mieux trouver quelqu'un qui soit d'un jour complémentaire, dit-il. Pour vous enfant du dimanche n'importe quel autre jour convient. Sauf le mercredi ! Pourquoi choisir le seul jour néfaste ! C'est l'assurance d'une vie malheureuse !" Curieusement, cette croyance venue de l'autre bout du monde parvint quelque peu à me réconforter. Mais en ce temps-là, ayant perdu à la fois mon amour et mon fils, j'étais en plein naufrage et prêt à me raccrocher à n'importe quoi.

Tu réussis sur le plan professionnel et ta vie privée est un désastre. Est-ce là une loi ? Solitude et Cœur brisé : est-ce le nom des portes de l'Éden ?

*

Mon récit est allé bien au-delà de mon film, et les différences entre les deux sont importantes. Dans le film, l'inspecteur de police indien à la retraite vient voir le vieux salopard dans une intention meurtrière et, de fait, sort une arme, le tue, et est lui-même abattu par le pistolet qui attendait dans le sac à main de l'épouse russe du vieil homme.

Dans ce qu'il me faut bien appeler la vie réelle, Mr Mastan ne survécut pas plus de vingt-quatre heures après avoir quitté la maison de Macdougal Street : il fut poussé d'un quai de métro au passage d'une rame alors qu'il se rendait à Penn Station pour retourner chez sa sœur à Philadelphie. Son agresseur était une femme de trente ans, originaire du Sud de l'Asie, et qui habitait le Queens, elle fut immédiatement emprisonnée et inculpée de meurtre au second degré. Pendant sa détention, elle déclara : "C'était un vieux fouineur. Il s'est mêlé d'une histoire familiale." Le compte rendu paru dans le *Times* dit ceci : "La police l'a décrite comme une femme perturbée et dit qu'elle avait, un mois auparavant, inventé une histoire où elle prétendait avoir poussé quelqu'un sous le métro." On découvrit rapidement que sa première affirmation était un mensonge. Cette fois, cependant, elle l'avait vraiment fait. En dépit de ses déclarations, on ne put établir aucun rapport entre le défunt et elle, et les enquêteurs conclurent qu'il n'y en avait pas. Une femme perturbée sur le plan émotionnel avait provoqué la mort d'un homme en le poussant. Aucune enquête supplémentaire ne parut nécessaire.

Même ma petite vie avait commencé à me sembler de jour en jour de moins en moins intelligible. Je ne comprenais plus rien. J'étais devenu ce que j'avais toujours rêvé d'être mais, l'amour en moins, tout n'était plus que cendres. Tous les jours, je pensais à tenter de joindre Suchitra mais sur Instagram elle évoquait ses nouvelles liaisons qui étaient pour moi autant de coups de poignard dans le cœur. Et mon crime, mon fils unique, était là sous ma fenêtre, il grandissait sous mes yeux, il apprenait ses premiers mots, forgeait sa personnalité et j'étais incapable d'y prendre part. Vasilisa avait fait savoir clairement que si je m'approchais de lui à moins de cinq mètres elle demanderait au tribunal une mesure d'éloignement. Aussi demeurais-je là, à la fenêtre de mon mentor birman, à regarder le fruit de ma chair et de mon sang s'approcher de son troisième anniversaire. Il valait peut-être mieux pour moi que je quitte les Jardins et que je commence une nouvelle vie ailleurs, à Greenpoint, par exemple, ou à Madagascar, au Sichuan, à Nijni-Novgorod ou à Tombouctou. Je rêvais parfois que je me retrouvais écorché, et que j'avançais, nu et dépouillé, dans une ville inconnue qui se moquait bien de mes rêves, je rêvais que je montais un escalier dans une maison qui m'était familière et que je comprenais tout à coup que dans la pièce où j'allais pénétrer, un homme m'attendait en haut d'un escalier tenant le nœud coulant d'un bourreau et que ma vie allait s'achever là. Et tout cela arrivait au moment où, après plus de dix ans, j'étais devenu d'un seul coup un cinéaste célèbre à qui on faisait des propositions très lucratives pour réaliser des vidéos de hip-hop, des publicités pour des voitures, des épisodes de séries télévisées de soixante minutes et même un deuxième long métrage. Tout cela n'avait aucun sens. J'avais perdu mes points de repère et je tournai dans le vide enfermé dans mon bocal.

M'entends-tu ? M'entends-tu ? M'entends-tu ?

Ce fut Riya, Riya qui m'avait giflé si fort que mes oreilles en résonnèrent pendant plusieurs jours, qui m'aida à faire mes premiers pas malhabiles sur la voie d'un âge adulte responsable. Nous prîmes l'habitude de nous retrouver une fois par semaine, toujours dans le même bar-restaurant de Bowery proche du musée de l'Identité. Et elle me parlait de sa décision de reprendre son ancien poste que son patron, Orlando Wolf, avait, avec beaucoup de tact, gardé à sa disposition. Elle me parlait de sa relation avec lui comme d'un amour qui avait disparu mais qui laissait la place à suffisamment d'intérêts communs pour que cela vaille la peine de travailler ensemble. Et peut-être qu'avec pas mal de bonne volonté, quelque chose comme de l'amour pourrait renaître.

C'était la même approche qu'elle me conseillait concernant mon amour brisé. Donne du temps à Suchitra, disait-elle. Laisse-la faire les expériences qu'elle fait en ce moment, avec tous ces hommes célèbres de seconde zone. C'est sa colère qui s'exprime. Accorde-lui du temps et dis-toi qu'elle te reviendra pour voir s'il y a quelque chose à sauver.

J'avais du mal à y croire, mais cela me réconfortait. J'étais également heureux d'assister à la guérison de Riya. Le résultat de l'élection semblait l'avoir remplie d'énergie, en lui rendant une grande part de sa force de caractère et de son acuité intellectuelle d'antan. Elle se tenait à l'écart de la politique des genres parce que, selon elle, elle était encore "cassée" dans ce domaine mais elle s'adonnait à de nouveaux champs de recherche en étudiant et en exposant la montée de la nouvelle droite "identitaire", l'arrivée en Amérique de ce mouvement né en France, la Nouvelle Droite Génération identitaire, et en programmant des événements sur le thème de l'identité raciale et nationale sous le titre *La Crise de l'identité* qui abordaient en général les questions raciales et religieuses mais qui se concentraient surtout sur les convulsions schismatiques qui s'étaient emparées de l'Amérique depuis l'élection du ricanant Narcisse de BD : une Amérique coupée en deux, son mythe fondateur de la cité-sur-la-colline traîné dans le caniveau du sectarisme du suprémacisme mâle et racial, les masques de l'Amérique arrachés pour révéler le visage du Joker par-dessous. Soixante millions. Soixante millions. Et quatre-vingt-dix autres millions qui ne s'étaient pas souciés d'aller voter.

Autrefois, la France nous a envoyé la statue qui est dans le port, dit-elle, et maintenant voici ce qu'elle nous envoie.

L'identité était devenue un cri de ralliement néofasciste et le musée devait changer : Riya se fit le porte-drapeau de ce changement. Nous sommes devenus paresseux, dit-elle. Pendant huit ans nous avons cru que l'Amérique adulte, tolérante et progressiste incarnée par le président était ce que l'Amérique était devenue et que tout allait continuer ainsi. Et cette Amérique existait encore, mais son côté obscur aussi et il rugissait dans sa cage et nous a avalés. L'identité secrète de l'Amérique n'était pas un super-héros. En fait, c'était un super-méchant. Nous sommes dans le monde du super-vilain Bizarro* et nous devons affronter cette version Bizarro de l'Amérique pour en comprendre la nature et trouver le moyen de complètement la détruire à nouveau. Nous devons apprendre à contrer Mr Mxyztplk** en prononçant son nom à l'envers de façon à ce qu'il retourne dans la cinquième dimension d'où il vient et que les mots retrouvent leur sens. Et nous devons engager le dialogue avec nous-mêmes afin de comprendre comment diable nous sommes devenus si faibles et apathiques, pour nous réorganiser et nous lancer de nouveau dans la bataille. Que sommes-nous devenus ? Qui est seulement foutu de le savoir ?

D'accord, d'accord, fis-je perdant patience (mais seulement en mon for intérieur) face à ses invectives. C'est très bien pour toi. Je suis content que tu aies retrouvé la forme et que tu ailles de l'avant ; vas-y, fonce, donne-toi à fond. Je ne voulais qu'une chose, c'était me boucher les oreilles et crier la, la, la, la. Je ne voulais qu'une chose, c'était qu'il n'y ait plus d'informations à la télévision, qu'Internet disparaisse à jamais et que mes amis soient mes amis, qu'on fasse de bons dîners, que je puisse écouter de la bonne musique,

* Bizarro est un personnage de fiction, un super-vilain appartenant à l'univers de DC Comics, clone raté de Superman.

** Mr Mxyztplk est aussi un personnage de DC Comics. Il est l'un des plus grands ennemis de Superman.

que l'amour règne en maître et que Suchitra, par quelque tour de magie, me revienne.

Puis il y eut une nuit où, tout seul dans mon lit de douleurs, me revint ce que m'avait dit Néron Golden après la mort de mes parents. Acquiers la sagesse. Apprends à être un homme.

Le lendemain après-midi, je me présentai à la salle de montage où Suchitra travaillait dur. À ma vue, elle se raidit. Je suis vraiment très occupée, dit-elle. J'attendrai, dis-je. Je vais travailler vraiment tard. Je peux rester attendre, demandai-je. Elle réfléchit un instant. Tu peux attendre si tu veux. C'est ce que je vais faire, dis-je. Elle me tourna le dos, ne me jeta pas un seul regard pendant cinq heures et quarante-trois minutes et je restai immobile et silencieux dans mon coin sans l'interrompre. Quand elle entreprit de refermer son ordinateur sur le travail de la journée, il était 22 h 45. Elle fit pivoter sa chaise et me fit face.

Tu as attendu très patiemment, dit-elle, non sans une certaine gentillesse, ce doit être important.

Je t'aime, lui dis-je, et je vis ses barrières défensives se dresser aussitôt. Elle ne répondit pas. L'ordinateur émit un petit bruit et une fenêtre de dialogue s'ouvrit pour annoncer qu'un des programmes qu'elle avait ouverts n'avait pas réussi à se refermer. Elle poussa un soupir de lassitude agacé, quitta le programme et relança l'arrêt de l'ordinateur. Avec succès.

Parfois, dans des situations extrêmes, l'être humain reçoit, soit d'une force intérieure soit d'une puissance supérieure selon ses croyances, le don des langues, la faculté d'employer les mots justes au bon moment, le langage qui va libérer un cœur barricadé et en guérir les blessures. Et c'est ce qui arriva à cette heure tardive au milieu des écrans d'ordinateurs éteints. Pas seulement le langage mais la nudité derrière les mots. Et au-delà de la nudité, la musique. Les premiers mots qui me vinrent aux lèvres n'étaient pas les miens. Et ce qui les rendit convaincants, c'est que moi qui ai toujours été incapable de chanter, j'essayai vraiment de chanter *Bird on the Wire*, maladroitement au début puis avec des larmes imprévues me coulant sur le visage, jurant ma fidélité de traître en reprenant les paroles de la chanson et promettant de changer radicalement. Je n'avais pas terminé quand elle se mit à rire de moi puis nous nous mîmes à rire ensemble, à pleurer et à rire, et c'était bien, les choses allaient s'arranger, avec nos voix cassées nous étions comme des ivrognes chantant en chœur à minuit et nous allions essayer à notre façon de nous libérer.

Un peu plus tard, au lit, j'ajoutai quelques pensées plus prosaïques à la magie de la chanson. Cela faisait plus d'un an que le Joker avait conquis l'Amérique et nous étions encore sous le choc, nous en étions encore au stade des lamentations mais nous éprouvions à présent le besoin de nous unir et d'opposer l'amour, la beauté, la solidarité et l'amitié aux forces monstrueuses en face de nous. L'humanité était la seule réponse possible à cet univers de bande dessinée. Je n'avais pas d'autre plan que l'amour. J'espérais qu'une nouvelle stratégie apparaîtrait le moment venu mais pour l'instant on ne pouvait que se tenir enlacés, se communiquer mutuellement notre force, corps à corps, bouche à bouche, d'un esprit à l'autre, de moi à toi. On ne pouvait que se prendre par la main et apprendre lentement à ne plus avoir peur du noir.

Tais-toi, dit-elle, et elle m'attira à elle.

*

Un dimanche et un mercredi, lui dis-je. D'après mes informations en provenance du Myanmar, c'est une combinaison qui porte malheur.

Je vais te dire un secret, dit-elle. Les malédictions birmanes sont interdites de séjour sur le territoire des États-Unis. Il y a toute une liste de pays dont les malédictions ne sont pas autorisées. La plupart d'entre eux sont des pays islamiques bien sûr, mais le Myanmar figure aussi sur la liste.

Donc, tant que nous sommes aux États-Unis, nous sommes en sécurité ?

Il va falloir, dit-elle, trouver une solution pour le jour où on voudra prendre des vacances à l'étranger.

35

Le feu lèche les marges de mon histoire qui s'achemine vers sa fin et le feu brûle, il est inexorable, son heure viendra.

Durant ces derniers mois, la maison Golden ressembla à une forteresse assiégée. Les assiégeants étaient invisibles mais tous les habitants de la maison sentaient leur présence, celle des anges insaisissables ou des démons annonciateurs de la fin. Et, un à un, tous les membres du personnel prirent congé.

Le film auquel il est fait allusion ici est peut-être le plus grand chef-d'œuvre du grand Luis Buñuel. Son titre original, *Les Naufragés de la rue de la Providence*, n'est pas explicitement religieux, la "providence" n'est pas nécessairement divine : il peut s'agir d'une simple métaphore comme ses synonymes, le *karma*, le *kismet*, le destin, et les personnages maltraités par le sort peuvent n'être rien de plus que les malheureux perdants de la loterie de la vie, mais quand le film arriva sur les écrans sous le titre *L'Ange exterminateur*, Buñuel en avait clarifié le sens sans aucun doute possible. Quand je vis le film pour la première fois à l'IFC Center, j'étais peut-être trop jeune pour le comprendre. Une grande réception est donnée dans une superbe demeure et tandis qu'elle se déroule, tout le personnel, sous des prétextes fumeux, déserte son poste et quitte la maison, ne laissant que le majordome et les invités face à ce qui va arriver.

J'y vis simplement une sorte de comédie sociale surréaliste. Mais c'était avant que je n'apprenne que certaines personnes ont le don de sentir à l'avance les malheurs qui vont se produire, tout comme le bétail prédit les tremblements de terre et que c'est son instinct de survie qui explique son comportement apparemment irrationnel.

Il n'y eut pas de réception à la maison Golden et tout le personnel ne déserta pas en une seule soirée. La vie n'imite pas l'art aussi servilement. Mais, petit à petit, sur une période de plusieurs semaines, et à la consternation croissante de la maîtresse de maison, les gens commencèrent à démissionner. Gonzalo, le factotum, fut le premier : il ne se présenta tout simplement pas à son travail un lundi et on ne le revit jamais. Dans une grande maison, il y avait toujours quelque chose qui nécessitait une réparation, des toilettes bouchées, un lustre aux ampoules grillées, une porte ou une fenêtre qui coince : Vasilisa réagit à la disparition de Gonzalo avec un vif agacement et fit, sur le caractère peu fiable des Mexicains, quelques remarques qui ne furent pas très bien reçues à l'office. McNally, le maître d'hôtel/majordome, était capable d'effectuer la plupart des petits travaux de Gonzalo et savait à qui faire appel quand cela dépassait ses compétences, son absence ne gêna donc pas beaucoup le maître ni la maîtresse de maison. Mais les départs suivants provoquèrent plus de bouleversements dans le train quotidien de la maison. Vasilisa avait toujours été très dure avec les employées, allant souvent jusqu'à les faire pleurer par sa façon de critiquer avec virulence leur travail généralement bien fait, et on avait, sous son règne, assisté à une rotation permanente du personnel des équipes chargées du ménage et des chambres : il n'y avait donc rien d'étonnant à ce que sa dernière femme de chambre, une jeune Irlandaise de Boston, prenne la porte en disant que, non, elle ne voulait pas d'une augmentation, qu'elle voulait simplement s'en aller. En cuisine, ce fut un renvoi : Cucchi, le chef, vira son second, Gilberto, à cause d'une épidémie de petits larcins. Quand les bons couteaux de cuisine commencèrent à disparaître, Cucchi accusa le jeune Argentin qui nia tout et quitta la pièce. Tu peux partir, lui cria Cucchi, parce que je commence par te virer. McNally essayait de combler les vides en faisant appel à des agences de travail temporaire et en demandant à ses collègues dans d'autres grandes maisons de lui prêter du personnel quand ils en avaient en trop, si bien que la maisonnée poursuivit son chemin cahin-caha. Mais les rats continuaient à abandonner le navire.

*

Une part de moi-même avait été, à mon corps défendant, impressionnée par l'efficacité et la rapidité avec lesquelles Vasilisa avait réussi à limiter les dégâts après le déballage de mes secrets dans son salon. Néron Golden avait été publiquement humilié et il n'était pas homme à se laisser humilier sans réagir. Pourtant, non seulement Vasilisa parvint à sauver son mariage, mais elle persuada Néron de continuer à reconnaître Little Vespa comme son fils et seul héritier. C'était là, me dis-je, du grand art. Des exploits qui la faisaient entrer au panthéon éternel de la rouerie féminine. Elle savait garder un homme.

Ce n'est pas à moi de spéculer sur ce qui a pu se passer derrière la porte close de leur chambre à coucher. J'éviterai de telles considérations salaces même s'il est tentant d'évoquer le spectacle de Vasilisa à l'œuvre. Aux grands maux les grands remèdes, mais, en l'absence d'une cassette vidéo de leurs prouesses sexuelles, il n'y a rien à ajouter. Et, pour être franc, il n'est pas dit que la chambre à coucher fût la base de sa stratégie. Je crois beaucoup plus plausible l'hypothèse selon laquelle elle exploita le déclin des facultés mentales de

Néron. C'était un vieil homme de plus en plus malade, qui perdait de plus en plus la mémoire, son esprit n'était plus qu'un mince filet incohérent et ne retrouvait que rarement son formidable débit d'autrefois. Vasilisa se mit à assurer elle-même tous les soins dont il avait besoin, renvoyant les infirmières de jour et de nuit qui, jusque-là, l'avaient déchargée de cette lourde tâche. Ce fut donc une nouvelle coupe dans le personnel de la maison et Vasilisa, sans se plaindre, assuma le rôle d'infirmière. Elle et elle seule s'occupait de ses médicaments. Fuss et Blather furent tenues de plus en plus à l'écart de leur patron jusqu'à ce qu'un jour Vasilisa leur dise avec sa douceur sauvage : Je suis au courant de toutes les affaires de mon mari et donc parfaitement capable de lui tenir lieu de secrétaire particulière, merci donc pour vos services, parlons maintenant d'indemnités de licenciement. La grande maison se mit à résonner de toutes ces absences. À présent, Vasilisa jouait toutes ses cartes.

Son meilleur atout était Little Vespa. Non seulement mon fils était en train de devenir le plus charmant des gamins à l'approche de son quatrième anniversaire mais il était aussi, dans le regard brumeux de Néron, l'unique survivant d'un désastre. Un homme qui avait perdu trois fils n'était pas près de renoncer au quatrième et, à mesure que le déclin de Néron s'accélérait, que sa mémoire vacillait et s'éteignait, quand cet enfant était assis sur ses genoux et l'appelait papa, il était facile pour le vieil homme d'oublier les détails et de se raccrocher à ce seul fils vivant comme s'il était la réincarnation de ses frères disparus, comme si, en plus d'être lui-même, il était une sorte de coffre aux trésors contenant tout ce que son père avait perdu.

Qui restait-il ? La mère babouchka qui venait ou pas de la filiale sibérienne de Central Casting. McNally, le majordome, et Cucchi, le chef. Des équipes d'entretien spécialisées allaient et venaient pour faire le ménage et facturaient cinq cents dollars chacune de leur visite. Aucun visiteur. Et Néron était invisible, pas un de ses voisins ne l'apercevait. Je commençai à croire à la théorie de Vito Tagliabue. Elle devait savoir qu'il n'en avait plus pour longtemps. Et si elle trafiquait ses médicaments, moins il y avait de témoins, mieux ça valait. Elle devait avoir compris que cette situation n'allait pas s'éterniser. Que lui avaient dit les médecins ? Était-il en phase terminale à l'insu de tous ? À moins que Vasilisa elle-même ne fût cette phase ? Je me l'imaginais s'agenouillant tous les jours en prière devant sa copie de l'icône Feodorovskaïa de la Mère de Dieu appartenant à la tsarine Alexandra Romanova. Faites que cela arrive aujourd'hui. Que cela arrive immédiatement.

Baba Yaga, tue ton mari mais je t'en prie, ne dévore pas mon fils.

Le chef et le majordome se tapaient mutuellement sur les nerfs et ce fut le chef qui craqua le premier. Le chef avait tendance à se plaindre sans cesse, c'était le maître des jérémiades, en permanence sous-évalué et incompris, aspirant à servir des banquets mitonnés dans le style extrême qu'il affectionnait, inspiré de l'œuvre des grands maîtres, Adrià et Redzepi : la cuisine comme performance artistique, avec des assiettes gonflées d'écume, et des croûtons sur lesquels des fourmis noires cuites vivantes avaient été disposées dans de minces couches d'un précieux bœuf wagyu. Au lieu de quoi, on lui demandait de préparer de la nourriture pour enfants pour Little Vespa, des burgers et encore des burgers et de la nourriture pour lapins véganes pour Vasilisa. Quant à Néron, il se moquait de ce qu'il mangeait pourvu que ce fût plein de viande. Les lamentations de "Cookie" tombaient dans l'oreille d'un sourd. Il avait menacé de démissionner pratiquement chaque semaine mais était resté pour le salaire. À présent, dans la maison au personnel réduit au minimum, tout le monde avait les nerfs à vif et finalement McNally ordonna au gastronome en puissance de se taire et de cuisiner. Le chef arracha sa toque blanche et son tablier, agita un couteau de boucher en direction du majordome. Puis d'un grand coup, il en planta la lame dans le bois d'une planche à découper, le laissant fiché là comme Excalibur dans son rocher et sortit en trombe de la maison.

Néron était somnolent et distrait (d'après le témoignage que Michael McNally fit plus tard à la police). La plupart du temps, il restait dans sa chambre, à moitié endormi, mais il arrivait qu'on le retrouve à errer au rez-de-chaussée comme un somnambule. Parfois, il avait encore de brusques sursauts d'une vitalité choquante. Un jour, il attrapa McNally par les épaules et lui hurla en plein visage : *Sais-tu bien qui je suis, enfoiré ? J'ai bâti des villes. J'ai conquis des royaumes. Je suis un de ceux qui gouvernent le monde.* Je ne sais pas à qui il croyait s'adresser, dit McNally, mais ce n'était pas à moi. Il me regardait dans les yeux mais allez savoir qui il voyait. Peut-être se voyait-il lui-même à l'époque sous les traits de l'empereur dont il portait le nom ? Peut-être se croyait-il à Rome ? Honnêtement, je ne saurais le dire, avoua McNally. Je n'ai pas le niveau d'éducation suffisant.

On l'empoisonne, me répétait Vito Tagliabue au téléphone. Pour moi, ça ne fait pas l'ombre d'un doute.

Deux jours avant l'incendie, un étrange incident eut lieu. En s'éveillant, la maison Golden découvrit qu'on avait déposé un énorme sac de jute rempli de linge sale sur le seuil de Macdougal Street. Il n'y avait pas de note. Quand on ouvrit le sac, on découvrit qu'il était plein de ce que McNally décrivit comme *des vêtements étrangers*. Pouvait-il être plus précis ? D'après ses tentatives pour les décrire, je compris qu'il s'agissait de vêtements indiens. *Kurtas*, pyjamas, *lehngas*, *veshtis*, saris, jupons. Il n'y avait aucune instruction et l'expéditeur était inconnu. Vasilisa, agacée par cette erreur, ordonna qu'on jette le tout à la poubelle. Il n'était pas nécessaire d'en informer le maître de maison. On n'était pas une blanchisserie. Quelque étranger ignorant avait commis une erreur d'étranger ignorant.

*

Il y avait des ouvriers qui creusaient des tranchées dans la rue. Un problème urgent de maintenance des infrastructures du quartier. Quand McNally fut envoyé aux nouvelles par Vasilisa pour savoir combien de temps allaient durer ces travaux, on lui répondit trois mois peut-être avec un haussement d'épaules. Ce qui pouvait vouloir dire six, neuf, ou douze mois. Cela ne voulait rien dire si ce n'est que les ouvriers allaient s'installer là pour un bon bout de temps. Les chantiers étaient devenus la nouvelle forme d'art brutaliste, dressant leurs installations partout où se portait le regard. De grands immeubles s'effondraient et de nouveaux chantiers de construction surgissaient. Tuyaux et câbles jaillissaient des profondeurs et y replongeaient. Des lignes téléphoniques cessaient de fonctionner, des fournitures d'eau, d'électricité et de gaz étaient provisoirement suspendues, au hasard. Les chantiers de construction, c'était là l'art de faire comprendre à la ville qu'elle était un organisme fragile à la merci de forces contre lesquelles on ne pouvait rien. Les chantiers de construction étaient le moyen de donner à la puissante métropole des leçons de vulnérabilité et d'impuissance. Les ouvriers de ces chantiers étaient les grands artistes conceptuels de notre temps et leurs installations, leurs trous barbares dans le sol, inspiraient non seulement la haine – parce que la plupart des gens détestaient l'art moderne – mais aussi l'effroi. Les casques, les gilets orange, les fesses, les sifflements d'admiration, la force. Vraiment, c'était la trans-avant-garde à l'œuvre.

Le stationnement fut interdit et le chant des marteaux-piqueurs envahit l'air, radical, atonal, le genre de percussions urbaines que Walt Whitman aurait aimé, produit par la transpiration abondante de grands gars insensibles.

Depuis le seuil jonché de braises mortes je suis des yeux leurs gestes
Le souple balancement de leur taille équilibre le jeu massif de leurs bras,
Marteaux oscillant sur leur tête, en cercle d'une infinie lenteur, d'une infinie sûreté
Qu'ils abattent sans précipitation, chacun à tour de rôle[12].

Il en fut ainsi pendant deux jours après l'incident du linge sale.

Puis survint l'explosion.

C'était en rapport avec une conduite de gaz. La responsabilité pouvait incomber à différents services, des contrôles de sécurité qui n'avaient pas été effectués, ou bien une erreur humaine, une fuite, une étincelle, *kaboom*. Ou c'était peut-être un propriétaire sans scrupule qui avait voulu faire un branchement illégal sur une conduite souterraine, une fuite, une étincelle. Ou alors peut-être un délit, une conduite de gaz illégale inconnue des inspecteurs de la ConEd, il y aurait peut-être des poursuites pour meurtre, le propriétaire ne répondait pas au téléphone et n'était pas joignable à l'adresse indiquée. Qui avait provoqué l'étincelle ? On ne savait pas. Une enquête allait être diligentée et un rapport serait rendu en temps voulu. La piste terroriste fut immédiatement écartée. Il n'y eut, par chance, pas d'ouvriers blessés. L'explosion avait fracassé des fenêtres et fait trembler les murs et une boule de feu s'était formée et une maison, celle de Mr Néron Golden, avait été incendiée. Quatre adultes et un enfant se trouvaient à ce moment-là dans la maison : le propriétaire et sa femme, la mère de celle-ci, leur jeune fils et un employé, Mr Michael McNally. Il apparut par la suite que la maison n'avait pas été correctement entretenue, que le système intérieur anti-incendie n'avait pas été testé depuis très longtemps et que les gicleurs ne s'étaient pas déclenchés. Mr McNally était dans la cuisine en train de faire chauffer de l'huile d'olive dans une poêle, préparant le déjeuner de la famille. D'après sa première déposition, l'explosion souffla les fenêtres de la cuisine, le fit tomber et l'aveugla. Il pense avoir perdu conscience, puis il reprit connaissance et se dépêcha de fuir par la porte qui donne sur les Jardins entre Macdougal et Sullivan Streets. Là il s'évanouit de nouveau. Quand il revint à lui la cuisine était en feu, les flammes jaillissaient de la poêle à frire et gagnaient rapidement le rez-de-chaussée tout entier. Les autres résidents étaient à l'étage. Ils n'avaient aucun moyen de s'échapper. Les pompiers intervinrent avec leur promptitude habituelle. Il y eut quelques problèmes d'accès à cause des travaux dans la rue. Mais l'incendie fut rapidement contenu et circonscrit à un seul logement. Aucune autre habitation du voisinage ne fut touchée.

À l'ère du smartphone, il était naturel que beaucoup de photos fussent prises et des vidéos tournées. Plusieurs d'entre elles furent par la suite remises aux services compétents du NYPD pour être étudiées en détail à la recherche des pistes supplémentaires qu'elles pouvaient fournir.

Mais dans la maison Golden, ce jour-là, il y avait des gens prisonniers des flammes. Quand le drame spectaculaire fut passé, le bilan se solda par une triple tragédie et un miracle.

Selon des témoignages non confirmés, plusieurs personnes affirmèrent avoir entendu quelqu'un jouer du violon dans les étages supérieurs.

*

Et je vois en imagination les flammes monter si haut qu'elles semblent lécher le ciel, les flammes de l'enfer qui semblent sorties d'un tableau de Jérôme Bosch, il est difficile de continuer à maintenir cette foi dans le bien que j'ai toujours professée, difficile de ne pas sentir la brûlure du désespoir. Les flammes, elles, me semblaient dévorer tout le monde que je connaissais, détruire dans leur fournaise orangée tout ce qui avait eu de l'importance pour moi, tout ce que j'avais appris à défendre, pour quoi je m'étais battu, tout ce que j'avais aimé. La civilisation elle-même semblait se consumer dans l'incendie, mes espoirs, ceux des femmes, les vœux que nous formons pour notre planète et pour la paix. Je m'imaginais tous ces penseurs envoyés au bûcher, tous ceux qui s'étaient révoltés contre le pouvoir et les orthodoxies de leur époque et je me sentis moi-même, avec toute l'humanité oppressée, prisonnier de chaînes puissantes et englouti par l'affreux brasier, l'Occident brûlait, Rome brûlait, les barbares n'étaient pas aux portes mais entre les murs, nos propres barbares, élevés par nous-mêmes, dorlotés et glorifiés par nos soins, autorisés, comme s'ils étaient nos proches, et nos enfants qui se dressaient comme des sauvages décidés à brûler le monde qui les avait formés et prétendant le sauver en le livrant aux flammes. C'était le feu de notre malédiction et il faudrait un demi-siècle ou davantage pour rebâtir ce qui avait été détruit.

Oui, je souffre d'hyperbole. C'est une maladie que j'avais déjà et pour laquelle je me soigne, mais il peut arriver qu'un paranoïaque soit réellement poursuivi, il peut arriver que le monde soit plus extrême, plus exagéré plus hyperboliquement infernal que n'importe quel hyperboliste infernal, dans ses pires moments, pourrait l'imaginer.

Je vis donc les flammes noires, les flammes noires de l'enfer, lécher l'espace sacré de mon enfance, le seul endroit au monde où je me sois toujours senti en sécurité, toujours à l'aise, à l'abri de toute menace, les Jardins enchantés, et j'appris la leçon finale, celle qui, quand on la connaît, nous fait perdre l'innocence. C'est qu'il n'existait pas d'espace où l'on fût en sécurité, que le monstre était toujours aux portes, et qu'une partie de ce monstre était en nous, que nous étions les monstres que nous avions toujours redoutés et quelle que soit la beauté qui nous ait été donnée, la chance que nous ayons eue dans la vie, la fortune, la famille, le talent, l'amour, au bout du chemin, le feu brûlait et devait tous nous dévorer.

Dans *L'Ange exterminateur*, les noceurs de la fête au Mexique se retrouvent piégés dans le salon de la grande demeure de leur hôte, le *señor* Edmundo Nóbile, par une force invisible. Le surréalisme permettait à ses adeptes les voies détournées et les étrangetés de la poésie. La vie réelle dans les Jardins était plus prosaïque. Néron, Vasilisa, sa babouchka et mon fils étaient tous prisonniers de la maison Golden à cause de la banalité, de l'aspect bêtement fatal, du réalisme mortel d'un incendie.

*

Si la vie était un film, j'aurais été informé de l'incendie, j'y aurais foncé à la vitesse d'un super-héros, je me serais dégagé des mains qui tentaient de me retenir pour plonger dans les flammes, et je serais revenu au milieu des poutres en feu tombant autour de moi avec mon enfant bien en sécurité entre mes bras. Si la vie était un film, il aurait enfoui sa tête sous mon bras en murmurant, Papa, je savais que tu allais venir. Si la vie était un film, il s'achèverait sur un grand-angle du Village avec les cendres de la maison Golden fumant encore au centre du cadre, tandis que je m'éloignerais avec l'enfant et que la bande-son jouerait une chanson célèbre, *Beautiful Boy*, de John Lennon, peut-être, et que le générique de fin défilerait à l'écran.

Cela ne se passa pas ainsi.

Lorsque nous arrivâmes Macdougal Street, Suchitra et moi, tout était terminé. Michael McNally était soigné au Mount Sinai Beth Israel et serait par la suite interrogé par des détectives du NYPD qui le dégageraient de toute responsabilité dans l'incendie. Les autres adultes étaient morts avant qu'une équipe de sauveteurs puissent parvenir jusqu'à eux à l'aide d'une échelle. Néron et la babouchka furent rapidement asphyxiés par la fumée, perdirent conscience et ne s'éveillèrent plus. Il y eut un moment de grande tension dramatique. La belle Mrs Golden, Vasilisa, était apparue à une fenêtre à l'étage, tenant dans les bras son enfant de presque quatre ans et criant : "Dieu, je t'en prie, sauve mon fils !" et, avant que quiconque puisse parvenir jusqu'à elle, elle avait jeté l'enfant par la fenêtre pour le sauver des flammes. L'un des pompiers présents sur les lieux, Mariano "Mo" Vasquez, trente-neuf ans, qui se trouvait être le receveur de son équipe locale de baseball à Staten Island, plongea en avant et rattrapa juste à temps l'enfant couvert de suie, comme "un ballon de football", déclara-t-il plus tard devant les caméras de télévision, puis il lui insuffla de l'air dans les poumons et celui-ci se remit à respirer. "Il a un peu toussé puis s'est mis à hurler et à pleurer. C'était magnifique, un miracle, un vrai miracle, et voilà que j'apprends que c'est demain le quatrième anniversaire du gamin ? Ce môme doit avoir un ange gardien qui veille sur lui, c'est certain. C'est une belle chose, c'est une chose magnifique et je remercie Dieu tout-puissant de m'avoir permis d'être là, au bon endroit, au bon moment."

Après quoi Vasilisa tomba en arrière, disparaissant de la fenêtre et tous ses espoirs, ses ambitions, ses stratégies s'écroulèrent avec elle, personne ne mérite une telle mort quelle qu'ait pu être sa vie et pratiquement dès qu'elle eut disparu, les flammes jaillirent en rugissant de cette même fenêtre et rien ne pouvait plus être fait pour elle. Plus tard, bien sûr, le feu fut maîtrisé et les corps carbonisés, etc., inutile de s'appesantir là-dessus. Il allait falloir raser la maison pour construire un nouveau bâtiment à sa place. Aucune autre maison ne fut endommagée par l'incendie.

*

Ainsi s'acheva l'histoire de la maison Golden. Ils se prenaient pour des Romains. Mais ce n'était que dans leur imagination. Ils jouaient aux Romains, ce qui donna naissance à leurs noms romains mais ce n'était qu'un jeu. Ils se prenaient pour un roi et ses princes mais ils n'étaient pas des Césars. Un César était en effet apparu en Amérique, son règne débutait : méfie-toi, César, me disais-je, le peuple t'a hissé au sommet et porte ton trône en triomphe dans les rues emplies d'une foule en extase mais il peut se retourner contre toi, t'arracher tes vêtements et te jeter sous la lame de son épée. *Ave Caesar*, prends garde aux Ides de Mars. *Ave Caesar*, méfie-toi du SPQR, *Senatus populusque romanus*, le Sénat et le peuple romain. *Ave Caesar*. Souviens-toi de Néron, le dernier de la lignée, finissant par s'enfuir dans sa villa de Phaon en dehors de la ville et ordonnant qu'on lui creuse une tombe. Néron trop lâche pour se transpercer le corps de son épée et obligeant son secrétaire particulier à le faire. Épaphroditos, le meurtrier de l'empereur. Il y eut bien autrefois des Césars dans le monde et aujourd'hui en Amérique il y en avait une nouvelle incarnation sur le trône. Mais Néron Golden n'était pas un empereur et ne connut pas la fin d'un César déchu. Rien qu'un incendie, juste un feu accidentel et insignifiant. Comment ses copains de la pègre l'appelaient à Bombay déjà ? Le blanchisseur, c'est ça. Le *dhobi*. Voici le linge sale, *dhobi*. Lave-le. Pas un empereur sur son trône. Juste le blanchisseur.

Le blanchisseur.

Le linge sale sur le seuil. Le sac de jute plein de vêtements indiens.

Je me mis à éplucher fiévreusement les médias en quête de photographies de l'incendie, les vidéos sur iPhone, tout, partout où je pouvais en trouver, qu'elles eussent été faites par des professionnels ou seulement partagées par des témoins sur les réseaux sociaux. La foule des badauds derrière les barrières de sécurité. Des visages entrevus entre la fumée et l'eau. Rien. Toujours rien. Et, tout à coup, quelque chose.

Deux hommes, originaires d'Asie du Sud, sur une photo, qui regardent l'incendie. L'un des deux est un nain. Il est impossible de voir les pieds de son compagnon mais je devine qu'ils sont exceptionnellement grands.

Le temps passe. Des hommes puissants déclinent, des hommes de rien deviennent puissants. Un tel se ratatine dans sa vieillesse, d'autres ont le bras de plus en plus long. Ils peuvent atteindre des lieux et des personnes qui étaient autrefois hors de leur portée. Il y a ici des compagnies qui peuvent prêter assistance à celles de là-bas, qui peuvent faciliter des voyages, mettre en œuvre des stratégies. Les clowns deviennent rois, les vieilles couronnes gisent dans le caniveau. Les temps changent. Ainsi va le monde.

*

Les commentaires sur l'événement, le lendemain, furent unanimes. Le propriétaire malhonnête fut inculpé de meurtre au second degré. Une tragédie. Mais quelle merveille que le jeune garçon ait survécu. Affaire classée.

Mais il y eut une autre nouvelle, qui n'intéressait pas les médias américains, et que je découvris par hasard sur mon ordinateur. La mort, dans un lointain pays, d'un chef de la mafia d'Asie du Sud autrefois redouté. Mr Zamzama Alankar, le parrain, jadis, de la puissante famille du crime dénommée la Z-Company, s'en était allé faire face au Jugement dernier. Information non confirmée.

36

Une brume matinale flotte sur le fleuve et une jonque chinoise traverse le port avec ses voiles brunes déployées, le soleil bas et argenté luit sur les eaux comme une pierre. À la table vitrée, dans l'angle de verre où se rejoignent deux fenêtres, nous sommes assis, des larmes de verre aux yeux, sans savoir dans quelle direction regarder ni comment voir. Plus bas, courant dans la blancheur, une femme aux cheveux rouges en bataille, une tiare sur la tête, court pour échapper à un enlèvement et tente de sauver sa vie. Suchitra et moi sommes assis face à face et la vapeur qui s'élève de nos tasses de café mêlée à la fumée de sa cigarette forme dans l'air des colonnes vagabondes.

Imagine un cube d'air, disons de trente centimètres de côté, qui se déplace dans les vastes espaces du monde. Ou quelque chose de ce genre. J'ai entendu un jour le réalisateur canadien David Cronenberg dire ceci : Le cube, c'est ce que voit la caméra et la manière dont la caméra se déplace en révèle tout le sens. C'est ainsi qu'on fait un film, en déplaçant le cube à travers le monde et en voyant ce qu'il capte, en voyant ce à quoi il confère de la beauté et ce qu'il parvient à expliquer. C'est là tout l'art du cinéma.

Et nous voilà tous les deux face à face, filmés de profil, en plein écran et en couleurs désaturées. Voyez la caméra passer de l'un à l'autre jusqu'à se focaliser sur un point central entre nous, puis se déplacer sur son axe en exécutant de grands cercles, lentement, à plusieurs reprises jusqu'à ce que nos visages se confondent et, entre les deux, on aperçoit le fleuve de la ville, le brouillard qui se dissipe lentement et la lumière du jour qui monte. Suchitra tient à la main une feuille de papier. Tout est là. C'est le cœur de cette scène.

Une scène qui sera abandonnée au montage, moi au commissariat essayant de comprendre ce qui est arrivé à Little Vespa : chez qui il est, où on l'a emmené, qui s'occupe de lui. Moi errant, désespéré, dans la 4e Rue, balançant un coup de pied dans un pavé, mains enfoncées dans les poches, tête baissée. Et moi, finalement, dans le cabinet d'un avocat de Midtown pendant qu'on me donne lecture d'un document, puis qu'on me tend ce document et je hoche la tête. Je vous tiendrai au courant et je me retire. Trop explicite. La scène qui importe est celle-ci : nous sommes là tous les deux et la feuille de papier à la première lueur du jour.

Je n'aurais jamais cru qu'il l'aurait fait, dis-je. Et s'il l'avait fait, elle s'y serait opposée en disant qu'il n'avait plus toute sa tête.

La mère.

Oui, la mère, sa femme. Mais à présent le gamin n'a plus de famille. Reste seulement ce document. Si un malheur devait nous arriver, je désigne comme tuteur de l'enfant Mr René Unterlinden.

Tu es conscient de ce que tu demandes de moi, dit-elle.

Oui.

Elle a commencé par le convaincre d'accepter pour fils l'enfant d'un autre. Maintenant tu veux que j'accepte ce même enfant, celui d'une autre femme, comme le mien. Et tu sais très bien que les enfants ne faisaient pas partie de mes projets.

Plus bas, la joggeuse aux cheveux rouges et à la tiare s'était arrêtée. Elle se tenait là, les mains sur les hanches, respirant à fond, dressant la tête, comme si elle aussi attendait une réponse. Mais bien sûr elle ne nous voyait pas Suchitra et moi, et elle ignorait tout. Nous étions au vingt et unième étage.

Peux-tu y réfléchir, dis-je, et la caméra quitte mon visage.

Elle ferme les yeux, la caméra s'arrête sur elle et attend puis s'approche pour un gros plan. Elle ouvre alors les yeux et on ne voit plus qu'eux, plein écran.

Je pense que nous pouvons le faire, dit-elle.

Ensuite, une coupe franche. Ce sont d'autres yeux qui envahissent l'écran. La caméra recule lentement pour montrer que ce sont les yeux de Little Vespa. Il fixe l'objectif sans afficher la moindre expression. La bande-son fait entendre la voix de l'avocat. La question de l'héritage est étudiée par des avocats des deux pays et il y a de nombreuses irrégularités. Mais, au bout du compte, il s'agit d'un héritage très conséquent et il n'y a aucun autre héritier et il n'a que quatre ans.

Nous voici à présent tous les trois. Suchitra, Little Vespa et moi, dans une pièce indéterminée, une pièce de la maison de Brooklyn, chez la famille qui l'a recueilli provisoirement quand on le leur a confié. La caméra pointe le milieu du triangle et se met, très lentement, à tourner sur son axe, de sorte qu'elle filme nos visages à tour de rôle. Nous n'affichons aucune émotion. La caméra se déplace plus vite puis accélère encore. Nos visages se confondent les uns avec les autres et la caméra tourne si vite que tous les visages disparaissent et ne reste plus qu'un fondu, les lignes de vitesse, le mouvement. Les personnes, l'homme, la femme, l'enfant, deviennent secondaires. Seul demeure le mouvement tourbillonnant de la vie.

RÉFÉRENCES DES CITATIONS

1. Primo Levi, *La Trêve*, "Les Cahiers Rouges", Grasset, 1988, p. 121, trad. Emmanuelle Joly.
2. George Gordon Byron, *Don Juan*, in *Œuvres complètes*, Dondey-Dupré père et fils, 1830-1831, trad. M. Paulin.
3. Fédor Dostoïevski, *Crime et Châtiment*, coll. "Actes noirs", Actes Sud, 2016, p. 321, trad. André Markowicz.
4. William Shakespeare, *Œuvres complètes*, Sonnet XXV, Pagnerre, 1872, trad. François-Victor Hugo.
5. Friedrich Nietzsche, *Par-delà le bien et le mal*, in *Œuvres*, vol. 2, coll. "Bouquins", Robert Laffont, 2000, trad. H. Albert révisée par Jean Lacoste.
6. *Le Tourbillon*, 1957 (compositeur : © Serge Rezvani ; interprète : Jeanne Moreau).
7. Anna Akhmatova, *Trèfle de Moscou*, 1961-1963, trad. Sophie Benech.
8. T. S. Eliot, *La Terre vaine et autres poèmes*, Poésie n° 1448, Points, édition bilingue, 2014, p. 19, trad. Pierre Leyris.
9. Pétrone, *Le Satiricon*, in *Œuvres complètes*, Garnier frères, 1861, trad. Charles Héguin de Guerle.
10. William Shakespeare, *op. cit.*, *La Tragédie du roi Richard II*, scène X.
11. William Shakespeare, *op. cit.*, *Le Roi Lear*, scène XXIII.
12. Walt Whitman, *Feuilles d'herbe*, Poésie, Gallimard, 2002, trad. Jacques Darras.

DU MÊME AUTEUR

LES ENFANTS DE MINUIT, Stock, 1983 ; Bibliothèque cosmopolite, 1991 ; Plon, 1997 ; 10/18 n° 3097 ; Le Livre de poche n° 3122 ; Folio n° 5029.

LA HONTE, Stock, 1984 ; Plon, 1997 ; Folio n° 5324.

LE SOURIRE DU JAGUAR. UN VOYAGE AU NICARAGUA, Stock, 1987 ; Plon, 1997.

LES VERSETS SATANIQUES, Bourgois, 1989 ; Plon, 1999 ; Pocket n° 10840 ; Folio n° 5343.

HAROUN ET LA MER DES HISTOIRES, Bourgois, 1991 ; 10/18 n° 2402 ; Plon, 2004 ; Folio n° 5094.

PATRIES IMAGINAIRES, Bourgois, 1993 ; 10/18 n° 2567.

LE DERNIER SOUPIR DU MAURE, Plon, 1996 ; Pocket n° 10164 ; 10/18 n° 3003 ; Folio n° 4949.

EST, OUEST, Plon, 1997 ; Folio n° 5263.

LA TERRE SOUS SES PIEDS, Plon, 1999 ; Pocket n° 10891 ; 10/18 n° 3464 ; Folio n° 5196.

FURIE, Plon, 2001 ; Pocket n° 11641 ; Folio n° 5162.

LE MAGICIEN D'OZ, Nouveau Monde éditions, 2002.

FRANCHISSEZ LA LIGNE... ESSAIS, 1992-2002, Plon, 2003 ; 10/18 n° 3856.

SHALIMAR LE CLOWN, Plon, 2005 ; Pocket n° 13003.

L'ENCHANTERESSE DE FLORENCE, Plon, 2008 ; Folio n° 5030.

LUKA ET LE FEU DE LA VIE, Plon, 2010 ; Folio n° 5342.

JOSEPH ANTON. UNE AUTOBIOGRAPHIE, Plon, 2012 ; Folio n° 5654.

DEUX ANS, HUIT MOIS ET VINGT-HUIT NUITS, Actes Sud, 2016 ; Babel n° 1568.

LA MAISON GOLDEN, Actes Sud, 2018 ; Babel n° 1708.

QUICHOTTE, Actes Sud, 2020.

OUVRAGE RÉALISÉ
PAR L'ATELIER GRAPHIQUE ACTES SUD
REPRODUIT ET ACHEVÉ D'IMPRIMER
EN AOÛT 2020
PAR NORMANDIE ROTO IMPRESSION
À LONRAI
POUR LE COMPTE DES ÉDITIONS
ACTES SUD
LE MÉJAN
PLACE NINA-BERBEROVA
13200 ARLES

DÉPÔT LÉGAL
1re ÉDITION : SEPTEMBRE 2020

N° impr. : 2002337

(Imprimé en France)